BRITTA HABEKOST

STADT DER MÖRDER

KRIMINALROMAN

*Für Christian,
der mir die Fabeltiere ans Fenster lockt.
Dieses Buch ist für dich.*

*Heute bringe ich euch ein Rauschgift,
das von den Randbezirken des Bewusstseins,
von den Grenzen des Abgrunds kommt.
Der Surrealismus, Sohn der Raserei und
der Finsternis. Hereinspaziert, hereinspaziert,
hier beginnen die Reiche des Augenblicklichen.*

Louis Aragon

PROLOG

Endlich Nacht.

Er durchpflügte die Dunkelheit, die keine war. Auf den Boulevards herrschte sogar um diese späte Stunde ein Nachglanz des Pariser Lichts, diese Mischung aus Pastell und Glas. Tagsüber schmerzte es ihm in den Augen wie Blendgranaten. Nachts war es auszuhalten. Jetzt schwappte das Licht aus den Kohlebecken der belebten Caféterrassen, tropfte von den Laternen und verwandelte die Trottoirs in matte Spiegel.

Er senkte den Kopf und lauschte den Schritten vor sich auf dem Boulevard Haussmann. Tagsüber hörten sich alle Schritte gleich an, aber jetzt, in der geschärften Klarheit der späten Stunde gelang es ihm, den Klang dieser Schritte vom Geklapper und Geschlurfe der anderen Passanten zu trennen.

Er folgte der jungen Frau jetzt schon seit einiger Zeit und sah nur ab und an unter dem Schatten seiner Hutkrempe hervor, um sie nicht aus den Augen zu verlieren. Er verließ sich ganz auf das Echo ihrer Schritte auf dem Stein.

Er schwamm hinter ihr wie ein Hai in blutigem Kielwasser.

An einer Häuserecke blieb sie stehen und wartete darauf, die Straße überqueren zu können. Er betrachtete ihren schäbigen grauen Mantel mit den kindlichen aufgestickten

Blumen unterhalb der Schultern. Viel zu dünn für den strengen Pariser Winter.

Als sie weiterlief, hatte er aufgeholt und war nun so nah, dass er die abgetretenen Sohlen ihrer ebenfalls viel zu dünnen Schuhe sehen konnte.

Ein armes Mädchen vom Land, das im Schlund dieser Stadt verschwinden würde, auch ganz ohne sein Zutun.

Aber er würde nichts übereilen. Ihm gefiel es, ihren hastigen und gleichzeitig müden Schritten zu folgen und sie wahrzunehmen, wie ein Raubvogel seine huschende Beute wahrnahm.

Die junge Frau lief weiter, und für einen Moment hatte er den Verdacht, dass sie eine dieser typischen Pariser Gestalten war, die immerzu nur liefen, die Stadt laufend durchmaßen und niemals irgendwo ankamen.

So wie er.

Er hatte einen grässlichen Nachgeschmack von Absinth in seinem Mund, und in seinen Adern breiteten sich die Wohltaten chemischer Engel aus. Er hatte genug Heroin intus, um ihr die ganze Nacht durch Paris zu folgen. Und genug, um auch andere Dinge zu tun, ohne die kleinste Kraftanstrengung, ohne Reue oder Bedauern.

In seinem Gesichtsfeld verschwammen die Schemen der anderen Passanten. Aufgekratzte Frauen in Pelzmänteln, betrunkene Exilamerikaner, großmäulige Intellektuelle. Musik drang aus den Cafés, und zufällig zusammengewürfelte Paare zogen von dannen.

Er kannte dieses Spiel, und es widerte ihn an. Er sah diese zerfasernden Schatten im Augenwinkel und kam sich vor wie jemand, der alleine die Arktis durchquert.

Diese Leute waren nur Staffage. Was ihn interessierte, war die kleine Gestalt in dem erbärmlichen grauen Mantel. Eine Weile ließ er zu, dass der Abstand zwischen ihnen etwas größer wurde, dann holte er wieder auf. An einer weiteren Straßenecke stellte er sich neben sie und sah sie offen von der Seite an. Aber ihre Augen schienen noch weniger von ihrer Umwelt wahrzunehmen als seine. Und er wusste, wenn sie seinem Blick begegnet wäre, wäre sie bis auf die Knochen erschauert.

Er betrachtete ihre kleinen Hände, die eine altmodische Gobelinhandtasche fest umklammerten, und stellte sich vor, wie diese Hände versuchen würden, sich vergeblich gegen ihn zu wehren.

Ihn überkam der Wunsch, sie jetzt schon zu berühren, nur flüchtig. Stattdessen ließ er sie wieder ein Stück vorausgehen. Die Kleine trug einen samtig schimmernden Hut, und er ertappte sich dabei, sich zu wünschen, ihre Haare zu berühren. Ihre weichen, unter dem Hut gewiss ein wenig warmen und feuchten Haare. Und dabei in ihre geweiteten Augen zu sehen.

Die Gnadenlosigkeit dieser Vorstellung beschleunigte seinen Atem.

So langsam ahnte er, wohin sie ihn führen würde. Ein Mädchen wie sie konnte sich kein anständiges Zimmer leisten, geschweige denn ein Hotel. Ihr Gang wurde entschlossener, und er wusste, sie wäre bald an ihrem Ziel.

Er holte auf.

Natürlich bog sie in eine der Passagen ab, er hatte es geahnt.

Dort, in diesen Gewächshäusern von Paris, unter den schmutzigen Glasdächern, residierten die kleinen Leute. Sie waren winzige Gefäße in dem pulsierenden Herzmuskel der Stadt. Ja, die kleine, schnöde Welt der Passage de l'Opéra. Ein perfekter Ort für das, was er mit ihr zu tun gedachte.

Sie schlüpfte in den finsteren Gang, wo ihre Schritte leise hämmerten. Hier waren die Cafés bereits geschlossen, nur vor einer tristen Bar saßen noch einige Nachtschwärmer. Unter den Dachstreben gurrten verschlafen ein paar Tauben. Dieser Ort erregte ihn auf eine dunkle, drängende Weise.

Da, jetzt bog sie in einen Gang ab. Plötzlich spürte er Ungeduld und das Bedürfnis, sich ihr nicht erst vor ihrer Zimmertür, sondern schon auf der Treppe zu zeigen. Er hatte sie aus den Augen verloren, hörte nur noch das leiser werdende Echo ihrer Schritte. Er lief schneller, eilte ihr nach und prallte im nächsten Moment gegen drei Männer, die laut johlend und singend die Passage durchquerten. Schlagartige Wut ließ seine mühsam erzwungene Ruhe beinahe zerbersten. Er wich zur Seite aus, und seine Hände krümmten sich in den Manteltaschen zu Klauen.

Die drei machten Anstalten, auszuweichen, trieben ihre Späße mit ihm und lachten. Er drängte sich an ihnen vorbei und zerbiss einen Fluch.

Natürlich hatte er sie verloren. Die Passage lag wie ein stiller Tunnel vor ihm, ihre Schritte waren verklungen. Aber er spürte, dass sie hier irgendwo war, irgendwo in einem der Treppenaufgänge, die zu den kleinen, billigen Zimmern hinaufführten.

Er hätte die drei Männer am liebsten auf der Stelle mit bloßen Händen zerrissen; ihr Johlen klang unter den Glasdächern noch immer nach. Aber dann kam ihm ein Gedanke, der ihn milde stimmte.

Er wusste nun, wo er sie finden konnte, und es würde einen besseren, einen perfekten Moment geben, um sich ihr erneut zu nähern. Er lehnte sich gegen eines der Ladenfenster und ließ seinen Atem zur Ruhe kommen. Dann stellte er sich wieder vor, ihre Haare zu berühren, aber der Gedanke war ohne Zärtlichkeit und lag wie ein aufschnappendes Messer in seinem Geist.

1

15. Dezember 1924, im Morgengrauen

Das buttergelbe Licht der Gaslaternen am Place du Panthéon spiegelte sich in den Messingknöpfen der Gendarmen und tropfte dann hinab in das Grau der Pflastersteine. Doch weder die schwachen Lichtflecken noch das unbarmherzige sechsmalige Läuten der Saint-Étienne-du-Mont waren in der Lage, diesem Dezembermorgen die Düsternis auszutreiben.

Lieutenant Julien Vioric legte den Kopf schief. Er wäre in die Hocke gegangen, um besser sehen zu können. Aber der Anblick war selbst für einen Mann, der glaubte, die fürchterlichsten Dinge bereits gesehen zu haben, zu viel. Vor ihm lag ein entstellter menschlicher Körper in einem Jutesack. Bisher hatte sich Vioric noch jede Tat erklären können, und war sie noch so grausam gewesen. Aber das hier?

Sein Freund und Kollege Tusson stieß Vioric an. »Ist das der adelige Bengel?«

Wie immer war Tusson gut informiert und wusste, dass Vioric mit der Suche nach einem verschwundenen jungen Mann betraut worden war. Bei dem Vermissten handelte es sich um den sechzehnjährigen Sohn der adeligen Familie de Faucogney.

»Das könnte wirklich jeder sein«, erwiderte Vioric. Aus dem Sack sah etwas hervor, das nach allen Regeln der Vernunft einmal ein menschlicher Kopf gewesen sein musste.

Tusson zündete sich eine Zigarette an und zog so heftig daran, dass die Glut knisterte.

»Was weißt du über den Jungen?«

»Über Clément Faucogney? Nicht besonders viel. Nur dass er zweimal wöchentlich von seiner Gouvernante zu seiner Fechtstunde begleitet wurde«, sagte Vioric leise. »Die junge Dame ist seither übrigens ebenfalls spurlos verschwunden.«

»Ein Sechzehnjähriger, der von seiner Gouvernante begleitet wird? Verwöhntes Bürschchen.« Tusson zupfte sich einen Tabakkrümel von der Zunge und wandte sich wieder der Leiche zu, bevor er hinzufügte: »Fechten! Kannst du dir das vorstellen, Julien? Alles, was heutzutage auch nur entfernt an ein Bajonett erinnert, gehört auf den Müllberg der Geschichte.«

Wie auch so manche althergebrachte Verhaltensregel in Liebesdingen, dachte Vioric. Im Hause des jungen Clément wurde hinter vorgehaltener Hand der Verdacht geäußert, die Gouvernante habe womöglich eine kopflose Liaison mit dem Bürschchen gehabt. Vioric hatte insgeheim gehofft, dass die beiden durchgebrannt waren und zumindest der Junge bald wieder reuig zur Familie zurückkehren würde. Aber das war leider nicht geschehen.

Die Polizisten sahen sich einer Wand aus Menschen gegenüber, die trotz Eiseskälte und unverschämter Frühe so aufgeregt wirkten wie Zuschauer bei einem Hundekampf. Viorics Blick glitt über die Menge. Auf Fußspitzen tänzelnde Neugierde ließ die Reihen hin und her wogen.

Vioric erkannte ein paar der jungen Frauen, die in den Cafés im fünften Arrondissement bedienten: seine flüchtigen Bekannten etlicher einsamer Mittagessen. Alle wirkten seltsam uniformiert mit ihren Glockenhüten aus Wolle und Filz, und deswegen fiel ihm Héloïse Girard, die Fotografin und Journalistin vom *Figaro* auch gleich auf. Auf ihrem Haupt thronte eine honiggelbe Cloche, die so leuchtete, dass sie damit das Gedränge um sie herum auf Abstand zu halten schien.

Als Girard seinen Blick auffing, warf sie ihm eine Kusshand zu und hob die Ermanox-Kamera vor ihr wie immer glamourös geschminktes Gesicht. Vioric senkte den Kopf und zog den Hut tiefer in die Stirn. Diese Frau war eine einzige Provokation, nicht bloß was ihre penetrante Farbenliebe anging. Vioric fühlte sich heute von der unbekümmerten guten Laune, die von ihr ausging, beinahe ein wenig beleidigt. Heute war ein blutig-grauer Tag und nicht durch ein paar schrille Farbtupfer zu retten.

Tusson winkte einen der umstehenden Gardiens zu sich. »Murier, mein Junge. Holen Sie mal irgendetwas, das man zwischen den Toten und die Menge stellen kann!« Der sehr junge, blasse Polizist hastete davon.

Er erleichterte eine Wäscherin, die gerade mit einem kleinen Handwagen am Rand des Platzes vorbeikam, um eines ihrer Leintücher.

»Gut gemacht«, sagte Vioric.

»Danke, Lieutenant.« Etwas dünnes, schüchternes Stimmchen. Aber seine Augen blitzten heller als die Messingknöpfe an seinem dunklen Mantel.

»Halten Sie das Tuch hoch«, befahl Tusson ihm und dem Gardien, der Murier am nächsten stand. Die beiden taten wie geheißen, die Menge murrte.

Vioric ging neben Tusson in die Hocke und wünschte sich ein Paar dieser Latexhandschuhe, die man in der Gerichtsmedizin einsetzte, aber die waren für Polizisten nicht vorgesehen. Er betrachtete bedauernd seine geliebten Lederhandschuhe und zögerte. Bring es hinter dich, dachte er. Sein Herz versank für einen kurzen Moment in einer Art Leere, ehe es mit einem raschen Stolpern wieder seinen Takt fand. Vioric warf einen Blick auf Tusson, der reglos nach unten schaute.

»Hilfst du mir, den Burschen aus dem Sack zu ziehen?« Tusson nickte widerwillig.

Als die Leiche vor ihnen auf dem Boden lag, machte Vioric dem Polizeifotografen Platz, der die Szenerie mit Blitzlicht überzog.

Tusson richtete sich wieder auf. Die nächste Zigarette fand den Weg zwischen seine dünnen, von einem rötlichen Bart umrahmten Lippen. »Ich seh mir mal die Umgebung an.«

»Vorsichtig, der Taschenkrebs!«, rief ein Gardien.

»Was?« Tusson wich dem Tier gerade noch aus. Er lag nur wenige Meter von der offenen Seite des Sackes entfernt. »Mon dieu, Vioric! Was macht der denn hier?« Er besah sich das Tier genauer. Es war tot. Ein Riss durchlief den Panzer. »Auf dem Fischmarkt im Marché Saint-Quentin und in den Fischläden in Les Halles gibt es hervorragende Tiere. Mit Gurkensalat und Rettich ergeben sie ein wunderbares Mittagessen …«

»Tusson!«

»Verzeihung die Herren«, kam es hinter dem Tuch hervor, das zwar frisch gewaschen duftete, aber nicht gegen den Gestank dessen ankam, was sich im Sack befand. »Wir können unsere Arme nicht mehr lange oben halten.«

Tusson winkte zwei weitere Gardiens zur Ablösung heran. Dann stieg er über die Leiche und näherte sich den speerartigen Eisenzacken am Zaun vor der Treppe zum Panthéon. »Ha!«, rief er und deutete mit der Zigarette auf eine der Spitzen. »Hier hängt was, ein paar Fasern vielleicht!«

»Geht's vielleicht noch lauter?«, zischte Vioric. »Willst du, dass Mademoiselle Girard das als Untertitel für einen ihrer Schnappschüsse benutzt?«

Julien Vioric konnte den Blick kaum von dem verdrehten Körper abwenden. Er erkannte Verletzungen, wie er sie auch in Flandern gesehen hatte, aber da waren Granaten für geborstene

Rippen verantwortlich gewesen. Vioric war erleichtert, als Doktor Durand von der Gerichtsmedizin endlich kam.

»Doktor Durand, können Sie mir sagen, ob der Junge ein schmetterlingsförmiges Muttermal am Steißbein hat? Dann habe ich alles, was ich für den Moment brauche.«

»Sie haben wohl schon einen Verdacht, um wen es sich hier handelt, Lieutenant?«

»Es könnte Clément Faucogney sein. Er kehrte vor fünf Tagen nicht mehr vom Fechtunterricht zurück. Wie sich herausstellte, lag sein Lehrer mit Darmkatarrh im Bett, und seit dieser abgesagten Stunde wird der Junge vermisst. Seine Mutter wurde gebeten, ein eindeutiges Körpermerkmal ihres Sohnes zu nennen, falls man eine nicht zu identifizierende Leiche findet. Sie nannte besagtes Muttermal.«

Doktor Durand nickte und wandte seine Aufmerksamkeit dem Opfer zu.

»Ich habe schon viele Leichen gesehen, aber das hier – wenn es nur ein bisschen anders aussehen würde, würde ich sagen, der Junge wurde von einem Automobil überfahren. Oder wurde vor eine U-Bahn geworfen. Warten Sie einen Augenblick.« Der Doktor nahm ein paar Untersuchungen vor, deren Anblick Vioric sich ersparte. Er stand auf und trat zu dem jungen Murier.

»Ich denke, wir sollten einander kennen, wenn uns das Schicksal schon hier bei diesem armen Teufel zusammenwürfelt. Lieutenant Julien Vioric, mein Name.«

Der junge Gardien nickte. »Stéphane Murier, Gardien de la paix stagiaire, Lieutenant Vioric!«

»Woher kommen Sie?«

»Aus Antibes.«

Vioric zuckte zusammen. »Antibes? Ist das Ihr Ernst?«

Murier nickte.

»Was zum Teufel brachte Sie dazu, sich nach Paris zu begeben?«

»Meine Eltern sind an der Spanischen Grippe gestorben. Und Paris? Lieutenant, jeder will doch nach Paris.«

Tusson gesellte sich zu ihnen. »Ja, vor allem Amerikaner, weil sie sich bei uns noch betrinken dürfen.« Tusson hatte nichts übrig für die zehntausenden Exilanten aus der neuen Welt, die neuerdings Paris bevölkerten, weil sich die Stadt seit dem Krieg auf eine Weise gemausert hatte, die Vioric nicht hätte beschreiben können.

»Manche sind auch hier, um Bücher zu schreiben«, beteuerte Murier, als müsste er die vermeintlichen Flüchtlinge der amerikanischen Prohibition in Schutz nehmen. »Mein Mitbewohner zum Beispiel schreibt einen Roman über …«

»Wie alt sind Sie?«, unterbrach ihn Vioric.

»Einundzwanzig.«

»Du meine Güte.«

»Lieutenant?«

»Nun, das ist jetzt nicht der richtige Zeitpunkt, aber vielleicht kann ich Sie irgendwann dazu überreden, zurück nach Antibes zu gehen. Sie wollen doch nicht Ihr junges Leben dieser Stadt zum Fraß vorwerfen.« Er zwinkerte Murier zu und warf anschließend einen Blick über die Schulter. Der Doktor schien sich den Sack, in dem der Junge gefunden worden war, genauer anzusehen.

»Packen Sie den Taschenkrebs ein, Murier?«

»Natürlich.«

Vioric gesellte sich zum Doktor. Über die Leiche gebeugt, versuchte er seine Kenntnisse menschlicher Anatomie mit dem in Einklang zu bringen, was er vor sich sah. Aber er gab es bald wieder auf. Im Körper dieses Jungen war kein Knochen mehr heil, das erkannte er auch ohne Medizinstudium. Der Gerichtsmediziner schüttelte immer wieder den Kopf beim Anblick der blauen

Flecken und Schwellungen, die Brustkorb und Oberschenkel der Leiche überzogen. Vioric ahnte, was der Fachmann dachte. Der Junge hatte noch eine Weile gelebt während der Prozedur, derer man ihn unterzogen hatte.

Der Gerichtsmediziner schob den Kiefer des Jungen auseinander und tastete sich tief bis in den Rachen vor. »Sehen Sie sich das an, Vioric.«

Durand zog ein blutiges, rundes Holzstück hervor.

»Er war geknebelt. Das lässt zumindest hoffen, dass er durch den Sauerstoffmangel recht schnell das Bewusstsein verloren hat.«

Vioric hatte genug gesehen. Er ging zu Tusson, neben dem der Polizeifotograf mittlerweile das Gitter vor der Treppe ablichtete.

»Ich glaube, hier haben wir Blutspuren.« Tusson betrachtete die Flecken wie ein Maler, der sich eine Bildkomposition ausdenkt. »Also, wenn du meine bescheidene Theorie hören möchtest, Vioric – und danach sage ich nichts mehr, weil ich hier offiziell gar nicht ermittle ...«

»Stimmt, du untersuchst derzeit diese nächtlichen Einbrüche, bei denen nie etwas gestohlen und nie jemand umgebracht wird.«

»Mach dich nicht lustig darüber. Es sind mittlerweile vier Kinder, denen nachts von einem Irren die Brust zerkratzt wurde. Frag deinen Bruder doch selbst. Der Herr Polizeipräfekt wird dir bestätigen, dass diese Fälle unsere schöne Stadt ebenso in Aufruhr versetzen können wie tote adelige Bürschchen.« Tusson deutete auf die Eisenstreben. »Irgendjemand hat den Körper gegen diesen Zaun hier geschleudert. Siehst du die abgerissenen Fasern der Sackleinen hier? Und das Blut da unten? Ich würde sagen, der Täter stand hier drüben und hat den Sack in dieser Höhe gegen die Zaunstäbe geschleudert.

Schau hier, diese kleine Metallverbindung ist dabei aus den Zwischenräumen gebrochen. Du kannst dir die Kraft vorstellen, mit der das hier passiert ist?«

»Das müsste ein Riese gewesen sein.« Vioric hatte Mühe, sich das groteske Schauspiel vorzustellen. »Wie soll das bitte gehen?«

Tusson klopfte sich Asche von seinem Revers. Sein Jackett war derart speckig, dass seine Oberfläche beinahe an Leder erinnerte. Vioric stellte fröstelnd den Kragen seines eigenen Mantels hoch. Die Morgendämmerung hatte dem Tag noch nicht das Feld überlassen, und der Frost schien den Dunst der Stadt in Eis zu verwandeln.

»Ein Kerl mit großer Kraft und einer gewaltigen Statur«, dachte Tusson laut nach. »Du kennst doch diesen Metzger von den Schlachthöfen in *La Villette*, der uns immer die Würste für die Weihnachtsfeier liefert. Diesen absurd großen Kerl mit den Schaufelhänden. Von so einem Exemplar reden wir hier. Oder von jemandem, der völlig der Raserei anheimgefallen ist.«

Vioric rammte die Hände in seine Taschen. »Wieso hat das alles eigentlich niemand mitbekommen?« Er betrachtete die Menschenmenge. Héloïse Girard war nicht mehr die einzige Frau mit auffallender Kopfbedeckung. Ein paar junge Frauen kamen gerade aus der Nacht zurück, und ihre mit Glitzer besetzten Hüte über halb geschlossenen Pelzstolen sahen falsch aus in dem bedrückenden Morgendunst.

»Du weißt doch, wie die Leute sind.« Tusson zuckte mit den Schultern. »Keiner weiß was, keiner will was gesehen haben. Vor allem nachts. Und erst recht bei dieser Kälte.« Viorics Stirn begann zu schmerzen. Er ließ seinen Blick erneut über die Menge schweifen und stellte sich dahinter das Meer bei Antibes vor, das Wintermeer mit rosigem Morgennebel, und er strengte sein Gehör auf der Suche nach Möwenschreien an.

Aber er hörte nur Tusson, der weiter spekulierte. »Dieser Mistkerl steht hier vielleicht irgendwo und glotzt uns an.«

Sein Kollege hatte recht. Die ersten Gardiens hatten sich schon längst darangemacht, die Leute zu befragen. Sollte einer der Schaulustigen eine Zeugenaussage machen, würden sie sofort davon erfahren. Irgendwo unter ihnen, auf diesem riesigen, prächtigen Platz im Schatten der französischen Ruhmeshalle, stand er vielleicht. Ein Riese, der einen Winzling zerschmettert hatte. Vioric stellte fest, dass ihm der Gedanke an die kommende Ermittlung bereits jetzt auf den Magen schlug. Was für eine Botschaft steckte hinter diesem abscheulichen Mord? Viorics Blick verlor sich in der Menschenmenge, deren Neugier nicht abebben wollte. Ihm kam wieder der Taschenkrebs in den Sinn. Hatte den vielleicht doch ein Lieferant auf dem Weg zu einem feinen Restaurant verloren, just an der Stelle, an der kurz darauf ein Mord geschehen sollte? Vioric deutete sich selbst ein Kopfschütteln an. Hinter dem Laken, das die Neugierde der Leute aussperrte, suchten einige seiner Männer das Pflaster nach weiteren Spuren ab. Warum hatte der Mörder den Jungen ausgerechnet auf dem Panthéon getötet? Dieser gigantischen Gruft für berühmte Pariser, die Viorics Meinung nach weit weniger geleistet hatten als jeder einzelne der vier Millionen Verletzten und zwei Millionen Toten, die Frankreich zu diesem Krieg beigesteuert hatte. Plötzlich kam ihm die weiße Trennwand zwischen den Polizisten und der Menge albern vor. Und warum zum Teufel musste dieser kleine Gardien mit seinem nun doch ziemlich aufdringlich duftenden Leintuch ausgerechnet aus Antibes kommen?

»Lieutenant?« Der Doktor machte Vioric ein Zeichen. »Hier unten haben wir einen kleinen Schmetterling.«

Vioric glaubte zuerst, sich die Worte nur eingebildet zu haben, ehe ihm klar wurde, dass Durand damit das Muttermal meinte. Er nickte dem Pathologen dankend zu, aber Tusson sprach aus, was er wirklich dachte. »Verdammte Scheiße. Jetzt darfst du den Mörder eines Adeligen suchen. Dein Bruder wird dich an eine noch kürzere Leine nehmen, und die *Action française* wird dir auf die Finger schauen. Diesen katholischen Umstürzlern sind ihre adeligen Geldgeber heiliger als ihre eigenen Mütter. Viel Spaß, mein Freund. Ich werde dich hier verlassen und wieder zu meinen zerkratzten Kindern zurückkehren.«

Die Wolken schienen sich wie neugierige Betrachter aus ihren Logen zu wölben und schwer auf Viorics Schultern zu legen. Aber es war der Gedanke an seinen Bruder Edouard Vioric, der ihn am meisten erschöpfte. Er beneidete Paul Tusson. Der klopfte ihm auf den Rücken und lächelte schon wieder süffisant. »Ich kann dir aber, wie du sicher weißt, bei einer anderen Sache behilflich sein.«

»Vergiss es, Tusson. Ich komme nicht mit dir in deine Jazzclubs und zu deinen Nacktänzerinnen.«

»Warum nicht? Nenn mir einen ehrlichen Grund. Tut der Granatsplitter in deiner Schulter zu sehr weh, wenn du dich amüsierst?« Er verzog spöttisch das Gesicht. »Oder hast du beim Anblick von schwarzen Musikern das Gefühl, dieser Krieg wäre umsonst gewesen?«

»Du verwechselst mich mit meinem Bruder, Paul. Ich bin kein Mitglied der *Action française*. Ich bin … dein Freund.«

»Und als mein Freund lass dir gesagt sein …« Er legte die flache Hand auf Viorics Brust. »Auch wenn das massenhafte Verrecken schon sechs Jahre hinter uns liegt, die Realität wird nach wie vor davon korrumpiert. Es gibt nur ein Mittel gegen diesen Krieg, der noch immer in unseren Körpern und Köpfen tobt.«

»Ach, was denn? Dein hohles Vergnügen, Tusson?«

Sein Kollege lachte und hustete. »Das pure, wilde Leben. Und nun entschuldige mich. Ich muss ein kleines Mädchen im Krankenhaus besuchen.«

Tusson wandte sich um und schlenderte davon. Seine rötlichen Haare leuchteten unter seinem schwarzen Fedora-Hut. Vioric hätte ihm so gerne geglaubt. Er hätte gerne gelebt. Aber er konnte nichts anderes im Leben sehen als vergebliche Mühsal, die sich um wenige genussvolle Momente drehte. Und eine aus der Feigheit zum Suizid geborenen Notwendigkeit, durchzuhalten.

Auf dem Weg zurück in die Préfecture beschloss Julien Vioric aber, dem Ratschlag seines Freundes Tusson vielleicht doch noch eine Chance zu geben. Pures, wildes Leben. Was wäre so schlimm daran, sich einmal in die ganz spezielle Umarmung einer Pariser Nacht zu werfen? Aber beim Gedanken an den rauchigen, parfümierten Dunst von Nachtschwärmern in vollgestopften Cafés und Theatern überfiel ihn ein Widerwillen, der beinahe an Übelkeit grenzte. Nein, er wusste, was er brauchte, um sein inneres Pendel ruhig zu halten. Er musste die Pariser Trottoirs unter seinen Schuhsohlen spüren, den regelmäßigen Takt seiner Schritte. Die Gewissheit, dass er ganz allein bestimmen konnte, wie schnell oder langsam er sich wohin bewegte.

Er passte seinen Schritt minimal an das Tempo der anderen Passanten an. Das gab ihm Zeit, den erwachenden Wintermorgen genau zu begutachten. Andere Polizisten hetzten mit einem Taxi Monoplace von einem Einsatzort zum nächsten oder orderten vielleicht ein Polizeifahrzeug, aber Vioric wählte, wann immer es sich einrichten ließ, den Gang durch die Stadt. In diesen Momenten war er am Leben. Er betrachtete im Vorübergehen sein Spiegelbild in Schaufenstern, in denen die diesjährigen Winteraccessoires dargeboten wurden. Ein Muff aus Fuchspelz, Stiefel aus Lammleder. Und davor der nicht enden wollende Strom reduzierter Gestalten und Nichtexistenzen. Prothesen und Krücken trommelten auf das feuchte Pflaster, und in der halb transparenten Scheibe schien ihn dieser Strom zu umspülen, ihn über die glatte Glasfläche mit sich davonzuziehen. Vioric schaute zu einem Dienstmädchen auf, das auf einem busigen Balkon Teppiche ausklopfte. Vor einem Café blieb er ein paar Sekunden stehen, um den wundervollen Duft einzuatmen, der wie eine Fahne in der eisigen Luft stand. Tauben flogen auf, und ihr hektischer Flügelschlag trieb ihn wieder zur Eile an.

In der Préfecture überquerte er ohne aufzusehen den großen Hof und dachte ein weiteres Mal, wie unpassend es doch war, dass der Eingang zu seinem Arbeitsplatz einem Triumphbogen glich. Wann hatten sie denn jemals über das Verbrechen triumphiert?

In der Eingangshalle linker Hand wollte er die Treppe in sein Büro hinaufeilen, als ihm sein Bruder entgegenkam. Edouard Vioric war ein hagerer, groß gewachsener Mann, der seine Haare seit seinem achtzehnten Lebensjahr regelmäßig dem Rasiermesser eines Barbiers opferte, weil er der Meinung war, der kahle Kopf eines Mannes wäre das sichtbarste Zeichen seiner Macht und Souveränität.

Julien blieb auf halbem Weg nach oben stehen und erwartete sein Schicksal. Es wäre nicht das erste Mal gewesen, dass Edouard sich seinem älteren Bruder in den Weg stellte, um ihn zu maßregeln und in seiner ganzen Jovialität anzuspornen, während seine Glatze den Glanz der polierten Knäufe am Treppengeländer widerspiegelte. Der Polizeipräfekt schaffte es noch jedes Mal aufs Neue, dass Julien Vioric sich fühlte, als würde er allein die Last der Verantwortung über das Wohlergehen der Hauptstadt auf seinen Schultern tragen. Erst recht, da Edouard 1913 dafür gesorgt hatte, dass sein beschauliches Zwischenspiel in Antibes durch eine unerwartete Beförderung beendet worden war. Immer, wenn Julien seinen Bruder sah, empfand er diesen Wendepunkt wie einen Riss, der seitdem durch sein Leben lief. Seit dieser Zeit schmeckte die Luft in Edouards Nähe nach Schuldigkeit und einer unausgesprochenen Verpflichtung, der Vioric niemals zu genügen schien.

Edouard Vioric sah von drei höhergelegenen Treppenstufen auf ihn herunter. »Ist er es?«

Julien wollte gerade zu einer Antwort ansetzen, als das charakteristische Schnappen einer Kameralinse ihn herumfahren ließ.

»Das wollte ich auch gerade fragen.« Héloïse Girard deutete eine Verbeugung an und zeigte Edouard ihre perlweißen Zähne. »Monsieur le Préfet.« Dann zwinkerte sie Julien zu, als hätten sie durch den Blickkontakt am Leichenfundort nun eine Gemeinsamkeit. »Lieutenant.«

»Sie haben hier nichts zu suchen!«, blaffte Edouard Vioric.

»Oh, ich habe schon gefunden, was ich gesucht habe. Der ermittelnde Lieutenant im Gespräch mit dem Leiter der Polizeipräfektur höchstpersönlich. Das wird unseren Lesern zeigen, dass die Sache ernst genommen wird. Also, ist es der Faucogney-Junge?«

Edouard setzte zu einer abwehrenden Erwiderung an. Ohne seinen Bruder aus den Augen zu lassen, sagte Julien: »Ja, er ist es. Ohne Zweifel.« Edouard versteifte sich neben ihm.

»Und dürfen unsere Leser auch erfahren, woher Sie das wissen?«

Mademoiselle Girard strahlte mit ihrem honiggelben Hut um die Wette. Julien wusste, dass Edouard in ihrer Anwesenheit jedes Mal das Gefühl hatte, als würde ihm ein nasser Lappen ins Gesicht geschleudert. Er unterdrückte ein Grinsen.

»Es gab eindeutige Anzeichen für seine Identität.«

»Nur Anzeichen?«

»Mademoiselle, würden Sie bitte gehen!«, forderte Edouard sie auf. »Sie dürfen Ihren Lesern berichten, dass Lieutenant Vioric und seine Männer alles daransetzen werden, den Mordfall gewissenhaft aufzuklären.«

»Aber natürlich! Das sind Sie Ihren einflussreichen adligen Freunden schließlich schuldig, nicht wahr, Monsieur le Préfet?« Girard ließ wie zufällig ihre langen, auffällig spitz gefeilten Fingernägel über das Objektiv ihrer Kamera gleiten.

Edouards Glatze rötete sich. Julien wusste, dass sein Bruder die Reporterin am liebsten die Treppe hinabgestoßen hätte. Er hasste weibliche Aufmüpfigkeit und hätte es lieber gesehen, wenn Frauen wie Héloïse Girard, die mittlerweile scharenweise in Büros und an öffentlichen Stellen saßen, sich um ihre Bügeleisen und Stricknadeln und Wickeltücher gekümmert hätten.

»Ganz recht«, sagte er mit bemühter Ruhe. »Sie werden eines Tages auch noch lernen, dass es nicht von Nachteil ist, wenn man sich mit dem Adel gut stellt. Irgendjemand muss dieses Land …«

»Es heißt, dass Sie gerne bei den Faucogneys dinieren«, unterbrach sie ihn. »Nach dem, was man so hört, lassen Sie sich am liebsten zu Hummer einladen.« Sie beugte sich noch ein wenig weiter zu den Männern vor. »Sagen Sie, werden Sie die Nachricht über den Tod des Jungen beim nächsten Abendessen persönlich überbringen?«

Julien biss sich auf die Unterlippe, um dem amüsierten Kitzeln in seinen Mundwinkeln nicht weiter nachzugeben. Wenn man nicht selbst unter dem Brennglas ihrer Provokation lag, war es köstlich, ihr dabei zuzusehen, wie sie ihren Gegenüber genüsslich zerlegte. Statt einer Antwort hob Edouard die Hand und winkte zwei Gardiens am Fuß der Treppe heran. »Entfernen Sie diese Frau!«

Héloïse Girard lächelte und drehte sich um. Etwas an ihrem Gang veranlasste die beiden rangniederen Polizisten, sie mit respektvollem Abstand zur Tür zu begleiten. Sie rauschte aus der Halle wie eine Nebendarstellerin von einer Theaterbühne, die genau wusste, dass sie der Hauptfigur gerade die Schau gestohlen hatte.

Edouard starrte Julien an. »Du nimmst dich vor dieser Person in Acht«, zischte er. »Wie überhaupt vor der ganzen Presse. Du überbringst den de Faucogneys die Nachricht, und du benimmst dich dabei anständig. Ich will heute Abend einen Bericht über alles, was wir bislang wissen. Du bekommst eine Ermittlungseinheit zugeteilt.«

Edouard ging zwei Stufen nach unten. »Bis heute Abend kein weiteres Wort mehr zur Presse, verstanden?«

Julien Vioric hätte gerne ein wenig Zeit gehabt, sich Gedanken zu machen, seine Eindrücke vom Leichenfundort zu ordnen, aber nun musste er sich beeilen. Es wäre unentschuldbar, wenn die Familie Faucogney gerüchteweise vom Tod ihres Sohnes erfahren würde, bevor die Polizei sie offiziell informierte. Er beauftragte nur noch kurz einige Gardiens damit, Lieferanten und Abnehmer großer Taschenkrebse ausfindig zu machen. Er wollte sich gerade auf den Weg zum Stadtpalais der Familie machen, als ihm im Hof Stéphane Murier begegnete.

Vioric schnitt ihm den Weg ab und bugsierte ihn zum Tor. Im Gehen eröffnete er Murier, dass er ihn als Mitglied der neuen Ermittlungseinheit betrachtete. Der Junge quittierte diese Neuigkeit mit einer überschäumenden Euphorie.

»Also, Clément Faucogney ist vor fünf Tagen auf dem Weg zum Fechtunterricht verschwunden. Begleitet wurde er von seiner Gouvernante, einer sechsundzwanzigjährigen Frau namens Isabelle Magloire.«

»Ein Sechzehnjähriger mit einem Kindermädchen?« Murier sah Vioric zweifelnd von der Seite an.

»Das ist jedenfalls ihr offizieller Titel.«

Vioric betrachtete sehnsüchtig ein Bistrofenster, hinter dem gerade ein dampfendes Spanferkel effektvoll aufgetischt wurde, in dessen knusprigem Rücken ein Messer steckte. »Jedenfalls verschwand der Junge, und auch Isabelle Magloire kam nicht mehr wieder.«

»Sind die beiden vielleicht gemeinsam durchgebrannt?«, fragte Murier, der langsam aufzutauen schien. »Aber Clément wurde auf eine so bestialische Weise ermordet. Das passt doch nicht zusammen.«

Voiric nickte nachdenklich. »Ich möchte geklärt haben, ob es möglich ist, dass Clément gegen dieses Eisengitter geschleudert wurde. Ob der Place du Panthéon überhaupt der Ort ist, an dem er gestorben ist. Jeder kann ein bisschen Blut an einen Zaun schmieren und ein Eisenstückchen herausbrechen, um einen Tatort zu inszenieren, nicht wahr?« Vioric sah Murier prüfend von der Seite her an, der zögerlich zustimmte. »Wir wissen noch gar nichts und solange das so ist, werden wir der Presse sagen, dass der Junge schlicht erschlagen wurde.«

Vioric ging innerlich noch einmal über den Place du Panthéon, und er glaubte zu sehen, wie feine Haarrisse sich durch die Szenerie zogen, aus denen langsam der Wahnsinn in die Welt sickerte. Murier hatte recht. Irgendetwas an der Sache war merkwürdig.

In der Ferne hinter der Stadtvilla der Familie Faucogney thronten die gläsernen Kuppeln des Grand Palais, die an diesem

Tag hinter dem Nebel verwässerten, als würden sie sich auflösen. Ein Dienstmädchen ließ sie ein, und Murier klopfte sich angesichts ihrer erhobenen Augenbrauen verlegen die Feuchtigkeit von den Stiefeln.

Vioric lauschte in das riesige, stille Haus hinein. Irgendwo im oberen Stockwerk hallten Schritte. Er betrachtete die wuchtigen Rahmen der Ölgemälde in der Eingangshalle, die chinesischen Vasen und die herrlich gravierten Bleiglasscheiben der Türen. All diese Pracht, die Selbstsicherheit, mit der die Ahnen der Faucogneys aus ihren Rahmen starrten, würden ihre Bedeutung verlieren angesichts der Botschaft, die er zu übermitteln hergekommen war. Als sie schließlich zu Madame und Monsieur Faucogney vorgelassen wurden, schien es Vioric, als sei Cléments Mutter seit seinem letzten Besuch vor fünf Tagen um die Hälfte geschrumpft. Vioric machte es kurz. Er nannte kein einziges der schrecklichen Details, erwähnte aber den charakteristischen Leberfleck am Steißbein der Leiche. Madame Faucogney wurde blass und klingelte, als wäre das die einzig mögliche Antwort auf diese Nachricht, nach einem Dienstmädchen, von dem sie sich mit bebenden Schultern zur Tür bringen ließ. Monsieur Faucogney dagegen wirkte gefasst, beinahe erleichtert, und führte sie auf Nachfrage Viorics in das winzige Zimmer von Isabelle Magloire im Souterrain der Villa.

»Sie meinen, Cléments Gouvernante hat etwas damit zu tun?«, fragte er und ließ seinen Blick durch das karg eingerichtete Zimmer schweifen, das Ähnlichkeiten mit einer Mönchszelle hatte.

Madame de Faucogney, so der Hausherr, könne sich noch genau daran erinnern, wie Isabelle lediglich mit ihrer Handtasche am Arm Clément zu der Fechtstunde begleitet hatte, so wie immer. Aber kurz nach ihrem Weggang war dem Zimmermädchen aufgefallen, dass Isabelle Magloires Kleider, Schuhe und alle anderen Habseligkeiten verschwunden waren. Niemand konnte sich erklären, wie sie das alles unbemerkt aus der Villa fortgeschafft hatte.

»Clément war in sie verliebt, und das verwundert nun wirklich niemanden. Sie haben ihr Bild ja gesehen.« Ein Phantomzeichner der Polizei hatte ein Abbild von Isabelles Gesicht nach Madame Faucogneys Beschreibung angefertigt. Vioric dachte an das puppenhafte Gesicht der Frau, die mit ihrem breiten Kinn und den großen Augen aussah, als gehörte ihr Gemälde in den Louvre hinter einen Bilderrahmen und nicht in die Akte einer Vermisstenanzeige.

»Und auch wenn Isabelle unnahbar war und sich der Herrschaft gegenüber immer korrekt verhalten hat, hatten sie und Clément sicher ihre Geheimnisse.«

»Gab es vielleicht Streit zwischen den beiden?«

»Gut möglich. Sie wissen doch, wie die Jugend ist, Lieutenant. Und Sie wissen auch, wie die Frauen sind. Vor allem die mittellosen unter ihnen.«

Vioric überging die arrogante Bemerkung.

»Monsieur de Faucogney, woher stammte Isabelle Magloire?«, fragte Murier, dem Vioric aufmunternd zugenickt hatte. Edouard hätte mit den Zähnen geknirscht, wenn er erfahren hätte, dass Vioric einem einfachen Gardien ein paar Ermittlungsfragen zugestand. »Was können Sie uns über die Frau und ihren Hintergrund sagen? Wann wurde sie eingestellt und mit welchen Referenzen?«

Faucogney knöpfte sich die Weste auf, als würde er nur noch schlecht Luft bekommen.

»Das fragen Sie besser meine Frau. Sie hat Isabelle vor etwa einem Jahr eingestellt. Sie hat normalerweise ein Händchen für ... so was.« Er bewegte sich auf die Türschwelle zu. »Ihnen ist sicherlich bewusst, dass es hier nicht bloß um den tragischen Verlust geht, den diese Familie zu verkraften hat, sondern vor allem auch um unsere Ehre. Das hat man davon, wenn man den erstbesten Dahergelaufenen eine Chance gibt und darauf vertraut, dass sie dankbar und anständig sind. Dass sie es verstehen, Anstand und Respekt zu wahren und nicht den Kindern der Herrschaft den Kopf zu verdrehen.«

»Hat Isabelle Magloire auch Ihnen den Kopf verdreht, Monsieur Faucogney?« Der Hausherr erstarrte. Vor seinem inneren Auge sah Vioric seinen Bruder die Hände über dem Kopf zusammenschlagen.

»Verlassen Sie mein Haus!«, zischte Faucogney. »Und kommen Sie erst wieder, wenn Sie den Mörder meines Sohnes gefunden haben!«

Als Vioric und Murier kurz darauf im eisigen Regen standen, der wie messerscharfe Nadelspitzen auf sie einstach, platzte es aus Murier heraus. »Er hatte was mit dieser Gouvernante.«

»Natürlich. Das sähe eine Blindschleiche mit verbundenen Augen.«

»Wissen wir denn, welchen Weg der junge Faucogney und diese Isabelle genommen haben?«

Vioric wandte den Kopf. Er konnte hinter den Dunstschwaden die Kuppeln des Grand Palais nur noch erahnen und meinte, das Trommeln des Regens auf den gigantischen Glashauben hören zu können. Er zog eine Straßenkarte aus seiner Manteltasche hervor.

»Ich habe vor fünf Tagen die Mutter dazu befragt. Sie hat ihn mir hier eingezeichnet. Hier, die Rue Jean Goujon in Richtung Seine, und dann am Ufer entlang Richtung Trocadéro. In der Rue Vineuse, westlich des Parks, liegt der Salon des Fechtlehrers. Aber auf dieser Strecke gibt es natürlich tausend Möglichkeiten für Umwege.«

Murier nickte. Regentropfen sprangen von seinen Augenbrauen ab, und Vioric wunderte sich, dass der Junge nicht vorschlug, sich irgendwo unterzustellen. Er war selbst versucht, in einem Café Schutz vor dem Regen zu suchen. Viorics letzte Mahlzeit lag mehr als sechzehn Stunden zurück, und es fühlte sich an, als würde auch in seinem Magen ein harter, kalter Regen fallen.

»Murier, stellen Sie eine kleine Truppe zusammen, und kämmen Sie diese Gegend nach Zeugen durch. In einem Radius von, sagen wir, fünfhundert Metern. Wenn Clément und Isabelle ein Liebespaar waren, dann wollten sie Zeit für sich, und sei es nur auf einem Spaziergang. Vielleicht haben sie sich auch in einem Bistro aufgehalten oder hinter einer Hecke im Trocadéro. Finden Sie Leute, die die beiden gesehen haben. Ein teuer gekleideter Junge und eine schöne Frau im strengen schwarzen Kleid. Und überprüfen Sie, ob der Fechtlehrer wieder genesen ist.«

»Wird gemacht, Lieutenant Vioric.« Murier salutierte.

»Lassen Sie das!«, blaffte Julien und fügte etwas sanfter hinzu: »Seien Sie froh, wenn Sie in Ihrem Leben nie die Finger an die Stirn heben müssen, es sei denn, Sie müssen sich da kratzen.« Er schlug den Weg in Richtung Préfecture ein. Murier schien ihn gar nicht zu hören. Er war stehen geblieben und hing seinen Gedanken nach. Aber nach ein paar Metern hörte Vioric, wie der junge Gardien ihn bereits wieder einhole.

»Lieutenant, ich verstehe das Ganze nicht. Hier scheint es um eine Liebesgeschichte zu gehen, vielleicht im Dreieck zwischen Vater, Sohn und Gouvernante. Wenn die Gouvernante verschwindet, dann ist sie womöglich durchgebrannt oder der Vater wollte sie loswerden.«

»Sie meinen, wir werden demnächst ihre Leiche aus der Seine fischen, den gepackten Koffer noch in der Hand?«

Vioric wich im nächsten Moment einer Frau aus, die mit einem riesigen Zwillingskinderwagen durch die Passanten auf dem Trottoir pflügte und dabei den kreischenden Insassen des Wagens lauthals ein Lied vorsang.

»Vielleicht«, sagte Murier. »Aber wie passt das mit dem jungen Faucogney zusammen? Warum endet ein junger Adeliger auf derart schreckliche Weise und wird nicht einfach nur ausgeraubt und erstochen?«

»Vielleicht gehören die beiden Fälle nicht zusammen«, überlegte Vioric. »Aber um das herauszufinden, Murier, müssen wir das sehen, was nicht gesehen werden will.«

Der kurze Wintertag verstrich beinahe unbemerkt während all der Zeugenbefragungen, einer Besprechung mit Doktor Durand, etlichen Tassen Kaffee und einem raschen Imbiss bei einer Kartoffelbraterei auf der Straße. Als Vioric von seinen Akten aufsah und es vor den Fenstern bereits dunkel war, erschrak er.

Bei der abendlichen Besprechung ließ der Polizeipräfekt es sich nicht nehmen, persönlich anwesend zu sein. Julien Viorics Büro war mit Stühlen vollgestellt, und an der Tür lehnte wie eine ironische Note Paul Tusson. Wahrscheinlich war er nur hier, dachte Vioric, um ihn im Anschluss zu einer seiner abendlichen Vergnügungen zu überreden.

»Doktor Durand hat bestätigt, dass der Junge gegen den Eisenzaun vor dem Panthéon geschleudert wurde, bis der Tod eintrat«, begann der Lieutenant.

Die anwesenden Polizisten verzogen die Gesichter. Der Polizeipräfekt schloss die Augen. Offensichtlich legte sich sein Bruder bereits die Worte zurecht, mit denen er als Überbringer der unglückseligen Botschaft seinen Gönner milde stimmen wollte.

»Die Muster der Brüche an Rippen und Schienbeinen, Hüfte und Armen stimmen mit dem Muster der Eisenstäbe überein. Zudem haben die Kollegen an dem Sack, in dem der Tote steckte, einige abgeblätterte Rostpartikel des Zauns gefunden. Der Junge starb an der massiven Gewalteinwirkung gegen Kopf und Brust. Welche der vielen Verletzungen es nun genau war, die seinen Tod verursacht hat, lässt sich nicht mehr sagen.«

»Konnte unser guter Doktor herausfinden, ob es mehrere Täter waren, oder gab es nur einen?«, rief Tusson in den Raum hinein.

Vioric nickte. »Es gibt eindeutige Griffspuren an den Fußknöcheln des Toten, wo der Täter den Jungen aller Wahrscheinlichkeit nach festgehalten und ihn mit der Vorderseite des Körpers gegen den Zaun geschlagen hat. Derzeit deutet nichts auf eine zweite, unmittelbar an der Tat beteiligte Person hin.«

»Was haben Sie über diesen Krebs herausgefunden, Lieutenant Vioric?«, warf der Präfekt ein. Vioric zog unwillkürlich die Augenbrauen in die Höhe. Er würde sich wohl nie daran gewöhnen, dass sein eigener Bruder ihn in der Préfecture zu siezen pflegte.

»Der Krebs wurde von Doktor Durand ebenfalls untersucht. Das Fleisch war noch frisch ...« Vioric richtete sich an den Gardien vor sich. »Sie und Ihre beiden Kollegen haben untersucht, woher der Krebs stammen könnte.«

»Ja, Lieutenant. Der Krebs ist ein Taschenkrebs, *Cancer pagurus*. Er wird vor allem auf dem Fischmarkt angeboten, allerdings auch in zahlreichen kleineren Fischläden überall im Rest der Stadt.«

»Und? Irgendetwas Auffälliges?«

Die Gardiens schüttelten den Kopf. »Der Händler im Marché Saint-Quentin sagte, dass von den Viechern jeden Tag viertausend Stück in Paris verkauft und verspeist werden.«

»Das ist keine tragfähige Spur!« Edouard Vioric erhob sich. »Verzetteln wir uns bitte nicht, meine Herren.«

Der Satz war an alle Anwesenden gerichtet, aber sein Bruder erfasste mit seinem Blick nur Julien, als läge es allein in seiner Verantwortung, ob die Ermittlung erfolgreich werden würde oder nicht. So war es immer gewesen, zumindest, seit Benoît Vioric, der vormalige Polizeipräfekt, beschlossen hatte, dass Edouard als sein Nachfolger besser geeignet war als sein älterer Sohn Julien. Oder vielleicht auch seit dem Tag im Jahr 1919, als die ganze Familie nach Kriegsende wieder zusammen an einem Tisch gesessen hatte und klar wurde, dass Julien irgendwie verbogen aus den Schützengräben zurückgekehrt war, während es Edouard gelungen war, seine Kriegserlebnisse in eine aufgeräumte, fast gläserne Entschlusskraft umzuwandeln.

»Wer recherchiert hier die Vergleichsfälle?«, wandte Edouard sich an die Polizisten. »Wann, wo, wie hat es so etwas schon mal gegeben?«

»Wir arbeiten daran, Monsieur le Préfet«, sagte Tusson zu Juliens Überraschung. »Gallimard und Gautier wühlen sich bereits durch das Archiv der Präfektur.«

»Gut. Weiter so, die Herren.« Edouard nickte knapp und verließ das Büro.

Kaum war sein Bruder verschwunden, spürte Julien, wie sich sein Brustkasten weitete und seine Lungen sich mit Luft füllten. Verstohlen sah er sich um, ob die anderen ihm die Erleichterung ansehen konnten, aber seine Leute wirkten ernst und konzentriert. Allein Tusson zwinkerte ihm zu, bevor er sich mit einem lauten Seufzer der Zufriedenheit auf den Platz setzte, den der Präfekt gerade frei gemacht hatte.

Vioric hörte sich die wenig erhellenden Erkenntnisse von Muriers kleiner Truppe an, die die Umgebung von Cléments Weg zur Fechtschule überprüft hatten. Murier berichtete gerade, dass der Fechtlehrer wegen seines schweren Darmkatarrhs mittlerweile im Krankenhaus lag und es wohl nicht gut für ihn aussah, als ein weiterer Gardien an der Tür erschien. Er hielt ein paar Schriftstücke in die Höhe. »Lieutenant? Das hat mir der diensthabende Beamte von der Abteilung für Vermisstenfälle gerade übergeben. Hoffe, das kommt jetzt nicht zu spät. Dem Kollegen ist es gerade eben erst aufgefallen.«

Vioric richtete sich stirnrunzelnd auf und beobachtete, wie die Papiere durch einige Hände hindurch den Weg zu ihm fanden.

»Vor einer Woche hat eine junge Frau namens Lysanne Magloire einen Suchantrag für ihre Schwester Isabelle Magloire gestellt.« Ein Raunen ging durch den gesamten Raum. »Sie gehört wohl zu jenen Verzweifelten, die jahrelang nichts von ihren nach Paris verzogenen Verwandten gehört haben und schließlich bei uns landen, um zu erfahren, ob ihre Angehörigen zufälligerweise im Zusammenhang mit irgendeinem polizeilichen Fall in unseren Registern vermerkt sind.«

»Tja, wird höchste Zeit, dass wir hier eine Meldepflicht bekommen«, fand Tusson. Vioric nahm die Papiere entgegen und betrachtete die wenigen Angaben, die zu der Antragstellerin vermerkt waren.

»Lysanne Magloire, Jahrgang 1902, aus Ribérac, einem kleinen Dorf nahe Bordeaux. Die junge Frau hält sich angeblich seit dem 29. November dieses Jahres in Paris auf und sucht seither erfolglos nach ihrer Schwester. Von der sie allerdings schon seit vier Jahren nichts mehr gehört hat.«

Tusson runzelte die Brauen. »Wenn das mal nicht eine schöne harte Nuss so kurz vor Weihnachten ist.«

Vioric unterdrückte seinen Ärger über den Kollegen der Suchanzeigen-Abteilung, dem das Memo zu der verschwundenen Gouvernante wohl entgangen war. »Hier steht, dass sie ein Zimmer bei einer Madame Roux in der Passage de l'Opéra bewohnt.«

Tusson grinste und setzte sich den Hut auf. »Dann begibst du dich heute Abend ja doch noch in weibliche Gesellschaft, Julien.«

Die Aussicht, jetzt nach der Besprechung noch eine junge Frau aufsuchen zu müssen, die ihre Schwester in der großen weiten Welt verloren hatte, klang für Vioric alles andere als verheißungsvoll.

Er versenkte die Hände in seinen Lederhandschuhen. Das Gefühl, in den engen, festen Raum zu schlüpfen, gab ihm jedes Mal aufs Neue einen Halt, den er sich nicht recht erklären konnte. Einen Halt, den er bis in den warmen Frühling hinein auszudehnen pflegte und der auch dafür sorgte, dass er im Spätherbst schon dicke Handschuhe trug, wenn ansonsten ganz Paris die Wintersachen noch nicht einmal hervorgeholt hatte.

Vioric nahm wie üblich keinen Wagen, um in die Passage de l'Opéra zu gelangen, obwohl die Temperaturen mit dem Gefrierpunkt liebäugelten.

Er wechselte die Seine-Seite und lief am Ufer entlang bis zur Pont Neuf. Trotz der Kälte schlängelte er sich durch geschäftige Menschenströme hindurch, tauchte ein in die flüchtigen Duftwolken müder Pariser auf ihrem Heimweg. Das Knattern der Automobilmotoren mischte sich mit dem Quengeln übermüdeter Kinder und dem harten, sich immer wieder überschneidenden Rhythmus eiliger Schritte. Die Menschen hatten die Hände in Muffs und Manteltaschen verborgen, bis auf einen Zeitungsjungen, der die Abendausgabe des *Figaro* mit rot gefrorenen Fingern in die Höhe hielt. In den Schatten zwischen den

Treppen knisterte neuer Frost. Hinter dem Louvre bog Vioric in die Rue de Rivoli ein und folgte ihr bis zur Einmündung der Rue de Rohan. Als er von dort aus die große, schnurgerade Avenue de l'Opéra betrat, hatte er den Eindruck, in eine Allee aus Licht einzubiegen. Hier wurden die Mäntel nobler und die Menschenmenge wurde dünner. Auf dem Boulevard des Capucines wandte er sich nach rechts und tauchte in eine der engeren Gassen ein. Vor Julien Vioric tat sich nun eine ganz andere Welt auf. Über der Dunkelheit schwebten hier Glasdächer, und unter seinen Füßen fühlte er die filigranen Kacheln alter Mosaikböden, die an winzigen Geschäften vorüberführten. Das Reich der Passagen. Aber die Passage de l'Opéra war, so lebendig es hier noch zugehen mochte, dem Untergang geweiht. Erst vor Kurzem hatte die Stadt ihre Abrisspläne verkündet. Boulevard Haussmann rückte seit Jahren Stück um Stück näher an die Passage heran.

Vioric übergab sich dem Rhythmus der Masse. Hinter den Fenstern der Cafés schwebten Gesichter über Gläsern. Er kam an einem Mann vorbei, der ein verätztes Gesicht hatte und einer Flöte ein paar schiefe Töne entlockte. Vioric kaufte einem Maronenverkäufer eine Tüte ab und aß mit Hunger zwei der Kastanien. Dann fing er den sehnsüchtigen Blick einer jungen Frau auf, die auf einem Stück Pappe stand und ihr schlafendes Baby der vorübereilenden Menge entgegenhielt. Er schenkte ihr die restlichen Maronen.

Die Stühle der Cafés waren alle besetzt, und ein vielstimmiges Summen stieg in die Glasgewölbe auf. Männer und Frauen saßen beisammen, Taftrock an Hosenbein, Spitzenhandschuh an Manschettenknopf. Eine Frau pflückte ihrem Begleiter die Zigarette aus dem Mundwinkel und rauchte sie selbst. An einem anderen Tisch hatte sich eine ihrer Handschuhe entledigt und zerlegte mit bloßen Händen eine Forelle. Es duftete nach frischem Brot und gegarten Muscheln, und der Rauch unzähliger Zigaretten lag als zäher Nebel über allem. Vioric schluckte seinen Hunger herunter und suchte nach dem Treppenaufgang der Pension von Madame Roux. Es war komplizierter als gedacht, denn an den meisten Türen standen nur einzelne Buchstaben, aber keine Namen. Vor einem Treppenzugang plärrte ein Grammofon einen dieser schwungvollen Tänze, die man gerade in jedem Café zu hören bekam. Ein hoch aufgeschossenes Mädchen mit Bubenfrisur brachte zwei weiteren Mädchen die gewagten Schritte und Drehungen dazu bei. Vioric lächelte. Paul Tusson hätte, wäre er hier gewesen, sie alle drei zum Erproben dieser Tanzschritte in einen seiner Lieblingsläden eingeladen. Aber sosehr Vioric sich bemühte, Grazie und Anmut in den Bewegungen der Mädchen zu entdecken – für ihn sahen die drei aus wie Reiher, die in einem ausgetrockneten Flussbett nach Würmern scharrten.

Er bog um eine Ecke und betrat eine Galerie, in der es ruhiger war, als würde der grell leuchtende Teppich des Lebens hier ein wenig ausfransen. Hier saßen vor einem schäbigen Café nur noch vereinzelte Gäste. Plötzlich hörte Vioric seine eigenen Schritte überdeutlich. Ihm fiel ein junger Mann auf, der etwas abseits saß und wie ein Jäger das ihm gegenüberliegende Schaufenster eines Stockladens belauerte. Der Mann bearbeitete mit einem Bleistift ein aufgeschlagenes Notizbuch und schrieb, ohne dabei aufs Papier zu sehen. Vioric beachtete ihn nicht weiter. In letzter Zeit sah man immer mehr solcher Gestalten in den Passagen und vor den einschlägigen Cafés. Seltsame, aus jedem Zusammenhang gefallene Figuren eines Spiels, das die Welt zu verhöhnen schien. Direkt neben diesem Sonderling entdeckte Vioric einen schmalen Treppenaufgang hinter einer Glastür. Ein rostiges Emailleschild prangte an der Mauer: *Madame Roux*. Er streckte die Hand nach dem Türknauf aus, als jemand laut aufschrie. Vioric schnellte herum. »Ah! Eine neue Gattung im Menschenaquarium!«, rief der Mann neben ihm und sah ihn mit begeistert aufgerissenen Augen an, während sein Füllfederhalter über das Papier raste. Vioric reagierte nicht und probierte die Glastür. Sie war nicht abgeschlossen. Dahinter dämmerte ein enges Treppenhaus vor sich hin. Er drehte den Lichtschalter, aber die Lampe über den Stufen reagierte nicht. Er tastete sich im spärlichen Licht, das aus der Passage ins Treppenhaus fiel, in den ersten Stock und suchte eine Tür mit der Nummer zwei. Vioric hatte keine Streichhölzer dabei. Wie ein Blinder tastete er die aufgeschraubten Metallziffern an den Türen ab. Als er fündig geworden war, klopfte er und lauschte und hörte nur seinen eigenen Herzschlag und das Murmeln einer Vorahnung.

2

15. Dezember 1924, morgens

Für Lysanne war die Passage de l'Opéra ein Gewächshaus wundersamer Alltäglichkeiten. Dichter und Maler verkehrten hier, Huren und Friseure; Blumenmädchen und Händler für Gebrauchtes und Abgelegtes hatten hier genauso wie kleine Boutiquen und Schatzkästchen menschlicher Bedürfnisse ihre Heimat gefunden. Seit der Ankündigung der Abrisspläne lag ein kaum wahrnehmbarer Totenhauch unter den Glasdächern und ließ Lysanne die Stimmung dieses Ortes nur noch intensiver erleben.

In ihrem Leben verschwanden in letzter Zeit beständig vermeintliche Selbstverständlichkeiten. Gaspard war zuerst verschwunden, und kurz darauf Isabelle. Ihr Vater hatte sich in seiner Krankheit förmlich aufgelöst, bevor er schließlich ebenfalls verschwunden war und ihr außer seinen kargen Ersparnissen nichts hinterlassen hatte. Am Ende war nur noch Lysanne da gewesen und die blühenden Walnussplantagen von Ribérac, die Milchkälber und die staubigen Kirchenbänke der Dorfkapelle. Diese hatte Lysanne nun gegen Litfaßsäulen, Omnibusse und den stampfenden Rhythmus der Großstadt eingetauscht. Ein Rhythmus, der ihre Hoffnung auf Arbeit und darauf, Isabelle zu finden und sie endlich zur Rechenschaft zu ziehen, allmählich zu zermalmen drohte.

Lysanne hatte die Adresse ihrer jetzigen Vermieterin von einer Bekannten aus Bordeaux erhalten, mit der sie sich während ihrer Ausbildung an dem dortigen Lehrkrankenhaus angefreundet hatte.

Sie hatte sich mit derselben Entschlossenheit auf Paris gestürzt, mit der sie, Isabelle und Gaspard, an den heißen Sommertagen kopfüber in den Fluss gesprungen waren. Sie hatte keinen Gedanken daran verschwendet, dass ihr Geld nicht reichen könnte, dass sie womöglich keine Arbeit finden und auch sonst auf ganzer Linie scheitern würde.

Als aber an diesem 15. Dezember der Morgen gegen ihr schmales Bett schwappte und durch das halb blinde Fenster der Tag in das Zimmer mit den schuppigen Tapeten kroch, war Lysannes Zuversicht so aufgebraucht wie die begrenzten Vorräte eines Schiffbrüchigen nach Tagen auf dem offenen Meer. Seit zwei Wochen war sie nun hier, und kein einziger der Wünsche, die sie an Paris gehabt hatte, schickte sich an, in Erfüllung zu gehen.

Die Metropole, vor Kurzem noch verheißungsvoll und wunderbar, kam ihr nun wie ein Brett vor, auf dem ein Spiel stattfand, dessen Regeln sie nicht verstand. Mit jedem Morgen pendelte sich ihre Energie auf einem etwas tieferen Niveau als zuvor ein, und an jedem Nachmittag kehrte sie etwas früher und ein wenig erschöpfter zurück in die Passage.

Lysanne nahm einen tiefen Atemzug, ehe sie sich erneut in die Stadt hinauswagte.

Sie schlüpfte in ihr einziges Kleid, trug ein wenig Puder auf und steckte sich das Haar mit zwei Kämmen hinter den Ohren fest. In der Gobelinhandtasche aus dem Nachlass ihrer Mutter befanden sich ihre viel zu dünne Geldbörse, ein Döschen mit Veilchenbonbons, ein Bleistift, ein kleines Messer zum Spitzen und eines der Notizbücher vom Dachboden des Dorfschulhauses, in dem sie aufgewachsen war. Es war das zweite von zehn Büchern, die Lysanne nach Paris mitgenommen hatte. Eines hatte sie bereits mit den wenig erbaulichen Ereignissen der letzten Jahre vollgeschrieben, beim zweiten war die Hälfte der Seiten noch leer. Gefüllt mit ihrer braven Handschrift, für die sie ihr Vater als Kind immer gelobt hatte. Es sollte das Einzige bleiben, für das sie Anerkennung von ihm erhalten hatte.

Lysanne schlüpfte in ihren Mantel, schloss das Zimmer ab, setzte sich in das Café direkt unterhalb ihres Fensters und bestellte ihren allmorgendlichen Milchkaffee. Kaum berührten ihre Finger die stumpf gewordene Fläche des runden Marmortischchens und spürte sie in ihrem Rücken die harten Bögen des Bistrostuhls verflüchtigte sich ihr Trübsinn. Mit einem Mal schien es unter dem Glasgewölbe heller und wärmer zu werden, und Lysanne wurde bewusst, dass dieser Traum von Paris, den sie seit den Tagen vor ihrer Abreise hegte, immer noch sehr lebendig war.

Sie würde mit einer Tasse Milchkaffee ein neues Kapitel ihres Lebens beginnen und dieses Kapitel, noch während es entstand, aufschreiben und dabei die Vergangenheit endgültig hinter sich lassen. Die Eindrücke dieser vibrierenden Stadt festhalten, während ihre linke Hand die heiße Tasse auf dem Marmortischchen streifte. Sie würde ihre biedere Handschrift etwas verzerren, ein wenig wackeln lassen.

Nach den Rückschlägen der letzten Zeit kam Lysanne die Idee, dass das Paris ihrer Vorstellungen bislang nicht wahr geworden war, weil sie sich der Pariser Lebensart schlicht verweigert hatte. Viele hier hatten weder Arbeit noch rosige Zukunftsaussichten.

An diesem Morgen war in der Passage noch nicht viel los, und nur ein paar vereinzelte Leute saßen in den Cafés. Die Ladenbesitzer ordneten ihre Auslagen und putzten die Fenster.

Sie nahm das Notizbuch aus der Tasche. Es fühlte sich gut an, den Falz glatt zu streichen, den Stift auf das Papier zu drücken.

Sie begann damit, den diffus in ihrem Bewusstsein hängenden Traum der vergangenen Nacht aufzuschreiben. Als Lysanne aufschaute, fiel ihr ein junger Mann an einem der Nebentische auf, der interessiert zu ihr herübersah. Er trug eine zerdrückte Melone über einem ebenso zerdrückten Anzug und eine rote Krawatte. In einem jungenhaften Gesicht standen zwei helle, entschlossene Augen, die sie fest im Blick hatten. Ohne zu fragen, stand der Mann auf und setzte sich mit seiner Tasse an ihren Tisch. Lysanne war so überrumpelt, dass sie nicht reagierte, als er mit einem höflichen »Erlauben Sie?« an ihrer Tasse vorbei nach dem Buch schnappte und es zu sich zog. »Sie schreiben, Mademoiselle?«, fragte er und blätterte schamlos und als wäre es das Selbstverständlichste der Welt, darin herum.

»Geben Sie es zurück!« Lysanne wollte es ihm entreißen, aber auf einmal überkam sie der Verdacht, dass sie hier in Paris, der Stadt der Künstler und Dichter, vielleicht gar nicht das Recht dazu hatte.

»Gleich.« Der Mann zwinkerte ihr zu. »Lassen Sie mal sehen … Ah!«

Er heftete den Blick auf ihre Schrift. Ihr Magen zog sich zusammen.

»Jetzt gleitet der Zug über die Ebene, das Licht wird gläsern. Ich fühle mich schläfrig. Wenn ich aufwache, wird dann alles Paris sein?« Der junge Mann stieß einen leisen Pfiff aus.

Lysanne schoss die Schamesröte in die Wangen, als das, was sie auf der Zugfahrt nach Paris geschrieben hatte, nun plötzlich aus einem fremden Mund erklang.

»Geben Sie mir das Buch zurück!«

Der Fremde griff nach ihrer ausgestreckten Hand, mit der Rechten hielt er das Buch außerhalb ihrer Reichweite. »Lassen

Sie mich raten. Sie sind neu in der Stadt und haben gedacht, Sie müssten dem großen Paris in diesem kleinen Büchlein huldigen.« Er legte den Kopf schief und sah Lysanne fragend an. »Was werden Sie jetzt schreiben? Hat sich Ihre Meinung über die Stadt bereits verändert?«

Lysanne trank nervös einen Schluck Milchkaffee und verbrannte sich die Zunge. Er fing ihren Blick auf und gab ihr das Buch mit einer respektvollen Geste zurück. »Louis Aragon. Zu Ihren Diensten, Mademoiselle.«

»Ich bin Lysanne Magloire.« Sie legte das Notizbuch außerhalb von Aragons Reichweite zurück auf den Tisch. »Und ich bin Ihnen viel zu böse, als dass Sie mir dienen könnten. Mit was denn überhaupt?«

Er beugte sich vor und sah sie verschwörerisch an. »Nun, ich könnte Ihnen eine ganz erstaunliche Geschichte über diesen Stockladen dort drüben erzählen, Mademoiselle Magloire.«

Er wies nach links, wo auf der anderen Seite der Passage ein Laden mit zwei Schaufenstern Stöcke und Hüte verkaufte. »Gestern Abend saß ich hier, und plötzlich begann dieses Schaufenster zu leuchten, als wäre es das nächtliche Meer, ein grünes, submarines Licht. Die Stöcke wogten wie Seegras. Ich schwöre Ihnen, Mademoiselle, das ganze Gewölbe hat sich angehört wie ein riesiges Tritonshorn, es rauschte und dröhnte, und dann!« Er kam noch näher und funkelte sie an. »Dann schwamm mit einem Mal eine Meerjungfrau zwischen den Stöcken hindurch und sah mich durch die Scheibe an. Als ich an die Scheibe trat und meine Hand dorthin legte, wo die ihre lag, verschwand die Fisch-Dame, und ich ging enttäuscht zu Bett. Jetzt sitze ich hier und versuche, diesen Moment erneut heraufzubeschwören. Gerade, als ich Sie vorhin zum ersten Mal sah, dachte ich: Das ist vielleicht die Nixe von gestern Abend!«

Lysanne blinzelte. Ein Bild stieg vor ihren Augen auf. Gaspard, der Isabelle und ihr die Augen verbunden hatte und sie in dem Wäldchen hinter Ribérac zu einer verborgenen Lichtung geführt hatte. Auf dem Weg hatte er ihnen die absonderlichsten Dinge beschrieben. Als würden sie durch einen Märchenwald schreiten. Und abends, als sie sich gegenseitig die Zecken von den nackten Beinen gepickt hatten, hatte er behauptet, es wären verzauberte Käfer mit magischen Kräften.

Lysanne schluckte. Gaspard Lazalle war tot. Aber dieser Louis Aragon erinnerte sie auf eine verwirrende Weise an ihn. Sie hatte nicht erwartet, jemals wieder einem Mann zu begegnen, der sich dieser Art von Sprache bediente und aus dessen Blick so viel zauberhafter Schalk sprang. Aber Lysanne hätte niemals zugegeben, dass dieser Fremde ihr auf Anhieb sympathisch war. »Sie sind amüsant«, sagte sie stattdessen reserviert.

»Oh, es sollte Sie nicht amüsieren, sondern alarmieren«, widersprach Louis Aragon. »Wer weiß, vielleicht verwandelt sich die Passage de l'Opéra heute Nacht in den Ozean, und Sie werden aus Ihrem kleinen Zimmerchen da oben herausgespült.«

»Woher wissen Sie, dass ich dort wohne?«

Er antwortete nicht und sah sie mit einem eigenartig rätselnden Blick an. Es fühlte sich an, als würde dieser Blick sie sanft sezieren, und sie wich ein Stück vor ihm zurück.

»Warum starren Sie mich so an?«

Louis Aragon blinzelte, als müsste er ein inneres Bild vertreiben. »Sie erinnern mich an jemanden. Wenn mir doch nur einfiele, wer es war ... Nun, irgendetwas an Ihnen ist mir vertraut, auf eine flüchtige Weise. Vielleicht ist es der zarte Blätterregen, durch den ich vergangenen Herbst spaziert bin.«

Lysanne musterte ihn verwirrt. »Ich sehe einfach nur gewöhnlich aus, das wird es sein.«

»Au contraire, Mademoiselle. Ich bin ein Mensch auf der Suche nach den besonderen Flügelschlägen des Lebens, und ich habe all meine Sinne geschärft, um keine noch so kleine Abweichung von der Normalität zu verpassen. Sie wissen es nicht, aber ich habe Sie schon ein paarmal hier gesehen. Immer in Eile. Immer ein wenig traurig. Ich bin ein Sammler von Zufällen und Abweichungen, und ich sehe in Ihnen eine Phiole mit einem besonderen Duft, der die Zerstreuungen meiner geliebten Passage mit einem neuen Aroma bereichert. Und die in mir die Frage aufkommen lässt, ob wir uns nicht früher schon einmal begegnet sind.«

Er lehnte sich zurück, um sich eine Zigarette anzuzünden.
»Darf ich fragen, was Sie in Paris machen?«
»Ich suche jemanden.«
»Das ist ein guter Anfang. Aber nur, wenn Sie sich selbst suchen. Alles andere ist meistens zum Scheitern verurteilt.«

Lysanne strich über den Einband ihres Notizbuches. Seit der wunderliche Mann darin gelesen hatte, fühlte es sich anders an. Er war eindeutig einer der Spinner, vor denen man sie in Ribérac gewarnt hatte. Aber ihr gefiel die selbstbewusste Art, mit der er einfach drauflosredete. In Ribérac wären nicht einmal die Betrunkenen auf die Idee gekommen, derartige Verrücktheiten von sich zu geben. Außer Gaspard, natürlich. Aber selbst er hatte nur so gesprochen, wenn er und Lysanne und Isabelle sich zu ihren Picknicks am Fluss getroffen hatten und sie niemand sonst hören konnte.

Diese Tage erschienen ihr ein Jahrhundert weit weg. Und der Gedanke an Gaspard fuhr wie ein kalter Wind in ihr Inneres. Lysanne wich dem Schmerz aus, indem sie alle Vorsicht fallen ließ. »Ich suche meine Schwester Isabelle. Sie hat 1920 unser Dorf verlassen, um in Paris ihr Glück zu versuchen. Seitdem habe ich nichts mehr von ihr gehört. Sie wollte mir mitteilen, wo sie wohnt und was sie arbeitet. Aber das hat sie nicht getan.«

Es fühlte sich bitter an, diese Worte auszusprechen, aber in Aragons Augen zuckte Interesse auf. »Was glauben Sie, hat dieses Verschwinden zu bedeuten? Wie erklären Sie es sich?«

»Ich fürchte, ich habe mir nur eingebildet, meine Schwester gekannt zu haben. Ich wünschte, ich könnte es mir erklären.«

»Warum suchen Sie sie dann?«, wollte er wissen. »Warum können Sie sie nicht vergessen und folgen lieber dem Ruf ihres eigenen Lebens zum Tanz?«

»Da ist dieses ungute Gefühl, dass ich mein eigenes Leben erst angehen kann, wenn ich auf gewisse Fragen eine Antwort erhalte. Verstehen Sie? Da sind einige blinde Flecken, und die machen mich verrückt.«

»Dann kaufen Sie sich einen hübschen Bilderrahmen für diese Flecken«, riet Louis Aragon ihr. »Aber sagen Sie mir, warum haben Sie nicht eher nach ihr gesucht? Warum erst jetzt?«

»Mein Vater war schwer krank.«

Aragon betrachtete Lysanne eindringlich. Dann nahm er wieder ihre Hand und legte seine Finger auf ihren Puls. »Ihr Blut rast ja.«

Gegen ihren Willen gefiel ihr diese unerwartete Berührung, auch wenn seine Finger rau und die Nägel wie bei einem Schuljungen abgekaut waren.

»Er ist erst vor drei Wochen gestorben. Ich habe ihn bis zum letzten Atemzug gepflegt. Er hat es mir gedankt, indem er mich ebenfalls bis zum letzten Atemzug beschimpft hat. Wenigstens ein bisschen Geld hat er mir überlassen. Das hat mir geholfen, bis jetzt auch ohne Arbeit zu überleben.«

Wenn man einmal damit angefangen hatte, war es ganz leicht. Sie hatte das Gefühl, die Dinge würden einfacher werden, wenn sie sie aussprach. Vor allem vor diesem Louis

Aragon, der ihre Worte wie ein Schwamm aufsaugte. In diesem Moment wurde ihr bewusst, dass er der erste Mensch war, mit dem sie seit ihrer Ankunft in Paris wirklich redete. Mit der Vermieterin und den Leuten in den Nähwerkstätten, Hutgeschäften und Wäschereien, bei denen sie sich um Arbeit bemüht hatte, hatte sie nur das Nötigste besprochen, aber nie war auch nur ein persönliches Wort gefallen. Hier an dem kleinen, klebrigen Marmortisch traf Lysanne die Erkenntnis über ihre Einsamkeit nun umso härter, und sie gehorchte dem Bedürfnis, die Erfahrungen der letzten Wochen in ihrem Gedächtnis auszulöschen, indem sie mehr sagte, als sie es normalerweise einem Unbekannten gegenüber getan hätte.

»Ich habe meine Schwester dafür gehasst, dass sie nach dem Tod unseres besten Freundes nach Paris verschwunden ist und mich in diesem verfluchten Dorf zurückgelassen hat. Damit hat sie mich an Vaters Bett gefesselt, an seine Schüsseln voll blutigen Auswurfs. Und, um ehrlich zu sein, mein Geld reicht nur noch für eine Woche. Ich brauche dringend eine Arbeit und eine billigere Unterkunft. Und ich muss unbedingt wissen, was aus Isabelle geworden ist, schon um meiner selbst willen.«

Louis Aragon musterte sie immer noch voller Aufmerksamkeit. »Denken Sie, dass sie sich in Schwierigkeiten gebracht hat?«

Lysanne wusste es nicht. Die Isabelle, an die sie sich erinnerte und die sie auf eine unbegreifliche und widersprüchliche Art und Weise vermisste, war in den Jahren ihrer Abwesenheit zu einem Nebelgebilde geworden. War Isabelle nun die wortlose Krankenschwester gewesen, die während des Krieges neben Lysanne im Feldlazarett die blutigen Binden auswusch, oder war sie diese flüchtige Gestalt, die nachts aus dem Fenster geklettert war, um auf den Mohnfeldern die nächtlichen Wolken zu beobachten? War sie die unterwürfige Magd ihres Vaters gewesen, die mit gesenktem Kopf durchs Dorf geeilt war? Oder die Schwimmerin, die nackt und mit offenem Haar durch die halb überwachsene Biegung des Flusses geglitten war, wo am Abend niemand hinkam?

»Ich weiß es nicht«, sagte sie. »Isabelle ist eine ausgebildete Krankenschwester. Ich habe in allen großen Pariser Krankenhäusern nach ihr gefragt, aber vergebens. Deswegen habe ich vor einer Woche bei der Polizei einen Suchantrag gestellt. Ich fürchte allerdings, man hat mich dort nicht besonders ernst genommen.«

»Natürlich nicht. Die Herren Polizisten erleben andauernd scheiternde Frauenzimmer, die in Bordellen oder Irrenhäusern landen. Für die Polizei sind Sie da nur eine von vielen Suchenden.«

Lysannes Gedanken verdüsterten sich. »Monsieur Aragon, Sie sind offensichtlich auch jemand, der immer auf der Suche ist. Nach …?«

»Den Lücken im Gewöhnlichen«, flüsterte er und beugte sich so weit vor, dass er seine Krawatte beinahe in ihre Kaffeetasse tauchte.

Lysanne sah an ihm vorbei auf das Schaufenster des ominösen Stockladens. »Sehen Sie, ich schaue mir die Vergangenheit wieder und wieder an und alles, was ich sehe, ist ein gut getarntes Geheimnis, an dem ich die ganze Zeit entlanggestolpert bin.«

Aragons Augen leuchteten auf. »Erzählen Sie mir davon.«

»Es ist eine kurze, traurige Geschichte.« Auf eine merkwürdige Weise fühlte es sich gut an, sich der Waghalsigkeit hinzugeben, einem Wildfremden alles zu erzählen, was sie noch niemals jemandem anvertraut hatte.

»Isabelle und ich hatten einen Freund, Gaspard Lazalle. Wir steckten schon als Kinder die ganze Zeit zusammen und später auch. Aber als Gaspard siebzehn Jahre alt war …«

»… hat ihn sich das Vaterland geschnappt.«

Sie nickte. »Er kam kurz vor Ende des Krieges mit einer schrecklichen Kopfverletzung von der Front zurück. Über ein Jahr lag er im Koma. Keiner hatte erwartet, dass er jemals wieder aufwachen würde. Aber er wachte auf und erholte sich von seinen Verletzungen. Er wurde sogar fast wieder der Gaspard, den wir von früher kannten. Bis auf die gelegentlichen Wutausbrüche. Aber Isabelle … nun, während des Krieges wurde sie zu einer anderen.« Lysanne grub die Fingernägel schmerzhaft in ihre Handflächen, um die Bilder, die in ihrem Inneren aufstiegen, wieder loszuwerden. Isabelle, die Hohlwangige. Isabelle, die der lebenden Leiche Gaspards von Tag zu Tag ähnlicher geworden war. Sie zwang sich zu ihrer eigentlichen Geschichte zurück. »Wissen Sie, ohne Gaspard säße ich jetzt nicht mit diesem Notizbuch vor mir an diesem Tisch. Das Schreiben, dazu hat er mich inspiriert.«

Ihr sonderbarer Zuhörer legte den Kopf schief. »Das Schreiben?«

Lysanne streifte ihn mit einem flüchtigen Blick. Den intimen Einblick in diesen Teil der Geschichte wollte sie ihm nicht gewähren, und so fasste sie ihn nur vage zusammen. »Gaspard hat uns Geschichten vorgelesen und selbst welche geschrieben, nur für mich und Isabelle. Und als er im Koma lag, habe ich ihm vorgelesen.«

»Sie waren verliebt in ihn.«

Lysanne nickte. »Am 2. September 1920 kam ich von einem Besuch in Bordeaux zurück, und im Haus stand ein zugenagelter Sarg. Doktor Laurent erklärte mir, Gaspard sei ganz plötzlich an einem Hirnschlag gestorben. Emile Laurent war der Arzt, der mit Isabelle und mir zusammen die verletzten Soldaten versorgt hat. Er meinte, das wäre nicht ungewöhnlich nach einer so schweren Verletzung.« Unvermittelt klatschte Lysanne in die Hände und erschrak dabei vor sich selbst, als sich ihre innere Anspannung, all der Schmerz und die Enttäuschung darin entlud. »*Patatras*, Ende der Geschichte. Gaspard war tot und wurde begraben, Isabelle ging sofort danach nach Paris, und ich verbrachte schließlich das ganze letzte Jahr am Krankenbett meines Vaters.«

Lysanne hatte sich seitdem das Leben ihrer Schwester in Paris als eine wunderbare Erfüllung vorgestellt. Sie sah Isabelle, wie sie kleine Kinder in einem hellen, schönen Hôpital pflegte; eine weiß gekleidete Fee mit einem dicken Märchenbuch, aus dem sie ihnen vorlas. Als Ehefrau eines Schmetterlingsforschers. Etwas in ihr glaubte fest daran, dass es für jemanden wie Isabelle nicht so schwer sein konnte, genau so ein Leben in Paris zu führen.

Isabelle hatte allerdings auch eine andere, düstere Seite. Mit Schaudern dachte Lysanne an den Abend zurück, an dem Isabelle einem an Blutvergiftung leidenden Soldaten ein Kissen aufs Gesicht gedrückt hatte, bis sein entsetzliches Stöhnen der Stille gewichen war. Als sie ohne Zögern das Kokain aus der streng rationierten Apotheke genommen und es sich gespritzt hatte, *um durchzuhalten*. Oder als Lysanne sie dabei ertappt hatte, wie sie dem bewusstlosen Gaspard die Hand zwischen Schenkel und Bettdecke geschoben hatte, um ihn dort zu streicheln.

Isabelle war süchtig gewesen nach einem Leben, das in Ribérac nur streng rationiert ausgegeben wurde. Und nachdem die ganze Welt in den Abgrund geschaut hatte, dürstete es sie nach einer Freiheit, die es wohl nur in Paris gab. Lysanne erinnerte sich an etwas Unberechenbares an ihr. Und der Höhepunkt dieser Unberechenbarkeit war ihr völlig tränenloses, unbewegtes Gesicht nach Gaspards Tod gewesen. Es hatte immer etwas Ungreifbares zwischen ihnen gegeben, das sich mal in mädchenhafter Vertrautheit entlud, aber ebenso oft in irritierender

Fremdheit. Das Gefühl, Isabelle nicht gekannt zu haben, empfand Lysanne beinahe wie eine Wunde, die sich niemals ganz schloss, und sie hatte das Gefühl, ihr eigenes Leben nur im Stolpergang aufnehmen zu können, wenn sie nicht erfuhr, warum ihre Schwester einfach verschwunden war.

Louis Aragon warf ein paar Münzen auf den Tisch und ergriff ihre Hand. »Das ist wirklich keine Vergangenheit, die einem Mut macht. Aber die ganze Stadt ist voll von Leuten mit solchen Geschichten. Und auch wenn ich Frauen mit düsteren Gedanken zu schätzen weiß – eine junge Dame, die neu in Paris ist, sollte sich von diesen nicht den Tag verderben lassen. Was haben Sie heute noch vor?« Er zog sie von ihrem Stuhl hoch und sah sie auffordernd an. Eine nicht unangenehme Verwirrung ergriff sie, und sie musste sich innerlich sammeln, um ihm zu antworten.

»Ich muss Arbeit finden. Ich versuche es heute bei einem Puppenmacher. Ich habe schon Soldaten zusammengeflickt, da werde ich es auch bei Spielzeug schaffen.«

Aragon legte den Kopf schief und schielte auf das Notizbuch, das sie gerade in ihrer Handtasche verschwinden ließ. »Sind Sie sicher, dass Sie nicht zu Höherem berufen sind, Lysanne?«

Als sie nicht antwortete, führte er sie aus der Passage hinaus auf den *Boulevard des Italiens* und zeigte auf ein Métro-Schild. »Wenn die Oberfläche Sie nicht zu erfreuen vermag, dann ab in den Untergrund. Dort blühen die besten Gedanken und wachsen die besten Champignons.«

Ein hellgrünes Gitter, geschwungen wie ein Liliengebüsch, flankierte einen Treppenabgang, der am laufenden Band Menschen verschluckte und wieder ausspuckte. Instinktiv trat Lysanne einen Schritt zurück. Wann immer Lysanne am Bahnsteig der Métro stand und vorsichtig in die schwarzen Schächte hineinblickte, überkam sie das Gefühl, dass es sich bei den

Wagen um Metallwürmer handelte, die sich durch diese schwarzen Röhren hindurch in ihre unterirdischen Welten bohrten. Lysanne rieb sich über ihren dünnen Mantel, um die Gänsehaut loszuwerden, die sich auf ihren Armen gebildet hatte.

»Fürchten Sie sich nicht«, bat Louis Aragon.

»Ich fürchte mich nicht«, log sie. »Ich sehe nur nicht den Sinn darin ... mit Ihnen ... und warum?«

Aragon lachte und nahm ihre Hand. »Ein Tag ohne Sinn – das ist der blanke Luxus! Aber ich verstehe schon. Sie haben eigene Pläne.«

Er zwinkerte verschwörerisch, versenkte die Hände in den Hosentaschen und holte einen zerknitterten Zettel hervor, auf dem eine Adresse aufgedruckt war. *15, Rue de Grenelle.* »Wenn Sie mich suchen, werden Sie mich hier finden. Oder auf dem Flohmarkt in Saint-Ouen, übrigens ein zutiefst unberechenbarer Ort ... oder in den Cafés Cyrano und Le Batifol. Manchmal bin ich auch im Parc des Buttes-Chaumont. Und bitte ...« Er nahm wieder ihre Hand und sah sie fragend an. »Wenn Sie mich des Öfteren in der Passage sehen, dann gehen Sie nicht davon aus, dass ich Ihnen nachstelle. Ich habe dort ebenfalls ein Zimmer.« Im Flüsterton und hinter halb vorgehaltener Hand fügte er noch an: »Im zweiten Stock eines Stundenhotels gegenüber dem Hôtel de Monte-Carlo. Denken Sie sich nichts dabei, Lysanne. Die Zimmer sind recht angenehm und vor allem sehr billig. Ich schreibe ein Buch über die Passage de l'Opéra, wissen Sie?«

»Warum?«

»Nun, weil der Boulevard Haussmann, dieses große Nagetier, sich unaufhaltsam nähert und meine geliebte Passage bald zermalmen wird. Also muss ich den Zauber ihrer Existenz für die Zukunft bewahren und ihn festhalten, diesen unglaublichen Ort. Vielleicht werden Sie in meinem Buch auch vorkommen.«

»Als Meerjungfrau?«

Aragon drückte einen flüchtigen Kuss auf ihre Hand. »Sie sind die einzige Person, die mich – abgesehen von meinen Freunden – wegen meiner Geschichte mit der Meerjungfrau nicht ausgelacht hat.«

»Ich liebe gute Geschichten.«

Er zeigte auf die Ecke des Notizbuches, das aus ihrer Gobelintasche lugte. »Erlauben Sie noch einmal?«, fragte er. »Und geben Sie mir auch den Stift.«

Sie holte beides hervor und reichte es ihm. Louis Aragon schlug das Buch an der Stelle auf, an der sie gestern geschrieben hatte, und kritzelte etwas hinein. Dann reichte er ihr das Buch zurück. »Lesen Sie es erst, wenn ich weg bin. Ich bin mir sicher, wir sehen uns wieder!«

Er warf ihr eine Kusshand zu. Dann sprang er in den Treppenschacht, drehte sich noch einmal um und machte mit den Händen wabernde, fließende Bewegungen, als wollte er noch einmal den zu sonderbarem Leben erweckten Stockladen heraufbeschwören, ehe er zwischen den anderen Leuten verschwand. Kaum war er fort, sah Lysanne nach, was für eine Botschaft er ihr hinterlassen hatte. Dort stand unter dem Datum des heutigen Tages in Buchstaben, die aussahen wie tanzende Ameisen: *Lysanne Magloire sucht NICHT ihre Schwester, sondern die Schwester ihrer Schwester.*

Nach dieser Begegnung hatte Lysannes Stimmung sich zunächst aufgehellt. Doch ihre Hoffnung, der Tag würde sich zu ihren Gunsten entwickeln, hatte sich auch heute wieder schnell verflüchtigt. Der Puppenmacher hatte kein Interesse an ihr gehabt. Der Rest des Tages fiel einem Spaziergang in den nebeligen Tuilerien, einer faden Kohlsuppe und einer Menge Grübeleien zum Opfer, ehe Lysanne nach einem Bad in der Wohnung ihrer Vermieterin endlich ins Bett fiel und in einen Traum glitt, der der Fantasie des sonderbaren Louis Aragons zu entspringen schien. Schillernde, zuckende Fische in einem Kleiderschrank, die durch Ärmel und Hosenbeine, Knopflöcher und Schlaufen glitten. Ein lautes Hämmern riss sie aus den zarten Wasserstrudeln des Schlafes.

»Polizei!«, drang es in ihren Traum. Die Fische stoben auseinander.

Lysanne schreckte hoch, knipste die Nachttischlampe an und stürzte zur Tür. Im Dunkel des Ganges sah sie vage ein hartes, bleiches Gesicht, in dem eine eigenartige Wildheit lag. Als hätte der Mann, der vor ihr stand, lange in einem Wald gelebt. Er starrte sie an und wandte dann den Kopf ab. »Mademoiselle, Sie sind nackt.«

Lysanne wurde erst in diesem Moment wach und realisierte die klamme Kälte im Zimmer. Sie wusste keine andere Möglichkeit, sich aus der Situation zu retten, als mit einem Gegenangriff, der Louis Aragon sicher gefallen hätte. »Sie sind auch nackt. Sie haben nur etwas drübergezogen.«

»Ziehen Sie sich auch etwas über, bitte.«

Lysanne lehnte die Tür an, schlüpfte in ihren Morgenmantel und trat wieder vor die Tür. Auf dem Flur lungerte noch jemand halb verborgen im Schatten zwischen dem Treppenschacht und einem großen Garderobenschrank herum. Schlagartig fühlte Lysanne eine finstere Bedrohung durch die Anwesenheit von gleich zwei nächtlichen Besuchern. Ihre Zähne begannen zu klappern, aber nicht nur wegen der Kälte.

»Lieutenant Julien Vioric von der Pariser Polizeipräfektur«, stellte der eine nächtliche Besucher sich nun vor und hielt einen Ausweis in die Höhe. »Sie sind Lysanne Magloire?«

»Woher wissen Sie, dass ich hier wohne?«, entgegnete sie. Zu ihrer eigenen Verwunderung fühlte sie nun eine unnatürliche Ruhe. »Finden Sie nicht, Sie und Ihr Kollege sollten sich vorstellen, wenn Sie nachts eine alleinstehende Frau aus dem Bett holen?« Der Lieutenant starrte sie verständnislos an.

»Mein Ko…«

Hinter Vioric löste sich der Schatten aus dem Schutz der Dunkelheit und stürzte die Treppe hinunter. Die Schritte polterten auf den Holzstufen, und der Lieutenant erwachte eine Sekunde zu spät aus seiner Überrumpelung. Er wirbelte herum, schrie: »Stehen bleiben!« und »Sie warten hier, Mademoiselle!«, und rannte dem Flüchtigen hinterher.

Lysanne sah über das Treppengeländer hinab. Sie hörte die Tür zur Passage. Das Rufen. Das Gepolter der Schritte. Dann nichts mehr. Mit klopfendem Herzen zog sie sich ins Zimmer zurück und ließ die Tür nur angelehnt. Minuten später tauchte der Lieutenant leise schnaufend wieder im Türrahmen auf. Im Licht der Nachttischlampe sah sie sein gerötetes Gesicht.

»Er ist weg. Wie lange stand der Kerl schon hinter mir?«

»Das weiß ich nicht. Sie haben mich doch gerade eben erst aus dem Schlaf gerissen.«

»Dann war er bereits vor Ihrer Tür, als ich die Treppe hochkam«, überlegte er laut.

Lysanne zuckte mit den Schultern. »Es war sicher nur einer, der hier wohnt und keinen Wert darauf legte, jemandem zu begegnen. Wissen Sie, Madame Roux hat ihre Augen und Ohren überall, und die Leute hier wollen ihre kleinen Geheimnisse vor ihrer Neugierde schützen.«

Die Augen des Lieutenants verengten sich. »Denken Sie da an jemand bestimmten?«

»Ich habe heute Morgen einen jungen Mann hier in der Passage kennengelernt, einen schrägen Vogel. Vielleicht wollte er mir einen Besuch abstatten?«

Lysanne sah den ausgesprochenen Gedanken an wie ein Bild. Sie war sich nicht sicher, ob es ihr gefiel oder nicht. Passte ein derart düsterer und verschlagener Auftritt zu Louis Aragon? Nein, entschied sie. Abgesehen davon passte die große, massige Nachtgestalt nicht zu dem kleinen, schlanken Dichter.

Lieutenant Vioric trat auf sie zu. »Ich muss Sie bitten mitzukommen.«

»Warum?«

»Mademoiselle Magloire, ich weiß nicht, wer dieser Mann vor Ihrer Tür war, aber er wollte womöglich in Ihr Zimmer eindringen. Ich habe Grund zu der Annahme, dass Sie in Gefahr sind. Heute Morgen gab es einen schrecklichen Mord. Und Sie waren vor einer Woche auf der Polizeipräfektur und haben einen Suchantrag für Ihre Schwester gestellt. Ihr Name ist Isabelle Magloire, ist das korrekt?«

Lysanne nickte wie automatisch. »Ist Isabelle ... ist sie tot?«

Der Lieutenant machte eine erschöpfte Kopfbewegung. Sein Atem hatte sich schon wieder beruhigt, aber er blickte immer wieder hinter sich, als ob er befürchtete, dass der unbekannte Schatten wieder hinter ihm stehen könnte.

»Das wissen wir nicht. Aber sie wurde zuletzt mit dem Mordopfer gesehen.« Vioric betätigte den Lichtschalter, und mit einem feinen Sirren sprang die Glühbirne an, die nackt an der Dachschräge hing, und verströmte ihr rotgelbes Licht. Jetzt, wo Lysannes kleines Zimmer besser ausgeleuchtet wurde, ging Vioric mit seltsam besitzergreifenden Schritten im Zimmer umher, öffnete den Schrank, lüftete den Vorhang, drehte sich um und sah sie eindringlich an.

»Wenn ich Ihnen einen Ratschlag geben darf – packen Sie ein paar Sachen zusammen, und verlassen Sie diesen Ort. Zumindest für ein paar Tage.«

»Wo soll ich denn hin?«

Er hob etwas hilflos die Hände. »An irgendeinen sicheren Ort, an den Ihnen dieser finstere Kerl nicht folgen kann. Mit Verlaub, es bedarf keiner großen Kunstfertigkeit, um sich Zugang zu Ihrem Zimmer zu verschaffen.« Er deutete auf die abgenutzte Tür, die ihr kleines Reich von dem der anderen trennte. »Dieser Mensch im Treppenhaus stellt angesichts der rätselhaften Umstände im Zusammenhang mit Ihrer Schwester eine Bedrohung dar.«

Lysannes Herz klopfte schneller. Statt einer Antwort zog sie ihre Handtasche zu sich und holte das Portemonnaie heraus. Als sie den Inhalt auf das Nachtkästchen leerte, sank ihr Mut. »Sie können mir nicht zufälligerweise ein sicheres Hotel empfehlen, für das das hier reicht, Lieutenant?« Nachdenklich starrte Vioric für einige Sekunden ins Leere. Schließlich blickte er Lysanne ernst an.

»In meiner Wohnung gibt es ein zusätzliches Zimmer, das ich normalerweise vermiete. Aber mein letzter Untermieter ist vor einigen Wochen weggezogen, und ich bin noch nicht dazu gekommen, einen neuen Bewohner für das Zimmer zu finden.«

Lysanne starrte den Lieutenant überrascht an. Erst jetzt, unter dem Licht der Glühbirne, hatte sie Gelegenheit, ihn richtig zu betrachten. Dieser gehetzte Gesichtsausdruck, die harten, bleichen Züge, die strenge Nase. Seine Lippen waren wie kleine Mauerbögen, hart geschwungen und nahezu unbeweglich, wenn er sprach. Ein Mann, der schon viel gesehen hatte.

Vielleicht zu viel. Dinge, die sie dazu veranlassen könnten, seinem Rat zu folgen.

»Und was verlangen Sie dafür?« Lysanne stemmte die Hände in die Hüften und sah ihn mit einem Blick an, der ihm klarmachen sollte, dass sie die Miete nicht mit etwas anderem als Geld auszugleichen gedachte.

Vioric hob die Hände. »Ich erwarte keinerlei Gegenleistung, hören Sie?«

Lysanne blickte ihn wortlos an.

»Das Zimmer ist sehr schön, nur das Badezimmer müssten Sie sich mit mir teilen und die Küche.« Er hob den Blick und sah sie ruhig an. »Ich weiß nicht, ob dieser Mann der gesuchte Mörder ist, aber in der momentanen Lage muss man leider das Schlimmste vermuten, um noch Schlimmeres zu verhindern. Die Stadt ist voll von Verrückten.«

»Was hat das alles mit Isabelle zu tun?«

Lieutenant Vioric schloss endlich die Tür und sah Lysanne eindringlich an. »Setzen wir uns für einen Moment, bitte.«

Lysanne sank auf das Bett, innerlich ganz steif. Der Lieutenant ließ sich auf dem Stuhl nieder.

»Heute Morgen wurde die Leiche eines Jungen gefunden, der seit einer knappen Woche vermisst wurde.«

»Was hatte meine Schwester mit ihm zu schaffen?«

»Soweit wir wissen, war Isabelle in seiner Familie als seine Gesellschafterin angestellt.«

Trotz der schwer durchschaubaren Lage durchströmte Lysanne ein Hauch von Erleichterung. Sie hatte schon befürchtet, in den Hurenhäusern von Paris nach ihr suchen zu müssen, wie Aragon es ihr am Vormittag angedeutet hatte. Lysanne versuchte, sich Isabelle in der Rolle einer vornehmen Gesellschafterin vorzustellen. Wie hatte sie das nur angestellt? Von der robusten Soldatenkrankenschwester zur eleganten Gesellschafterin einer Adelsfamilie. Aber wenn Isabelle eines war, dann wandlungsfähig. Nein, nicht wandlungsfähig, korrigierte sie eine innere Stimme. Unberechenbar.

»Vor sechs Tagen verschwand der Junge auf dem Weg zum Fechtunterricht«, fuhr der Lieutenant fort. »Er wurde von Isabelle begleitet. Seither fehlt von ihr jede Spur. Ihr Zimmer war ausgeräumt, und ihr Gepäck ist verschwunden.«

Lysanne starrte in das unbewegte Gesicht und empfand trotz aller Beklommenheit einen Moment lang eine fast triumphale Erleichterung. Isabelle hatte wenigstens eine gute, eine anständige Anstellung gehabt.

Aber nun diese hässliche Geschichte. »Glauben Sie, dass Isabelle entführt wurde?«

»Das weiß ich nicht. Für uns sieht es so aus, als hätte sie geplant, aus dem Haus zu verschwinden. Nun stellt sich für uns die Frage ...«

»... ob meine Schwester eine Komplizin ist«, beendete Lysanne den Satz, ohne lange darüber nachzudenken.

Vioric hob die Augenbrauen. »Trauen Sie ihr so etwas denn zu?«

Lysanne entfuhr ein ungläubiges Lachen. »Ich habe sie ja seit vier Jahren nicht mehr gesehen.« Ja, ich traue ihr so etwas zu, dachte Lysanne und sah wieder Isabelle vor sich, wie sie das Kokain in ihre Rocktasche gleiten ließ und sie dabei mit einem schauderhaft gleichgültigen Blick streifte.

»Nun, ich will Sie gewiss nicht beunruhigen. Ihr Verschwinden kann auch einen ganz anderen Grund gehabt haben, der nichts mit dem Mord an dem armen Jungen zu tun hat.«

Die Leute aus Ribérac hatten sie vor Spinnern, Zuhältern, Triebtätern, Kokainisten, Räubern und Wahnsinnigen in Paris gewarnt. »Darf ich noch einmal Ihren Polizeiausweis sehen?«

Er zückte seine Marke und ließ Lysanne sie genau studieren. Müde lehnte sie ihren Kopf an die Wand. Vioric trat einen Schritt zurück und stieß versehentlich gegen einen Stuhl, der mit einem plötzlichen lauten Scharren über den rohen Holzboden rutschte. Daraufhin trommelte jemand im Zimmer nebenan gegen die Wand. »Es gibt Menschen, die morgen früh arbeiten müssen! Geht gefälligst rüber ins Stundenhotel, wenn ihr nicht schlafen wollt!«

Lysanne zuckte zusammen. Beinahe hatte es sich angefühlt, als stünde der Nachbar direkt neben ihr. Ihr wurde bewusst, wie wenig Schutz ihr die Wände, die sie hier umgaben, boten. Und gleichzeitig war da eine unerklärliche Sehnsucht nach Louis Aragon, der, wie er gesagt hatte, in diesem Stundenhotel wohnte.

»In Ordnung«, murmelte sie widerstrebend. »Ich nehme Ihr Angebot an.« Vioric nickte und deutete auf den alten Lederkoffer oben auf dem Schrank. »Darf ich Ihnen den herunterheben, Mademoiselle?«

Julien Vioric achtete peinlich darauf, die junge Frau auf dem Weg ins fünfte Arrondissement nicht zu berühren, nicht auf der Straße und auch nicht in der schaukelnden Métro.

Ihm war klar, dass er, was den Fall anging, im Trüben fischte und sein Bruder entsetzt wäre über diesen Vorstoß, der ihn vom glatten Untergrund seiner Moral in unebene Gefilde voller Fallgruben führen mochte. Vioric betrachtete sein Spiegelbild, das ihm die schwarze Fensterscheibe der Untergrundbahn entgegenwarf, und stellte fest, wie abgespannt und wächsern sein Gesicht war. Und Lysanne erinnerte ihn in geradezu unheimlicher Weise an sie. An Nicolette, die Fischerstochter aus Antibes. Noch immer quälte Vioric die Schuld an dem, was damals geschehen war, wie ein verschobener Wirbel in seinem Rückgrat.

Irgendwo in seinem Hinterkopf hörte er Tusson schelmisch lachen. Lieutenant Julien Vioric, der zurückgezogene Kauz, nahm doch tatsächlich eine Frau mit in seine Wohnung, um sich an der Tatsache zu erfreuen, zumindest für eine Weile nicht mehr nur seine eigenen Schritte darin zu hören. Für einen kurzen Moment blitzten vor seinem inneren Auge all die Dinge auf, die von nun an schiefgehen konnten, doch da war auch ein Anflug einer ganz und gar irrationalen Freude.

Sie stiegen an der Station *Cité* aus. Um diese Uhrzeit war hier für ihre Métro Endstation. Lysannes Blick zuckte sehnsüchtig zu den hell erleuchteten Fenstern der Cafés. Vioric bemerkte es und lud sie kurzerhand auf ein Glas Wein auf der Île Saint-Louis ein.

Die Bedienung spendierte Brot und eine kalte Gänseleberpastete, die vom Tag übrig geblieben war, über die Lysanne fast ein wenig gierig herfiel. Viorics eigener Hunger hatte um diese Uhrzeit bereits aufgegeben, und er beschloss, Lysanne einfach nur beim Essen zu studieren. Lysanne Magloire war nicht gerade das, was man landläufig als schön bezeichnet hätte. Dazu war sie zu blass und etwas zu dünn. In einem krassen Kontrast dazu standen ihre großen dunklen Augen. Sie hatte dichtes, fast schwarzes Haar, das modisch kurz geschnitten war. Dieses Gesicht und dieser ernste und zugleich verträumte Ausdruck im Blick ließen Vioric länger hinsehen. Als würden hinter ihrer Stirn Fragen nisten, die ihn selbst etwas angingen. *Immer so ernst, mein Freund?*, hörte er Tusson erneut in seinem Kopf umherspuken. *Du verpasst noch dein eigenes Leben, wenn du weiter so abwesend vor dich hinlebst.* Ihm war, als würde er, wenn er Lysanne betrachtete, einen Teil seiner selbst sehen.

»Erzählen Sie mir von Ihrer Schwester«, bat er.

Lysanne wischte den Teller mit einem Stück Brot aus.

»Unser Vater war Lehrer in der Dorfschule. Als der Krieg ausbrach, wurde sie zum Lazarett umfunktioniert.« Lysanne verspeiste den letzten Bissen, lehnte sich zurück und sah, den Blick in ihren Erinnerungen versunken, in die Leere der Winternacht vor dem Fenster. »Isabelle und ich wurden in Bordeaux an einer Lehranstalt zu Krankenschwestern ausgebildet. Ein Arzt aus dem Nachbarort, Doktor Laurent, wurde im Lazarett als Leiter eingesetzt, der von nun an bei uns die Verwundeten operierte.« Sie kratzte gedankenverloren einen Krümel von der Tischdecke und bröselte ihn auf den Boden. »Gleich nach unserer Ausbildung waren Isabelle und ich für die Versorgung der Soldaten zuständig.« Lysanne lächelte Vioric müde zu. »Die ganzen vier Jahre lang.«

Vioric griff nach seinem Glas und trank einen großen Schluck. Lysanne schien das als Geste der Ungeduld zu deuten, denn sie fuhr rasch fort: »Zwei Jahre später verschwand Isabelle nach Paris. Sie hat nie wieder etwas von sich hören lassen.« Sie zuckte mit den Achseln. »Unser Vater erkrankte schließlich schwer, und ich habe mich bis zu seinem Tod um ihn gekümmert.«

»Und jetzt?«, fragte Vioric leise an. Lysanne lachte leise, und es klang so hilflos, dass es ihm die Brust verengte.

»Mich hat jeder vor Paris gewarnt, wie gefährlich und unberechenbar hier alles ist«, sagte sie. »In Ribérac darf man nicht auffallen, schon gar nicht um seiner selbst willen. In Ribérac ist Mittelmäßigkeit eine Tugend. Aber ich glaube, das ist bloß, weil die Leute Angst davor haben, eines Tages zugeben zu müssen, dass sie ihr eigenes Mittelmaß nicht haben überwinden können. Isabelle hat diese stumpfe Eintönigkeit mehr gehasst als alles andere auf der Welt. Sie wollte immer von allem mehr, als es gab.«

»Wissen Sie, genau das wundert mich an der ganzen Sache.« Vioric beugte sich vor, und Lysanne schien erleichtert, dass er ihren Redefluss unterbrach. »Als Clément Faucogney vor sechs Tagen verschwand und mit ihm Ihre Schwester, wurden natürlich die anderen Hausangestellten nach ihr befragt.«

»Und was haben die erzählt?«

»Das ist eben das Seltsame. Nichts. Nichts jedenfalls, womit die Polizei etwas anfangen könnte. Isabelle schien keinerlei persönlichen Interessen nachzugehen. Keinerlei Gier nach Leben, wie Sie das beschreiben. Ihre freien Stunden und Tage verbrachte sie allem Anschein nach in der Villa auf ihrem Zimmer, lesend oder schlafend. Sie ging nicht tanzen, pflegte keine Freundschaften und hatte keinen Verehrer, außer vielleicht diesen Jungen. Nachdem er tot und sie verschwunden war, stellte sich die Frage, ob Isabelle vielleicht nicht doch einen Liebhaber gehabt hatte, der Clément aus dem Weg geräumt hat. Aber Isabelle schien für eine Frau ihres Alters auffallend isoliert. Stets allein und nur auf die Ausübung ihrer Pflichten konzentriert.«

Lysanne Magloire sah ihn nachdenklich an. »Ich kann sie zumindest in dieser Beschreibung nicht wiedererkennen.«

Vioric dachte an die Worte Tussons. »Schauen Sie sich um. Ganz Paris ist voller Menschen, die um alles in der Welt wieder lernen wollen, wie man lebt. Die meisten übertreiben es damit allerdings, wenn Sie mich fragen.«

Lysanne schüttelte den Kopf. »Isabelle war nach dem Krieg völlig ausgelaugt. Vielleicht suchte sie einfach nur einen ruhigen Platz für ein schlichtes, sicheres Leben.«

»Möglich.« Vioric sah dabei zu, wie Lysanne allmählich ihr Glas leerte.

»Was ist mit Ihrer Mutter?«

Zu seiner Überraschung zuckte sie mit den Schultern. »Sie starb, als ich noch sehr klein war. Ein entzündeter Insektenstich. Ich finde es im Nachhinein furchtbar zynisch, dass man auch wegen einer solchen Alltäglichkeit sein Leben verlieren kann.«

Vioric konnte ihr nur recht geben. Er trommelte mit den Fingerspitzen auf den Tisch.

»Mademoiselle, morgen werde ich Sie mit zur Préfecture nehmen, und dort machen Sie bitte eine Aussage.«

»Was will die Polizei denn von mir wissen?«

»Alles, was es über Ihre Schwester zu sagen gibt. Alle großen und kleinen Dinge, damit wir uns ein Bild machen können. Warum genau wollte Isabelle nach Paris kommen?«

Lysanne streichelte selbstvergessen den Rand des Weinglases. »Paris war immer ihr großer Traum. Und ich denke, am Ende wollte sie auch weg von unserem Vater. Der Krieg hat ihn sehr verändert.« Lysanne spielte weiter mit ihrem Weinglas. »Er war jähzornig und hat uns geschlagen. Und er mochte es nicht, dass wir so viel Zeit mit unserem Freund Gaspard verbracht haben. Er setze uns Flausen in den Kopf, meinte er. Gaspard kam als Halbtoter von der Front zurück. Wir haben ihn gepflegt, und am Ende konnte er wieder laufen, sprechen und lesen.«

Vioric betrachtete Lysanne, deren Blick sich plötzlich nach innen zu richten schien. Eine unerklärliche Eifersucht auf diesen Gaspard streifte ihn. Als Lysanne weitersprach, musste er sich vorbeugen, um sie verstehen zu können.

»Vor dem Krieg waren wir wie drei Geschwister, wie Kinder gewesen. Es fühlte sich seltsam an, dass wir mit einem Mal erwachsen waren. Wir hatten nichts anderes im Sinn, als wieder zu leben. Wir wollten da anknüpfen, wo der Krieg uns getrennt hatte.«

»Ist es Ihnen gelungen?« Vioric lächelte schief. Er konnte selbst hören, wie unbeholfen sein Aufmunterungsversuch klang.

Lysanne schüttelte den Kopf. »Gaspard war schon immer ein bisschen verrückt, wissen Sie. Und nach seiner Rückkehr war er sogar noch etwas verrückter. Wir haben viel Zeit miteinander verbracht. Aber im April 1920 starb er ganz plötzlich an einem Hirnschlag. Das hat Isabelle nicht ertragen. Sie verschwand gleich am Tag nach seiner Beerdigung.«

Vioric fragte sich, was das leichte Kräuseln zwischen ihren Augenbrauen bedeutete und ob in diesem Kräuseln eine Andeutung dessen lag, was sie ihm womöglich verschwiegen hatte.

Als sie gähnte, bezahlte Vioric und nahm ihren Koffer. Es war bereits ein Uhr. Er schlug ihr vor, die Pont Saint-Louis zur Île de la Cité zu nehmen, und Lysanne folgte ihm wortlos. Julien Vioric liebte die beiden Inseln, die wie steinerne Schiffe in der Seine lagen. Er führte sie an der Conciergerie vorbei, wo sie Zeugen einer eigenartigen Szene wurden. Eine Frau in einem schäbigen Mantel klammerte sich mit aufgerissenen Augen an die Gitterstäbe und redete wirres Zeug. Hinter ihr bemühte sich ein gut gekleideter Mann vergeblich, die Hände der Frau von den Eisenstäben zu lösen und sie mit sich zu ziehen. Er wirkte besorgt und etwas beschämt, als er sah, dass er mit dieser grotesken Szene nicht allein war.

»Bitte, Nadja, nun komm schon, lass den Unsinn«, zischte er und wich Viorics Blicken aus. Der trat auf das ungleiche Paar zu. »Sind Sie freiwillig in Begleitung dieses Herrn, Madame?«

Die warf ihm einen Blick aus berauschten Augen zu. »Freiwillig? Was ist schon freiwillig?«, hauchte sie und ließ sich in einer lasziven Geste gegen die Gitterstäbe sinken. Der Mann schnaubte verärgert. »Nadja, hör auf. Dieses Spiel gehört uns beiden. Du sollst es nicht mit einem anderen teilen.«

»Darf ich Sie bitten, sich zu erklären«, forderte Vioric. Der Begleiter der Frau sah eigentlich nicht aus wie ein Zuhälter oder sonst ein Strolch, und er schien sich wirklich um die Frau zu sorgen.

»Nein«, erwiderte er knapp und ergriff den Arm der Frau. »Nun komm, wir suchen das rote Fenster. Mach keinen Aufruhr.«

Da ging ein Ruck durch die Frau. Sie richtete sich auf, jedoch ohne die Gitterstäbe loszulassen, und warf Vioric einen umnebelten Blick aus dunklen, sinnlichen Augen zu. »Sie dürfen uns nicht stören bei diesem Spiel. Ich bin durch und durch glücklich, auch wenn dieser Schuft neben mir mich dann verlassen wird, wenn ich ihn am Dringendsten brauche.« Sie gurrte beinahe.

Der Mann seufzte verärgert. »Ich werde dich schon nicht verlassen, Nadja. Und sag mir, was das diesen Nachtwächter angeht!«

Vioric kannte derlei sonderbare Nachtszenen nur zu gut. Er beschloss, die beiden ihrem Schicksal und ihrem intimen Spielchen zu überlassen, und trat beiseite, sodass das eigenartige Paar seinen Weg in die Nacht fortsetzen konnte. Die Schritte der Frau klapperten auf der frostigen Straße.

»Tja, Paris«, flüsterte Vioric Lysanne zu, die mehrmals über die Schulter zurückschaute, und grinste schief. Er folgte ihrem Blick. Der Mann hatte die Frau namens Nadja untergehakt, als hätte er Sorge, sie könnte ihm entkommen.

Vioric führte Lysanne über den Place Dauphine, wo ein Betrunkener gegen die Kastanien stieß und schließlich wie gebannt zu einem erhellten Fenster emporstarrte, das mit leuchtend roten Vorhängen verhängt war. *Nun komm, wir suchen das rote Fenster,* hatte der Mann gesagt. Plötzlich richteten sich Viorics Nackenhaare auf. Er fühlte eine rätselhafte Bedrohung, die er nicht zuordnen konnte. Als könnte sich vor den schlafenden Häuserfassaden in der kalten, hallenden Nacht etwas ereignen, was seine Welt aus den Fugen reißen würde.

Er wandte sich ab und überquerte mit Lysanne die Pont Neuf. Bald darauf erreichten sie die Rue de l'Abbaye.

»Es ist nicht gerade ein Grandhotel, Mademoiselle. Aber es gehört mir ganz allein.«

Er bewohnte die beiden Zimmer nun seit fünfzehn Jahren, und täglich erinnerten sie ihn daran, dass er es nie geschafft hatte, sie mit Leben zu füllen. Das zusätzliche, ab und an vermietete Zimmer war wie ein Kobold, der ihn mit seiner unerreichten Zweisamkeit verhöhnte.

Er zeigte Lysanne dieses weitere Zimmer, in dem eine Chaiselongue, eine Kommode und ein schmaler Schrank sich den Platz teilten, brachte eine Wolldecke, einen Krug Wasser sowie ein Glas und überreichte ihr den Schlüssel, mit dem sie die Zimmertür abschließen konnte, bevor er in sein Schlafzimmer hinüberging.

Vor seinen Fenstern ragte die Fassade von Saint-Germain-des-Prés auf. Manchmal, wenn er nicht schlafen konnte, lehnte er am Fenster und beobachtete die schwarzen Schatten unter den Stützpfeilern der Kirche so lange, bis er die Ratten sehen konnte, die nachts aus ihren Löchern krochen und über die Sandsteintreppe huschten. Auch in dieser Nacht stand Vioric da, während die Dezemberluft ihn vergeblich zu besänftigen versuchte. Die Vorstellung, dass zum ersten Mal eine Frau in seinen vier Wänden atmete, verwirrte ihn.

3

16. Dezember 1924, morgens

Der Schlaf hatte ihn gemieden. Julien Vioric stand auf und schaltete seinen Wecker aus, bevor dieser klingeln konnte. Er ging in die schmale Wohnküche, wo er sich daranmachte, seinen Gast mit dem Duft von frisch gebrühtem Kaffee aufzuwecken. Als er aus dem kleinen Zimmer keine Geräusche hörte, klopfte er leise an die Tür und drückte die Klinke. Lysanne Magloire hatte nicht abgeschlossen. Zu seiner Überraschung saß sie vollständig bekleidet vor dem offenen Fenster und schaute in den widerwillig erwachenden Morgen. Im Zimmer war es kalt. Ihr Atem stand in einer Wolke vor ihrem Gesicht.

Vioric trat neben sie und schaute auf den Hinterhof unter ihnen. »Wie gefällt Ihnen so ein Pariser Hinterhof, Mademoiselle?«

»Ich schaue ins Freie und sehe keinen Baum.«

»Das Leben in der Stadt ist nicht für alle verträglich. Wenn Ihnen das Dorfleben mehr behagt, sollten Sie sich selbst einen Gefallen tun und nach Ribérac zurückkehren, wenn Sie ... nun, wenn Sie mit Paris fertig sind.«

Sie wandte ihm ihr Gesicht zu. »Sie meinen, wenn man Isabelle tot aus der Seine gezogen hat und Paris im Übrigen mit mir fertig ist.«

Vioric schüttelte sanft den Kopf. »Ich hoffe doch, dass auch ein paar eigene Pläne Sie hierhergeführt haben. Fürs Erste aber möchte ich Sie bitten, mich nun in die Préfecture zu begleiten, damit wir Ihre Angaben zu Isabelle dokumentieren können.«

Sie gähnte verstohlen. Er betrachtete sie. »Haben Sie überhaupt geschlafen, heute Nacht?«

Lysanne schüttelte den Kopf. »Sie aber auch nicht. Ich habe Sie denken hören, durch die Wände hindurch.«

Julien Vioric reichte ihr den zweiten Wohnungsschlüssel. »Nun, fühlen Sie sich vollkommen frei zu kommen und zu gehen, wie es Ihnen beliebt. Bis wir die Sache geklärt haben, ist dies Ihr Zuhause.«

Intensiv leben, das hatte Tusson ihm geraten. Das war es, was er hiermit tat. Auch wenn sein Freund über diese Auslegung seiner Worte die Hände über dem Kopf zusammenschlagen würde.

Auf dem Weg zur Île de la Cité fiel ihm auf, dass Lysannes Mantel viel zu dünn für den Pariser Winter war. Er kaufte Rosinenbrötchen in einer kleinen Boulangerie und reichte ihr die Tüte. In der Préfecture führte er sie in eines der Zimmer, die nur einen Tisch und zwei Stühle beherbergten. Er hätte die Befragung selbst durchführen können, doch er beauftragte Murier mit dieser Aufgabe. Die Tatsache, dass der Anblick von Lysannes Nacken, den weichen Härchen dort und ihre nervös tänzelnden Blicke etwas in seiner Seele anrührte, kollidierte mit seinem professionellen Willen zur Distanz. Aber etwas an Lysanne schien ihn nun zusammen im Chor mit Tussons Stimme dazu aufzufordern, seiner Einsamkeit keine weiteren Opfer mehr darzubringen. Seit ihrer Begegnung am vergangenen Abend fühlte er ein leichtes Schlingern, das ihn von seinem gewohnten Weg abtrieb, und zu seiner großen Verwunderung empfand Vioric dagegen keinerlei Widerstand. Er konnte sich dem nicht mehr entziehen. Er folgte Lysanne wie einem fremdartig schönen Insekt, das ihn auffordernd streifte, sich wieder entzog und sich als schillernde neue Hoffnung ins Unterholz bitterer Erinnerungen schmiegte. Vioric runzelte die Stirn. Kopfschüttelnd widmete er sich den Anzeigen, die in der Nacht eingegangen waren, um die verwirrenden Eindrücke zu verscheuchen.

Ein Mann hatte am Montparnasse ein Kleinkind aus dem Fenster geworfen. Im dritten Arrondissement hatten zwei Huren einem Freier den Schädel eingeschlagen und ihm sein Geld gestohlen. Und am Port Debilly war eine weibliche Leiche angeschwemmt worden. Vioric schauderte.

Sie meinen, wenn man Isabelle tot aus der Seine gezogen hat ...

Er machte sich sofort auf den Weg ins Institut Médico-Légal, das weiter östlich am Seine-Ufer lag. Es war einer der Orte in Paris, die Julien Vioric von ganzem Herzen hasste. Das trutzige Gebäude lag so dicht am Wasser, als wollte es sich jederzeit erbrechen und all das Schauderhafte, das in seinem Inneren vor sich ging, in einem stinkenden Schwall dem Fluss übergeben. Die dicken Mauern und kleinen Fenster erinnerten Vioric an ein Gefängnis, das gebaut worden war, um etwas auszusperren. Das Leben zum Beispiel. Oder die Hoffnung. Wer hierherkam, hatte nichts mehr zu erwarten.

Zu Viorics Freude schallte ihm die beruhigende Klaviermusik von Erik Satie entgegen, als er das Reich Doktor Durands betrat. Der Pathologe trug an diesem Morgen seinen blütenweißen Kittel über einem dunkelblauen Hemd. Sein Bart war so sauber gestutzt wie die Hecken in den Tuilerien.

Durand begrüßte Vioric und hob das Laken von einem der Stahltische. Darunter lag eine von der Seine gebleichte, aufgeblähte Tote, die so offensichtlich erwürgt worden war, dass Vioric seine Frage gleich wieder herunterschluckte. Die

Würgemale schmiegten sich wie violette Motten an den Hals der Frau.

Die wachsartige Haut sah aus, als könnte sie bei der kleinsten Berührung aufplatzen. Violette Adern durchschlängelten die teigige Blässe. Das aufgeschwemmte Gesicht wirkte beinahe obszön. Das einzig Schöne an dieser Dekonstruktion des Lebens waren die langen blonden Haare, die fast schon wieder getrocknet waren.

»Sehen Sie den Silberkamm mit den Perlen hier?« Der Pathologe deutete auf das auffallend wertvolle Schmuckstück, das sich so gründlich in den Haaren verfangen hatte, dass das Wasser ihn der Toten nicht hatte entreißen können. Saties melancholischer Klangschleier legte sich sanft über das vergangene Leben.

»Also, diese Frau war einmal jung und vielleicht auch schön.« Der Sektionsarzt deutete auf den Bauch der Toten. »Und vielleicht konnte sie sich keine Zukunft für ihr Kind vorstellen.«

»Sie war schwanger?«

»Etwa in der fünfzehnten Woche. Aber um das genau zu sagen, müsste ich sie aufschneiden.«

»Woran sehen Sie das? Ist sie nicht einfach bloß aufgeschwemmt?«

Der Arzt machte eine einladende Geste. »Wollen Sie sehen?«

Vioric lehnte dankend ab. Es half nichts. Er musste Lysanne bitten, die Tote zu identifizieren. Es war allerdings fraglich, ob sie in diesem aufgeschwemmten Körper ihre Schwester überhaupt würde erkennen können.

Er ging um den Stahltisch herum, bat um eine Lupe und betrachtete die Verfärbungen am Hals. Unter den violetten Malen, direkt auf dem Kehlkopf, war noch etwas anderes zu erkennen. Eine kleine, kreuzförmige Markierung. Als wäre ihr dort ein Stempel aufgedrückt worden. Zu regelmäßig, um Teil der Würgemale zu sein. Man sah sogar vier kleine, kreisförmige Ausbuchtungen an den Enden, wie man sie bei etwas opulenteren Schmuckkreuzen sah. Er bat den Leichenarzt, Fotografien des Halses, des Gesichts und der Hände auf schnellstem Wege in die Préfecture schicken zu lassen.

»Claude steht bereits im Labor und entwickelt die Bilder«, versicherte Durand.

»Hervorragend. Wo sind ihre Kleider?«

Durand deutete auf eine offen stehende Blechkiste. Vioric durchwühlte mit angehaltenem Atem die darin aufgehäuften nassen Stoffe. Ein schwarzes Kleid, ein weißes Unterkleid, zwei schwarze Stiefeletten mit abgelaufenen Sohlen, ein dunkelgrauer Mantel mit den zerzausten Resten eines Kragenpelzes, ein Paar schwarzer Wollstrümpfe und eine Garnitur seidener Unterwäsche in Altrosa.

»Bei der Toten wurde keine Tasche gefunden. Sie hatte keine Papiere bei sich«, ließ ihn Durand wissen.

»War bei den Sachen eine Kette mit einem kleinen Kreuzanhänger oder etwas Ähnlichem?«

Der Arzt schüttelte den Kopf und deutete auf den Hals der Toten. »Den wird ihr die Seine entrissen haben. Lieutenant, Sie vermuten doch, dass das Verschwinden des Jungen und das der Gouvernante zusammenhängen. Dann wird Sie der Todeszeitpunkt interessieren. Clément starb vorgestern Nacht irgendwann nach Mitternacht. Diese junge Frau aber schwimmt mindestens seit vier Tagen in der Seine. Wo sie hineingeworfen wurde, lässt sich nicht sagen. Aber den Ausprägungen der Blutergüsse nach hat der Mörder sie nicht sofort nach dem Erwürgen in den Fluss geschmissen. Die Kälte des Wassers hätte diese Flecken anders aussehen lassen, wenn er sie gleich dem Fluss überantwortet hätte.«

»Gibt es eine Möglichkeit herauszufinden, ob diese Würgemale zu den Abdrücken an den Knöcheln des Faucogney-Jungen passen?«

Der Pathologe wiegte unentschlossen den Kopf. »Wenn Sie mich fragen, waren hier zwei verschiedene Täter am Werk.«

Vioric nickte und verlangte eine Schere. Mit dem wertvollen Kamm in der Tasche machte er sich auf den Weg zu den Faucogneys.

Passte das? Der junge Clément, auf so spektakulär bestialische Art vernichtet, und seine Gouvernante – falls die Tote Isabelle Magloire war –, einfach erwürgt und entsorgt. Vioric schüttelte den Kopf, während er mit langen Schritten die Rechtsmedizin verließ. Etwas störte ihn an diesem Bild.

Er genehmigte sich in einem kleinen Café ein Stück Baguette mit Marmelade und Kaffee und ertappte sich bei dem Gedanken, dass er sein Frühstück gerne mit jemandem geteilt hätte. Mit Paul Tusson, beispielsweise. Er vermisste dessen kaltschnäuzige, wohltuend distanzierte Art. Tusson konnte ein Fall nicht so schnell die Laune verderben. Vioric versuchte seit Jahren, sich diese Eigenschaft von ihm abzuschauen. Vergeblich.

Vor der Villa der Faucogneys wehte eine schwarze Fahne, und die Menschen auf der Straße warfen dem Gebäude fragende Blicke zu. Drinnen zelebrierte man den Tod des Stammhalters auf theatralische Art. Alle Spiegel waren mit dunklen Tüchern verhängt, alle Fenster geschlossen, die Dienstboten huschten auf Zehenspitzen umher. Vioric kam an einem Grammofon vorbei und wunderte sich beinahe, dass nicht Mozarts Requiem aus dem Schalltrichter tönte.

Ein Angestellter ließ ihn wissen, dass Monsieur Faucogney noch seine Korrespondenz beenden müsse. Vioric hatte nichts anderes erwartet. Er nutzte die Wartezeit, die nur als Demütigung zu verstehen war, mit der Suche nach einer möglichen Zeugin, die ihm glücklicherweise direkt über den Weg lief. Die Kammerzofe von Madame Faucogney, offensichtlich ein Relikt aus dem letzten Jahrhundert, war weiß beschürzt und hochnäsig wie ein Dienstbote in adeliger Anstellung es nur sein konnte. Vioric hielt ihr den Kamm unter die Nase, ohne seine Handschuhe auszuziehen. »Kommt der Ihnen bekannt vor?«

»Der gehört der gnädigen Frau!« Die Frau wollte nach dem Kamm greifen, aber Vioric steckte ihn zurück in seine Tasche.

»Wie schön für Sie. Der Kamm ist ein Beweisstück, und ich muss wissen, wann er Madame abhandengekommen ist.«

»Madame ist unpässlich.«

»Verstehe.« Vioric musterte die Frau mit den trotzig verschränkten Armen. »Wissen Sie, ob der Dame des Hauses der Verlust überhaupt aufgefallen ist?«

»Ja doch. Es gibt noch einen zweiten Kamm, sie werden als Paar getragen. Das ganze Ankleidezimmer habe ich nach dem verloren gegangenen Gegenstück durchsuchen dürfen.«

Natürlich, dachte Vioric. Beim Adel kamen immer alle Dinge doppelt und dreifach vor.

»Gibt es in diesem Haus vielleicht Diebe?«

»Was erlauben Sie sich?« Die Frau trug ihre Empörung wie ein geblähtes Segel vor sich her. »Wann kann Madame damit rechnen, dass sie den Kamm zurückbekommt?«

»So leid es mir tut, aber vorerst ist dieses hübsche Stück Gegenstand einer Kriminalermittlung.« Damit entließ Vioric die Frau aus seiner Befragung.

Kurz darauf empfing Monsieur Faucogney den Lieutenant in seinem Arbeitszimmer. »Warum haben Sie mir nicht gesagt, wie Clément genau zu Tode kam?«

Vioric nahm einen tiefen Atemzug. »Gestern erschien es mir angemessen, Sie erst einmal mit Details zu verschonen. Ihr Sohn ist einem Ungeheuer in die Hände gefallen. Ich rate Ihnen, bei der Beisetzung auf einen offenen Sarg zu verzichten.« Faucogney nickte nur.

»Falls Sie wissen wollen, ob es jemanden gibt, der unsere Familie so hasst, dass er zu derartigen Mitteln greifen könnte, kann ich Ihnen versichern, da gibt es niemanden. Es sei denn, jemand hat es auf unseren Stand im Allgemeinen abgesehen. Sie wissen noch nichts Näheres?« Faucogney griff nach den Spitzen seines gewaltigen Schnurrbartes. Vioric glaubte gerne, dass es momentan keinen anderen Halt im Leben des Adeligen gab.

»Wir arbeiten daran. Sagen Sie mir bitte noch einmal, wann genau Cléments Fechtstunden waren.«

»Dienstags und freitags, immer um fünf Uhr nachmittags.«

»Und wie lange dauerte der Unterricht in der Regel?«

»Zwei Stunden jeweils. Manchmal auch etwas länger.«

»Was machte Mademoiselle Magloire während dieser Zeit? Ich nehme nicht an, dass sie Ihrem Jungen bei den Übungsstunden zugesehen hat.«

Faucogney schüttelte entschieden den Kopf. »Es gab ein Foyer, in dem sie für gewöhnlich wartete. Es stand ihr aber frei, in der Nähe ein paar Besorgungen zu machen oder ein Café zu besuchen.«

»Ich will diesen Umstand verstehen«, sagte Vioric. »Wieso ließen Sie Ihren Sohn von der jungen Frau begleiten? Ich denke mir, für Ihresgleichen ist der einzige Stammhalter doch etwas Besonderes. Der Augapfel Ihrer Blutlinie, wenn man so will. Ist eine Gouvernante da wirklich ein angemessener Schutz für Ihren Sohn? Noch dazu eine, die offensichtlich nicht besonders vertrauenswürdig war.«

»Wie kommen Sie darauf?«

In seiner Manteltasche spielte Vioric mit dem Kamm. Er genoss es, das filigrane Ding durch das Leder der Handschuhe zu spüren, und hatte mit einem Mal das Gefühl, dadurch eine Distanz zu schaffen, die ihn die Zusammenhänge klarer sehen ließ. »Sehen Sie, eine Angestellte Ihres Hauses berichtete mir von dem Verlust eines Schmuckstücks. Es handelt sich dabei um einen Kamm in doppelter Ausfertigung, damit man rechts wie links das Haar zurückstecken kann. Das Paar gehört Ihrer ehrenwerten Gattin, die das Ankleidezimmer bereits nach ihm hat durchsuchen lassen.« Vioric ließ seinen Gegenüber jetzt nicht mehr aus den Augen. »Sie haben nicht zufällig besagten Kamm ohne das Wissen Ihrer Frau an sich genommen und Ihrer Geliebten geschenkt?«

Faucogney sprang auf und starrte Vioric mit einem schneidenden Blick an. »Was spinnen Sie sich da zusammen?«

»Wo waren Sie während der Fechtstunden Ihres Sohnes, Monsieur de Faucogney?«

»Lieutenant Vioric, was Sie da andeuten, ist schändlich!«

»Wieso? Wurde Isabelle Magloire etwa nicht nur eingestellt, weil ihre Schönheit einen mangelnde Referenzen vergessen ließ? Und nun beantworten Sie meine Frage, bitte. Was haben Sie während Cléments Fechtstunden gemacht?«

»Worauf wollen Sie hinaus?« Faucogneys Schnurrbart hatte zu zittern begonnen.

»Nun, zwei Stunden sind eine schöne Zeit für ein romantisches Rendezvous. Wo sind Sie mit Isabelle hingegangen? In eine verschwiegene Pension? Ein Separee in einem Café?«

»Zielen Ihre unverschämten Fragen darauf ab, den Mörder meines Sohnes zu finden?«, fuhr Faucogney ihn an. »Oder wollen Sie einfach nur Ihr Mütchen an mir kühlen?«

»Ich möchte mir ein Bild von der Situation machen, Monsieur. Ich kann durchaus verstehen, dass man die Liaison mit einer Hausangestellten geheim halten will.«

»Ich hatte aber kein Verhältnis mit Isabelle Magloire! Machen Sie gefälligst Ihre Arbeit und …« Seine Augen traten leicht hervor, als er beobachtete, wie Vioric mit dem Lächeln des verständnisvollen Zuhörers den Kamm aus der Tasche zog.

»Sie haben Isabelle gefunden«, flüsterte Faucogney.

»War er ein Geschenk für Isabelle? Ihre Frau weiß wohl nicht, dass Sie ihre Preziosen unter den Bediensteten verteilen?«

Monsieur Faucogney war auf einen Hocker gesunken und starrte auf den Kamm in Viorics Hand.

Der Lieutenant steckte sein Beweisstück wieder ein. »Monsieur, Isabelle Magloire hatte nach unserem Kenntnisstand weder ein Zeugnis ihrer vorigen Stellung noch einen Beweis für ihre Tauglichkeit als Gouvernante. Was, frage ich mich, hat Ihre Frau dazu bewegt, Isabelle einzustellen?«

Von einem Moment auf den nächsten schien sich Faucogney geschlagen zu geben. Sein Blick wirkte auf einmal matt. »Vielleicht wurde meine Gattin ja gar nicht um Erlaubnis gefragt, Lieutenant. Vielleicht habe ich mich bei der Wahl des Personals über meine Gattin hinweggesetzt.«

Für einen Moment sah Vioric Madame Faucogney vor sich, eine teuer gekleidete, aber kläglich wirkende Frau. Eine Puppe in einem Palast, deren häufigste Bewegung ein duldsames Nicken sein mochte. Eine Frau, die zu akzeptieren hatte, was ihr Gatte zu tun beliebte. Die vielleicht sogar dankbar war, wenn sie wusste, dass die Hurerei ihres Mannes möglichst diskret vonstattenging und nicht in einem Bordell, wo der Ruf der Familie und am Ende noch ihre eigene Gesundheit auf dem Spiel stand.

Faucogney hatte sich aufgerichtet und zwirbelte nun wieder seinen Schnurrbart. »Also, ist Isabelle wohlauf? Kann sie uns etwas über den Mord an Clément sagen?«

Vioric erhob sich und deutete eine Verbeugung an, wobei er noch einmal den Kamm aus der Tasche zog und ihn Faucogney für eine Sekunde hinhielt. »Bedaure, Monsieur. Dieser Kamm steckte im Haar einer Toten, die heute Nacht gefunden wurde. Ich werde Ihnen oder einem Ihrer Angestellten nicht ersparen können, dass Sie die Tote identifizieren. Meine Kollegen werden sich mit Ihnen in Verbindung setzen. Guten Tag, Monsieur. Ich finde alleine hinaus.«

Als Vioric aus der Villa in den Hof trat, hielt gerade ein schwarzer Peugeot 174 auf dem Vorplatz. Kurz darauf knirschten die Schritte seines Bruders auf dem fein geharkten Kies.

»Hast du einen Besen mitgebracht?«, fragte Julien. »Ich habe dadrin gerade eine Menge Porzellan zerschlagen.«

Sein Bruder holte Luft, aber Vioric wartete seine Antwort nicht ab.

Zurück in seinem Büro legte Stéphane Murier gerade einen Stapel frisch entwickelter Fotografien aus dem Institut Médico-Légal auf seinem Schreibtisch ab. Bilder der Leiche und ihrer Kleider.

»Wo ist Lysanne Magloire?«

»Sie ist nicht mehr hier. Sie sagte etwas von einem neuen Mantel, den sie kaufen wollte. In Saint-Ouen.«

Vioric nickte, während sein Blick über die zuoberst liegenden Bilder flog. Saint-Ouen?, dachte er. Lag das nicht am anderen Ende der Stadt? »Was hatte sie über ihre Schwester mitzuteilen?«

»Ich habe eine Mitschrift angefertigt, aber ich fand ihren Bericht nicht sonderlich aufschlussreich. Ich glaube, Lysanne Magloire weiß nicht allzu viel über ihre Schwester.«

Das deckte sich mit dem Gespräch, das Vioric letzte Nacht mit Lysanne geführt hatte.

»Gute Arbeit. Sie sind ein schlauer Kopf, Murier.« Vioric lächelte.

Es zeigte sich, dass Murier durchaus funktionierende Blutgefäße in seinen Wangen hatte.

»Sie und ich, wir werden nachher anständig zu Mittag essen. Aber davor unternehmen wir noch einen Spaziergang in der Nähe der Fechtschule.«

»Und was suchen wir da?«, fragte Murier.

»Ein verlassenes Liebesnest.«

Als Lysanne endlich in Saint-Ouen eintraf, verdunkelten schwere Schneewolken die ohnehin schon bleiche Sonne. Die Welt sah aus, als würde man sie durch Rauchquarz betrachten. Die kahlen Bäume schwankten. In den unregelmäßigen Windböen lag eine solche Kälte, dass Lysanne ihre Schritte beschleunigte, dahin, wo es vielleicht einen guten, warmen Mantel für wenig Geld geben würde. Aber Lysanne musste sich eingestehen, dass sie vor allem hier war, um nach jemand Bestimmtem Ausschau zu halten. Louis Aragon hatte gestern von diesem Ort gesprochen. Wie sehr sie die Begegnung mit ihm fasziniert hatte, merkte sie an ihrem suchenden Blick, mit dem sie nach seiner Gestalt fischte.

Er hatte den Flohmarkt als einen Ort beschrieben, an dem er öfters anzutreffen war. Arbeitete er hier? Ging er einer Sammelleidenschaft nach? Beim Anblick der überladenen Stände und der Passagen – blecherne Nachahmungen der Einkaufspassagen in der Stadt –, glaubte sie zu verstehen, was Louis Aragon an dieser Umgebung begeistern mochte. Ein wildwüchsiger Geist wie der seine fand hier Inspiration.

Lysanne drang in eine Passage vor, in der die Stimmen der Verkäufer nur so dröhnten. Es war eine Sackgasse zwischen zwei niedrigen Backsteinhäusern. Ein Kartoffelbrater fachte die Glut in seinem Ofen neu an, und der Duft seiner Ware stand wie eine Säule in der kalten Dezemberluft.

Die Passage schien überzuquellen von Dingen, die Lysanne auf den ersten Blick kaum identifizieren konnte. Maschinenteile, Treppengeländer, Steinsäulen, Berge von Metallstangen, Wäsche, die im Wind flatterte, und hinter jedem Stand Sammleraugen, die sie musterten und vorbeiziehen ließen.

Am Ende der Gasse duckte sich ein Stand in den Schatten der Häuser. Ein alter Mann schlief im Sitzen auf einem Plüschsessel. Seine Auslagen waren wild übereinandergehäuft. Das ganze Gebilde aus alten Schachteln, Hüten, Masken, Büchern, Kerzenständern, Schuhen, Lampen, ausgestopften Tieren und Flaschen war eine gewagte Installation, die bei der ersten Berührung zusammenzubrechen drohte. Lysanne streckte die Hand nach einer alten Spieluhr aus. Sie bestand aus einem filigranen Messingkäfig, in dem ein Keramikvögelchen hockte. Sie drehte an der Schraube, und es erklang ein schiefer Walzer. Die Töne quälten sich durch Jahre von Staub und Abnutzung an die Oberfläche. Das Vögelchen begann, zu dem schrägen Geklirr auf seiner Stange hin und her zu wippen. Der Alte schlief weiter. Ein eigenartiger Impuls trieb sie dazu, ihn zu wecken und nach dem Preis zu fragen, doch plötzlich legten sich Hände um ihre Augen und nahmen ihr die Sicht. Lysanne durchfuhr eine Mischung aus Schreck und Entzücken. Die Spieluhr rutschte ihr aus der Hand und landete in einem Zeitungskorb.

»Monsieur Aragon?«

Die Hände um ihre Augen flatterten, und eine Stimme – nicht Aragons – hinter ihr sagte: »Hier spricht der gläserne Kranich der vergessenen Dämmerung.«

Lysanne machte sich los und drehte sich um. Da stand ein schlaksiger Kerl mit zu viel Pomade im schwarzen Haar und schläfrigen Augenlidern, unter denen jedoch ein äußerst wacher Blick hervorschaute. Sie erinnerten Lysanne an die matten Edelsteine auf dem alten Reliquiar in der Dorfkirche von Ribérac. Der Mann trug einen abgetragenen Anzug, kombiniert mit einer gestrickten Krawatte. Eine etwas peinliche Gestalt, wenn da nicht diese sonderbar würdevollen Augen gewesen wären. Ein Stück hinter ihm stand Louis Aragon und amüsierte sich köstlich. Lysanne spürte eine leicht befangene Freude, die ihren Schrecken schnell verdrängte. Und dennoch ... die Erinnerung an den lauernden Schatten vor ihrer Tür in der vergangenen Nacht verlieh dem albernen Überfall etwas leise Bedrohliches, das nur durch Aragons Anwesenheit besänftigt wurde.

Einige Männer belagerten jetzt den Stand, und etwas an ihrem Aussehen und ihren Blicken sagte Lysanne, dass es die verrückten Freunde sein mussten, von denen Louis Aragon gestern gesprochen hatte. Er trat auf sie zu, ergriff ihre Hand und hauchte einen Kuss darauf.

»So schnell sehen wir uns schon wieder? Sollte ich mich freuen, dass Sie meinen Vorschlag mit dem Flohmarkt beherzigt haben, oder haben Sie sich Hals über Kopf in mich verliebt und suchen nun verzweifelt meine Nähe?«

Einer der anderen Männer bückte sich nach dem Korb, in dem die Spieluhr gelandet war. »Dieser undankbare Kerl«, befand er mit einem Seitenblick auf Aragon. »Als ob nicht beides ein Grund wäre, sich zu freuen.« Er ergriff die Spieluhr und wollte sie Lysanne schon reichen, behielt sie dann aber für eine eingehende Betrachtung bei sich. Er kratzte ein wenig am abblätternden Lack.

»Ein schönes Stück«, sagte Aragon und zupfte einen seiner Begleiter, es war der, der Lysanne die Augen zugehalten hatte, am Ärmel. »Schau mal, André, ist das nicht herrlich?«

Der andere drehte sich um und sah die Spieluhr abschätzig an. Sein Augenaufschlag streifte Lysanne, und sie blinzelte überrascht. Es war der Mann, der letzte Nacht vor der Conciergerie versucht hatte, die Frau namens Nadja von den Gitterstäben fortzuzerren. Sie starrte ihn an, aber er schien sie nicht wiederzuerkennen. Er sagte mit herablassendem Blick: »Wenn man es mit Blut polieren würde«, und wandte sich wieder den Auslagen zu. Sein Freund schnaubte leise und sah Lysanne fragend an. »Sagen Sie, haben Sie diese Spieluhr gezielt gesucht oder war der Fund eher ein Zufall?«

Eine plötzliche Schüchternheit ergriff sie. »Ein Zufall.«

»Und beantwortet dieses zufällige Objekt die Fragen, die Sie dem Leben stellen?«, fragte Louis Aragon. Sein Blick wurde wie gestern im Café auf eine eigenartige Weise intensiv, fast lauernd.

»Nein, es beantwortet keine Fragen. Aber ich bin dieser Melodie schon einmal begegnet, früher.«

Aragons Begleiter starrte sie mit einer Mischung aus Entgeisterung und Gier an. Einer der anderen Männer drehte sich um und knuffte ihn in die Seite. »Desnos, du solltest dir mal ansehen, was Breton gefunden hat. Na, nun zeig es uns schon, André!«

Der Mann namens Desnos hatte nur einen flüchtigen Blick dafür übrig und wandte sich wieder Lysanne zu. »Warum stellt dieser unhöfliche Hund Sie mir nicht vor, Dirigentin der Spieluhr?«

Aragon straffte sich und deutete eine Verbeugung an. »Robert, diese junge Dame hier heißt Lysanne Magloire und kommt vom flachen, öden Land. Sie wurde auf einer Welle der Ungewissheit und Trauer in unser geliebtes Paris gespült und übernimmt vorübergehend die Rolle der Meerjungfrau in meinem nächsten Roman, bis sie Land unter ihren Füßen spüren kann und mir davonlaufen wird.« Er zwinkerte ihr zu und deutete auf seinen Begleiter. »Und das hier ist mein lieber Freund Robert Desnos. Von Beruf Dichter, Schlafwandler und ...«

»Desnos, Aragon, was sagt ihr dazu?« André hob den Arm, und zwischen seinen eleganten Fingern ragte ein phallisches Steinobjekt hervor.

Lysanne schien Luft für ihn zu sein.

»Ist das nicht ein ganz und gar sinnloses Objekt!«

Sein Anblick irritierte Lysanne noch immer. Es war, als hätte sie durch die nächtliche Begegnung mit ihm und dieser irrlichternden Frau namens Nadja etwas sehr Persönliches mit ihm geteilt.

»Darf ich Ihnen erklären, was das ist, werter Herr?« Der Standbesitzer war aufgewacht und kam mit serviler Miene hinter dem Stand hervor.

»Bloß nicht!«, schrien gleich drei der Männer, die an diesem Stand so enthusiastisch gewühlt hatten, mit abwehrend erhobenen Händen. Louis Aragon beschwor den Verkäufer: »Erklären Sie es bloß nicht. Wir wollen das gar nicht wissen. Nur den Preis natürlich. Alles andere überlassen wir dem Unterbewussten in uns.«

Verwirrt begriff Lysanne, dass Louis Aragon sich dieser seltsamen Sprache tatsächlich ganz natürlich bediente und damit auch nicht allein war. Sie hatte den Verdacht gehabt, dass er diese verschrobene Art gestern nur herausgekehrt hatte, weil er glaubte, sie damit zu beeindrucken. Nun sah sie, dass sie seinem Wesen zu entsprechen schien. Erneut blitzte eine Erinnerung an Gaspard auf, der einmal beim Anblick eines Bootes behauptet hatte, es wäre der Tanzboden der Flussnymphen. Es gab also tatsächlich noch andere, die das Leben nicht so ernst nahmen, wie es Lysannes Vater und all die anderen in Ribérac von ihr verlangt hatten.

Der Verkäufer schaute die Leute an wie entlaufene, aber harmlose Spinner, nannte einen Betrag, und André reichte ihm das Geld. Sogleich scharte sich der Rest der Männer um den Fund.

»Breton, du bist ein ungezogener Hummer!«, protestierte Aragon. »Siehst du nicht, dass wir gerade einer Dame Herz gewinnen möchten?« Er ergriff ihre Hand und zog sie zwischen die anderen Männer in den Kreis, damit auch sie das seltsame Ding näher betrachten konnte. Seine Hand umschloss ihre Finger. Sie fühlte sich gut an, und Lysanne fühlte sich seltsam geschmeichelt. Zugleich kam sie sich von Aragon und Desnos eigenartig bedrängt vor, ohne dass sie hätte sagen können, worin dieses Drängen eigentlich bestand.

Doch plötzlich keimte in ihr die Gewissheit, dass ihr hier die unbekümmerte Verrücktheit begegnete, die sie an Gaspard so geliebt und die sie mit seinem Sarg für immer begraben geglaubt hatte. Der ungezogene Hummer, wie Louis Aragon seinen Freund André Breton genannt hatte, sah Lysanne an und drückte das seltsame steinerne Objekt einem der anderen Männer in die Hand, um seine Haare zurückzustreichen. »Wir sind uns gestern Nacht begegnet. Sie waren in Gesellschaft eines aufdringlichen Ritters. Oder irre ich mich?«

»Die Stadt scheint voll von Männern dieses Schlags zu sein«, erwiderte sie und streifte dabei Aragon mit einem Lächeln. Ein Raunen ging durch die Gruppe.

»Nun, es wundert mich nicht, dass wir uns hier erneut begegnen«, sagte Breton. »Der Magnetismus des Zufalls. Wenn man sich ihm einmal verschrieben hat, stolpert man überall darüber. Es ist die reinste Magie. Aber nun …« Er nahm den

Flohmarktfund wieder an sich. »Nun müssen wir leider weiter. Heute ist kein Damentag.«

»Wie meint er das denn?«, murmelte Lysanne in Aragons Richtung.

»Ach, er ist ein solcher Eisschrank, der gute Breton. Hör mal, Lysanne. Wir haben heute keinen Platz für Libellen in unserer Gruppe. Wir müssen unter uns bleiben und uns auf die schrägen Geschenke des Alltags konzentrieren. Du magst es vielleicht seltsam finden, aber das hier ist unsere Arbeit, und wir nehmen sie ernst.«

Robert Desnos lächelte Lysanne verschwörerisch zu. »Sollten Sie dem Ganzen aber sogar etwas abgewinnen können, kommen Sie doch morgen bei der Zentrale vorbei. Rue de Grenelle Nummer 15.«

Aragon verpasste der Spieluhr einen zärtlichen Klaps. »Und kaufen Sie die Spieluhr. Überlassen Sie den Zufall nicht dem Zufall.«

Aragon hakte sich bei Robert Desnos unter, und weg waren sie, heftig tuschelnd und gestikulierend und ein paarmal zu Lysanne zurückblickend. Lysanne sah ihnen verwirrt hinterher. Wie am vergangenen Tag spürte sie jedoch, dass sich etwas Heiteres, Sorgloses in ihre Stimmung einwob. Die Spieluhr kaufte sie trotzdem nicht. Sie schlenderte weiter, bis sie auf einen Stand mit Mänteln stieß, und entdeckte ein hübsches dunkelrotes Stück aus dicker Wolle mit einem schwarzen Samtkragen. Der Preis, den die Standinhaberin verlangte, war verdächtig gering. Lysanne zögerte kurz, aber es war ihr im Grunde egal, ob darin vielleicht jemand gestorben war. Sie würde ihn reinigen lassen und so tun, als hätte er ihr schon immer gehört.

Der Wind blies jetzt stärker. Auf der Straße fegten einzelne Zeitungsseiten vorbei. Sie erhaschte einen Blick auf die Schlagzeilen des Tages. Sie lief dem Blatt ein paar Schritte hinterher und versuchte es einzufangen. Ein Gefühl jäher Angst schlich sich in ihre frohe Stimmung, als sie einen Überschriftsfetzen erhaschte. *Tote aus der Seine geborgen.*

Ihre Gedanken und ihre Stimmung verdunkelten sich so schlagartig, dass Lysanne kaum bemerkte, wie die Wolken sich öffneten und über Paris der erste Schnee des Jahres herfiel.

4

16. Dezember 1924, mittags

Sie fanden die Pension nur durch Zufall. Die diskrete Lage schrie geradezu danach, ein Liebesnest zu beherbergen. Womöglich sogar das von Faucogney und seiner Gespielin. Zuvor hatten er und Murier vergeblich ein paar Ladenbesitzer befragt, die Putzfrau des Fechtsalons, den Hausmeister des angrenzenden Häuserblocks und einige Anwohner. Schließlich waren sie ein Stück entfernt vor einem Lastwagen in eine Hofeinfahrt zurückgewichen, und da, an die Mauer gepresst, hatte Vioric es gesehen. In der Rue Eugène Manuel war sein Blick an den Häuserfassaden aufwärtsgewandert, und er hatte hinter dem zarten Vorhang des Schnees ein unauffälliges Schild ins Auge gefasst, das hinter einer Fensterscheibe hing. *Chambre libre.*

Im Foyer fragte er den Concierge nach dem Besitzer des freien Zimmers.

»Madame Buttemont im Fünften«, sagte der und musterte ihn und seinen Begleiter abschätzig. Vioric zückte den Polizeiausweis, und der Concierge zog sich errötend in seine Loge zurück.

Im fünften Stock lag die Tür von Madame Buttemont halb hinter einer ausladenden Zimmerpalme und einem zusätzlichen Vorhang aus schwerem dunkelblauem Samt, als wollte die Vermieterin ihrer Wohnung den Anschein eines seriösen

Hotels geben. Es öffnete ihnen eine Frau mit einem Turban aus grauer Seide. Viorics Blick tastete sich an ihr vorbei in die dahinterliegenden Räume, und er ertappte sich dabei, nach einer Kristallkugel Ausschau zu halten. Er kam gleich zur Sache. Statt einer Antwort winkte die Frau sie in den Flur und öffnete die Tür zu einem Zimmer. Darin stand ein Bett mit vielen Kissen und sonst nichts. Im angrenzenden Bad erspähte der Lieutenant ein Bidet und eine Wanne. »Jeden Dienstag und Freitag sind sie gekommen«, sagte der Turban.

»Ist es gestattet zu fragen, wie lange dieses Arrangement schon bestand?«, wollte Murier wissen.

»Ein halbes Jahr.«

»Und können Sie den Herrn beschreiben, der die junge Frau begleitet hat?«

»Ich schaue nicht so genau hin«, winkte die Zimmerwirtin ab. »Hab mich bei ihm bloß gefragt, wie man mit so einem riesigen Schnurrbart küssen will.«

Vioric tauschte einen Blick mit Murier. »Wie würden Sie die Beziehung des Paars beschreiben?«

»Dazu kann ich Ihnen wirklich nicht viel sagen. Ich bin sehr diskret. Sie waren sehr leise.«

»Fällt Ihnen vielleicht ein Grund ein, warum die beiden Turteltauben in der vergangenen Woche nicht mehr herkamen? Gab es Streit? Ist Ihnen etwas Ungewöhnliches aufgefallen?«

Der Turban verzog das Gesicht. »Letzten Dienstag hat jemand hier geklingelt, gleich nachdem die beiden im Zimmer verschwunden waren. So ein junges Bürschchen.«

Vioric ballte die Faust in der Manteltasche. »Was passierte dann?«

»Das Bürschchen rannte die Treppe herauf und rief den Namen der Frau. Isabelle. Ich habe ihn nicht zur Tür hereingelassen, aber er hat ein Theater veranstaltet und verlangte zu erfahren, was die Frau hier machte. Ich sagte ihm, dass ein Mann bei ihr sei, und habe ihn abgewimmelt. Es war mir sehr peinlich. Meine Kunden verlangen Diskretion, und ich hatte Sorge, dass sie danach nicht wiederkommen würden. Und so war es ja auch. Kurz darauf haben sie das Zimmer verlassen, und ich habe sie beide nicht mehr wiedergesehen.«

»Und konnten Sie beobachten, ob der junge Mann irgendwo hier in der Nähe war und den beiden vielleicht aufgelauert hat, als sie das Haus verließen?«

»Ich war damit beschäftigt, die Betten frisch zu beziehen.«

»Natürlich«, sagte Vioric. »Das ist schließlich ein anständiges Haus hier.«

Sie gingen zurück auf die Straße, wo Vioric den Weg zu einer nahe gelegenen Brasserie für ein rasches Mittagessen einschlug. Schneeflocken rieselten den Männern in den Mantelkragen, und Vioric beschleunigte seine Schritte. An einem der Fenster saß Paul Tusson, aber Vioric bemerkte ihn erst, als er sich mit Murier in einer Ecke niederlassen wollte. Als aber Tusson die beiden entdeckte, ließ er groß auffahren. Vioric saß in der Falle. Sein alter Freund gestattete keiner noch so aufreibenden Ermittlung, ihm die Freuden des Lebens zu verwehren, und nahm, wann immer möglich, Zeit für ein genussvolles Mittagessen. Tusson orderte Maronensuppe, ein Brathähnchen, Wildpasteten, Apfelkompott und dazu eine Flasche Chablis. Und er grinste triumphierend wie ein Junge, dem ein grandioser Streich gelungen war. Das pure intensive Leben ...

Murier saß verlegen zwischen den beiden Vorgesetzten und verstand nicht so recht, warum Tusson so blendender Laune war.

»Was machst du überhaupt hier, Paul?«, wollte Vioric wissen.

»Ich war gerade bei der Mutter der kleinen Madeleine, die vorige Woche in ihrem eigenen Bett angegriffen wurde. Es gab noch einige Fragen zu klären. Das Mädchen ist so verstört, dass es seitdem nicht mehr gesprochen hat. Und der kleine Pascal Peiroux, der vor einem Monat angegriffen wurde, hat in der Folge eine Blutvergiftung bekommen. Es ist ungewiss, ob er überleben wird.«

»Schreckliche Sache. Diese Madeleine ist schon das dritte Opfer, nicht wahr?«

Tusson nickte und setzte Murier beiläufig ins Bild. »Ein Unbekannter, der nachts in Kinderzimmer eindringt – das älteste Opfer war gerade vier Jahre alt – und den Kleinen brutal die Brust zerkratzt. Mit Nägeln, die dem Anschein nach sehr lang sind, fast wie Klauen. Die Fenster der Kinderzimmer liegen immer zum Hof. Einmal war das Haus von einem Baugerüst umzäunt, ein anderes Mal lehnte eine Leiter an der Fassade, und vor Madeleines Zimmer steht ein großer Baum. Woher weiß dieser Vampir, dass da Kinder schlafen und dass er leicht an die Fenster gelangen kann? Oh, da kommt schon die Suppe.« Er begrüßte den Kellner mit dankbarem Lächeln. »Und bei euch? Was macht euer Monstrum?«

»Murier?« Vioric sah den jungen Polizisten auffordernd an. Murier betrachtete wehmütig seine Suppe. »Nur zu, sagen Sie uns, was Ihnen in Ihrem jungen Kopf herumgeht«, spornte Vioric ihn an.

»Aber ich bin kein Mordermittler. Nur ein kleiner …«

»Nein, Gardien Murier, das sind Sie tatsächlich nicht.« Vioric griff nach seinem Suppenlöffel. »Aber ich verrate Ihnen jetzt mal etwas. Sie sind schlau. Sie wissen genauso gut wie ich, wie unser Fall enden wird. Der Polizeipräfekt wird diese Ermittlung blockieren, damit es dem guten Faucogney nicht an den Kragen geht, falls die Tote tatsächlich seine Geliebte war und er etwas mit der ganzen Sache zu tun haben sollte.« Er stieß beim Sprechen wiederholt den Löffel in die Luft, als rechnete er an

Ort und Stelle mit seinem Bruder ab. »Aber ich werde den Mörder trotzdem suchen, ob er nun Faucogney heißt oder nicht, und dafür brauche ich den geistigen Austausch mit Menschen, die nicht solch degenerierten Interessen nachjagen, wie zum Beispiel einem Adeligen die Reputation zu retten.« Stille breitete sich am Tisch aus. Vioric tauchte seinen Löffel in die Maronensuppe.

»Also, Murier. Was denken Sie?«

Murier, dessen Augen trotz der verlegenen Röte seiner Wangen immer mehr leuchteten, spielte seinerseits mit dem Besteck herum. »Ich könnte es mir so vorstellen: Clément de Faucogney spaziert mit Isabelle zum Fechtunterricht. Sie verabschiedet sich von ihm, um angeblich einige Besorgungen zu machen. Kaum dass sie verschwunden ist, erfährt Clément aber, dass der Fechtunterricht ausfällt. Er eilt Isabelle nach. Er sieht sie in die Rue Eugène Manuel einbiegen, verfolgt sie und entdeckt auf einmal seinen Vater, der mit der Gouvernante zusammen das Haus betritt. Er denkt sich seinen Teil und gerät außer sich.«

»So weit nachvollziehbar.« Vioric tunkte ein Stück Brot in die Suppe. »Aber wie ging es weiter?« Tusson nahm einen großen Schluck Wein und beobachtete, wie der junge Polizist völlig in seinen Gedanken aufging.

»Nun, er verfolgt die beiden und verlangt nach einer Erklärung, ein Streit entbrennt, er wird abgewimmelt und läuft eine Weile ziellos umher. Und irgendwo in dieser Verwirrung begegnet er seinem Mörder.«

»Sie denken also nicht, dass der Vater seinen eigenen Sohn ...?«

»Er wird nicht seinen einzigen Stammhalter ermorden. Aber der Vater hat vielleicht die Gouvernante erwürgt und in den Fluss geworfen. Sie war schwanger, wurde ihm lästig, und er wollte nicht das Risiko eingehen, dass seine Frau davon erfährt. Also ließ er es so aussehen, als ob Isabelle Magloire durchgebrannt sei.« Murier sprach immer schneller und drückte sich, als wolle er seinen Wortschwall zügeln, eine Serviette an den Mund, obwohl er noch nichts gegessen hatte.

»Und wer hat dann den jungen Clément getötet?«, fragte Vioric.

Murier sah nachdenklich auf seine unberührte Suppe hinunter. »Jemand, der die Möglichkeit hat, einen Jungen unbemerkt fünf Tage lang gefangen zu halten.«

»Und das Motiv?«

Murier überlegte fieberhaft, aber er antwortete nicht.

Tusson lachte auf. »Na, nun schauen Sie nicht so mutlos drein, Murier. So ist das eben, man arbeitet sich langsam vor. Spekulieren ist notwendig, das war schon mal ganz gut, aber jetzt müssen wir jeden Punkt abklären.« Vioric nickte zustimmend.

»Wir halten uns an die Fakten und lernen aus der Vergangenheit. Ich werde später im Archiv nachsehen und Ihnen ganz genau sagen, wie viele Dienstherren allein letztes Jahr ihre weiblichen Angestellten ermordet haben, um kein Geld für ungewollte Bastarde zahlen zu müssen. Und das sind nur die Fälle, die wir kennen. Was allerdings den jungen Clément angeht …«

Vioric ließ seinen ratlosen Blick durch das beschlagene Fenster auf die Straße fallen. Der Schnee fiel in immer dichteren Flocken, verwandelte sich bei der Berührung mit der Straße in ein nass glänzendes Nichts. Dann dachte er an Lysanne Magloire und dass es, sollte seine Theorie zutreffen, keinen Grund mehr gab, sie bei sich wohnen zu lassen. Und dass es diesen Grund wohl auch nie gegeben hatte. Was kümmerte es ihn, wenn da ein Nachtschwärmer im Schatten vor ihrer Tür herumgelungert hatte und noch dazu in einer Gegend, in der viele Menschen mit fragwürdigen Umtrieben unterwegs waren.

Was hat mich da nur geritten, fragte er sich nun, und sein Wohlgefühl verwandelte sich in Schwere.

»Wenn Clément für den Mörder ein zufällig ausgewähltes Opfer war, dann wird es schwer«, überlegte Murier.

»Dann können wir getrost von Wahnsinn sprechen. Aber ich werde nicht zulassen, dass wir vorschnell in diese Richtung denken.« Viorics Fingerspitzen klopften nervös auf den Tisch.

»Oh, ich spüre schon die Wellen der Hysterie.« Tusson rieb sich angesichts des nahenden Brathuhns die Hände. Die Teller wurden gewechselt, und Tusson aß, als gäbe es kein Morgen. »Verzeiht mir, meine Freunde, aber können wir die Scheußlichkeiten jetzt bitte lassen? Dieses Huhn ist ein Gedicht!«

Sie aßen eine Weile schweigend, bis es Tusson am Tisch wohl doch zu still wurde. Er stieß sein Messer gegen Muriers Teller. »Also, Antibes, ja? Warum sind Sie von dort weg, mein Junge?«

Murier legte einen sauber abgenagten Knochen auf seinen Teller. »Ich habe ja bereits erwähnt, dass meine Eltern an der Spanischen Grippe gestorben sind. Und Antibes ist so eine kleine Welt.«

»Gehen Sie manchmal dorthin zurück?«, tastete Vioric sich vor.

»Meine Tante und ihre Familie leben dort. An Weihnachten werde ich sie besuchen.«

Viorics Appetit zog sich zurück wie eine ängstliche Katze. Tusson klatschte einen großen Löffel Apfelkompott auf seine Wildpastete. »Sagen Sie mal, Murier, stimmt dieser verrückte Vorfall mit der Fischerstochter?«

Murier hob die Augenbrauen. »Woher …?«

Tusson blinzelte ihm vielsagend zu. »Ein Mädchen aus dem Süden, das ich öfters besuche, hat die Geschichte irgendwo aufgeschnappt. Wie heißt die Frau noch gleich?«

Murier nickte. »Nicolette Marceau.«

Vioric legte das Besteck ab. Durch seine Eingeweide rieselte kalter Sand, während Murier sich zu freuen schien, dass Tusson sich für Geschichten aus seiner alten Welt interessierte.

»Jeder kennt sie, sie ist so etwas wie eine Heilige in der Stadt, vor allem im Hafenviertel, wo sie wohnt. Die Frauen legen Blumen an die Treppe zu ihrem Haus, manchmal auch Zuckerwerk und Kerzen. Wenn sie sich sehen lässt, kommen die Nachbarn zusammen und erfüllen ihr jeden Wunsch.«

Dann lebt sie also noch, dachte Vioric und hob die Serviette an seinen Mund. Wie war das möglich? Er verbarg seine zitternden Hände unter dem Tisch.

Tusson schien die Geschichte tatsächlich zu interessieren. »Stimmt es denn, dass sie einen schweren Unfall mit einem Fischlaster überlebt hat?«

»Die Ärzte in Antibes sagen, sie ist ein Phänomen. Ich meine, das muss man sich mal vorstellen: Die arme Frau war praktisch tot. Wie sie sich ins Leben zurückgekämpft hat, das hat die Menschen in Antibes sehr beeindruckt. Sie gibt ihnen Hoffnung durch ihre Geschichte. Dass sie nun blind ist, tut dem keinen Abbruch, im Gegenteil. Blinde werden ja immer mit Weisheit in Verbindung gebracht und …«

»Sie ist blind?«, krächzte Vioric.

»Ja, eine Folge des Unfalls. Ansonsten aber ist sie vollständig genesen. Die Leute sehen darin ein Wunder, so wie beim heiligen Sebastian.«

Tusson nickte beeindruckt. »Allerhand.«

»Meine Mutter hat vor ihrem Fenster gebetet, um von der Spanischen Grippe verschont zu werden. Sie hielt Nicolette für eine Heilige. Aber ich glaube, Nicolette ist eine ganz normale Frau, die einfach nur eine schreckliche Geschichte erlebt hat.«

Muriers Blick wurde nachdenklich. »Aber noch schrecklicher

als der Unfall war, dass Nicolettes Geliebter, irgendein Kerl aus Paris, sie verlassen hat, als alle Welt dachte, sie würde im Sterben liegen. Der konnte gar nicht schnell genug abhauen.«

Viorics Herz schlug zum Zerspringen.

Tusson sah ihn an. »Schon satt?«

Vioric nickte steif.

»Die Leute in Antibes sind ein bisschen verrückt«, sagte Murier jetzt leichthin. »Ich glaube, das macht das Meer. Jedenfalls rennen sie alle zu Nicolette und rufen ihre Wünsche zu ihrem Fenster hoch.« Er zog verächtlich die Augenbrauen hoch.

»Verstehe«, sagte Tusson und machte mit dem Finger eine kreisförmige Bewegung an seiner Schläfe. »In Antibes ist es Ihnen also etwas zu eng geworden.«

Vioric stand auf. »Entschuldigt mich kurz.« Er schaffte es gerade noch in den Waschraum hinter der Küche. Vor einer der Toilettenschüsseln ging er auf die Knie und erbrach sich heftig.

Sein Herz jagte der Vergangenheit nach. Er fand sich für ein paar Sekunden an der Hafenstraße wieder, hatte den Geruch von frischem Fisch in der Nase und in den Ohren das Möwengeschrei. Dann das Schreien der Menschen am Kai. Das Quietschen der Bremsen. Er stand auf, drehte den Hahn am Waschbecken auf und schaufelte sich kaltes Wasser ins Gesicht. Er betrachtete seine graue Stirn und die bleichen Wangen im Spiegel und fragte sich, ob er Stéphane Murier für diese Geschichte danken oder ihn verfluchen sollte.

Als er an den Tisch zurückkehrte, war sein Platz besetzt. Héloïse Girard trug heute einen malvenfarbenen Hut mit einer Stoffrose an der Krempe, befand sich in einem angeregten Gespräch mit Viorics Freund und nagte genüsslich an einem Hühnerknochen. Ihre Kamera baumelte vor ihrer Brust und hob sich wie ein extravagantes Schmuckstück von ihrem eng anliegenden Strickpullover ab, durch den sich ihre Unterwäsche abzeichnete. Tusson schien aufrichtig erfreut über Girards Anwesenheit. Murier dagegen wirkte alarmiert. Nachdem Vioric eine Weile neben den beiden stand, ohne in das Gespräch eintauchen zu können, eilte endlich ein Kellner mit einem weiteren Stuhl herbei, und Vioric setzte sich. »Wie ein Albtraum sind Sie, Mademoiselle Girard. Oder schlimmer noch, wie ein herrenloser Hund, der auf Teufel komm raus Anschluss sucht.«

»Aber Vioric! So begrüßt man doch keine Dame!«, tadelte Tusson ihn mit einem amüsierten Grinsen. Wahrscheinlich betrachtete er Girards Erscheinen bloß als nette Überraschung mitten im Alltag.

»Sie haben recht mit dem anhänglichen Hund, Lieutenant Vioric. Nur dass ich viele Herrchen habe und auch eine nicht zu vernachlässigende Anzahl an Frauchen: die gesamte Leserschaft des *Figaro*, die begierig darauf wartet, welche interessanten Geschichten ich für sie ausgrabe.«

»Und da müssen Sie ausgerechnet an meinem Mittagstisch graben?«

Sie legte das Knöchelchen lachend zurück auf den Teller. »Aber natürlich, Monsieur le Lieutenant. Wo, wenn nicht hier? Also, hängen Ihre Fälle zusammen? Ich spreche von dem nächtlichen Eindringling, der die Kinder quält, und dem Mord an Clément Faucogney.«

»Mit dieser Kombinationsgabe werden Sie es noch mal weit bringen.«

Tusson lachte in seine Serviette.

»Wissen Sie eigentlich, dass Faucogney über Jahre im Salon von Madame Cavey verkehrte? Man erzählt sich, dass er sich dort vornehmlich blonde Damen nahm. Ist die verschwundene Gouvernante des kleinen Faucogney nicht auch blond gewesen wie eine Brunhilde?«

Vioric biss die Zähne zusammen und versuchte seine bebenden Hände unter Kontrolle zu bekommen. »Sie sind zu großzügig.«

»Nicht doch. Ich helfe gerne. Vor allem der Polizei.«

»Verstehe. Und um helfen zu können, müssen Sie uns hinterherschnüffeln?«

»Wenn niemand mit mir reden will? Ihr Bruder lässt keine Nachrichten zum Fall Clément Faucogney heraus, angeblich um die Familie zu schützen. Sagen Sie mir, was ist schützenswert an einem Mann, der die Gouvernante seines Sohnes vögelt und ...«

Murier, der die ganze Zeit nichts gesagt hatte, betrachtete die Journalistin mit großen Augen. Vioric nahm einen tiefen Atemzug. »In Ordnung, Mademoiselle Girard. Wer hat Ihnen das gesteckt?«

»Ah, meine Herren. Sie denken wohl, Sie sind die Einzigen, die gelernt haben, wie man in einem Fall ermittelt. Oder recherchiert, wie man bei uns Journalisten so sagt. Wissen Sie, ich bin die einzige Frau bei uns in der Zeitung, und Sie werden ja wohl nicht glauben, dass man mir meine Arbeit dort leicht macht. Ich muss immer ein bisschen schneller und besser sein als die Herren Kollegen.« Sie zwinkerte Murier zu, der schon wieder errötete. »Die Zimmerwirtin war übrigens sehr redselig. Ich habe ein schönes Foto von dem Liebesnest ergattert. Aber ich warte erst einmal ab, ob Ihr großer Bruder Interesse an der Wahrheit hat. Wenn dem so ist, müssen wir es vielleicht nicht veröffentlichen.«

Vioric biss die Zähne zusammen. Einerseits sprach sie ihm aus der Seele, und hätte er frei handeln können, hätte er Héloïse Girard am liebsten zu ihrer forschen und aufrichtigen Art applaudiert. Andererseits war ihm bewusst, wie unangenehm die Dinge sich verkomplizieren konnten, wenn man zwischen die Fronten von Presse und Polizeipräfekten geriet.

»Mademoiselle Girard«, sagte Tusson in seinem liebenswürdigsten Tonfall. »Wenn Sie sich so gut eingearbeitet haben in die Thematik und wir hier zwischen all den abgenagten Knochen auf dem verkleckerten Tischtuch so nett beisammensitzen – sagen Sie doch einmal, was in Ihrem Kopf so vor sich geht. Irgendeine Theorie zum Tod des Jungen?«

Sie lachte ungläubig auf. Die Kamera schlug gegen den Tischrand. »Sie wollen, dass ich Ihnen helfe?«

»Wir schätzen jede Art von Außensicht.«

Héloïse Girard nickte zufrieden. »Na, das liegt doch auf der Hand: Hier geht es um Rache. Faucogney ist wahrscheinlich in irgendeine hässliche Sache verwickelt, vielleicht Erpressung. Und weil er die Sache nicht ernst nahm, wurde der Junge getötet. Die Frage ist, ob Sie glauben, dass in der Art der Tötung irgendeine Botschaft liegt. Der Junge war in einen Sack gewickelt, so viel konnte ich erkennen. War der Sack nur ein Transportmittel? Sollte er den Vater an irgendetwas erinnern? Wir müssten uns fragen, ob die Tötungsart willkürlich war oder etwas ausdrücken sollte. Meine Herren, ich danke Ihnen für das freundliche Gespräch.« Sie zögerte kurz, und für einen Moment mischte sich in ihren scharfen, klaren Blick etwas Weiches. »Nicht allzu viele Männer sind in der Lage, mit einer Frau zu sprechen, ohne ihr dabei das Gefühl zu geben, nicht zurechnungsfähig zu sein.« Sie zwängte ihre Finger in ein Paar violetter Lederhandschuhe und zwinkerte Vioric verschwörerisch zu. Mit einem leisen Geraschel ihres Kleides stand sie auf und rauschte aus dem Café.

Vioric trank hastig sein Weinglas leer. Als er aufsah, war der Schalk aus Tussons Gesicht verschwunden. »Was für eine Botschaft liegt denn darin, einem Jugendlichen jeden Knochen im Leib zu brechen? Und was will mir bitte jemand sagen, der kleinen Kindern in der Nacht die Brust zerkratzt?«

Vioric schwieg nachdenklich. Er fing einen Blick von Murier auf, und seine Gedanken wanderten unweigerlich nach Antibes zurück und zu all den schrecklichen Bildern, die er von dort mitgenommen hatte.

»Ich werde Faucogney die Leiche seines Sohnes zeigen. Vielleicht kriegen wir ja doch noch eine brauchbare Information aus diesem adeligen Ekel heraus«, verkündete er.

5

16. Dezember 1924, abends

Julien Vioric brachte ein wenig Ordnung in seinen Schreibtisch, was normalerweise nicht seine Art war. Wie Seeleute, die sich erst wieder rasieren, wenn sie Land unter den Füßen hatten, räumte er sein Büro erst auf, wenn er einen Fall abgeschlossen hatte. Er sah in dem Chaos einen Aspekt des Ermittlungsprozesses und gönnte sich das Aufräumen erst nach erfolgreicher Klärung als Abschlussritual.

An diesem Abend jedoch musste er etwas unternehmen, um seiner Wut Herr zu werden und nicht mit den Zähnen zu knirschen, was er immer tat, wenn er die Welt nicht mehr verstand.

Der tote Clément Faucogney hatte nur einen sehr kurzen Besuch von seinem Vater bekommen. Monsieur war auf dem Weg zu seinem Landsitz im Bois de Boulogne vor dem Institut Médico-Légal aus seinem Wagen gesprungen und hatte dem Fahrer bedeutet, den Motor anzulassen. Er hatte den Anblick von Clément mit reglosem Gesicht quittiert und Vioric als Bestätigung nur einmal zugenickt, bevor er umgehend wieder zum Wagen zurückgekehrt war.

Wütend schob Vioric die Fotografien des Tatorts und auch jene der ertrunkenen Frau in eine Mappe, um sie mit nach Hause zu nehmen.

Edouard Vioric hatte dem Adeligen seine Reverenz erwiesen und war bei der Identifizierung ebenfalls vor Ort gewesen. Julien Vioric hatte fassungslos neben ihm gestanden, als sein Bruder das davonbrausende Automobil winkend verabschiedete. Der Präfekt hatte ihm zu verstehen gegeben, dass die Familie nicht zu behelligen sei, bis die Polizei die Leiche des Jungen freigegeben hatte und seine Beisetzung über die Bühne gegangen war. Argumente von verschleppten Spuren und bis dahin verschwundenen Beweisen wollte der Präfekt nicht hören.

Julien hatte Edouards Sympathie für die *Action française* und damit die gesamte Adelsschicht von Paris bislang ignoriert. Er hatte geglaubt, es wäre selbstverständlich, dass der oberste Polizist der Hauptstadt zu Empfängen und in exklusive Theaterlogen eingeladen wurde, ein Zeichen von Stabilität und Sicherheit. Es konnte schließlich nicht schaden, potente Geldgeber aufseiten der Polizei zu wissen. Aber der adelige Klüngel mit den antirepublikanischen Kräften der *Action* musste Edouard eigentlich ein Dorn im Auge sein, bedrohen sie doch die Ordnung, die er zu schützen verpflichtet war. Für Viorics Bruder schien dies jedoch keinen Gewissenskonflikt zu bedeuten. Das Unerträgliche an dieser Sache für Julien war jedoch seine eigene Unwissenheit. Was wusste er schon über seinen Bruder? Konnte er mit Sicherheit sagen, ob Edouard nur in diesen Kreisen verkehrte, weil sie seiner narzisstischen Persönlichkeit ein angenehmes Parkett boten?

Es gab mitten in Paris eine Welt, in der Julien Vioric und sein Handeln unbemerkt und wirkungslos blieb wie bei einem Geist, der von den Lebenden nicht wahrgenommen wurde. Leute wie Faucogney und Edouard Vioric würden immer in den gut getarnten Logen hoch über dem Geschehen sitzen und auf ihn und all die anderen Statisten herabschauen.

Vioric beschloss, Lysanne Magloire die Bilder ihrer toten Schwester zu Hause zu zeigen, obwohl er sie hierzu offiziell in die Préfecture hätte bitten müssen. Er ließ den dünnen Umschlag mit den Bildern in seine lederne Mappe gleiten und schickte sich an, die Préfecture zu verlassen. Aus den Cafés schepperte Geschäftigkeit und gedämpfte Musik. Auf dem Boulevard Saint-Germain saßen die Leute unter den Markisen, jeder Stuhl war besetzt. Zwischen den Gästen erwärmten eiserne Glutbehälter die Luft. Gläserklirren und Lachen schwappten auf die Straße hinaus, und Vioric fiel ein, dass er sein Zuhause jetzt, wo er eine Untermieterin bei sich wohnen hatte, ein bisschen besser heizen musste als sonst. In einem Holz- und Kohlengeschäft kaufte er einen Packen Kiefernspäne und einen kleinen Sack *boulets*. Der Anblick der eierförmigen Kohlebriketts löste ganz kurz eine finstere Erinnerung an herumfliegende Erdklumpen in der Deckung eines Schützengrabens in ihm aus. Er schüttelte die Erinnerung ab und kaufte in der *épicerie* nebenan noch ein Pfund Walnüsse aus der Normandie.

Als er aus der dumpfen Schneeluft ins Haus trat und kurz darauf seine Wohnungstür aufschloss, drang ihm ein Geruch in die Nase, der so ungewohnt war, dass er beinahe erschrak. Gebratene Pilze, Ei und der Duft von geröstetem Brot. In der Küche stand Lysanne, und auf dem Herd zischte es leise in den Pfannen. »Da ich hier wohnen darf, ist es doch gestattet, meinen Gastgeber ein wenig zu unterstützen?«, fragte sie, und ihr Lächeln trieb ihm die Röte ins Gesicht.

Vioric spielte mit dem Gedanken, Lysanne noch eine kleine Weile in dem Glauben zu lassen, seine Wohnung wäre tatsächlich der einzige Ort in Paris, an dem sie sicher sein konnte. Er könnte ihr aber auch einfach anbieten, das Zimmer ganz offiziell zu mieten, wenn sie keine andere Unterkunft fände.

»Ob Sie wohl in dem Laden unten noch ein paar Kräuter besorgen könnten?«, fragte sie mit einem verlegenen Blick auf die Pilze und das Omelett auf dem Herd. »Mit etwas Grün schmeckt es so viel besser.«

Vioric, überrumpelt und gleichzeitig entzückt, warf die Mappe und seine Einkäufe auf den Tisch und eilte nach unten. Als er mit einem schlaffen Petersilienbund und einer Flasche Wein wieder zurückkam, saß Lysanne still am Küchentisch und blätterte sich mit gerunzelter Stirn durch die Bilder aus seiner Mappe.

»Sind diese Bilder vielleicht für Ihre Augen bestimmt, Lysanne?«, fuhr Vioric auf.

Sie sah ihn offen an und zuckte mit den Schultern. »Die Tasche lag offen auf dem Tisch, und der Umschlag war herausgerutscht. Und ja, ich weiß, dass Neugier der Katzen Tod ist, aber Sie können unmöglich von mir verlangen, dass ich ...«

»Schon gut!« Vioric hob die Hände und nahm seinen Hut ab, auf dem geschmolzene Schneeflocken kleine nasse Blumen in den hellgrauen Stoff malten. Er zog die Handschuhe aus und registrierte ein zartes Bedauern, als seine Finger die Wärme des Leders verließen. Dann legte er die Kräuter neben den Herd, schaltete das Gas ab und goss zwei Gläser Bordeaux ein. »Ich wollte Ihnen die Bilder ohnehin zeigen.«

Er musterte sie prüfend. »Ist die Frau auf diesen Bildern Ihre Schwester Isabelle? Und sagen Sie bitte nicht gleich Nein. Es ist schwer, in einer Wasserleiche die Züge einer vertrauten Person zu erkennen. Aber vielleicht etwas anderes? Die Haare, die Füße? Ein Muttermal vielleicht?« Er lenkte ihre Aufmerksamkeit auf den winzigen kreuzförmigen Abdruck an der Kehle. »Trug Isabelle einen kleinen Anhänger an einer Kette?«

Lysanne schob die Fotos von sich weg. »Das ist nicht meine Schwester.«

Vioric hob erstaunt den Kopf. »Sind Sie da sicher?«

»Wasserleiche hin oder her. Das ist nicht Isabelle.«

»Es ist schwierig, die Identität der Toten zweifelsfrei festzustellen, da sie keine Papiere bei sich trug. Sie hatte allerdings ein Detail bei sich, das nahelegt, dass sie die Frau ist, die bei der Familie Faucogney in Anstellung war. Daher denke ich …«

»Wissen Sie, was seltsam ist?«, unterbrach ihn Lysanne und griff nach ihrem Weinglas. Sie betrachtete die rot funkelnde Flüssigkeit.

»Ich kann mir meine Schwester nicht als Gouvernante in so einem Haushalt vorstellen. Das passt einfach nicht. Und dennoch … eine Frau, die offenbar den Namen meiner Schwester trug, hatte diese Arbeit, und nun ist sie tot, und dieser arme Junge auch. Und was Isabelle betrifft … sie ist vielleicht irgendwo in Paris und hat von alldem keine Ahnung.« Lysanne schüttelte den Kopf, als wollte sie einen bösen Traum loswerden. »Lieutenant, denken Sie noch immer, ich sei in Gefahr?«

»Wir wissen noch nichts«, wich Vioric aus. Er hatte die Bilder zurück in die Tasche verfrachtet und machte sich nun daran, zwei Gedecke aus dem Schrank hervorzuholen, während Lysanne erneut das Glas an den Mund führte.

»Warum lag denn da ein Taschenkrebs neben dem Sack mit dem Toten?«, murmelte sie, das Glas noch immer am Mund.

»Ach, diese anderen Fotos haben Sie also auch angeschaut?« Vioric stellte die Teller eine Spur zu heftig auf den Tisch.

»Die sind praktisch von selbst aus dem Umschlag gefallen«, erwiderte sie mit einem verlegenen Augenaufschlag.

»Sie dürfen mit niemandem darüber sprechen, ist das klar?«

Lysanne nickte. Und dann berührte sie plötzlich mit ihren Fingerspitzen seine Hand. »Lieutenant, ich kann sehen, dass

Sie gerade sehr viel Arbeit haben. Sicher möchten Sie einfach nur Ihren Frieden, wenn Sie abends heimkommen. Und ich möchte Sie sicher nicht belästigen.«

»Davon kann wirklich keine Rede sein.« Vioric streckte seine Hand aus und berührte sie seinerseits kurz am Handgelenk. Die Berührung verursachte ihr eine Gänsehaut, das sah er genau. Eine diffuse Hoffnung stieg plötzlich wie eine Fliege auf. Lysanne zog ihre Hand zurück. »Ich versuche seit meiner Ankunft in Paris, eine Arbeit zu finden. Und bevor Sie fragen, Lieutenant – ich werde auf keinen Fall wieder als Krankenschwester arbeiten!«

»Warum nicht?«

»Oh, es ist zweifelsohne ein ehrenwerter, wertvoller Beruf. Aber ich wünschte, es hätte gar nie die Notwendigkeit bestanden, als Krankenschwester ausgebildet werden zu müssen.«

»Was soll unsereiner da sagen?« Vioric klang müde, während er Messer und Gabeln verteilte.

»Sie haben mich gefragt.« Lysanne stand auf, um die Pfanne zu holen. »Und ich antworte Ihnen, dass mich diese Zeit an sehr dunkle Orte geführt hat. Dunkel genug, um nicht noch einmal an sie erinnert werden zu wollen. Ich habe mitangesehen, wie Isabelle durch diese Arbeit zu einer anderen Person geworden ist. Sie wurde vom Kokain abhängig. Ich habe sie eines Tages am Medikamentenschrank erwischt, mit diesem schweren Augenaufschlag und dem trüben Blick.«

Vioric nahm ihr das schwere Kochgeschirr ab und verteilte das Omelett auf den Tellern. Lysanne setzte sich. Sie trank einen Schluck Wein, bevor sie erneut zu erzählen anhob.

»Sie sagte mir, dass sie das Geschrei der Verwundeten nicht mehr ertragen könne. Und dass sie der Geist eines Infanteristen verfolge, der uns ein paar Tage zuvor unter den Händen weggestorben ist. Ihre Finger hatte sie dabei in meinen Unterarm gekrallt, als befürchtete sie, der Soldat könnte jederzeit hinter einer offen gelassenen Tür auftauchen und sie mit ins Jenseits zerren.« Sie rieb sich mit beiden Händen über das Gesicht. »Da wusste ich, dass ich diese Droge niemals anrühren werde. Ich will dunkle Orte meiden, wenn es geht. Ich werde keine Krankenschwester mehr sein.«

Nun griff Vioric fest nach ihrer Hand. »Das tut mir sehr leid, Mademoiselle.«

Sie zuckte die Schultern, zog die Hand aber nicht zurück.

»Ich denke, Sie haben noch ganz andere Dinge erlebt. Ich will jetzt nicht mehr daran rühren. Es ist vorbei.«

Vioric bewunderte ihre Tapferkeit. Vielleicht war Lysanne Magloires Verhalten aber auch einfach nur typisch für die Zeit, in der sie lebten. Sie hatte von früh auf gelernt, jeden Schmerz und jede Erschütterung abzuschütteln wie ein Hund den Regenschauer. So wie sie alle.

»Wir gehen davon aus, dass diese Frau, die sich als Ihre Schwester ausgegeben hat, ein Verhältnis zu ihrem Hausherrn hatte«, sagte er schließlich. »Allem Anschein nach war ihre Stelle aber nur eine Tarnung.«

Lysanne hob den Kopf und wollte etwas sagen, aber er ließ sie nicht dazu kommen.

»Wie dem auch sei. Was uns beide hier anbelangt, Mademoiselle, können Sie ganz beruhigt sein. Bleiben Sie hier wohnen, und suchen Sie sich in aller Ruhe eine Stelle. Haben Sie etwas gefunden, können Sie ausziehen. Natürlich können Sie auch jetzt direkt gehen, wenn Ihnen das lieber ist. Aber nicht meinetwegen.«

»Warum tun Sie das?«, fragte sie leise. »Warum sind Sie so freundlich zu mir?«

Vioric lächelte. »Mein Freund Tusson sagt immer, dass wir in der heutigen Zeit alles sein können, was wir wollen. Ich habe mich dafür entschieden, freundlich zu sein. Alles andere hat es schon zu oft gegeben.«

Er fand seine Worte ein wenig klebrig und befürchtete, sie könnten nur nach dem Überschwang eines einsamen Menschen klingen. »Mein Freund Tusson sagt auch, wir müssen uns das Leben wieder mit aller Kraft zurückerobern, es den schlimmen Erinnerungen an den Krieg entreißen. Aber die Orte, an denen Tusson sich sein Leben zurückerobert, sind mir zu laut, zu wild. Ich bevorzuge eher die stillen Ecken. Aber wenn ich eine junge, haltlose Frau sehe, die nach Paris kommt, um ihr Schicksal in die Hand zu nehmen, dann denke ich – warum nicht dem Leben Respekt zollen, indem ich ihr ein wenig helfe?«

Vioric goss noch ein wenig Wein nach und bemühte sich um einen neutralen Gesichtsausdruck. »Außerdem müssen Tusson und ich uns dann schon um ein gefallenes Mädchen weniger kümmern, wenn Sie hier sicher untergebracht sind.« Er räusperte sich und betrachtete, um Lysanne nicht in die Augen schauen zu müssen, ihren Hals, der in dem vergilbten Spitzenkragen ihrer Bluse sehr zart aussah.

»Was ist mit dem Jungen passiert, auf den diese Frau hätte aufpassen sollen?«, fragte Lysanne nach einer Weile.

Vioric seufzte. »Jemand hat seinen Körper am Eisengitter des Panthéons zertrümmert.«

Lysanne sah ihn nachdenklich an. »Wissen Sie, manchmal denke ich, es ist ganz gleich, wo man sich auf der Welt befindet. Ist das Böse in der Welt, wird es einem auch begegnen. Daher ...« Sie sah auf, und in ihren Augen blitzte etwas Schalkhaftes auf. »... kann ich auch genauso gut bei Ihnen wohnen bleiben.«

»Darauf trinke ich.« Vioric ließ sein Glas gegen ihres klingen. Sie begannen zu essen. Seine Erleichterung erschreckte ihn selbst, und weil er nicht wusste, was er als Nächstes sagen sollte, bot er Lysanne an, ihn bei seinem Vornamen zu nennen. Sie nahm das Angebot mit einem dankbaren Lächeln an.

Plötzlich klopfte es an der Tür. Vioric stand auf und trat auf den Flur hinaus. In seinem Rücken hörte er Lysanne. In der Wasserleitung knurrte es metallisch. Er öffnete die Tür. Vor ihm stand mit gesenktem Kopf ein groß gewachsener Mann. Er trug einen Hut, der sein Gesicht verdeckte. In den Händen hielt er ein unförmig verschnürtes Päckchen, das in buntes Papier eingeschlagen war.

»Wohnt hier eine junge Frau mit einem roten Wollmantel?« Seine Stimme war mehr ein Flüstern, und er strahlte die gequälte Ruhe eines verwundeten Tieres aus.

»Wer will das wissen?«, gab Vioric zurück, nachdem er Lysannes neue Errungenschaft an einem Haken im Flur entdeckt hatte. Nun versuchte er, den Türrahmen so auszufüllen, dass die Blicke des Fremden nicht an diesem Mantel hängen blieben.

»Geben Sie ihr das hier.« Der Mann drückte ihm das Päckchen in die Hand und wich in den Schatten des Treppenhauses zurück.

»Warten Sie mal! Wollen Sie ihr das denn nicht persönlich überreichen?«

Doch der Mann sprang schon die Treppe hinunter, mit einer Hast, die Vioric dem großen, etwas unförmigen Körper nicht zugetraut hätte. Für einen winzigen Moment, so als hätte sich die Bewegung nur in Viorics Einbildung vollzogen, hob der Mann auf dem Treppenabsatz unter ihm seinen Hut an und starrte zu ihm herauf. Als wollte er sich flüchtig zeigen oder in sicherem Abstand selbst einen kurzen Blick auf Vioric werfen. Der empfand bei diesem Anblick einen sonderbaren Anflug von Bedrohung, den er sich nicht erklären konnte. Gerade weil der Mann ihm gestattete, ihn nur flüchtig zu sehen, bekam sein Auftauchen etwas Gespensterhaftes. Schon war der Augenblick vorbei, und der merkwürdige Besucher war auf dem Weg in den ersten Stock. Kurz darauf krachte die Tür zur Eingangshalle ins Schloss. Sekunden verstrichen. Vioric stand in der Stille, in seinen Ohren noch den Hall der hastigen Schritte und auf dem Grund seines ganzen fragilen Seins die Gewissheit, dass er gerade etwas Ungeheuerliches im Gesicht dieses Mannes gesehen hatte. Etwas ebenso Vages wie Furchtbares. Etwas, das nur der Krieg oder aber der blanke Wahnsinn hervorbringen konnte.

Das Päckchen in seiner Hand fühlte sich wie etwas unerklärlich Böses an.

»Eigenartige Freunde hast du«, sagte er und legte das Päckchen auf den Tisch.

Lysanne wandte sich ihm zu und betrachtete es. »Wer hat das gebracht?«

»Das weiß der Teufel.« Eine innere Kälte stieg aus Viorics Eingeweiden auf. Betont beiläufig verschränkte er die Arme vor der Brust.

Zögernd betastete sie das bunte Einwickelpapier, das an den Rändern leicht eingerissen und zerdrückt war. Plötzlich löste sich aus dem Inneren des Päckchens ein zartes Klirren, wie der Beginn einer Melodie. Lysanne hielt kurz inne, ehe ein Leuchten in ihrem Gesicht aufschien. Mit einem wissenden Lächeln begann sie die Schnur vom Papier zu lösen, und das unförmige Ding entpuppte sich vor Viorics Augen als Spieluhr in Form eines kleinen Vogelkäfigs.

»Diese hinterhältigen Schufte! Sie haben mir die Spieluhr doch gekauft ...«

Entzückt betrachtete sie das schäbige Spielzeug und drehte an der kleinen Kurbel am Boden des Käfigs. Ein Walzer erklang, und in Viorics Seele schwappte eine Woge der Melancholie. Er sah sich selbst zu diesem Takt tanzen, damals mit Nicolette, im Juli 1913. Plötzlich kam es ihm vor, als markiere dieses Lied im Nachhinein das Ende des Lebens, das er bis dahin gekannt hatte.

»Mach das aus!«, herrschte er Lysanne an. Erschrocken blockierte sie die Kurbel mit den Fingern. Vioric strich sich mit einer fahrigen Bewegung durchs Haar.

»Verzeih mir, ich … ich kann diese Melodie nicht hören, sie …«

»Wie sah der Mann aus, der das gebracht hat?«, unterbrach sie ihn mit einem unsicheren Lächeln.

Vioric seufzte tief. »Mir ist bewusst, dass ich mich anhöre wie ein besorgter Vater, aber bei solchen Bekanntschaften darf es dich nicht wundern, wenn du demnächst in ziemlichen Schwierigkeiten steckst. Du kannst nicht jedem Erstbesten meine Adresse geben.«

»Ich habe niemandem deine Adresse gegeben.«

»Woher wusste der Kerl dann, wo er dich finden kann?«

Sie schüttelte verwirrt den Kopf. »Ich weiß es nicht. Wie sah er denn aus? Hatte er helle, schläfrige Augen? Oder war es einer mit Raubvogelgesicht? Einer in schlampigen Kleidern, vielleicht?«

Vioric runzelte die Stirn und fragte sich zum ersten Mal, ob sein Gast nicht vielleicht ein wenig verrückt war.

»Ich habe sein Gesicht nur kurz gesehen«, sagte er. »Er hatte eine ziemlich auffällige Verletzung am Mund.«

Von einer Sekunde zur nächsten verschwand das Leuchten von Lysannes Gesicht wieder. Sie stellte die Spieluhr auf dem Tisch ab. »Was für eine Verletzung?«, fragte sie tonlos. Wie von selbst hob sich ihre Hand, und langsam fuhr sie sich an genau der Stelle über Kinn und Mund, wo Vioric bei dem Mann die bleichen Striemen gesehen hatte.

»Große, aber gut verheilte Narben unterhalb des Mundes. Wie von Schnitten. So, als wäre er mal in eine Gartenharke gestürzt.« Vioric ließ Lysanne nicht aus den Augen.

»Dann war es keiner meiner Freunde«, wisperte sie und ließ sich wieder auf den Stuhl sinken.

»Wer war es dann?«

»Ein Gespenst ... aus der Vergangenheit.«

Es war die Natur des Ermittlers, die Vioric innehalten und diesen Moment tief in sich einschließen ließ.

Als er in dieser Nacht Wand an Wand mit Lysanne lag, wollte der Schlaf nicht kommen. Es war vier Uhr in der Nacht, als es erneut an der Tür klopfte.

Eine halbe Stunde später stand Vioric in einem namenlosen Hinterhof des neunzehnten Arrondissements in der Nähe des Parc des *Buttes-Chaumont*. Der Wagen, der Vioric abgeholt und in diese weit entfernte Ecke von Paris gebracht hatte, war an den Schneehaufen vorübergefahren, die die Straßenkehrer gestern Abend längs der Trottoirs aufgehäuft hatten. Nun lagen die Straßen schon wieder unter einer dünnen weißen Decke. Es schneite immer noch. Vioric konnte nicht anders, als in den weißen Fahnen, die vom Nachthimmel wehten, etwas Zärtliches und zugleich Bedrohliches zu sehen.

Vioric rieb sich über das Gesicht. Im Hinterhof der Schusterwerkstatt lag der Schnee knöchelhoch, und irgendwo stieß eine Frau unablässig heisere Schreie aus. Er hatte keine Zeit mehr gehabt, Lysanne eine Nachricht zu schreiben. Sie würde den Grund für seine Abwesenheit aus den Morgenzeitungen erfahren müssen.

Ein Wagen der örtlichen Polizeiwache entließ drei blutjunge Beamte, die schlafbleich aus dem Auto stolperten. Einer der Gardiens, der mit Vioric zusammen im Polizeiwagen gesessen hatte, stand mittlerweile in der Tür zu einer Art Garage und blies sich in die Hände.

»Da sind Sie ja endlich!«, begrüßte er Vioric. Flüche über die beißende Kälte sollten diesen Mangel an Respekt wohl ausgleichen, aber Viorics Sinne hatten sich ohnehin schon auf das, was ihnen nun bevorstand, fokussiert.

Hinter ihm im Hof standen noch immer ein paar Nachbarn wie Statuen herum, die ihn beklommen anglotzten. Die rhythmischen Schreie zogen tiefe Risse des Grauens in die ansonsten alltägliche Szenerie.

»Das ist die Frau von dem armen Kerl. Sie hat ihn gefunden.« Der Gardien sah ihn abwartend an.

Vioric zögerte noch und schnupperte. Aus der Garage entwich ein seltsamer Gestank, der Vioric in der sauberen Schneeluft fast greifbar erschien.

»Wonach riecht es hier?«

»Teer.« Der andere Polizist räusperte sich. »Und verbranntes Fleisch.«

Vioric ballte die Finger zu Fäusten und öffnete sie wieder, spreizte sie und bewegte sie, als wollte er eine Tonleiter spielen. Das Leder seiner Handschuhe knarrte leise, und das Gefühl seiner fest eingefassten Hände beruhigte ihn. Er beauftragte die drei jungen Kollegen, die Nachbarn zu befragen. Er sammelte sich kurz und trat nach einem tiefen Atemzug in den lang gestreckten Lagerraum, der wie ein überdachter Korridor zwischen zwei Häusern am Ende des Hofes verlief. Am Eingang standen zwei Gaslaternen, die das Innere in ein unpassend heimeliges Licht tauchten, das nicht sonderlich taugte für den Schrecken, der am Ende des Raums auf Vioric wartete. Die

Schreie waren hier lauter zu hören. Zwischen den Schreien erklang ein leises, schweres Tropfen. Er durchschritt den Lagerraum. Hinter ihm hörte er in einigem Abstand die Schritte des Gardiens.

Vor sich sah er etwas Schwarzes aufrecht wie eine Säule im Raum stehen. Der Gestank nach verkohltem Fleisch und der Pechgeruch waren nun unerträglich. Vioric hob die behandschuhte Hand an den Mund und blinzelte. Und dann bewegte er sich nicht mehr. Was er sah, zwang ihn dazu, reglos zu stehen, zu schauen und dem Grauen zu erlauben, ihm etwas Neues über den Menschen zu lehren.

Der Mann stand nackt vor ihm wie eine glänzende Statue. Das Pech tropfte in breiten Bahnen von ihm herunter und sammelte sich in einer zähen Pfütze unter seinen Füßen, die nur mit den Zehenspitzen den Boden berührten. Vioric sah auf. Der Mann trug ein Konstrukt aus grob geschnürten Lederriemen um Kopf und Hals, die mit dem Pech jedoch nur wenig in Berührung gekommen waren. Oben am Scheitel führte eine dünne Eisenkette hoch zu einem Haken in der Decke. Die Hände des Opfers waren auf den Rücken gefesselt. Die krude Halterung um Kopf und Hals hielt ihn aufrecht, ohne ihn dabei zu strangulieren. In seinem Mund steckte ein dickes Tuch, von dem das Pech in zähen Fäden herabgetropft war.

Vioric hielt sich ein Taschentuch vor die Nase. Die Haut des Mannes war aufgeplatzt. Wulstige Striemen, tiefe Risse waren kreuz und quer über den ganzen Körper verteilt. Etwas hatte die Haut aufgerissen oder aufgeschnitten, und die zähe Masse des Pechs war in diese Wunden gesickert und hatte sie wie eine schreckliche Bandage bereits wieder verschlossen.

Vioric atmete flach. In der fürchterlichen Übertreibung der Todesqualen lag etwas, das mit Hass oder Sadismus nicht mehr zu erklären war. Wie beim Anblick des toten Clément

Faucogney gewann er den Eindruck, etwas Theatralisches würde in diesem Bild wohnen. Hier wurde eine Geschichte erzählt, die Viorics Geist nicht erfassen konnte. Wer hatte sich diesen Tod ausgedacht?

Er zwang sich, dem Opfer ins Gesicht zu sehen. Eine verzerrte Maske von unmenschlichem Schmerz, bedeckt mit schwarzen Pechspritzern. Ein leises, letztes Röcheln hob die Brust des Mannes. Vioric erschrak bis ins Mark.

»Schaffen Sie endlich Doktor Durand her!«, rief er über den Rücken.

»Er ist schon unterwegs, Lieutenant.«

»Wer macht so etwas?«, flüsterte er in die von Pechdämpfen geschwängerte Luft, blieb sich eine Antwort jedoch schuldig. Er machte einen weiteren Schritt auf den Mann zu und fühlte, wie dabei ein Teil seiner selbst gefror. Er konnte das Opfer hier nichts mehr fragen, ihm nichts mehr sagen. Er hatte einen Toten vor sich, der nur noch am dünnen Faden eines rudimentären Lebens hing, oder wie auch immer man das Flackern in den hervorquellenden Augen auch bezeichnen mochte.

Vioric trat noch näher an den Mann heran. Eines seiner Ohren war frei von Pech. »Hören Sie mich?«

Der Tote blinzelte. Vioric tastete nach seinem Dienstrevolver. »Zwinkern Sie, wenn ich Sie erschießen soll.«

6

17. Dezember 1924, vormittags

Es war fast Mittag, als Lysanne Viorics Wohnung verließ. Auf dem Treppenabsatz wäre sie fast mit der Frau aus der Nachbarwohnung zusammengeprallt, die scheinbar gerade im Begriff war, an Viorics Tür zu klopfen. Die Frau berührte sie mit einem vertraulichen Lächeln am Arm. »Zu Ihnen wollte ich gerade, Mademoiselle, was für ein Glück, dass ich Sie treffe. Ich dachte, so, wie Sie aussehen, wollten Sie sich vielleicht ein bisschen was dazuverdienen.«

Die Frau blinzelte und hatte ein nervöses Gesicht. Lysanne zog die Augenbrauen hoch.

»Falls Sie glauben, ich wohne bei Monsieur Vioric, um mich ...«

»Ist mir egal, was Sie beim Lieutenant in der Wohnung machen. Geht mich gar nichts an.«

Ohne auf Widerstand zu stoßen, zog die Frau die verdutzte Lysanne in ihre Wohnung und schloss die Tür. Die Wohnung ging auf die Straßenseite des Hauses hinaus und war viel größer als die von Vioric. Die Frau lehnte sich gegen die Tür und lächelte Lysanne bittend an. Sie trug ein braunes Wollkleid und eine Korallenkette. Ihre Haare waren perfekt gewellt. Aber trotz ihres gesetzten Äußeren strahlten ihre Augen etwas Verwegenes aus.

»Ich hab gleich gesehen, dass Sie ein anständiges Mädchen sind, aber dabei nicht zu fest im Korsett stecken«, sagte die Frau.

»Wie bitte?«

»Na, wenn Sie so ein loses Frauenzimmer wären, würde ich Ihnen nie meine Kinder anvertrauen.«

»Ihre Kinder?«

»Verzeihung, ich fange noch einmal von vorne an.« Sie atmete tief durch und lächelte Lysanne an. »Ich bin Betty. Darf ich fragen, wie Sie heißen, Mademoiselle?«

»Lysanne«, antwortete Lysanne perplex.

Die Frau nickte freundlich. »Und die beiden dahinten in den Stubenwagen sind Camille und Chloé, meine Zwillinge. Sie sind eineinhalb Jahre alt. Es genügt vollauf, wenn Sie ihnen später, wenn sie aufwachen, ein wenig in Milch getunkte Brioche geben und ein bisschen mit ihnen spielen würden.« Die Frau deutete auf eine vor dem Fenster ausgebreitete Steppdecke, auf der einige Spielzeuge lagen. »Ich muss dringend zu einem wichtigen Termin. Mein Mann kommt aber erst heute Abend wieder heim. Ich kann die Kleinen nicht alleine lassen.«

»Sie wollen, dass ich auf Ihre Kinder aufpasse?«

Betty zog sie zu den beiden mit weißen Volants verzierten Stubenwagen, in denen zwei kleine Kinder schliefen.

»Ich kann nicht«, sagte Lysanne. »Ich bin spät dran, in einer halben Stunde habe ich ein Vorstellungsgespräch.«

»Wo?«

»Bei einer Hutmacherin.«

Betty seufzte und griff in die Tasche ihres Kleides. Sie hielt Lysanne einige Geldscheine hin. »Also erstens, Schätzchen, macht man sich beim Hutmachen die Hände, die Augen und den Rücken kaputt, und zweitens verwette ich die beiden Süßen hier darauf, dass Sie da nicht halb so viel verdienen wie bei mir.« Vor allem Letzteres war wohl wahr, wie Lysanne angesichts der

Francs vor ihrer Nase zugeben musste. Betty lächelte Lysanne zu, steckte die Scheine dann aber wieder ein. »Das Geld bekommen Sie, wenn Sie gut auf meine Kleinen aufgepasst haben.« Sie eilte zur Tür. »Ich bin in zwei Stunden zurück!«

Lysanne hatte keine Chance, irgendetwas zu sagen. Betty knallte die Tür zu und war weg.

Ein paar Sekunden stand sie reglos da und dachte an das Geld, das sie bekommen sollte. Sie verabschiedete sich im Geiste von der Hutmacherin. Chancen wie diese hier waren also der Grund, warum alle Welt nach Paris strömte.

Lysanne wanderte durch die Wohnung. Sie war bürgerlich eingerichtet und mit einem gewissen Sinn für bescheidenen Luxus. Dagegen wirkte Viorics Behausung gleich nebenan wie eine Dienstbotenabsteige. Als die Kinder aufwachten, wärmte sie etwas Milch auf und fütterte ihnen kleine Stücke Brioche, von der sie sich selbst ebenfalls ein paar Bissen genehmigte. Während sie die beiden Kleinen, die dankenswerterweise die Abwesenheit ihrer Mutter nicht sonderlich dramatisch nahmen, ein wenig beschäftigte, gingen ihre Gedanken auf Wanderschaft.

Die Sorge um Isabelle blieb fort wie eine Katze, die sich heimlich schon längst ein neues Zuhause gesucht hat. Ob ihre Schwester nun tot war oder nicht – Lysanne verstand jetzt, dass Isabelle für sie schon damals gestorben war, zusammen mit Gaspard. Dass die Suche nach ihr nur ein Vorwand gewesen war, um endlich aus Ribérac zu verschwinden. Aber anders als erhofft, gab ihr in dieser Stadt nichts den Blick auf ihre Zukunft frei.

Woraus würden ihre Tage bestehen? Aus endlosen Spaziergängen durch die kahlen Parks, gelegentlicher Arbeit und den unbeholfenen Versuchen, ihrem Dasein durch das Schreiben eine Art Sinn zu geben? Und war es nicht ein schlechtes

Vorzeichen, dass ihre Ankunft mit solch entsetzlichen Ereignissen zusammenfiel?

Lysanne sah abwechselnd aus dem Fenster und auf die Uhr, während sie für die Kinder aus Bauklötzen kleine Türme baute, die die beiden mit fröhlichem Geschrei wieder einstürzen ließen. Betty kam nach zwei Stunden zurück, mit roten Wangen, verschmiertem Lippenstift und verschwitztem Hals. Sie umarmte Lysanne stürmisch wie eine alte Freundin, und Lysanne ahnte, dass sie zur Komplizin eines Glücks geworden war, von dem Bettys Ehemann nichts wusste. Nachdem die Frau abgelegt hatte, ließ sie sich seufzend in einen Sessel fallen und betrachtete lächelnd ihre zufriedenen, spielenden Kinder.

»Camille und Chloé können dich gut leiden! Du kannst hier jede Woche dreimal auf die beiden aufpassen, wenn du magst.« Sie griff wie zuvor in ihre Tasche, um Lysanne den vereinbarten Lohn zu überreichen. »Und komm mir bloß nicht mit Anstand. Mein Mann, der werte Herr, hat auch so seine Geheimnisse.«

»Was für Geheimnisse?«, wollte Lysanne wissen.

Betty schnaubte abfällig. »Na, er behauptet, dass er abends noch Billard spielen geht mit seinen Freunden, und dann erfahre ich, dass er bei dieser Dora Ducasse war.«

»Dora Ducasse?«

»Ach, die kennst du nicht? Ist vielleicht auch besser so. Sie ist so eine Varietétänzerin, um die gerade eine Menge Wirbel gemacht wird. Die Männer tun alle so, als wär sie das achte Weltwunder. Muss man gesehen haben! Aber ich sag dir, das ist bloß einer dieser Skandale, die man nächsten Monat schon wieder vergessen hat.«

Betty nahm einen Handspiegel aus ihrer Tasche und betrachtete ihren Mund, ehe sie mit dem Handrücken den verschmierten

Lippenstift wegwischte. »Hast du die Zeitung heute gelesen? Man könnte denken, die Stadt versinkt in der Hölle.« Betty goss sich ein Glas Wasser ein und trank gierig. »Im neunzehnten Arrondissement in der Nähe vom Parc des *Buttes-Chaumont* haben sie heute Nacht einen Kerl gefunden, der gefesselt und mit kochendem Pech übergossen war. Daran ist er dann wohl auch gestorben.« Sie deutete auf die Wand zur Nachbarwohnung. »Dein Lieutenant wird alle Hände voll zu tun haben. Mach dich nützlich, und freu dich, dass du dir nicht anderswo die Hände schmutzig machen musst. Apropos, hast du die Kleinen gewickelt?«

Ungläubig registrierte Lysanne, wie das schnell verdiente Geld die Stadt um sie herum schlagartig zu verändern schien. Ein angenehmes Gefühl der Entspannung legte sich über sie. Sie wusste, das Arrangement mit Betty war keine sichere, langfristige Arbeit. Ebenso wenig wie der Schlafplatz bei Julien Vioric für sie ein Heim auf Dauer sein würde. Aber für den Moment war beides das Beste und Angenehmste, was sie haben konnte. Einen Moment dachte sie darüber nach, ihr Zimmer bei Madame Roux zu kündigen. Aber dann verließ sie sich darauf, dass die Zimmerwirtin in der Passage de l'Opéra ihre Abwesenheit genau so deuten würde und keine weiteren Schritte vonnöten waren.

Sie besorgte sich an einem Kiosk einen Stadtplan und suchte die Rue de Grenelle, die nicht weit entfernt im sechsten Arrondissement lag. Auf dem Weg dorthin ergriff sie mit einem Mal ein unerwartetes Gefühl von Freude, ja beinahe Euphorie. Vor einer *boulangerie*, deren Fenster mit künstlichen Blumen geschmückt waren als wäre es Sommer, lud ein Lieferant große Körbe voller Baguettes und Brote ab. Dann der Anblick zweier

Katzen, die auf einem Mauervorsprung saßen. Ein junger Mann, der mit seiner Freundin auf einem wackeligen Fahrrad lachend durch den dünnen Schnee fuhr. Lysanne wertete diese kleinen Szenen als Zeichen, dass es aufwärtsging. Vielleicht war die heitere Schönheit in den Straßenschluchten die ganze Zeit da gewesen, und Lysanne hatte sie einfach nicht wahrgenommen.

Sie empfand eine sonderbare Sorglosigkeit, die sie zuletzt in jenem letzten Spätsommer vor Gaspards Tod empfunden hatte, als sie an einer versteckten Stelle am Fluss, die nicht einmal Isabelle gekannt hatte, auf ihn gewartet hatte. In diesen Tagen hatte sie geglaubt, die Welt würde nur noch aus ihnen beiden bestehen, und an der Seite von Gaspard könnte sie entweder den Mut aufbringen, Ribérac zu verlassen, oder aber ihren Frieden mit der Stumpfheit des Dorfes machen. Damals, am Fluss unter dem Schatten der Dunkelgrün tragenden Bäume, war ihr bewusst geworden, dass Gaspard für sie das Zünglein an der Waage war, das entschied, ob das Leben unerträglich oder zauberhaft war. Seit klar gewesen war, dass er wieder gesund werden würde, hatte sie die Welt mehr und mehr durch seine Augen wahrgenommen. Gaspards Blick auf die Dinge war der eines neugierigen Kindes gewesen, das sich zu allem eine eigene Erklärung kreiert. Es war dieser Blick auf den Alltag der Nachkriegsjahre, der Lysanne ihre eigene Erschöpfung hatte vergessen lassen. Das öde, von Banalitäten erstickte Leben in Ribérac war auf einmal von einem rätselhaften Glanz erfüllt gewesen. Selbst die unscheinbarsten Dinge trugen nun etwas Zauberhaftes in sich. Gaspards Blick hatte aus einer Käseglocke eine Domkuppel für Mäuse gemacht, aus einem Kissenbezug ein Segel für Träume und aus einem Stein ein Pfand für die denkbar schönste Zukunft.

Und nun Louis Aragon …

Für einen kurzen Moment glaubte sie an einen geheimen Pakt über Raum und Zeit hinweg zwischen Gaspard und dem verrückten Pariser Dichter, verschworen in der Absicht, Lysannes Leben wieder etwas von diesem Zauber zurückzugeben. Seit dem Tag ihrer Begegnung steuerte sie auf etwas Neues zu. Und seit sie Aragons verschrobenen Worten gelauscht und sein verschmitztes Lächeln gesehen hatte, hatte die Erinnerung an Gaspard etwas von ihrem Schmerz verloren. Ein verheißungsvolles Gefühl überkam sie, als sie die Einmündung zur Rue de Grenelle erreichte.

Das Einzige, was ihre frohe Stimmung störte, war ein leichter, aber hartnäckiger Schwindel, den sie seit dem Morgen empfand. Seit sie in Paris war, sparte sie am Essen, und selbst das gestrige Omelett hatte sie nach der Erschütterung durch den Besucher und die Fotos der Wasserleiche kaum angerührt. Für einen Moment spielte sie mit dem Gedanken, erst einmal einen Imbiss zu sich zu nehmen, aber da stand sie auch schon vor dem Haus mit der Nummer fünfzehn. Ein Mann zerrte zwei Mülltonnen auf die Straße. Lysanne nutzte die Gelegenheit und betrat den Durchgang zum Hof. Zu ihrer Linken erblickte sie eine angelehnte Tür, aus der angeregtes Gemurmel drang, als wäre dort drinnen eine Versammlung im Gange. Vorsichtig trat sie ein und fand sich in einem großen Raum wieder, der auf den ersten Blick den Eindruck eines unaufgeräumten Museums machte. Von der Decke hing an dünnen Fäden eine zweckentfremdete Schaufensterpuppe, die den Raum wie ein schwebender Engel überschattete. An den Wänden standen zwei Sofas und einige Sessel aufgereiht, auf denen ein paar Leute zu schlafen schienen oder gedämpft vor sich hin murmelten. Ein junger Mann flitzte zwischen den Schlafenden hin und her, einen Block und einen gezückten Stift in der Hand, und schrieb das Gemurmel auf. Ein anderer hockte vor einem ärmlich gekleideten Mann und lauschte ihm mit angestrengter Miene. An den Wänden klebten Flugschriften. Es roch nach Druckertinte und Zigarettenrauch.

Stirnrunzelnd sah Lysanne sich um. Sie konnte sich den Zweck dieses Ortes nicht erklären.

Einerseits konnte man hier eintreten wie eine Taube über die Schwelle eines Cafés. Dann aber schien es auch wieder nur ein Raum für Eingeweihte zu sein, fast eine Art Büro.

Auf einem Wandbord sah sie auf einmal etwas, das ihr bekannt vorkam. Es war jenes formlose Steinobjekt, das entfernt an einen Phallus erinnerte und das der Mann namens André Breton auf dem Trödelmarkt gekauft hatte. Daneben standen und lagen noch weitere Dinge, deren Zweck sie nicht mal annähernd erraten konnte, die aber wie Kunstgegenstände präsentiert wurden.

Das Gemurmel ringsum lullte sie ein, und sie ahnte, dass sie diesem Ort und seinen Bewohnern nicht durch die Fragen ihres Verstandes gerecht werden konnte. Mit einem Mal stand sie in einer diffusen Zwischenwelt, in der sich Grenzen zwischen Traum und Wirklichkeit aufzulösen schienen. Einem Impuls und dem Schwindelgefühl gehorchend, setzte sie sich auf ein noch leeres Sofa und überließ sich dieser befremdlichen, unbestimmten Atmosphäre. Ihr Blick fiel auf eine Frau, deren Haar wie fließende Schokolade aussah und die hinter einem Schreibtisch thronte. Sie betrachtete Lysanne über ihre Schreibmaschine hinweg durch die Gläser einer Lorgnette, die auf ihrer Nasenwurzel saß. Lysanne spürte den Impuls, die Dame zu grüßen und zu fragen, was das hier für ein Ort war, aber die Schreibende machte den Eindruck, als wären derartige Höflichkeiten unnötig, und hackte weiter auf die Schreibmaschine ein, als hinge ihr Leben davon ab.

Lysanne ließ wieder ihren Blick über das Sammelsurium an Seltsamkeiten schweifen, als ein Mann neben ihr auftauchte. Auch er wirkte auf eine museale Art alterslos und verstaubt. Immerhin trug er eine todschicke Lederjacke.

»Sie bewundern unsere *objets trouvés*? Es kommen täglich neue dazu. Niemand fragt sich, was sie sind, zu welchem Zweck sie existieren. So können sie ihre imaginäre Kraft ohne inhaltliche Zwänge entfalten. Sollten Sie auch so ein Objekt besitzen, bitte zögern Sie nicht und vermachen es unserem Büro.«

Lysanne sah ihn wortlos an. Schon wieder jemand, der auf diese sonderbare Weise sprach, die alle Worte, alle Sätze, die sie bislang gehört und gesagt hatte, leise zu verhöhnen schien. Plötzlich war es ihr doch ein wenig peinlich, nicht zu wissen, wo sie hier überhaupt war.

Der Mann schien ihre Befangenheit zu spüren. »Sie waren noch nie im Recherchezentrum?« Lysanne schüttelte den Kopf. »Das ist wunderbar!« Er zog sie vom Sofa hoch, führte sie in die Mitte des Raumes und zeigte auf den ärmlich gekleideten Mann. »Hier, dieser Mann dort drüben. Er erzählt meinem Freund Philippe gerade, was ein Kohlenträger so träumt. Ich kann kaum erwarten, was er mir später berichtet!«

Lysanne erkannte in Philippe nun einen der Männer vom Flohmarkt.

»Und unsere liebe Simone hier wird es später abtippen und katalogisieren.« Er deutete auf die Frau hinter der Schreibmaschine. Lysanne verstand immer weniger, und ihr Gehirn weigerte sich plötzlich, dem Sinn des Ganzen auf die Spur kommen zu wollen.

»Was ist an den Träumen eines Kohlenträgers so wichtig?«, fragte sie, mehr aus Höflichkeit als aus Interesse.

»Oh, Madame, Ihre Skepsis enttäuscht mich. Wenn Sie in dieses romantische kleine Asyl kommen, ist alles wichtig. Sogar Ihre Schuhe. Sind Sie aus Zufall hier gelandet?«

»Man hat mich hierher eingeladen. Louis Aragon und Robert Desnos.«

»Oh, wenn Sie diese beide schrägen Vögel schon kennen, sind Sie hier auf jeden Fall richtig und nichts wird Sie so schnell erschrecken!« Der Mann lachte. »Darf ich mich vorstellen? Mein Name ist Man Ray, meines Zeichens Fotograf und Fantast.«

Sie atmete tief ein, um den Schwindel zu vertreiben, aber er hatte sich wie eine Fledermaus in ihrem Nacken eingenistet. »Lysanne Magloire. Was ist ein Recherchezentrum?«

Sie suchte nach einem freien Sessel in ihrer Nähe, weil sie glaubte, nicht länger stehen zu können.

»Ja, die meisten, die zum ersten Mal zu uns kommen, sind am Anfang etwas verwirrt«, sagte Man Ray. »Ist Ihnen nicht gut?«

Sie wollte etwas sagen, doch ihr Mund fühlte sich an wie mit Nebel gefüllt. Ihr Blick fiel auf eine Ausgabe von *Fantômas*, die scheinbar mit Gabeln an die Wand gespießt war. Der absonderliche Raum begann, sich um sie zu drehen. In diesem Moment öffnete sich eine Tür im hinteren Bereich des Raums, und Louis Aragon kam heraus.

»Sehen Sie, Sie werden bereits erwartet«, sagte Man Ray. Aber Lysanne sah nur noch die Decke mit der schwebenden Frauenskulptur über sich. In ihren Ohren hallte ein fernes Feuerwerk.

Als sie wieder zu sich kam, war es still, und der Geruch von Zigaretten und Druckerschwärze war dem Duft von Kaffee gewichen. Der Geruch klarte ihre Benommenheit schlagartig etwas auf, und sie fühlte sich an die frühen Stunden in Ribérac erinnert, wenn dieser wohltuende Duft sie aus bleischwerem Schlaf geweckt und gleichzeitig einen gewissen Trost in die Mühsal des bevorstehenden Tages geflößt hatte.

»Ich weiß, das hört sich unglaublich reaktionär an«, sagte jemand hinter ihr, »aber es gibt keinen schöneren Anblick als eine ohnmächtige Frau.«

»Die gerundete Sinnlichkeit des Schlafes«, wisperte eine andere Stimme. »Auf der grünen Sonne spielen verwirrt die Schwäne der Zukunft.«

Es schienen die absonderlichen Wortfetzen eines Traums zu sein. So hatte Gaspard geredet. Ein regloser Körper, der aber offenbar lebhaft träumte und dem die Eindrücke dieser Träume über die Lippen geflossen waren wie Wasser. Über jene Lippen, die im Gefecht so schwer verletzt worden waren, als sei er auf eine Mistgabel gestürzt. Eine grässliche Narbe wie ein Dreizack, die nur sehr langsam heilte. Etwas zuckte durch ihr Bewusstsein. Der gestrige Besucher. Die Spieluhr. Ein Mann mit einer Narbe am Mund. Was hatte das alles zu bedeuten? Lysanne öffnete die Augen und schaute in eine Collage aus neugierigen Gesichtern. Ein Glas Wasser wurde an ihre Lippen gehalten.

»Da sind Sie ja wieder«, sagte Robert Desnos, der Mann mit den sonderbaren Augen. »Und ich wollte schon loseilen und ein Riechfläschchen besorgen.«

Soweit Lysanne erkennen konnte, lag sie auf einer Ottomane aus zerschlissenem Samt. Um sie herum standen und hockten einige der Männer, die sie gestern auf dem Flohmarkt gesehen hatte.

Louis Aragon beugte sich über sie und drückte ihr einen sachten Kuss auf die Schläfe. Dann wickelte er ein Honigbonbon aus und schob es ihr zwischen die Lippen. Robert Desnos saß auf der Kante des Polsters und knetete ihr rechtes Handgelenk. »Beneidenswert, so eine Ohnmacht. Was haben Sie gesehen, Mademoiselle?«

»Gesehen? Was soll ich denn gesehen haben?«

»Den pulsierenden Schwan der honigsüßen Blumen, die nur am Grunde eines Brunnens wachsen, vielleicht?«, erwiderte Aragon.

»Wo bin ich hier?«, wisperte sie.

»Rue de Grenelle fünfzehn«, sagte ein anderer Mann.

Lysanne nickte benommen. »Und Sie sind ...«

»Paul Éluard, Gnädigste. Wir haben uns noch nicht kennengelernt, da ich gestern nicht auf dem Flohmarkt war. Mir wurde aber von Ihnen berichtet.«

Der Mann hatte eine hohe Stirn, und ein fliehendes Kinn und zwinkerte ihr freundlich zu.

»Und ... *was* ist das hier?«

»Was glauben Sie denn, was es ist?«, fragte die Stimme in ihrem Rücken, und der Mann, der von der Schönheit ohnmächtiger Frauen geschwärmt hatte, trat in Lysannes Blickfeld. Es war André Breton. Er stellte sich dicht neben Paul Éluard und sah auf sie herab. Sein Inquisitorblick ruhte auf ihr, als wüsste er nicht, was von ihr zu halten war.

»Verzeihung. Alles hier erscheint mir wie ein Rätsel.«

»Bravo. Es gibt Unzutreffenderes, was man über unsere Gruppe sagen kann.«

Robert Desnos lächelte. »Zufälle sind die Rätsel des Alltags und unser geliebtes Elixier. Sie werden sehen, wenn Sie sich ihm einmal verschrieben haben, offenbart er Ihnen an jeder Ecke mehrere Wunder.«

Aragon sah Lysanne eindringlich an. »Stellen Sie sich vor, was passiert ist. Als wir unsere Runde in Saint-Ouen gestern beendet hatten, ging ich noch einmal zurück zu dem Stand, an dem wir uns begegnet sind, und wollte die Spieluhr für Sie stehlen ... oder vielleicht auch kaufen, ich hatte mich noch nicht entschieden. Und da sagt mir der Verkäufer, dass sie eine Stunde zuvor von einem anderen Kerl gekauft worden sei. Ist das zu glauben?«

»Ein Zufall!«, winkte André Breton ab, und die anderen lachten. Lysanne unterdrückte ein Schaudern. Wie war das möglich? War das wahr? Oder log Aragon sie an? War das ein eingefädeltes Verwirrspiel, um sie zu testen oder herauszufordern? Sie hätte gerne gefragt, was es mit dem Mann und der Spieluhr auf sich hatte, denn ihr war klar, dass irgendjemand ihr vom Flohmarkt zurück in die Stadt gefolgt sein musste. Sie stemmte sich auf der Ottomane hoch. Louis Aragon glitt hinter sie und berührte flüchtig ihren Nacken, als wollte er die verblassenden Eindrücke ihrer Ohnmacht auffangen.

»Sie wissen also nicht, wo Sie hier sind?«, fragte André. »Louis, sag es ihr schon.«

»Das hier ist das Büro für surrealistische Forschungen.«

»Surrea…?«, setzte sie an und stockte. »Was bedeutet das?«

»Es bedeutet gar nichts«, betonte Breton. »Nur, dass uns die Realität nicht interessiert. Wir bevorzugen alles, was sich unter, neben, vor, hinter, aber vor allem über ihr befindet. Über der Realität. Verstehen Sie, Mademoiselle?«

Lysanne nickte, obwohl sie nicht das Geringste verstand. Robert Desnos lächelte nachsichtig. »Sie werden es noch verstehen. Aber nun eine wichtige Frage: Träumen Sie, Mademoiselle?«

»Natürlich.« Lysanne dachte an die lange Zugfahrt nach Paris, wo sie mit dem Kopf ans Fenster gelehnt eingeschlafen war und einen Traum gehabt hatte von jenem schrecklichen Tag, als sie aus Bordeaux heimgekehrt war und in Gaspards Zimmer ein zugenagelter Sarg gestanden hatte. *Plötzlicher Gehirnschlag,* hatte Doktor Laurent gesagt. Nichts Ungewöhnliches nach einer derart schweren Verletzung. Da tat es nichts zur Sache, dass Gaspard zwei gute Jahre gehabt hatte. Eine kurze Zeit der heimlichen Nähe, von der Isabelle nichts gewusst hatte, die jedoch eine unüberwindbare Hürde zwischen den Schwestern aufgebaut hatte. Aus der unbeschwerten, schwärmerischen

Freundschaft dreier Kinder war ein komplizierter Zustand geworden, voll ungenutzter Momente und ungesagter Wahrheiten. Ein Zustand von Verwirrung und Ungewissheit, gleichzeitig aber auch ein wenig rauschhaft und schön, in dem Lysanne nicht gewagt hatte, Isabelle ihre Hoffnung auf Gaspard zu gestehen.

»Dann sind Sie hier auf jeden Fall richtig«, riss Robert sie aus ihren Gedanken. »Wir beschäftigen uns mit allem, was jenseits der schnöden Realität liegt. Traum, Unterbewusstsein, Wahnsinn, unheimliche Zufälle, Fantastereien, je absurder, desto besser!«

Louis Aragon lenkte ihre Aufmerksamkeit fingerschnippend auf sich. »Haben Sie sich noch nie gefragt, warum nur das Erleben bei Tage für die Menschen von Belang sein soll?«

Kurz erwog Lysanne, den Männern von Gaspards Gestammel in seiner langen inneren Abwesenheit zu erzählen, das sie dokumentiert hatte. Die Sinnlosigkeit dieser Tätigkeit setzte erneut einen kurzen, scharfen Schmerz in ihr frei. Denn das vollgeschriebene Notizheft war an dem Tag verschwunden, als auch Isabelle verschwunden war.

»Wir sind eine Anlaufstelle für Menschen, die sich mit geheimen Ideen quälen«, erklärte ein anderer Mann aus der kleinen Gruppe. »Wir können mit Stolz sagen, dass alles, was in dieser verzweifelten Welt noch an Hoffnung übrig geblieben ist, seine letzten verzückten Blicke auf unseren armseligen Laden richtet.«

Lysanne sah zwischen den Männern umher. Der Schwindel war verschwunden, und ihre Verwirrung fühlte sich mit einem Mal an, als würde ein geschmeidiges Tier neugierig durch ihre Gedanken gleiten. »Woher wissen Sie, dass ich mich mit geheimen Ideen quäle?«

»Wer tut das nicht?«, rief ein weiterer Mann. »Ich persönlich quäle mich mit dem machtvollen Bewusstsein, ein Dichter zu sein. Doch dichte ich? Nein. Ich bitte an hellen Tagen um Feuer für eine Kerze und im schönsten Sonnenschein Frauen unter meinen Regenschirm. Diese poetischen Aktionen enden häufig mit der Androhung, die Polizei oder einen Irrenwärter zu rufen.«

»Die Menschheit ist immer verzweifelt«, sagte Aragon. »Aber wir geben ihr eine Gelegenheit, das auch zuzugeben. Hier ist ein Asyl für all diejenigen, die sich aus den Netzen des geisttötenden Alltags befreien wollen. Wir wandeln die Verzweiflung über all die Stumpfheit des Lebens in neue Energie um.«

Lysanne schwieg eine Weile. »Ich bin nicht hier, weil ich verzweifelt bin.«

»Aber Sie bangen um Ihre Schwester, Mademoiselle«, warf Louis Aragon ein.

»Nun, das trifft es nicht wirklich. Ich habe einige quälende Fragen an meine Schwester, aber Verzweiflung ... nein. Mir fielen jedoch einige andere Dinge ein, die ich gerne in neue Energie umwandeln würde.«

»Und was wären das für Dinge?«, fragte André Breton fast zärtlich.

Lysanne lächelte zurückhaltend und wagte etwas, das sie sich bis vor einigen Tagen noch nicht hatte vorstellen können. »Ich werde es noch herausfinden müssen. Vielleicht ja mit Ihrer Hilfe ...«

»Nun, das mag sein. Aber unterschätzen Sie nicht die Energie der Verzweiflung«, sagte Paul Éluard nachdenklich und zündete sich eine Zigarette an. »Die ganze Stadt vibriert unter den Taten und Untaten der Verzweifelten, so wie der Boden vibriert, wenn darunter eine Métro dahinrast.«

Lysanne sah ihn überrascht an. »Sie meinen diese beiden erschütternden Mordfälle der letzten Tage? Die, über die alle Zeitungen schreiben?«

»Wir lesen die bürgerlichen Zeitungen nur unter Protest, Mademoiselle«, schimpfte André Breton. »Aber gewissen Neuigkeiten kann man sich ja kaum entziehen. Jeder Zeitungsjunge brüllt sie in die Welt.«

»Ach, nun komm!«, brüskierte sich Paul Éluard. »Du bist der Erste, der Simone über die Schulter linst, wenn sie gerade die Zeitung liest. Glaubst du, das ist dann weniger reaktionär als richtiges Zeitungslesen?«

»Es ist im wahrsten Sinne des Wortes ein anderer Blickwinkel, und anders sollte man die Zeitung auch nicht lesen«, sagte Breton selbstzufrieden. »Also, was ist das für ein Mörder? Ist er amüsant? Revolutionär? Einfallsreich?«

Lysanne wusste nicht, was sie sagen sollte.

»Ich finde es äußerst ermüdend, warum um einen einzelnen Mörder ein solches Gewese gemacht wird«, sagte Breton, und Lysanne kam so langsam der Verdacht, dass er diese Dinge einfach mit der Absicht äußerte, provokant und polarisierend zu sein.

»Paris ist schon für sich genommen eine Stadt der Mörder.« Breton sah Lysanne prüfend über den Rand seiner Brille an. »Wussten Sie das etwa nicht, als Sie Ihre Hoffnungen hierhergetragen haben?«

Lysanne runzelte die Stirn. »Wie meinen Sie das? Gibt es hier mehr Morde als anderswo?«

Die Männer lachten gutmütig, und Breton nahm die Pose eines Priesters ein, der von der Kanzel herab seinen ahnungslosen Schafen predigt.

»Paris ist eine Stadt der Mörder, weil hier seit jeher gemordet wird, was das Zeug hält. Hier wurde ein König mitsamt seiner Königin geköpft. Et voilà, Mord an der Monarchie. Und am Ende ermordete sich die Revolution auch noch selbst.

Und dann wurde auch noch das Mittelalter ermordet, fragen Sie Baron Haussmann. Darüber hinaus kann man sagen, dass wir Pariser es lieben, Moden erst zu gebären und dann zu strangulieren. Fragen Sie den Reifrock. Und hier sitzen Sie nun, Mademoiselle, vor einem ganzen Haufen gewissenloser Mörder.« Breton erfasste mit einer Geste die Gruppe seiner Freunde. »Wir tun alles dafür, um das Althergebrachte aufs Schafott zu zwingen oder es klammheimlich im Dunkeln abzumurksen.«

Aragon berührte Lysannes Hand. »André hat recht, aber das tut jetzt nichts zur Sache. Lysanne, du wolltest etwas über diesen Unhold erzählen, der gewiss niemand Geringeren mordet als unschuldige Menschen.«

Lysanne nickte. Mit unsicherer Stimme berichtete sie, was sie von Vioric erfahren hatte, und begriff erst auf dem Höhepunkt ihres Redeschwalls, dass sie gegen sein Verbot verstieß, etwas davon jemandem zu erzählen. Aber die geballte Aufmerksamkeit der Männer schien ihr wie ein Magnet, der diese Informationen aus ihr heraussaugte.

»Sein vorletztes Opfer, dessen Leiche man in einem Sack aufgefunden hat – also, der Lieutenant hat mir erzählt, dass in seinem Haus eine junge Frau als Gesellschafterin angestellt war, die seit seinem Verschwinden ebenfalls vermisst wird. Er dachte zuerst, diese Frau sei meine Schwester, aber sie ist es nicht. Ihre Leiche wurde gestern aus der Seine gezogen, ich habe die Fotografien gesehen …«

»Die Leiche Ihrer Schwester?!«, fuhr Aragon auf.

»Nein. Sie ist es nicht. Das glaube ich zumindest.« Lysanne widerstand dem Impuls, an ihrem Daumennagel zu kauen, wie sie es früher immer getan hatte. »Aber diese Frau hatte unter dem Namen meiner Schwester eine Anstellung bei der Familie dieses toten Jungen und …«

»Und weiter?«, drängte Breton sie.

»Vorgestern haben sie den armen Jungen gefunden. Offenbar wurden seine Knochen am Eisengitter des Panthéons zerschmettert. Neben ihm fand man einen Taschenkrebs.«

Noch während sie sich selbst über ihren letzten Satz wunderte, veränderte sich die Szenerie um Lysanne. Als hätte jemand an einem Faden gezogen, der die Gesichter ringsum spannte. Einer der Männer stieß einen überraschten Laut aus, ein anderer schloss mit einem Schaudern die Augen. Robert starrte Lysanne an. »Ein Taschenkrebs neben einem zerschmetterten Jüngling, sagen Sie?«

Und Louis Aragon rief: »Allerhand! In der Zeitung stand, der Junge wäre schlicht erschlagen worden. Nichts von einem Gitter und schon gar nichts von einem Taschenkrebs.«

André hob die Hand und kam auf Lysanne zu. »Faszinierend. Hat Ihnen der brave Polizist das tatsächlich verraten?«

Sie senkte verlegen den Kopf und erschrak über die Leichtigkeit, mit der sie Viorics Vertrauen vor diesen Männern gebrochen hatte. »Ja, wenn auch unfreiwillig. Warum …?«

Die Männer sahen plötzlich aus, als würden sie unter einem Zauberbann stehen. Ein paar von ihnen fingen plötzlich an, etwas zu rezitieren:

»Um nicht erkannt zu werden, hatte der Erzengel die Gestalt eines Taschenkrebses angenommen …«

Weitere Stimmen fielen ein.

»Der tödlich getroffene Krebs fällt ins Wasser. Die Flut trägt das schwankende Wrack ans Ufer … Da Mervyn gellende Schreie ausstieß, hob er den Sack hoch wie einen Packen Wäsche und schlug ihn mehrmals gegen die Brüstung der Brücke.«

Den letzten Satz sprach André Breton allein, raunend und unheilvoll, als wollte er eine drohende Katastrophe ankündigen: »*Da schwieg der arme Sünder, denn er hatte das Krachen seiner Knochen vernommen* ...«

Für einen Moment senkten die anderen andächtig den Kopf, als wäre ein Gebet gesprochen worden.

»Ich erlebe ja allerlei Seltsamkeiten, aber ich hätte nie gedacht, dass Lautréamont so viel Einfluss besitzt, dass jemand nach seinen Worten mordet«, sagte Louis Aragon in die Stille hinein.

Lysanne sah die Männer stirnrunzelnd an. »Wie bitte? Wer mordet nach wessen Worten?«

Die rätselhaften Äußerungen stachelten ihre Neugierde so sehr an, dass sie beinahe wütend wurde über die Unerklärlichkeit dessen, was diese Männer von sich gaben. Alles, was sie sagten, stellte die Welt, wie sie sie zu kennen glaubte, auf den Kopf, und die Rätselhaftigkeit ihrer Äußerungen faszinierte sie nicht länger, sondern löste einen beißenden Ärger in ihr aus.

»Wollen wir sie wirklich einweihen?«, fragte André Breton in die Runde.

Louis Aragon sah ihn strafend an. »André, sei nicht so ein arroganter Geheimniskrämer. Natürlich weihen wir sie ein.«

Breton gab sich geschlagen und wandte sich an den Mann neben sich und stieß ihm den Ellbogen in die Rippen. »Das ist Philippe Soupault. Er wird es Ihnen erklären.«

Der Angesprochene deutete eine Verbeugung an und heftete seinen Blick auf Lysanne. »Einst wanderte ein tuberkulosekranker Kriegsheimkehrer auf der Suche durch die Antiquariate von Paris.«

Paul Éluard flüsterte laut: »Er spricht von sich selbst, Mademoiselle.«

Lysanne nickte und wurde augenblicklich in den Bann der Erzählung gezogen, die Philippe Soupault nun mit einem leisen bronchitischen Rauschen in seiner Stimme von sich gab.

»In einer dunklen Regalecke zwischen Büchern über Mathematik hat er es gefunden und sogleich im Lazarett gelesen. Er war wie vom Donner gerührt über die zersetzende Kraft der Sprache, über den schwindelerregenden Wahnsinn, den dieser unbekannte Autor mit den Worten trieb. Er zitterte noch immer, als er seinen Freunden Louis und André davon berichtete. Es war, als würde man einen Schatz aus Geröll bergen. Er selbst sieht diesen Tag, an dem wir diese Entdeckung gemacht haben, als den Tag seiner wahren Geburt an.«

»Verstehen Sie, Lysanne«, sagte Louis. »Wir kamen aus dem Krieg. Mit unversehrtem Körper, aber dennoch als wandelnde Wunden. Und als wir dieses vergessene Büchlein lasen, da war es, als hätte Gott persönlich sein dunkles Wolkenreich aufgestoßen und uns gesagt: Seht ihr, da war einer viele Jahre vor euch auf der Welt, der wusste schon, wie es um die Menschen steht.«

»Was ist das für ein Buch?«, wollte Lysanne wissen. »Wer hat es geschrieben?«

»Isidore Ducasse«, sagte Breton. »Oder auch Comte de Lautréamont, das war sein Künstlername. Sein Werk erschien 1874, als er schon längst unter der Erde verwest war. Knapp fünfzig Jahre später haben wir nun sein Buch zu unserer Bibel ernannt: *Die Gesänge des Maldoror.*«

»Ihre Bibel?«

»Wir sind seiner halluzinatorischen Sprache verfallen und beten seine Art, die alte Menschheit, die nichts Gutes hervorgebracht hat, sprachlich zu vernichten, an. Wir wissen, dass man das Alte mit aller Gewalt zerschlagen muss, damit ein neuer, besserer Geist sprießen kann, und genau das tat Isidore Ducasse.

Er metzelt diese verkommene Menschheit nieder, ohne dafür auf den Schlachtfeldern der Erde gestanden zu haben. Und das ist insofern bemerkenswert, da Isidore Ducasse nicht älter wurde als lausige vierundzwanzig Jahre.«

Lysanne reichten diese Erklärungen nicht aus. »Aber warum haben Sie gerade auf meinen Bericht von diesem Mörder so begeistert reagiert?« André Breton breitete die Arme aus.

»Wenn ein zerschmetterter Jüngling in einem Sack auf dem Place du Panthéon liegt und neben ihm ein toter Taschenkrebs ruht, so ist das ein absolut unzweifelhaftes Zitat aus dem *Maldoror*. So grauenhaft es auch sein mag, so hat es doch eine gewisse revolutionäre ... Verve.«

Lysanne sah Louis Aragon an. »Kommt in diesem Buch auch ein Mann vor, der mit Pech verbrüht wird?«

Die Männer tauschten finstere und zugleich begeisterte Blicke.

»Ist das wahr?«, fragte Louis.

»Es stand heute in der Morgenausgabe der Zeitung.«

Aragon stieß einen fassungslosen Laut aus. »Dann wurde darin aber gewiss verschwiegen, dass dieser Mann höchstwahrscheinlich noch dazu mit einer Peitsche traktiert wurde. Denn so steht es im *Maldoror* geschrieben, Lysanne. Ein Mann, der bei den Huren liegt, wird an seinen eigenen Haaren vom Erzengel Maldoror aufgehängt, mit Pech bestrichen und ausgepeitscht, bis er stirbt. Frag deinen Lieutenant. Ich bin sicher, die Peitsche spielte eine Rolle.«

Lysanne nickte benommen. Plötzliches Grauen schlich sich in ihre Brust. Breton knetete seine langgliedrigen Hände. »Allerhand. Unglaublich. Unerhört.«

Die anderen Männer regten sich jetzt sichtlich auf. »Wenn es Ihrem Lieutenant nicht gelingt, diesen Mann zu fangen, wird er damit leben müssen, dass er weitere schauderhafte Taten nicht verhindert hat. In Paris wird eine Massenpanik ausbrechen!« Aragon rieb sich die Hände und biss auf seine Unterlippe.

Mit einem Mal sah Lysanne die Begegnung mit ihm ohne das verklärte Staunen der vergangenen beiden Tage. Aragon schien den Verstand verloren zu haben und sämtliche seiner Freunde ebenso. Die Männer mochten ihr Grauen in Worten ausdrücken, aber ihre Körpersprache erzählte etwas anderes. Sie betrachtete die erregt auf den Schuhspitzen wippenden Männer. Ein erwartungsvolles Murmeln erfüllte den Raum. Ihre Augen leuchteten wie bei Jungen, die ein grandioses Abenteuer erleben, und ein Schauder lief über Lysannes Rücken.

Lysanne suchte Bretons Blick. »Darf ich das Buch lesen?«

»Sie müssen sogar. Wir verteilen das Werk zwar fleißig an all unsere Besucher, aber ich möchte doch bezweifeln, dass sie alle es lesen. Wer von den einfachen Leuten könnte Lautréamonts Sprache tatsächlich verstehen?«

»Nun, irgendjemand hat sie gut genug verstanden, um sich davon inspirieren zu lassen«, sagte Lysanne. Schlagartig kam ihr ein finsterer Verdacht. Sie wollte gerade fragen, warum die Männer von den grausigen Taten so begeistert schienen, als Robert Desnos plötzlich neben Lysanne wie in einem Schwächeanfall auf die Ottomane sank. Breton sah Desnos wie aufgescheucht an. »Ist es wieder so weit?«

Louis berührte Desnos an der Schulter, aber der reagierte nicht. »Ja, ich glaube, er schläft ein!«

»Holt Simone, sie soll mitschreiben!«, befahl André.

Die Tür ging auf, ein leiser Pfiff ertönte, und kurz darauf betrat die Frau eilig den Raum. Sie setzte sich auf einen kleinen Hocker vor die Ottomane. Paul Éluard wuchtete einen Beistelltisch hoch, auf dem eine Schreibmaschine samt frischem Blatt Papier wohl genau auf diesen Moment gewartet hatte, und stellte ihn vor ihr ab. Ihre Rauchquarzaugen hefteten sich auf Robert.

»Wenn Sie bitte aufstehen würden, unser Freund Desnos möchte sich sicher gerne ausstrecken.« André machte eine scheuchende Bewegung.

»Nun sei nicht so herrisch«, ermahnte ihn die Frau und fütterte die Schreibmaschine mit einem leeren Blatt Papier. Sie lächelte Lysanne an und machte mit der freien Hand eine sanft auffordernde Geste in Richtung Tür. »Sei mir nicht böse, Mädchen, aber das hier gehört uns allein.«

Sie zwinkerte Lysanne mit ihren großen, sanften Augen zu. Die Männer halfen Robert, sich auf dem Polster auszustrecken. Er begann zu murmeln, und Lysanne sah seine Augen hinter den Lidern rollen. Louis Aragon berührte ihren Arm. »Nehmen Sie es uns nicht übel, dass wir Sie ausschließen müssen. Aber diesen Schlafzuständen wohnen nur Eingeweihte bei.«

Etwas in ihr gierte danach, zu erfahren, was genau diese Gruppe trieb, was sie aneinander band und was hier aufgeschrieben werden sollte. Sie machten einen so ungezwungenen Eindruck, und umso mehr verwunderte sie die Tatsache, dass sie ein solches Geheimnis um ihre Umtriebe machten und Lysanne erneut, wie gestern auf dem Flohmarkt, ausgeschlossen wurde.

Aragon bugsierte sie zur Tür. In diesem Moment flüsterte Robert Desnos mit ganz veränderter Stimme: »Eine Glasscheibe birst im belauerten Fenster! Ein Stoff schlägt und knallt überm Unheilgefild!« Simones Schreibmaschine ratterte leise los. Die Männer beugten sich über ihren Freund wie hungrige Tiere über eine Futterstelle. »Du wirst allein sein bei dem Gescherb des Perlmutts und den verkohlten Diamanten!«, rief Desnos leise.

»Bitte, Lysanne. Das ist noch nicht für Ihre Ohren bestimmt«, drängte Louis.

Er brachte sie zurück in den Raum, der jetzt menschenleer war. Draußen schneite es stärker. Verwirrt schaute sie zurück. »Was geschieht mit ihm?«

»Robert Desnos hat sogenannte Schlafzustände. Spontane Selbsthypnose. Keine Ahnung, wie er das macht. Wenn er schläft, spricht er klar und deutlich. Und seine Worte sind ganz erstaunlich. Wir sind alle süchtig danach. Deswegen schreiben wir auch alles auf. Wenn es Sie interessiert, wir veröffentlichen diese Traumprotokolle in unserer Zeitschrift *La Révolution surréaliste*. In der nächsten Ausgabe können Sie davon lesen.«

Louis' leuchtenden Augen, die schlingernden Bewegungen seiner Hände beim Sprechen. Lysanne wollte gerade ansetzen und ihm nun doch von Gaspard erzählen und dass sie vor ein paar Jahren genau das Gleiche getan hatte, doch Louis ergriff ihre Hand und führte sie zu einem Tisch, auf dem Dutzende Exemplare von *Die Gesänge des Maldoror* lagen.

»Hier, nehmen Sie eins mit, meine Liebe. Der Preis für dieses Schmuckstück ist allerdings Ihre Adresse. Sie wohnen nicht mehr in dem Zimmer in der Passage, nicht wahr? Ich dachte schon, meine Anwesenheit hat Sie vertrieben.«

Lysanne nannte ihm zögerlich die Adresse von Julien Vioric, ohne sich weiter zu erklären. Aragon nickte zufrieden und überreichte ihr eines der Bücher. »Ich will wissen, was du darüber denkst.«

Lysanne horchte auf. Und auf einmal fühlte sich der Ausschluss aus dem Zimmer mit dem geheimnisvollen Robert Desnos weniger unangenehm an. Dann legte Aragon seine Hände um ihr Gesicht und flüsterte: »Es wird dich erschrecken, aber du *musst* es zu Ende lesen.« Mit einer knappen Verbeugung fügte er noch an: »Du hast mich sehr inspiriert. Bitte komm wieder. Ich bin oft hier in der Zentrale. Und falls dir eher nach weiblicher Gesellschaft ist – Simone ist eine wunderbare Frau, wir alle hier lieben sie, mit Ausnahme von André.« Dann ergriff er ihre Hände und senkte die Stimme. »Wenn wir uns das nächste Mal sehen, werden wir alle weniger Worte brauchen, um uns zu erklären. Und nun entschuldige mich. Ich muss wirklich unbedingt hören, was Robert sagt.«

Er wirbelte herum und ließ sie stehen. Verwirrt von einem unerklärlichen Verlangen durchquerte Lysanne den Raum Richtung Ausgang. Ein merkwürdiges Gefühl der Verlorenheit ergriff sie. Sie wäre gerne weiter in diesem Zimmer geblieben, um den Worten von Robert Desnos zu lauschen. Wie sonderbar. Das Wenige, das sie gehört hatte, glich dem, was Gaspard damals gesagt hatte so sehr, als würde er sich der exakt gleichen Sprache bedienen. Gaspard hatte von Apfelplantagen im Nachtmoor gesprochen. Von Honigwaben im Gewitter. Kalten Händen auf dem Grund eines Kommodenfachs. Wetterhähnen im Hochzeitsbett. Lysanne hatte diesen chaotischen Aneinanderreihungen zuerst ratlos und besorgt gelauscht, doch dann hatte sie allmählich eine eigenartige, poetische Schönheit darin entdeckt. Eine verrückte Schönheit, die Gaspards Wesen ja auch innewohnte, als er noch ein unbekümmerter Junge gewesen war, der vom Krieg nichts wusste. Sein schlafender Geist hatte Worte kombiniert, die sie niemals zuvor in diesem Zusammenhang gehört hatte. Es lag eine Faszination in diesen Sätzen, der sie sich bis heute kaum entziehen konnte. So sehr, dass sie geglaubt hatte, etwas Wichtiges zu versäumen, wenn sie Doktor Laurent während seiner Traumphasen im Hôpital zur Hand gehen musste.

Sie wollte schon in den Innenhof hinaustreten, als die leeren Sofas in ihrem Rücken sie doch noch einmal zurückzurufen schienen. Es würde sicherlich niemand etwas dagegen haben, wenn sie hier im Vorraum blieb und das Buch an Ort und Stelle las. Sie entdeckte eine Schale mit Keksen auf einem Beistelltisch, nahm sich einige davon und ließ sich auf einem Sessel vor dem Fenster nieder.

Dann schlug sie das Buch auf.

Der restliche Tag strich, in ein mattes Licht gehüllt, vor den Fenstern der Zentrale für surrealistische Forschungen vorüber wie ein Bettler, der auf sich aufmerksam machen will. Aber Lysanne beachtete ihn nicht. Als sie den Kopf nach Stunden zum ersten Mal hob, zuckte sie erschrocken zusammen. Es war dunkel hinter den Fenstern, und vor ihr auf dem Boden saß Louis Aragon und starrte sie an. Sein Blick glühte regelrecht.

»Herrgott, hast du mich erschreckt!«, entfuhr es Lysanne.

»Ich? Oder das, was du gelesen hast?« Er rückte näher und griff nach ihrer Hand. »Entschuldige, dass ich dir hier so auflauere, aber ich konnte es mir nicht entgehen lassen, dich zu beobachten, während du in Maldorors Sog zappelst. Dein Gesicht war die perfekte Leinwand für diese düsteren, bedrohlichen Bilder. Erleidest du im Meer der Bücher ebenso vollständigen Schiffbruch wie ich?«

Lysanne legte das Buch zur Seite und nickte unbestimmt. »Als ich *Moby Dick* gelesen habe, habe ich nicht gemerkt, dass es dunkel wurde und ich schon längst von Mücken zerstochen war. Und bei *Der seltsame Fall des Doctor Jekyll und Mister Hyde* habe ich so lange am Stück gelesen, dass ich eine Augenentzündung bekam.«

»Du willst doch nicht diese dickwanstigen Schmöker mit dem kristallenen Florett des *Maldoror* vergleichen!«

»Nein, ich wollte nur beschreiben, dass ich durchaus dazu neige, in Büchern zu versinken, und zwar so, als hätte ich Gewichte an den Füßen.«

»Aber nur wenn sie dich faszinieren, nehme ich doch an.«

Sein flehentlicher Ausdruck irritierte sie, und sie fühlte den seltsamen Drang, sich zu rechtfertigen. »Nun ja, gewiss ... aber es ist eine Art Faszination, die mir nicht behagt.«

»Das soll sie auch nicht. Aber verstehst du nun, warum wir dieses Buch anbeten?«

Lysanne massierte ihren verhärteten Nacken. »Hast du mir dieses Buch gegeben, damit ich dich besser verstehe? Denn wenn es das ist, muss ich dich enttäuschen. Ja, diese Sprache ist überwältigend. Extrem. Beeindruckend. Aber ebenso abstoßend.«

»Was ist daran abstoßend?«, drängte Aragon sie.

»Warum bedient sich ein Schriftsteller einer derart poetischen Erhabenheit, um damit nichts als Gräueltaten und unverständlichen Wust zu beschreiben?«

Aragon umfasste ihr Knie mit beiden Händen und stützte sein Kinn darauf. »Wenn ich dich nicht so mögen würde, Lysanne, müsste ich dich jetzt aus dem Haus jagen. Unverständlicher Wust? Wie kannst du das sagen? Es ist eine Beschwörung des Bösen im Menschen. Eine kompromisslose Verweigerung Gott und der Moral gegenüber. Die radikale Sicht auf unser menschliches Gewese.«

»Ja, so weit habe ich es begriffen. Ein Erzengel namens Maldoror empfindet ungeheuerliche Abscheu gegenüber der Menschheit, aber eine noch größere gegenüber Gott. Überall hinterlässt er Szenarien des Grauens und der Vernichtung und versteigt sich in Fantasien von Folter und Erniedrigung. Es gibt nichts, was ihm heilig ist. Er freundet sich sogar mit einem Haifisch an, weil es ihn erregt, ihm dabei zuzusehen, wie er Schiffbrüchige verschlingt.« Lysanne schüttelte fassungslos den Kopf. »Seine Grausamkeit verschont kein menschliches Lebewesen. Er verherrlicht die Tiere und quält die Menschen.«

Aragon nickte und schien ihr gebannt zu lauschen.

»Aber Louis, was will dieser Lautréamont uns damit sagen? Der Erzengel schont weder alte Frauen noch Jünglinge oder kleine Mädchen. Wenn er nicht zwischen Gut und Böse unterscheidet, was hat sein Vernichtungsfeldzug für einen Sinn? Und am schrecklichsten war die Stelle, in der er sich mit einem Federmesser die Mundwinkel aufschlitzt, um das Lächeln der Menschen nachzuahmen. Was für eine grauenhafte Vorstellung.«

Aragon setzte sich neben sie und zog sie an sich. »Oje, es hat dich zu sehr erschüttert!«

Sie machte sich von ihm los und betrachtete stirnrunzelnd sein seltsam erregtes Gesicht.

»Weißt du, was mich erschüttert? Dass du und deine Freunde ein derartiges Aufheben um etwas so Brutales, Abseitiges macht. Warum? Überwiegt eure Faszination für diese erhabene Sprache die Tatsache, dass es in diesem Buch nur um Grauenhaftes und Widerwärtiges geht? Oder ist das bloß ein rebellischer Trotz gegen … ich weiß auch nicht!«

Aragon betrachtete sie mit einem hintersinnigen Lächeln, und sie fragte sich, ob er von ihr enttäuscht war und ob ihr diese Enttäuschung etwas ausmachen würde.

»Die Sprache steht über der Handlung. Verzeih, wenn ich dein Feingefühl verletze, Lysanne, aber ich habe im Krieg gekämpft und bin eines Morgens im Schützengraben mit einer fremden Darmschlinge um meinen Hals aufgewacht, die eine Granate in meine Richtung geschleudert hatte. Ich weiß bis heute nicht, ob diese Schlinge einem Kameraden oder einem Deutschen gehört hat. Ich persönlich verneige mich, wenn es einem Dichter gelingt, das irdische Grauen mit derartigen Wortjuwelen zu beschreiben, denn ich war angesichts eines solchen Grauens nur imstande, mich lauthals zu übergeben.«

Lysanne erschauerte über das drastische Bild, das Aragons Worte in ihrer Vorstellung gemalt hatte. Sie hatte noch nie darüber nachgedacht, dass es auch andere Wege gab, die Erinnerung an den Krieg zu überwinden, als der, für den Isabelle sich entschieden hatte. Ein Dichter wie Aragon wurde vielleicht gerade durch ein poetisches Grauen am meisten berührt.

»Wenn du es so sagst«, lenkte sie ein. »Aber ...«

»Lysanne, traust du meinen Freunden und mir wirklich zu, dass wir hinter den Morden stecken? Dass wir uns anschicken, die grausigen Szenen des *Maldoror* nachzustellen?«

Sie überwand ihre Befangenheit und strich ihm über den Handrücken. »Louis, versteh das nicht falsch. Ich mag dich. Und diesen Robert Desnos mag ich auch. Ich glaube, dass ihr zu ganz anderen Dingen imstande seid als dieser Mörder. Aber die Polizei wird das, wenn sie den Zusammenhang erst bemerkt, nicht so sehen.«

7

17. Dezember 1924, nachmittags

Doktor Durand goss auf einem kleinen Beistelltisch vier Gläser mit Cognac voll und verteilte sie.

»Auf was trinken wir?«, fragte Julien Vioric.

»Auf rein gar nichts«, sagte der Doktor. »Höchstens auf einen ruhigen Magen. Mademoiselle Girard?« Er wandte sich an die Journalistin, die das weiße Tuch über den menschlichen Erhebungen auf dem Stahltisch betrachtete. »Wenn Ihnen blümerant wird, greifen Sie nach meiner Hand. Ich habe Ammoniumcarbonat in der Tasche.«

Héloïse Girard schnaubte abfällig. »Was lässt Sie glauben, ich bräuchte ein Riechsalz?«

Edouard Vioric zog eine zusammengefaltete Zeitungsseite aus seiner Manteltasche und hielt sie der Journalistin vor die Nase. »Nun, es könnte durchaus sein, dass Ihnen Ihr grenzenloser Optimismus vergeht, nachdem Sie sich doch so sicher wähnen, den Verantwortlichen für diese Tat bereits zu kennen! Und dann, werte Mademoiselle *Le Figaro*, dann könnte Ihnen sehr wohl blümerant werden.«

Der Artikel, der an diesem Morgen noch vor Bekanntwerden des nächtlichen Mordes erschienen war, zeigte eine Fotografie des Hauses in der Rue Eugène Manuel und eine etwas kleinere Abbildung des Zimmers mit dem Bett, in dem Faucogney und

Isabelle sich vergnügt hatten. In der Schlagzeile stand etwas von einem todbringenden Liebesnest. »Sie sind sich anscheinend nicht der Konsequenzen bewusst, die es nach sich zieht, wenn man ein hochangesehenes Mitglied des Adels mit Ihrem Geschmiere in Misskredit zu bringen versucht! Sie deuten an, dass Faucogney seine schwangere Geliebte ermordet hat, und setzen ihn damit in den Augen der Öffentlichkeit mit dem Mörder seines Sohn gleich!«

Die *Le Figaro*-Journalistin reagierte mit einem Schulterzucken. »Monsieur le Préfet, wir leben nicht mehr in den Zeiten, in denen der Adel tun und lassen kann, was ihm beliebt. Wir sorgen dafür, dass diese Willkür aufhört.«

»Womit wir bei Ihrer Frage wären, warum wir Sie heute ins Institut Médico-Légal bestellt haben.« Der Polizeipräfekt ergriff das Tuch und zog es mit ungezügelter Genugtuung von der Leiche. Héloïse Girard trat einen Schritt zurück.

Lieutenant Julien Vioric wandte den Blick ab. Seine Sinne waren immer noch angefüllt von den Eindrücken der vergangenen Nacht. Seine Nase nahm den Geruch des verbrannten Fleisches erneut in aller Scheußlichkeit wahr, und seine Netzhäute erneuerten auch ohne hinzusehen den Anblick der totalen Vernichtung eines menschlichen Körpers. Das versengte Haupthaar unter der Pechschicht kräuselte sich wie Gekritzel. Das Geschlechtsteil erinnerte an eine verbrannte Frucht. Er hob seine linke Hand an die Nase und zog den vertrauten Geruch des Handschuhleders ein, was ihn augenblicklich etwas beruhigte.

Als Vioric zu sprechen anhob, richtete er seine Augen auf Durands Grammofon in der Ecke des Sektionssaals. Er hätte beinahe schwören können, dass er hörte, wie seine eigene Stimme aus dem schwarzen Schalltrichter zu ihm herüberschallte und pflichtgemäß Bericht erstattete. »Das Opfer hieß

Lucas Fournier und war Besitzer eines gut gehenden Schusterbetriebs, der an Dutzende Pariser Schuhläden lieferte. Ein wohlhabender Mann, der mit seinem Geld nicht protzte und in einer Wohnung oberhalb seiner Werkstatt lebte, zusammen mit seiner Frau Louise und der siebzehnjährigen Tochter namens Beatrice. Beatrice sagte aus, dass ihr Vater ein bodenständiger Mann gewesen sei, dessen einziges Laster eine Affäre mit einer seiner jungen Arbeiterinnen gewesen sei. Seine Geliebte, eine Frau namens Anne Darbellay, ist bislang unauffindbar. Ihre Nachbarin hat uns allerdings mitgeteilt, dass es mit Mademoiselle Darbellays psychischer Gesundheit nach einer ungewollten Schwangerschaft nicht mehr zum Besten bestellt gewesen war, und es wird vermutet, dass sie sich in einer Klinik aufhält, um sich zu erholen.«

Julien Vioric nahm einen vorsichtigen Schluck von seinem Branntwein. Er hörte das leise Rauschen in den Wasserrohren und Héloïse Girards bemühtes Atmen über ihrem Notizbuch.

»Fourniers Ehefrau hat ihren Mann gefunden, nachdem sie seine Abwesenheit im Bett bemerkt hatte.« Vioric erinnerte sich an ihre unablässigen Schreie, die irgendwann am Morgen in ein heiseres Knurren übergegangen waren, ehe sie ganz verstummt waren.

»Niemand in der Umgebung von Fourniers Werkstatt hat etwas Auffälliges beobachtet. Die Nachbarschaft besteht aus hart arbeitenden Leuten, die in der Nacht wie Steine schlafen.

Das Pech, mit dem Fourniers Körper überschüttet worden war, hat der Täter vermutlich mitgebracht. Es wird an den Kais dazu verwendet, Schiffe abzudichten und zu reparieren. Wir müssen uns dementsprechend umhören. Die Tatwaffe war in diesem Fall ein großer Eimer, in dem das Pech über einer offenen Feuerstelle erhitzt wurde. Der Schuppen war früher Teil einer Schmiedewerkstatt. Fournier wurde aufrecht stehend mit einer ledernen Vorrichtung um seinen Kopf an einem Deckenhaken fixiert. Der Täter traktierte den geknebelten Fournier anschließend mit einer Reitpeitsche. Das war die endgültige Todesursache.«

Durand nickte. »Selbst, wenn er durch das Pech alleine nicht an einem thermischen Schock gestorben wäre. Die Verletzungen der Haut gaben ihm den Rest. Das Pech gelangte in seinen Blutkreislauf und sorgte für einen Schock.«

Héloïse Girard stürzte wortlos den Branntwein herunter.

»Trinken Sie nur, Mademoiselle.« Viorics Bruder platzte fast vor Genugtuung beim Anblick des Blutes, das aus Girards Wangen gewichen war. »Ich habe Sie an dieser vertraulichen Veranstaltung teilnehmen lassen, damit Sie endlich die Gelegenheit erhalten, den Parisern ein wahres Monster zu präsentieren, und aufhören, Faucogney zum Sündenbock zu machen! Mir ist egal, was Sie über den Adel denken. Wir brauchen Männer wie Faucogney. Sie unterstützen Kräfte, die unserem Land Stabilität zurückbringen.«

Héloïse Girard schüttelte angewidert den Kopf. »Sie meinen die *Action française*! Wir alle wissen, dass diese Leute nicht auf adelige Geldgeber verzichten können, um ihre Umsturzpläne zurück zu vorrevolutionären Zeiten zu verwirklichen.«

»Die *Action française* hat damit nichts zu tun!«

»Oh, bestreiten Sie, dass Sie Unterstützer dieses vermeintlich ach so fortschrittlichen Altherrenvereins sind, Monsieur le Préfet?« Sie stellte das Glas auf dem kleinen Tischchen neben der Cognacflasche ab und umrundete den Seziertisch. Trotz Blässe wirkte ihr Gesicht nun angriffslustig wie das einer verärgerten Katze. »Sie sprechen von Stabilität und pudern gleichzeitig den Hintern dieses antirepublikanischen Haufens von Judenhassern, die am liebsten einen neuen König an die Spitze Frankreichs setzen würden. Wegen Leuten wie Ihnen hat es diesen Krieg gegeben, wegen Leuten wie Faucogney. Verzeihen Sie, aber wenn ich auf diesen Boden hier speien muss, dann nicht wegen dieser Leiche!«

Edouard Vioric ging zum Gegenangriff über und baute sich vor der Journalistin auf. »Sie kleine Sprengmeisterin kommen sich wohl besonders schlau vor, was? Wem ich meine Sympathien schenke, geht Sie einen feuchten Dreck an. Sie werden sich jetzt auf das Wesentliche konzentrieren und ein Foto von diesem Mann hier machen und schreiben, was Sie gerade von Lieutenant Vioric gehört haben. Bis auf das Detail mit den Peitschenhieben. Das untersage ich Ihnen!« Er zerrte das Tuch wieder über die Leiche. Natürlich würde es im *Figaro* nur eine Fotografie des bedeckten Leichnams zu sehen geben.

Mademoiselle Girard verschränkte die Arme über der Brust, als müsste sie ihre Verärgerung irgendwo festhalten. »Warum soll dieses Detail verschwiegen werden?«

»Denken Sie unter Ihrem hübschen Hut doch einmal nach. Das ist Täterwissen. Das können wir nicht an die Öffentlichkeit geben. Ganz abgesehen davon, dass es womöglich Nachahmer auf den Plan rufen könnte.«

Julien nickte ihr bestätigend zu.

»Wir müssen vorsichtig sein, Adel hin oder her.«

Edouard Vioric ließ sich vom ruhigen Tonfall seines Bruders nicht anstecken. »Sie werden schreiben, dass die Pariser Polizei einen Wahnsinnigen jagt, und werden Faucogney mit keinem Wort mehr erwähnen. Der Hass auf den Adel wird nicht so groß sein wie der Hass auf das Monster, das gerade in Paris sein Unwesen treibt.«

»Und wenn es ein adeliges Monster ist?«, provozierte sie ihn weiter.

Julien Vioric wusste, dass sein Bruder die Frau gerne geohrfeigt hätte. Aber er schnipste nur abfällig gegen ihre Kamera.

»Seien Sie dankbar, dass Sie von uns das Privileg erhalten haben, als Erste und ganz direkt von diesem Fall berichten zu dürfen. Schüren Sie meinetwegen den Aufstand und die Panik. Aber lassen Sie Faucogney aus dem Spiel. Wir ermitteln in alle Richtungen, aber wir müssen auch die richtigen Signale senden.«

»Verstehe. Es untermauert Ihre Vertrauenswürdigkeit für die Massen ungemein, dass Sie Männer wie Faucogney schützen.«

Julien Vioric berührte die Journalistin am Arm und hielt ihren Blick fest. »Wir wissen nicht, ob Faucogney seine Geliebte umgebracht hat. Es liegt nahe, ja. Aber wir haben keine ausreichenden Erkenntnisse, um das zu beweisen. Bitte bedenken Sie das.«

Sie lächelte. »Sie sind nicht ein solches Krokodil wie Ihr Bruder, Lieutenant. Sind Sie von Pflegeeltern aufgezogen worden? In einem Kloster? Oder sind Sie einfach der bessere Mensch?«

»Wie haben Sie eigentlich die Stelle beim *Figaro* bekommen?«, konterte der Präfekt. »Irgendjemanden im Rat der Zeitung müssen Sie ja bei gewissen Gelegenheiten besonders beeindruckt haben.«

Sein anzügliches Grinsen zerschellte an Girards ungerührter Miene. »Hätte ich für jedes Mal, wenn ein aufgeblasener Wichtigtuer so etwas zu mir sagt, einen halben Franc bekommen, könnte ich mir heute einen ganzen Zeppelin leisten.« Dann gähnte sie herzhaft.

Doktor Durand trat ans Grammofon. »Können Sie Ihre Meinungsverschiedenheit bitte draußen austragen? Dies hier ist ein friedlicher Ort.«

Die besänftigenden Töne eines Klavierstückes von Erik Satie sanken in den Raum. Héloïse Girard machte ein paar Fotos von der zugedeckten Leiche. »Ist es unter den Ermittlern Konsens, dass beide Taten von demselben Täter begangen wurden?«

Julien schüttelte den Kopf. »Der Gedanke ist bequem, aber wir haben zu diesem Schluss noch keine Veranlassung. Beide Taten haben etwas Perverses, Absonderliches, das noch dazu viel Vorbereitung braucht. Diese Frau, die unter dem Namen Isabelle Magloire bei den Faucogneys gearbeitet hat, als drittes Opfer dieses Wahnsinnigen zu verkaufen, wäre zu vorschnell gedacht. Ebenso die Leichtsinnigkeit, mit der Sie mit Faucogney als Mörder liebäugeln.«

»Ja doch, ich habe es verstanden.« Héloïse Girard wandte sich an den Polizeipräfekten. »Ich hoffe, dass Sie nicht glauben, ich würde dieses Treffen hier als Bonbon begreifen. Ich lasse mich nicht von einem verkohlten Leichnam und ein bisschen Cognac blenden.«

»Er ist nicht verkohlt, es ist Pech!«, rief ihr Doktor Durand hinterher, aber sie stöckelte bereits zur Tür, und das Geräusch ihrer Absätze hallte knallend in dem gefliesten Saal wider.

»Ich werde dieses Miststück feuern lassen!«, fauchte Edouard, als die Reporterin verschwunden war.

Vioric musterte seinen Bruder scharf. »Sie zu feuern, dürfte wohl kaum in deinen Befugnissen liegen, oder? Sie tut nur ihre Arbeit. So wie du. Nur dass deine Arbeit neuerdings anscheinend vor allem darin besteht, mit Leuten wie den Faucogneys Hummer zu essen und dafür zu sorgen, dass sie sich den in Zukunft auch leisten können.«

»Du bist neidisch, Bruder. Und um dich auf den neuesten Stand zu bringen – Faucogney hat mittlerweile gestanden.«

»Den Mord?«

»Dass er die Gouvernante seines Sohnes gevögelt hat.«

»Das wissen wir doch längst.«

»Wie auch immer. Ich habe ihn gestern vor seiner Abreise aufgesucht, um die Wogen zu glätten. Mir gegenüber hat er freimütig zugegeben, dass er und Isabelle Magloire ein Verhältnis gehabt hatten und dass er es an jenem Tag in der Pension beendet hat, als Clément das Zimmer gestürmt hat. Sie sagte ihm daraufhin, dass sie schwanger sei. Für sie war es wohl die Gelegenheit, ein sicheres Plätzchen unter seinem herrschaftlichen Dach zu erpressen, aber für Faucogney ein Grund mehr, sie loszuwerden. Er forderte sie auf, ihre Sachen zusammenzupacken und zu verschwinden, andernfalls sei er gezwungen, sie offiziell hinauszuwerfen.«

»Mit welcher Begründung denn?«

»Diebstahl. Der silberne Kamm. Was weiß ich. Irgendein Grund wäre ihm schon eingefallen, sie zu entlassen. Er bat sie, ihren Abgang möglichst diskret zu gestalten, und gab ihr sogar noch etwas Geld dazu. Dass sein Sohn zur selben Zeit wie Magloire verschwinden würde, hatte er ja nicht ahnen können. Und jetzt wirkt er dadurch für den Rest der Welt natürlich verdächtig.«

»Lass mich raten«, bat Julien. »Faucogney weist darauf hin, dass das in seinen Kreisen so üblich ist. Unschön, aber die gängige Praxis. Und dass er sie auf keinen Fall umgebracht hat.«

Edouard seufzte. »Hat er das denn nötig? Der Mann schwimmt im Geld. Er könnte Dutzende Dienstmädchen mitsamt ihren Bastarden ein Leben lang versorgen. Und wenn ihn seine Frau verlässt, dann nimmt er sich eine neue. Warum sollte so ein Mann einen Mord begehen?«

Julien schwieg.

Durand zündete sich eine Zigarette an. »Messieurs, was denken Sie über den Mörder unseres Unglücksrabens hier?«

»Héloïse Girard wird schreiben, dass wir es mit einem Wahnsinnigen zu tun haben«, sagte Julien Vioric. »Aber ich denke, dass es hier eher um Bestrafung geht.«

Edouard Vioric goss sich großzügig aus der Cognacflasche nach. »Worin besteht der Unterschied? Wenn jemand das

Bedürfnis hat, einen anderen Menschen auf diese Weise zu bestrafen, dann ist er wahnsinnig.«

Der Arzt sammelte die benutzten Gläser ein. »Ich bin froh, dass ich nur die fleischlichen Aspekte *dieses* Rätsels lösen muss. Ein weiteres solches ist übrigens bereits auf dem Weg hierher. Wenn Sie also bitte …«

»Natürlich, Doktor.« Der Polizeipräfekt hielt Julien die Tür auf, durch die im selben Moment ein Assistent mit einer Rollbahre kam. Julien Vioric drückte sich an die Wand, um ihm Platz zu machen. Ein neues Grauen streifte ihn. Der Körper unter dem Tuch war ausgesprochen klein.

Die Glocken von Saint-Germain-des-Prés schlugen zehn. Vioric war so erschöpft, dass er kaum das Schlüsselloch der Haustür fand, geschweige denn die dunkle Gestalt bemerkte, die im gegenüberliegenden Hauseingang an einer Zigarette zog. Vioric stieg in den dritten Stock hoch und stellte fest, dass der Tag ihn gehörig malträtiert hatte. Er war ungewöhnlich kurzatmig und erschöpft. Als würde er auf einmal schwerer an sich selbst tragen, und er fragte sich, ob es eine Art Höchststand für Dinge gab, die man erleben konnte, bevor eine der feinen Fasern riss, die einen Menschen zusammenhielten.

Der einzige Lichtblick, den dieser Tag ihm bot, war die Tatsache, dass er in seiner Wohnung nicht allein war. Leise betrat er den Flur und schnupperte. Ihm war, als läge in der Luft ein Hauch von Weichheit, ohne dass er es an einem bestimmten Duft hätte festmachen können. Zum ersten Mal seit langer Zeit hatte er das Gefühl, wirklich nach Hause zu kommen. Er streifte leise seine Schuhe ab und hängte seinen Mantel neben Lysannes Neuerwerbung an den Garderobenhaken. Auf

Zehenspitzen ging er zu der Tür des Gästezimmers und horchte, ob er darin etwas von Lysanne wahrnehmen konnte. Er wollte klopfen, ließ es aber bleiben und ging zu Bett. Er lag eine Weile wach, und seine Gedanken wanderten unweigerlich zu Nicolette. Wie eigenartig, dass Lysanne sie ihm durch ihre ernste Stirn und die großen Augen lebendig gemacht hatte, einen Tag bevor er erfahren hatte, dass Nicolette tatsächlich noch lebte.

Plötzlich ertönte aus dem anderen Zimmer ein Schrei, gefolgt von einem Schluchzen. Vioric schnellte im Bett hoch und eilte nach nebenan. Von draußen drang ein wenig Licht in das Zimmer. Er trat an die Ottomane und beugte sich vorsichtig über Lysanne. In ihr Gesicht hatte sich etwas eingeschlichen, das er noch nicht an ihr kannte. Zwischen ihren Brauen stand eine kleine Falte. Ihre Augäpfel bewegten sich hinter den Lidern. Sie war von ihrem eigenen Schrei nicht aufgewacht. Viorics Blick fiel auf etwas, das neben ihr lag, halb eingeklemmt zwischen ihrer Schulter und der Lehne der Ottomane. Ein dünnes Buch. Er griff danach und zog es hervor. In dem dämmrigen Licht konnte er die Buchstaben auf dem Titel nur schwer entziffern.

Comte de Lautréamont
Die Gesänge des Maldoror

In diesem Moment ging ein kleiner Ruck durch Lysanne, und sie stieß einen weiteren Schrei aus, diesmal leiser, fast wie ein Wimmern. Sie riss die Augen auf und blinzelte ihn fragend an. Die Lichtpunkte des diffusen Leuchtens, das durch das Fenster drang, schienen wie Funken durch ihre Augen zu fliegen, und für einen Moment hatte er das irreale Gefühl, dass Lysanne nicht ganz menschlich war. Er wollte sich erklären, aber sie griff nach seiner Hand, die das Buch hielt.

»Der Erzengel«, wisperte sie. »Er darf … nicht weiter singen.« Sie sah ihn mit einem Blick an, der ihm unheimlich war. In ihren Augen lag etwas Fremdes. Er fragte sich, ob sie ganz wach war oder nur ein Teil ihres schlafenden Bewusstseins mit ihm sprach, ohne dass sie es merkte.

»So viele schreckliche Morde«, flüsterte sie und krallte sich in seinen Unterarm.

Vioric berührte ihre Hand und hoffte, dass die Geste beruhigend wirkte. »Sie sollten wieder schlafen, Mademoiselle.«

»Aber der Sack und der Taschenkrebs!«, stieß sie aus. »Der Haifisch … die Ertrinkenden …«

Gleich wird sie aufwachen und sich fragen, was ich hier mache, dachte Vioric. Er kannte diese Momente aus dem Schlaf, wenn man mit der Gewissheit erwacht, etwas absolut Entscheidendes zu wissen, und im nächsten Moment ist da nur noch Verwirrung und ein wenig Scham. Lysanne aber lag wieder still, und plötzlich, als wäre eine der Leuchtröhren, die ihren Widerschein in das Zimmer sandten, kaputt, schien es Vioric, als vibrierten ihre Konturen. In dieser wabernden Unbeweglichkeit lag etwas Gespenstisches. Viorics Nackenhaare sträubten sich. Er hätte ihr niemals diese Fotografien vom Tatort zeigen dürfen.

»Schlafen Sie, Lysanne«, sagte er mehr, um sich selbst zu beruhigen, und gestattete sich, ihr über den Kopf zu streichen. Ihre Haare waren feucht und wirr, und auf einmal ergriff ihn ein tiefes Mitleid für ihre Verlorenheit. Er legte das sonderbare Buch zurück, verließ auf leisen Sohlen das Zimmer und beschloss, sie am nächsten Tag auf die Episode anzusprechen.

Seine Erinnerung trug ihn unweigerlich erneut nach Antibes zurück. Zur Uferpromenade im Mai. An die Ecke eines Kiosks, der Fische verkaufte und vor dem die Fischer ihre Zigaretten rauchten. Das Licht war pudrig. Zu dem Moment, der alles entschieden hatte. Sein Blick fiel auf eine Frau. Eine Frau, die auf ihn wartete. Ein helles Gesicht über einem roten Kleid. Ein aufforderndes Lächeln über die Schulter. Und er, der ihr folgte. In seinen Träumen konnte er das.

8

18. Dezember 1924, morgens

Am nächsten Tag standen die ermüdenden Befragungen sämtlicher Menschen an, die den Schuster Fournier gekannt hatten. Stammkunden, Lieferanten, Mitarbeiter, Nachbarn. Einen Großteil dieser Gespräche führte Stéphane Murier, und Vioric hatte ihm aufgetragen, die Aussagen auf auffällige Details zu untersuchen, die Parallelen zu Clément Faucogneys Fechtmeister und der Zimmerwirtin in der Rue Eugène Manuel enthalten könnten. Er selbst war – ohne es jemandem mitzuteilen – überzeugt, dass der Mörder des jungen Clément und des Schusters ein und derselbe waren, obwohl er dafür keinerlei Beweise hatte. Er konnte sich diese Gewissheit, die ihm schwer im Magen lag, nicht erklären. Noch nicht. Aber zuerst musste er sich auf die Suche nach Fourniers ehemaliger Geliebten, Anne Darbellay, machen.

Es war bereits nach Mittag, als Vioric den Pförtner des Hôpital Sainte-Anne in der Leitung hatte. Doch, eine Anne Darbellay sei seit drei Wochen zu Gast. Vioric machte sich sofort auf den Weg.

Das psychiatrische Krankenhaus Sainte-Anne lag im vierzehnten Arrondissement und entpuppte sich als riesiges Areal mit mehreren Gebäudeflügeln, die um Höfe und weitläufige, erfrorene Gärten herumlagen. Nachdem Vioric eine Weile trotz der Beschreibung des Pförtners umhergeirrt war, traf er schließlich auf die Empfangshalle. Man wies ihm den Weg zur Station eines Doktor Auguste Marie. Über den Höfen lag eine eigenartige Stille, als gäbe es auf der ganzen Welt keine Automobile, Straßenbahnen, Fabriken oder auch nur das Klappern von Schuhabsätzen. Er kam an einem Küchentrakt vorbei, wo eine dickliche Frau im Freien Hühner rupfte und ein zartes Mädchen mit einem schwachsinnigen Grinsen im Gesicht die Federn aufsammelte. Vioric ging in dieser sonderbaren Ruhe auf einmal der tiefere Sinn eines solchen Krankenhauses auf. Wenn die Welt einen Menschen krank machte – und diesen Beweis trat sie nun wirklich jeden Tag an –, dann musste es Orte wie diesen hier geben, an dem man wieder zu Atem kommen konnte.

Er betrat einen langen Gang. In einem Nebenzimmer voller weißer Schränke stauchte ein Arzt einen anderen zusammen. Beide trugen weiße Kittel, aber Vioric sah sofort, dass der jüngere das Sagen hatte.

»Dubois, ich bin Psychiater und kein Chirurg, verdammt!«, blaffte er den älteren an. »Sie müssen doch in der Lage sein, solche Vorfälle schnell und sauber zu regeln, dafür habe ich Sie eingestellt. Wenn das noch einmal vorkommt …«

Ein alarmierter Blick des anderen unterbrach den Arzt, und er entdeckte Vioric. Sein harscher Tonfall glättete sich. »Was gibt es?«

Vioric tat, als hätte er die Szene gerade nicht mitbekommen, und hielt seinen Polizeiausweis hoch. »Ich suche eine Patientin namens Anne Darbellay.«

»Was wollen Sie von ihr?«

»Sie ist Zeugin in einem Mordfall.« Vioric bedachte den Arzt mit einem eindringlichen Blick und hoffte, dass der ihm nicht weismachen wollte, dass seine Patienten vor Besuchen der Polizei verschont werden müssten. Aber der Arzt nickte bloß.

»Dubois, zeigen Sie ihm die Frau«, forderte er den anderen auf und rauschte grußlos davon. Doktor Dubois wirkte ein bisschen zittrig. Um die Bloßstellung zu überspielen, reichte Vioric ihm die Hand und stellte sich und sein Anliegen vor. Dubois nahm die Hände jedoch nicht aus den Taschen seines Kittels und bedeutete Vioric wortlos, ihm zu folgen. Anne Darbellay saß in einer Art Aufenthaltsraum in einem Schaukelstuhl und strickte. »Darf sie das denn?«, wisperte Vioric überrascht. »Diese Nadeln …?«

Dubois betrachtete ihn ausdruckslos. »Mademoiselle Darbellay ist nicht suizidgefährdet. Da können Sie auch Doktor Marie fragen, den Sie soeben kennengelernt haben.«

Vioric sah fragend zu der Frau hinüber. »Ist sie … ich weiß nicht, wie Sie das nennen … ist sie ansprechbar? Ich ermittle in einem Mordfall, und ich will nicht, dass sie erschüttert wird.«

»Wie einfühlsam von Ihnen.«

Vioric überging den Kommentar des Arztes. »Monsieur Dubois, wird Mademoiselle Darbellay wegen einer Geisteskrankheit behandelt?«

Dubois lächelte ein dünnes, müdes Lächeln, und Vioric sah ein Zittern durch seine ganze Gestalt gehen. Wahrscheinlich erwischte den armen Kerl auch noch dieser Darmkatarrh, der gerade herumging. Oder es war immer noch die Demütigung durch Doktor Marie. »Es steht Ihnen frei, mit Anne Darbellay zu sprechen und Ihre eigene Einschätzung ihrer Lage zu erfahren, Lieutenant.«

Er nickte Vioric zu und ging. Sein Gang erinnerte Vioric an die Zeit, als die Spanische Grippe die Städte geplündert hatte. Menschen, die überlebt hatten und kraftlos ins Leben zurückgewankt waren. Er wusste, dass viele Ärzte in den überfüllten Pariser Krankenhäusern übermüdet und ausgelaugt waren, und fragte sich, ob Dubois noch etwas in seiner

Seele hatte, wohin er sich flüchten konnte, wenn die Welt ihn zermalmte.

Anne Darbellay sah nicht aus wie eine Frau, die in eine psychiatrische Klinik gehörte. Zumindest hatte Vioric sich deren Insassen immer anders vorgestellt. Sie war auf eine herkömmliche Art hübsch. Ihr langes blondes Haar lag offen auf dem Kragen einer unförmigen Strickjacke, und ihr nervöser Wimpernschlag ging im selben Takt mit dem Klicken der Stricknadeln. Ihre Fingernägel waren gepflegt, die Haut war rosig, und hätte da nicht etwas Schweres an ihren Mundwinkeln gezogen, Vioric wäre sicher gewesen, dass sie eine vollkommen gesunde Frau war, deren Geisteszustand proportional zu ihrer äußeren Schönheit stand. Er nahm auf einem Stuhl ihr gegenüber Platz und nannte höflich seinen Namen und sein Anliegen. Sie sah ihn an und hörte auf zu blinzeln. »Tot, sagen Sie?« Ihre Stimme war rau und weinerlich. Vioric nickte.

»Das war doch Louise, seine Frau. Die hat es nicht mehr mit ihm ausgehalten.« Sie strickte schneller und straffte den Faden so sehr, dass er in ihre Finger schnitt.

»Wie darf ich das verstehen?«

»Na, weil er doch mit mir im Bett war. Er hat mich sitzen lassen, weil er Angst vor ihr hatte.«

»Louise Fournier ist aber nur eins dreiundfünfzig groß und sehr schmal.«

»Gift kriegt noch jede in die Suppenschüssel.«

»Hat Lucas Fournier denn befürchtet, von seiner Frau vergiftet zu werden?«

Anne Darbellay nickte. »Sie war wütend auf ihn, weil ich hübscher bin als sie und weil er's nicht gerade versteckt hat, dass er mich mochte. Eines Tages kam er zu mir und hat gesagt: ›Anne, Chérie, ich mach das nicht mehr mit. Die Louise riecht es, wenn ich bei dir war, da hilft kein Schwamm und auch keine

Kernseife. Wenn ich nicht mit dir Schluss mach, dann macht sie's mit mir. Und die Louise, die ist zwar klein, aber sie ist hart wie Stahl dadrin.« Sie griff sich an die Brust. Die Nadeln pausierten kurz. Vioric nickte und versuchte zu verstehen.

»Darf ich fragen, ob Sie während dieser Zeit noch eine andere Beziehung unterhielten?«

Anne Darbellay stieß ein schrilles Lachen aus, um gleich darauf mit doppelter Geschwindigkeit weiterzustricken. »Sie meinen einen anderen Kerl? Na, das wär ja mein Glück gewesen. Dann hätt ich einen Vater für das Kind gehabt, wenn's vielleicht auch nicht der leibliche gewesen wär. Dann hätt ich das Kleine nicht weggeben müssen und …«

Sie brach ab und strickte so konzentriert weiter, als gäbe es einen Preis zu gewinnen. Erst jetzt fiel Vioric auf, was da in den Händen der Frau entstand. Ein Wollanzug für ein Kleinkind. Er schluckte.

»Bin gar nicht dazu gekommen, Lucas zu sagen, dass ich was erwarte von ihm«, fuhr Anne Darbellay fort. »War schon im vierten Monat, und wie er mit mir Schluss gemacht hat, hab ich mich nicht getraut, ihn in die Pflicht zu nehmen. So was geht nie gut aus, dafür hab ich schon genug gesehen.«

»Wann war das?«, fragte Vioric. »Wann haben Sie ihm von Ihrer Schwangerschaft erzählt?«

Sie zuckte mit den Schultern. »Da war ich im dritten Monat. Und bekommen hab ich das Kind vor drei Wochen.«

»Und Ihre Arbeitsstelle bei ihm?«

»Hab mir was anderes gesucht.«

»Haben Sie ihn noch einmal gesehen?«

Sie schüttelte den Kopf, und ihre Mundwinkel wurden noch schwerer.

»Warum sind Sie hier, Mademoiselle? Ist im Zusammenhang mit Ihrer Beziehung etwas vorgefallen? Sehen Sie, ich muss das fragen, denn Fourniers Tod ist sehr rätselhaft, und ich kann Ihnen versichern, dass Madame Fournier nichts damit zu tun hatte. Gab es irgendjemanden, der Fournier schaden wollte? Gab es Feindschaften? Hat er Ihnen irgendetwas anvertraut?«

»Er war immer gut gelaunt, und jeder mochte ihn.«

»Dann wissen Sie nichts über einen Rivalen, der ihm schaden wollte? Irgendeine offene Rechnung?«

Sie schüttelte erneut den Kopf. Und Vioric war sich nicht sicher, ob da Worte in ihrem Mund waren, die sie zurückhielt. »Warum sind Sie hier?«, fragte er erneut.

Die Nadeln klickten wieder schneller. »Es ist nicht gut für die Seele, wenn so was passiert, nehm ich mal an. Ich hab ein Kind erwartet und wusste, dass ich nicht für das Kleine da sein kann. Hab's weggegeben, kaum dass es aus mir draußen war. An ein Ehepaar vom Land, das keine Kinder bekommen kann. Im Kloster Sainte-Agnès kümmern sie sich um solche Vermittlungen. Hätt's nicht ernähren können, und hätt's nur unglücklich gemacht. War eine vernünftige Entscheidung.«

»Sind Sie deshalb hier?«

Anne Darbellay ließ die Nadeln beschämt ruhen. »Ich weiß nicht, wie lange sie mich hier drinnen schmoren lassen werden. Was ich danach gemacht habe, war ziemlich … unerwünscht.«

»Sie haben Lucas Fournier eine Szene gemacht?«

»Ich liebe ihn. Louise liebt ihn nicht. Und trotzdem hält er zu ihr. Und ich hab nichts als Ärger und Herzeleid. Mir hat das mit dem Kleinen wehgetan. Konnt an nichts anderes denken, und das haben die in der Arbeit gemerkt. Bin rausgeflogen, und hab nicht mehr gewusst, wohin. Hab mir einmal ein bisschen zu viel Cognac genehmigt und mir gedacht, ich sag Lucas mal die Meinung … sag ihm, was er angerichtet hat.«

»Und da hat Louise Fournier die Polizei gerufen, und die haben Sie hierhergebracht? Wann war das?«

»Vor drei Wochen, glaub ich. Hab seither nicht mehr viel mitbekommen. Die Zeit vergeht hier drinnen anders als da draußen, wissen Sie.«

»Haben Sie Besuch bekommen?«

»Nein. Ich hab niemanden.«

»Haben Sie irgendjemandem die Geschichte mit Fournier und dem Kind erzählt?«

Sie zuckte mit den Schultern. »Doktor Marie hat kein besonderes Interesse an den Gründen, warum ich hier bin. Das ganze Stockwerk ist voller Frauen wie mir. Man nennt es Hysterie. Bei uns allen.«

»Mademoiselle, ich gebe Ihnen meine Karte. Sie haben mir sehr geholfen. Aber falls Ihnen noch etwas einfällt, und sei es noch so unbedeutend und nebensächlich, bitte zögern Sie nicht, es mir mitzuteilen. Lässt man Sie hier telefonieren?«

Sie zuckte wieder mit den Schultern, nahm die Karte und strich mit der freien Hand über den Säuglingsanzug. Ihre Stirn kräuselte sich. »Sie sagen mir hier, ich soll mich ausruhen. Aber wenn ich nichts tue, muss ich immer nur daran denken, wie ein Leben mit Lucas hätte aussehen können. Als Familie.« Ihre Hand krampfte sich zur Faust zusammen, dass Viorics Karte ordentliche Knicke abbekam. »Vielleicht wird es jetzt besser, wo er tot ist. Dann kann ich vielleicht wieder leben.«

Vioric verabschiedete sich mit einem Gefühl diffuser Schuld und machte sich auf die Suche nach einem Arzt, um ein Telefonat anzumelden, fand aber niemanden.

Als er gerade das Treppenhaus betrat, klirrte irgendwo Glas und hektische Stimmen brüllten alarmiert. Auf der Treppe oberhalb von Vioric machte ein Mann Anstalten, das Fenstersims zu erklimmen. Vioric hastete nach oben, um den beiden Pflegern zu helfen, die den Mann zurückzuzerren versuchten. Der Mann war nackt bis auf einen langen chinesischen Seidenmantel, und als einer der Pfleger ihn noch fester packte, riss der Stoff. Vioric trat zwischen die beiden Pfleger und umklammerte die Beine des Mannes, der verzweifelt aufbrüllte.

»Lasst mich, es muss sein!«

»Gar nichts muss sein, es ist eine Sünde, selbst bei einem Hornochsen wie dir!«, zischte einer der Pfleger, der es trotz Kraft und Wendigkeit nicht schaffte, den anderen vollständig zurückzuziehen.

Weitere Glasscherben brachen aus dem Rahmen und zersprangen unten im Hof. Jemand drängte Vioric zur Seite. Doktor Marie stieß eine Spritze tief in die Innenseite des Schenkels des Mannes, der fast augenblicklich erschlaffte und sich bedrohlich in die Tiefe neigte, aber zu viert schafften sie es nun, ihn zurück in das Gebäude zu ziehen. Als der Lebensmüde, ein ausgemergelter, bärtiger Mann, zu Boden sank, rutschte etwas aus der Tasche seines Mantels.

Doktor Marie stieß ein wütendes Schnauben aus und trat das Buch in den Treppenschacht, wo es flatternd in die Tiefe fiel. »Verdammt, wie oft soll ich euch noch sagen, dass dieses Buch nichts bei den Patienten zu suchen hat!«, herrschte er die beiden Pfleger an. »Ihr seht doch, was es bei diesen kranken Hirnen anrichtet! Konfiszieren und wegwerfen, habe ich gesagt. Was hat dieser Schund in der Tasche von Monsieur Maxim zu suchen?«

Die Pfleger nahmen den Betäubten hoch und trugen ihn zurück auf die Station.

»Wir haben alles durchsucht. Das verdammte Ding taucht immer wieder irgendwo auf«, murmelte der, der die schlaffen Beine von Monsieur Maxim trug.

»Verzeihen Sie, Doktor Marie, was ist das für ein Buch?«

Der Irrenarzt sah Vioric an wie einen lästigen Angehörigen. »Ach, es ist der allerletzte Schund. Ein wirres Geschreibsel voller Wahn und Idiotie. Der Kerl, der das geschrieben hat, gehört eingesperrt.«

»Und Ihre Patienten mögen es?«

»Die Anziehungskraft des Wahnsinns.« Doktor Marie steckte die leere Spritze in seine Kitteltasche. »Ich muss dafür sorgen, dass die mir anvertrauten Patienten ein ruhiges Umfeld haben, wo sie nicht durch äußere Einflüsse gestört werden. Und dann taucht dieses schreckliche Buch auf und macht sie alle noch irrer, als sie es ohnehin schon sind.« Der Arzt hielt inne und schüttelte den Kopf. »Aber um ehrlich zu sein, die Leute hier lassen sich selbst von der Bibel auf dumme Gedanken bringen. Letztes Jahr hatten wir eine Patientin, die meinte, sie müsste, um geheilt zu werden, vierzig Tage in die Wüste.«

Vioric lächelte schwach. »Wie heißt dieses Buch, das immer wieder überall auftaucht?«

»Ach, irgendetwas mit Gesängen. Ich habe mir den Titel nicht gemerkt.«

Vioric nickte. Er glaubte, genau zu wissen, welches Buch der Arzt meinte.

»Ich habe es nur oberflächlich überflogen«, fuhr Doktor Marie fort. »Es ist unlesbar. Dass es überhaupt einen Herausgeber für so einen Unsinn gibt, ist mir ein Rätsel. Welche gesunde Seele in Gottes Namen liest so etwas?«

Lysanne liest es, dachte Vioric, und in seine Brust senkte sich etwas Unheilvolles. Er musste seinen Gast unbedingt fragen, wie er an dieses Buch gekommen war. Plötzlich fühlte er sich an ihrem Albtraum in der Nacht weniger schuldig. In seinem Inneren wuchs eine nagende Neugierde auf dieses sonderbar unheilvolle Buch. Er verabschiedete sich und machte sich auf den Weg zurück in die Préfecture. Unterwegs fragte er in einer

Buchhandlung nach den *Gesängen des Maldoror*. Der Buchhändler hatte noch nie davon gehört.

―――・――――

Lysanne schrieb. Bettys Kinder waren nach dem Mittagessen – Lysanne hatte ihnen Karotten und etwas Ei püriert – in ihren Stubenwagen eingeschlafen. Ihre Sinne glitten durch das Wohnzimmer, über die reliefartigen Stickereien der Kissen auf der Chaiselongue, die stark duftenden Orangen auf dem Tisch. Und immer wieder die leisen Atemzüge der Kinder. Ein seltenes Gefühl von Geborgenheit und Stolz ergriff sie, dass man ihr diese beiden anvertraut hatte. Doch ihre Beobachtungen glitten allmählich in die Frage ab, mit wem Viorics Nachbarin Betty sich gerade traf. Was sie in diesem Moment erlebte.

Lysanne ertappte sich dabei, neidisch auf ihr Geheimnis zu sein, was auch immer es sein mochte. Und sie fühlte sich in ihrer Hilfe für Betty wie gestrandet, als würde ihr eigenes Leben angehalten werden, um einer anderen das Leben zu ermöglichen.

Lysanne klappte ihr Notizbuch zu und wusste nicht, was sie gegen dieses Gefühl der Lähmung tun sollte. War es dieses fragwürdige Arrangement? Oder das hartnäckige Gefühl von Bedrohlichkeit, das sie seit dem vergangenen Nachmittag festhielt? War es möglich, dass ein Buch eine derartige Wirkung auf einen Menschen haben konnte? Die halb verschleierten Eindrücke der Nacht berührten ihr Bewusstsein.

Im Hausflur polterte jemand auf der Treppe, und es ertönte ein Schlag gegen die Nachbarstür. Viorics Tür. Lysanne sprang auf, doch als sie in den Gang trat, war niemand mehr zu sehen. Im Türblatt zu Viorics Wohnung aber steckte etwas. Mit einem Küchenmesser hatte jemand ein Papier ans Holz genagelt. Es war eine Flugschrift, die ein Theaterstück mit dem Titel *Die Macht der Verdunklung!* in der Galerie de Surgot ankündigte. Als Gast sollte Charlie Chaplin auftreten. An diesem Abend um neun Uhr. Unter den fett gedruckten Buchstaben stand in der waghalsigen Handschrift Louis Aragons: *Wo bist du denn, meine blühende Unbekannte? Du wirst vermisst und verpasst eine Menge. Dein Nichterscheinen wird mit tödlich verletztem Stolz quittiert. Ich vermisse dich. L.A.*

Gegen ihren Willen löste diese Nachricht eine freudige Unruhe in ihr aus. Aragons gestrige Bekenntnis über seine Liebe zu dem verstörenden Buch des Comte de Lautréamont hatte in ihr nicht so viel Abscheu erregt, wie sie es am vergangenen Abend noch geglaubt hatte. Seltsamerweise war etwas von der Faszination, die die Surrealisten empfanden, auch in ihre Seele geschwappt, und Lysanne beschloss, die freie Zeit mit einer weiteren Lektüre des Buches zu verbringen. Sie setzte sich vor den Stubenwagen, zog den schmalen Band hervor und las den leise glucksenden Zwillingen aus den *Gesängen des Maldoror* vor. Laut ausgesprochen, entfalteten die Worte noch mehr von ihrer sonderbaren Faszination. Es war eine finstere Anziehung, in der die Verheißung noch größerer Dunkelheit lag. Aber auch etwas unausgesprochen Einladendes. Als würde der Text ihr versprechen, dass sie in unbekannte Welten vorstoßen könnte, wenn sie das Buch nur oft genug las. Nun, bei der zweiten Lektüre, verstand sie den symbolischen Wert von Maldorors schrecklichen Taten. Sie begriff, dass das Metzeln, Foltern und all das höhnische Böse seiner Taten und Gedanken nur ein Ausdruck von tiefer, enttäuschter Abscheu gegenüber der Welt war. Zwischen den grauenhaften Beschreibungen schwebte die kaum eingestandene Sehnsucht, man könnte die Welt durch etwas weniger Gewaltvolles zum Besseren verändern, und dann wieder die Resignation darüber, dass ohnehin alles verloren war. Lysanne war hin- und hergerissen zwischen dem Wunsch, diesem längst verstorbenen Autor recht zu geben, und dem, das Buch entsetzt in den Kamin zu werfen.

Das Grauen Maldorors schien sich vor ihr zu materialisieren, und sie glaubte für ein paar Sekunden, dass diese Worte die Macht hatten, sich wie ein böser Zauberspruch zu verselbstständigen und etwas Furchtbares anzurichten. Schuldbewusst beugte sie sich über die Kinder und schaute nach, ob sie noch atmeten. Sie schliefen selig. Lysanne steckte das Buch zurück in ihre Manteltasche und wanderte ins Wohnzimmer, wo sie eine Orange aß und ihrem Tagebuch anvertraute, dass sie sich klopfenden Herzens auf den heutigen Abend freute.

Die Galerie de Surgot war ein Ladenlokal auf dem Boulevard Raspail, das ehemalige Geschäft eines Metzgers. Auf den Kacheln klebten Papierseiten mit kleinen Zeichnungen und dahingekritzelten Worten. Eine Schaufensterpuppe kniete im großen Ladenfenster, mit Blumen im Haar und einer Blendlaterne um den Hals. Im hinteren Teil des Ladens führte eine Holztreppe ins Untergeschoss. Am Ende des lang gestreckten Kellers stand eine Bretterbühne, auf die ein einzelner Scheinwerfer gerichtet war, der einen Kegel aus Licht der Dunkelheit entriss. Am Rand zwischen Hell und Dunkel drängten sich acht schwarz gekleidete Gestalten, die beinahe mit dem Hintergrund der Bühne verschmolzen. Nur die Papiertüten, die sie auf den Köpfen trugen, schimmerten leicht im Scheinwerferlicht.

Lysanne ließ sich auf einem der letzten Plätze nieder. Der Kellerraum war voller Menschen. Neben der Bühne entdeckte sie Simone Breton, die eben hinter einem Vorhang verschwinden wollte, sie bei einem letzten Blick über das Publikum entdeckte und ihr verschwörerisch zuzwinkerte. Erwartungsvolles Wispern lag über dem Publikum. Mehrmals fiel der Name des berühmten Schauspielers, der für den Abend angekündigt worden war. Aber Lysanne kam der Verdacht, dass Charlie Chaplin bei dieser Veranstaltung ebenso wenig erscheinen würde wie der Geist von Napoleon. Das hier würde ein listiger Jungenstreich werden. Alles andere wäre nicht im Sinne der Surrealisten gewesen, so viel hatte sie bereits begriffen.

Und obwohl sie sich in Erwartung eines Skandals bereits ein wenig duckte, schaute sie dennoch gespannt zur Bühne. In diesem Moment erhob sich dort eine Stimme. Eine andere Stimme kam hinzu, der eine dritte sogleich ins Wort fiel. Lysanne konnte nicht erkennen, wer da sprach. Gedichte wurden rezitiert, und nach kurzer Zeit deklamierten alle Papiertüten durcheinander. Es war unerträglich laut in dem unterirdischen Raum. Der Scheinwerfer wurde ein wenig abgedunkelt, und das Licht wurde ungewiss.

Nacheinander rissen sich die schwarz gekleideten Darsteller die Papiertüten vom Kopf, nur um zu zeigen, dass sie darunter jeweils noch eine weitere Papiertüte trugen. Das Publikum wurde unruhig. Auf der Bühne wurden nun Tiergeräusche imitiert, jemand rollte eine große Trommel heran, und eine Gipsbüste von Beethoven wurde mit einem Hammer zertrümmert. Die ersten Leute verließen den Raum. Als im Publikum laute Beschimpfungen ausgestoßen wurden, rissen sich die Darsteller die Papiertüten vom Kopf.

Die Surrealisten schlossen die Augen, es wurde gegähnt, und nach und nach ließen sich alle unter Buhrufen auf den Boden sinken und schnarchten laut. Die ganze Vorstellung war derart absurd, dass Lysanne sich fragte, warum man das Bedürfnis hatte, sich vor seinem Publikum derart unbeliebt zu machen.

Dann kam ihr der Verdacht, dass genau diese Reaktion provoziert werden sollte und dass in der kindisch-skurrilen und zugleich bedrohlichen Aufführung der Sinn gerade darin lag, sinnlos zu sein.

»Aber bitte, was soll denn das?«, schrie ein Mann aus dem Publikum heraus.

»Wir wollen unser Geld zurück!«, brüllte ein anderer.

»Wieso denn das?«, schrie André Breton, immer noch mit geschlossenen Augen auf dem Boden liegend. »Wo Sie doch ohnehin nichts bezahlen mussten.«

Wütend senkte der Rufer den Kopf. Der Eintritt in dieses verrückte Kabinett hatte tatsächlich nichts gekostet. Er hatte blind einem schlichten Automatismus gehorcht und sich selbst dabei entlarvt. In diesem Moment hob auf der Bühne ein schauderhaftes Heulen an. Das Licht erlosch nun ganz. Ein paar Frauen schrien erschrocken auf. Für ein paar Sekunden herrschte Stille. Aus dem Nichts heraus sagte plötzlich eine hohle Stimme: »Wir haben uns hier versammelt, um dem neuen Mörder von Paris eine Nachricht zu hinterlassen!«

Lysanne zuckte zusammen. Ringsum wurde es unheimlich still.

»Wir wissen nicht, wer du bist, Bruder!«, rief die Stimme. »Wir wissen aber, was dich beseelt. Du bist enttarnt. Du bist Maldoror. Der blutige Erzengel von Paris!«

Furcht lag zwischen den ins Finstere getauchten Menschen. Lysanne krallte die Fingernägel in die Handflächen. Ihr Herz schlug schneller, als wäre sie zu einer heimlichen Komplizin dieser Scharade ausgewählt worden.

»Eine zerfetzte Seele bist du, an dem Missgeschick leidend, ein Mensch zu sein!«, schrie eine andere Stimme heiser. »Dich schmerzt, alles tun zu können, was dir beliebt. Du willst einen Jüngling in einem Sack zerschmettern und diese Köstlichkeit mit einem toten Taschenkrebs garnieren? Einen ausgewachsenen Mann mit Pech übergießen und hernach auspeitschen? Du bist das wahre Gesicht der Menschheit! Sieh sie dir an, wie sie hier alle sitzen, wie die schwärenden Wunden der Wahrheit. Wer von ihnen soll das nächste Opfer sein?«

Auf der dunklen Bühne brach lautes Klatschen aus. Lysanne wurde es unerträglich heiß. Das Publikum murrte ungehalten.

»Sie sind schändlich!«, schrie eine Frau. »Noch viel schändlicher als dieser Mörder! Wie können Sie ihn auch noch ermutigen?«

»Weil er das ausführt, was ihr euch alle insgeheim denkt«, antwortete die Dunkelheit mit der Stimme Bretons. »Wer von euch hat nicht schon mit dem Gedanken gespielt, fragen wir euch! Ist ein Mord nicht der direkteste Ausdruck des Menschlichen?«

»Genug jetzt!«, brüllte jemand. »Polizei!«

»Ruft ruhig die Polizei!«, schrie Louis Aragon. »Die freuen sich, wenn sie das alles hier endlich wüssten! Wir wollen nur helfen. Wir wollen nicht, dass der unter uns wandelnde Maldoror bis zum Äußersten geht und ein junges Mädchen mit einem mehrklingigen Taschenmesser verstümmelt …«

»Macht das Licht wieder an!«, brüllte das Publikum. »Schluss mit dem Unsinn!«

»Unbekannter, blutiger Erzengel von Paris, wir wollen dich eines wissen lassen!«, rief die Stimme auf der Bühne. »Du bist ein Schlächter, der majestätischen Worten rohe Taten folgen lässt. Wir verachten dich dafür. Du stößt Maldorors Taten aus dem Olymp der Literatur hinab in die dreckigen Straßen von Paris. Du hast aus einem Diamanten wieder einen Haufen Kohle gemacht.«

Mit einem lauten Schlag ging das Licht wieder an, und auf der Bühne sah man jetzt die ganze Gruppe, die dem Raum den Rücken zukehrte, die Mittel- und Zeigefinger hinter sich gekreuzt. Dann sprangen zwei von ihnen in den Zuschauerraum und begannen damit, schauderhafte Schreckensschreie auszustoßen. Schlagartig brach ein Gefühl von Panik über die Menschen herein, und auch Lysanne bekam das nicht greifbare Gefühl, dass der eben beschworene Mörder mitten unter ihnen sein könnte.

Es begann damit, dass einige Leute der schmalen Stiege zustrebten, die viel zu eng für so viele Menschen war. Andere nutzten den Engpass, um ein paar der Klappstühle in Richtung Bühne zu schleudern. Lysanne sah einen von Aragons Freunden, der von einem Mann aus der Zuschauermenge eine Ohrfeige bekam. Er wehrte sich aus Leibeskräften, andere kamen ihm zu Hilfe. Eine Frau wurde auf der Treppe eingeklemmt und begann zu weinen. Jemand trat nach der Bühne; die Bretter krachten. Den Dichtern schien der Aufruhr, dieser geballte Widerwille des Publikums, nichts auszumachen. Lysanne erhaschte einen Blick auf André Breton, der dem Tumult von der Bühnenrückseite zuschaute und dem schreienden Publikum spöttische Grimassen zog, als sie von der Menge mitgerissen wurde. Am Fuß der Treppe spürte sie, wie verwirrt und enttäuscht sie war. Als sie schließlich im Erdgeschoss des Ladenlokals angelangt war, hatte sich die Empörung in einen Aufruhr gesteigert, der bis hinaus auf die Straße schwappte. Als wollte der Himmel dem Aufruhr eine Besänftigung anbieten, sank vor den Fenstern lautlos ein dichter Schneevorhang herab. Leute schrien und schimpften. Und als wäre es Teil ihrer Darbietung, mischten sich nun auch die Darsteller unter das Publikum, anstatt im Keller hinter der Bühne in Deckung zu gehen. Sie schienen regelrecht gierig auf den entfesselten Unwillen und boten sich der Wut der Leute an. Lysanne sah, wie Philippe Soupault einen harten Stoß gegen die Brust bekam, der ihn gegen eine Laterne taumeln ließ. In die Menschenmenge, die noch immer aus der Galerie quoll, mischten sich Unbeteiligte, die sich zufällig vor dem Gebäude aufgehalten hatten oder einfach nur hatten vorüberlaufen wollen und die das Chaos mit ihrer eigenen Wut auf den Mob noch vergrößerten. Der Schnee dämpfte die Wucht der Geräusche und entrückte das Geschehen ins Diffuse, dem seltsamerweise die Bedrohlichkeit abhandenkam.

Plötzlich ertönten Polizeisirenen und warnende Rufe. Ein paar Leute flohen in die angrenzenden Gassen, die meisten aber blieben und ließen ihrer Aggression freien Lauf. Ein Stein flog, und die Scheibe der Galerie zerbarst in einem Regen aus funkelnden Glassplittern. Lysanne zog den Kopf ein und versuchte, sich an der Hauswand entlang zu entfernen, doch überall wurde gerangelt und geschubst. Stiefel hämmerten auf das verschneite Straßenpflaster. Knüppel flogen, das Geschrei wurde immer lauter. Eine Straßenlaterne ging zu Bruch. Ein Polizist drang in den Eingang vor und zerrte André Breton am Kragen nach draußen. Ein weiterer Polizeiwagen rollte an und spuckte ein halbes Dutzend Uniformierte auf die Straße. Ein Mann erschien in der Tür des Wagens. Er ließ den Blick über die Szenerie schweifen, ehe seine Füße den Asphalt berührten. Sein fragender Blick bohrte sich direkt in Lysannes Herz. Der junge, blasse Mann, wie hieß er noch gleich? Es war der Polizist, der sie vor einigen Tagen zu Isabelle befragt hatte. Mulier oder ähnlich. Ein unauffälliger Mann, den sie offenbar schneller vergessen hatte als er sie. Der nicht zögern würde, Lieutenant Vioric über ihre Anwesenheit an diesem Ort zu informieren.

In diesem Moment griff jemand nach ihren Schultern und schob sie in eine Hofpassage. Louis Aragon. Sie schaute über die Schulter zurück. Dann umschloss sie der Nachtschatten, und sie ließ sich von Aragon zu einer Tür im hinteren Teil des Hofes führen.

»Da hast du aber noch einmal Glück gehabt, mein Bernsteininsekt!«, wisperte er und stieß eine Haustür auf. Benommen ließ sie sich in die Dunkelheit bugsieren. Ihm haftete mit einem Mal etwas Drängendes, Verstohlenes an.

In dem Treppenhaus herrschte eine lastende Stille wie in einer Krypta. Aragon zog Lysanne in den ersten Stock hinauf und trat an das Fenster, wo er neben ihr auf das Chaos hinabschaute, dem der Schnee weiterhin seine unbeeindruckte Schönheit beimischte. Viorics Gardien sah sich auf der Straße um wie ein Kind, das sich im Wald verlaufen hatte, verloren und allein, ohne jede Autorität. Sie stellte sich Viorics Enttäuschung vor, wenn er von ihm erfuhr, dass sie zu diesem Haufen Chaoten gehörte. Lysanne entwand sich Louis Aragons Griff.

»Warte, Louis. Habt ihr etwas damit zu tun?«

»Mit was?«

»Nun stell dich nicht dumm! Mit diesen grässlichen Morden.«

»Nein. Und ja. Wir haben Isidore Ducasses Buch aus der Versenkung geholt und verteilen es an alle möglichen Leute. Damit haben wir uns wohl mitschuldig gemacht.«

Lysanne zog die Unterlippe zwischen die Zähne. »Warum habt ihr gerade das Publikum damit behelligt, dass ihr diesen Lautréamont vergöttert?«

»So viele Fragen für so wenig tatsächliche Angst.« Aragon steckte ihre Hände in seine eigene Manteltasche. Lysanne ertastete etwas, das sich anfühlte wie eine Vogelkralle, eine Murmel und einige Papierfetzen.

»Du wärst meiner Einladung doch nicht gefolgt, wenn du wirklich Sorge gehabt hättest, dass wir richtig in die Morde verwickelt wären. Ich sage dir was, Lysanne. In diesen Straßen herrscht noch viel zu wenig Aufruhr.

Mein Freund Philippe hat es dir doch gestern erklärt: Wir haben die *Gesänge des Maldoror* zu unserer Bibel erhoben, weil darin ein Wesen beschrieben wird, das das tut, was wir im tiefsten Inneren alle gerne tun würden. Auch du. Dein Hiersein in Paris ist nichts anderes als das rücksichtslose Dahinschlachten deines gewohnten Lebens und deiner Erziehung, oder etwa nicht? Unsere Welt liegt in Scherben, und nichts Gutes wird daraus erwachsen, es sei denn, irgendjemand erkennt, dass auf diesen Scherben nur Trübsal und hohle Träume gedeihen können, und ändert daraufhin die Fahrtrichtung unserer Menschen-Arche. Spürst du nicht, dass der Wahnsinn an den Mauern dieser Stadt leckt? Und dass wir ihn anerkennen müssen? Wie lange wird es sonst dauern, bis ein weiterer großer Krieg über uns hereinbricht?«

Lysanne lauschte seinen Worten und fühlte sich in ihrer Enttäuschung bloßgestellt.

»Aber warum habt ihr diesen Wahnsinnigen vorhin auf der Bühne geradezu verherrlicht?«

»Haben wir das?«

»Ihr huldigt ihm. Und woher will ich wissen, dass nicht doch einer von euch diese Taten ...« Sie sprach nicht weiter. Etwas Altes in ihr wusste, dass dieser Gedanke Unsinn war. Aber war nicht der Unsinn der höchste Gott, dem diese verrückten Künstler huldigten?

»Hör zu, meine Libelle. Meine Freunde und ich sind ein Haufen Feiglinge mit großer Klappe und Gehirnen, die ausgemisteten Pferdeställen gleichen, in denen der Schlafmohn wächst. Und da verbürge ich mich für jeden Einzelnen von ihnen. Was allerdings die Menschen betrifft, denen wir zum Genuss des *Maldoror* verhelfen ... Nun, ich habe gehört, das Buch findet auffällig häufig den Weg in die Irrenhäuser. Es stiftet Aufruhr in den Köpfen, und das ist ja auch das, was wir erreichen wollen. Wir hätten doch niemals gedacht, dass sich jemand derart inspiriert fühlt, dass er diese Monstrosität zum

Leben erweckt. Ich persönlich finde es geschmacklos, aber ich bin auch fasziniert, dass etwas geschieht, das diese falsche Welt gehörig aufrüttelt. Wo doch alle danach streben, dass wieder alles so ist, als wäre nichts gewesen. Verstehst du das, Lysanne?«

Lysanne nickte stumm. Von seinen Worten ging ein Sog aus, dem sie nicht ausweichen konnte. Ohne dass sie hätte sagen können, woher diese Gewissheit kam, glaubte sie ihm.

Aragon zuckte mit den Schultern. »Ich für meinen Teil bin gespannt, was nun geschieht. Die Polizei hat die Anhaltspunkte, die sie braucht, um auf die Jagd zu gehen, und auch du wirst deinem Lieutenant sicher alles über das Buch erzählen. Aber nun, mein schöner Mond, nun sollten wir uns wieder dem lebendigen Moment des Jetzt zuwenden.«

Er deutete wieder auf die Straße und ließ ihre Hände los. Alles in Lysanne raunte warnend. Und doch war da dieses Unausweichliche, das an ihr zog und die Dinge zu beschleunigen schien. Da war die verschneite Straße unter den knochigen Balkonen des Montparnasse. Da war ein Cafébesitzer, der voller Angst vor dem immer noch tobenden Tumult seine Stühle und Tische von der Terrasse hereinholte und das Licht löschte. Und da war sie selbst, die nicht wusste, was hier vor sich ging.

Aragon legte sein Kinn an ihre Schulter. Das spärliche Licht ließ die Spitzen seiner Wimpern aufleuchten. Ganz langsam und beiläufig legten sich seine Hände um ihre Taille.

»Schau hinaus«, flüsterte Aragon.

Lysanne blickte nach draußen. Auf die verlöschenden Lichter. Auf die dahinstrebenden Schritte der Leute, den Glanz der Scherben im Schnee. Unter dem müden Umhang aus Licht, der aus der Laterne im Hofdurchgang in das Treppenhaus sickerte, war sie nie weiter von Ribérac entfernt gewesen.

»Seit du aus der Passage de l'Opéra weggezogen bist, ist die Meerjungfrau verschollen.« Aragons Hände tasteten unter ihrem Mantel suchend über ihre dünne Bluse. Lysanne hielt die Luft an. In ihrer Brust blühte mit einem Mal eine Sehnsucht auf, die nicht recht zu dem kalten Treppenhaus passen wollte. Sie schloss die Augen und empfing seinen warmen Atem, der über ihr Gesicht strich und ein nicht unangenehmes Aroma nach Tabak hinterließ.

»Der Anblick deines Körpers im grünen Schimmer hat sich auf meine Netzhaut gebrannt«, wisperte er.

»Falls du meine Fischschuppen suchst, die habe ich verlegt«, ging Lysanne auf seine Spielchen ein. Sie spürte, wie er erschauderte, als hätte sie einen Nerv getroffen.

Aragon zog ihren Kopf zu sich und sah sie mit hungrigen Augen an. »Wärst du eine verborgene Sanduhr, dann würde ich auf alle Meeresschuppen pfeifen. Heute bist du hier. Bei mir. Und die gute Nachricht ist: Hier oben im dritten Stock hat mein Freund Man Ray ein Fotostudio. Dort gibt es Absinth und ein schönes weiches Bett.«

Lysanne machte sich sanft von ihm los und begann, die Treppe hinaufzusteigen. Sie wusste nicht, woher die schlagartige Bereitschaft kam, sich auf das Unbekannte einzulassen. Sie dachte wieder an das köstliche Schaudern, wenn sie mit Gaspard in die halb überschattete Flussbiegung gesprungen war und sich vorgestellt hatte, was sich wohl unter ihnen zwischen den Steinen am Grund des Wassers befunden haben mochte. Lysanne ahnte, dass dieses dunkle Treppenhaus und dieser Mann und alles andere unausweichliche Facetten eines großen Ganzen waren, dem sie sich ergeben musste.

Ihre dörfliche Furcht vor der großen Welt und alle eingebläuten Vorsichtsmaßnahmen versammelten sich noch einmal kurz in ihrem Bewusstsein, aber Lysanne stieß sie über die

Klippe ihrer Neugierde hinab und sah ihnen nach, wie sie im Nichts verschwanden. Ihr folgten die langsamen, lauernden Schritte Aragons.

Man Rays Studio war ein langer Schlauch, in dem Wohn-, Schlaf- und Arbeitszimmer ineinander übergingen. Aragon atmete dicht an ihrem Ohr und drängte sie sanft zu einem Bett hin, das dort in der Dunkelheit wartete. Seine Bestimmtheit nach all den verbalen Luftschlössern lösten mit einem Mal ein solches Verlangen in ihr aus, dass es egal war, dass sie sich nach dem Tumult im Theaterkeller schmutzig und verschwitzt fühlte. Es war gleichgültig, dass Aragons erste Berührungen ein wenig ungeschickt waren und dass in der Wohnung unter ihnen ein Baby zu brüllen begann. Was dann kam, glich einem süßen, salzigen, bitteren Wahnzustand. Noch ehe es vorbei war, wusste Lysanne, dass sie am anderen Morgen als neuer Mensch aufwachen und der Horizont der Welt sich verschoben haben würde. Sie wusste das, weil in ihr eine Erinnerung an die seltenen Momente der Lust heraufdämmerte, die sie mit Gaspard geteilt hatte. Er war der erste Mann gewesen, dem sie derart nah gewesen war. Aber sie hatte das Kostbare dieses ersten Males nicht vereinbaren können mit der flüchtigen Scheu, mit der Gaspard ihr damals begegnet war. Die sonderbar hölzerne Art seiner Nähe stand in einem enttäuschenden Kontrast zu der Lebendigkeit seines sonstigen Wesens. Lysanne hatte ihn nie nach dem Grund gefragt, als Gaspard sich ihr irgendwann nicht mehr auf diese Weise genähert hatte. Damals hatte sie geglaubt, er könnte mit ihrem vom Krieg ausgezehrten, müden Körper nichts anfangen, und hatte insgeheim Isabelle um ihre nach wie vor weiblichen Rundungen beneidet.

Die Lust mit Gaspard erschien ihr plötzlich wie ein Spuk, den es nie gegeben hatte. Denn Aragons Zuwendungen waren wie ein Schwall heißes Wasser auf den kläglichen Spuren, die Gaspard in ihrem Bewusstsein hinterlassen hatte. Lysanne wurde auf der Woge seines Körpers davongetragen. Gleichzeitig spann er seine flirrenden Fantasien wie ein Netz um sie und flüsterte ihr Geheimnisse und Worte ins Ohr, die sie noch nie zuvor gehört hatte. Die Lust war nun eine lange, von tiefen rötlichen Schatten pulsierende Allee, an deren Ende auch der Tod hätte warten können, das war ihr gleichgültig. Eingehüllt in Aragons dunkles Gemurmel und die Gerüche der Ekstase, schwebte sie auf ihre eigene, köstliche Ungewissheit zu.

9

19. Dezember 1924, morgens

»Waren Sie etwa die ganze Nacht hier?«

Stéphane Murier sah Julien Vioric stirnrunzelnd an und stellte die Kaffeetasse, die er gerade noch an seinen eigenen Mund hatte führen wollen, vor ihm ab. Vioric hob den Kopf von den Unterarmen und kam sich wie ein Ungeheuer vor, das aus seinem Höhlenschlaf geweckt worden war. Seine Muskeln spannten sich schmerzhaft über den steifen Knochen. Er spürte jede Bartstoppel in seinem brennenden Gesicht, roch die halb durchwachte Nacht an seinem Anzug, dessen Ärmel noch dazu tiefe Rillen in seinem Gesicht hinterlassen hatten, dort wo er seinen Kopf auf den Unterarmen abgelegt hatte.

»Schauen Sie sich das bloß nicht von mir ab, Murier. Ein Bett hat noch keinem geschadet.« Er richtete sich leise stöhnend auf und sah eine Wand aus Schnee vor dem Fenster, die die Welt und ihre Konturen verwischte.

»Was haben Sie denn die ganze Nacht hier gemacht?«

Vioric antwortete nicht. Lysanne war gestern Nacht nicht nach Hause gekommen. Als er am Abend nach Hause gekommen war, hatte er ein leeres Zimmer vorgefunden. Aber ihre Sachen waren noch da gewesen, ihr alter Koffer, darauf ein Unterrock, eine Bluse und die Spieluhr. Er hatte nach dem sonderbaren Buch Ausschau gehalten, aber das hatte sie wohl mitgenommen. Gefangen von einer absurden Sorge um sie hatte er sich eingehämmert, dass sie ein freier Mensch war und ihm keine Rechenschaft schuldete. Ein Zustand, dem er irgendwann nach Mitternacht entflohen war. Er blinzelte Murier an. Der Junge wirkte angeschlagen.

»Sie sehen aber auch etwas übernächtigt aus, Murier. Oder bekommen Sie nun ebenfalls den Darmkatarrh?«

»Ich hatte sehr wenig Schlaf, ja … Lieutenant, hat es Ihnen denn noch keiner gesagt?«

»Ein neuer Mord?«

»Nein, das nicht, aber …«

»Herrgott, Murier, wurde die Mona Lisa aus dem Louvre gestohlen? Hören Sie auf herumzustottern. Setzen Sie sich hin, ich kann mit diesem steifen Nacken nicht zu Ihnen hochschauen.«

Er trank gierig den heißen Kaffee und ignorierte den überwältigenden Wunsch, sich in eine Badewanne zu legen. Der junge Gardien setzte sich. »Sie haben also noch nicht mitbekommen, was gestern Abend in der Galerie de Surgot auf dem Boulevard Raspail passiert ist?«

Vioric umschlang seine Tasse und nickte fahrig. Irgendein Tumult, von dem er jedoch keine Einzelheiten mitbekommen hatte. Der Dampf an seiner Nase fühlte sich gut an. Eine leise Stimme in seinem Hinterkopf fragte sich, ob Lysanne mittlerweile wieder zu Hause war.

»Lieutenant, wir wurden bloßgestellt. Sie, Paul Tusson, ich, die ganze Polizei von Paris. Alle, die in den letzten Mordfällen ermitteln.«

Vioric fühlte sich auf einmal unangenehm wach. Der Zustand in seinem Kopf stand in einem krassen Kontrast zu dem weichen Schneelicht, das durch die Fenster drang.

»Lieutenant, ich war gestern Abend auf der Wache, um einige Unterlagen abzuholen, als ein Alarm einging. Wegen eines

Tumults auf dem Boulevard Raspail. Da die Wache wegen der grassierenden Magen-Darm-Grippe unterbesetzt war, meldete ich mich zum Einsatz und bestieg einen Mannschaftswagen. Wir fuhren zum Ort des Geschehens und fanden eine größere Menschenmenge in hellem Aufruhr. Die Leute prügelten sich, einige Fenster lagen schon in Scherben. Die Stimmung war gefährlich aufgeheizt. Ein Schlägertrupp der *Action française* hat das Ganze noch befeuert.« Vioric rieb sich die müden Augen.

»Murier, kommen Sie zum Punkt, bitte. Inwiefern hat diese Schlägerei nun mit unserer Mordserie zu tun?«

»Dem Tumult vorangegangen war eine Aufführung der sogenannten Surrealisten.«

Vioric verzog das Gesicht. Er hatte schon durch andere Polizisten von dieser neuen, dubiosen Bewegung von Dichtern gehört, die immer durch irgendwelche unangenehmen Skandale auffielen. Die Surrealisten machten hauptsächlich dadurch von sich reden, dass sie alles Alte abschaffen wollten. Die Religion, die Arbeit, die Akademie, die Republik, die Vernunft und sogar die Kunst ... oder zumindest forderten sie ein radikal neues Denken über diese Dinge. Kein Wunder, dass die Schläger der *Action française*, die sogenannten *Camelots du roi*, bei einer solchen Gelegenheit zur Stelle waren. Diese antirepublikanischen Halbstarken zettelten immer wieder blutige Konflikte mit den Sozialisten an, und die sogenannten Surrealisten passten ganz hervorragend als neues Feindbild der *Action française*. Murier wollte weitersprechen, aber in diesem Moment rauschte der Polizeipräfekt zur Tür herein und hielt Vioric eine zerdrückte Zeitung ins Gesicht. Er erkannte zwischen dem Geknitter eine besonder dicke Schlagzeile und die Worte *blutiger Erzengel von Paris*.

»Dieses Miststück hält uns zum Narren!«

Er konnte nur Héloïse Girard meinen. Dabei hatte die Journalistin doch am Vortag einen pflichtschuldigen und nur mit wenigen Spitzen versehenen Artikel über das letzte Mordopfer geschrieben, über den sein Bruder sogar zufrieden genickt hatte. Murier wich ans Fenster zurück. »Hast du es gewusst?«, blaffte Edouard seinen Bruder an. »Hast du gewusst, dass Héloïse Girard mit dieser Pest gemeinsame Sache macht?«

»Welche Pest?« Vioric war einigermaßen erstaunt, als Stéphane Murier, ohne eine Erlaubnis des Präfekten auch nur zu erbitten, zur Erklärung ansetzte. »Lieutenant, diese Künstler haben zunächst auf der Bühne ein absurdes Spektakel veranstaltet und das Publikum verhöhnt. Dann erzählten sie von den Morden an Faucogney und Fournier und nannten Details, die niemals in der Zeitung gestanden hatten.«

»Was soll das heißen?«

»Ja, Herrgott!« Edouard warf die zerdrückte Zeitung auf Juliens Tisch. »Alles, was wir dem Weib vorgestern im Institut Médico-Légal erzählt haben, haben diese Trottel gestern in die Welt hinausposaunt. Sie hat es vielleicht nicht abgedruckt, aber brühwarm an diese widerlichen Anarchisten weitergegeben. Das ist eine Katastrophe! Wie stehen wir da, wenn die Leute die Zusammenhänge auf einer solchen Veranstaltung erfahren?«

Vioric wandte sich zu seinem Untergebenen. »Was ist genau geschehen, Murier?«

Murier knetete seine Hände. »Da waren einige Zeugen, die meinten, dass diese Surrealisten irgendetwas wissen. Sie bewundern den Kerl geradezu und scheinen Kenntnis davon zu haben, was er als Nächstes vorhat.«

»Und hier!«, Edouard stach seinen Finger an eine bestimmte Stelle in dem Artikel und las mit höhnisch verstellter Stimme vor: »Den Anwesenden war nicht klar, ob das Gesagte nur hohle Provokation war oder ob es tatsächlich einen Zusammenhang gibt zwischen den Mordtaten und dem schrullenhaften Gaukelspiel der sogenannten Surrealisten.«

»Du glaubst, die Girard schreibt das, um zu verschleiern, dass sie den Leuten unsere Ermittlungsdetails verraten hat?«

»Auf der Bühne fiel an diesem Abend zudem der Name des Mörders, wobei nicht klar war, ob die Darsteller ihm diesen Namen gaben oder über die Information verfügten, dass der Unbekannte sich selbst so nannte«, las Edouard weiter vor. »Beim Befragen einiger Zeugen nannten diese den Namen Maldoror, wobei manche angaben, sich möglicherweise auch verhört zu haben. Niemand der Befragten wisse, ob dieser Name einer lebenden Person gehört oder als Kunstbegriff genannt worden sei.

Die allgemeine Verwirrung war von den Darstellern bewusst gewollt. Die inhaftierten Künstler müssen Rede und Antwort stehen.«

Vioric starrte nachdenklich auf die arg mitgenommene Zeitung. Maldoror.

»Das dürfte schwierig werden«, warf Murier ein. »Sie wurden alle schon wieder freigelassen.«

»Warum das denn?«

»Nun, sie wurden gestern Abend ja nur wegen Störung der öffentlichen Ordnung festgenommen und nicht wegen Mordes in Mittäterschaft oder etwas in der Art.«

»Dann müssen wir sie eben noch einmal reinholen und befragen«, verlangte Edouard. »Und diese unsägliche Héloïse Girard gleich mit!«

Murier nannte seinem Lieutenant die Namen von bereits polizeibekannten Dichtern und Künstlern und erwähnte, dass sich unter den Festgehaltenen ein gewisser André Breton befunden habe.

»Wir sollten unsere Wut nicht so stark auf Mademoiselle Girard richten«, gab Vioric zu bedenken, der mittlerweile den

Artikel überflogen hatte. »So, wie sie es beschreibt, war diese Vorstellung doch nichts als ein wirres Durcheinandergerede. Wie können wir uns da vorgeführt fühlen, Murier?« Er sah den Gardien leise mahnend an und wandte sich wieder seinem Bruder zu. »Von den Gästen dieser Veranstaltung weiß doch niemand, was da im Ernst gesprochen wurde und was inszeniert war. Es gibt keine Anhaltspunkte dafür, dass das auch ernst genommen wurde. Ein Taschenkrebs, eine Peitsche! Das könnten genauso gut verrückte Fantasiegebilde sein. Andererseits ...«

»Was?«, herrschte Edouard ihn an.

»Als ich gestern die ehemalige Geliebte von Fournier im Hôpital Sainte-Anne besuchte, hatte einer der Insassen ein Buch bei sich, das diesen Namen Maldoror im Titel trug. *Die Gesänge des Maldoror*.«

»Und das sagst du jetzt erst?«

Vioric antwortete nicht. Er dachte an Lysanne und ihr nächtliches Wispern über einen mordenden Erzengel. Meinte sie denselben Erzengel, den Mademoiselle Girard in ihrer Schlagzeile nannte? Ein Schauder ergriff ihn, und die Last dieses Rätsels zerschlug mit einem Mal den Rest seiner Müdigkeit.

»Dann spielen diese Surrealisten einfach nur mit unserer Unwissenheit?«, fragte Murier. »Ist es das, was Sie sagen wollen, Lieutenant?«

Edouard Vioric starrte die Zeitung an, als würde er sie am liebsten in Brand stecken. »Dieses Weib wird trotzdem verhaftet! Das ist Ermittlungssabotage. Und du, Julien, finde alles über dieses ominöse Buch heraus.« Er verschwand ohne ein weiteres Wort aus dem Büro und schleuderte im Hinausgehen die Zeitung in den Abfallkorb.

Murier räusperte sich. »Das ist noch nicht alles, Lieutenant.«

Vioric atmete bemüht ruhig ein. »Was kommt denn noch?«

»Sie war auch dort.«

»Sie?«

»Die junge Frau, die ich vor einigen Tagen für Sie befragt habe. Lysanne Magloire. Wissen Sie nicht mehr?«

Julien Vioric hob alarmiert den Kopf. »Lysanne war dort? Wissen Sie das mit Sicherheit?«

Murier nickte. »Ich sah sie ganz deutlich. Sie trug einen dunkelroten Mantel und eine schwarze Mütze. Ich konnte nicht umhin, mir ihr Gesicht zu merken, da sie …«

»Schon gut.« Vioric zwang sich mühsam zu vermeintlicher Ruhe. »Was hat sie dort gemacht? Haben Sie mit ihr gesprochen?«

»Nein. Sie war nicht alleine. Sie stand etwas am Rande und ist zusammen mit einem Mann in einem angrenzenden Hof verschwunden.«

»Und was glauben Sie, hat das zu bedeuten?«

»Lieutenant?«

»Vergessen Sie es. Die junge Dame darf tun, was ihr beliebt. Müssten wir sonst nicht jeden Pariser verdächtigen, der gestern bei dieser Veranstaltung war? Diese verrückten Künstler hatten anscheinend Charlie Chaplin für den Abend angekündigt.« Er tippte auf Girards Artikel, und ihm entfuhr ein ungläubiges Lachen.

Murier nahm seine von Vioric leer getrunkene Tasse wieder an sich und sah ihn mit dem Leuchten eines Entdeckers in den Augen an. »Lieutenant, diese Mademoiselle behauptet, die Gouvernante von Clément Faucogney trage den Namen ihrer Schwester, die wiederum aber nicht die Tote aus der Seine sein soll. Kurz darauf wird sie bei einer Versammlung subversiver Elemente gesehen, die behaupten, etwas über die Morde zu wissen. Ist das nicht … nun ja, überaus auffällig?«

Vioric nickte, und vor seinem inneren Auge entstand eine sonderbare Sinnhaftigkeit der letzten Tage. Die Gewissheit raubte ihm für ein paar Sekunden den Atem, und er hätte für seine Fahrlässigkeit am liebsten die Stirn gegen die Tischkante geknallt. Lysanne war es, die den Surrealisten die vertraulichen Einzelheiten verraten hatte. Sie hatte die Tatortbilder bei ihm zu Hause gesehen. Girard hatte gar nichts von dem Sack und dem Taschenkrebs neben der Leiche gewusst, denn weder er noch Doktor Durand hatten ihr diese Details mitgeteilt. Aber woher wussten Lysanne oder ihre reizenden Freunde, dass Lucas Fournier mit einer Peitsche traktiert worden war? Er musste dringend nachdenken. Allein. Und dann auf schnellstem Wege Lysanne zu dieser Angelegenheit befragen.

Aber kaum hatte er Murier aus seinem Zimmer geschickt, klopfte es an seine Bürotür. Vioric presste ein wenig begeistertes »Herein« hervor. Die in Tränen aufgelöste ältere Frau erinnerte ihn vage an jemanden, und es dauerte eine Weile, ehe er begriff, dass dies Madame Bocard sein musste, die Frau von Cléments Fechtlehrer.

»Ich wollte Sie nur informieren, weil Sie doch mit meinem Mann sprechen wollten, wegen des toten Faucogney-Jungen.«

Er ahnte bereits, was sie sagen wollte.

»Er ist heute morgen gestorben«, schluchzte sie. Vioric reichte ihr ein Taschentuch.

»Diese Magen-Darm-Grippe hat ihn zu sehr geschwächt. Er hatte 1919 die Spanische, wissen Sie, aber diese hier hat er nicht überlebt.«

»Es tut mir leid, das zu hören.«

»Mir tut es auch leid«, stieß die Frau hervor. »Nach allem, was er durchgemacht hat, wären ihm doch noch ein paar gute Jahre vergönnt gewesen. Es ging ihm nach seiner schweren Zeit doch wieder besser und nun so etwas …«

Vioric ließ die Trauer der Frau durchs Zimmer schwappen und fragte sich, ob es im Leben von Clément Faucogney einen Abgrund gegeben hatte, den er übersah, eben weil er so tief war.

Ein greller Blitz zuckte durch ihre dämmrige Höhle des Schlafes. Lysanne öffnete die Augen und fand sich in einem fremdartigen Szenario wieder, das ihr erschien wie ein weiterer Traum. Sie lag nackt auf dem niedrigen Lager, auf dem sie in der vergangenen Nacht gestrandet war, umgeben von einer Landschaft zerknüllter Laken. Auf ihrem Schoß lag ein gefiedertes Wesen. Lysanne zuckte erschrocken zurück. Doch dann sah sie, dass es sich dabei um einen ausgestopften Vogel handelte, einen Habicht oder Falken. Sie versuchte sich zu beruhigen. Lysanne hob den Blick, um zu erkennen, von wo er auf sie herabgestürzt sein mochte. Sie wollte gerade die Hand heben, um das präparierte Tier fortzuschieben, als ein warnender Ruf erscholl und plötzlich eine Hand über ihr schwebte und sie festhalten wollte.

»Nicht bewegen!«, schallte es ihr aus der dämmrigen Umgebung des Betts entgegen. Erneut fuhr Lysanne ein greller Blitz wie ein Messer ins Gehirn. Sie schnellte nach oben und schüttelte den Vogel ab. »Schade«, sagte die Stimme enttäuscht. »Aber wir haben, was wir wollten.«

»Was ist hier los?«, rief sie in die Unbestimmtheit der grauen Vorhänge hinein, die das Lager umgaben. Sie raffte ein Laken hoch und stand auf.

Ohne zu wissen, was um sie herum geschah, begriff sie nur das eine: Hier geschah etwas auf ihre Kosten. Sie war in einem Hinterhalt erwacht.

Die süßen Fäden, mit denen die Nacht immer noch an ihr hing, wurden gekappt. Vor ihrem Lager stand Man Ray und hantierte an einer Fotokamera herum, die auf einem hölzernen Stativ stand. Lysanne starrte ihn an. »Was soll das?«

Er lächelte geheimnisvoll. »Warte es ab, Leda.«

»Er meint Leda mit dem Schwan«, erklärte Louis Aragon, der eben neben dem Vorhang erschien. Sein Haar war zerzaust, und auf seinem Gesicht lag ein glückliches Lächeln. »Nur dass es hier ein ausgestopfter Habicht war, was die Sache aber umso spannender macht.«

Man Ray bückte sich und hob das gefiederte Ding hoch. »Nun sieh dir das an. Sein Schnabel ist abgebrochen, und eins seiner Glasaugen ist weg! Jetzt kann ich mir auf dem Flohmarkt ein neues Exemplar suchen.«

Lysanne fühlte sich keineswegs schuldig. Sie starrte Louis an. »Hat er mich gerade ... fotografiert?«

»Aber ja«, sagte Man Ray. »Du glaubst gar nicht, wie ungemein reizvoll du im Schlaf bist. Wir haben dich nicht angefasst, nur ein wenig das Umfeld arrangiert. Weißt du, dass du im Schlaf um einiges schöner bist als im Wachzustand? Und das ist durchaus ein Kompliment, denn alles, was zählt, ist der ungesteuerte Ausdruck deines wahren Wesens«, fügte er noch hinzu, als er zwischen Lysannes Augenbrauen den Zorn erwachen sah.

»Du kannst dich geehrt fühlen!«, bestätigte Louis Aragon und ließ seine Hand über Lysannes Nacken den Rücken hinabgleiten. »Nicht viele Frauen taugen als Musen, die unsereiner interessieren.«

»Und wenn ich gar nicht eure Muse sein will?« Lysanne versuchte krampfhaft, ihr Zittern im Zaum zu halten.

»Man wird als Muse nicht gefragt«, wandte Man Ray lässig ein und zündete sich eine Zigarette an. Der Blick, den er über Lysanne streifen ließ, war ohne jegliche Lüsternheit, aber mit einer rätselhaften Begeisterung, die sie nicht einordnen konnte. Niemals hätte einer der Männer in Ribérac eine Frau auf solche Weise angestarrt. Nicht einmal Gaspard hatte sie so angesehen.

»Weißt du, was der gute alte Edgar Degas einmal gesagt hat?«, fragte Louis Aragon sie. »Kunst bedeutet Laster. Man heiratet die Kunst nicht, man vergewaltigt sie.«

»Wenn er diese Vergewaltigung in seiner Kunst doch nur sichtbar gemacht hätte, wäre er glaubhafter gewesen«, sagte André Breton, der in diesem Moment zur Wohnungstür hereinkam und die letzten Worte gehört hatte.

Lysanne zog das Leintuch höher über ihren Körper. Aber Breton zeigte keinerlei Interesse an ihr und wurde nun von den Männern im Nebenzimmer, die Lysanne erst jetzt bemerkte, lauthals begrüßt. Man nahm ihn sofort in die Mitte und bedrängte ihn, das Erlebnis des Polizeigewahrsams zum Besten zu geben.

Lysanne fühlte sich wie geohrfeigt. Waren die Männer im Nebenzimmer etwa die ganze Nacht über schon da gewesen? Was hatten sie unter dem Deckmantel der Kunst noch alles mit ihr angestellt? Lysanne fühlte sich wie ein Blümchen auf einer Wiese voller Büffel, und ihr besonderer Zorn galt Louis Aragon.

»Warum hast du das zugelassen?«

Der Zauber der Nacht war verblasst. Anklagend deutete sie auf Man Ray, der seine Kamera vom Stativ nahm. »Du schleifst mich hierher, verführst mich, und dann überlässt du mich diesem Voyeur? Oder hast du …?« Lysanne brach ab. Die Vorstellung, dass Aragon sie nur verführt hatte, damit dieser andere Kerl sie fotografieren konnte, ließ ihr plötzlich die Stimme versagen.

»Wenn überhaupt, dann hat Aragon dich der Kunst ausgeliefert«, sagte Ray. »Warte ab, bis du die fertigen Bilder siehst. Dann ist es vorbei mit deiner Empörung.«

»Es ist mir egal, wie die Bilder aussehen!« Lysanne hätte ihm am liebsten die Kamera aus der Hand geschlagen. »Ich will meine Einwilligung dazu geben dürfen, wenn ihr mich im Schlaf fotografieren wollt!«

Zu ihrer Wut gesellte sich nun die Ohnmacht. Tränen rannen ihre Wangen hinab. Als wollte er Lysannes Widerwillen noch eine sarkastische Kirsche aufsetzen, hob Man Ray die Kamera und schoss ein weiteres Foto von ihren Tränen. Louis Aragon nahm sie am Arm und führte sie hinter den Vorhang, der um das Bett gezogen war. Er zog sie an sich und machte an ihrem Ohr ein Geräusch, das nach einer winzigen Lokomotive klang. »Es tut mir leid. Mir ist gar nicht erst in den Sinn gekommen, dass dir das nicht gefallen könnte.«

»Ach, ein Heuchler bist du also auch noch?« Sie stieß ihn weg.

»Aber es liegt nicht daran, dass wir dich verletzen wollten oder entwürdigen. Wir leben in einer Welt, in der eine schlafende Frau mitunter das ist, was für einen Schatzsucher eine tätowierte Landkarte auf dem mumifizierten Schädel eines toten Piraten ist, wenn du verstehst, was ich meine.«

»Nein, ich verstehe es nicht! Ihr habt allesamt einen Knall!«

»Oh, da bin ich aber erleichtert«, sagte er mit einem entwaffnenden Lächeln. »Ich dachte schon, du hältst uns für gewöhnliche Schufte, die eine Frau der Lust wegen ausbeuten.«

Er reichte ihr einen Bademantel, der nach einem angenehmen Frauenparfüm duftete, und führte sie in die Küche, vorbei an dem Tisch, an dem einige der Männer saßen, die sie bereits in der Rue de Grenelle getroffen hatte. Sie waren in Zeitungen vertieft, die überall auf dem Tisch verteilt waren, und unterhielten sich murmelnd. Ein paar von ihnen schnitten aus Zeitungsartikeln kleine Bilder und einzelne Sätze aus, lasen sie leise den anderen vor und klebten sie auf große Papierbögen. Aragon reichte Lysanne eine Tasse mit dampfendem Milchkaffee und ließ sie auf einem Sofa am Fenster Platz nehmen. Niemand starrte sie mehr an. Allmählich kam sie sich nicht mehr vor wie ein Objekt, sondern wie ein selbstverständlicher Teil des Ganzen. Verwirrt und eigenartig dankbar hielt sie sich an der Tasse fest.

»Lysanne, lass es mich dir erklären«, sagte Louis. »Natürlich ist es schurkisch, dich einfach so im Schlaf zu fotografieren. Aber wenn du im wachen Zustand dein Einverständnis gegeben hättest, wäre es nicht dasselbe gewesen.«

»Warum? Ich glaube kaum, dass ich im Schlaf anders aussehe, ob nun mit oder ohne Einverständnis.«

»Du magst nicht anders aussehen, aber darum geht es nicht. Man Ray würde es wissen, und das würde seinen Blick auf dich verändern. Das wache Bewusstsein zensiert, weil es Erlaubnisse und Verbote erteilt. Du willst wissen, was Surrealismus bedeutet? Nun, eine schlafende Frau, die verewigt wird in ihrer sinnlichen Mattheit, ohne die Zensur der Vernunft, mit der sie vorher ihre Erlaubnis erteilt. Wir suchen das reine absichtslose Feld des Zufalls. Und als Man Ray heute Morgen hier ankam, sah er dich und war vollkommen ergriffen ob des ideellen Moments, den man niemals planen kann. Er ist auf die Knie gesunken und hat deinen Schlaf angebetet. Das bloße Diktat des Unbewussten, das unser aller Göttin ist, befahl es ihm. Nenn ihn einen Räuber und schlage auf ihn ein. Er würde das nur begrüßen.«

Lysanne trank ihren Kaffee und spürte, wie sich der innere Aufruhr ein wenig legte. Sie verstand. Und das unerfahrene Mädchen vom Dorf, das immer noch irgendwo in ihr saß, schlug geschmeichelt und errötend die Augen nieder.

»Wir verkünden, dass Wunsch und Verlangen allmächtig sind!«, erklärte Aragon weiter, schlängelte sich vor und drückte ihr einen Kuss in die Halsbeuge. »Sag mir, welches Verlangen du stillen willst, Lysanne.«

Er strich ihr sanft das Haar zurück und ließ seine Fingerkuppen über ihren Nacken wandern.

Für eine Sekunde wünschte sie sich, die Vorhänge vor der Matratze wären nie geöffnet worden. Aber ein anderer Gedanke drängte sich vor, und noch ehe sie begriff, dass dieser Wunsch für einen Surrealisten wohl ziemlich enttäuschend sein musste, hatte sie ihn auch schon ausgesprochen. »Ich will wissen, ob meine Schwester noch lebt und was sie dazu veranlasst hat, mich völlig im Ungewissen über sie zu lassen. Wenn ich an sie denke, fühle ich keinerlei Traurigkeit, nur etwas beunruhigend Rätselhaftes, über das ich mir andauernd den Kopf zerbreche. Wenn sie in Paris ist, möchte ich sie sprechen. Ich muss verstehen, warum sie damals gegangen ist, es lässt mir einfach keine Ruhe.«

Aragon seufzte. »Und was ist, wenn du das niemals herausfindest?«

Lysanne wollte etwas erwidern, aber das Stimmengewirr in der Küche war zu sehr angeschwollen, um auch nur das eigene Wort zu verstehen. Sie wandte sich seufzend einem Stapel Fotografien auf einem Beistelltisch zu.

Aragon stand auf und rieb sich die Hände. »Wie wäre es mit einem Omelett?« Er trat an den Herd, wobei er ein Gesicht machte, als wären Hühnerei und Kochutensilien fremdartige Reliquien einer geheimnisumwitterten Kultur.

Am Tisch wurde es wieder stiller, als die Surrealisten sich erneut in ihre Lektüre vertieften. Kurz darauf löste sich André Breton von der Gruppe am Tisch und lief ins Schlafzimmer hinüber.

Lysanne blätterte halbherzig durch den Bilderstapel, wurde aber schon bald von einer unerklärlichen Faszination ergriffen. Die Fotografien trugen eindeutig Man Rays Handschrift. Lysanne hatte erwartet, dass sie anzüglicher Natur sein würden, entdeckte aber nichts dergleichen. Da waren leicht bekleidete und nackte Frauenkörper, aber es schien ihr, als hätte ein Wesen seinen Blick auf die Modelle geworfen, dem menschliche Begierde und plakative Posen völlig fremd waren. Ein kühles und dennoch verspieltes Auge, in dessen Fokus etwas ganz anderes stand als das, was Lysanne von den Postkarten kannte, die es im Dorfladen von Ribérac unter dem Schalter gegeben und die die männliche Dorfjugend später feixend aus ihren Hosentaschen gezogen hatte.

Diese Bilder hier waren wie eine Melodie ohne vorhersehbaren Verlauf. Verschnörkelte Schalllöcher ließen den Rücken einer Nackten wie ein Cello erscheinen. Gespenstisch beleuchtete, überirdisch klare Gesichter, Schattenspiele.

Lysanne stieß auf ein Bild, das die Szene dokumentierte, der Lysanne nicht hatte beiwohnen dürfen. Robert Desnos, der mit schlaffer Kopfhaltung inmitten seiner Freunde saß, die ihn alle mit konzentrierten Gesichtern belauerten, während Simone Breton vor ihrer Schreibmaschine saß und alles dokumentierte.

Lysanne ging den Rest des Stapels eher halbherzig durch. Doch plötzlich verfing sich ihr Blick wie ein Seidenschal in einer Dornenhecke. Man Ray hatte die Gruppe in einem Café fotografiert, dicht aneinandergerückt an zwei winzigen Marmortischen voller Gläser und Flaschen. Zwischen den Männern saßen drei Frauen mit kurzen Haaren und stark geschminkten Augen. Und eine dieser Frauen …

»Das ist Isabelle.«

Man Ray beugte sich über die Fotografie und zuckte mit den Schultern. »Diese da?« Er deutete auf die Frau am linken Rand der Gruppe, die mit glasigem Blick in die Kamera starrte.

»Sie war voll dunkler Wunder und brauchte keinen Namen«, sagte er beiläufig.

»Nein, du verstehst nicht!«, beharrte Lysanne. »Das ist meine Schwester Isabelle.«

Sie starrte auf das bleiche Gesicht, und ihr Herzschlag donnerte auf einmal wie Gewehrfeuer in ihren Ohren. Ihr wurde fast schwindelig bei dem unvermuteten Anblick ihrer Schwester. Ihr einstmals schulterlanges Haar war einem Kurzhaarschnitt gewichen, der ihr weiches Gesicht kantig und maskulin wirken ließ. Ihre Augen waren mit schwarzer Schminke umrahmt, und sie schaute seltsam blicklos in die Kamera. Lysanne schauderte. Und sie begriff im nächsten Moment, wie sie Isabelle in diesem Antlitz, das irgendeiner Frau hätte gehören können, überhaupt erkennen konnte. Es schien, als wäre ihr völlig verändertes Aussehen das greifbare, unleugbare Zeichen jener Fremdheit, die Lysanne in ihrer Beziehung immer empfunden hatte. Als würde dieses Gesicht ihr nun eine Antwort geben auf die Frage, warum da nichts Schwesterliches in ihrem Empfinden aufblühte, sondern sich das innere Schweigen zwischen ihr und Isabelle nur noch vertiefte.

Dann hob sie den Kopf und visierte Louis Aragon an. Der schaute in die Pfanne, als wollte er das Omelett dazu auffordern, ihm beizustehen.

»Warum hast du es mir nicht gesagt? Warum habt ihr mir das verschwiegen? Ich habe euch doch gesagt, dass ich sie suche, und ihr lasst mich im Unwissen! Ihr kanntet sie nicht nur, ihr feiert offensichtlich rauschende Feste mit ihr!«

»Nun mal ganz ruhig!«, beschwichtigte Man Ray und nahm ihr das Foto aus der Hand. »Wenn du diese Schneeflocke da links meinst, sie hat uns ihren wahren Namen nie genannt und unseren Kreis nur gelegentlich beehrt, obwohl Philippe ziemlich verknallt war in sie.«

»Ja, ihr Bauch war eine Kathedrale aus Vogelschreien«, bestätigte Philipe Soupault vom Tisch her. Lysannes Kopf begann schlagartig zu schmerzen.

»Wie ... ich verstehe das nicht!«

»Du hast uns von deiner Schwester erzählt«, meinte Louis Aragon, aber es klang, als spräche er mit dem Omelett in der Pfanne. »Du hast gesagt, sie kommt vom Dorf und heißt Isabelle und wäre eine Gouvernante bei Adeligen. Wie sollen wir da eine Verbindung herstellen zu der Frau, die einige Monate lang ab und an mit uns ausging? Weißt du, wie viele Mädchen wie sie es gibt und gab und geben wird?«

Lysanne zitterte unter dem plötzlichen Verdacht, dass auch sie damit gemeint war. Schneeflocken, die in ihrer Besonderheit schon schmolzen, während sie noch bewundert wurden.

Aragon wandte sich um und betrachtete sie, als würde er sie gerade eben zum ersten Mal sehen. Dann schnipste er mit den Fingern. »Ha! Jetzt weiß ich, warum du mir von Anfang an so vertraut erschienst, Lysanne. Ich wusste es. Und wusste es doch nicht! Welch köstliche Wendeltreppe der Verwirrung!«

Lysanne ging nicht auf ihn ein. »Wie habt ihr sie kennengelernt?«, fragte sie.

»Philippe hat sie angeschleppt. Das muss Mitte letzten Jahres gewesen sein.« Man Ray deutete auf den Mann mit dem blassen Vogelgesicht, der schon die verschollenen *Gesänge des Maldoror* gefunden hatte. Offenbar war er eine wahre Entdeckernatur. »Erzähl ihr schon, wie du sie kennengelernt hast.«

Philippe Soupault zündete sich eine Zigarette an und sah an Lysanne vorbei aus dem Fenster. Über den Bäumen und Straßenlaternen hing ein Vorhang aus frostigem Nebel.

»Es war im Parc des *Buttes-Chaumont*. Die Luft war kalt wie die gefrorene Tiefsee. Ich spaziere, mich friert, und ich denke, wie soll es erst der Kleinen gehen, die da auf einer der Bänke sitzt? Sie saß da, wie wohl eine Statue dasitzen würde, und hielt ein aufgeschlagenes Buch in den Händen. Allein das erregte meine Neugierde, und da dachte ich mir: Setz dich neben sie, und schau mal, was dort gelesen wird.«

Nein, dachte Lysanne, das sah Isabelle nicht ähnlich. Sie hatte nie auch nur ein Buch angefasst. Die Glut von Soupaults Zigarette knisterte lauter als der Verdacht, der plötzlich in ihren Hals stieg. »Ich setze mich also neben sie, aber sie nimmt mich gar nicht zur Kenntnis. Ich recke meinen Kopf und schaue mir das Buch an. Aber dann sehe ich, dass sie gar kein Buch hält, sondern einen Schatz.«

»Ein altes, dickes Schulheft«, wisperte Lysanne, die schlagartig wusste, von was Philippe Soupault sprach. »Ein schwarzes, liniertes Heft, und die Notizen sind mit Bleistift geschrieben, nicht wahr?«

Soupault nickte verblüfft. »Aber ja! Zuerst dachte ich, dass es eine Art Tagebuch wäre, doch dann entdeckte ich diese eigenartige, von allen Zwängen losgelöste Sprache der Sätze. Ich war wie gebannt und rückte der Dame richtig auf den Pelz, den sie nicht trug, der ihr aber zweifelsohne gutgetan hätte, denn es war unanständig kalt an diesem Tag, und ihre Hände sahen aus wie erfrorene Forellen. Also habe ich sie gefragt, ob sie nicht mitkommen und sich im Kreis einiger interessierter Künstler aufwärmen möchte. Sie war derart willenlos, dass ich sie auch hätte in eine Zirkusmanege entführen können. Sie kam mit, und ich rettete das wertvolle Heft, das ihr beim Aufstehen aus den erfrorenen Fingern geglitten war.«

Louis Aragon reichte Lysanne den Teller mit dem Omelett. Ihr war jedoch nicht nach Essen zumute. »Was passierte dann?«

Soupault zuckte mit den Schultern. »Sie erwiderte meine Avancen nicht.«

Lysanne fühlte eine unbegreifliche Wut in sich hochsteigen. »Warum hätte sie auch?! Du hast dich ja nicht einmal für ihren Namen interessiert!«

Louis Aragon legte ihr beschwichtigend die Hand auf den Unterarm. »Liebes, nun sei kein Drache. Du überschätzt die

Schurkenhaftigkeit unserer Truppe. Wir sind Streuner zwischen dem Treibgut des Alltäglichen, und deine Schwester hat sich für eine Weile zu uns gesellt.«

»Wahrscheinlich aber nur, weil wir ihr ab und an etwas spendiert haben. Getränke, Kokain, eine flüchtige Umarmung«, gab Paul Éluard zu bedenken.

»Viel zu flüchtig!«, stöhnte Soupault gequält und warf Lysanne einen bedauernden Blick zu. »Wenn es nach uns gegangen wäre, hätte sie gerne für immer bei uns bleiben können, denn wir mögen Frauen mit geheimnisvoller Aura und dem Teint von Wasserlilien. Aber vor allem faszinierte uns dieses Buch. *Wer hat dieses Manifest der Haltlosigkeit verfasst?*, wollten wir von ihr wissen, denn wir wollten natürlich erfahren, ob sie die Urheberin war. Aber alles, was wir aus ihr herausbekamen, war ein einziger, wenn auch magischer Satz.«

»Was für ein Satz?«, fragte Lysanne beklommen.

»Sie sagte, es käme von einem Mann, der drei Gabelzinken im Mund trägt.«

Lysanne spürte das innere Beben wie eine Eruption, die sie entzweireißen würde. Gaspard. Die dreigeteilte Narbe an seiner Unterlippe.

Soupault nickte nachdenklich. »Sie hat uns ihren Namen nicht genannt, aber Namen sind nicht wichtig. Sie hielt in meiner Seele Einzug, und was sie mir gab, war mehr, als ein gerade erwachender Surrealist zu träumen wagt. Auch wenn wir damals noch den Dadaisten angehörten.« Soupaults Gesicht nahm einen verklärten Ausdruck an. Lysanne bemühte sich gar nicht erst, seinen letzten Satz zu verstehen. Ihr Herz stolperte. »Was gab sie dir denn?«

»Ich durfte ihre Rätselhaftigkeit trinken. Ich hätte sie zur umnebelten Muse der Abgründe gekrönt, aber sie ließ sich manchmal wochenlang nicht sehen, und dann tänzelte sie wieder an und ließ sich ein Essen spendieren, schlief mal bei mir, mal bei Desnos und war dann wieder verschwunden.«

»Und das Buch?«

Louis Aragon ließ sich neben ihr nieder. »Die Texte aus diesem Schulheft haben wir abgetippt und unter dem Verweis auf einen zufälligen Fund in der Mai-Ausgabe unserer damaligen Zeitschrift *Littérature* abgedruckt.«

Soupault stieß Robert Desnos neben sich an. »Nicht wahr, Robert, diese junge Dame war nicht gerade ein regelmäßiger Gast in unserem Treibhaus der poetischen Anstiftung. Sag es Lysanne, ich will nicht, dass sie denkt, wir hätten ihr etwas verschwiegen.«

Desnos erhob sich wie ein Zeuge bei Gericht. »So ist es, und wir wissen nicht, warum sie so haltlos war wie ein losgerissenes Blatt. Etwas hatte ihr inneres Gewölbe erschüttert, und sie war eine weich gerundete Ruine. Undurchschaubar. Waghalsig. Und sie liebte das Kokain.«

Lysanne wusste, dass es überflüssig war, sittsame Empörung vorzutäuschen. Isabelle hatte sich regelmäßig der Kokainvorräte in der Lazarettapotheke bedient. Am Ende war sie so abhängig davon geworden, dass nicht einmal die Schmerzensschreie der Schwerverletzten sie noch dazu bewegten, den Soldaten etwas von dem Kokain abzugeben. Selbst Doktor Laurent hatte sie nicht davon abbringen können.

»Wie konntet ihr sie einfach sich selbst überlassen?«, fragte Lysanne. »So wie es sich anhört, hätte sie dringend Hilfe benötigt. Und keine Verrückten, die sie noch weiter ins Taumeln brachten!«

»Oh, fang mir nicht von taumelnden Frauen an!«, schrie Breton von seinem Lager her, wo er wohl vergebens nach dem Schlaf tastete.

»Anderswo hätte man sie in die Zwangsjacke gesteckt, aber bei uns durfte sie sein, wie sie war«, protestierte Aragon. »Wir hätten uns ja um sie gekümmert, aber sie wollte den Thron einer Muse partout nicht einnehmen.«

»Und jetzt ist sie fort und trägt ihre Haut anderswo zu Markte«, seufzte Man Ray.

»Wann habt ihr sie das letzte Mal gesehen?«, fragte Lysanne, ohne zu begreifen, was für eine Ungeheuerlichkeit der letzte Satz des Fotografen verbarg.

»Nun, sie war wohl ein knappes halbes Jahr ein beiläufiger Teil unseres Kreises. Dieses Bild habe ich während dieser Zeit gemacht, das war im vergangenen Dezember.«

»Und zum letzten Mal gesehen?«, sagte Robert Desnos am Tisch und schloss seine Pusteblumenaugen. »Das lässt sich nicht so einfach sagen. Ich sehe sie noch jede Nacht in meinen Träumen. Manchmal denke ich aber, sie haucht mir aus den Abwasserkanälen mit ihrem Silberatem entgegen.«

»Was wisst ihr sonst noch über sie?«, fragte Lysanne, die nur noch am Rande wahrnahm, dass Louis Aragon gerade ihr Omelett verspeiste.

»Dass sie einen sehr lästigen Aufpasser hatte!«, spuckte Philippe Soupault aus. »Keine Ahnung, wo sie den aufgegabelt hatte. Da war dieser düstere Mann, der ihr nicht von der Seite wich, wenn sie sich einmal entschied, uns mit ihrer Anwesenheit zu beehren.«

»Erinnere uns nicht an dieses blassäugige Reptil!«, zischte Breton vom Bett her.

»Von wem sprecht ihr?«, drängte Lysanne. »Und könnt ihr ausnahmsweise einmal normal sprechen? Das hier ist für mich keineswegs amüsant!«

Aragon erklärte ihr in knappen Worten, dass Isabelle einen Gefährten hatte, der immer wieder mit ihr zusammen bei ihnen auftauchte. »Aber der Kerl strahlte so etwas feindselig Fahles aus, dass wir uns kaum mit ihm beschäftigt haben. Wir haben ihn schlicht ignoriert.«

»Er glich mehr einer Motte als einem Mann«, präzisierte Robert Desnos. »Und bevor du nach seinem Namen fragst, der hat uns auch nicht groß interessiert. Du weißt ja, wir mögen keine Namen.«

Lysanne fragte sich, von wem die Rede sein mochte. Die einzigen Männer, die Isabelle in Ribérac gekannt hatte, waren Gaspard, der tot, und Doktor Emile Laurent, der nach Amerika gegangen war. Isabelle musste sich in Paris in diese Liaison verstrickt haben.

»Lieutenant Vioric sagte mir, die Gouvernante aus dem Haushalt dieses ermordeten Jungen hieße Isabelle Magloire. Wie erklärt ihr euch das? Wieso trägt die Gouvernante eines adligen Haushalts den Namen meiner kokainsüchtigen Schwester?«

»Isabelle hat ihre Papiere aus der Hand gegeben«, rief Breton von seinem Lager. »Im Café Batifol.«

»Was? Warum?«

»Sie wollte sich in Formlosigkeit auflösen«, erklärte Louis Aragon. »Und wenn ich nicht ein so entsetzlicher Feigling wäre, würde auch ich meine Papiere auf dem Place de Clichy verbrennen und in der Asche tanzen.«

Lysanne schüttelte verwirrt den Kopf. »Ich verstehe nicht, warum sie das gemacht hat.« Man Ray legte ihr wieder die Hand auf den Arm.

»Sie hat ihren Ausweis einfach auf den nächstbesten Tisch gelegt und sich nicht weiter darum gekümmert. Diese unglückliche Gouvernante aus der Seine hat darin wahrscheinlich ihre Chance gesehen, sich einen neuen Namen für ein neues Leben zu sichern«, erklärte Soupault.

Lysanne sah ratlos zwischen den Männern hin und her. »Wie soll man denn leben, wenn man sich nicht ausweisen kann?«

»Das werde ich dir sagen, meine Liebe«, erbot sich Man Ray. »Entweder man erfindet sich neu, oder man genießt diese Art der nebeligen Nicht-Existenz.«

»Ja, ein köstliches Verwirrspiel ohne Anfang und Ende«, meinte Robert Desnos.

»Was zum Teufel ist daran köstlich?«, fuhr Lysanne ihn an.

Die Männer seufzten. »Werft das Tugendtier aus der Wohnung!«, knurrte Breton. Aber Aragon bemühte sich einmal mehr um eine Erklärung.

»Lysanne, deine Schwester war gewiss ein Fall für die Irrenanstalt, wenn man sie mit spießbürgerlichen Maßstäben misst.« Und an den unsichtbaren Breton im Schlafzimmer gewandt: »Genau wie deine Nadja! Wann wirst du sie denn dort besuchen, du Unmensch?«

»Ach, zum Teufel mit dir, Aragon!«, brummte Breton zurück. »Du weißt ganz genau, dass ich mehr Un- als Mensch bin.«

Lysanne runzelte die Stirn. Dann war also Bretons Begleiterin, die sie in jener Nacht an Viorics Seite an der Conciergerie gesehen hatte, mittlerweile in eine Anstalt für Irre eingeliefert worden?

»Ich würde ja sagen, du sollst in einem Hôpital für Geisteskranke nach ihr suchen, wenn ich nicht ganz genau wüsste, dass sie dort nicht ist«, fuhr Aragon fort. »Sie hat ihren Platz gefunden, zumindest vorübergehend. Wenn dein Lieutenant dich heute Abend von der Angel lässt, hole ich dich um etwa halb elf ab. Wir essen was Gutes, und im Anschluss führe ich dich an ihre Wirkungsstätte. Wenn ich es einrichten kann, komme ich vorher schon mal vorbei und gebe dir genauer Bescheid, wann es heute Abend losgeht. Bist du damit einverstanden?«

Lysanne nickte fahrig. Ihr Kopf konnte diese überraschenden Neuigkeiten kaum fassen. Auf einmal schien sie in einem führerlosen Zug zu sitzen und mit Höchstgeschwindigkeit dahinzurasen.

»Wir finden es nur schade, dass sie uns nie verraten hat, was es mit dem Mann mit den Gabelzinken im Mund auf sich hat«, seufzte Paul Éluard. »Ihn hätten wir wirklich gerne in unsere Arme geschlossen.«

»Der Mann mit den Gabelzinken im Mund ist tot«, entfuhr es Lysanne. »Er ist tot, und außerdem hat nicht er selbst in dieses Heft geschrieben, oder sah die Schrift etwa besonders männlich aus?«

»Sie sah aus wie eine unendliche Schleife mit Schluckauf«, bemerkte Aragon zögerlich.

»Ich sage doch, er war es nicht«, fauchte Lysanne ihn an. »Ich war diejenige, die jede einzelne Seite mit seinen Worten befüllt hat.«

»Was sagst du da?« Soupault starrte sie verständnislos an.

»Gut, dann wollen nun ausnahmsweise einmal wir etwas erklärt bekommen!«, forderte Man Ray.

Lysanne erzählte ihnen von Gaspards Traumgestammel. Wie sie, als sie es das erste Mal gehört hatte, tief in sich gewusst hatte, dass es ihre Aufgabe war, seine Sätze zu dokumentieren. Dass seine zauberischen Bilder wie eine Droge auf sie gewirkt hatten und sie sie, indem sie sie Wort für Wort niederschrieb, greifbar machte in der Hoffnung, sie nie wieder zu verlieren und immer wieder in sie eintauchen zu können. Seinen überraschenden Tod erwähnte sie nur beiläufig, um nicht in den Abgrund der Trauer zu sinken, an dem sie seit diesem Tag im Sommer 1920 entlangbalancierte.

»Was haben diese Traumworte mit dir gemacht?«, flüsterte Philippe Soupault und kam näher, als wollte er das Gesagte einatmen.

Lysanne hatte außer Isabelle nie jemandem davon erzählt. Ihre Schwester hatte keinen Sinn darin gesehen und gesagt, das Ganze wäre nichts als Zeitverschwendung.

Plötzlich begriff Lysanne, wie wohltuend es war, mit Gleichgesinnten über diese besondere Intimität zu sprechen, die sie mit dem im Schlaf gefangenen Gaspard geteilt hatte.

»Ich fand es faszinierend«, sagte sie. »Was er da im Schlaf von sich gab, das war, als würde das einzig Wesentliche in ihm zu mir sprechen. Etwas, das bei jedem anderen als Wahnsinn gegolten hätte, war in diesen Momenten alles, was zählte.«

Während sie sprach, veränderten sich die Gesichter ringsum. Die Männer gaben keinen Laut von sich. Dann ging Soupault plötzlich auf die Knie, beugte den Kopf und küsste Lysannes nackte Füße. Man Ray legte den Kopf in ihre Halsbeuge und seufzte dramatisch an ihrem Ohr. Paul Éluard bekreuzigte sich mit gespieltem Pathos.

»Seht ihr, ich habe doch gesagt, sie könnte eine von uns sein!«, triumphierte Aragon und küsste wiederum ihre Hand.

»Wann war das?«, schrie Breton aus dem Nebenzimmer. »Wann hast du dieses Protokoll verfasst?«

»1917 im Spätsommer. Als Gaspard schwer verletzt darniederlag.«

»Hört euch das an!«, stieß Paul Éluard aus. »Da sitzen wir noch in den Schützengräben und müssen uns erst noch finden, und diese Dame begeht bereits eine surrealistische Großtat. Bravo, Lysanne. Jetzt wirst du uns erst recht nicht mehr los.«

Auch er ergriff sie und presste einen Kuss auf ihren Kopf. André Breton erschien in der Küchentür und ordnete seine zerdrückten Haare. Langsam kam er auf Lysanne zu. Seine ganze Haltung drückte etwas priesterlich Gemessenes aus. Er begegnete ihr nun mit einem sanften Respekt, der keinen Platz mehr ließ für die blasierte Ungeduld der letzten Begegnungen.

»Noch mehr als das«, sagte er. »Es war zur selben Zeit, in der Soupault die *Gesänge des Maldoror* in einem alten Buchladen entdeckt hat. Ist das nicht unglaublich?« Er ergriff ihre Hand. »Lysanne Magloire, sei versichert, dass du in uns vielleicht nicht immer anständige, aber dafür verlässliche Freunde gefunden hast. Du bist aus demselben Holz gemacht wie wir. Poetin oder Krankenschwester, du bist eine Surrealistin, ob du es willst oder nicht. Und jetzt entschuldige mich, ich muss wirklich schlafen.« Er verneigte sich kurz und wollte wieder ins Schlafzimmer verschwinden, aber Lysanne hielt ihn zurück.

»Wo ist das Buch?«, fragte sie. »Ich verstehe immer noch nicht, warum Isabelle es mir nach Gaspards Tod gestohlen hat und es mit nach Paris genommen hat. Es ist alles, was mir von ihm geblieben ist.«

Breton sah zur Decke, als würde er mit einer höheren Macht sprechen. »Eine geheimnisvolle Fügung. Sie war die Vestalin des Zufalls, aber du, kleine Lysanne, du bist dessen Kaiserin.«

»Ja, danke. Aber wo ist das Buch?« Eine leise Ungeduld schlich sich in Lysannes Stimme.

»Es muss in der Rue de Grenelle sein«, sagte Aragon. »Irgendwo in einem Schrank bei den besonders kostbaren Stücken unserer surrealistischen Sammlung.«

»Wäre es zu viel verlangt, es von euch zurückzubekommen?«

»Verstehst du nicht, Lysanne?« Breton ließ seinen wilden Blick über sie wandern. »Natürlich bekommst du das Buch wieder. Wir haben die Worte ohnehin bereits daraus geborgen. Du musst uns nur erlauben, dieses unersetzliche Original beschnuppern zu dürfen, wenn uns danach ist.«

Als Lysanne kurze Zeit später aus dem lauwarmen Wasser einer Badewanne stieg, sich ankleidete und, begleitet von Aragons labyrinthischen Liebesschwüren, Man Rays Wohnungstür hinter sich zuzog, die Treppen hinabstieg und schließlich hinaus auf den Boulevard Raspail trat, hatte sie ein Lächeln im Gesicht.

Im Vorübergehen erregten die Tageszeitungen, die ein Kiosk zum Kauf anbot, ihre Aufmerksamkeit. Sie suchte die Schlagzeilen nach der Verkündung eines neuen Mordes ab, aber da war nichts. Ihr fiel jedoch ein Name auf, den sie schon von Betty gehört hatte. Dora Ducasse, die skandalumwitterte Nachtclubtänzerin, über die hier in einer Seitenspalte geschrieben wurde. Neugierig geworden, wollte Lysanne den Artikel überfliegen, als eine Stimme neben ihr ertönte.

»Na, wie schmecken dir die surrealistischen Künstler? Verrätst du mir, wer es heute Nacht war?«

Simone Breton. Sie trug einen weiten schwarzen Mantel mit einer Pelzstola. Lysannes Lächeln verschwand. »Es war nicht André, falls du das meinst«, gab sie zurück.

Simone hob ihre fein geschwungenen Augenbrauen und klopfte einmal gegen Lysannes Mantelaufschläge. »Du willst mich herausfordern, was? Das ist gut, das ist nämlich mal was Neues. Ich weiß, dass es nicht Breton gewesen sein kann, denn er hat die halbe Nacht im Gefängnis verbracht und ich bin hier, um ihn abzuholen.«

Lysanne betrachtete ihr schläfriges und zugleich scharf geschnittenes Gesicht und sagte nichts.

»Wer es auch war – ich nehme mal an, es war Louis –, lass dir gesagt sein, dass du nicht lange das Vergnügen haben wirst. Sieh mich an. Ich bin mit einem Surrealisten verheiratet. Und weißt du, was der macht? Vögelt eine Somnambule, die noch dazu in einer Irrenanstalt gelandet ist. Nur so viel, kleine Lysanne: Wenn du eine Freundin brauchst, dann komm zu mir. Ich habe von der Erfahrung, die dir bevorsteht, schon gekostet.«

»Was für eine Erfahrung?«

»Verlassen zu werden, um der Kunst willen. Ach, was sage ich? Um einer Laune willen.«

»Aber du wurdest doch nicht verlassen.«

»Oh, du meinst, weil ich doch verheiratet bin mit André?« Sie lachte und schloss ihre trägen Augen. »Ich sage dir was, mein Schatz. Diese jungen Kerle vergöttern dich, weil du anders bist. Aber nur bis eine kommt, die ihren Idealen einer surrealistischen Wahnidee noch mehr entspricht. Und da gibt es viele. Also, nimm es nicht so schwer, falls Louis eines Tages auf die Idee kommt, dich sitzen zu lassen, weil er an der Seite einer neuen Muse eine Weltumseglung plant.«

Ohne das Gesagte näher zu erklären, drückte sie Lysanne einen flüchtigen Kuss auf die Wange, ehe sie in den Hofdurchgang einbog. Dort blieb sie noch einmal stehen und sah über die Schulter. »Wir wohnen in der Rue Fontaine zweiundvierzig. Falls du bis dahin noch mit von der Partie bist, komm an Weihnachten vorbei. Wir feiern alle zusammen bei uns. Adieu.«

Langsam ging Lysanne weiter, spürte aber in ihrer Verwirrung immer noch etwas Beschwingtes, Sorgloses. Sie atmete tief die kalte, frische Dezemberluft ein und fühlte sich auf eine unbekannte Weise lebendig. Da klopfte ein kleiner Stolz in ihrer Brust, und sie fragte sich, ob er von der Bewunderung all dieser Männer ausgelöst worden war. Lysanne wusste es nicht, wusste aber, dass er vor allem eines bedeutete: dass sie jetzt wirklich in Paris angekommen war.

10

19. Dezember 1924, nachmittags

Vioric hielt den Geruch der halb durchwachten Nacht an seinem Körper und in seinen Kleidern nicht mehr aus und meldete sich ab, um in seiner Wohnung ein Bad zu nehmen und sich zu rasieren. Er überquerte gerade den Hof, als er Paul Tusson sah, der langsam auf ihn zukam. Sein Freund sah aus, als könnten weder Bad noch Rasur seine angeschlagene Gestalt retten. »Tusson, was steht an?« Vioric erschrak über den abgezehrten Ausdruck in seinem bleichen Gesicht.

Paul Tusson ließ die Schultern hängen und lehnte sich wortlos gegen Viorics Schulter, als könnte er sein eigenes Körpergewicht nicht mehr tragen. Vioric fing einen Geruch nach Schweiß und kaltem Zigarettenrauch auf. Was für traurige Gestalten wir doch sind, dachte er.

»Was ist los? Wirst du auch noch krank?«

Tusson richtete sich auf und sah ihn aus stumpfen Augen an. »Ich wünschte, es wäre so. Dann hätte ich einen Grund, mich im Bett zu verkriechen, was mir gerade zweifellos als der beste Platz in dieser verfluchten Stadt erscheint.«

»Da werden deine Nachtclubs aber traurig sein, wenn du ihnen dein schnödes Bett vorziehst.«

Tusson seufzte schwer und betrachtete das gesprungene Leder seiner Schuhspitzen. »Julien, ich hätte dich nicht belehren dürfen über das Leben. Ich sage dir heute und hier, dass das Leben eine hässliche Kröte ist, die uns immer wieder ausspeit.«

Vioric runzelte besorgt die Stirn. »Tusson, was ist los?«

»Ich kann alles ertragen. Aufgeplatzte Därme, zerschlitzte Kehlen, tote Katzen. Aber Kinder ... bei Kindern verlässt mich die gute Laune.«

Vioric dachte an den kleinen Körper unter dem Laken im Institut Médico-Légal, den er gestern gesehen hatte. »Eines der Opfer aus deinem Fall?«

Tusson presste die Augen zusammen, als wollte er ein inneres Bild loswerden.

»Der kleine Pascal Peiroux, erinnerst du dich? Die Kratzwunden auf seiner Brust haben sich entzündet. Er hat nach dem Angriff noch zwei Wochen gelebt. Vorgestern ist er an der Blutvergiftung gestorben.«

Für einen kurzen Moment glaubte Vioric, Tusson würde anfangen zu weinen. Er wusste, dass er im Krieg irgendeine grausige Sache mit Kindern erlebt hatte, über die er nie sprach. Und manchmal dachte Vioric, dass der Lebenshunger, den sein Freund so wahllos stillte, auch nur eine Art der Betäubung ganz persönlicher Wunden war.

»Doktor Durand hat den Jungen bereits obduziert. Und weißt du, was er herausgefunden hat? Der Kerl, der die Kinder anfällt, hat gar keine langen Fingernägel. Davon sind wir nämlich ausgegangen. Aber die Kratzer waren so tief und klauenartig, das können keine menschlichen Fingernägel gewesen sein.«

»Irgendein Instrument?«, vermutete Vioric. »Etwas Chirurgisches?«

Tusson klaubte die letzte Zigarette aus seinem silbernen Etui und zündete sie an. »Durand bezweifelt das. Er hat ein bisschen recherchiert und mir gerade seine Idee mitgeteilt. Es gab früher spezielle silberne Fingerhüte, die mit einer gebogenen Spitze versehen waren. Die feinen Herrschaften aus Versailles haben beim Picknick damit Orangen geschält.«

Vioric runzelte die Stirn. »Davon habe ich noch nie gehört.«

Tusson nickte. »Wundert mich nicht. Diese Fingerhüte kennt heute keiner mehr, weil sie eben nur einem sehr speziellen, seltenen Zweck dienten. Kein Schwein braucht doch so einen Unsinn, es sei denn, deine königlichen Fingernägel sind zu kurz, um dich da zu kratzen, wo die Sonne nie scheint. Aber unser guter Doktor kam auf die Idee, weil er vor Jahren bei einer Ausstellung in Versailles tatsächlich einmal ein solches Ding gesehen haben will.«

»Bedeutet das, dass dieser nächtliche Angreifer einen dieser Aufsätze besitzt?«

»Das Kratzmuster legt nahe, dass er sogar fünf davon besitzt, für jeden Finger einen. Wir haben bereits beim Schlossverwalter von Versailles angefragt, und wenn das nicht weiterhilft, müssen wir die Trödelläden abklappern und schauen, ob irgendjemand solche Aufsätze gekauft hat. Oder bei Silberschmieden oder Werkzeugmachern nachfragen, ob sie jemand speziell anfertigen ließ.«

»Verzeih, Tusson, aber das hört sich ziemlich aussichtslos an.«

»Verdirb mir nicht noch mehr den Tag, Vioric. Irgendwo müssen wir anfangen. Ich will dieses Schwein kriegen, und dann sehen wir mal, wie es sich ohne Fingernägel lebt, weil ich ihm die eigenhändig ausreißen werde. Du kannst mich begleiten, wenn du Abwechslung brauchst. Übrigens habe ich für heute Abend zwei Karten fürs ...«

Vioric ergab sich dem Drang zu lachen und stieß Tusson gegen die Brust. »Du kannst es einfach nicht lassen, du alter Schwerenöter, was? In der schlimmsten Tragödie ziehst du noch zwei Revue-Karten aus dem Hut.«

Tusson deutete eine Verbeugung an. »Wenn es darum geht, dieses Leben ein bisschen aufzuheitern, bin ich gerne zu Diensten.«

Vioric verabschiedete sich von Tusson, dessen Zigarette bereits aufgeraucht war und die gerade unter seiner Schuhspitze verschwand, endlich in Richtung seiner Wohnung. Er nahm ein kurzes Bad und stand gerade am Spiegel neben dem Küchenfenster, das Kinn voller Rasierschaum, als er auf der Straße Lysanne heimkommen sah.

Er trat vom Spiegel zurück. Das ist nicht ihr Heim, korrigierte er sich in Gedanken. Ihr Rangierbahnhof, vielleicht. Rausschmeißen müsste ich sie, dachte er. Was fand sie ausgerechnet an diesen Anarchisten? Und was fand sie an ihm, da er die Geheimnisse, die er ihr anvertraut hatte, nicht einmal einen Tag für sich behalten konnte? Sollte sie doch schauen, ob sie bei diesen Unruhestiftern nächtigen konnte.

Er rasierte sich rasch fertig, was zur Folge hatte, dass er sich ungeschickt ritzte. Verärgert drückte er ein feuchtes Handtuch auf die Stelle und betrachtete den Rasierhobel argwöhnisch. Er würde eine neue Klinge einsetzen müssen. Als er ihre Schritte im Flur hörte, legte er den Hobel ins Waschbecken. Im Spiegel fing er seinen anklagenden Blick auf und verabscheute sich dafür.

Lysanne begrüßte ihn unbefangen, aber er meinte, die darunterliegende Schuld spüren zu können. Sie legte eine kleine Schachtel auf den Tisch, deren pudrige Farbe ihm verriet, dass irgendetwas Klebriges, Süßes darin war. Ebenso klebrig wie die Hoffnung auf Versöhnung in ihrer Stimme. »Ich hoffe, du hast dir keine Sorgen um mich gemacht, Lieutenant.«

Vioric zuckte über diese schlagartige Vertraulichkeit ein wenig zusammen. Doch weil Lysanne dabei alles andere als respektlos klang, fühlte er sich eigenartig wohl mit dieser neuen Anrede.

»Wahrscheinlich hast du schon davon gehört, dass die letzte Nacht etwas ... chaotisch war, aber ich versichere dir, ich war nicht in schlechter Gesellschaft«, beteuerte sie.

»Was ginge es mich an, wenn dem so wäre?« Vioric verschränkte die Arme vor der Brust.

»Nun, du hast mich hierher eingeladen, weil du dir Sorgen um mein Leben gemacht hast. Aber du kannst mir glauben, diese Künstler sind nicht nur zwielichtige Nachtschwärmer.«

»Ach ja? Was sind sie denn?«

»Nun, in erster Linie helfen sie uns bei der Suche nach Isabelle. Sie wissen mehr als du und ich zusammen.« Ihr Blick bekam eine bedeutungsvolle Tiefe. »Und auch wenn du mir das vielleicht nicht glauben magst ... sie wissen etwas über den Mörder. Etwas Entscheidendes.« Sie kramte in ihrer Manteltasche und legte das dünne Buch auf den Tisch, das er in der vorletzten Nacht bei ihr entdeckt hatte.

Die Gesänge des Maldoror, das Buch, das Doktor Marie versuchte, aus dem psychiatrischen Hôpital fernzuhalten. Vioric tupfte prüfend auf den Schnitt unterhalb seiner Nase. Er blutete noch immer. Er zog sich einen Stuhl heran, sah Lysanne stumm an und ignorierte das Buch. In seinem Kopf schlug ein Dampfhammer, und er fühlte sich maßlos provoziert.

»Ob es dir gefällt oder nicht«, sagte sie, »aber diese unartigen Dichter wissen, dass Isabelle lebt. Sie wissen sogar, wo sie sich aufhält!«

Vioric überhörte ihren Spott und lehnte sich zurück.

»Ich bin ganz Ohr.«

»Also, die Gruppe der Surrealisten, wie sie sich nennen, kennt Isabelle, und sie haben mir erzählt, dass meine Schwester ein sehr instabiles Leben führt, seit sie sich in Paris aufhält. Sie nimmt Kokain und hat aus einer Laune heraus ihre Ausweispapiere in einem Café auf einem Tisch liegen lassen.«

»Warum sollte sie so etwas tun?«

Lysanne öffnete die Schachtel vor sich auf dem Tisch, und minzgrüne, himbeerrote Farbtupfer erschienen, die ihn seltsamerweise besänftigten.

»Weil meine Schwester nicht mehr sie selbst ist, Lieutenant. Ich hatte schon damals in Ribérac den Verdacht, dass sie sich selbst abhandenkommt durch das Kokain und das Leben im Krieg, aber jetzt weiß ich, dass ich mich nicht getäuscht habe. Jedenfalls kannst du nun in deinen Ermittlungsbericht schreiben, dass diese tote Gouvernante irgendein armes Vögelchen war, das mit Isabelles Ausweispapieren eine neue Zukunft aus dem Leben herausschlagen wollte.«

Vioric wog den Gedanken in seinem Kopf ab. Sollte dieses Szenario tatsächlich stattgefunden haben, würde er es nie beweisen können.

Er betrachtete sie, wie sie unbedarft an einem hellgelben Macaron knabberte. In ihren Augen lag trotz ihrer selbstbewussten Rede ein schuldbewusstes Flackern.

Er räusperte sich. »Es fällt mir schwer zu glauben, dass deine zwielichtigen Nachtschwärmer etwas über die Mordfälle wissen. Wenn sie etwas wüssten, würden sie es ja wohl hoffentlich offiziell melden und nicht in die Nacht hinausposaunen wie betrunkene Dummköpfe. Hast du überhaupt eine Ahnung, mit welchen Subjekten du es zu tun hast? Es sind ernsthafte Anschuldigungen, die gegen deine neuen Freunde vorgebracht werden. Hast du verstanden, worum es diesen Leuten geht? Ich meine, *verstehst* du es wirklich?«

»Der Surrealismus will alles zerschlagen, was ohnehin brüchig ist.«

»Was bitte schön ist an Frankreich brüchig?«, fragte er, während Paul Tusson irgendwo in seinem Hinterkopf ein schallendes Gelächter anstimmte.

»Ach bitte! Du bist doch Polizist, wenn du das nicht siehst, dann ...«

»Was, dann?«, zischte er.

Statt einer Antwort ließ sie die angebissene Süßigkeit zurück in die Schachtel sinken und schob ihm das Buch zu. »Du begehst einen Fehler, wenn du die Surrealisten als bloße Unruhestifter bezeichnest. Lies das Buch, und du weißt, dass sie deine wichtigsten Verbündeten sind. So wie ich übrigens auch. Ich bin deine Eintrittskarte in diese Kreise. Selbst wenn sie dir bei der Ermittlung helfen wollten – so, wie du redest, hörst du dich an wie ein wütender Dorfpastor. Und wenn du so klingst, würden Aragon und Breton dich nicht einmal mit der Kneifzange anfassen, geschweige denn mit dir sprechen.«

Vioric presste die Lippen zusammen. Edouard würde jetzt einwenden, dass Lysannes Freunde sich noch wünschen würden, wenn man sie bloß mit einer Kneifzange anfasste. »Was hat dieses unsägliche Buch mit den Morden zu tun?«

Lysanne seufzte erleichtert. »Und ich dachte schon, du fragst nie. Lies es, und du wirst sehen, dass die Szenen darin mit den Morden beinahe identisch sind. Und weil dieses Buch das Lieblingsbuch der Surrealisten ist, habe ich über diesen Zusammenhang auch von ihnen erfahren. Sie drucken und verteilen es sogar, um es wieder bekannter zu machen.«

Viorics Ärger über diese Bloßstellung pochte in der Rasierwunde, die nicht aufhören wollte zu bluten. Er stand auf und flüchtete vor ihrem fragenden Blick in sein Zimmer, kleidete sich fahrig an und klebte ein winziges Stück Zeitungspapier auf den Schnitt. Er musste zurück zur Préfecture.

Als er aus seinem Zimmer kam, war Lysanne in ihrem verschwunden. Vioric war gerade im Begriff zu gehen, als es an der Haustür klopfte. Es würde doch kein weiterer Mord vermeldet werden, der noch schauderhafter war als die beiden vorigen?

Im Treppenhaus stand ein ihm unbekannter Mann. Er wirkte auf eine jungenhafte Weise unverbraucht, und aus seinen wachen Augen leuchtete etwas undefinierbar Lebendiges, um das Vioric ihn sofort beneidete. Dann erkannte er in ihm den sonderbaren Kerl wieder, der in der nächtlichen Passage de l'Opéra vor dem Stockladen gehockt hatte.

»Guten Tag, Lieutenant!« Vioric sah sich genötigt, eine kalte, aber kräftige Hand zu schütteln. »Lassen Sie die Prinzessin frei!«

»Hier wohnt keine Prinzessin«, blaffte Vioric ungehalten. »Bloß eine rotzfreche Göre, die glaubt, dass ihr ganz plötzlich ganz Paris gehört.«

»Die meinte ich.«

»Und wer ist ich?«

»Louis Aragon. Ich bin Dichter. Zumindest denke ich das. Vielleicht bin ich auch nur ein Denker.«

Vioric fühlte sich durch die unbefangene Art des jungen Mannes so provoziert, dass er ihn am liebsten auf der Stelle verhaftet hätte. Die Tür zum Gästezimmer öffnete sich, und Lysanne trat heraus. Da stand er, ein abgekämpfter, farbloser Lieutenant, neben dem etwas schäbigen, aber unverschämt schillernden Künstler. Auf einmal schämte er sich vor Lysanne. Der junge Mann gefiel ihm gegen seinen Willen. Er trug einen viel zu dünnen Mantel und eine Baskenmütze, an deren Schirm eine Damenbrosche steckte. Louis Aragon deutete eine kleine Verbeugung an und lugte ungeniert ins Innere der Wohnung. Dann weiteten sich seine Augen vor Überraschung.

»Ah, was Sie da auf dem Küchentisch liegen haben, das sollten Sie unbedingt lesen, Lieutenant. Ich meine es ernst, und das kommt so gut wie nie vor.«

Lysanne trat neben ihn und begrüßte Aragon mit einem zurückhaltenden Lächeln. »Ich habe ihm schon gesagt, dass er die *Gesänge* lesen soll, aber er weiß noch nicht so recht, ob er dieser Spur folgen soll, stimmt's, Lieutenant?«

Aragon lehnte sich gegen den Türrahmen und fixierte Vioric. »Sagen Sie mal, hat es vielleicht noch andere bestialisch zugerichtete Opfer gegeben?«

»Was meinen Sie?«

»Na, das mit den Stecknadeln zum Beispiel. Haben Sie ein Mädchen gefunden, dem er die Augenlider mit Stecknadeln zusammengeheftet hat?«

»Sind Sie noch bei Trost?«

Aragons Blick flimmerte amüsiert. »Ich hoffe nicht. Und das mit den Kindern? Gibt es Anzeigen von besorgten Müttern, deren Kinder im Park von einem Fremden zu Gewalttaten angestiftet werden? Nein? Kinder, denen des Nachts die Brust zerkratzt wird?«

Viorics Nacken versteifte sich, und sein Herz pochte auf einmal doppelt so schnell. »Was sagen Sie da?«

»Ich sage, lesen Sie den *Maldoror* sehr genau durch, Sie könnten Menschenleben retten.«

Aragon legte zwei Finger an die Mütze. »Ich würde Sie übrigens nicht dazu ermutigen, wenn mir dieser Kerl nicht absolut zuwider wäre.«

Vioric trat auf Aragon zu und bohrte seinen Blick in das unverschämt fröhliche Gesicht. »Was wissen Sie über diesen Mann?«

»Nicht das Geringste, Lieutenant. Ich glaube bloß, dass er sich auf höchst unerfreuliche Weise vom *Maldoror* inspiriert fühlt, dieser arme Wurm. Ich begrüße ja prinzipiell, dass das Werk sein betörendes Gift nun wieder durch die Adern der Republik pumpt. Aber vielleicht doch nicht ganz so wörtlich.«

Vioric hatte Mühe, ruhig zu bleiben. Das war also der Grund, warum die Darsteller der geplatzten Theatervorstellung sich so provokant gebärdet hatten.

»Was genau wollen Sie hier?«, fragte Vioric.

»Oh, das geht nur mich und Lysanne etwas an.« Aragon beugte sich vor und flüsterte laut und deutlich in Lysannes Ohr. »Heute Abend um zehn, Teuerste. Halte dich bereit.«

Er drehte eine ungelenke Pirouette und sprang die Treppe hinunter. Vioric sah Lysanne an. Ihre Wangen hatten die Farbe der hellroten Macarons auf dem Tisch angenommen. Er beschloss, sie und ihre Vorfreude zu ignorieren, ebenso wie eine weitere Nacht, in der er sich höchstwahrscheinlich wieder um sie sorgen würde. Ohne ein weiteres Wort nahm er das Buch und verließ die Wohnung.

Louis Aragon würde beim nächsten Morgengrauen von der Polizei aus dem Bett geprügelt werden, das hatte Edouard so angeordnet. Julien hatte Lysanne schon einmal ein Dienstgeheimnis anvertraut, und er war nicht gut damit gefahren. Aber auch wenn er sich einzureden versuchte, dass er sich schließlich an seine Vorschriften zu halten hätte, so blieb doch ein schaler Nachgeschmack der billigen Rache zurück, den er in einem ruhigen Café an der Place Saint-Sulpice mit einem Teller Cassoulet beinahe zu beseitigen vermochte. Während er das Essen in sich hineinschlang, blätterte er das Buch durch. Er kam schnell zu dem Eindruck, dass es der reinste Schund war. Vergeistigter, brutaler, vollkommen unverständlicher Unsinn. Er beschloss, Stéphane Murier mit der Lektüre zu beauftragen. Dann ging er mit unerträglich vollem Magen in die Préfecture, um Paul Tusson zu eröffnen, dass ihre Fälle zusammenhingen.

19. Dezember 1924, spätabends

Lysanne liebäugelte mit jeder Uhr, die in ihr Blickfeld rückte. Es war immer noch erst wenige Minuten nach elf. Sie versuchte sich auf Louis zu konzentrieren, an seine zauberhaften Wortspiele und Fantastereien anzuknüpfen, aber es gelang ihr nicht. Er begann mit einem Bleistift das Tischtuch neben seinem Teller vollzukritzeln. Eine Weile sah sie ihm zu und las die auf dem Kopf stehenden Sätze.

Oh wertvolle Augenringe! Der Winter quetscht Dämmergeschrei aus den unterirdischen Gräbern träumender Päpste.

»Entschuldige bitte«, sagte Lysanne nach einer Weile. »Ich fürchte, mit mir ist gerade nicht viel anzufangen. Ich fühle mich wie eine Schülerin vor einer wichtigen Prüfung.«

»In dieser Prüfung steht das Ergebnis zweifelsohne schon fest. Denn Isabelle ist längst die, die sie ist, und deine Reise ins Ungewisse geht zu Ende.«

»Warum sagst du mir nicht, was mich erwartet?«

»Ich will dich des Eindrucks nicht berauben, wie es wäre, wenn du ganz allein hinter Isabelles Geheimnis gekommen wärst.«

Nachdem Aragon mit dem Kellner um den Preis des Abendessens gefeilscht und versucht hatte, diesem die vollgeschriebene Tischdecke als Pfand anzubieten, legte Lysanne etwas von dem Geld, das sie bei Betty verdient hatte, auf den Tisch, ehe sie schließlich aufbrachen. Er führte Lysanne in eine breite Gasse im elften Arrondissement. Von den Straßenlaternen funktionierte nur noch ein kläglicher Rest, die anderen waren erloschen oder das Glas zerschlagen. Auf der linken Seite schuf ein mit roten Glühbirnen gerahmter Eingang ein wenig Licht. Eine Schlange Menschen bewegte sich langsam auf das Innere zu. Kleine Glutpunkte flammten in der Schwärze zwischen den Gestalten auf. Rauch vermischte sich mit dem modrigen Dunst, der aus den Kanaldeckeln waberte, und wob sich in die Winternacht ein.

Neben dem Eingang hingen Glaskästen, in denen Plakate auf die Attraktionen des Abends hinwiesen. Alles, was Lysanne erkannte, war das Bild eines grotesk verbogenen Frauenkörpers vor einer schattenhaften Kulisse. Darüber prangte der Schriftzug:

Sehen Sie heute
Dora Ducasse
und ihre
Tänze aus bösen Träumen

Aragon reihte sich mit ihr am Ende der Schlange ein.

»Den ganzen Abend wird hier getanzt und gezaubert, gespielt und sich entblättert«, erklärte Louis. »Aber deine verloren geglaubte Schwester ist die Attraktion der späten Stunde. Für sie stehen all diese Menschen hier in der Warteschlange.« Aragon legte den Arm um ihre Schultern, um sie zu wärmen. Schließlich führte er sie durch eine Tür und bezahlte bei einer glatzköpfigen Frau das Eintrittsgeld. Vor ihnen wurde ein speckiger Ledervorhang aufgehalten, und dahinter sah Lysanne sich einem weitläufigen Saal gegenüber. Vor der erhöhten Bühne standen Sofas und Sessel um kleine Tischchen gruppiert. Das

Ganze wirkte wie ein riesiges Café, nur dass in der Luft der Geruch von Hochprozentigem hing. Lysannes Nervosität wuchs.

Auf der Bühne waren drei Damen in seidenen Morgenmänteln gerade dabei, einen Mann aus dem Publikum in ihre Mitte zu zerren und ihn mit unzüchtigen Berührungen und frivolem Gurren einzuhüllen. Jemand lachte.

Lysanne entdeckte in dem vornehmlich männlichen Publikum auch einige Frauen in knappen Kleidern, mit überlangen Zigarettenspitzen und noch längeren Perlenketten.

Aragon ließ sie auf einem dunklen Samtpolster Platz nehmen und orderte Martini für sich und einen Royal Flip für sie, der mit scheußlicher Süße ihren Mund füllte.

Die drei Grazien verschwanden. Die Lichter wurden gedimmt. Eine erwartungsvolle Stille überlagerte die hochgereckten Köpfe vor Lysanne.

»Wenn du es nicht ertragen kannst, kneif mich, dann gehen wir sofort hinaus«, flüsterte Aragon in ihr Ohr. Lysanne nippte an dem klebrigen Getränk. Sie konnte sich nicht vorstellen, was auf der Bühne denn Unerträgliches passieren sollte. Aber allein die Tatsache, dass Isabelle offenbar etwas zu bieten hatte, was diese vielen Menschen hier versammelte, beunruhigte sie zutiefst.

In diesem Moment erklang das klagende Streichen eines Cellos. Der Vorhang glitt zur Seite, und ein einzelner Scheinwerfer erhellte auf der Bühne einen Kreis.

In dessen Mitte stand auf den rohen Brettern ein Sarg. Es gab kein Bühnenbild. Keine Dekoration. Nur diesen Sarg. Lysannes Gedanken rauschten für einige Sekunden unaufhaltsam zu jenem Anblick von Gaspards Sarg zurück.

Ein junger, entsetzlich dünner Mann erschien, unter dem Arm einen großen Korb. Er war in ein graues Tuch gehüllt und geschminkt wie eine Leiche. Am äußersten linken Rand blieb er stehen und zeigte dem Publikum seinen Korb, der mit Gläsern und Flaschen gefüllt war. Die Musik war zu einem traurigen, hypnotisierenden Klagen angewachsen, unterbrochen von Trommelklängen, die aus dem Nirgendwo unterhalb der Bühnenbretter zu kommen schienen.

Dann bewegte sich der Sargdeckel auf einmal, und ein weißer Arm schlängelte sich heraus. Lysanne stürzte den Rest des Cocktails herunter, um sich von der grauenhaften Vorstellung abzuhalten, dass es Gaspards Leichenhand war.

Ein Raunen ging durch die Menge, Köpfe reckten sich. Mit quälender Langsamkeit wurde der Sargdeckel von einer tastenden Hand zur Seite geschoben, die wie ein anmutiges Insekt auf dem Holz tanzte und die Erwartung der Zuschauer bis aufs Äußerste strapazierte.

Ein bleiches, dünnes Bein arbeitete sich hervor, von dem Lysanne glaubte, es könnte niemals das ihrer Schwester sein, die sonnengebräunt über das Stoppelfeld gerannt und mit kräftigen Beinschlägen in den Seerosenteich hinabgetaucht war. Jetzt spreizten sich ihre Zehen wie in einem Krampf, um dann wie eine Pfeilspitze aus dem Sarg zu schnellen und sich auf den Boden zu stellen. Es folgte der Rest des Körpers, in dem Lysanne unter einem glitzernden Schleier und etlichen Perlenketten nur mit Mühe Isabelle erkannte. Sie trug eine Art silbernen Helm über wirr gelockten Haaren und eine blutrote Federboa. Mit zu Schlitzen verengten Augen starrte sie das Publikum an und öffnete den dunkel geschminkten Mund zu einem lautlosen Schrei. Ihr Gesicht strahlte etwas Feindseliges und Einsames aus, das in krassem Kontrast zu ihrer glamourösen Kostümierung stand. Die Spannung auf den Stühlen stieg weiter an. Der dürre Mann am Bühnenrand griff sich ein Glas, ließ es auf dem Boden zerschellen, und der Tanz begann.

Wo hatte Isabelle gelernt, sich so zu bewegen? Wann hatte sich diese Eleganz, diese selbstvergessene Geschmeidigkeit in ihre Glieder geschlichen? Sie hatte bis auf die schlichten Bauerntänze zu Karneval und auf dem Sommerfest nie getanzt. Und nun bewegte sie sich mit der Anmut einer Katze und den hinterhältigen Windungen einer Kobra. Von ihrem Körper ging etwas Majestätisches aus, eine düstere Macht, und sie schien nichts anderes zu beschwören als den Tod.

Weitere Gläser zerbrachen auf dem Boden, und im zarten Girren der Splitter begann Isabelle einen zuckenden Schleiertanz, der das Publikum innerhalb kürzester Zeit in Raserei verfallen ließ. Manche sprangen auf und rauften sich die Haare. Gleichzeitig lag in den Gesichtern eine Art Feindseligkeit, als würde sich das Publikum gegen den Bann, den Isabelle über sie legte, wehren.

Ihre Schwester erzeugte einen solch wilden und gleichzeitig verlassenen Ausdruck, als hätte sie jahrelang in einer Höhle zugebracht. Sie verbog ihre Glieder so gewagt, dass vereinzelt Schmerzensschreie im Publikum zu hören waren, und mit jedem kleinsten Zucken ihrer Muskeln jagten elektrische Spannungen durch den Saal. Während des Tanzes zerriss das hauchfeine, irisierende Tuch, das sie bedeckte, und in einer fast angewiderten Geste warf sie die Federboa von sich. Der dünne Mann zerwarf das letzte Glas, und Isabelle hielt inne. Eine neue Musik erklang, und im Aufbäumen der Töne zerriss Isabelle sich schließlich die Perlenketten und warf in einer verachtungsvollen Geste die Federboa Richtung Publikum. Einige Zuschauer begannen sofort, daran herumzuzerren, um sie für sich zu gewinnen.

Nur noch von einigen dünnen Perlenschnüren umschlungen, schien sie immer wieder über ihren eigenen Schatten hinwegzuspringen. Dabei marterte sie das Publikum mit wilden

Gesten und fiebrigen Blicken. Sie schreckte immer zurück, als würde sie ein Gespenst umrunden, das niemand außer ihr sehen konnte. Immer wieder spreizte sie für Sekundenbruchteile die Schenkel, und ein unstillbares Verlangen brandete ihr von den Männern entgegen. Männer wie Frauen starrten Lysannes Schwester mit wie von Schmerz verzerrten Gesichtern an. Ein Mann hatte die blutrote Federboa für sich in Anspruch genommen und trug sie wie eine heilige Trophäe nun selbst um den Hals.

Plötzlich wandte Isabelle sich ab, schloss die Augen, und mit einem Mal wurden die Bewegungen feiner, beiläufiger, als würde eine Schlafwandlerin versuchen, Ballettübungen nachzuahmen. Einige Perlen kullerten zu Boden, ihr Kostüm löste sich auf. Die ganze Dynamik verlagerte sich ins Rätselhafte, Unbestimmte. Sofort übertrug sich die neue Stimmung auf das Publikum. Neben Lysanne neigte eine Frau den Kopf, um die Bühne aus einer neuen Perspektive beobachten zu können. Aragon, auf der anderen Seite Lysannes, rutschte auf seinem Stuhl hin und her.

In Isabelles rohe Wildheit hatte sich etwas sonderbar Tragisches gemischt, und das Licht auf der Bühne wurde schwächer. Als würde eine greise Frau auf ihr Sterbebett zukriechen, näherte sie sich jetzt dem Sarg und stieg hinein. Einige Männer brachen in lautes Schluchzen aus, andere streckten die Hände nach der Tänzerin aus. Der Gläserwerfer sammelte einige Perlen von den zersprungenen Schnüren auf, streute sie im Takt der Musik in den Sarg und zerknüllte letztendlich die herumliegenden Schleier, um ihn Isabelle als Kopfkissen unterzuschieben. Über der Bühne lag eine Stimmung unerlöster Qual. Mit dem Knall, mit dem sich der Sargdeckel in der plötzlich einfallenden Stille über Lysannes Schwester schloss, fiel auch der Vorhang für Doras böse Träume.

Lysanne schnappte nach Luft. Louis Aragon stürzte noch rasch den Rest seines Martinis hinunter, während sie ihn schon von seinem Sitz hochzuziehen versuchte. Sie konnte es kaum erwarten, wieder auf die Straße zu gelangen. Die Befangenheit vor dieser neuen Isabelle war wie ein Abgrund, über den zu springen Lysanne in diesem Moment keine Kraft hatte, sosehr sie ihrer Schwester auch gegenübertreten wollte.

Lysanne warf noch einen letzten Blick zurück. Da meinte sie plötzlich, neben der Bühne ein bekanntes Gesicht zu sehen. Sie reckte den Kopf, aber der Augenblick war zu schnell vorbei. Als sie sich hinter Aragon aus dem überhitzten Saal schob, versuchte sie das kurze Aufblitzen des Gesichts in ihrem Gedächtnis festzuhalten. Ein blasses Gesicht, das wie aus einem lange zurückliegenden Traum aufgeschimmert war. Nervös drehte sie sich noch einmal um, aber da hatte sich die Wand fremder Gesichter bereits wieder geschlossen, und alles, was sie sah, war die tiefe, lustvolle Verzweiflung derer, die in den Abgrund geblickt hatten.

Nachtluft legte sich um sie. Benommen ließ sie sich auf eine Bank sinken und starrte zu den blinkenden Lichtern über dem Eingang der Bar. Ein Mann tapezierte jetzt, mitten in der Nacht, während die Gäste aus dem Gebäude strömten, mit einem Leimbesen die neuesten Werbeplakate auf eine Litfaßsäule. Das Geräusch der nassen, klatschenden Papierbahnen verursachte ihr Übelkeit. Weit über ihnen auf seiner Leiter stieß der Plakatierer weiße Atemwolken in die Luft. Aragon setzte sich neben sie und sagte dankenswerterweise nichts. Irgendwann fand Lysanne die Kraft für eine Frage.

»Ich weiß, du magst es nicht sonderlich, den Dingen auf den Grund zu gehen«, sagte sie matt, »aber das musst du mir einfach erklären.«

»Alles, was du willst, Lysanne, aber es ist, mit Verlaub, so kalt wie die Fantasie eines russischen Dichters. Können wir bitte ...«

»Alles, was du willst, Louis.«

Er führte sie in eine Brasserie, in der das Publikum ausschließlich aus Huren und ihren Freiern zu bestehen schien. Aragon bugsierte sie zu einem Tisch am Fenster und bestellte Wein, dazu Brot und etwas Käse. Lysannes Gedanken fielen immer wieder an einen einzigen Platz: der Sarg ... Sie dachte an den Tag, als in Gaspards Zimmer dieses schreckliche, eindeutige Holzstück gestanden hatte. Warum verwendete Isabelle ausgerechnet einen Sarg für ihre Aufführung?

Louis Aragon nagte an einem Stück Käse. »Natürlich hätte ich dir heute Nachmittag schon sagen können, dass Isabelle Tänzerin ist. Aber ich bin mir sicher, du hättest es nicht verstanden.«

»Ich verstehe es immer noch nicht. Ich verstehe diese ganze Stadt nicht ...«

»Was hast du denn erwartet, du kleines erschrockenes Schiff?«, fragte er zärtlich und vorwurfsvoll zugleich. »Liebespaare an der Seine und Blumenverkäufer? Gespreizte Niedlichkeit auf den Boulevards mit Akkordeon und die Chance, unendlich glücklich zu werden? Ist es das, was du dir in deinem Tagebuch ausgemalt hast, bevor du nach Paris kamst?«

»Ich habe nicht diese Zerstörungskraft erwartet, die hier allem innewohnt. Diese fortwährende Zersetzung der Normalität. Du sagst mir, Isabelle wäre eine Tänzerin, aber ich sehe keinen Tanz, keine Unterhaltung. Ja, da war eine gewisse befremdliche Schönheit. Aber vor allem war es grauenvoll und unverständlich.«

»Es ist eben das, was deine Schwester auszudrücken versucht. Wieso verleugnen, was im Inneren hervorbrechen will? Ich sage: Hinfort mit leerer Ästhetik!« Aragon deutete auf den frostig schimmernden Boulevard hinaus. »Sieh dich doch um. Was denkst du denn, was für Menschen von diesem Weltenbrand zurückgekehrt sind? Ich weiß, dass uns die Regierung einreden will, dass wir so weitermachen können wie vor dem Krieg, aber das ist eine Vergewaltigung der Wahrheit.« Aragon starrte gegen die nächtlich schwarze Fensterscheibe. Mit einem Male war er nicht mehr dieser unbeschwerte, zufallsbejahende Großstadtkünstler. Lysanne sah Dinge in seinen Pupillen schimmern, die er, nein, die sie alle so niemals hätten erleben dürfen.

»Guck dir die hinkenden Männer mit den Triefaugen da drüben an. Glaubst du, die Hoffnung dieses Landes gründet sich auf die Erfahrungen, die diese armen Teufel in den Schützengräben gemacht haben? Was soll daraus bitte Gutes entstehen?«

Er sprach ganz ruhig und klar, gestikulierte sparsam zwischen seinem Weinglas und Lysannes Händen. Ja, sie hatte wirklich geglaubt, die Welt würde sich so schnell wie möglich wieder gut gelaunt herausputzen, wenn der *Grande Guerre* erst einmal geendet hatte. Sie hatte erwartet, dass die Stumpfsinnigkeit und Wundheit der Leute aus Ribérac gar nicht an den Entbehrungen der vier Blutjahre lag, sondern an ihrem allgemeinen Wesen, das sie schon im Kindesalter als unangenehm hoffnungslos empfunden hatte. Paris dagegen war ihr erschienen wie eine große Malerpalette, in der gewagte, leuchtende Farben vermischt wurden, um etwas Großes, Bewundernswertes hervorzubringen. Was genau dieses Große, Bewundernswerte war, davon hatte sie nur eine ungenaue Vorstellung gehabt. Louis' Nähe und seine Worte ließen sie nun jedoch deutlicher werden. Musste es denn unbedingt etwas Schönes sein? War es überhaupt wahrhaftig, sich in derartigen Zeiten ausschließlich nach dem Schönen zu richten? Ihr wurde mit einem Mal bewusst, worin ihre Faszination für Louis Aragon und seinen Kreis lag. Es war nicht Schönheit oder Bewunderung, was sie suchten, sondern das radikal andere, was auch immer es sein mochte. Die Surrealisten schienen aus dem negativen Wust einer im Krieg untergegangenen Welt etwas Neues formen zu wollen, und das allein war groß und bewundernswert genug. Lysanne begann zu verstehen, was er ihr sagen wollte. Ja, sie begann sogar ein wenig zu verstehen, was es mit Isabelles Verwandlung auf sich hatte.

»Deine Schwester ist wie der Treibsand unserer Zeit, der alles und jeden verschlungen hat«, sagte Aragon. »Du magst es grauenvoll nennen, aber es ist eigentlich ein Gnadenakt. Tod diesen alten Lügen, anstatt sie künstlich weiter mit Leichengas aufzublähen.«

Aragon nahm das stumpfe Brotmesser und tat so, als würde er sich damit die Kehle durchschneiden. Seine Linke drehte kleine Brotstücke auf der Tischplatte zu Kügelchen.

»Ich scheiße auf Frankreich, den Katholizismus und meine gute Kinderstube. Ich ehre die löchrigen Seidenstrümpfe dieser schwindsüchtigen Hure da drüben in der Ecke. Und ich ehre deine Schwester dafür, dass sie die erste ehrliche Tänzerin in dieser verlogenen Stadt war.« Er fegte die Brotkügelchen vom Tisch auf den Boden.

Lysanne presste die Lippen zusammen und schwieg.

»Sie hat uns gezeigt, dass es für alles eine Bühne gibt.« Louis strich zart und beiläufig mit dem Rücken des Messers über Lysannes Handrücken. »Der Selbstausdruck hält sich an keine Regeln mehr. Tanzen bedeutet heute nicht mehr, Männer für einen Blick auf deine Strümpfe bezahlen zu lassen. Es bedeutet, den Leuten einen Blick in deine Seele zu gewähren. Auch wenn deine Seele ein Friedhof ist, auf dem die Spinnen flüstern.«

Lysanne versuchte, in der Vergangenheit einen Anhaltspunkt für Isabelles Veränderung zu finden. War es wirklich nur das Kokain? Oder hatten sich die unzähligen sterbenden Soldaten in Isabelles Seele zu einem Gewicht vereinigt, das sie unbarmherzig aus ihrem alten behüteten Dorfleben in den finsterfiebrigen Morast gezogen hatte, aus dem jene neue Zeit entstand, die Aragon herbeisehnte?

Weil ihre Gedanken keine Richtung fanden, sprach sie ihre Verwirrung aus. »Wie ist Isabelle so ... so geworden?«

Aragon zuckte mit den Schultern. »Andere gequälte Menschen bringen Leute um oder gründen den Surrealismus. Ich nehme an, dass deine Schwester die Notwendigkeit erkannt hat, zu zeigen, wer sie wirklich ist.«

»Aber das ist nicht wirklich sie!«

»Woher willst du wissen, dass du nicht erst heute Abend die wahre Isabelle kennengelernt hast?« Aragon schüttelte lächelnd den Kopf. »Hast du nie daran gedacht, dass deine Schwester in euren Jugendjahren etwas Verborgenes genährt hat, das du nie zu Gesicht bekommen hast? Nun, Paris hat die Macht, diesem heimlichen Schattengezücht genügend Nahrung zu geben, dass es ans Licht bricht.«

Lysanne legte die Stirn auf den Handflächen ab. Ihr war klar, dass Aragon recht hatte, aber der letzte Teil von ihr, der noch an ihrer Schwester hing, war mit dieser Erklärung nicht zufrieden. War ihr jene Facette von Isabelle, die sie zu dem überstürzten Weggang aus Ribérac getrieben hatte, denn wirklich nie aufgefallen?

Sie dachte erneut an den Sarg auf der Bühne und schauderte.

War dieser Sarg eine unverständliche Antwort auf die Frage, warum Isabelle sie verlassen hatte und Gaspards Tod so groß gewesen war, dass er Isabelle immer noch unter einer dunklen Kuppel gefangen hielt?

»Ich frage mich dennoch, wie sie auf die Idee kam, zu tanzen«, grübelte sie weiter. »Sie war keine großartige Tänzerin früher.«

Lysanne trank einen Schluck Wein, der den Geschmack von alter Marmelade hatte. Aragon drehte neue Brotkügelchen.

»Wie Isabelle zur Tänzerin geworden ist, kann ich dir sagen. Wie du weißt, geht es unserer Truppe darum, Verwirrung zu stiften, damit die Leute beginnen, ihr Tun zu hinterfragen. Und eines Tages hatte mein lieber Freund Max Ernst die Idee, man müsste doch einmal in einen Nachtclub gehen und dort ordentlich Unruhe auslösen. Stell dir vor, da sitzen reihenweise geile, sabbernde Herren und glotzen diese langweiligen Puppen an, die auf der Bühne ihre Unterwäsche zeigen. Wir hatten nichts Böses vor. Wir wollten nur während der Darbietung das Geschehen auf unsere Art konterkarieren. Es war einer dieser Tage, an denen Soupault Isabelle mitgebracht hatte, und es waren auch noch ein paar andere Freundinnen mit von der Partie. Ich hatte Isabelle an diesem Abend gar nicht bemerkt. Erst, als sie später ...« Aragon unterbrach sich, als müsste er seine Erinnerung klären.

»Na, jedenfalls waren wir kurz davor, vor die Tür gesetzt zu werden, aber die Show war ohnehin vorbei, und im Publikum befanden sich so viele Besoffene, dass die Türsteher alle Hände voll zu tun hatten. Wir waren also gerade im Aufbruch, als Isabelle plötzlich auf die Bühne zutaumelte. Sie stellte sich in ihrem losen roten Abendkleid hin und begann sich zur seichten Melodie des kleinen Amüsierorchesters zu wiegen.« Auf seinem Stuhl sitzend, ahmte er die Szene nach. Lysanne verkniff sich ein Lachen. »Mitleidig-obszöne Pfiffe brandeten auf, und Soupault wollte schon zu ihr eilen, um sie dem Fokus der stumpfen Hunde zu entreißen, aber dann tat sie etwas, was niemand erwartet hatte.« Louis richtete sich auf. Mit einem Mal lag auf seinem Gesicht eine konzentrierte Anspannung. »Am Anfang hätte man meinen können, es handelte sich um den peinlichen Auftritt einer berauschten Unglücklichen. Sie hatte diese anmaßende Rohheit und erzeugte dabei doch die reinste Eleganz.« Er ballte die Fäuste, und Lysanne hielt den Atem an.

»An diesem Abend habe ich sie zum ersten Mal wirklich wahrgenommen. Weißt du, meine Freunde gabeln andauernd irgendwelche Mädchen auf, die die übliche abgenutzte Weiblichkeit auf irgendeine Weise konterkarieren. Kokainistinnen, Somnambule, Dichterinnen, kreative Huren ...«

Ernüchtert griff Lysanne nach ihrem Glas. »Ich will das eigentlich gar nicht so genau wissen.«

Aragon lächelte ertappt. »Entschuldige. Isabelle tanzte auf eine so verlorene und gleichzeitig selbstbewusste Art, als wäre die Welt längst untergegangen und sie die letzte Menschenseele.« Lysanne hatte keine Mühe, sich das Erzählte bildlich vorzustellen. »Das Orchester reagierte umgehend und versuchte sich, wie aus einem Dornröschenschlaf erwacht, an mutigeren Stücken. Soupault hat bei ihrem Anblick geweint wie ein Kind.«

»Warum?«, fragte Lysanne.

»Weil er sah, dass sie ihr Ausdrucksmittel gefunden hatte, und weil ihm klar war, dass er sie in dem Moment verloren hatte.« Aragons Augen schimmerten plötzlich feucht. »Irgendwann wand sie sich aus ihrem Kleid heraus wie eine Schlange, die eine alte Haut abschält. Im Publikum begannen manche zu wimmern wie kranke Tiere. Als Isabelle ihre Schuhe in die Zuschauermenge schleuderte, begannen zwei Männer sofort eine Prügelei darum. Mit der Wundheit einer ausgerupften Rose hatte sie unsere Seelen berührt. Schließlich war sie von ihrer Darbietung so erschöpft, dass sie auf der Bühne zusammensank und man sie hinter den Vorhang trug. Noch in der gleichen Nacht schickte Isabelle den Besitzer des Clubs zu uns, und das war der Anfang vom Ende.« Aragon verzog den Mund und schnippte ein Brotkügelchen gegen die Wasserkaraffe. Im Hintergrund begann ein Mann ein schiefes Lied, wurde aber von seiner Begleitung umgehend zum Schweigen gebracht.

»Wie meinst du das?«, fragte Lysanne.

»Sie bekam ein Engagement in diesem Club. Das war eine furchtbare Enttäuschung für uns, die wir gerade erkannt hatten, dass sie das Zeug zu unserer Muse gehabt hätte.« Er zuckte die Schultern. »Stattdessen stand sie nun jeden Abend um elf auf der Bühne und bekam dafür ungehinderten Zugang zu Alkohol und Kokain. Der Nachtclubbesitzer hat sie als verruchte Muse der Verlorenen verkauft. Die Leute kamen in Scharen. Plötzlich nannte sie sich Dora Ducasse, was eine weibliche Abwandlung von Isidore Ducasse ist, falls es dir noch nicht aufgefallen ist – der echte Name unseres hochverehrten Comte de Lautréamont.

Dass sie unseren literarischen Gott zu einer Mode herabgewürdigt hat, fand Breton ganz besonders schlimm, und er erklärte sie zur *Persona non grata*. Den Rest von uns focht das aber nicht weiter an. Mittlerweile tanzt Isabelle meistens in den richtig verdorbenen Läden, wo sich in einer Nacht etwa dreihundert Gäste tummeln. Die Männer bringen ihr Kokain und flaschenweise Absinth und würden sich den eigenen Daumen abschneiden für ihren Lippenabdruck auf einem Taschentuch. Soupault besuchte ihre Vorstellungen noch, als wir anderen längst aufgegeben haben. Denn weißt du, irgendwann trieb sie es so weit, dass unsere Faszination für sie sich ins Gegenteil verwandelte.«

»Was hat sie getan?«, fragte Lysanne.

Aragon musterte sie mit tiefem Ernst. »Versteh mich bitte richtig. Wir mögen ›taumelnde Frauen‹, wie Breton sich gerne ausdrückt. Weil wir das starre Korsett der Weiblichkeit, das die Gesellschaft festlegt, zerschlagen wollen. Aber Isabelle taumelte nicht, sie stürzte. Du hast sie gesehen. Wie mager sie ist. Ihr irrer Blick. Nun, das alles ist keineswegs beabsichtigt. Es sind die Drogen. Sie merkt nicht einmal, dass sie in aller Öffentlichkeit zerfällt. Als sie sich noch in unseren Kreisen bewegte, war sie anders.« Aragon seufzte. »Weißt du, eigentlich ist Isabelle das Paradebeispiel für das, was der Surrealismus will: Die Kunst zerstört sich selbst. Aber damit stirbt auch die inspirierende Kraft ihres inneren Gewebes, und ich weiß nicht, ob ich ihr hierfür zujubeln oder sie beweinen soll. Es ist zu schade um deine Schwester. Es würde mich nicht wundern, wenn sie es nicht mehr lange macht. Anscheinend hat sie Tuberkulose. Aber das hält sie nicht davon ab, jede Woche irgendeinen Skandal zu provozieren.«

Aragon drückte bedauernd Lysannes Hand. »Isabelle residiert übrigens in der siebten Etage des Hotel Lutetia, wo ihre Bewunderer ihr reihenweise die Seelen und vor allem ihr Geld opfern, denn sie ist es jedenfalls nicht, die für all den Luxus bezahlt, das weiß die ganze Stadt.«

Das folgende Schweigen fiel schwer zwischen sie und Louis Aragon. Lysanne fühlte sich ausgelaugt und am Ende ihrer Fragen. Das Stimmengewirr und Gläserklirren, Stühlerücken und Türenschlagen um sie herum schien plötzlich wie eine undurchdringliche Glocke über ihr zu liegen.

»Du musst selbst wissen, ob es dir deinen Seelenfrieden wert ist, mit ihr zu sprechen«, fügte Aragon an. »Denn sie erfindet alle naselang neue Versionen ihrer geheimnisumwitterten Vergangenheit. Eine jüngere Schwester mit Honighaaren kommt darin übrigens nie vor.«

Er streckte die Hand vor und strich über ihre Wange. Lysannes Widerstand schmolz, und am liebsten wäre sie in Aragons Hand geschrumpft und verschwunden. Er bezahlte dieses Mal anstandslos, und sie verließ stumm und auf unangenehme Weise desillusioniert mit ihm die Brasserie.

In der Kälte fiel die Anspannung der letzten Stunden schlagartig von ihr ab. Lysanne begann zu weinen. Aragon bemühte sich vergeblich, sie zu beruhigen.

Später, als sie in seinem Zimmer in der Passage de l'Opéra in seinen Armen lag, flüsterte er ihr behutsame Fragen ins Ohr. Warum es sie derart niederschmetterte, diese Dinge über Isabelle erfahren zu haben. Ob sie sich verraten fühlte.

Ja, sie fühlte sich verraten. Lysanne bekam immer stärker das Gefühl, dass sie von Isabelle in einer Art und Weise hintergangen worden war, die sie bislang nicht für möglich gehalten hätte. Kurz bevor sie einschlief, wisperte sie noch eine Frage in Aragons Halsbeuge. »Isabelles Begleiter, von dem du mir erzählt hast ...«

»Dieser übellaunige, erbärmliche Schoßhund.«

»Ja.«

»War er heute Nacht auch dort?«

»Kann sein. Ich habe heute nicht besonders viel mitbekommen. Ich habe nur auf dich geachtet, Lysanne.«

11

20. Dezember 1924, im Morgengrauen

Stéphane Murier sah aus, als hätte ihn jemand in der Nacht in der Geisterbahn eingeschlossen, die im Sommer auf der Kirmes während der Olympischen Sommerspiele so viel Aufsehen erregt hatte. Vioric hatte junge, zähe Burschen diese Attraktion lachend betreten und im Anschluss bleich davonschleichen sehen. Draußen hatte die Nacht der Dämmerung noch nicht Platz gemacht. An den Fenstern von Tussons Büro leckte der Frost. Vioric goss Murier und Tusson starken Kaffee in den Becher und warf einen Seitenblick auf Letzteren, dem die Ungeduld beinahe den Kragenknopf platzen ließ. So wie Tusson aussah, war er von seinen nächtlichen Vergnügungen geradewegs in die Préfecture gekommen. Auf seiner linken Schulter lag ein glitzerndes Papierstück, und er roch nach einer schwer zu benennenden Entgleisung.

»Also, Murier, sagen Sie mir, dass es nicht so schlimm war. So wie Sie dreinschauen, vergeben Sie es mir niemals, dass ich Sie zum literarischen Laufburschen bestellt habe«, sagte Vioric. Er sah auf die Uhr. »Ein paar Minuten haben wir noch für eine kurze Zusammenfassung!«

Murier lächelte gequält. »Das überlege ich mir noch, Lieutenant. Es war ... nun, verstörend ist wahrscheinlich der richtige Ausdruck.«

»Dann lassen Sie mal hören«, sagte Tusson. »Wir spendieren Ihnen auch einen freien Nachmittag, damit Sie sich wieder erholen können.«

Murier räusperte sich und suchte nach einem Anfang. »Also, dieses Buch liest sich recht schnell, das ist das einzig Gute daran. Ich hatte es in vier Stunden durch. An Schlaf war danach aber nicht mehr zu denken. Ich habe die Nacht dafür genutzt, ein paar Nachforschungen über diesen Schriftsteller anzustellen. Im Einwohnerregister von Paris habe ich ein wenig über ihn gefunden. Und es gibt auch im Zeitungsarchiv ein paar Spuren von ihm.«

»Comte de Lautréamont«, sagte Tusson und betrachtete den Titel des Buches, als wäre es ein absonderlicher Käfer, der zu beeindruckend war, um ihn einfach zu zertreten.

»Das ist sein Künstlername. Der Verfasser heißt eigentlich Isidore Ducasse, aber wir wissen so gut wie nichts über ihn.«

Murier schob eine dünne Akte über den Tisch. »Da drin stehen ein paar Details, aber es ist nichts Greifbares. Ducasse stammte aus Uruguay. Sein Vater war französischer Konsulatsbeamter und schickte Isidore 1859 nach Frankreich ins Internat. Ab 1867 lebte er als Schriftsteller in Paris. Aber die Stadt hat ihm wohl nicht gutgetan.«

Tusson rieb sich fest über das Gesicht und sah im Anschluss seinen jungen Kollegen fragend an. Murier schlug das Dossier an einer bestimmten Stelle auf und schielte auf einen bestimmten Absatz.

»Der Arme starb am 24. November 1870 mit gerade einmal vierundzwanzig Jahren. Ich vermute allerdings, dass es mit der Seele dieses Kerls auch schon nicht zum Besten bestellt gewesen war.« Murier schlug die Akte zu und schauderte sichtlich. »Wer so etwas schreibt, hat der Menschlichkeit abgeschworen.«

Vioric fragte sich, was dieses Buch wohl für einen Eindruck in Lysannes Seele hinterlassen hatte.

»Warum wusste der Buchhändler, den ich vor ein paar Tagen nach diesem Werk gefragt habe, nichts davon? Es ist immerhin ein französisches Buch.«

Murier zuckte die Schultern.

»Bevor diese Surrealisten angefangen haben, diese Ausgabe hier zu drucken, war das Buch praktisch in Vergessenheit geraten, und das, wenn ich das sagen darf, aus gutem Grund. Es ist eine Ode an das Böse, Gottlose.« Er verschränkte die Arme vor der Brust, als müsste er sich gegen etwas wappnen.

»Jetzt rücken Sie schon raus mit der Sprache, Murier«, drängte Paul Tusson prompt. »So blass wie Sie sind, kann das Buch nicht einfach bloß gotteslästerlich sein. Blasphemie ist etwas für alte Tanten! Worum geht es im *Maldoror*?«

Murier trank von seinem Kaffee, was ihn noch nervöser machte. »Es beschreibt einen Erzengel mit Namen Maldoror, der sich als die Inkarnation des Bösen sieht. Er hat sich zum Ziel gesetzt, den Menschen und Gott in ihrer Schlechtigkeit zu übertreffen.«

Tusson stieß ein Prusten aus. »Ein ehrgeiziges Ziel. Und? Zerkratzt dieser Höllenengel kleinen Kindern die Brust?«

Murier nickte beklommen. »Ja, genau das tut er. Außerdem zerschmettert er einen Jüngling und nimmt die Gestalt eines Taschenkrebses an. Er übergießt einen untreuen Ehemann mit Pech und peitscht ihn aus. Er zwingt eine Frau, sich die Augen mit Stecknadeln zusammenzuheften und malträtiert ein junges Mädchen mit einem Taschenmesser. Es sind aber noch alle möglichen anderen Scheußlichkeiten darin geschildert.«

Während Murier mit stockender Stimme sprach, brach Vioric aus jeder Pore der Schweiß aus. Lysanne hatte recht gehabt.

»Ich kann Ihnen eine Zusammenfassung schreiben und die weniger auffälligen Beschreibungen mit Ereignissen vergleichen, die in Paris zur Anzeige gebracht wurden«, schlug Murier vor.

Tusson legte seine große Hand auf Muriers Arm. »Tun Sie das, mein Junge.«

»Was wissen wir sonst noch über das Buch?«, fragte Vioric mit Blick auf das dünne Dossier.

»Das Buch ist nicht im Verzeichnis zensierter Bücher aufgelistet. Vielleicht ahnten die Verlage, dass dieses Buch ohnehin verboten werden würde, und es wurde schlicht gar nicht erst wieder neu aufgelegt. Vielleicht wissen wir deswegen nichts darüber.«

Tusson nickte. »Schaffen Sie uns einen Buchhändler oder irgendeinen schlauen Kopf von der literarischen Akademie her, der diesen Burschen kennt. Ich will alles wissen, was es über dieses Buch zu wissen gibt.«

Vioric starrte nachdenklich in die dunkle Pupille des Kaffees in seinem Becher, fest entschlossen, seine mangelnde Bereitschaft zum Undenkbaren nun durch hartnäckige und vor allem rasche Ermittlungsarbeit wettzumachen.

Paul Tusson zog eine Flasche Cognac aus seiner Schreibtischschublade und schenkte großzügig in die Kaffeebecher ein.

»Meine Herren, jetzt geht es diesem miesen Schänder an den Kragen, das spüre ich in meinem kleinen Finger. Lasst uns darauf anstoßen. Und dann treten wir diesen kleinen Aufwieglern in den Hintern, bis ihnen vorne der wahre Name des Mörders herausrutscht. À santé, meine Herren.«

Vioric fühlte gegen seinen Willen so etwas wie Erleichterung. Tussons Beteiligung an der Ermittlung ließ ihn den Abgrund, der sich vor ihnen auftat, weniger tief empfinden. Murier stieß zittrig mit ihnen an; seine Augen glänzten. Er verschluckte sich an seinem Kaffee-Cognac-Gemisch und bescherte Tusson damit einen Lachanfall wie in alten Tagen, der aber alsbald in ein kehliges Husten überging.

»Was kommt nach diesen Surrealisten?«, fragte er, als er wieder Luft bekam.

Vioric trank einen kleinen Schluck. »Wir gehen methodisch vor. Es muss etwas geben, das alle Opfer gemeinsam haben und das uns zu deren Mörder führen wird.«

»Murier, Sie kümmern sich um einen Literaturexperten, und ich werde mir diese surrealistischen Dichter vornehmen, auch wenn ich lieber meine eigenen Schuhsohlen essen würde. Wenn ihr mich fragt, ich halte es für wahrscheinlich, dass der Mörder einer von diesen Verrückten ist. Oder zumindest einer, den diese Leute näher kennen.«

»Wir müssen los«, sagte Murier. Die beiden anderen nickten wortlos und stellten ihre Tassen ab.

Die drei Männer waren bereits auf den Gang getreten und liefen auf den Treppenabsatz Richtung Ausgang zu, wo sie sich mit dem Rest der Truppe auf die Automobile verteilen würden. Doch Murier war noch nicht alles losgeworden, was er den beiden Vorgesetzten sagen wollte.

»Dieser Maldoror ist das personifizierte Böse, Lieutenant. Er hat keine menschlichen Regungen wie Reue oder Hoffnung oder Mitleid. Er ist die Zerstörung selbst. An einer besonders scheußlichen Stelle in diesem Buch zum Beispiel traktiert Maldoror ein Mädchen mit einem … einem mehrklingigen Taschenmesser. An ihrem … äh, Unterleib.«

Tusson, der bereits die Treppe erreicht hatte, rutschte beinahe auf einer der Stufen aus. »Gute Güte, Murier!«

»Verzeihung, Lieutenant, ich kann nichts dafür!«

In der Préfecture herrschte Aufbruchstimmung. Vioric sah seinen Bruder und einige ranghohe Polizisten, die Eingreiftruppen von jeweils fünf Gardiens zusammenstellten. Edouard Vioric drückte seinem Bruder nur einen Haftbefehl in die Hand und schnippte in Richtung einer Gruppe junger Polizisten. Als Vioric den Namen und die Adresse auf dem Befehl las, brach ihm erneut der Schweiß aus.

20. Dezember 1924, frühmorgens

Noch an den Schlaf und seine labyrinthischen Bilder gefesselt, lagen Lysanne und Aragon Arm in Arm, als die Tür zu dem kleinen Zimmer in der Passage de l'Opéra mit lautem Krachen aufgebrochen wurde. Aragon schoss mit einem heiseren Schrei hoch und warf dabei Lysanne fast aus dem Bett. »Welche Farbe hat dieser Tag?«, keuchte er.

»Louis Aragon, Sie sind verhaftet!«, schrie es in das dämmrige Zimmer hinein. Lysanne schnappte nach Luft. Eben noch hatten Sterne zart an ihr Gehör gepocht, und nun war ihr, als erwachte sie in einer Bahnhofshalle. Das Bett wankte wie ein untergehendes Floß, als Aragon vor den Polizisten bis an die Wand zurückwich. Das kleine Zimmer war voller Menschen.

»Verhaftet?«, echote er. »Wie komme ich zu dieser Ehre?«

»Halten Sie am besten den Mund!«, zischte jemand, und jetzt erkannte Lysanne Julien Vioric, der zwischen drei Gardiens durch die aufgebrochene Tür ins Zimmer trat. Sie zog das Betttuch höher und starrte ihm entgegen. Peinlichkeit war noch das Wenigste, das sie in diesen Sekunden empfand. Ein Gefühl wütender Ohnmacht überkam sie. Aragon wollte sich aus den Griffen der beiden Gardiens herauswinden. Er war nackt.

»Was soll das?« Lysanne hatte jede Scheu vor Vioric verloren. »Was wird ihm vorgeworfen? Oder ist es nur deine Eifersucht?«

Lysanne starrte immer noch unverwandt auf Vioric. Sie nahm etwas in seinem Blick wahr, das alles nur noch schlimmer machte, eine plötzliche verächtliche Distanz.

Man zwang Aragon, sich vor aller Augen anzukleiden. Jetzt war er blass und ernst, und die Witze waren versiegt. In dieses seltene Schweigen pflanzte Lieutenant Vioric seine Anschuldigungen.

»Denken Sie, wir merken nicht, was Sie und Ihre anarchistischen Freunde für ein Spiel spielen? Als Künstler erfolglos, und dann muss man eben damit auffallen, dass man zum Mord anstiftet? Sind Sie der Annahme, wir wissen nicht, dass Sie und Ihre Kameraden dieses ganze Unheil anrichten?«

Lysanne konnte förmlich sehen, wie zwei Welten aufeinanderprallten. Zwei Polizisten vor der Zimmertür, zwei, die das Fenster sicherten, dazwischen Vioric mit versteinertem Anklägergesicht. Und Aragon, der immer noch zitternd versuchte, in seine Hose zu steigen, und dessen Gesicht unter den vom Schlaf zerzausten Haaren wie das eines Kindes aussah.

»Unheil?«, echote Aragon heiser.

Lysanne glaubte schon, Vioric würde ihm eine Ohrfeige geben, aber der ließ in der Stille, die diesen Worten folgte, nur seine Kieferknochen mahlen.

»Ich verstehe«, sagte Aragon. »Sie denken, ich erlaube mir einen Spaß, weil ich Ihnen gestern in Ihrem Treppenhaus ein paar Hinweise gegeben habe. Das war ganz eigennützig, Lieutenant, denn ich will wirklich, dass Sie diesen Mörder einfangen, denn er beleidigt mich, und damit spreche ich auch für meine Freunde …«

»Ihre Freunde werden im Moment allesamt ebenso verhaftet. Wo auch immer sie sich verkrochen haben, die Herren Breton und Desnos und Soupault und Éluard. Aber dieses Mal kommt ihr nicht mehr so schnell frei.«

»Lieutenant, dieser Mann war die ganze Nacht mit mir zusammen«, warf Lysanne betont förmlich ein. »Er kann gar keinen Mord begangen haben!«

»Es geht nicht um gestern!«, zischte der Lieutenant, ohne sie anzusehen.

Aragon, der nun angezogen war und langsam wieder seine Fassung zurückgewann, sah sie an. »Mein Lavendelauge, wir klären das.« Er ging einen Schritt auf Lysanne zu, wurde aber sofort von einem der Polizisten zurückgepfiffen. »Ich werde diesem Inquisitor zeigen, dass er auf dem Holzweg ist, und heute Abend feiern wir im Café Cyrano! Ich spendiere Austern!«

»Wenn Sie sich da mal nicht irren.« Vioric zögerte kurz, bevor er sich Lysanne zuwandte. »Du brauchst gar nicht auf die Idee kommen und in der Präfektur auf ihn warten.« Anschließend verließ er grußlos das Zimmer. Zwei Gardiens nahmen Aragon in die Mitte, während der dritte die Nachhut bildete. Gerumpel begleitete den Abzug der Uniformen, über deren Köpfen Aragons Verrücktheiten noch wie kleine Motten taumelten.

Nur wenige Minuten nach dem gewaltsamen Erwachen war Lysanne allein in dem Zimmer. Nach einer Weile, während derer sie, immer noch starr vor Schreck, fast unnatürlich gerade aufgerichtet in Aragons Bett saß, krochen allmählich die Bilder der vergangenen Nacht in ihr Bewusstsein, von denen der Schlaf sie gnädig abgetrennt hatte. Isabelles bleicher, abgemagerter Körper vor einer Wand gieriger Zuschauer, Perlen, die wie tanzende Knochensplitter ihren makaberen Tanz getaktet hatten und schließlich Aragons Enthüllung über Isabelles

Werdegang. Lysanne spürte dieses neue Wissen wie etwas Schweres, Schlechtes in ihrem Magen liegen. Wie sollte sie mit diesen Informationen umgehen?

Der neue Tag schwebte wie ein leeres weißes Blatt vor ihr und verlangte, gefüllt zu werden. Lysanne wusste nicht, wie. Weil sie sich schwach und fahrig fühlte, kochte sie sich eine Kanne Kamillentee, der in einer rostigen Dose einsam und verloren in Aragons Behausung sein Dasein fristete. Durch die kleinen Fenster drang das Dröhnen der nahen Bauarbeiten, die den Abriss der Passage vorantrieben. Sie setzte sich mit einer Tasse Tee und ihrem Tagebuch zurück ins Bett und verbrachte eine volle Stunde damit, die Eindrücke der letzten Nacht festzuhalten. Dabei schrieb sie auch gegen ihre Sorge um Aragon an.

Am frühen Nachmittag war sie bereit, das zu tun, was sie sich am vergangenen Abend kaum hatte vorstellen können. Hotel Lutetia, siebte Etage, hatte Louis Aragon gesagt. Lysanne fragte in einem Kiosk nach der Adresse des Hotels. Ihrer Nervosität kam der lange Fußmarsch auf die andere Seite der Seine gerade recht. Der Schnee liebkoste die Stadt und beugte die Köpfe der Passanten noch ein wenig tiefer.

Das Hotel öffnete ihr die Pforten, ohne dass jemand sie daran gehindert hätte, obgleich Lysanne mit ihrem Aufzug wahrlich nicht wie ein Gast dieses Hauses wirkte. Im Inneren wartete ein Treibhaus der Behaglichkeit. Sie hatte erwartet, dass die Leute sich so steif und ehrwürdig benehmen würden wie in einer Kathedrale. Die entspannte Salonatmosphäre überraschte sie. Pelzmäntel schwebten vorüber, es roch nach Schokolade und Bienenwachs, und die Telefone am Empfang klingelten hier wie sanft aneinanderstoßende Teetassen.

Alles an diesem Ort war einladend und heimelig, und Lysanne spielte mit dem Gedanken, sich hier lieber augenblicklich als Zimmermädchen zu bewerben, als noch einmal in den gleichgültigen Winter hinauszutreten. Lysannes Blick wurde von einem kunstvoll verschnörkelten Gitter am Fuß des Treppenhauses angezogen, doch bevor sie darauf zulaufen konnte, trat ein Concierge ihr in den Weg.

»Wohin darf es denn gehen, Mademoiselle?« Sein höflicher Tonfall bildete einen scharfen Kontrast zu dem Inquisitorenblick, mit dem er sie musterte.

»Zu Isabelle Magloire. Siebter Stock, nicht wahr?«

»Wie bitte?«

Lysanne besann sich. »Dora Ducasse. Ich bin ihre Schwester.«

»Und das soll ich Ihnen nun einfach glauben? Dies hier ist ein anständiges Haus, in dem man nicht einfach kommen und gehen kann, wie man will.«

»Dann kündigen Sie mich bitte an.«

Der Concierge betrachtete sie eine Weile skeptisch schweigend, ehe er den Blick hob und verärgert die Brauen runzelte. Lysanne folgte seinem Blick und sah, dass ein Kofferträger sich mit dem Gepäck eines majestätisch gekleideten Paars ungeschickt anstellte. »Warten Sie hier, Mademoiselle!«, befahl er und eilte davon. Lysanne überlegte nicht lange und schlüpfte in das an die Lobby anschließende Treppenhaus. Ihr Herz raste, aber sie registrierte erleichtert, dass der Concierge ihr nicht folgte.

Je weiter sie nach oben stieg, desto stiller wurde es. Im siebten Stock endete die Treppe, und Lysanne bog in einen breiten Gang ein, kam vorbei an verschlossenen, nummerierten Türen. Da kam ihr ein Zimmermädchen entgegen. Sie schob einen Servierwagen den Gang entlang, auf dem Lysanne einen zertretenen Blumenstrauß, eine leere Champagnerflasche und ein Kissen mit Blutflecken zu erkennen glaubte.

»Es ist eine Schande!«, schimpfte sie leise vor sich hin. »So geht es nicht weiter!«

Das Zimmermädchen schien sie gar nicht als Gast wahrzunehmen, vor dem man Haltung und Diskretion bewahren sollte. Am Ende machte der Gang eine Biegung und wurde zu einer Art Vorraum, dessen Stirnseite in eine große, zweiflügelige Tür mündete. Vor dieser erstreckte sich ein kleines Gebirge aus zerknüllten Laken, reckten leere Flaschen ihre Hälse und häuften sich abgelegte Blumensträuße. Die Tür schwang auf, und ein Mann taumelte heraus. Wie ein seeuntüchtiges Schiff lief er auf das Riff der zerknüllten Laken auf, wollte sich an der Wand abstützen und fiel auf den Haufen. Aus seinem Mund drang eine Mischung aus Keuchen und Schluchzen. Für einen Moment erwog Lysanne, sich zu ihm zu setzen und zu fragen, was Isabelle mit ihm angestellt hatte. Stattdessen huschte sie an seiner Verzweiflung vorbei und schlüpfte durch die Tür, bevor sie zufallen konnte. Sie fand sich in einem weiteren Vorraum wieder, in dem sich Gepäckstücke stapelten, Hutschachteln und Schuhkartons türmten sich an den Seiten auf. In der Luft lag eine klebrig riechende Vorahnung unangenehmer Anblicke. Sie durchquerte das Vorzimmer und gelangte in ein großes Zimmer, in dem sich diese Vorahnung in einem unbeschreiblichen Chaos bestätigte und das ihr gleichzeitig die Reaktion des Concierge erklärte.

Menschen lagen überall auf dem Teppich verteilt, saßen gegen Möbelstücke gelehnt, versunken in Betäubung und Rausch. Eine Frau, die nur ein Paar Seidenstrümpfe trug, lag bäuchlings unter einem Tisch. Zwei Männer schliefen eng umschlungen auf der Tischplatte. Zerbrochenes Glas knirschte unter Lysannes Sohlen. Es roch nach abgestandenem Alkohol, totgeatmeter Luft und namenlosen Ausschweifungen.

Darunter und damit verwoben hing unverkennbar der Geruch ihrer Schwester. Etwas zutiefst Vertrautes, das Lysanne seit ihrer Kindheit geatmet hatte. Doch von Isabelle war nichts zu sehen. Angewidert und mit aller gebotenen Vorsicht tapste Lysanne an schlaffen Händen vorbei, umging Lachen von Erbrochenem, noch mehr Glasscherben und etwas, das aussah wie ein toter Papagei. Auf einem Tisch lag ein Schleier weißen Pulvers, und sie sah einen bleichen Arm, aus dem eine Nadel ragte. Nichts war zu hören, bis auf das leise Keuchen der Schläfer. Sahen so die legendären Partys der Großstadt aus? Sie hatte eher das Gefühl, einen Friedhof voller Halbtoter zu betreten.

Plötzlich drang so etwas wie das verirrte Singen eines Vogels an ihr Ohr. Lysanne hielt inne – und fühlte sich schlagartig in die Zeit zurückversetzt, als dieses Singen überall in Ribérac zu hören gewesen war. Von der Scheunentür war es in den Lavendelgarten gewandert, war hinter den aufgehängten Leintüchern hervorgedrungen, war aus dem Schlafzimmer ertönt und am Spiegel der Frisierkommode abgeprallt. Es war Isabelles Lied, und Lysanne hätte es selbst mit dem Kopf unter Wasser erkannt. Ihr Summen folgte keiner bestimmten Melodie, und erst jetzt erkannte sie, dass sie diese stete Richtungslosigkeit gestern Nacht auch in Isabelles Tanz wiederentdeckt hatte.

Sie gelangte an eine Tür, die in ein Schlafzimmer und von dort aus in ein Badezimmer führte, aus dem das Summen erklang.

Langsam betrat Lysanne das Badezimmer. Es verfügte über eine weite Fensterfront, hinter der ein ausgelaugter Himmel schwamm. Davor schwebte Isabelle.

Ihre Bewegungen zwischen Badewanne, Waschbecken und Kleiderständer in dem weißen Morgenmantel hatten etwas Anemonenhaftes. Sie glitt mit geschlossenen Augen mal hierhin, mal dorthin, als hätte sie, seit sich der Vorhang in der Nacht vor dem Sarg geschlossen hatte, nichts anderes gemacht.

Lysanne stand still und betrachtete ihre Schwester, während der Herzschlag gegen ihre Rippen brach. Das unbarmherzige Licht des Tages enthüllte ihr nun auch das, was der Bühnenscheinwerfer überblendet hatte. Isabelle war bleich wie eine Lilie an einem Grabgesteck, die Wangen eingefallen, und in das Summen mischte sich ein leises Röcheln, das tief aus ihrer Brust zu kommen schien.

»Isabelle …« Lysanne streckte die Hände aus, in der Hoffnung, Isabelle würde sie entdecken. Aber sie entfernte sich in Richtung Fenster, begleitet von sanftem Kopfschütteln.

»Sie kann Sie nicht hören. Sie ist in ihrer eigenen Welt verfangen«, sagte eine Stimme hinter ihr.

Lysanne wirbelte herum. Offensichtlich hatte sich vom Friedhof der Nacht doch noch einer erhoben, der halbwegs lebendig war. Der Mann war bleich und sein Gesicht mit Schweiß bedeckt, den er sich gerade mit einem Taschentuch abwischte. Er schwankte, aber der Blick war überraschend klar. Lysanne war es, als fielen ihre Erinnerungen über ihre Gegenwart her. Ungläubig starrte sie auf den groß gewachsenen Mann. Emile Laurent, der doch eigentlich in Amerika sein Glück hatte versuchen wollen, stand vor ihr wie der Geist einer Vergangenheit, die plötzlich wieder schmerzhaft präsent war. Verwirrt wich Lysanne einen Schritt zurück. Die Überraschung überforderte sie, obwohl es einmal eine Zeit gegeben hatte, als sie sicher gewesen war, Freude zu empfinden, sollte ihr Emile Laurent je wieder über den Weg laufen. Aber jetzt war da bloß eine bodenlose Irritation.

Das bleiche Winterlicht, das durch die Fenster fiel, half nicht gerade, um dem kränklichen Weiß in Emile Laurents Gesicht den Schrecken zu nehmen. In seinem Blick lag eine gelangweilte Beiläufigkeit, die Lysanne früher nicht an ihm wahrgenommen hatte. Irgendetwas musste Paris mit dem ehemaligen Dorfdoktor angestellt haben, dass sein gütiger, wacher

Ausdruck vor die Hunde gegangen war. Emile Laurent betrachtete sie, als würde auch sie ihn an unangenehme Zeiten erinnern. Die Art, wie er den Türrahmen beinahe ganz ausfüllte und Lysanne, ohne irgendetwas zu tun, daran hinderte, den Raum zu verlassen, war von einer trägen Bedrohlichkeit, die sie zunehmend verunsicherte.

Jetzt war ihr auch klar, dass er es gewesen war, den sie gestern Abend in der Menge vor der Bühne gesehen hatte. Und schlagartig wurde ihr auch bewusst, dass er der erbärmliche, griesgrämige Schoßhund sein musste, wie Aragon den Begleiter Isabelles genannt hatte.

»Was machen Sie hier, Doktor Laurent?«, fragte sie. »Hat es Ihnen nicht gefallen in Amerika?«

Sein Blick unter den geröteten Lidern war unbeschreiblich müde. Und doch lag in seinem Ausdruck etwas seltsam Euphorisches, als hätte er damit gerechnet, dass sie hier auftauchte. »Sind Sie denn wesentlich weiter von Ribérac weggekommen?«

»Ich habe nie behauptet, irgendwohin zu wollen.« Feindseligkeit klaffte wie ein Graben zwischen ihnen. Ihr Herz trommelte immer nervöser. Müsste ich mich nicht freuen?, dachte sie. Emile Laurent hatte zu Beginn des Krieges Isabelle und sie mit vollendeter Geduld in die Kunst der Krankenpflege eingeweiht, ja, er hatte ihnen sogar einige einfache Operationen gelehrt. Alles, was Lysanne konnte, hatte sie von ihm gelernt. Doktor Laurent war selbst bei unerträglicher Hektik immer höflich und zuvorkommend geblieben. Nie war ein herablassendes Wort gefallen, und Lysanne hatte sich in seiner Gegenwart stolz und verantwortungsvoll gefühlt. Sie hatte es sogar ein wenig bedauert, als sie von seinen Amerika-Plänen erfahren hatte. Nun aber sträubten sich bei seinem Anblick ihre Nackenhaare, als ginge von ihm etwas aus, das nicht sein durfte, das sie aber nicht im Mindesten einordnen konnte.

Isabelle bekam von der Unterhaltung nichts mit. Unbeeindruckt und versunken fuhr sie in ihrem Schweben fort, während im Schlafzimmer einer der betäubten Männer einen lauten Furz ließ. Eine junge Frau murmelte im Schlaf, und Lysanne wünschte sich einen der Surrealisten herbei, damit er das alles aufschriebe.

»Isabelle!«, rief sie nun ihre Schwester an, und Isabelle verharrte wie eingefroren.

»Lassen Sie sie lieber in Ruhe. Hören Sie, wie ihr Atem rasselt? Sie wissen doch, wie sich galoppierende Schwindsucht anhört.« Doktor Laurent unterdrückte ein Gähnen. »Sie regt sich sonst zu sehr auf, und das ist in ihrem Zustand alles andere als lebensverlängernd.«

Lysanne wich in eine Ecke zurück, um mehr Abstand zwischen Isabelle und sich zu bringen. Schwindsucht. Was für ein scheußlich endgültiges Wort. Sie stieß mit dem Rücken gegen einen Hocker, auf dem eine Porzellanschale stand, die nun laut auf dem Boden zerschellte. Isabelle hob den Kopf.

»Ach, da bist du ja endlich«, stellte sie fest, als wäre Lysanne bloß ein verspäteter Gast auf einer Party.

»Ja, da bin ich«, presste Lysanne hervor. »Du klingst, als hättest du auf mich gewartet?«

»Ist das denn verwunderlich?« Isabelle schmollte geziert. Ihre Stimme war tonlos und brüchig. »Vier Jahre lang hab ich dich nicht gesehen und nichts von dir gehört!«

Lysanne brachte nur ein ungläubges Lachen zustande. »Das hättest du anders haben können. Weißt du, es gibt Stifte und etwas, das man Papier nennt! Hast du in Paris das Schreiben verlernt?«

Sie kam sich schrecklich zynisch vor, aber das war es, was in ihr war und nach den letzten Jahren endlich herauswollte.

»Du freust dich gar nicht, mich wiederzusehen?« Isabelle ließ sich auf dem Badewannenrand nieder und griff nach einem zerknüllten Handtuch, das sie mit zitternden Fingern zu kneten begann.

»Nein, ich freue mich nicht, dich wiederzusehen«, brach es aus ihr heraus.

»Warum bist du dann hier?«, blaffte Isabelle. Ihre schlagartige Gereiztheit ging in ein Husten über. Sie presste das Handtuch an ihren Mund. Lysanne wandte den Kopf ab. Sie wollte die blutige Blume, die auf dem Handtuch blühen würde, nicht sehen. Isabelles Krankheit saugte die Kraft aus den angestauten Vorwürfen in ihrem Innern, und sie fühlte sich um etwas betrogen, das sie für die erste Begegnung mit ihrer Schwester als sichere Säule gebraucht hätte. Ihre Wut. Plötzlich fühlte es sich überflüssig und falsch an, überhaupt hier zu sein, mit diesem bleichen Gespenst auf dem Badewannenrand und dem unheimlich schweigenden Doktor Laurent in der Tür.

»Isabelle, was machst du hier?«, fragte sie und versuchte mühsam das Zittern in ihrer Stimme zu verbergen. »Ist das hier denn sehr viel besser als Ribérac? Ich sehe hier auch jede Menge halb tote Männer. Von denen hattest du doch genug, dachte ich. Warum bist du überhaupt von dort weggegangen?«

»Hier bin ich eine Berühmtheit!« Isabelle parodierte eine Geste voller Überschwang und Stolz und wäre beinahe rücklings in die Badewanne gestürzt. »Du musst einmal zu einer meiner Vorstellungen kommen.«

»Ich hatte bereits das Vergnügen. Gestern Nacht.«

Isabelle ließ ein geschmeicheltes Lächeln sehen. »Oh, hat es dir gefallen?«

»Nein, hat es nicht. Aber das ist doch auch gar nicht Sinn der Sache, wenn ich das richtig verstanden habe.«

Isabelle setzte wieder das kindliche Schmollen auf. »Zu schade, dass du nicht hinter die Bühne gekommen bist. Wir hätten ein wenig feiern können.«

Lysanne betrachtete ihre Schwester mit wachsendem innerem Entsetzen. Die schauderhafte Entfremdung, die sie sah, war eine Steigerung der Fremdheit, die seit ihrem Verschwinden an ihr nagte. Und ihr kam der Verdacht, dass sie von Isabelle vielleicht niemals eine Erklärung bekommen würde.

»Ich habe kein Interesse an solchen Feiern«, wich sie aus. »Und du solltest es auch nicht haben. Schau dich an, du bist krank.«

Lysanne hätte sich gerne andere Worte sagen hören. Hinter ihrer Stirn rieben sich die Gedanken wund, und ihre Welt schrumpfte nun auf diese eine Frage zusammen, die sie in den letzten Jahren immer wieder lautlos ausgeatmet hatte. *Was habe ich dir getan, dass du mich wortlos in diesem seelenlosen Dorf zurücklässt?*

»Mach dir keine Sorgen um mich, Schwesterchen. Alles, was mit mir geschehen ist, habe ich verdient.«

»Was ist denn geschehen?«, fragte Lysanne. »Es muss doch einen Grund geben. Warum hast du nie mit mir darüber geredet?«

Isabelles Hohläugigkeit strahlte eine unendliche Müdigkeit aus. »Über was denn?«

»Was ist in Ribérac passiert, von dem ich nichts weiß? Warum hast du Gaspards Heft gestohlen?«

»Ich will nicht über Gaspard reden.« Isabelle wandte sich ab. Das Licht vom Fenster fiel unbarmherzig über ihre knochigen Konturen her.

Lysanne spürte eine Veränderung in ihrem Rücken und wollte ausweichen, da packte Emile Laurent sie am Arm und zerrte sie von Isabelle weg.

»Lassen Sie sie in Ruhe, Lysanne. Nach welcher Antwort Sie auch suchen, Sie werden sie hier nicht bekommen. Und außerdem werden Sie sich noch anstecken, wenn Sie in ihrer Nähe bleiben.«

Lysanne riss sich los und starrte in seine müden Augen. Sie hatte seine Anwesenheit völlig vergessen und erschrak erneut vor dieser unerwarteten Wiederbelebung ihres alten Dreiergespanns aus dem Lazarett. Es hatte Wochen gegeben, da hatte Lysanne nur mit diesen beiden Menschen zusammen endlose Reihen verwundeter Soldaten versorgt und zu niemandem sonst Kontakt gehabt. Isabelle und Emile – das Getriebe ihrer damaligen Welt und in ihrer kalten, unausweichlichen Funktionalität vertraut. Und doch stellte sich selbst diese alte, aus dem Schrecken geborene Vertrautheit nicht wieder ein. Im Gegenteil. Ein Riss ging durch ihre Erinnerung, und mit einem Mal glaubte sie, etwas Wichtiges übersehen zu haben, das nun wie ein unsichtbares Etwas aus einem bösen Traum um sie waberte.

Bevor sie irgendetwas sagen konnte, tastete Isabelle nach ihrer Hand. »Lämmchen, ich werde dir alles erklären. Aber jetzt bin ich müde. Komm heute Abend in das Restaurant hier im Hotel. Dann reden wir.«

Die letzten Worte würgte sie hervor, wirbelte herum und erbrach sich würgend in die Badewanne. Doktor Laurent ließ Lysannes Arm los und beugte sich über die gekrümmte Gestalt, die jetzt auf dem Marmorboden kniete. Wie betäubt blieb Lysanne stehen und beobachtete seine Bemühungen, verharrte in der Vertrautheit dieses Anblicks, nur dass Laurent sie nun keinem verletzten Soldaten, sondern Isabelle angedeihen ließ. Eine Art Echo hallte durch den Raum. Doktor Laurents routinierte Fürsorglichkeit war immer noch dieselbe wie damals, als er das Dorfkrankenhaus von Ribérac geleitet hatte. Doch jetzt wirkte sie einstudiert und imitiert, als wollte ein Fremder sich als Doktor Emile Laurent ausgeben. Er säuberte Isabelles Mund, strich ihr Haar zurück und wickelte sie in ein großes Handtuch.

Wortlos sah Lysanne dabei zu, wie er sie auf die Arme hob und mit einer Leichtigkeit, als trüge er ein Kind, ins Schlafzimmer brachte und auf dem Bett ablegte. Er öffnete eine kleine Ledertasche, zog eine Spritze auf und setzte sie in Isabelles Armbeuge. Dann deckte er sie zu und kam zu Lysanne, nicht ohne einem im Weg liegenden Schläfer einen Tritt in den Rücken zu versetzen. »So geht es jetzt seit Monaten«, sagte er und wusch sich die Hände im Waschbecken. »In diesem Chaos kann sie sich unmöglich erholen. Aber sie hört nicht auf mich und setzt sich diesen Idioten aus.« Er trocknete sich die Hände an einem Tuch ab und drehte Lysanne den Rücken zu. »Wenn Sie Ihre Fragen beantwortet haben wollen, folgen Sie ihrer Einladung. Sie dürfen sich eins ihrer hübschen Kleider ausleihen, sonst wird man Sie nicht das Restaurant betreten lassen.« Er deutete in den Raum hinein, in dem vermutlich Isabelles Garderobe aufbewahrt wurde. »Aber rechnen Sie nicht damit, dass sie sich daran erinnert, diese Einladung je ausgesprochen zu haben. Nachher, wenn sie aufwacht, setzt sie sich die erste Nadel Kokain, trinkt Champagner und versinkt in dem endlosen Fest, das sie für ihr Leben hält.«

»Ist sie der Grund, warum Sie nicht nach Amerika ausgewandert sind?«

Er nickte knapp. »Ich habe Amerika Amerika sein lassen und meine Passage verkauft, um mich um Isabelle zu kümmern. Seither diene ich ihr, wann immer ich keinen Dienst im Hôpital Lariboisière habe.«

Er drückte sich an Lysanne vorbei und schlüpfte in seinen Mantel. Lysanne sah ihn fassungslos an. »Lassen Sie sie in diesem Zustand etwa allein?«

»Oh, dieser Zustand ist ihr bester. Sie wird jetzt zehn Stunden schlafen, bis dahin bin ich von der Arbeit zurück. Sie können ja bei ihr ausharren, aber seien Sie gewarnt. Isabelle ist unausstehlich, wenn sie aufwacht und kein Koks intus hat.«

Lysanne wollte etwas sagen, aber Emile Laurent drehte sich zu ihr um und brachte sie mit einem Blick zum Schweigen. »Ja, Sie haben die ganze Seele voller Fragen. Da kann ich Ihnen leider nicht helfen, *Lämmchen*. Versuchen Sie gar nicht erst, das hier zu verstehen. Es haben sich Dinge ereignet, die Sie sich nicht mal im Traum vorstellen können!«

Er wandte sich mit einer schroffen Geste ab, stieg über die berauschten Körper hinweg und ging.

Lysanne ließ die Minuten verstreichen. In ihrem Kopf verhallte die Erinnerung an jene Zeit, in der Emile Laurent ihr am Ende jedes Tages dankbar und voller Wertschätzung die Hand geschüttelt hatte. Offenbar war er ebenso ausgetauscht worden wie Isabelle.

Sie warf einen Blick in den Kleiderschrank. Wie erschossene Pfauen hingen Dutzende schillernde Abendkleider auf ihren Bügeln, aber Lysanne rührte sie nicht an.

Sie öffnete sämtliche Fenster im Wohnzimmer und hoffte, die Kälte würde durch den Rausch der Leute dringen, die dort kreuz und quer durcheinanderlagen. Dann ging sie, ohne sich noch einmal nach Isabelle umzudrehen.

12

20. Dezember 1924, früher Abend

Als die Dämmerung den verschneiten Nachmittag erlöste, war Julien Vioric kurz davor, jemandem seine Kaffeetasse auf dem Schädel zu zertrümmern. Vorzugsweise dem jungen Dichter, der mit einem unverschämten Grinsen in seinem hageren Vogelgesicht vor ihm im Verhörzimmer saß. Hinter Vioric lagen bereits zwei Befragungen der am Morgen verhafteten Surrealisten, und er konnte keine weiteren Abstrusitäten mehr ertragen. Zuerst hatte er Robert Desnos verhört, aber der war mitten am Tisch eingeschlafen und war nicht mehr aufzuwecken gewesen. Dann war Paul Éluard an der Reihe gewesen, doch auf die Frage, was er in den Mordnächten getan hatte, stand als Antwort im Verhörprotokoll:

```
In diesen Nächten schlichen die Spinnen ums Haus
und Eidechsen stürzten sich ins Meer.
```

Auf Viorics Drohung, ihn wegen mangelnder Kooperation ins Gefängnis zu werfen, hatte Éluard gesagt: »Gefängnis? Nichts weiter als ein Sprung ins Dunkle, um der schwebenden Lüge der Sonne zu entkommen.«

Jetzt also dieser Philippe Soupault. Ein falsches Wort, Freundchen, und ich schmeiße dich aus dem Fenster, dachte

Vioric. Er stellte seine Standardfrage nach einem Alibi für die Mordnächte.

Philippe Soupault studierte seine Fingernägel. »Ich beschäftigte mich mit einer wichtigen Frage.«

»Lautete die vielleicht, wie man ins Zimmer eines Kleinkindes eindringen kann, um ihm die Brust so zu zerkratzen, dass es daran stirbt?«

»Nein, ich fragte mich, ob es nicht an der Zeit wäre, das Wort Gewitter abzuschaffen und durch das Wort Krawall zu ersetzen. Oder finden Sie Krawitter besser, Lieutenant?« Dabei machte Soupault ein Gesicht, als wäre es ihm mit diesen Worten vollkommen ernst. Vioric rieb sich über die Augen.

»Wo waren Sie in den fraglichen Zeiträumen?«

»Hab geschlafen.«

»Kann das jemand bezeugen?«

»Ja. Die großen Vögel, die sich über die magnetischen Felder aufschwingen, aber der gestreifte Himmel hallt nicht mehr wider von ihrem Ruf und ... den Vorboten des Krawitters.«

Vioric beugte sich vor und fixierte die heiteren Augen des Mannes. Er beschloss, hinter den Panzer der Abstrusitäten zu dringen. »Kennen Sie das Buch *Die Gesänge des Maldoror*?«

Soupault lachte auf. »Am 28. Juni 1917 habe ich persönlich dieses verfemte kleine Buch zufällig in einem Antiquariat entdeckt und bei meinen Freunden einen Neudruck angeregt. Wir verteilen es an jeden, der interessiert ist.«

Immerhin, dachte Vioric. Das war mal eine Antwort, mit der er ein wenig weiterkam. »Dann bestreiten Sie, dass Sie die Morde tatsächlich begangen haben, Sie und Ihre Gruppe?«

Soupault guckte gelangweilt aus dem Fenster. »Wir ermorden vielleicht Worte, aber wir schlachten keine Menschen. Ich habe mich wohl schuldig gemacht, dass ich Lautréamont aus den Grüften herausgezerrt habe, aber darüber hinaus ...«

»Kennen Sie einen unter Ihren Freunden oder sonst jemanden, dem Sie zutrauen würden, das Buch als Vorlage für diese Morde zu verwenden?«

»Wir benutzen Lautréamont als einen Baustein für die radikale neue Poesie. Wir haben durch ihn gelernt, die Metamorphose und den Zufall zu vergöttern, das Wunderbare, das Böse. Und die Nachtseite der menschlichen Existenz.« Soupault gähnte, und sein Blick bekam etwas Verklärtes. »Am Ende einiger Stunden bemerkt man die hübsche Pflanze des Nasenblutens.«

»Wunderbar. Mit dieser Erkenntnis könnten Sie hier noch erstaunlich richtigliegen.« Vioric machte dem Gardien, der an der Tür wartete, ein Zeichen und ließ Soupault abführen.

Er massierte sich die Nasenwurzel und bändigte seine Wut. Was, wenn diese skurrilen Dichter ihn gar nicht verhöhnten, sondern es mit ihrer Kunst ernst meinten? Wenn diese Groteske nichts als ihre Art von Trotz und Auflehnung war? Was, wenn er es sich zu einfach machte, sie zu verdächtigen? Die Tür ging auf, und Paul Tusson schob Louis Aragon ins Zimmer.

Vioric traute seinen Augen nicht. Tusson wischte sich Lachtränen aus den Augen und hatte Mühe, ein Kichern zu unterdrücken. »Hier, dieser Vogel ist noch übrig. Ich werde eine kurze Pause einlegen und mich dann gleich mit dem Kopf dieser Bande befassen, mit diesem André Breton.«

»Mein Beileid«, sagte Louis Aragon und setzte sich an den Tisch. »Breton wird Ihnen nicht so viel Vergnügen bereiten wie wir. Er ist päpstlicher als der Papst.«

»Vergnügen«, echote Vioric.

Tusson schüttelte lachend den Kopf. »Du musst das genießen, Julien. Diese Kerle sind wenigstens kreativ, und diese Befragungen sind mal was anderes als der übliche stumpfe Kram.«

Vioric winkte seinen kichernden Freund nach draußen und richtete widerwillig den Blick auf Louis Aragon. Der lächelte ihn unverschämt gut gelaunt an; es schien ihm nicht das Geringste auszumachen, dass er seit heute Morgen in einer Zelle auf seine Befragung wartete. Vioric versuchte gar nicht erst, den jungen Mann um Vernunft zu bitten.

»Wo waren Sie in der Nacht vom 14. auf den 15. Dezember sowie in der darauffolgenden Nacht, Monsieur Aragon?«

Aragon gab sich den Anschein, ernsthaft über diese Frage nachzudenken. »Ich schlief jeweils im märchenhaften Schatten ihrer Brüste, und die perlende Ungewissheit bannte mich an Ort und Stelle. Selbst wenn ich Lust gehabt hätte, einen zu ermorden, ich war wie festgewachsen.«

Vioric räusperte sich kurz in der Hoffnung, seine aufkeimende Verlegenheit dahinter zu verbergen.

»Monsieur Aragon, Sie sind der Erste, der mir den Hinweis mit dem Buch gegeben hat. Beweisen Sie mir, dass Sie nicht einer von diesen Irren sind, die die Polizei auf ihre eigene Spur bringen, um sich wichtigzumachen, oder – noch schlimmer – durch Hilfsbereitschaft von sich abzulenken.«

Aragon zuckte die Schultern. »Ich wollte Ihnen tatsächlich nur auf die Sprünge helfen. Mein einziges Verbrechen ist, dass ich mit Lysanne schlafe.«

Vioric spürte die Hitze in seine Wangen steigen. »Das ist Ihre Privatangelegenheit, und es tut hier nichts zur Sache.« Aragon zwinkerte Vioric zu, als hätte dieser einen charmanten Scherz gemacht.

»Oh, Sie sind ein schlechter Lügner, Lieutenant. Im Übrigen finde ich es eine unnötige Grobheit, uns derart zu drangsalieren. Lysanne war bei uns in der Rue de Grenelle und berichtete uns von Ihrer Verzweiflung, diesen Mörder zu finden. Wir mögen es nicht, dass irgendein Irrer die literarischen

Großtaten Lautréamonts an echten Menschenleben erprobt. Auch wir wollen ihn verhaftet sehen. Aber Sie sind verzweifelt genug, um Unschuldige ins Gefängnis zu stecken. Weil Ihre Stirn ein versunkenes Mausoleum im Staub der Moral ist.«

Vioric ging nicht auf diese Provokation ein. »Sagen Sie mir Folgendes: Warum sind Sie alle so verdammt besessen von diesem Schriftsteller? Wie können Sie und Ihre Freunde mir nicht verdächtig sein, wenn Sie doch offensichtlich einen Wahnsinnigen feiern?« Vioric schob das Buch auf den Tisch und blätterte es an einer beliebigen Stelle auf. »Hier: *Er ist schön, wie die Einziehbarkeit der Fänge von Raubvögeln; oder auch wie die Unsicherheit der Muskelbewegungen in den Wunden der Weichteile in der Gegend des hinteren Nackens; und vor allem wie das zufällige Zusammentreffen einer Nähmaschine und eines Regenschirms auf einem Seziertisch.*«

Aragon schloss verzückt die Augen. »Der Atem des Wunderbaren durchweht dieses Bild.«

»Warum sollte jemand nach diesem Buch morden?«

»Tja. Das frage ich mich auch. Es blutet mir das Herz, wenn ich daran denke, wie scheußlich sich dieser Hund an Lautréamont versündigt.«

Aragon beugte sich zur Tischkante vor und fixierte sie eingehend. »Mit uns verschwenden Sie jedenfalls Ihre Zeit, Lieutenant.«

»Das sehe ich allerdings ähnlich.« Vioric seufzte und ließ Aragon abführen.

Anschließend ging er über den Flur zu dem Befragungsraum, in dem Tusson André Breton befragen wollte. Er sah gerade, wie sich die Tür hinter Tusson schloss, und beeilte sich, um gleich hinter ihm den Raum zu betreten. Vioric erwartete fast, seinen Freund immer noch mit Lachtränen in den Augen vorzufinden. Aber Tusson ließ seine ganze Strenge walten, die er sich für die Momente aufhob, wenn er kriminelle Subjekte in die Enge zu treiben hatte. Auch wenn André Breton eher nach Bohemien aussah als wie ein gemeiner Vebrecher. Vioric setzte sich an eine Seite des Tisches und legte seine Handschuhe vor sich auf die Platte. Bei so viel Abstrusität und Hirnrissigkeit, wie er sie gerade erlebt hatte, brauchte er den Anblick etwas zutiefst Vertrautem, das ihn in der Wirklichkeit, wie er sie kannte, verankerte.

Breton würdigte ihn keines Blickes. Doch dann wurde Vioric schlagartig klar, dass er den Kerl schon einmal gesehen hatte. Damals, auf dem Spaziergang mit Lysanne, vor der Conciergerie, an der Seite dieser unsinnig daherredenden Frau. Ein Schauder überschüttete sein Rückgrat mit plötzlicher Kälte. Der Magnetismus des Zufalls ...

Tusson musterte den fein gekleideten Mann mit spöttischem Interesse. »Monsieur Breton, ist es richtig, dass Sie der Kopf dieser Vereinigung von Anarchisten sind, die sich Surrealisten nennen?«

Breton schloss blasiert die Augen. »Ich bezeichne mich eher als das Gehirn unserer Gruppe.«

»Lassen wir die Spitzfindigkeiten. Sie sehen hier einen Mann vor sich, der den ganzen Tag nichts anderes getan hat, als Halbverrückte zu befragen und sich völlig sinnloses Zeug anzuhören. Amüsant, aber nicht zielführend. Ich muss schon sagen, Ihre Freunde beweisen eine gewisse Hartnäckigkeit.«

Breton lächelte. »Wenn sie Stumpfsinn und Normalität ertragen müssen, können sie einfach nicht anders. Dafür liebe ich sie.«

Vioric knallte die Faust auf den Tisch. »Ich habe die Schnauze voll von Ihnen! Möchte mal sehen, ob Sie das Maul immer noch so weit aufreißen, wenn Sie in einer Sammelunterkunft für

Schwerverbrecher sitzen. Der Pariser Abschaum lässt sich Ihresgleichen gut schmecken.«

Breton studierte ungerührt seine Fingernägel. »Stellen Sie auch irgendwelche sinnvollen Fragen? Oder wollen Sie nur Ihre Eigenschaften als Dampfkessel demonstrieren?«

»Wenn Sie uns auf den Arm nehmen, wandern Sie alle hinter Gitter. So lange, bis der Täter gefasst ist«, sagte Tusson und spiegelte Bretons affektiertes Betrachten der Fingernägel. Der Dichter ließ indigniert die Hände in den Taschen seines Jacketts verschwinden.

»Sie wollen etwas Konstruktives, also gut. Aber eines sollen Sie wissen, Messieurs les Inspecteurs. Ich will nicht Ihnen helfen, sondern meinen Freunden.«

Vioric betrachtete Breton in der nun entstehenden Pause und wartete darauf, dass diesem die Stille endlich unangenehm werden würde. Es geschah allerdings nichts dergleichen.

»Es macht Ihnen nichts aus, dass da draußen ein Irrer herumläuft und Menschen diese grauenhaften Dinge antut?«, fragte Vioric schließlich matt.

»Oh, durchaus. Und wir wissen, dass noch viel Grauenhafteres geschehen wird, derweil Sie, Lieutenant, hilflos um sich schlagen, als würde Sie ein Schwarm Bienen attackieren. Sie tun so, als wären wir diese Bienen. Aber es ist nur Ihre Unwissenheit darüber, was wirklich geschieht.«

Tusson warf einen Seitenblick auf Vioric. »Was geschieht denn?«

»Sie müssen ein paar Jahre zurückgehen. Vor den Surrealismus, den Sie so schrecklich bedrohlich finden. Sie fanden wahrscheinlich auch die Dada-Bewegung bedrohlich und davor den Kubismus und den Futurismus. Aber dieser ganze Schluckauf ist verstummt. Wir alle dachten anfangs, Dada würde uns vom Alten erlösen, aber er hat nichts anderes geleistet, als ein großes Geschrei zu veranstalten, ohne jemals konstruktive Ideen für eine neue Welt vorzubringen.« Breton schnippte verächtlich einen unsichtbaren Fussel von seinem Ärmel. »Wenn Sie mich fragen, ja, unter den Dadaisten waren einige, denen viel an Zerstörung lag. Müde, leere Geister, die erst im Blut baden und das dann hinterher Kunst nennen.«

Vioric horchte auf. »Was waren das für Leute?«

Breton stieß ein ärgerliches Schnauben aus. »Verzweifelte. Denken Sie doch an das Jahr 1919 oder 1920 zurück. Sind Sie in dieser Zeit einem einzigen gesunden Menschen begegnet? Als Sie aus dem Krieg zurückkehrten, hatten Sie da nicht auch Lust, ein großes Messer auf die Leute zu schleudern, die uns das alles eingebrockt hatten?« Vioric musste sich eingestehen, dass Breton nicht ganz unrecht hatte. Er schielte zu Tusson, der ebenfalls ernst dreinblickte und überhaupt nicht mehr so wirkte, als säße er einem komischen Vogel gegenüber. Breton, der die beiden Männer mit einem aufrichtigem Blick direkt ansah, fuhr langsam fort. »Sehen Sie, auch ich bin verzweifelt, und hin und wieder steht mir der Sinn durchaus nach Morden. Aber ich reiße lieber der etablierten Literatur die Eingeweide heraus als einem Menschen. Deswegen habe ich mit meinen Freunden den Surrealismus aus der Taufe gehoben.«

Tusson nickte nachdenklich, aber Vioric hakte nach.

»Wie soll das bitte irgendetwas zum Besseren verändern?«

Breton lehnte sich zurück, und sofort war wieder sein Messerblick zurück.

»Wir glauben, dass es wichtig ist, das Denken von seiner Zweckhaftigkeit loszulösen. Assoziationen, Träume, ein freies Spiel des Denkens wird uns allen helfen, unsere ärgsten Lebensprobleme leichter zu lösen.«

Vioric lachte auf.

»Ach, Breton. Welche dadaistischen Weggefährten von damals assoziieren Sie denn mit einem Mörder, der seine Opfer nach einem Buch dahinmetzelt, das Sie herausgeben?«

Breton räusperte sich und wirkte zum ersten Mal ein wenig betreten.

»Es waren so viele Menschen, die damals eine neue, radikale Richtung einschlagen wollten, und darunter waren ebenso viele Unruhestifter, denen es nur um ein Ventil für ihren Schmerz ging. Den *Maldoror* haben sie alle gelesen, und durch ihn atmet letztlich auch der Surrealismus.«

Vioric beugte sich vor und schaffte es zum ersten Mal, Bretons Blick festzuhalten. »Sie denken an jemand Bestimmten, Monsieur.«

Breton lächelte süffisant und tippte mit der Fingerspitze gegen Viorics Handschuhe. »Ich mag Ihre Handschuhe, Lieutenant. Sie sind ein Symbol für den Surrealismus. Er umhüllt den Menschen wie ein Handschuh die Hand.«

»Namen!«, blaffte Vioric ungeduldig. »Von Menschen!«

Breton schüttelte kaum merklich den Kopf.

»Ich habe niemand Konkreten in Verdacht, Lieutenant. Im Übrigen gehen die *Gesänge des Maldoror* eigene Wege, Lieutenant. Sie werden dieses Buch überall in Paris finden. Auf den Nachtschränken der Nonnen, in den Kissenbezügen der Irrenhäuser, unter den Schulbänken der Töchterpensionate und ganz besonders in den Träumen der einsamen Liebhaber. So wie Sie einer sind, nicht wahr, Lieutenant?«

20. Dezember 1924, abends

Die Empfangshalle des Lutetia glich dieses Mal der Stätte eines ausgelassenen Karnevalfestes. Der Mittelpunkt des Trubels war Isabelle Magloire, die sich nun Dora Ducasse nannte.

Entgegen Lysannes Befürchtung, sie würde halb tot in ihrem Bett liegen, schwebte ihre Schwester zwischen den jubelnden Anhängern hindurch, verteilte kleine, starre Küsse, schrieb schwungvoll auf jedes Blatt Papier, das ihr hingehalten wurde, ihr Autogramm und bot sich dem Blitzlicht dar, das von den Kameras der Zeitungsfotografen her aufflammte. Gehüllt in ein enges Kleid, das von den Hüften abwärts nur noch aus silbernen Fäden zu bestehen schien, wirkte sie wie ein Wesen, das gerade einem verwunschenen Gewässer entstiegen war. Isabelles unheimliche Blässe schimmerte nun wie eine weiße Blüte im Mondlicht.

Lysanne erwartete nicht, dass Isabelle sich ihr zuliebe von dem ihr so hysterisch ergebenen Pulk frei machen würde, als sie in die Hotelhalle trat. Aber genau das geschah.

»Lämmchen!« Isabelle eilte auf sie zu. Sie hauchte zwei Küsse auf ihre Wangen, ohne sie jedoch zu berühren. »Ich bin untröstlich, aber aus unserem Essen wird heute leider nichts. Du bist mir doch nicht böse? Ich hatte völlig vergessen, dass ich ein Engagement habe. Ach, es wächst mir alles über den

Kopf. Wir holen das nach, in Ordnung? Warum plauderst du nicht ein wenig mit Emile, er muss hier irgendwo sein. Es ist ja so viel passiert, seit wir uns zuletzt gesehen haben! Er kann die Dinge besser einordnen als ich. Aber ich hoffe, du verstehst.«

»Aber natürlich, Isabelle. Wenn du dich vier Jahre lang nicht meldest, fällt ein abgesagtes Essen auch nicht mehr ins Gewicht.«

Das Gesicht ihrer Schwester erstarrte für eine Sekunde, als wäre sie ein Automat, der zu sprechen aufgehört hatte.

»Wir holen es nach, versprochen.« Sie spreizte die Mundwinkel zu einem sparsamen Lächeln und widmete sich wieder ihren Bewunderern. Auf einer Welle aus Rufen, Blitzlicht und Gier wurde Isabelle aus der Hotelhalle gespült, und zurück blieb nichts als der Geruch ihres starken Parfums und der unverhohlenen Erregung ihrer Anhänger. Die Halle des Lutetia wollte nach diesem Auftritt nicht mehr so recht in seinen ruhigen, mondänen Tritt zurückfinden. Es schien, als wäre ein Wind hindurchgefegt, der die alltäglichen Dinge infrage stellte. Lysanne fiel in eine lähmende Ernüchterung zurück. Eine Hand legte sich auf ihre Schulter. »Sie haben sie gehört«, sagte Emile Laurent. »Sie sollen mit mir vorliebnehmen, Mademoiselle.«

Er führte Lysanne zu einem Tisch am äußersten Ende der Hotelhalle, wo niemand darauf achtete, dass sie kein feines Abendkleid trug. Doktor Laurent bestellte Hummer, Salate und eine Kürbispastete. Sie schwiegen, während der Kellner auf Emiles Geheiß eine Flasche Champagner öffnete.

»Erwarten wir noch jemanden?« Lysanne betrachtete verlegen den theatralischen Aufmarsch der Kellner, die Brötchen und Butterschälchen auf silbernen Tellern kredenzten.

»Sind Sie denn nicht genug?«, erwiderte er lächelnd. »Kommen Sie, Lysanne, wann haben Sie das letzte Mal richtig gefeiert?«

Lysanne schwieg.

»Schon gut.« Er machte eine Pause und betrachtete sie über seine gefalteten Hände hinweg. »Sie haben ja ganz schön lange gebraucht, um uns nach Paris zu folgen.«

Emile Laurent hatte seit dem Mittag eine ebenso erstaunliche Veränderung durchlaufen wie Isabelle. Er trug einen eleganten Anzug, sein Gesicht wirkte erfrischt, und das Haar war säuberlich mit Pomade nach hinten gekämmt. Übertroffen wurde sein Äußeres nur noch von seiner blendenden Laune und dem nun wieder einnehmenden Lächeln. Lysanne war froh, dass der Doktor Laurent, der in ihrer Erinnerung wohnte, nicht gänzlich von seinem verzerrten Doppelgänger vertrieben worden war.

Ihr Blick fiel auf seine Handrücken, die fleckig waren und mit kleinen Narben überzogen. Die Fingernägel hatte er bis tief ins Nagelbett abgeschnitten. Er schien außerdem Schmerzen beim Greifen zu haben, denn er spreizte die Finger in einem unnatürlichen Winkel ab, sodass seine Handflächen mit möglichst wenig in Berührung kamen. Die Pastete wurde serviert, und Doktor Laurent forderte Lysanne auf, mit ihm anzustoßen. Sie betrachtete die erhobenen Champagnerkelche. »Auf was trinken wir?«

»Auf das Wiedersehen.«

Lysanne trank einen Schluck Champagner und spielte mit dem Gedanken, tatsächlich einen angenehmen Abend mit Doktor Laurent verbringen zu können. Doch im selben Moment wurde ihr klar, dass die vielen quälenden Fragen in ihrem Inneren der Unbeschwertheit, die der Champagner wohl auslösen sollte, entgegenstanden. »Heute Morgen haben Sie offen gesagt nicht so erfreut über meine Anwesenheit gewirkt«, sagte sie leise.

Emile Laurent seufzte. »Sie sind nicht die Einzige, die sich das Wiedersehen mit Isabelle anders vorgestellt hat.« Er leerte sein Glas in einem Zug. »Es sind ein paar Dinge passiert, die das Ganze aus dem Ruder laufen ließen, und nun ist nichts mehr so, wie es vorher war.«

Lysanne probierte die Pastete und wartete, dass Laurent von selbst fortfuhr.

»Ich habe Freunde und Verwandte in Paris und wollte eigentlich ein paar Tage hier verbringen und sie alle noch einmal besuchen, um dann über Le Havre nach New York weiterzureisen. Aber wie der Zufall es wollte, traf ich hier Isabelle wieder. Sie saß in einem Café am Boulevard Haussmann. Ich habe sie sofort an ihrer Kleidung erkannt. Weißt du noch, diese hellrote Jacke mit den aufgestickten Blumen?«

Lysanne nickte abwesend und versuchte sich die Szene vorzustellen.

»Nun, sie war in einem desaströsen Zustand. Trank Absinth am helllichten Tag, ihre Kleider waren ungewaschen, und sie starrte ins Leere wie jemand, der völlig den Verstand verloren hat.«

»Hat sie dich denn erkannt?« Doktor Laurents kurzes Auflachen klang nach Bitterkeit und großer Enttäuschung. »Nun ja, nicht sofort. Aber seither klammern wir uns aneinander wie zwei Ertrinkende.« Doktor Laurent leerte ein weiteres Glas Champagner und stocherte lustlos in der Pastete herum. Lysanne aß dagegen so zögerlich, weil sie befürchtete, dass hinter den nächsten Sätzen etwas lauerte, das ihr das köstliche Essen gleich wieder verderben würde.

»Wissen Sie, wie Isabelle sich während dieser Zeit über Wasser gehalten hat?«, fragte sie vorsichtig.

Doktor Laurent zuckte mit den Schultern. »Sie ließ sich treiben, soweit ich weiß. Eine Arbeit hatte sie nicht gefunden, und ihr Geld ging zur Neige. Sie hauste in einem erbärmlichen Souterrain in der Nähe einer Bahnlinie im Norden. Die Sache mit

Gaspard hatte sie derart erschüttert, dass sie mit dem Leben nicht mehr zurechtkam. Etwas in ihr war zerbrochen.«

Doktor Laurent betrachtete stirnrunzelnd den Kellner, der die Teller abtrug. »Wollen Sie gar keinen Champagner?« Er goss sich das dritte Glas voll.

»Ich bin hier, weil ich wissen will, was passiert ist«, betonte Lysanne. »Sie versuchen doch, mir irgendetwas zu sagen, oder nicht?«

»Ja, und genau deswegen sollten Sie sich an den Champagner halten.«

Sie nahm einen winzigen Schluck.

»Isabelle war in solch schlechter Verfassung, dass ich mich gezwungen sah, mich um sie zu kümmern«, fuhr Doktor Laurent fort. »Ich habe damals meine Schiffspassage nach New York verfallen lassen, hatte aber immer vor, mir eine neue zu besorgen. Ich habe es bis heute nicht geschafft.«

In seinen Augen huschte etwas Düsteres vorüber.

»Das ist aber nur die halbe Wahrheit, Lysanne. Ich habe Isabelle schon in Ribérac geliebt und wusste ja auch, dass Gaspard völlig besessen von ihr war, ebenso wie Isabelle von ihm.«

Lysanne zuckte zusammen. Ihn diese Worte sagen zu hören, ließ einen altbekannten Schmerz aufflammen. Gaspard besessen von Isabelle? Warum hatte sie davon nichts gemerkt?

Sie musste sich zwingen, Laurents Ausführungen weiter zu folgen.

»Ich dachte, wenn ich nach Amerika gehe, kann ich sie vergessen. Sie war so auf Gaspard fixiert, dass ich mir keinerlei Chancen ausmalen durfte, sie für mich zu gewinnen.«

Lysanne trank nun doch, um dem Stechen in ihrem Inneren irgendetwas entgegenzuhalten. Deswegen also hatte Gaspard ihr irgendwann das Gefühl gegeben, ihre Nähe wäre eher reiner, seelischer Natur. Hatte er also die ganze Zeit über seine körperliche, sinnliche Natur mit Isabelle ausgelebt? Aber warum hatte sie nichts davon mitbekommen?

»Als ich aber in Paris wieder auf sie traf, war sie ein nervliches Wrack«, erzählte Laurent. »Und da hat der verliebte Trottel in mir das Steuer übernommen. Es fühlte sich eine Weile wirklich gut an, sie zu retten. Ich habe eine Stelle im Hôpital Lariboisière angenommen, um Isabelle versorgen zu können. Ich will nicht sagen, dass es meine beste Entscheidung war, denn das Krankenhaus zahlt miserabel und die Wohnung, die ich für uns gefunden habe, war nicht gerade das, was ich Isabelle gerne geboten hätte. Aber im Vergleich zu dem, was sie bis dahin in Paris erlebt hatte, war es sicherlich eine Verbesserung.«

Lysanne betrachtete die schwarzen, toten Augen des Hummers, der auf einem Bett aus Zitronenscheiben und Salatblättern zwischen sie und Doktor Laurent gestellt worden war. Sie sah zur Seite, als Doktor Laurent die Scheren des Hummers vom Körper trennte und ungerührt weiterredete.

»Ein Mann, der sich in einem Krankenhaus totschuftet, langweilte sie irgendwann. Sie begann, sich anderweitig zu vergnügen, lernte ein paar verrückte Künstler kennen und hat das Kokain wiederentdeckt. Ach ja, würde es Ihnen etwas ausmachen?« Er nahm eine kleine silberne Dose aus der Tasche und öffnete sie, nahm eine Prise des weißen Pulvers aus der Dose und schnupfte es ungeniert. »Möchten Sie auch?«

Lysanne lehnte ab. Doktor Laurent balancierte ein Stück rosiges Hummerfleisch auf ihren Teller. »Ich will mich nicht beklagen, Lysanne. Und ich brauche Ihnen auch nichts vorzumachen. Isabelle ist unberechenbar. Und genau das hat mich an ihr immer fasziniert. Ich bin ihrem speziellen Charisma auch jetzt noch erlegen, sonst wäre ich ja nicht hier!« Er stieß ein spöttisches Lachen aus. »Schauen Sie mich an, ich war eigentlich ein Arzt mit guten Chancen auf eine Anstellung in einem privaten Hôpital. Und was mache ich? Arbeite in einer Krankenfabrik für einen Hungerlohn, um mir wenigstens ein paar Stunden am Tag den Luxus zu erlauben, Isabelles Leibarzt zu spielen. Sie haben sie gesehen. Sie pfeift buchstäblich aus dem letzten Loch, fängt sich dauernd irgendwelche hässlichen Krankheiten ein. Ich gebe mich immer noch der Illusion hin, dass ich sie vor sich selbst rette. Rette sie, und du rettest dich selbst, habe ich mir gedacht.« Als würde sein Hohn nicht sich selbst, sondern dem Hummer gelten, schubste er abfällig die abgetrennte Schere vom Tellerrand und goss sich neuen Champagner ein.

»Sie nehmen ihr übel, dass sie Ihnen die Rolle des Retters nicht gestattet hat«, stellte Lysanne fest.

»Ich habe alles für sie getan. Alles!« Ein Teil des Champagners landete auf dem Tischtuch.

»Sie können immer noch nach Amerika auswandern. Oder in einem besseren Krankenhaus arbeiten. Sie würde Ihnen keine Vorwürfe machen.«

»Da mögen Sie recht haben. Sie bemerkt an manchen Tagen ja nicht einmal, dass ich da bin.«

Doktor Laurent atmete tief ein und sah mit wildem Blick durch den Raum. »Aber ich kann sie nicht einfach sich selbst überlassen, Lysanne. Sie ist ein Wrack. Ihre Anhänger sehen nur Dora Ducasse, aber ich sehe Isabelle und sorge dafür, dass sie wenigstens ab und zu schläft, und kümmere mich um ihre Gesundheit. Zumindest um das, was davon noch übrig ist. Wenn Isabelle uns verlassen hat, kann ich immer noch nach New York gehen.«

Lysannes Hals wurde eng. Sie konnte spüren, wie Doktor Laurent sich unaufhaltsam wieder in den Mann zurückverwandelte, dem sie am Morgen begegnet war. Da schien etwas Unbekanntes hinter diesen beiden Menschen aus ihrer Vergangenheit zu stehen. Doktor Laurents Hände, die den Hummer fachgerecht zerteilten, zitterten stärker, als man es den Händen eines Arztes gestatten würde. Langsam, aber überdeutlich schlich sich etwas verwirrend Zerbrechliches in seine Gestalt. Als hätte er Mühe, seine Muskeln unter Kontrolle zu halten, fiel sein Gesicht immer wieder für einen Wimpernschlag in sich zusammen und machte Platz für eine Leere, die Lysanne zutiefst erschreckte. »Sie haben vorhin etwas Seltsames gesagt, Doktor Laurent.«

»Was meinen Sie? Alles hier ist seltsam.« Er winkte dem Ober nach einer weiteren Flasche.

»Sie sagten, Isabelle sei Gaspard derart verfallen gewesen, dass Sie sich niemals hätten Hoffnungen machen dürfen. Aber wie war es dann nach seinem Tod, als Sie beide bereits in Paris waren?«

Laurent biss sich auf die Unterlippe, riss das silberne Döschen vom Tisch, öffnete es und nahm gierig eine weitere Prise. Bald würde er sich in Geschwätzigkeit verlieren und sich nicht mehr auf das eigentliche Thema konzentrieren können, ahnte Lysanne. Sein Blick bekam etwas Lauerndes. »Dann weißt du es also noch gar nicht?« Lysanne wich unwillkürlich ein wenig vor der Aggressivität zurück, die plötzlich in seiner Stimme lag.

»Was weiß ich nicht?«

Er zerdrückte mit dem Griff der Gabel ein gewölbtes Stück Hummerschale, das mit einem hässlichen Knirschen zerbröselte. »Das sieht Isabelle ähnlich, dass ich die undankbare Aufgabe übernehmen darf, dir die Wahrheit zu sagen. So wie ich überall hinter ihr aufräumen darf ...«

»Was um alles in der Welt meinen Sie?« Einige Leute drehten sich zu ihnen um. Lysanne war es gleichgültig. Laurent kam ihr vor wie ein Schiffbrüchiger, der das rettende Tau losgelassen hatte und aufs offene Meer hinaustrieb. Plötzlich bekam sie

Angst, dass er ihr entgleiten und das Letzte, offensichtlich Entscheidende nicht würde mitteilen können.

Er schnellte vor und fixierte sie mit seinem fiebrigen Blick. »Ahnst du denn wirklich nichts von der Heimtücke deiner Schwester, mit der sie Gaspard und mich eingefangen und dich hintergangen hat?«

Lysannes Gedanken wandten sich in alle Richtungen, erfassten gewisse Ideen, ließen alle aber sofort wieder fallen. Und sie hatte das Gefühl unaufhaltsam in etwas Unsagbares zu stürzen.

Sein Blick verlor sich im Nichts, und Lysanne sah, dass sich etwas Ungeheuerliches anbahnte, das schließlich aus ihm herausbrach. »Ich habe mich eines Verbrechens schuldig gemacht, indem ich deine Schwester gewähren ließ. Und nun müssen wir beide mit den Konsequenzen leben. Denn niemand bleibt innerlich heil, wenn er zerstört.«

»Warten Sie!« Lysannes Stimme zitterte. »Wollen Sie damit sagen, dass Isabelle Gaspard umgebracht hat? Sie sagten doch, er sei durch einen Schlaganfall gestorben.«

Laurent lachte freudlos auf. »Weißt du, wenn man einmal angefangen hat zu lügen, wird daraus ein eigenes Gesetz. Isabelle und ich haben Gaspards Leben gemeinsam *vernichtet*. Und wir haben dich belogen, wir haben das ganze verfluchte Ribérac belogen.«

Die Fassungslosigkeit verlangsamte ihr Denken. »Ihr habt Gaspard ermordet?«

Laurent fuhr sich über sein Gesicht. Sein hektisches Nicken ging nahtlos in ein Kopfschütteln über. »Ja. Und nein«, murmelte er. Er wollte seine Handflächen aneinanderlegen, aber seine Finger zitterten so stark, dass er es sich anders überlegte und sie gegen seine Oberschenkel presste. Um sie herum übten sich die Menschen in Gleichgültigkeit, aber in Lysannes Ohren setzte ein leises Summen ein.

»Wir haben euch damals einen leeren Sarg präsentiert. Gaspard lebt nach wie vor.«

Lysanne schloss die Augen und sank in ihrem Sessel zurück. Das Blut donnerte jetzt in ihren Ohren. Das Champagnerglas, das sie zuvor noch locker zwischen den Fingern gehalten hatte, umkrallte sie so fest, dass sie glaubte, der Stil würde zerbrechen. Sie stürzte den Alkohol hinunter, der ihr sofort zu Kopf stieg. Laurent wich ihrem Blick aus und betrachtete die Salatblätter neben dem Hummer, die bereits zu welken begannen.

»Gaspard lebt.« Lysannes Mund war trocken, und ihre Zunge fühlte sich mit einem Mal schwer an. Sie zwang sich, diese beiden Worte laut auszusprechen. Sie wartete ab, was dieser schlichte Satz mit ihrem Kopf anstellte, mit der Wirklichkeit. Veränderten sich die Farben ringsum? War da Freude? Entsetzen?

»Ja, er lebt«, sagte Laurent jetzt mit ruhigerer Stimme. »Und ich werde dir jetzt erklären, warum deine Schwester so ein nervliches Wrack ist, Lysanne.«

»Wünschen die Herrschaften noch etwas?« Beide hatten den Kellner nicht gehört, bis er nun zwischen ihnen stand.

Lysanne ließ zu, dass er ihr weiteren Champagner nachschenkte, und Laurent wischte den Garçon mit einer ärgerlichen Bewegung davon.

»Isabelle war in der vermeintlich angenehmen Position, dass zwei Männer sie liebten. Zwei Männer, die übrigens voneinander wussten. Aber das Verrückte war, dass es uns nichts ausmachte. Wir waren beide so sehr von deiner Schwester besessen, von ihren speziellen Zuwendungen, dass es uns egal war, sie mit einem anderen zu teilen. Während du Gaspard mit deinen verliebten Mädchenaugen angeschmachtet und gehofft hast, dass er dich endlich erhört, hat er deine Schwester in der Scheune gevögelt, Lysanne. Er hat sie sich genommen wie ein Mann, der drei Jahre seines Lebens verloren und jede Menge nachzuholen hat.«

Laurent biss aggressiv ein Stück Hummer ab und wollte weitersprechen, aber Lysanne unterbrach ihn mit heiserer Stimme. »Erzähl mir von Gaspards vermeintlichem Tod«, sagte sie, mühsam Haltung bewahrend.

Er starrte sie mit flackerndem Blick an. »Lysanne, hast du einmal derart wahnsinnig geliebt, dass du sogar dir selbst schaden würdest, um diesem Menschen nahe zu sein?«

Sie schwieg.

»Ich habe nichts dagegen unternommen, als Isabelle vorgeschlagen hat, Gaspards Tod vorzutäuschen, um mit ihm zusammen Ribérac für immer zu verlassen.«

Lysanne starrte Doktor Laurent an. »Warum sollte Isabelle so etwas Absurdes vorschlagen?«

Laurent seufzte verärgert. »Sie wollte Gaspard für sich alleine! Für Isabelle gibt es keine schlimmere Konkurrenz als eine andere Frau, die von ihrem Geliebten nicht körperlich, aber seelisch geliebt wird. Und Gaspard hat dich geliebt. So, wie man nur eine Frau lieben kann, die sich derart aufopfert, wie du es getan hast. Als Gaspard Gefühle für dich entwickelte, wurde das für uns drei zumindest mehr als deutlich. Davon konnte Isabelle nur träumen. Nachdem er von seiner Verletzung genesen war, hat er in dir eine Heilige gesehen, der er auf ewig dankbar sein würde. Aber niemals eine Frau, zu der er seine Lust tragen würde. Isabelle jedoch wusste, dass die Reize ihres Körpers nicht für ewig gegen die Macht der Gefühle ankommen konnten, die Gaspard für dich empfand.«

Lysanne versuchte, das Gesagte einzuordnen. Laurents Erzählung trieb winzige Nägel in das Bild, das sie sich von dieser Vergangenheit gemacht hatte, und nach und nach breitete sich ein Netz von Rissen darüber aus.

»Zu diesem Zeitpunkt wollte ich wirklich nach Amerika gehen und dort arbeiten«, fuhr Laurent fort. »Aber ich wusste in meinem Innersten bereits damals, dass ich mir etwas vorlog. Ohne Isabelle konnte ich doch überhaupt nicht leben.« Er seufzte tief und strich über einen winzigen Fleck auf der Tischdecke. Lysanne starrte wie betäubt auf ihr Glas. »Wir verabredeten, dass wir uns zwei Monate nach Gaspards Beerdigung in Paris treffen würden, damit wir nicht alle gleichzeitig aus Ribérac verschwinden und unser Plan auffliegt.«

Lysanne schloss kurz die Augen und schluckte.

»Isabelle bekam diese fixe Idee, dass sie nur in Paris weiterleben könnte. Sie war davon überzeugt, dass euer Vater ihr verbieten würde, nach Paris zu gehen, und dass du dich an ihre Rockschöße klammern würdest. Sie wollte etwas Endgültiges, das dich und euren Vater von ihr fernhielt. Sie brauchte eine Katastrophe, und die fand sie in Gaspards Tod. Sie hatte diese Wahnvorstellung, an das Dorf gefesselt zu sein, und sagte immer wieder, dass Ribérac ihre Seele gefressen hätte.«

Lysanne biss sich auf die Lippen. »Konnten Sie denn nicht sehen, dass hauptsächlich das Kokain aus ihr sprach und nicht ihr normaler Menschenverstand?« Laurent schüttelte kaum merklich den Kopf.

»Ich habe das Kokain doch auch tagtäglich genommen, Lysanne. Für mich klang das damals alles andere als wahnsinnig. Vielleicht macht es etwas mit deinem gesunden Menschenverstand, wenn du jahrelang halb tote Soldaten versorgst und keinen Schlaf mehr bekommst und in den Ohren nichts als Verzweiflung und Schreie widerhallen.« Laurent sah sich um. Ein gequältes Lachen löste sich aus seiner Brust. Eine Frau am Nachbartisch blickte kurz zu ihnen herüber, sah aber sofort wieder weg, als sie Laurents Blick begegnete. »Wie kann man in einer Welt, die in Sinnlosigkeit ertrunken ist, sinnvoll handeln? Ich wollte doch auch weg von all dem Leid und der Enge. Ribérac war ein Friedhof, und Isabelle mein einziger Lebensgrund.«

Übelkeit griff nach Lysannes Eingeweiden. Sie holte tief Luft.
»Warum hat Gaspard bei der Sache mitgemacht?«

Laurent zuckte mit den Schultern. »Er war auf seine gequälte Art Isabelle ebenso verfallen wie ich. Und vielleicht hatte sein Kopf doch mehr Schaden abbekommen, als wir alle gedacht hatten. Zumindest hat ihm Paris nicht gutgetan.«

»Was meinen Sie damit?«

»Paris hat Gaspard verändert. Die Großstadt hat diese Wirkung auf labile Charaktere. Er wurde bösartig, sodass Isabelle Angst vor ihm bekam. Er benahm sich wie einer, dem niemand mehr etwas anhaben kann. Eines Nachts verließ er sie, und sie hat ihn seitdem nie mehr gesehen. Niemand weiß, wo Gaspard sich heute aufhält. Und als Isabelle klar wurde, dass sie diejenige war, die Gaspard in diesen Taumel hineingestoßen hatte, wurde ihr die Last ihrer Schuld bewusst. Auf einmal wurde ihr klar, wie sie sich auch an dir versündigt hat. Sie hat immer genau gewusst, wie sehr du Gaspard geliebt hast. Und diese Erkenntnis hat sie in eine tiefe Krise gestürzt.« Laurents Augen bekamen einen leicht fiebrigen Glanz. Er spielte mit der Serviette und zupfte nervös an der Tischdecke herum. »Das war mein Moment. Nicht nur musste ich mir Isabelle nicht länger mit Gaspard teilen, sondern war auch noch der Retter in ihrer Not. Aber meine Zeit währte nur kurz. Kaum hatte ich sie etwas stabilisiert, fasste sie Fuß in gewissen Kreisen, und bald schon meinte sie, mich nicht länger zu brauchen. Aber ich kann sie jetzt nicht mehr aufgeben, wir hängen in diesem Strudel gemeinsam fest.«

Lysanne lauschte ihrem nervösen Herzschlag. Sie wollte etwas empfinden. Sie wollte sich verraten fühlen, hintergangen und ausgenutzt, aber da war nur ein Gefühl von Ungläubigkeit. Sie hatte immer geglaubt, dass Aragon und seine Freunde diejenigen waren, die einen Seiltanz über das Verrückte, Abwegige vollführten. Aber das, was sie gerade über ihre eigene Schwester und Gaspard gehört hatte, war jenseits dessen, was sie bisher für verrückt gehalten hatte. Das hier war ohne Zweifel wahnsinnig.

Laurent kreuzte sorgfältig das Besteck auf seinem Teller. »Es tut mir leid, Lysanne. Ich weiß, dass wir ein böses Spiel mit dir getrieben haben. Und ich muss mit der Schuld leben, dass Gaspard meinetwegen vollends dem Wahnsinn verfallen ist.«

Ein furchtbarer Gedanke platzte wie eine Granate in ihrem Kopf. Gaspard. Sein vernarbter Mund. Die Spieluhr. Die Morde.

»Wissen Sie, ob Gaspard zusammen mit Isabelle bei einer Künstlergruppe war? Sie nennen sich Surrealisten. Ich weiß, dass Isabelle eine Weile Kontakt zu ihnen hatte. War Gaspard auch dort?«

Verachtung verdunkelte Laurents Augen. »Die Surrealisten! Man liest ja nichts Gutes über diese Anarchisten. Eines kann ich dir sagen, Lysanne, diese Künstler sind maßgeblich dafür verantwortlich, dass Isabelle den Boden unter den Füßen verloren hat. Sie stand immer schon gefährlich nah an der Klippe, aber sobald sie in diesen Kreisen verkehrte, ist sie endgültig abgestürzt. Ob Gaspard diese Leute kennt, weiß ich nicht.« Sein Blick wanderte nachdenklich über den Tisch. »Obwohl es da etwas gab, was ich eigenartig fand.«

Lysanne horchte auf.

»Isabelle hatte ein Buch erwähnt. Irgendein furchtbar kompliziertes Buch, das in dieser Gruppe wohl Mode war.« Laurent schnaubte abfällig. »Jeder las es damals. Jeder außer mir, zumindest. Ich erinnere mich noch daran, wie Isabelle mir erzählte, dass Gaspard völlig besessen von diesem Machwerk war und ununterbrochen darin gelesen hätte.«

»*Die Gesänge des Maldoror?*« Die Worte fühlten sich in ihrem Mund an wie ein Gift, das sie längst getrunken hatte, das aber erst jetzt seine volle Wirkung entfaltete.

Laurent runzelte die Stirn. In seinen Augen glitzerte das Schwarz seiner vergrößerten Pupillen. »Kann sein, aber ich bin mir wirklich nicht sicher.«

Lysanne fühlte sich wie am Beginn einer schweren Krankheit. War Isabelles männlicher Aufpasser Gaspard gewesen? Konnte sie Laurent überhaupt Glauben schenken?

Laurent streckte die Hand aus und wollte ihre Finger ergreifen, aber sie entzog sich ihm. Er seufzte. »Du hast die Wahrheit verdient, Lysanne. Ich weiß nicht, was ich dir sonst sagen kann. Außer, dass es mir leidtut, dich so zu enttäuschen. Du warst so eine zuverlässige, fleißige, tapfere ...«

»Hör auf!«, fuhr sie ihn an. »Ich brauche deine faulen Lorbeeren nicht.« Er zwinkerte, als blendete ihn das Licht um sie herum.

»Dann iss wenigstens noch etwas Hummer. So etwas Gutes wirst du so schnell nicht wieder auf dem Teller haben.«

Lysannes Gereiztheit war kurz davor, sich zu entladen, als ihr noch etwas einfiel. Das eigenartig vertraute Gesicht, das ihr in der vergangenen Nacht in der Nähe der Bühne aufgefallen war. Es konnte niemand anderer gewesen sein als Emile. Sie wollte ihn gerade darauf ansprechen, als er den Blick hob und erstarrte. Seine Aufmerksamkeit war gefangen von etwas, das sich in Lysannes Rücken abspielte. Er warf seine Serviette auf den Tisch, verstaute das silberne Döschen in der Tasche, stürzte hastig einen letzten Champagnerschluck hinunter und stand auf.

Lysanne wandte den Kopf, entdeckte aber nichts, was Laurents Hast erklärte.

»Entschuldige mich«, stieß er hervor und eilte quer durch die Hotelhalle davon.

Ein Tanzorchester hatte angefangen zu spielen, und einige Paare füllten die Hotellobby.

Lysanne spürte schlagartige Erleichterung, dass er gegangen war. Etwas war durch seinen überhasteten Aufbruch von ihr gewichen, etwas Schweres, das ihr die Luft abgeschnürt hatte. Und sie begriff, dass es nicht so sehr ihre neu geordnete Vergangenheit gewesen war, sondern er selbst.

Einen Augenblick später stand Louis Aragon vor ihr. Lysanne sah überrascht zu ihm hoch. »Was machst du denn hier?«

Er zog die Augenbrauen hoch. »Begrüßt man so einen armen Kerl, der den halben Tag von der Polizei festgehalten wurde?«

»Nein ... ich freue mich natürlich! Ich habe mich um dich gesorgt!« Sie grub unter dem Tisch die Fingernägel in ihre Handfläche, während sie hoffte, dass Louis ihr die Lüge nicht anmerkte. Ihre Sorge um ihn war völlig verdrängt worden durch die Begegnung mit Isabelle und Laurent. »Woher wusstest du, dass ich hier bin?«

»Ich dachte mir schon, dass du nur hier sein kannst. Du hast Isabelle gesucht, was?«

»Wolltest du nicht ins Café Cyrano und der gesamten Mannschaft Austern spendieren?«

»Bei uns herrscht dicke Luft. Simone hat die Briefe entdeckt, die Breton von seiner abgelegten Geliebten Nadja aus der Irrenanstalt bekommt, und macht ihm die Hölle heiß.«

Er beugte sich herab und küsste sie. Sie empfing die Heiterkeit, die er verströmte, wie durch einen dicken Theatervorhang. Seine Aufmerksamkeit fiel auf die verbliebene Hummerschere. »Sieh dir dieses Prachtstück an!« Er wickelte die Schere ohne Umstände in eine Serviette ein. »Ich werde sie Man Ray mitbringen. Isst du das noch auf?«

Lysanne sah ihm dabei zu, wie er sich auf die Reste ihres Diners stürzte und sie mit großem Appetit verzehrte. Seine Handgelenke, die unter den zu kurzen Ärmeln des Jacketts hervorschauten, zeigten deutlich die streifenförmigen Spuren von Handschellen, aber Louis Aragon trug sie wie Mückenstiche. Während sie ihn weiter beobachtete, hatte sie den Eindruck, als würde eine Wolkenwand aufreißen, und etwas Lichtes drang bis zu ihr hindurch. Aragon saugte genüsslich die Hummerschalen aus und plapperte fröhlich vor sich hin. Lysanne sah ihn nur an und lächelte. Nach einer Weile zeigte Louis noch kauend auf das zweite Gedeck. »Mit wem hast du denn gespeist? Kommt er oder sie zurück?«

»Ich hoffe nicht. Es war ein ... ein alter Bekannter aus Ribérac, der sich Isabelles Entourage angeschlossen hat, mehr nicht. Erzähl mir, was sie in der Préfecture mit dir gemacht haben.«

»Nicht der Rede wert. Die Herren Polizisten würden uns gerne alle ins Verlies sperren, aber bislang können sie nicht einmal beweisen, dass unter den Fingernägeln der Leichen trunkene Lilien wachsen.«

Lysanne ergab sich dem gnadenlos faszinierenden Sog seiner Worte und dem Diktat seiner Unbeschwertheit. Sie klammerte sich daran wie an einen Zweig, der aus einer Klippe ragte, an die Laurents Geständnis sie gestoßen hatte. »Louis, ich möchte eurer Religion beitreten.«

»Was meinst du?«

»Den Gott des Zufalls. Ich sehe mich gezwungen, ihm ebenfalls zu huldigen.«

»Herzlichen Glückwunsch. Dieser Gott sperrt dich nicht in ein Korsett, sondern schenkt dir Kiemen.« Er drückte ihr einen Kuss auf die Wange. »Was fangen wir nun mit diesem hübschen Abend an?«

Lysanne wusste nicht, warum der Schock seine Krallen bereits aus ihren Eingeweiden gezogen hatte. Sie fühlte sich nicht länger verraten und getäuscht. Da war nur noch eine bittere Entschlossenheit in ihr. »Du kannst mich begleiten. Ich muss meinem Lieutenant einige wichtige Dinge erzählen.«

Aragon stieß ein nörgelndes Geräusch aus. »Wie langweilig.«

»Im Gegenteil. Es schafft dir und deinen Freunden die Polizei endgültig vom Hals.«

13

20. Dezember 1924, spätabends

»Also, die Ausbeute dieses Tages ist ein Literaturexperte, der uns versichert, dass Isidore Ducasse wahnsinnig war, und der erste Druck der *Gesänge* nie an Buchhandlungen ausgeliefert, sondern gleich wieder eingestampft wurde.« Tusson nickte Murier anerkennend zu. Der junge Gardien strahlte zum ersten Mal an diesem Tag so etwas wie Zufriedenheit aus, was vielleicht durch das üppige Abendessen begünstigt wurde, das Tusson ins Büro hatte liefern lassen, um ihnen die Überstunden zu versüßen. Auf dem Tisch bildeten Pasteten, Schinken, Baguette und Käse ein behagliches Stillleben zwischen den Aktenstapeln. Tusson schlürfte Bordeaux, rauchte und schwelgte in der Erinnerung an die einzige weibliche Befragte des Tages.

»Und dann hatten wir Adrienne Monier von der Buchhandlung *La Maison des Amis des Livres* hier, die einen Teil der späteren, letzten Ausgabe des Buches aus dem Jahr 1890 in ihrem Bestand hat. Der Laden hört sich übrigens spannend an.«

Vioric schüttelte den Kopf. »Da verkehren hauptsächlich die Amerikaner, und die kannst du nicht ausstehen, schon vergessen? Du würdest in dieser Buchhandlung nur die Krätze bekommen.«

Tusson schnitt sich großzügig Käse auf seinen Teller. »Ich kann mich ändern, mein Freund. Wenn man Mademoiselle

Monier so zuhört, ist dieser Ort spannender als jeder Nachtclub, und vielleicht schleicht dort unser menschlicher Maldoror herum.«

Die Buchhändlerin hatte die *Gesänge* seit 1915 etwa zwanzig Mal an schrullig vergeistigte Außenseiter und einige ihrer Stammkunden verkauft, hatte im Zusammenhang damit aber nichts Ungewöhnliches berichten können.

»Hast du gesehen, wie ihre Augen geleuchtet haben, als sie über das Buch gesprochen hat?«, sagte Tusson. »Es sind also nicht nur diese verrückten Surrealisten, die sich dafür begeistern. Irgendetwas fehlt uns, dass uns der Zauber dieser Zeilen abgeht.«

»Du magst es nur nicht, wenn du in Anwesenheit einer attraktiven Frau dumm dastehst.«

»Die Frau ist eine Lesbe, das hat sogar Murier erkannt. Und eine sehr hübsche. Ich bin nicht dumm«, widersprach Tusson. »Nur ungebildet.«

»Wir brauchen ein paar Laufburschen, die sich die alten Weggefährten der Surrealisten anschauen.« Vioric klopfte auf den Stapel der Befragungsprotokolle. »Ich weiß nicht, wie es euch geht, aber ich habe überhaupt nicht mitbekommen, dass es so etwas wie einen Dadaismus überhaupt gegeben hat.«

Murier war gut vorbereitet und hielt den beiden Lieutenants einen kleinen Vortrag über die subversiven Pariser Künstler der frühen Nachkriegsjahre, an dessen Ende Tusson ihm auf die Schulter schlug. »Also, mir gefallen diese Dichter. Sind mal was anderes, die Burschen. Wenn alles den Bach runtergeht, schließe ich mich dieser Bewegung an.«

»Lass das nicht den Polizeipräfekten hören«, murmelte Vioric. »Er schäumt, weil er auch Héloïse Girard wieder gehen lassen musste. Wir haben bislang niemanden, den wir irgendeiner Sache beschuldigen können. Wir haben uns blamiert. Haben

Héloïse Girard bezichtigt, unsere Ermittlungen sabotiert zu haben, dabei waren wir einfach nur … nun, steindumm.«

Tusson schenkte Vioric Wein nach, obwohl er kaum etwas davon getrunken hatte. »Julien, niemand kann von uns erwarten, dass wir dieses Buch unter dem Kopfkissen liegen haben. Es mag zwar nicht so aussehen, aber in dieser Stadt leben immer noch ein paar normale Zeitgenossen.«

Vioric wusste nicht, nach was er sich in diesem Moment mehr sehnte. Ob es wirklich Normalität war oder doch vielleicht die erfrischende Verrücktheit eines Louis Aragon. Er konnte förmlich spüren, wie der Dichter und seinesgleichen kleine Angelhaken gegen seine innerliche Festung auswarfen, und mit diesem Gedanken zog eine unverständliche Dunkelheit in seine Seele ein, der er sich völlig ausgeliefert sah. Er leerte aus reiner Höflichkeit sein Weinglas und verabschiedete sich, um etwas Schlaf nachzuholen. Tusson und Murier machten nicht den Anschein, als wollten sie die abendliche Runde schon auflösen. Vioric holte seinen Mantel aus seinem Büro und blätterte den Stapel an Post durch, der sich am Tag auf seinem Tisch gesammelt hatte. Den ganzen Tag war er nicht dazu gekommen, ihn auch nur einmal kurz durchzugehen. Ein hellgrüner, kleiner Briefumschlag erregte seine Aufmerksamkeit. Er öffnete ihn und faltete ein seidiges Blatt Papier auseinander, auf dem in zarten, kleinen Lettern eine Aufforderung stand, die seinen Puls beschleunigte.

Lieutenant Vioric, ich habe Ihnen eine wichtige Beobachtung mitzuteilen. Ich kenne den Mann, den Sie suchen. Treffen Sie mich am Place de Clichy, heute um Mitternacht. Ich warte bei der Bank auf der westlichen Seite bei dem kleinen Brunnen. Bitte wahren Sie allergrößte Diskretion und kommen Sie allein. Joëlle Caronne.

Der Name erklärte alles, auch seinen leicht beschleunigten Puls. Joëlle Caronne war eine ehemalige Schauspielerin, die heute hauptsächlich durch die Bekanntschaft mit mächtigen Männern von sich reden machte. Eine Kurtisane, die sich in den allerhöchsten Kreisen bewegte. Vioric sah auf seine Taschenuhr. Es war bereits eine halbe Stunde vor Mitternacht. Trotz seiner Müdigkeit machte er sich sofort auf den Weg, froh, einen Grund zu haben, nicht in seine leere Wohnung zurückkehren zu müssen. Er ertappte sich dabei, wie er in dem Wagen, der ihn zum Rand des *Quartier des Batignolles* brachte, sein Haar glatt strich und seine Kleider ordnete. Kurz bevor der Wagen am Place de Clichy hielt, nahm er eine Pfefferminzpastille aus einer kleinen Schachtel, um seinen Atem zu reinigen. Schwachkopf, dachte er und stieg aus. Seine Taschenuhr zeigte zwei Minuten vor Mitternacht. Innerlich beglückwünschte er sich zu diesem vorteilhaften Zufall. Eine Hure als Zeugin war ein Glücksfall. Sie hatte Einblicke in die Gesellschaft, von dem die Polizei nur träumen konnte. Bei ihr kreuzten sich die Wege so vieler Männer, die nicht nur ihre Lust zu ihr trugen. Und Joëlle Caronne war nicht umsonst an die Spitze dieser Gunst aufgestiegen. Sie musste eine dieser Frauen sein, die durch Klugheit und Geschick mehr als nötig von ihren Liebhabern erfuhr. Vioric ignorierte seine feuchten Handflächen und näherte sich dem westlichen Rand des Place de Clichy, wo der Boulevard des Batignolles von einem Baumstreifen getrennt wurde. Der Platz war ruhig. Nur ein paar Nachtschwärmer lärmten an einer Ecke. Auf der Straße geisterten die Scheinwerfer weniger Automobile durch den Nachtnebel.

Vielleicht war es dieser Nebel, zerschnitten von kurvenden Lichtlanzen, die Vioric nicht erkennen ließen, worauf er sich zubewegte. Er hatte eine gebieterisch wartende Frau auf einer der Bänke erwartet, ungeduldig an einem Pelzkragen zupfend, verschwörerisch und vage. Aber unter den kahlen Bäumen wartete niemand dergleichen. Nur eine Schlafwandlerin tastete sich dort am Rand des Brunnens entlang. Vor ihrem Mund bildete der Atem kleine Wolken. Sie trug einen Pelz, bewegte sich aber, als sei sie nur in ein Nachthemd gehüllt. Die Frau wankte gespenstisch umher, griff sich immer wieder ins Gesicht und stieß einen heiseren Schrei aus. Ärgerlich schaute Vioric sich um, sah aber sonst niemanden. Diese Somnambule verdarb ihm noch das Treffen mit Joëlle Caronne, die sicherlich irgendwo in der Nähe war und gerade Abstand von ihrem Plan nahm. Vioric näherte sich dem verschneiten Brunnen. Die Frau war außer sich. Ihre Hände flatterten hysterisch vor dem Gesicht. Vioric unterdrückte einen Fluch. Wahrscheinlich war sie gerade von ihrem Liebhaber verlassen worden oder hatte zu viel Absinth intus. Oder beides. Aber etwas stimmte nicht mit diesem Bild. Die Frau irrte in einer Verlorenheit umher, die jenseits der Verrücktheiten lag, die Vioric kannte. Eine kindliche Verletzlichkeit drang durch den offenen Pelzmantel, etwas rätselhaft Bedrohliches schien die Frau ausgespuckt zu haben. Jetzt taumelte sie auf den Rand der Straße zu, wo aus dem Nebel zwei Scheinwerfer erschienen. Vioric vergaß Joëlle Caronne und hastete auf die Frau zu. »Bleiben Sie stehen!«, brüllte er.

Es war zu spät. Vioric schloss die Augen. Als er sie wieder öffnete, trieb ihn das veränderte Straßenbild in die Arme seines schlimmsten Albtraums. Es war das zweite Mal, dass er dabei zusehen musste, wie eine Frau von einem Lieferwagen erfasst worden war, und auch dieses Mal hätte er es verhindern können. Er stand da, eingefroren in diesem Zuspätsein, und bekam kaum mit, wie die Wagentür schlug und ein Mann um Hilfe schrie. Er näherte sich ohne hinzusehen dem Unfallort. Etwas Warmes dampfte in der eisigen Luft. Die Scheinwerfer spiegelten sich im Blut. Der Lieferwagenfahrer wandte sich ab und musste sich in den Rinnstein übergeben. Leute eilten herbei und sahen etwas, das nicht für ihre Blicke bestimmt war. Vioric beugte sich über den verdrehten Körper, der halb unter dem rechten Vorderrad des Wagens lag. Für die Frau kam jede Hilfe zu spät. Vioric zog seinen Mantel aus und warf ihn über ihr Gesicht. Sein Puls floss plötzlich wieder ganz ruhig. Er begriff mehrere Dinge gleichzeitig, und davon war die Tatsache, dass er getäuscht worden war, nicht die allerschlimmste. Er wandte sich an den Fahrer. »Gehen Sie in das Bistro da drüben, und rufen Sie umgehend die Polizei!«

Der Mann wankte davon, und Vioric warf einen zweiten Blick auf das Gesicht der Toten.

Etwas unsagbar Finsteres sah ihn von den vernähten Augenlidern an. Am Brustsaum des seidenen Nachthemdes steckte das Werkzeug dieses Grauens, eine große Nadel, die ein Stück Papier festhielt. ... *Ich könnte, wenn ich deine Augenlider mit einer Nähnadel festnähte, dich des Schauspiels der Welt berauben und dich in die Unmöglichkeit versetzen, deinen Weg zu finden; nicht ich werde dir als Führer dienen ...*

Vioric begriff, dass es sich um ein Zitat aus dem *Maldoror* handeln musste. Aber sosehr er sich auch mühte, sein Gehirn ordnete diese Details nur schlampig und unzusammenhängend. Er nahm das Geschehen wie durch einen Regenschleier wahr. Sah Tusson, der bei der Unfallstelle ankam, einen Polizeiarzt, der die Leiche in ein weißes Tuch hüllte, ein paar Uniformierte, die die Menge zurückdrängte. Aber eigentlich sah er Nicolette, die zerquetscht zwischen die Räder eines Fischlasters geflochten schien, ihr Körper unrettbar zerstört, während im Hintergrund die Möwen ihn mit ihrem ewigen Gemecker verspotteten. Vioric sah sich außerstande, angemessen auf das Geschehen zu reagieren. Tusson erfasste seinen Zustand und legte ihm die Hand auf den Rücken. »Geh nach Hause, Julien. Ich übernehme.«

Vioric zögerte gewohnheitsmäßig. Doch dann stahl er sich davon. Die Möwen rissen an seinem Verstand. In seiner Nase lag der Gestank von Blut und Salz. Nicolette am Leben und blind. Es musste eine Lüge sein. Er hatte sie getötet, und jetzt war es schon wieder passiert.

Seine Finger bewegten sich heftig in den engen Lederhandschuhen, doch diesmal vermittelte ihm das Gefühl keine Festigkeit, sondern schien ihm das Leben abzuschnüren. Er riss sich die Handschuhe ab und stopfte sie in die Manteltaschen.

Vioric wusste nicht, auf welchen Wegen er in die Rue de l'Abbaye gekommen war. Unterwegs brachte er es fertig, in einem Café eine Flasche Whiskey zu kaufen, in der sonst sicher irgendein amerikanischer Exilantenschriftsteller seine Seele ertränkt hätte. Aber in dieser Nacht war sie seine Strafe. Als er es gerade noch schaffte, seine Wohnungstür zu öffnen, war die Flasche zur Hälfte leer und Vioric bereit, unter die Räder der Bewusstlosigkeit zu kommen. Er taumelte in die Wohnung und wunderte sich kaum darüber, dass dort Licht brannte und jemand ihm unter die Arme griff.

»Aber Lieutenant, was ist Ihnen denn zugestoßen?« Aragon fing die Flasche auf, bevor sie auf den Boden fallen konnte. Von irgendwoher legten sich sanfte Hände auf seine Schultern und führten ihn zum Sofa; Lysannes Hände waren das, da war sich Vioric beinahe sicher.

»Was ist denn passiert?«, hörte er ihre Stimme.

Wie sagte man das Unsagbare? Wie sollte er diesen beiden Menschen, für deren Anwesenheit er unerklärlich dankbar war, mitteilen, was geschehen war? Heute Nacht und vor so vielen Jahren.

»Er war wieder ziemlich ... kreativ, dieser Wüstling«, stieß er hervor und wunderte sich über seine Wortwahl.

»Ein neuer Mord?«, fragte Aragon. »Allerhand. Und warum hat dieser Wüstling es geschafft, auch Ihre Beherrschung zu ermorden, Lieutenant?«

Vioric musste lachen. »Beherrschung ... es gibt Dinge, die kann man nicht beherrschen.«

Lysanne hielt ihm ein Glas Wasser an die Lippen, von dem er widerwillig trank. Plötzlich schämte er sich.

Aragon machte ein ungeduldiges Geräusch. »Sie sollen diesen Kerl doch nicht beherrschen, sondern ihn fangen!«

»Um ihn zu fangen, muss ich zuerst seine Eitelkeit beherrschen. Jeder Mörder, der derart pervers vorgeht, ist zutiefst eitel. Aber dazu ... dazu fühle ich mich gerade nicht in der Lage.«

Er hob den Blick, aber die beiden sahen ihn nur verwundert an, und Vioric winkte ab. Er hatte schon viel zu viel gesagt und glaubte sich außerdem selbst nicht mehr. Er deutete auf den Platz neben sich.

»Setz dich zu mir, Dichter«, bat er Aragon mit schlingernder Stimme. »Und du, Lysanne, du solltest dir meinen Anblick ersparen.«

Lysanne zog sich jedoch nicht in ihr Zimmer zurück, wie er gehofft hatte. Mit verschränkten Armen lehnte sie sich gegen den Türrahmen.

»Jetzt sind Sie also endlich vernünftig geworden, Lieutenant.« Louis Aragon ließ sich neben Vioric auf dem Sofa nieder.

»Hab mich nie unvernünftiger gefühlt.«

»Ach, Unsinn. Das Problem bei euch Vernunftstieren ist, dass ihr nur die Logik als eure Göttin akzeptiert. Ich sage Ihnen, das hier bringt Ihre wahre, menschliche Vernunft zum Leuchten!« Aragon hob die Flasche und trank den Rest in einem Schluck leer. »Ich trinke auf die Unvernunft!«

Vioric blickte Aragon mit brennenden Augen an. Er fühlte sich innerlich hohl, und zugleich zog ein schweres Gewicht an seinen Gliedern. Lysannes Blick umtastete ihn ruhig und ohne einen Ausdruck von Abscheu. Natürlich, dachte Vioric. Die junge Frau hatte weitaus Schlimmeres gesehen als einen in Auflösung begriffenen Mann.

»Ist denn die Unvernunft dein einziger Gott?«, wandte er sich wieder an Aragon. »Welche Werte gibt es bei dir und deinen verrückten Freunden noch?«

»Oh, so einige, aber ich bin mir nicht sicher, ob du mit ihnen etwas anfangen kannst, Lieutenant.«

»Weich mir nicht aus, Bürschchen!« Vioric versuchte, den anderen klar wahrzunehmen, aber sein Blickfeld verschwamm bereits in den sich ankündigenden Tränen. »Ich bin ein Mann, der an sich selbst gescheitert ist!«, ließ er Aragon wissen. »Und an meinen Werten. Was ist, wenn das Leben auf deine Werte scheißt? He, sag mir das jetzt! Du weißt doch sonst immer alles!«

Zu Viorics Erstaunen wurde Aragon ernst und nachdenklich. »Lieutenant, du hast soeben das Wesen des Surrealismus begriffen.«

»Was?«

»Ich weiß nicht, was du erlebt hast, aber ich weiß, dass das Unbekannte nicht schlechter sein kann als das Bekannte. Ich fahre ohne Kompass durch die Welt. Ich halte mich an Dinge, die mir keine Tragödie entreißen kann.«

»Die da wären? Sag es mir. Ich will etwas gegen den Tod! Hilf mir, du verrückter Hund!«

Aragon, der schon zu einer Antwort angesetzt hatte, wartete kurz und beobachtete Vioric mit freundlich-neugierigem Blick. Und auch Lysanne stand immer noch da und betrachtete ihn, als wäre er in diesem Zustand mit einem Mal viel interessanter für sie geworden. Für einen Moment glaubte Vioric, er müsste sich übergeben, aber dann waren es Tränen, die unkontrolliert hervorschossen. Aragon legte den Arm um ihn. »Gut so,

Lieutenant. Reiß alle Zäune ein. Das ist das Beste, was du machen kannst, um dich aus dem großen, stinkenden Haufen zu befreien, den sie auf dich geschissen haben.«

Eine Weile schwiegen sie, und es ertönte nichts als das leise Klirren einer Spieluhr. Vielleicht bildete Vioric sich das aber auch nur ein. Lysanne jedenfalls löste sich vom Türrahmen und verschwand im angrenzenden Zimmer.

»Ich sage dir, welche Werte ich anerkenne«, erwiderte Aragon. »Aber sie sind nichts für dich, Lieutenant. Dazu stehst du noch zu fest auf deinen tönernen Beinen.«

»Lass hören«, lallte Vioric.

»Die Allmacht des Unbewussten mit seinen erhabenen Kindern. Die Vernichtung der Moral. Und am allerwichtigsten: die Auflösung der Familie. Moral und Familie, das sind die engen Zwangsjacken, die uns daran hindern, unser wahres Sein zu leben.«

Aragon rüttelte an Viorics Schulter, der wie im Traum zuhörte und langsam zu verstehen begann. »Genau diese beiden Monster, Moral und Familie, sind der Grund, warum du dich betrinkst und dich auch noch an einen Surrealisten wendest. Als Nächstes bekommst du Lust, deine Uniform anzuzünden und aus dem Fenster zu werfen. Tu es. Künftige Generationen werden dir applaudieren.«

Vioric hätte Aragon gerne gesagt, dass er vollkommen recht hatte, obwohl der Dichter nichts über ihn wusste, nichts über die Tragödie seines Lebens. Aber instinktiv hatte er ihn dennoch in seinem Innersten erblickt. Nicolettes Tragödie, der Krieg – das alles war bis ins letzte Glied verknüpft mit dem, was er einmal an Familie gehabt hatte.

Vioric glitt in einen Zustand gleichgültiger, angenehmer Leere, aus dem er erst am folgenden Morgen mit einem umso schwereren Kopf erwachte. Seine Zunge schmeckte wie eine faulige

Zwiebel, aber vor seinen Augen fügten sich die Bruchstücke seines Bewusstseins allmählich zu einem klaren Bild, das zuerst widerwärtig war in seinem Schmerz und der Schwere. Doch an sein Ohr klang etwas unverhofft Heimeliges. Küchengeklapper. In der Wohnung roch es nach geräuchertem Fisch und frischem Kaffee. Auf einmal standen seine Lebensgeister strammer als beim morgendlichen Appell in der Kaserne. Doch er blieb, wo er war, lang ausgestreckt auf dem Sofa, und betrachtete das heimelige Bild, das sich ihm bot. Aragon saß am Küchentisch und schrieb etwas in ein Notizbuch. Lysanne holte Brotscheiben aus einer Pfanne. Trotz Kopfschmerzen und der langsam zurückkehrenden Erinnerung an die Nacht schwappte etwas Angenehmes in Viorics Empfinden. Vorsichtig rappelte er sich auf und setzte sich zu seinen beiden Gästen an den Tisch. »Ich vergebe euch«, murmelte er, ohne zu wissen, was er damit eigentlich meinte.

»Und wir vergeben dir«, sagte Aragon. »Was hast du geträumt? Schnell, ich muss es aufschreiben. Dann erscheint es in der nächsten Ausgabe der *Révolution surréaliste*.«

Vioric zögerte.

»Komm schon, Lieutenant. Die Zukunft wird es interessant finden, von den Träumen eines Polizisten zu lesen.«

Vioric suchte in seinem umnebelten Verstand nach den letzten Zuckungen seines Traums und versuchte sie in Worte zu fassen. »Von einem Wal hab ich geträumt, der mir begehrliche Blicke zuwarf, bevor ich einen hellblauen Infarkt erlitt und auf den Rädern einer Taschenuhr ins Ungewisse trieb.« Das Bratpfannenrühren verstummte. Als Vioric aufsah, bemerkte er, dass Lysanne und Aragon ihn mit offenen Mündern anstarrten. »War das surrealistisch genug?«

Statt einer Antwort stand Aragon auf, nahm Viorics Kopf in beide Hände und drückte einen ernst gemeinten Kuss auf seinen Mund.

Irgendwie schien die vergangene Nacht Vioric verändert zu haben, denn er stieß den Dichter nicht von sich, wie er es früher nach einer solchen Zudringlichkeit getan hätte.

»Na, siehst du, so schwer ist es nicht.« Lysanne verteilte Heringsfilets auf geröstetem Brot. »Auch wenn du dir das gerade nur ausgedacht hast, Lieutenant.«

»Das ist egal!«, warf Aragon ein. »Das werfen sie meinem Freund Robert Desnos auch dauernd vor. Aber ich glaube: Was man einmal gedacht hat, das ist wahr.« Er setzte sich wieder und schrieb den dahingesagten Satz in sein Notizheft.

Vioric versenkte die Nase in einem Becher Kaffee. Er fühlte sich gehäutet, erleichtert und unendlich verwirrt. »Trotzdem wäre es mir lieber gewesen, wenn ihr gestern Abend nicht hier gewesen wärt. Ich war ja nicht ich selbst.«

»Das warst du wohl, und zwar in deiner besten Variante«, verbesserte ihn Aragon.

Lysanne stellte die Teller auf den Tisch und sah Vioric mit ihren großen, geheimnisvollen Augen an. Herrgott, hatte die Kleine sich verändert in der kurzen Zeit, seit der sie in Paris war.

»Es gibt einen Grund, warum wir hergekommen sind. Einen überaus wichtigen Grund.«

»Lass ihn erst mal frühstücken!«, bremste Aragon sie. Aber Vioric bestand darauf, sofort zu erfahren, weshalb die beiden zu ihm gekommen waren.

»Lieutenant, ich habe meine Schwester wiedergefunden.« Lysannes Finger am Rand des Tisches zitterten. »Ich muss dir so viel erzählen, aber ich weiß gar nicht, wo ich anfangen soll. Wichtig ist jetzt nur, dass Isabelle lebt. Zumindest noch eine Weile ...«

Vioric probierte ein Stück Fisch, um sich in der Wirklichkeit zu verankern. »Was soll das heißen?«

»Sie hat Tuberkulose. Ich weiß das, weil ich mit unserem alten Arzt aus Ribérac gesprochen habe, der bei ihr ist und sie pflegt. Also, wenn er nicht gerade im Hôpital Lariboisière arbeitet. Er heißt Emile Laurent, und er hat eine ganz eigene Theorie, was den Mörder betrifft.«

Ihr Blick verfing sich in seiner ungläubigen Verwirrung, und ihre Worte versiegten. Louis Aragon sprang ihr zu Hilfe. »Kurz gesagt, Lieutenant, wir haben da eine Ahnung, wer der Mörder sein könnte. Einer, den wir beide aus unterschiedlichen Gründen lieben, der aber womöglich ein blutfinsteres Monstrum ist und keineswegs so anständig wie der Wal in deinen Träumen, Lieutenant.«

21. Dezember 1924, morgens

»Der Verdächtige heißt Gaspard Lazalle und wurde 1920 für tot erklärt.« Vioric blickte gegen die Wand der Gesichter, die, Sonntag hin oder her, in der Eingangshalle der Préfecture zu ihm aufschauten, während er von der Treppe aus zu ihnen sprach. Hinter sich spürte er die beißende Präsenz seines Bruders und in seiner Stirn einen zerrenden Schmerz. Seine Beine zitterten, und in seiner Kehle breitete sich ein galliger Geschmack aus. Da war sie, die Strafe, nach der er sich vergangene Nacht gesehnt hatte, und er bemühte seine ganze Selbstbeherrschung, um den Polizisten seine Erkenntnisse mitzuteilen, ohne zusammenzubrechen oder sich zu übergeben.

»Gaspard Lazalle stammt aus Ribérac in der Nähe von Bordeaux. Er ist 1895 geboren und hat im Krieg eine schwere Kopfverletzung erlitten, die seine Zurechnungsfähigkeit beeinträchtigt. Er hat seinen eigenen Tod vorgetäuscht, um mit seiner Geliebten nach Paris zu verschwinden.« Er wartete kurz, bis das Echo seiner Worte etwas abgeebbt war. Die Akustik im Treppenhaus der Präfektur glich der einer Kathedrale. Unsägliche Schmerzen zersägten mit jedem Hüsteln und jedem weiteren lauten Wort Viorics Gehirn. »Laut unserer Zeugin hat Lazalle eine charakteristische Narbe unterhalb des Mundes. Die Narbe sieht aus, als wäre er in eine Harke gestürzt, Folge einer dreigeteilten Verletzung, die sich über Unterlippe und Kinn zieht.« Er wartete, bis das Raunen und Gemurmel wieder verstummt war. Hinter ihm räusperte sich sein Bruder. Julien Vioric zuckte zusammen und hob die Hand. Zu seinem Entsetzen bemerkte er jetzt erst, wie stark sie zitterte, und er senkte sie schnell wieder. »Bitte, Kollegen! Ich bin noch nicht fertig.« Er schluckte, um den bitteren Geschmack aus dem Mund zu bekommen. »Gaspard Lazalle ist einen Meter achtzig groß und schlank. Er hat grüne Augen und hellbraune Haare mit einem leichten Rotstich. Falls er sich die Haare abrasiert hat, müssen Sie auf eine auffällige Narbe an der rechten Schädelseite achten. Ein Phantombild von ihm wird gerade vervielfältigt und an alle Polizeistellen in Paris ausgeteilt. Er ist unser Hauptverdächtiger. Halten Sie also die Augen offen.«

Vioric wandte sich um, hastete an Edouard vorüber und verabschiedete sich in der erstbesten Toilette von seinem Frühstück. Danach saß er bleich und schwitzend in Edouards Büro zwischen Tusson, Murier und zwei weiteren Lieutenants. Edouard hatte Kaffee bringen lassen und zeigte sich mit einem Korb frischer Croissants spendabel. Zu Viorics Überraschung musterte Edouard ihn mit einem nachsichtigen Blick, den er sonst nur Menschen angedeihen ließ, die einen schweren Schicksalsschlag zu verkraften hatten. Er goss ihm sogar ein Glas Wasser ein und reichte ihm eine Aspirintablette.

»Also, bevor wir uns dem Verdächtigen im Detail widmen, will ich alles über die letzte Nacht wissen. Tusson, würden Sie übernehmen? Mein Bruder sieht gerade so aus, als müsste er geschont werden.«

Vioric verfluchte den Whiskey und schluckte das Aspirin. Tusson berührte ihn flüchtig am Arm und räusperte sich. »Die Tote ist Joëlle Caronne, eine stadtbekannte Kurtisane, bei der das halbe Parlament, ein Großteil des Adels und einige schwerreiche Industrielle ein und aus gehen. Gegangen sind.«

Der Polizeipräfekt zog die Augenbrauen hoch. »Und das wissen wir woher?«

»Würden Sie die Artikel Ihrer Erzfeindin Héloïse Girard lesen, wüssten Sie das, Monsieur le Préfet. Im Übrigen gebe ich unumwunden zu, dass ich selbst einmal in den Genuss ihrer Gesellschaft kam, allerdings nur an einem Kartentisch im Frascati, was ich sehr bedauere. Ich sah, wie sie verschiedenen hochgestellten Herren auf diese ganz besondere Weise zulächelte, Kärtchen, Blumen und Geschenke annahm.«

Edouard wedelte ungeduldig mit der Hand.

»Mademoiselle Caronne wohnte in der Rue Capron, nur wenige Meter vom Unfallort entfernt. Der Täter muss sie in ihrem Appartement betäubt und ihre Augenlider dort ... präpariert haben. Ich nehme an, er bugsierte sie, noch halb benommen, zu dieser Bank in der Nähe der Straße. Ob er dies in der Absicht tat, sie zu töten, können wir unmöglich sagen, denn er konnte sicher nicht wissen, dass die Frau auf die Straße treten würde, während dieser Lieferwagen vorbeifuhr. Wir wissen mittlerweile dank Muriers Recherchen«, Tusson legte seine Hand auf Muriers Schulter, »dass der Täter Szenen aus dem Buch *Gesänge des Maldoror* nachstellt, und zu diesen Taten gehören etliche, die nicht tödlich ausgingen. Mademoiselle Caronnes Augenlider waren zusammengenäht. Ansonsten war sie unverletzt.«

»Jesus im Himmel ...«

»Sie sagen es, Monsieur le Préfet. Ich nehme mir heute ihr Appartement etwas genauer vor. Vielleicht finden wir in ihren privaten Sachen oder ihren Papieren Anhaltspunkte für den Täter. Was ich in diesem Zusammenhang auffällig finde, ist der Zustand ihrer Wohnung.«

Vioric wandte Tusson den brummenden Schädel zu. »Warum?«

»In ihrem Salon stehen mehr Blumensträuße als bei einer Beerdigung. Alle Möbel sind mit Staublaken abgedeckt. Der Kanarienvogelkäfig ist leer, und im Flur stapelt sich die Post.« Tusson zählte mit den Fingern mit. »Ihre Haushälterin konnte mir nicht sagen, wohin Mademoiselle Caronne vor ihrem Tod verreist war, aber sie sagte, Caronne sei schon seit drei Monaten nicht mehr zu Hause gewesen und erst gestern wieder nach Hause gekommen. Die Blumensträuße stammen von anonymen Verehrern, die allesamt gewusst haben müssen, dass ihre ganz besondere Blume zu diesem Zeitpunkt wieder nach Hause zurückgekehrt war.«

Vioric hob matt die Hände, um Tussons Redeschwall etwas einzudämmen. Er hatte genug gehört.

»Woher wussten diese Verehrer, dass Mademoiselle wieder nach Hause kommen würde?«, fragte einer der Lieutenants.

Tusson wiegte mit einem wissenden Lächeln den Kopf. »Damen wie Joëlle Caronne setzen Annoncen in die Zeitung, von denen sich nur Eingeweihte angesprochen fühlen. Andere verschicken diskret Karten an die Kundschaft. Warum sie sich diese Auszeit genommen hat, müssen wir herausfinden.«

Edouard Vioric nickte und bedachte Tusson mit einem beinahe anerkennenden Blick.

»Wenn ich noch eine Einschätzung loswerden darf, Monsieur le Préfet, unser Mann ist schlau. Er hat ganz sicher einen festen, ruhigen Wohnort, wo er zur Not jemanden gefangen halten kann. Und er besitzt gewisse Fertigkeiten, die es ihm erlauben, selbst zu jemandem Diskretem wie Mademoiselle Caronne vorzudringen. Er ist technisch versiert. Sollte er ein Freier von der Caronne gewesen sein, besäße er darüber hinaus auch noch jede Menge Geld.«

Vioric war dankbar für Tussons Zusammenfassung. Er gab ihm in allen Punkten recht. Auch Edouard Vioric nickte und fixierte seinen Bruder. »Und gibt es einen Grund, warum Sie sich gestern vom Ort des Geschehens entfernt haben?«

Julien hatte keine Lust, Edouard die Hintergründe seines Verschwindens zu verraten. Sein Bruder wusste nichts über Nicolette und die Tragödie in Antibes, denn Julien hatte nie das Bedürfnis verspürt, ihm davon zu erzählen. Er versicherte seinem Bruder, dass er den Schock überwunden hatte und durchaus einsatzbereit war.

Der Polizeipräfekt sah nicht so aus, als würde er ihm glauben. »Also, was ist das für eine Geschichte mit dieser Zeugin?«

Vioric hielt sich an seinem Wasserglas fest. Er wollte Edouard nicht von Lysanne erzählen und zwang sich zu einer knappen Zusammenfassung, ohne jedoch zu erwähnen, dass sie momentan bei ihm wohnte. Am Ende hätte er die Worte am liebsten wieder verschluckt. Er selbst fand Lysannes Bericht über die Umtriebe der richtigen Isabelle einfach nur haarsträubend. Wie musste er erst für Edouards Ohren klingen? Andererseits gab es immer wieder Fälle, in denen die Menschen aus den absonderlichsten Gründen die unverständlichsten Dinge verbrachen. Und Vioric hätte seine geliebten Lederhandschuhe darauf verwettet, wenn das vor dem Krieg anders gewesen wäre.

»Moment.« Sein Bruder begann sich demonstrativ die Nasenwurzel zu massieren. »Sie sagen mir, dass dieses Mädchen seinen besten Freund und Geliebten verloren hat und dass ihre Schwester nach Paris abgehauen ist, wo sie heute als Nackttänzerin arbeitet. Und der ehemalige Lazarettarzt rettet dieser Tänzerin den Arsch und erzählt Ihrer Zeugin, dass der gute Gaspard seinen Tod nur vorgetäuscht hat, um mit den beiden nach Paris zu verschwinden, um ... um was zu tun?«

»Das werden wir wohl erst erfahren, wenn wir Lazalle finden«, erwiderte Vioric. »Momentan wissen wir nur, dass sich seine Persönlichkeit aufgrund der Kopfverletzung dramatisch verändert hat und er wohl nicht mehr zurechnungsfähig ist. Und er hatte Kontakte zu der Surrealisten-Szene, wo er mit dem *Maldoror* in Berührung kam.«

»Und das genügt, um dermaßen durchzudrehen, dass man die schauderhaften Beschreibungen aus diesem Buch an lebenden Menschen exerziert?«

»Das hört sich jetzt vielleicht etwas verrückt an, Monsieur le Préfet«, sprang Tusson ihm bei. »Aber Sie waren gestern bei den Befragungen nicht dabei. Diese Leute pflegen ein anderes Bewusstsein. Sie denken, sprechen, handeln anders, als wir es kennen. Aber wenn sich eines herauskristallisiert hat, dann, dass wir Gaspard Lazalle finden müssen.«

»Der Zeugin nach war Gaspard von dem Buch nachgerade besessen und erging sich in Fantasien, wie es wäre, so zu sein wie dieser Maldoror.«

»Was für ein Unsinn!«, stieß einer der anderen Lieutenants aus, die bisher nur abfälliges Schweigen beigesteuert hatten.

»Nach allem, was wir derzeit wissen, scheint Lazalle ein klassischer Fall für einen völlig aus den Fugen geratenen Charakter zu sein, der nach dem Krieg auf Abwege geriet«, beharrte Tusson.

Am Morgen hatte Lysanne noch beteuert, Gaspard sei ein anständiger Mensch gewesen, der zwar nach seiner Genesung zu emotionalen Ausbrüchen geneigt habe, aber ansonsten so freundlich wie ein Schaf gewesen sei.

Vioric aber wusste, wie wenig Menschen einander wirklich kannten und wie groß der Drang war, sich selbst zu belügen.

Edouard trommelte ungeduldig auf seine Tischplatte. »Lieutenant Vioric, Ihr Verschwinden von der Unfallstelle gestern sei damit wiedergutgemacht, dass Sie uns nun diese neuen Anhaltspunkte bringen. Ob sie uns zum Täter führen, ist aber nicht garantiert.«

»Warum?«

»Was, wenn diese anarchistischen Dichter und ihre Huren sich einen Spaß erlauben und uns mit diesen Hinweisen an der Nase herumführen?«

Die Worte drangen in Viorics Bewusstsein wie kleine, spitze Steine.

»Was, wenn sie uns diesen Unsinn auftischen, um von sich selbst abzulenken?«

Julien Vioric wurde es schwindlig. Ihm kam es vor, als hätten die Männer bereits sämtlichen Sauerstoff im Raum verbraucht. Ein leichter Schweißfilm hatte sich über seine Stirn gelegt. Er öffnete den Mund, um seinem Bruder etwas Scharfes zu erwidern, aber Tusson kam ihm zuvor.

»Natürlich, das haben wir bedacht«, beteuerte er und tätschelte unter dem Tisch besänftigend Viorics Knie. »Wir müssen aber unsere Augen in jede Richtung offen halten, nicht wahr, Monsieur le Préfet?«

»Also, ich veranlasse eine Rundumüberwachung für diese Schmierenkomödianten«, beschloss der Polizeipräfekt. »Wir überprüfen ihre Bekanntschaften, fangen ihre Post ab, schleusen vielleicht einen Spitzel in diesen Haufen ein. Das ganze Konzert.« Er deutete auf den einzigen Gardien in der Runde. »Murier, durchforsten Sie die Archive nach Gaspard Lazalle. Vielleicht ist er bereits polizeibekannt.«

»Mit Verlaub, Monsieur le Préfet, das wird dauern«, wandte Murier ein. »Außerdem ist es zweifelhaft, dass ein Toter unter seinem alten Namen unter die Lebenden zurückkehrt. Vielleicht nennt er sich nun anders und sitzt in einem unauffindbaren Versteck.«

Edouard Vioric betrachtete den Gardien mit einem Blick, als würde er sich fragen, warum Murier keine grünen Blätter hinter den Ohren hervorwuchsen. »Ich bin nicht Polizeipräfekt von Paris geworden, weil ich das Auffinden eines Unbekannten für unmöglich halte.« Dann wandte er sich an Tusson. »Was steht bei Ihnen heute an?«

»Ich werde Antiquitäten kaufen.«

Edouard blinzelte verwirrt, und Tusson wurde wieder ernst. »Wir haben Hinweise, nach denen diese spitzen Fingerhüte in einer Kuriositätenhandlung in der Rue Daguerre verkauft wurden.«

Edouard seufzte und erhob sich missmutig. »Informieren Sie mich am Mittag über den aktuellen Stand. Ich habe um drei Uhr eine Pressekonferenz einberufen, und ich gedenke, den Herrschaften etwas Handfestes zu präsentieren.« In die Gruppe kam Bewegung. Stühle rückten, Gemurmel hob an.

»Vielleicht finde ich dort auch ein paar neue Tassen«, sagte Tusson mit einem Seitenblick auf die Kaffeetassen aus billiger Keramik, deren Glasur gesprungen und abgeplatzt war.

»Überlassen Sie den Spott dieser unsäglichen Girard«, knurrte Edouard und erklärte die Besprechung für beendet. Im Hinausgehen warf er Julien noch einen Blick zu, der selbst mit sehr gutem Willen nur als schadenfroh bezeichnet werden konnte. So sah Edouard ihn nur an, wenn es irgendetwas gab, das Julien nicht wusste.

14

21. Dezember 1924, vormittags

Die Liste von Murier umfasste vorerst einige Trödelläden im Zentrum, die seit gestern von Hilfspolizisten auf der Suche nach den Fingerhüten durchforstet worden waren. Einer der Händler hatte jedoch angedeutet, dass ein ehemals befreundeter Trödler in der Nähe des Cimetière du Montparnasse vor einiger Zeit dergleichen in seinem Sortiment gehabt hatte. Er erinnerte sich daran, weil der andere Händler sich mit ihm über den Zweck der Fingerhüte ausgetauscht hatte. Der Hinweis mochte dürftig sein, aber Tusson war fest entschlossen, sich der Sache anzunehmen, und ließ keinen Zweifel daran, dass er Vioric bei der Suche dabeihaben wollte. Vioric war nach der Besprechung so ausgelaugt, dass er Tusson folgte und sich der Hoffnung hingab, diese Abwechslung möge die vibrierenden Bilder toter Frauen unter Wagenrädern hinter seiner Stirn vertreiben.

Die milchige Sonne beschien einen eisigen Tag ohne neuen Schnee. Tusson bestand darauf, den weiten Weg zu laufen, um ihrer beider Kater zu vertreiben.

Der ursprüngliche Besitzer des Trödelladens hatte das Geschäft vor einigen Monaten an drei Brüder verkauft. Diese hatten darüber hinaus die umliegenden Läden aufgekauft und mit Mauerdurchbrüchen dafür gesorgt, dass aus mehreren kleinen Verkaufsräumen eine einzige große Fläche geworden war, auf der es alles zu kaufen gab, was Menschen mit wenig Geld gebrauchen konnten. Das Winterlicht fiel durch die Fenster, brach sich in alten Flaschen und verfing sich im matten Glanz uralter Ölgemälde. Es roch nach Mottenkugeln und den unvermeidlichen Lavendelsäckchen, die gegen den Geruch von Naphtalin jedoch immer den Kürzeren zogen. Vioric schnupperte verstohlen an seinen Handschuhen. Der Weg führte durch einen Raum mit gebrauchten Kleidern, einer Abteilung für Kinderspielzeug, einer Sektion für Küchenutensilien und Möbeln, ehe er schließlich ins Herzstück, den ursprünglichen Trödelladen, mündete. Der neue Besitzer erklärte ihnen freudig, dass man beschlossen habe, aus dem alten Sortiment ein Kuriositätengeschäft zu machen. »Hier sollen Liebhaber sonderbarer Spielereien fündig werden. Leute, die ganz gezielt nach seltenen Dingen suchen, für die es keinen Zweck mehr gibt.«

»Zum Beispiel danach?« Tusson zeigte dem Mann eine Zeichnung der Fingerhüte. »Wir haben einen Hinweis erhalten, wonach es so etwas hier einmal zu kaufen gab.«

Der Mann kniff die Augen zusammen. »Was soll das sein?«

»Erklären Sie es uns. Sie sind der Fachmann.«

»Mein Vorgänger könnte Ihnen diese Frage sofort beantworten. Ich selbst weiß noch nicht einmal, was es momentan in dieser Schatzhöhle hier alles zu kaufen gibt.«

»Haben Sie denn keinen Überblick über die Wunderlichkeiten, die hier schlummern?«

Der Mann zuckte entschuldigend die Schultern. »Wir sind noch dabei, den ganzen Kram zu sortieren. Wenn diese komischen Eisennägel hier verkauft wurden, dann durch meinen Vorgänger. Und bevor Sie fragen – nein, er hat uns leider kein Buch hinterlassen, in dem seine An- und Verkäufe stehen. War nicht der angenehmste Zeitgenosse.« Er verzog das Gesicht.

»Wie sieht es mit mehrklingigen Taschenmessern aus?«, fragte Vioric.

Die Miene des Verkäufers hellte sich wieder auf, und er deutete auf einen Tisch, auf dem drei Dutzend Taschenmesser in allen möglichen Größen lagen.

Vioric seufzte. Taschenmesser gab es wie Sand am Meer. Er drängte Tusson leise zum Gehen, der sich nur schwer von dem Sammelsurium bizarrer Seltsamkeiten losreißen konnte. Der Laden füllte sich mit Kundschaft. Vioric bedauerte die vergeudete Zeit, merkte aber zu seiner Erleichterung, dass die letzten Zuckungen des Whiskeys sich aus seinem Kopf lösten. Er schob sich langsam durch die übervollen Räume zum Ausgang. Die beiden Ermittler liefen an einem kleineren Tresen neben der Tür vorbei, wo ein schäbig gekleideter älterer Mann Dinge ausbreitete, die er loswerden wollte, und der mit einem der Verkäufer um den Preis feilschte. Vioric war bereits auf die Straße hinausgetreten und neben Tusson einige Schritte weit gelaufen, als er abrupt stehen blieb und zurücksah.

»Was denn?«, fragte Tusson. »Brauchst du doch noch den bronzenen Nachttopf? Oder vielleicht die armlose Schaufensterpuppe?«

Ohne zu antworten, ging Julien Vioric zurück und betrat den Laden erneut. Er sah gerade noch, wie der Mann sein Geld verstaute. Der Verkäufer hatte gerade begonnen, die angebotene Ware in eine Tasche aus geblümtem Gobelin zu packen. Vioric trat an den Tresen und legte seinen Dienstausweis zwischen die eindeutig weiblichen Besitztümer – ein hellblaues Damenkleid, Handspiegel und Bürste, ein Paar Schuhe, ein Nachthemd, ein paar Bücher und eine billige Kette aus Glasperlen. Als Letztes hob er eine dünne Kette mit einem auffälligen Kreuzanhänger prüfend ins Licht und legte sie zur Seite.

»Woher stammen diese Sachen?«, wollte Vioric wissen.

»Das müssen Sie den da fragen.« Der Verkäufer deutete auf den Mann, der es plötzlich eilig hatte, den Laden zu verlassen. Tusson trat ihm in den Weg. Gleichzeitig warf er seinem Kollegen einen fragenden Blick zu. Ein Bild pochte gegen Viorics Erinnerung, undeutlich und beliebig, wurde dann aber schlagartig klar und überdeutlich. Der Schweiß, der dem Mann ausbrach, bestätigte ihn in seinem Verdacht. Er hatte einen von schwerer Arbeit klobig gewordenen Körper und ein Gesicht, in dem eine schwarze Patina Teil der Haut geworden zu sein schien. Er strahlte etwas Hartes und zugleich Zerbrechliches aus. Ein Arbeiter, dessen Lebenssorgen seiner Muskelkraft überlegen waren. Seine Augen flackerten furchtsam auf, und wenn Tusson ihn nicht aufgehalten hätte, wäre der Mann davongerannt.

Vioric trat vor ihn hin. »Wer sind Sie, und woher haben Sie diese Damentasche?«

»Wer will das wissen?«, krächzte der Mann.

»Das ist die Polizei, Mann!« Der Trödelhändler stieß die Tasche über den Tresen in seine Richtung zurück. »Und wenn die sich dafür interessiert, will ich es nicht haben. Und du gibst mir schön mein Geld zurück!« Er suchte Viorics Blick und stieß mit dem Zeigefinger in Richtung des Mannes. »Das ist Marcel Géroux. Der bringt öfters mal Sachen hier vorbei, die er aus der Seine fischt.«

Vioric griff nach der Tasche, bugsierte den Mann in einen offenen Lagerraum schräg hinter dem Verkaufstisch, winkte Tusson zu sich und knallte dem Besitzer die Tür vor der Nase zu. Géroux bebte am ganzen Körper und unterdrückte einen Fluch.

»Warum so nervös?«, fuhr Tusson ihn an. Er hatte keine Ahnung, was Vioric erkannt hatte, pendelte sich aber auf den Jagdinstinkt seines Freundes ein. »Welcher armen Seele haben Sie diese Tasche abgeluchst?«

Der Mann wand sich und umklammerte das schmale Bündel Geldscheine. »Ich brauch das Geld. Meine Frau ist krank.«

»Vielleicht dürfen Sie es ja behalten, wenn Sie uns sagen, woher Sie diese Tasche mit den Damensachen haben.« Vioric drängte Marcel Géroux gegen eine Wand und fixierte seinen huschenden Blick. Tusson trat neben ihn und maskierte seine Ahnungslosigkeit mit der Miene des allwissenden Polizisten, mit dem er in schöner Regelmäßigkeit Leute zum Schwitzen brachte.

»Ich hab sie nicht gestohlen«, beteuerte der Mann.

»Wo haben Sie die Tasche denn dann her?«, zischte Vioric zum dritten Mal.

»Die Mademoiselle hat sie mir geschenkt.«

»Welche Mademoiselle?«

»Na, so eine Blonde …«

Viorics Herz pumpte auf einmal eine neue Art von Fassungslosigkeit durch seinen Körper. Er riss die Tasche mit der freien Hand auf und nestelte das kleine, eingenähte Innenfach auf und wunderte sich schon gar nicht mehr, dass er das Gesuchte tatsächlich ertastete.

»War es vielleicht diese hier?« Vioric hielt Géroux die abgegriffenen Ausweispapiere Isabelle Magloires mit der etwas verblichenen Fotografie vor die Nase. Seine Finger zitterten.

Géroux' Gesicht wurde grau, und er runzelte verwirrt die Stirn. Vioric zog ihn von der Wand weg und stieß ihn auf einen Stuhl. Trotz seiner sehnigen Kraft fühlte der Mann sich schlaff und seltsam kraftlos an, als könnte er seine Stärke nur zeitweise aktivieren.

»Rede jetzt endlich!«

Géroux schluckte ein paarmal, dann brach es wie ein Sturzbach aus ihm heraus: »Ich hab nur gemacht, was sie wollte. Sie war doch so verzweifelt, und ich hab gemeint, sie will, dass man ihr hilft. Und wo sie die Sachen doch jetzt nicht mehr braucht …«

Vioric stutzte. »Was soll das heißen?«

Tusson zog sich einen Stuhl heran und setzte sich neben den Mann. »Bursche, wegen dir sitzt ein unschuldiger Mann im Gefängnis«, log er. »Und wie lange du im Loch sitzt, hängt davon ab, was du uns jetzt auftischst. Überleg dir gut, was du gleich sagst. Mein Freund hier hat schon zähere Brocken als dich zum Frühstück verspeist!«

»Wo sind Sie Isabelle Magloire begegnet?«, fragte Vioric.

»Unten beim Port de l'Arsenal. Da arbeite ich.«

»Und was macht eine Mademoiselle mit Gobelintasche an einem solch dunklen Ort?«

»Na, sie wollte ins Wasser gehen.«

»Sie wollte sich umbringen?« Vioric ärgerte sich, dass er sich so einen Unsinn anhören musste. Wahrscheinlich hatte sich die Gouvernante vorher auch selbst erwürgt, bevor sie ins Wasser ging.

»Wann genau war das?«

»Vor acht Tagen. Ich hatte Nachtschicht, und da seh ich sie, wie sie auf der Mauer an der Schleuse steht. Sie war nicht die Erste, kann ich Ihnen sagen. Da kommen öfters welche vorbei, die das Leben satthaben. Wir Hafenarbeiter haben die Order, immer einzuschreiten, wenn jemand sich ins Wasser stürzen will. Ich wollte sie also davon abhalten. Aber sie … sie meinte es wirklich ernst.«

»Was soll das heißen?«, fuhr Tusson ihn an. »Ich hoffe sehr für Sie, dass Sie Ihre wilden Geschichten auch bezeugen können.«

Jetzt trat ein trotziges Glitzern in die Augen des Mannes. »Dass ich's beweisen kann, zeigt ja, wie ernst es ihr war. Aber ich hab den Beweis bei mir zu Hause. Hätte nicht gedacht, dass ich den mal brauchen werde, und vor allem nicht so schnell. Die Kleine hat sich was dabei gedacht. Aber ich hätt sie wahrscheinlich auch erwürgt ohne diese Versicherung. Sie hat mich angefleht, und einer Frau in Not darf man nichts abschlagen.«

Vioric starrte den Mann ungläubig an. »Sie wollen uns doch nicht weismachen, dass Sie eine Frau erwürgen, um ihr einen Tod im Wasser zu ersparen!«

Géroux nickte heftig. »Sie wollte, dass es aussieht wie Mord, damit sie ein christliches Begräbnis bekommt. Das hat sie doch bekommen, oder?«

»Das ist der größte Unfug, den ich je gehört habe!«, fand Tusson.

»Wenn ich's Ihnen doch sage …« Géroux' Stimme wurde schrill, und eine Ader an seiner Schläfe pochte hart.

»Dann sind Sie ein verdammt harter Hund, wenn Sie zu so etwas in der Lage sind«, stellte Vioric fest. »Komisch, Sie sehen eigentlich ganz vernünftig aus. Nicht wie jemand, der eine junge Frau erwürgt, bloß weil sie ein christliches Begräbnis will.«

Géroux stieß sich mit einem wütenden Knurren von der Wand ab. »Ja, und das hat die Mademoiselle auch gewusst. Deswegen wollte sie mir die Sache wohl ein bisschen leichter machen.«

»Was meinen Sie damit?«

»Na, sie wurde wütend, als ich mich geweigert habe. Das habe ich nämlich! Zuerst hat sie versucht, mich zu reizen, hat mir gesagt, dass ich ein Feigling bin. Aber dann hat sie angefangen zu weinen. Hat so schlimme Sachen erzählt, dass mir ganz elend wurde. Ich wollte sie trösten und hab sie an der Schulter angefasst, und da hat sie mich angefleht, nachzuhelfen.« Ein Schweißtropfen rann seine Stirn hinab. Tusson und Vioric tauschten misstrauische Blicke. »Sie sagte, ich wäre ein grausamer Mensch, wenn ich ihr nicht helfen und sie damit retten würde«, schob Géroux noch nach und atmete schwer.

Vioric wusste nicht, was er von der Sache halten sollte. »Was ist das für ein Beweis, von dem Sie gesprochen haben?«

»Ein Zettel mit der Bestätigung, dass der, der sie erwürgt, sie nicht heimtückisch tötet, sondern ihrem Wunsch nach handelt. Ich hätt nicht gedacht, dass ich den Wisch mal brauche.«

Vioric und Tusson nahmen Géroux in die Mitte und führten ihn in die Préfecture, wo er zur Befragung in einem vergitterten Raum landete.

Er wirkte duldsam und schien sich sicher zu fühlen, dass Isabelles Brief seine Schuld ausradieren würde. Vioric schickte zwei Gardiens in die Wohnung des Mannes, um das Schreiben zu holen. Zurück in seinem Büro suchte er die Akte der toten, namenlosen Gouvernante, um sie zu vervollständigen. Sein Schreibtisch war abgeschlossen, und alle übrigen Akten lagen wie immer fein säuberlich auf ihrem Platz. Nur diese eine nicht. Vioric verbrachte eine geschlagene halbe Stunde mit der Suche, aber die Akte blieb verschwunden.

Als er sich ratlos in seinen Stuhl sinken ließ, fiel ihm Edouards Blick vor einigen Stunden wieder ein. Ein feiner, eisiger Draht stach durch Viorics Denken.

Kurze Zeit später hämmerte er an Edouards abgeschlossene Bürotür, hinter der sich der Polizeipräfekt auf die Rede für die Pressevertreter vorbereitete. Sein Assistent versicherte dem vor Wut schäumenden Vioric, dass sein Bruder erst danach wieder zu sprechen sei.

Die Eingangshalle der Préfecture wurde am Nachmittag zum Schauplatz einer der größten Presseversammlungen der letzten Jahre. Edouard Vioric mahnte die Bevölkerung zur Vorsicht und riet zum äußersten Misstrauen und damit zur zügellosen Denunziation. Rief die Leute dazu auf, jegliche

Auffälligkeit sofort zu melden, nach Männern mit vernarbten Unterlippen Ausschau zu halten und ganz besonders all jene festzuhalten, die sich irgendwie absonderlich gebärdeten. Riet dazu, Orte, an denen die *Gesänge des Maldoror* auftauchten, am besten sofort der Polizei zu melden. Beantwortete die Fragen der Zeitungsleute mit Donnerstimme und jovialen Gesten.

»Sie sehen hier Männer vor sich, die diesen Mörder mit aller Kraft in seine Schranken weisen werden!«, rief Edouard. »Diese Männer sind Helden, die mit der ganzen Stärke der Pariser Polizei zuschlagen und die Stadt vor diesem Ungeheuer bewahren werden. Und sie stehen kurz davor, den Täter zu finden und zu ergreifen.«

Vioric entlockte diese Zurschaustellung ein müdes Lächeln. Das stolze Pathos seines Bruders hatte ihn schon immer mit peinlichem Widerwillen erfüllt. Plötzlich brach in den hinteren Reihen der Zuhörer ein Tumult aus, und Vioric begriff sofort voller Genugtuung, wer dafür verantwortlich war. Mit einem Mal schwebten Transparente über den Köpfen, auf denen zu lesen stand: *Befreit die Haifische aus den Fängen der Schiffbrüchigen!*
Nieder mit der Mathematik. Es lebe die Mathematik!

Vioric ertappte sich bei einem heimlichen Grinsen und hielt Ausschau nach Louis Aragon. Aber er erkannte unter den Gesichtern der Störenfriede nur Philippe Soupault, der aus einer Papiertüte tote Insekten über die Köpfe der Zuschauer schüttete und dabei schrie: »Die Huren der Frömmigkeit werden euch alle fressen!«

Bevor irgendwelche Gardiens die Unruhestifter ergreifen konnten, hatten die Surrealisten sich schon verdrückt und waren kurz darauf wie vom Erdboden verschwunden. Héloïse Girard pflückte sich gelassen einen toten Maikäfer aus den Haaren und schrieb etwas in ihr Notizheft. Dann sah sie auf und schenkte dem Polizeipräfekten ein strahlendes Lächeln, das sie eine Sekunde später gegen den statuenhaften Blick einer Sphinx eintauschte. Julien Vioric konnte sich lebhaft vorstellen, was die Journalistin schreiben würde. Vor allem das Wort Kontrollverlust würde ihren nächsten Artikel wie ein Refrain durchziehen.

15

21. Dezember 1924, nachmittags

»Wo ist die Akte von der falschen Isabelle Magloire? Und wo ist ihre Leiche?« Vioric hatte Mühe, seine Hände ruhig auf den Knien liegen zu lassen, wo er sie in diesem Moment liebend gern zu Fäusten geballt und gegen Edouards unerschütterliche Miene geschleudert hätte.

»Ich habe mit Doktor Durand telefoniert. Die Leiche wurde heute Morgen von einem ihm unbekannten Bestatter abgeholt. Er hatte ein behördliches Berechtigungsschreiben bei sich.«

Edouard Vioric schenkte seinem Bruder ein abwartendes Lächeln, aber keine Antwort.

»Kannst du mir dann vielleicht sagen, wo Marcel Géroux abgeblieben ist, Edouard? Seine Zelle ist leer, und niemand will wissen, wer ihn abgeholt hat. Wo wurde er hingebracht?«

Edouard stand auf und stellte sich ans Fenster, die Hände entspannt hinter dem Rücken verschränkt.

Vioric machte einen Schritt in seine Richtung. »Die Akte dieser toten Gouvernante gibt es nicht mehr, habe ich recht? Es war mehr als deutlich, dass der Kerl uns eine Lüge auftischt. Da habe ich dich wohl unterschätzt, Bruder. Spaziert dieser Kerl doch genau in dem Moment in den Trödelladen und tischt uns die Hinterlassenschaften der toten Frau auf!«

Edouard seufzte und betrachtete in scheinbarer Versonnenheit die mit dünnem Schnee verkrusteten Dächer. »Julien, das Einzige, was es über diese Frau, die sich den Namen Isabelle Magloire angeeignet hat, noch zu sagen gibt, ist Folgendes.« Er drehte sich um und kam langsam auf ihn zu. »Sie hat nie existiert.«

Damit hatte Edouard in gewisser Weise sogar recht, aber Julien war klar, dass er auf etwas anderes hinauswollte.

»Wenn es überhaupt etwas über sie zu berichten gibt, dann nur, dass Vicomte de Faucogney sie nicht getötet hat. Das allein ist, was von dieser Frau, Gott hab sie gnädig, von Bedeutung ist.«

»Schade, ich war ein paar Stunden lang beinahe überzeugt, dass Faucogney es tatsächlich nicht war«, entgegnete Julien. »Marcel Géroux tötet sie auf ihren Wunsch hin. Klingt verrückt, aber nach all den Verrücktheiten der letzten Zeit hätte ich ihm diese Geschichte fast abgekauft. Aber nun kann ich ihn leider nicht mehr befragen. Dafür hast du gesorgt. Womit dein Freund Faucogney unweigerlich wieder in den Fokus meiner Ermittlung rückt. Sobald wir diesen Maldoror dingfest gemacht haben, wird Faucogney sich für den Mord an seiner Angestellten zu verantworten haben.«

Der Präfekt lächelte schwach und nahm Hut und Mantel von seinem Garderobenständer.

Julien sah auf die Uhr und blickte Edouard dann stirnrunzelnd an. »Wohin gehst du?«

»Wohin gehen *wir*, lieber Bruder. Du wirst mich begleiten. Du und Mademoiselle Girard.«

Kurz darauf bekamen Julien Vioric und Héloïse Girard Gelegenheit, ein Gefühl aufzufrischen, das sie zum letzten Mal als Schüler empfunden haben dürften, als sie ins Zimmer der

Schulleitung zitiert worden waren, um gerügt zu werden. Nebeneinander standen sie vor dem ausladenden Ebenholzschreibtisch des Vicomtes de Faucogney, der am Morgen von seinem Landsitz zurückgekehrt war. Der Vicomte trug einen Hausmantel aus schwarzem Samt und hatte neben sich eine Karaffe mit Sherry stehen, ebenso einen gut gefüllten Kelch. Seine glasigen Augen verrieten, dass dies nicht sein erstes Glas war. Im Hintergrund des Raumes saß Edouard Vioric in einem Sessel und verfolgte die Einhaltung der Regeln, die er auf der Fahrt zur Villa Julien und Mademoiselle Girard eingeschärft hatte.

Julien hatte Mühe, das wütende, ohnmächtige Zittern in seinem Inneren unter Kontrolle zu halten. Héloïse Girard dagegen schien die Ruhe selbst zu sein und konnte selbst diesem Ritual der Erniedrigung etwas Amüsantes abgewinnen.

»Monsieur de Faucogney, ich muss schon sagen, Ihre Prioritäten erstaunen mich«, sagte sie. »Sollten Sie nicht die Beisetzung Ihres Sohnes vorbereiten? Oder brauchen Sie dieses kleine Ritual hier, um sich vom Verlust Ihrer Mätresse abzulenken?«

Aus dem Hintergrund ließ Edouard ein Räuspern hören.

Héloïse Girard lächelte Faucogney mit übertriebener Herzlichkeit zu. Als Julien ihr einen Blick zuwarf, blinzelte sie ihm verschwörerisch zu.

»Nun, da ich verständig genug bin, Fehler einzugestehen, gebe ich hiermit zu, Sie zu Unrecht beschuldigt zu haben.«

Vioric betrachtete Faucogneys kühl wohlwollende Miene und fragte sich, ob ihm das verachtungsvolle Beben in Girards Stimme wirklich entging.

»Ich bitte Sie inständig um Verzeihung, Sie öffentlich des Mordes an der Gouvernante Ihres Sohnes verdächtigt zu haben, und hoffe, Ihre machtvolle Stellung in der Pariser Gesellschaft wird diesen kleinen, schmutzigen Schatten recht schnell vergessen machen. Mir ist natürlich durchaus bewusst, dass die wahre Pflicht von uns Zeitungsschreibern ist, Sie und Ihresgleichen im bestmöglichen Licht erscheinen zu lassen, und ich habe dieser Pflicht nicht Genüge getan.«

Faucogney nickte zufrieden, sah die Journalistin aber weiter erwartungsvoll an. Héloïse Girard beugte den Kopf und faltete die Hände, wie beim Kirchgang. »Ich werde morgen einen widerrufenden Artikel verfassen, der Sie vom Verdacht der Schuld freispricht, und mich auch darin noch einmal bei Ihnen entschuldigen. Es tut mir außerordentlich leid, Ihnen zu Ihrem Kummer noch mehr Schmerz verursacht zu haben.«

Der Adelige nickte und warf einen Blick zu Edouard, als wollte er sagen: *Na also, das war doch gar nicht so schwer.*

Dann hob er auffordernd die Augenbrauen in Richtung Julien. Vioric wollte die Scharade nur noch hinter sich bringen. Doch die Journalistin hob den Kopf, und ihre eben noch so bußfertige Haltung bekam mit einem Mal etwas provozierend Lässiges. »Ich kann das wirklich gut, das Arschkriechen, wenn ich will.«

»Mademoiselle!«, fuhr Edouard Vioric auf. Doch Julien kürzte die Sache ab und wandte sich an den Adeligen.

»Es tut mir leid, Sie für den Mörder dieser Frau gehalten zu haben, und ich möchte Sie bitten, mir diese Taktlosigkeit zu verzeihen. Ich weiß nicht, was in mich gefahren ist, einen Mann von Ihrem Stand zu verdächtigen. Der Diensteifer ist mit mir durchgegangen.«

Er hätte seiner Stimme gerne ein ebenso subtil verächtliches Klirren verliehen, wie er es bei der Journalistin wahrgenommen hatte, aber so, wie er sich anhörte, klang es fürchterlich aufrichtig.

Faucogney trank einen Schluck Sherry und starrte ihn voller Verachtung an. »Sie nennen es Diensteifer, Vioric. Ich nenne es Blindheit. Sie haben es sich einfach gemacht und den erstbesten Mann beschuldigt, der Ihnen bei Ihrer Ermittlung untergekommen ist.« Faucogneys hob den Zeigefinger, während seine andere Hand eine etwas zu ausladende Bewegung machte. »Ich möchte nicht hoffen, dass Sie sonst ebenso schlampig ermitteln. In anderen Fällen geht es vielleicht nicht mehr um ein Dienstmädchen, sondern um Wichtigeres.«

Vioric sah sich nach Edouard um und wandte sich dann wieder Faucogney zu.

»Sie sorgen sich um all die anderen armen Männer, die ich aus reiner Blindheit verdächtigen könnte?«

Vioric hörte, wie sein Bruder sich im Hintergrund aufsetzte, und machte einen Schritt auf den Schreibtisch zu. »In Zukunft werde ich einfach wegsehen, wenn einer wie Sie das schwächste Glied in der Kette unserer Gesellschaft missbraucht und wegwirft wie ein zerlesenes Buch.« Faucogneys selbstzufriedene Miene erstarrte zu einer Maske. Vioric hatte kurz Luft holen müssen, aber er war noch nicht fertig mit dem Adelsmann. »Ich werde am besten gar nicht erst hinsehen, wenn auch Marcel Géroux demnächst aus der Seine gezogen wird, wäre Ihnen das so genehm?« Vioric lehnte mittlerweile am schweren Schreibtisch von Faucogney, dessen Blick Edouard stumm um Hilfe rief. »Wie viel haben Sie dem armen Teufel eigentlich bezahlt, damit er mir die Geschichte von dem herbeigeflehten Tod auftischt?«, fauchte Vioric. Wie durch einen Nebel nahm er wahr, dass sein Bruder aufgestanden war und sich ihm näherte, und Julien Viorics Worte nahmen Fahrt auf. »Lange konnte er sich an diesem Schweigegeld ja nicht erfreuen. Seine Zelle ist leer, und keiner weiß, wo er ist. Aber was rede ich da überhaupt. Marcel Géroux hat ja wahrscheinlich auch *nie existiert*.«

Edouard stand nun direkt hinter Julien und zerrte ihn von dem Schreibtisch weg. Sein Gesicht war weiß vor Zorn. Faucogney erhob sich leicht schwankend aus seinem Sessel und stemmte die Fäuste gegen die Tischplatte. »Soll das etwa eine Entschuldigung sein?«

Vioric deutete eine Verbeugung an und wandte sich um. Edouard hielt ihn am Arm zurück. Julien widerstand dem Drang, sich loszureißen. »Oh, und Faucogney, mein Bruder hat mir gedroht, mich zu entlassen, wenn ich mich Ihnen gegenüber nicht zu demütigen bereit bin. Aber der Polizeipräfekt weiß, dass er sich meine Kündigung gar nicht leisten kann. In diesem Fall geht es nicht um einen Adligen, der seine Triebe nicht in den Griff kriegt, sondern um Wichtigeres.«

Edouard ließ ihn entgeistert los. Julien strebte der Tür zu. Héloïse Girard schloss sich ihm an. Kurz vor dem Ausgang wandte sie sich noch einmal Faucogney zu. »Sie dürfen selbst entscheiden, wie viel meine Entschuldigung Ihnen wert ist, die Monsieur le Préfet mit einem Anruf bei meinem Chefredakteur aus mir hervorgepresst hat.«

Sie parodierte einen altmodischen Knicks. »Aber lassen wir es doch dabei bewenden. Wenn diese arme Gouvernante nie existiert hat, existieren Lieutenant Vioric und ich vielleicht am Ende ebenso wenig, nicht wahr?«

Sie verließen das Büro und liefen schweigend durch die Villa ins Freie. Es hatte wieder zu schneien begonnen. Vioric saugte gierig die kalte Luft in die Lungen. Die Journalistin lachte. Aus ihren Augen strahlte ungebrochener Stolz. Sie hakte sich bei ihm unter, und in ihren schlendernden Schritten lag etwas Genussvolles, als käme sie gerade aus einem amüsanten Theaterstück.

»Keine Angst, Lieutenant, ich werde jetzt nicht sagen: Denen haben wir's gezeigt!«

»Das wäre im Anbetracht der Lage auch etwas albern.«

Sie zerrte an seinem Arm und sah ihn herausfordernd an. »Wir haben diese Farce nicht widerspruchslos hingenommen!«

»Héloïse, Sie werden Ihre Arbeit bei *Le Figaro* verlieren, und ich werde ebenfalls hochkant …«

»Unsinn! Auf einen Polizisten wie Sie wird Ihr Bruder nicht so leichtfertig verzichten!« Sie zog ihn weiter und klammerte sich mit einer vertrauensvollen Intensität an ihn, als wäre ihre Komplizenschaft seit der Szene in Faucogneys Arbeitszimmer beschlossene Sache.

»Sehen Sie, Julien. Wir sind keine starren Hölzer, sondern biegsam wie die Schilfgräser. Ich schreibe lieber für ein viertklassiges Blatt oder gründe meine eigene Zeitung, bevor ich vor einem Wüstling wie dem Vicomte noch einmal die reuige Gezähmte spiele, die zur Vernunft gekommen ist. Verstehen Sie, das ist nur deren in ihr Gegenteil pervertierte Vernunft. Und ich will nicht, dass dieses Land an dieser Falschheit zugrunde geht.«

»Patriotische Ziele sind das. Haben Sie keine Angst, an diesem Protest zu zerbrechen?«

Sie lachte voller Genugtuung. »Oh, Lieutenant, meine Rache wird süß sein.«

Vioric blieb stehen und betrachtete die Journalistin. »Soll das heißen, Sie wollen sich an Faucogney rächen?«

»Ach, Faucogney ist nur ein kleines Rädchen in diesem Getriebe namens Frankreich. Ich muss größer denken.«

»Größer?«

»Viel größer. Es wird sich eine Gelegenheit ergeben, so anzugreifen, dass Ihr Bruder mich nicht mehr zum Schweigen bringen kann. Ich frage mich, warum Faucogney ihn derart in der Hand hat, dass er ihn zwingen kann, Sie und mich so antanzen zu lassen.«

»Ich gratuliere zu so viel Courage, Héloïse«, sagte Vioric. »Ehrlich, ich fühle mich gerade wie ein neidischer alter Mann, der für derlei Dinge nicht mehr genügend Kraft in den Knochen hat.«

Sie lehnte den Kopf gegen den Fuchspelz ihres Kragens und schüttelte ungläubig den Kopf. »Wer hat Ihnen das nur eingeredet?«

21. Dezember 1924, abends

Lysanne lernte das Café Cyrano kennen, als die Surrealisten dort mit einem Festmahl die Entfesselung des Chaos feierten, das die *Gesänge des Maldoror* über die Stadt gebracht hatten. André Breton hatte Lammeintopf und Rotwein für die ganze Gruppe geordert.

Lysanne saß dicht eingezwängt zwischen Louis Aragon und Paul Éluard und hatte keinen Appetit. Einige Male sah sie erschrocken über ihre Schulter, weil sie glaubte, hinter sich einen Mann mit drei Narben am Mund vorbeihuschen zu sehen, der eine schnarrende Spieluhr in ihre Richtung hielt. Aber in den Wandspiegeln des Cafés fand sie am Ende immer nur sich selbst.

Erst mit einiger Verzögerung war ihr bewusst geworden, dass es Gaspard gewesen sein musste, der sie in Viorics Wohnung aufgesucht hatte. Was zuvor nur eine vage Vorstellung gewesen war, war ihr nun Gewissheit. Er wusste, dass sie sich in Paris befand. Das bedeutete, dass er ihr bereits an den ersten Tagen in der Stadt gefolgt sein musste.

Er hatte diese Spieluhr abgeliefert wie ein schüchterner Verehrer, aber gleichzeitig lag für Lysanne in diesem Geschenk eine unausgesprochene Drohung. Woher hatte Gaspard gewusst, dass sie sich in Paris aufhielt, dass sie in Viorics Wohnung zu finden war?

Das Café war voller Menschen. Im Minutentakt fielen Gläser und Tassen um, und Soupault brüllte immer wieder einzelne Buchstaben, die zusammen am Ende des Abends einen Satz ergeben sollten. Die Ober füllten ohne Unterlass die Weingläser. Breton nagte an einem Lammknochen und schimpfte über die Eifersucht seiner Frau, während Simone mit am Tisch saß. Lysanne schmiegte sich an Aragon, der ihren Nacken streichelte. In ihrem Rücken aber spürte sie eine befremdliche Präsenz, und sie fragte sich, ob ihr lediglich die schiere Masse der dicht gedrängten Menschen Unwohlsein bereitete oder ob es Gaspard war, dessen Gegenwart sie beinahe körperlich zu spüren meinte und der vielleicht irgendwo in der Menge lauerte und sie beobachtete wie eine Muräne unter einem Stein? Die Gegenwart der lauten, ausgelassenen Männer erschien ihr wie eine schützende Trennwand vor dem Ungewissen. Schon allein zur Toilette zu gehen, schien ihr zu gefährlich.

Hinter den beschlagenen Fenstern geisterten die Scheinwerfer der Automobile durch die Nacht.

Nach dem Essen verhöhnte Breton die Polizei und die Presse. »Ihr werdet sehen, die Welle der Angst wird sich wie eine Springflut in die Hausflure und über die Mauern der Höfe ergießen, Plätze und Métro-Schächte fluten, in die Salons der feinen Gesellschaft und bis in die Waschküchen der Armen fließen. Sie wird eindringen in die Köpfe derer, die sonst nicht viel zu sagen haben, sich durch die Angst aber plötzlich zu Höherem berufen fühlen.«

Robert Desnos schnaubte traurig gegen sein Weinglas. »Meinem Vermieter wurde 1916 durch eine Brandbombe das Kinn verstümmelt. Er sieht ein bisschen aus wie der Mann auf diesem Fahndungsplakat. Ich sage ihm besser, dass er sich für eine Weile im Schrank verstecken soll.«

»Paris ist ein Hühnerstall«, sagte Man Ray. »Und Maldoror ist der Fuchs.«

Die Surrealisten waren unter den letzten Gästen, die das Cyrano an diesem Abend verließen. Éluard, der sogar noch in betrunkenem Zustand über ein außerordentlich poetisches Gespür verfügte, beugte sich vertraulich zu Lysanne.

»Kleide dich in die hüstelnde Dämmerung, und trinke das Blut der Uhren«, flüsterte er, verabschiedete sich mit leicht fahrigen Bewegungen und wankte aus dem Café.

Soupault war beleidigt, weil keine Zuhörer mehr da waren, die seine Buchstaben gezählt hatten, und wollte nun niemandem die Lösung verraten. Aragon bestellte einen Wagen für Lysanne und sich, der sie zurück in die Passage de l'Opéra brachte.

Als sie später neben ihm lag, glänzte eine Frage in seinem dämmrigen Blick. »Hast du diesen Gaspard geliebt, Lysanne?«

»Würde es etwas an unserer Wirklichkeit verändern, wenn ich Ja sagte?« Da war auf einmal eine kleine, absurde Angst, Aragon könnte sich von ihr abwenden, wenn sie ehrlich wäre.

»Die Wirklichkeit ist ein wallender Baldachin über dem Leben mit vielen tiefen Falten, in denen man sich verstecken kann.«

»In meiner Wirklichkeit habe ich ihn geliebt. Und jetzt merke ich, dass es mir lieber gewesen wäre, an ihn weiterhin als einen Toten zu denken.«

»Du hast Angst vor ihm«, stellte Aragon fest, und Lysanne nickte. Er forderte sie auf, ihre Angst zu beschreiben. Sein Blick wanderte in der schwachen Beleuchtung des Zimmers zu seiner Schreibmaschine auf dem Boden vor dem Bett.

»Wenn du auch nur eine Sekunde daran denkst, das aufzuschreiben, gehe ich!«, drohte sie. »Ich rede nicht mit dir, wenn das alles nur Futter für deine Wort-Abenteuer ist. Für dich mag das einer deiner geliebten Zufälle sein, aber mir macht es wirklich Angst.«

Aragon strich ihr über die Wange. »Es fällt mir zwar schwer, die besonderen Facetten deiner Angst nicht augenblicklich auf

Papier zu bannen, aber ich werde mich beherrschen. Ich höre dir zu, Lysanne. Keine Sorge, deine Worte erreichen mein Herz.«

Lysanne seufzte. »Gaspard hatte einen zerfetzten Mund von einem Granatsplitter. Und Maldoror schlitzt sich mit einem Federmesser die Mundwinkel auf, um das Lächeln der Menschen zu imitieren. Ich finde diese Parallele zu dem Buch einfach grauenhaft.«

Die Gedanken in Louis' Kopf schienen Funken zu schlagen. »Über diesen Zufall habe ich noch gar nicht nachgedacht. Faszinierend.«

»Ich glaube, Gaspard war derjenige, der mir die Spieluhr gebracht hat.« Sie erschauerte. »Ich werde das Ding wegwerfen.«

»Du könntest es auch unserem Büro vermachen. Oh, ich sehe schon, dieser Gedanke gefällt dir gar nicht.« Er strich ihr das Haar aus der Stirn. »Was, wenn du ihn wiedertreffen würdest? Würdest du ihn für sein böses Gaukelspiel bestrafen?«

»Sag du es mir. Wie bestraft man einen Toten?«

16

22. Dezember 1924, morgens

»Wir brauchen ein besseres Schiff, um diesen Ozean zu durchsegeln.« Tusson betrachtete den Tisch, der bis auf den letzten Millimeter mit Befragungsprotokollen und Berichten bedeckt war.

»Ja, und dieses Schiff heißt Methode«, sagte Vioric. »Wir fischen im Trüben, was diesen Gaspard Lazalle angeht. Wir wissen schlicht nicht, wie wir die Suche nach ihm sinnvoll eingrenzen können. Wie hat er seine Opfer ausgewählt? Wo ist er ihnen begegnet?«

Tusson bearbeitete seinen Zeigefingernagel mit den Zähnen. »Wie willst du da einen gemeinsamen Nenner finden? Die Opfer könnten unterschiedlicher nicht sein. Ein adeliges Bürschchen, ein Schuster, eine Hure. Und vier Kinder aus unterschiedlichen Gegenden der Stadt.«

»Könnten die Opfer Symbole sein?«

»Symbole wofür?«

Vioric nahm die Akten von Clément Faucogney, Lucas Fournier und Joëlle Caronne vom Tisch und legte sie getrennt voneinander auf den Boden. »Stell dir vor, jedes Opfer würde von einem Bild verkörpert. Findest du nicht, dass ihre Funktion innerhalb der Gesellschaft etwas auffällig Exemplarisches hat? Dass vielleicht gerade diese Unterschiedlichkeit das Muster ist und auf keinen Fall willkürlich?«

»Du meinst, er richtet sich gegen den Adel, das einfache Handwerk und die Fleischeslust?« Tusson ging vor den Aktenstapeln in die Hocke und betrachtete sie wie Tiere, die an seiner Schwelle kratzten. »Und was kommt danach? Der Nachtschwärmer? Dann bin vielleicht ich sein nächstes Opfer. Und wenn er sich gegen die Hoffnungslosen und Verzagten richtet, bist du dran, Julien.« Aber sein Freund ignorierte seine Bemerkung.

»Diese drei verkörpern etwas, das sie zu idealen Opfern innerhalb seines Spielfeldes macht. Sie müssen in das Schema des Buches passen.«

»Und doch wieder nicht«, schaltete Murier sich ein. »Die Stelle mit den vernähten Augenlidern betrifft im Buch ein achtjähriges Mädchen, dem der Erzengel diese Folter androht.«

»Joëlle Caronne ist aber kein achtjähriges Mädchen«, ließ sich Tusson vernehmen. Murier nickte seinem Vorgesetzten zu und fuhr dann ohne zu zögern fort.

»Lucas Fournier entspricht mit seinem Ehebruch dem Mann, der zu den Huren geht, und Clément Faucogney wiederum ist möglicherweise nur aufgrund seiner Jugend ein passendes Opfer. Im Buch selbst wird kein Adeliger bestraft, sondern einfach nur ein Jüngling. Ob es dem Täter um Bestrafung oder nur um eine Inszenierung geht, wissen wir noch nicht. Oder er bestrafte Clément für etwas, das wir noch nicht wissen.« Murier hielt kurz inne und betrachtete nachdenklich die entsetzlichen Fotografien der toten Frau auf dem Tisch.

»Mit Joëlle Caronne als sein letztes Opfer hat der Täter das Muster, das der *Maldoror* ihm vorgibt, verlassen. Im Buch selbst werden explizit keine Huren bestraft.«

»Ja, aber warum?«, fragte Vioric. »Wenn er kleinen Kindern derart brutal die Brust zerkratzt, warum traut er sich nicht an eine Achtjährige heran, um ihr die Augenlider zusammenzuheften? Verdammt, mir wird schon wieder schlecht.«

Tusson richtete sich auf und gab der Akte von Joëlle Caronne einen sanften Schubs. »Wer garantiert uns, dass er sich jetzt noch sklavisch an das Buch hält? Murier, Sie sagen, dass manche Szenen darin gar nicht durchführbar sind. Wenn dem so ist und unser Täter sowieso einen mittelschweren Dachschaden hat, dann erlaubt er sich womöglich etwas Spielraum.«

»Was es aber verdammt schwierig macht, seine Herangehensweise bei einem nächsten Opfer vorauszusehen. Murier, wie viele Morde aus diesem infamen Buch können noch folgen?«

»Nur einer. Der mit dem Mädchen und dem Taschenmesser.«

»Lesen Sie die Stelle vor.«

Als Murier zögerte, nahm Tusson ihm das Buch ab und blätterte zu einer der markierten Seiten. Fassungslosigkeit und Abscheu trugen seine Stimme, als er die Passage vortrug, die die kurze, aber glückliche Kindheit eines Mädchens beschrieb, als wollte er die Zuhörer schon darauf vorbereiten, dass etwas Schreckliches folgte. Dem Kind war die Natur ein wunderbares Spielzimmer, es lachte über Grasmücken und streckte den Raben die Zunge heraus, genoss die Freundschaft von Grünfinken, Turteltauben und Haselhühnern und lauschte dem Geschwätz der Tulpen und Anemonen, es lernte vom Scharfsinn der Frösche. Zum Verhängnis wurde ihm, als es im Schatten der Platanen einschlief und dabei aussah wie eine Rose, dass ausgerechnet in diesem Moment Maldoror mit einer Bulldogge vorüberging. Was der böse Erzengel schließlich mit dem unschuldigen Mädchen anstellte, wie viel Blut dabei vergossen wurde und welche Rolle ein amerikanisches Taschenmesser mit zehn Klingen dabei spielte, all das konnte Vioric von nun an nicht mehr aus seinem Bewusstsein vertreiben. Die Bilder verknoteten sich in seinem Inneren und erschienen ihm in ihrer Monstrosität so abstrus, dass er sich nicht vorstellen konnte, dass irgendjemand zu solchen Taten in der echten Welt in der

Lage wäre. Tusson warf das Buch auf den Tisch und schaute aus dem Fenster. Murier sah so erschüttert aus, als läge das zu Tode geschändete Mädchen bereits vor ihnen auf dem Boden.

»Wir müssen herausfinden, wer als nächstes Opfer infrage kommen könnte.« Vioric ballte die Faust, bis seine Knöchel weiß hervortraten. »Der Schlüssel muss in der Verbindung zwischen seinen bisherigen Opfern liegen. Tusson, wo war Joëlle Caronne in den letzten drei Monaten?«

Tusson hob die Hände und schüttelte den Kopf. »Ich weiß es nicht. Sie hat keine Familie, die man fragen könnte. Ihre Nachbarn haben nicht einmal mitbekommen, wann sie abgereist ist. Vielleicht war sie mit einem ihrer Gönner im Urlaub oder …«

Vioric unterbrach ihn. »Anne Darbellay war auch mehrere Wochen nicht in ihrer Wohnung. Ihre Nachbarin hat uns schließlich einen Hinweis zu ihrem Verbleib gegeben, und tatsächlich habe ich sie dann in der Irrenanstalt aufgefunden. Sie hatte nicht verkraftet, dass sie ihr Kind weggeben musste.« Die drei Männer blickten sich an.

»Wir könnten die entsprechenden Krankenhäuser durchtelefonieren, um nach Mademoiselle Caronnes Aufenthalt zu fragen«, schlug Tusson vor. »Aber warum sollte eine reiche Hure in eine Irrenanstalt gehen? Sie kann nicht wollen, dass ihre Männer davon erfahren. Ich schätze, sie war schwanger und hat das Kind irgendwo auf dem Land zur Welt gebracht. Ihr Körper ist ihr Kapital. Sie musste das Bäuchlein vor ihren Verehrern verstecken.«

»Beweise, Tusson. Wir müssen das beweisen.«

»Sehr wohl. Aber in zwei Tagen ist Weihnachten. Da läuft jetzt erst einmal nichts mehr. Feierst du eigentlich allein?«

Irritiert setzte Vioric zu einer Antwort an, doch zu seiner Erleichterung kam er gar nicht dazu, vor den beiden Kollegen zuzugeben, während der Weihnachtstage allein zu sein.

»Sie können mit mir nach Antibes fahren«, sagte Murier, und der kalte Sand begann wieder durch Viorics Inneres zu rinnen. »Meine Tanten freuen sich sicher, einen Kollegen aus Paris an Weihnachten zu verwöhnen.«

Tusson stieß ein Pfeifgeräusch aus und näherte sich Murier mit interessiertem Blick. »Diese Tanten würde ich gerne kennenlernen.«

»So war das nicht gemeint!«

Viorics ignorierte das sich aufbäumende Gefühl unsinniger Sehnsucht. »Sehe ich wirklich so bemitleidenswert aus, dass ich von Ihnen und Ihren Tanten gerettet werden muss?« Er nahm eine Dose Lederfett aus der Schreibtischschublade und begann seine Handschuhe damit einzureiben. Seit seinem Absturz vergangene Nacht hatte er das seltsam schuldbewusste Gefühl, sie nicht gut behandelt zu haben.

»Oh nein. Du hast eine Einladung von Edouard«, sagte Tusson. »Austern aus Arcachon, getrüffelter Lammbraten und feindselige Familienmitglieder.«

»Ich kann nicht essen, wenn Edouard mir dabei zusieht. Und hört mir jetzt auf mit Weihnachten. Es ist ein Tag wie jeder andere.« Noch während er sprach, fiel ihm etwas ein, das die Frau des verstorbenen Fechtlehrers, Madame Bocard, vor einigen Tagen gesagt hatte. Sein Bewusstsein verdichtete sich schlagartig zu diesem einen, scheinbar nebensächlichen Satz, und er hatte das drängende Gefühl, dass darin etwas Entscheidendes lag, das er jedoch nicht hatte greifen können und dem er nun hinterherjagte wie einer zerplatzten Seifenblase.

»Entschuldigt mich. Ich muss etwas überprüfen.«

Vioric fand die Witwe in der ungünstigsten aller Situationen, nachdem ein Nachbar der Frau ihm verraten hatte, wo sie sich gerade aufhielt. Die Beerdigung von Monsieur Bocard auf dem Cimetière du Montparnasse war gerade zu Ende, und Madame

Bocard stand am Rand des Grabes und nahm die Beileidsbekundungen entgegen. Vioric fragte sich, ob Clément und seine Eltern gekommen wären, wenn der Junge noch leben würde. Er wartete, bis die Frau ihn entdeckte, und machte ihr ein unauffälliges Zeichen. Madame Bocard trug einen schwarzen Spitzenschleier, hinter dem ihr Gesicht leblos wie eine verhängte Marmorbüste schimmerte. Vioric säumte sein Anliegen mit mitfühlenden Worten. »Sie sagten mir vor einigen Tagen etwas, das mir seitdem nicht aus dem Kopf geht.«

»Was meinen Sie? Glauben Sie mir nicht, dass Benoît an der Grippe gestorben ist?«

»Doch, doch, daran besteht sicher kein Zweifel. Aber Sie haben etwas angedeutet, und ich war leider nicht präsent genug, um gleich nachzufragen.«

Sie sah ihn wortlos hinter ihrem Schleier an, und Vioric hoffte, dass sein Instinkt ihm nichts vorgegaukelt hatte. »Sie sagten, nach allem, was Benoît durchgemacht habe, wären ihm doch noch ein paar gute Jahre vergönnt gewesen. Erinnern Sie sich?«

Der Schleier nickte. »Es tut aber nichts zur Sache. Ich habe das nur so dahingesagt, weil ich durch Benoîts Tod durcheinander war.«

Die Trauergemeinde wartete ein Stück entfernt unter einigen kahlen Bäumen. Verstohlene Blicke huschten Vioric über den Gräbern entgegen.

»Sagen Sie mir bitte, was genau Monsieur Bocard durchgemacht hat. Es könnte sehr wichtig sein für die Ermittlungen im Mordfall Clément Faucogney.«

»Ach sicher, der arme Junge …« Madame Bocard hob ein Taschentuch unter den Schleier und tupfte ihre Augen ab. »Lieutenant, ich will nicht, dass das an die Öffentlichkeit gerät. Das Andenken an Benoît soll davon nicht berührt werden.«

»Es wird niemand erfahren.«

Madame Bocard betrachtete das Grab, in dem weiße Rosenblüten und Erde auf den Sarg geworfen worden waren. In einiger Entfernung warteten zwei Totengräber geduldig darauf, ihre Arbeit beenden zu können.

»Wissen Sie, mein Mann hatte den Krieg in den Knochen und stand nicht mehr so fest im Leben, wie es anderen Männern wohl gelungen ist. Unentwegt plagten ihn Albträume. Aus dem Krieg hatte er dieses Zittern mit nach Hause gebracht ...« Madame Bocard unterbrach sich, als sich ein älteres Ehepaar näherte und ihr Beileid ausdrückte. Vioric trat höflich einen Schritt zurück und wartete, bis sie erneut allein beisammenstanden. Es dauerte dennoch einen Moment, bis sie mit brüchiger Stimme weitersprechen konnte.

»Er hatte in der Fechtschule täglich mit diesen jungen, kraftstrotzenden Männern zu tun, die nicht verstehen, was die Generation ihrer Väter durchleben musste. Kraftstrotzende, junge Männer, und von manchen fühlte Benoît sich verhöhnt. Er konnte das Zittern im Unterricht nicht verbergen. Einige dieser Halbstarken verhöhnten ihn, und es kam zu ein paar unschönen Szenen.«

Vioric nickte. Er konnte sich diese unschönen Szenen lebhaft vorstellen. »Sagen Sie, hat Ihr Mann vielleicht erwähnt, welche seiner Schüler ihm besonders zugesetzt haben? Gab es da jemanden bestimmten?«

Madame Bocard starrte vor sich hin und seufzte leise. »Nun ja, man soll über die Toten ja nichts Böses sagen, aber ...«

»Sie meinen Clément Faucogney?«

Sie nickte. »Ja, dieser Junge – Gott hab ihn selig – war wohl mit einem besonderen Selbstbewusstsein ausgestattet und hat Benoît bei jeder Gelegenheit verspottet und herausgefordert. Benoît hat sich so geschämt, dass er einem solchen Milchgesicht nichts entgegenzusetzen hatte. Der Junge war enorm gehässig und äffte Benoîts Zittern nach. Mein Mann wusste auch, dass es keinen Sinn hatte, mit dem Vater des Jungen zu sprechen, weil de Faucogney seinen Sohn nur in Schutz genommen hätte.«

Vioric ballte die Hände in seinen Handschuhen. »Ich verstehe.«

Madame Bocard hob resigniert die Schultern. »Als einige Familien ihre Söhne schließlich vom Unterricht abmeldeten, hat das Benoît zutiefst erschüttert.«

»Musste er den Fechtsalon für eine Weile schließen?«

»Das hätte ihm wahrscheinlich gutgetan, aber wir brauchten ja das Geld. Er sprach einige Male mit einem Doktor für Psychologie, von dem er sich etwas innere Festigung erhoffte. Dieser erklärte, man müsste Benoît stationär behandeln.«

»Ihr Mann war in einem psychiatrischen Hôpital?«

Madame Bocard warf einen nervösen Blick auf die Trauergesellschaft. »Es waren nur vier Wochen. Danach ging es ihm auch wirklich ein wenig besser.«

Vioric stieß einen überraschten Laut aus. »Welches Hôpital war das, Madame?«

»Das Hôpital Sainte-Anne im vierzehnten Arrondissement«, erwiderte die Witwe ein wenig überrascht.

Vioric drückte die Hände der Frau. »Vielen Dank, Madame Bocard. Sie haben mir enorm geholfen. Und noch einmal mein herzliches Beileid.«

Paul Tusson grübelte noch immer über den Akten der attackierten Kinder, als Vioric aufgeregt atmend in seinem Büro in der Préfecture anlangte.

»Es ist jemand aus der Irrenanstalt. Ich muss sofort den dortigen Psychiater sprechen!«

»Du klingst ja, als ob du einen Termin bei ihm brauchst, mein Freund!«

Vioric ignorierte Tussons Stichelei. »Der Fechtlehrer hat sich für ein paar Wochen wegen eines seelischen Zusammenbruchs im Hôpital Sainte-Anne aufgehalten, also genau da, wo Anne Darbellay sich vom Verlust ihrer enttäuschten Liebe erholte. Hier haben wir unsere erste Verbindung zwischen zwei der Opfer. Monsieur Bocard war im Übrigen seelisch herausgefordert, weil Clément Faucogney ihn im Fechtunterricht drangsaliert und bloßgestellt hatte.«

Tusson hob die Augenbrauen. »Da haben wir unseren Grund für die Bestrafung des Jungen.«

»Ja, es hört sich ganz so an, als hätte unser Täter diese Bestrafung stellvertretend für die Leidtragenden vorgenommen. Wir müssen die Doktoren dort befragen ...«

»Vergiss es«, unterbrach Tusson ihn. »Seelenärzte sprechen nicht über ihre Patienten. Sie sind wie Priester, nur schlauer. Die werden dir niemals etwas über die ihnen Anvertrauten sagen.«

»Meinetwegen. Ich glaube ohnehin nicht, dass Lazalle dort Patient ist, sondern dass er unter falschem Namen im Krankenhaus arbeitet. Finden wir heraus, ob Joëlle Caronne auch dort war während ihrer Abwesenheit. Und du überprüfst bei sämtlichen Angehörigen der Kinder, ob jemand von ihnen im Sainte-Anne behandelt worden ist.«

Tusson sah einigermaßen beeindruckt aus. »Jetzt wissen wir wenigstens, wonach wir suchen müssen. Gute Arbeit, mein Freund. Wie bist du darauf gekommen?«

Vioric winkte ab und grinste ein wenig selbstgefällig. »Durch einen Zufall.«

Tusson grinste zurück. »Dann werden dir die Surrealisten applaudieren. Nicht zuletzt, weil damit bewiesen wäre, dass dieser Mörder nicht in ihren Reihen zu finden ist.«

»Als was, denkst du, ist Gaspard Lazalle in der Anstalt angestellt? Vielleicht als Hilfsgärtner? Als Koch?«

Tusson kritzelte etwas auf ein Stück Papier. »Wenn er so viel Einblick in die Leben dieser Menschen hat, ist er gewiss kein Hilfsgärtner oder Koch. Er kann nur ein Arzt sein. Was, mit Verlaub, gegen ihn spricht.«

Vioric ließ seinen Blick über die Papiere schweifen, und ein leiser Zweifel vertrieb seine Euphorie. »All diese Menschen. Die sind doch hoffentlich nicht alle im Sainte-Anne gelandet.«

»Nun, das lässt sich überprüfen. Ebenso, ob im Sainte-Anne ein Mann arbeitet, auf den Lazalles Personenbeschreibung zutrifft.« Tusson nickte nachdenklich. »Heutzutage landest du schneller in einer Irrenanstalt als Robespierre eine Guillotine hat herabsausen lassen können.« Er sammelte einige der Akten ein. »Meine Nachbarin wollte sich letztes Jahr von ihrem despotischen Mann scheiden lassen, und er ließ sie kurzerhand einweisen. Ich habe sie bis heute nicht wiedergesehen.« Tusson hielt kurz inne und betrachtete die einzelnen Namen auf den Ordnern. »Machen wir uns nichts vor, mein Lieber. Wir schützen ein System, in dem die Psychiatrie gerne dafür eingesetzt wird, unliebsame Menschen aus dem Weg zu räumen.«

17

24. Dezember 1924, abends

Ein Weihnachtsbaum stand in der Eingangshalle der Préfecture, nicht übermäßig geschmückt und zurückhaltend beleuchtet. Aber es genügte, um dem Ort etwas von seiner sachlichen Hast zu nehmen und den Anwesenden zu vermitteln, dass es nun an der Zeit war, die Arbeit für eine kleine Weile ruhen zu lassen – zumindest für diejenigen, die keinen Feiertagsdienst zu schieben hatten. Der Polizeipräfekt ließ es sich nicht nehmen, all den Lieutenants, Gardiens und Schreibkräften persönlich ein frohes Weihnachtsfest zu wünschen und Papiertüten mit Gebäck zu verteilen. Julien verfolgte die Szene vom ersten Treppenabsatz aus und ahnte bereits, dass Edouard die persönliche Unterredung mit ihm in eine denkbar unangenehme Richtung lenken würde.

Paul Tusson hatte sich schon vor einer Stunde mit den Worten verabschiedet: »Wenn du dir den klebrigen Familienzuckerguss rausschwitzen oder deine Einsamkeit versüßen willst, dann komm heute Nacht ins Le Bœuf sur le Toit. Jean Wiener gibt eine Weihnachtsvorstellung. Wenn du mal einen Film im Kino gesehen hast, den er auf dem Klavier begleitet hat, siehst du auch den Rest des Lebens mit anderen Augen.«

Vioric versprach ihm, darüber nachzudenken, obwohl ihm nicht der Sinn nach einer verschwitzten Nacht in einem Amüsierlokal stand. In Gedanken war er bei Stéphane Murier, der am Morgen nach Antibes aufgebrochen war. Er stellte sich vor, dass der junge Gardien während der nächsten Tage vielleicht ganz in ihrer Nähe war. Dass er Nicolette sah, bei einem Spaziergang mit seinen Tanten. Womöglich direkt an ihr vorbeilief, ihr Kleid streifte. Vioric verscheuchte den Gedanken.

Er lief Edouard, der sich in sein Büro verabschieden wollte, hinterher und kam gleich zur Sache.

»Unser Puzzle steht kurz vor der Vollendung. Ich denke, ich weiß nun, wo wir den Täter finden.«

Edouard musterte ihn wie einen Bittsteller, und Vioric hätte ihn gerne gefragt, warum er nicht einfach auf seiner Seite sein konnte. Seit der Szene bei Faucogney waren die Brüder nicht mehr unter sich gewesen.

»Wenn es nach mir geht, wird in den nächsten Tagen einer dieser surrealistischen Defätisten eingelocht, wenn wir mit der Suche nach Gaspard Lazalle nicht weiterkommen«, ließ Edouard ihn wissen, ohne auf seine Information einzugehen. »Falls du eine Idee hast, die meine Sichtweise erweitert, teile sie mir gerne mit. Aber nicht hier, sondern in Vaters Rauchsalon. Während unsere Mutter die Kerzen auf dem Tisch anzündet und das Hausmädchen die Gans aufträgt. Es ist Weihnachten, und wir können heute ohnehin nichts mehr verfügen.«

Er fühlte sich erbärmlich, als er später an der Tür seines Elternhauses im neunten Arrondissement klingelte, in der einen Hand ein Blumengebinde für seine Mutter, in der anderen eine Flasche Wein und eine Schachtel teure Pralinen. Alles in ihm bebte in der alten, verletzlichen Frequenz seiner Kindertage, und die Tatsache, dass es seinen Vater nicht mehr gab, machte die Sache noch unerträglicher.

Sein Vater war der Grund gewesen, warum er Polizist geworden war. Und sein Bruder der Anlass, dass er diese Wahl am liebsten wieder rückgängig gemacht hätte. Nachdem der alte

Vioric, vormals ebenfalls Polizeipräfekt, nun seit dreizehn Jahren tot war, fühlte Julien immer weniger von seiner damaligen Motivation für diesen Werdegang.

Er stand vor der Tür wie ein Besiegter. Sein Bruder erpresste ihn zurück in die Familie, doch was er sich davon versprach, war Julien ein Rätsel. Offensichtlich gab es hier etwas, das Edouard ihm vorführen wollte. Ein Schauspiel, zu dessen fester Besetzung Julien früher gehört hatte, bevor der Tod ihres Vaters ihn von der Familienbühne gedrängt hatte. Denn im Hause Vioric war nur Platz für einen Sohn, und das war nicht der, den der Alte am meisten geliebt hatte. Sein Vater hatte Julien ein bitteres Erbe hinterlassen. Die Liebe für seinen Ältesten war heute nur noch spürbar in der kalten Ablehnung, die sein Bruder ihm nun offen entgegenbrachte. Ihr Vater hatte Edouard aus taktischen Gründen zwar zu seinem Nachfolger und damit zu einem der mächtigsten Männer in Paris gemacht. Aber es war Julien gewesen, den er an sein Sterbebett gebeten hatte. Er war in Freudentränen ausgebrochen, als Vioric von der Front heimgekehrt war, und hatte ihn lange und fest umarmt, während er für Edouard nur ein Schulterklopfen übriggehabt hatte.

Julien wusste, dass Edouard ihn mit jedem Blick und jeder Geste für den väterlichen Liebesentzug büßen ließ. Und er war bibelfest genug, um sich der vernichtenden Macht ungleich verteilter Vaterliebe bewusst zu sein. Ihm war bewusst, dass er Edouards Missgunst niemals etwas entgegenhalten konnte.

Er dachte gerade an Louis Aragons Worte, der die Familie als Sklavenhalter bezeichnet hatte, als er hinter dem Türfenster einen Schemen wahrnahm und vor dem alten Hausdiener seiner Mutter stand, der ihn ins Haus bat wie einen Verkäufer für Schuhcreme. Vioric hatte kein Mittel gegen das Zittern in seinen Händen, als er seiner Mutter die Blumen überreichte. Sie bedachte ihn mit einem Blick unausgesprochener Vorwürfe.

Seit dem Tod ihres Mannes hatte sie ihre Fürsorglichkeit von Julien abgezogen und auf Edouard übertragen, als wollte sie ihn dafür entschädigen, dass er als Jüngster nie das Herz seines Vaters erreicht hatte. Und Julien schien es, als triebe er seitdem vom Schiff seiner Familie aufs offene Meer völliger Beziehungslosigkeit.

Der Anblick der festlich gedeckten Tafel lähmte seinen Hunger.

Edouards Kinder rannten durch den Salon und beachteten ihn kaum. Seine Schwägerin Maxime sah ihn an wie einen zufällig hereingeschneiten Fremden. Vioric hoffte, dass Edouard ihn sofort ins Raucherzimmer führen würde, aber sein Bruder gebärdete sich penetrant weihnachtlich und ignorierte Juliens drängenden Blick. Das nicht enden wollende Essen war jedes Jahr dasselbe. Als Edouard mit einem langen Tranchiermesser den mit Pflaumen gefüllten Kapaun zerteilte, warf er Julien einen amüsierten Blick zu.

»Wir freuen uns, dass du wenigstens einmal im Jahr den Weg in dieses Haus findest, Brüderchen. Und sei es nur, damit du einmal etwas Anständiges zu essen bekommst. Du kommst ja leider nicht in den Genuss einer Frau, die dich an diesen Freuden teilhaben lässt.«

Er warf seiner Frau Maxime ein stolzes Lächeln zu. Madame Vioric seufzte und sah ihren Ältesten mit dem immer gleichen enttäuschten Bedauern an. »Wenn das dein Vater wüsste. So ein armes Leben hätte er dir nicht gewünscht.«

Julien zog es vor, das Gesagte nicht zu kommentieren.

Nach dem Dessert erlöste Edouard ihn endlich.

Der Rauchsalon roch verwaist, aber aus jeder Pore der Sessel und Teppiche atmete die Präsenz seines Vaters. Julien verspürte einen kurzen, heftigen Stich in der Herzgegend. Vielleicht mied er dieses Haus letztendlich deswegen. Weil dieser

Geruch ihm klarmachte, wie sehr er den Alten vermisste. Sein Vater war weit vor der Zeit gestorben.

Edouard ließ sich auf einen der Ledersessel sinken und wies das Hausmädchen an, Cognac und Kaffee zu servieren, ehe er Julien seine Aufmerksamkeit schenkte.

»Wir haben jetzt noch eine Woche, ehe das alte Jahr zu Ende geht. Und du stimmst mir sicher zu, dass es wichtig wäre, dieses Jahr mit einem Sieg für die Ordnungskräfte zu verabschieden.« Das alte Sitzmöbel knarrte bedächtig, als auch Julien sich in einem der riesigen Sessel niederließ.

»Du meinst, mit einem Sieg für dich«, konterte er Edouards Worte.

»Wenn ich gewinne, können drei Millionen Pariser wieder ruhig schlafen. Was trägst du zur Sicherheit deiner Stadt bei, Julien?«

Vioric konnte selbst nicht glauben, wie sehr ihn diese Frage freute. Herrgott, wann hörte das endlich auf, diese Erleichterung, wenn ihm Edouard den kleinen Finger reichte? »Wir glauben, dass der Täter im psychiatrischen Krankenhaus Sainte-Anne zu finden ist.«

»Und was nährt diesen *Glauben*?«

Julien zuckte vage mit den Schultern. »Indizien. Und es wäre an dir, aus diesem Glauben Gewissheit zu machen. Wir brauchen die Erlaubnis, uns intensiv im Hôpital Sainte-Anne umzuschauen, sämtliche Ärzte, Krankenschwestern und sonstige Angestellte zu befragen und natürlich auch alle Patienten.«

Sie nahmen ihre Cognacgläser entgegen und warteten, bis das Mädchen den Salon wieder verlassen hatte. Edouard nahm einen guten Schluck und hob schließlich fragend die Augenbrauen.

Vioric fuhr sich hastig durchs Haar. »Tusson und ich haben in den letzten Tagen eine Verbindung zwischen den Opfern gefunden, die mit dem Buch in Verbindung zu bringen sind. Alle Opfer hatten direkten oder indirekten Kontakt zum Sainte-Anne, verstehst du, Edouard?« Sein Blick fiel auf seine eigenen, nervös wippenden Schuhspitzen, und er zwang sich, ruhiger zu werden. »Clément Faucogneys Fechtlehrer ließ sich dort behandeln, ebenso die ehemalige Geliebte von Lucas Fournier. Und Tusson hat herausgefunden, dass auch Joëlle Caronne dort war, für ganze drei Monate.«

Die genauen Gründe für ihren Aufenthalt hatte Tusson in einem Brief entdeckt, den Caronne ihrer Schwester geschrieben hatte, aber Vioric verzichtete darauf, sie seinem Bruder im Detail mitzuteilen. Er hatte keine Lust auf einen Vortrag über die angebliche seelische Instabilität von Frauen.

Edouard stand auf, ergriff einen Schürhaken und begann im Feuer zu stochern.

»Das ist aber noch nicht alles.« Julien Vioric rutschte noch weiter auf seinem Sessel vor und fixierte seinen Bruder mit eindringlichem Blick. »Wir haben bei den Familien der verletzten Kinder nachgeforscht, und es hat sich herausgestellt, dass es in jeder Familie und deren engerem Umfeld eine Person gibt, die sich aus den unterschiedlichsten Gründen für einige Zeit in der Obhut des Sainte-Anne befunden haben.«

»Und du glaubst, dass es dort jemanden gibt, der unter all diesen Menschen seine Opfer auswählte, direkt oder indirekt.«

Vioric nickte. Edouard legte den Schürhaken weg und betrachtete nachdenklich die hochschlagenden Flammen. Seine Augen glänzten wie Öl auf einer Wasseroberfläche. »Und Gaspard Lazalle ist ein Angestellter des Sainte-Anne?«

Julien zog unwillkürlich den Kopf ein. »Ich habe heute Morgen im Hôpital Sainte-Anne angerufen und die Verwalterin der Personalakten befragt. Aber dort arbeitet niemand, auf den Lazalles Beschreibung passt.«

Edouard stieß ein unwilliges Geräusch aus. »Wir haben bereits jeden einzelnen Gardien von Paris auf diesen Gaspard angesetzt. Sein Phantombild ist in jeder Zeitung. Wie rechtfertigen wir eine derart umfangreiche Untersuchung in einer Institution wie dem Sainte-Anne, kurz nachdem wir die ganze Stadt wegen dieses Narbengesichts aufgescheucht haben?«

Julien hob entwaffnend die Hände.

»Wir geben bekannt, dass sich eine neue Entwicklung ergeben hat.«

Sein Bruder sah ihn reglos an. »Julien, das ist nicht gerade der polizeiliche Sieg, den ich mir vorgestellt habe.«

Julien mahnte sich innerlich zur Gelassenheit. Er hatte natürlich damit gerechnet, dass Edouard etwas Derartiges sagen würde. Ein paar Sekunden ließ er seinen Blick auf dem Kaminfeuer ruhen, das durch einen kunstvollen Schirm hindurch ein waberndes Lichtgestrüpp auf den Teppich warf. »Du willst einen Mörder fassen. Was kann daran falsch sein, ihn so großflächig wie möglich einzukreisen?«

Edouard hob sein Glas. »So einfach ist das nicht. Wir müssten wichtige Kräfte abziehen, die an anderer Stelle fehlen würden, ganz zu schweigen von den Kosten für einen derartigen Einsatz. Wir müssen bei aller Dringlichkeit den Schaden, der dabei für den Ruf des Sainte-Anne entsteht, so eng begrenzen, wie es nur geht.«

Julien starrte seinen Bruder fassungslos an und fühlte sich mit einem Mal von jedem einzelnen Gegenstand im Zimmer, aber vor allem von den dicken, ledergebundenen Büchern in den Regalen bedrängt. »Ist das dein Ernst?«

Edouard stellte sein Glas ab und hob beschwichtigend die Hände. »Natürlich werden wir das Hôpital Sainte-Anne überprüfen, wenn deine Indizien tragfähig sind. Aber es muss diskret vonstattengehen, hörst du?« Edouard erhob den Zeigefinger, als spräche er mit einem seiner Kinder. »Ich weiß zufälligerweise, dass gerade die Frau eines überaus wichtigen Mannes dort weilt ...«

»Nicht zufälligerweise ein Freund von Faucogney?«

Draußen auf dem Gang ertönte das Getrappel der Kinder, und Vioric hörte sie ungeduldig nach ihrem Vater rufen. Ihre Mutter versuchte sie zur Ruhe zu rufen.

»Werd nicht unverschämt, Julien. Wir können es uns nicht leisten, eine angesehene Institution in den Schmutz zu ziehen, während gleichzeitig andere Kreise unbehelligt bleiben, bei denen die Indizienlage genauso stark ausgeprägt ist. Du weißt genau, wovon ich spreche. Ich erwarte nicht, dass du das verstehst, aber deswegen bin ich auch Polizeipräfekt und du ...«

Edouard sprach den Satz nicht zu Ende, denn seine Frau erschien in der Tür. »Kommst du, chéri? Die Familie möchte jetzt mit der Bescherung beginnen.« Dabei war ihr Blick fest auf Edouard gerichtet. Im Hintergrund begann eines der Kinder überspannt zu quengeln und zu weinen.

»Aber sicher doch. Die Familie. Die geht natürlich vor. Nicht wahr, Kollege?«

Julien hatte verstanden. Er verabschiedete sich und ging. Ohnmacht und Wut trieben ihn durch die weihnachtlich entleerten Straßen, aber er genoss den langen Fußmarsch. Mit einem Mal erschien ihm die Aussicht, neben Paul Tusson einer Jazz-Combo zu lauschen, wie das reinste Paradies. Als er in den Boulevard Haussmann einbog, rannte er beinahe.

In der Rue du Colisée bemerkte Vioric jedoch, dass *Der Ochse auf dem Dach* heute keinen Platz mehr für ihn haben würde. Eine aufgebrachte, enttäuschte Menschenmenge stand auf der Straße, und zwei Türsteher drückten von innen gegen den Eingang. Vioric erhaschte gerade so einen Blick durch die Fenster.

Im Inneren des Le Bœuf sur le Toit brodelte es wie in einem Hexenkessel. Hinter den beschlagenen Scheiben vibrierte eine fremdartige, aufpeitschende Musik, und er sah ein hektisches und zugleich genüssliches Zucken und Wippen, etwas Vulkanisches, dem er sich jetzt gerne überantwortet hätte. Aber das Lokal war bereits wegen Überfüllung geschlossen. Die Leute auf der Straße diskutierten laut, in welchem anderen Laden an einem Weihnachtsabend wohl noch Platz wäre.

Vioric aber schlich nach Hause. Er hatte nicht wirklich erwartet, dass Lysanne in seiner Wohnung auf ihn wartete, aber als er in die tatsächlich leeren Zimmer trat, erstarrte er beinahe in Melancholie.

Vioric stürzte eine halbe Flasche Rotwein hinunter und legte sich zu Bett. Seine Gedanken pendelten sich über Antibes ein, wo er sich Stéphane Murier vorstellte, am Tisch zwischen seinen Tanten, die über Nicolette, die blinde Heilige, sprachen. Eine dieser Tanten sagte gerade: »Stéphane, haben wir dir schon einmal von diesem Mann erzählt, den unsere Nicolette geliebt hat? Die beiden waren wie geschaffen füreinander.«

»Was ist aus diesem Mann geworden?«, fragte Stéphane.

Die Tante machte eine verächtliche Handbewegung. »Er hat sie und ihre Liebe verraten, und dieser Verrat führte zu einem Streit. Nur deshalb geriet sie am Ende unter die Räder von diesem Lastwagen.«

»Wer weiß«, seufzte die andere Tante. »Vielleicht vergibt sie ihm ja eines Tages. Wer, wenn nicht Nicolette, wäre zu so etwas in der Lage.«

24. Dezember 1924, abends

Lysanne hatte sich den Kopf zerbrochen, was sie André und Simone Breton am besten mitbringen würde. Sie hatte zu einem traditionellen Karpfen greifen wollen, aber Louis Aragon riet ihr ab. »Wenn du einen Karpfen kaufst, sind sie beleidigt. Wir besorgen einen Bund rote Rüben und überreichen ihn Simone als Blumenstrauß. Und André bekommt eine Bibel.«

»Ich dachte eigentlich eher an etwas Essbares«, wandte sie ein.

»Und ich denke an etwas, mit dem man den Kamin befeuern kann. Bei den Bretons ist nämlich die Heizung ausgefallen. Und ich habe mal gehört, mit Bibelseiten kann man besonders gut einheizen, weil sie einem einen Vorgeschmack auf die Hölle geben.«

Während Lysanne sich für den Rübenbund in ihrer Hand schämte, den Aragon tatsächlich besorgt hatte, balancierte er mit Stolz eine große Salatschüssel mit gekochten Kartoffeln, die er zuvor mit einem Satz Schachfiguren vermischt hatte. Lysanne kam allmählich der Verdacht, dass es bei einem surrealistischen Weihnachtsfest mit den leiblichen Genüssen nichts werden würde. An der Tür von Bretons Wohnung stand ein als Indianer verkleideter Mann, der sie aufforderte, ihm ihre Handschuhe auszuhändigen. Lysanne zog sie widerwillig aus, und der verkleidete Mann warf sie in einen Sack und öffnete die Tür, hinter der ein lauter Chor hervortönte. Simone Breton trug ein schwarzes, enges Kleid, und ihr Haar glich einem glänzenden, dunklen Helm. Sie strahlte eine genussvolle Schläfrigkeit aus. Sie küsste Lysanne auf die Wangen. »Mit dir werde ich später noch ein Hühnchen rupfen!« Sie zwinkerte ihr zu und stellte den Rübenbund tatsächlich wie Blumen in eine Kristallvase. Aragon zog Lysanne mit sich ins Wohnzimmer. Von der Decke hing ein Weihnachtsbaum mit der Spitze nach unten, der mit Türklinken und Möbelknäufen geschmückt war. Die Surrealisten steckten die Köpfe zusammen. Unter ihnen waren all diejenigen, die Lysanne schon im Büro für surrealistische Forschungen kennengelernt hatte, aber auch einige andere junge Männer, die sie nicht kannte. Eine Gruppe Frauen war an der anderen Seite des Zimmers dabei, das Büfett anzurichten. Es gab eine gebratene Ente, die mit Glasmurmeln gefüllt war. Ein Huhn, in das jemand ein Büschel Pfauenfedern gesteckt und dem man einen Puppenhut aufgesetzt hatte. Gemüsegratin, das in einer Schmuckschatulle serviert wurde. Austern, auf deren Schalen kleine Zettel mit Beleidigungen und Flüchen geklebt worden waren. Einen Topf Fischsuppe, in dem die Hand einer Schaufensterpuppe schwamm. Zum Abschluss wurde ein Schokoladenkuchen gereicht, den man nur essen durfte, wenn man dazu ein Stück saure Gurke kaute. Als Teller dienten Handspiegel in allen möglichen Größen, und für die Suppe gab es Teetassen.

Die Krönung des Festmahls aber war eine Pyramide von Champagnergläsern, in die einige der Frauen flaschenweise giftgrünen Absinth rinnen ließen, bis das ganze Zimmer nach Anis roch. In anderen französischen Haushalten gab es wohl Misteln, die von den Türrahmen hingen. In der Rue Fontaine zweiundvierzig lagen die Misteln auf dem Boden und wurden wie Bälle umhergetreten. Wenn ein Paar sich küssen wollte, musste es zuerst einen anderen Gast fragen, der sich erbot, das

Gewächs über ihre Köpfe zu halten. Lysanne genoss den Abend, auch wenn Aragon die ganze Zeit mit seinen Freunden sprach. Dann sah sie jedoch, dass es den übrigen Frauen nicht anders erging. Zwischen den Surrealisten und ihren Freundinnen, ja sogar zwischen den Eheleuten Breton verlief eine unübersehbare Kluft. Die einen waren Zuschauer, während sich die anderen in ausgelassener Selbstdarstellung ergingen.

Die Surrealisten hatten sich eine eigene Weihnachtsmesse ausgedacht. Man ging zusammen in einen nahen Park. Dort, verkündete Louis Aragon, seien die Handschuhe der weiblichen Gäste versteckt. Die Männer rannten sofort wie verspielte Kinder los. Einige Frauen schlossen sich der Suche an, der Rest von ihnen stand beisammen und wärmte sich die Hände an einem kleinen Feuer, das in einem Kohlebecken entzündet worden war. Nach mehr oder weniger erfolgreicher Hatz ging es zurück in die Wohnung, ausgelassen und kichernd, und nicht einmal die Hälfte der Handschuhe war gefunden worden. Lysanne sah die ihren nicht wieder.

Weit nach Mitternacht – die Männer hatten sich in eine erhitzte Diskussion gestürzt – kam Simone Breton zu Lysanne und führte sie zu einem freien Sessel. Sie hielt einen der Handspiegel und genehmigte sich davon das letzte Stück Schokoladenkuchen, ganz ohne den zweifelhaften Genuss der sauren Gurken. Sie selbst ließ sich vor dem Sessel auf dem Boden nieder und lenkte Lysannes Aufmerksamkeit auf die zusammengesteckten Köpfe der Dichter. »Was siehst du da, meine Liebe?«

Lysanne hatte keine Ahnung, was die geheimnisvolle Frau von ihr hören wollte. »Eine verschworene Gemeinschaft, nehme ich an.«

»Sieh hin und erkenne, wem ihre wahre Liebe gilt. Dir? Mir? Den anderen Frauen hier?« Sie umfasste Lysannes Fußknöchel und sah sie eindringlich an. »Schau, wie ihre Augen leuchten. Wenn jetzt eine Verbrecherbande käme und uns alle verschleppen würde, sie würden es nicht einmal bemerken.«

Lysanne verstand Simone. Aragon und die anderen waren völlig versunken und nahmen nichts mehr wahr als die intensiven Wortgebilde, die aus dem Zaun ihrer zusammengesteckten Köpfe wie fremdartige Wesen aufstiegen.

»Und nun schau dir ihre Freundinnen an.« Simone aß ein Stück Kuchen und deutete kauend auf die versprengten Reste junger Frauen, die am Rand des Zimmers ebenfalls in Gespräche vertieft waren, jedoch weit weniger aufgeregt als die Surrealisten. »Wir Frauen sind nur hier, weil diese Herren ihre Musen brauchen. Aber wären wir selbst Künstlerinnen, würden sie uns vor die Tür jagen. Wir sind geduldet, weil sie es lieben, dass unser Lebenssinn darin besteht, sie zu lieben.« Simone kratzte den Handspiegel von den letzten Kuchenresten frei und betrachtete sich in der verschmierten Fläche. »Breton ist ein bösartiger Wachhund, der keine Frauen in seinem erlauchten Zirkel duldet, die etwas anderes sind als ihre Claqueure. Weißt du, ich habe mich in André verliebt, weil mich sein Surrealismus zutiefst fasziniert hat.«

Simone betrachtete ihren Mann mit einem wehmütigen Lächeln. »Aber er will nicht, dass ich an der aktiven Diskussion beteiligt bin. Sieh mich doch an. Ich bin nur die Fleißige mit der Schreibmaschine. Die Unterstützerin, der Versorgungstrupp.« Sie deutete mit dem Spiegel auf eine Frau, die gerade vom Bad zurückkehrte und geradewegs auf die Männer zuhielt. »Gala Éluard ist die Einzige, die er im inneren Kreis duldet, aber nur, weil sie seine eigene Exzentrik hebt und ihn in ihrem Licht erstrahlen lässt.«

»Ich verstehe nicht, was du mir sagen willst.« Lysanne sah, wie Breton Gala ein warmherziges Lächeln schenkte und ihr noch etwas Wein anbot. Simone war derweil aufgestanden und hatte sich selbst ein Glas eingeschenkt. Als sie wieder bei Lysanne Platz genommen hatte, trank sie in Ruhe und sah ihrem Mann ein Weilchen zu.

»Du wirst es verstehen, wenn Aragon dich fallen lässt«, sagte sie schließlich. »Und was machst du dann? Hast du dir überlegt, wo dein Platz ist in Paris? Dein ureigener Platz, der nichts mit deiner Eigenschaft als Bettgenossin zu tun hat? Gibt es irgendetwas, das dir niemand wegnehmen kann?«

Lysannes empfand mit einem Mal eine bedrückende Ohnmacht und wünschte sich, Simone hätte ihr andere, weniger qualvolle Fragen gestellt. Die Gedanken an ihre ungewisse Zukunft verursachten ihr Übelkeit. Simone Breton nahm ihre Hände und warf ihr einen zärtlichen Blick zu. »Hör mir gut zu, Lysanne, denn ich sähe es nur ungern, wenn du zusammenbrichst, sobald sich die Türen der Surrealisten wieder vor dir verschließen. Man ist als junges Ding nicht selten geneigt, seinen ganzen Lebenssinn aus der Anerkennung eines Dichters zu ziehen. Aber ich sage dir, diese Anerkennung ist nur ein Abklatsch der Befriedigung, die du erfährst, wenn du das, was du da bewunderst, selbst erschaffen hast.«

Sie deutete auf die gegenüberliegende Wand, an der ein heller Fleck zwischen den exotischen Masken ein sauberes Quadrat beschrieb. »Siehst du diese künstlerische Leerstelle dort drüben? Dort hing ein Gemälde von Derain, das André über alle Maßen geliebt hat. Tja, warum ist es wohl nicht mehr da? Er hat es verkauft. Um seine kleine verrückte Freundin finanziell zu unterstützen. Was hat es gebracht? Nadja ist trotzdem in der Anstalt gelandet, während er mich wie eine kaputte Topfpflanze in den Schatten verbannt hat. Warum ich dir das erzähle? Weil ich dir ein Beispiel geben will, von welcher Sorte Menschen du hier umgeben bist, Liebes. Wenn Breton eines Tages eine Biografie schreiben wird, schwöre ich dir, werde ich darin mit keinem Wort erwähnt werden. Was sagt dir das?«

»Dass dein Mann vielleicht ein narzisstisches Ekel ist?«

»Ha, das war gut! Hast du gehört, André, du bist ein ekelhafter Narzisst!«, rief sie in Richtung der Männer. Sie wartete kurz und wandte sich dann wieder mit erhobenen Augenbrauen zu Lysanne. »Siehst du, für ihn bin ich gar nicht da. Wenn ein Surrealist auf alles pfeift und sogar vor seiner eigenen Ehefrau derart schamlos das Weite sucht, was mag dann erst mit einem Flaumfederchen wie dir passieren? Du musst unbedingt etwas tun, was deiner ureigenen Macht entspringt, damit du dich frei machen kannst von der Verführung solcher Männer.« Sie schnippte gegen ihr Glas, und ein zarter, beinahe magisch entrückter Ton erklang.

»Von was für einer Macht sprichst du?«

»Du hast einen besonderen Blick auf die Dinge. Aragon hat mir alles über dich erzählt. Du hast im größten Grauen die Notwendigkeit erkannt, Geschichten zu erzählen. Oder gehört es neuerdings zu den Aufgaben einer Krankenschwester, das Traumgestammel eines halb bewusstlosen Kranken niederzuschreiben? Nein, da schlummert mehr in dir. Ich sage: Bravo!«

»Simone, ich habe das getan, weil ich Gaspard helfen wollte. Das ist keine große Tat, es war ein Liebesdienst, der letztendlich nichts bedeutet hat. Denn Gaspard war in Wahrheit verrückt nach meiner Schwester. Er hat sich sogar so sehr von mir fortgesehnt, dass er seinen eigenen Tod inszeniert hat.«

Die Ungeheuerlichkeit dieser Tat überwältigte für ein paar Sekunden ihr Denken, und sie fragte sich, wie Isabelle wohl das Weihnachtsfest verbrachte. Und Emile Laurent? Wahrscheinlich rettete er gerade ihre Schwester auch durch diese Nacht.

Gelächter brach in der Herrenabteilung aus und rollte wie eine Welle zu den Damen herüber. In Lysannes Ohren klang das Lachen der Frauen plötzlich wie eine hilflose Kopie.

Simone Breton unterbrach ihre Gedanken. »Hast du dir einmal überlegt, wie viele Menschen du mit dieser Macht berühren würdest, wenn du sie offen nutzen würdest, ganz bewusst und ohne Heimlichkeit?«

»Simone, ich bin keine Dichterin. Was soll ich schreiben? Worüber? Und für wen?« Sobald sie die Worte ausgesprochen hatte, hielt sie inne. Ihre Einwände stimmten nicht. Sie schrieb bereits. Jeden einzelnen Tag.

Simones schläfrige Augen leuchteten auf. »Sieh es mal von dieser Seite: Während dieser Kerl sich durch Paris mordet, bewegst du dich am Herzmuskel jener Bewegung, die unseren guten alten Isidore Ducasse erst aus der Versenkung geholt hat. Ich könnte mir vorstellen, dass es eine Menge Leute gibt, die gerne deine Version der Geschichte erfahren würden.« Simone Breton stand mit einem geschmeidigen Rascheln auf. Eine der Frauen war an sie herangetreten, um sich zu verabschieden. Im Anschluss beugte sie sich kurz zu Lysanne herab und drückte einen flüchtigen Kuss auf ihre Wange. »Wenn du wirklich diesem Impuls folgen solltest, sag mir Bescheid. Ich kenne ein paar Leute, die ein paar Leute kennen, die ein paar Leute kennen.«

Als es drei Uhr war, verabschiedeten sich die letzten Gäste. Im Fond eines Wagens, der sie zurück in die Passage de l'Opéra brachte, zog Louis Aragon Lysanne fest an sich und verströmte ausnahmsweise ein schläfriges Schweigen. Erst später, als sie in seinem Bett wieder zu Atem kamen und in die Dämmerung des Weihnachtsmorgens lauschten, flüsterte er: »Hat Simone dich auf die Zeit danach vorbereitet?«

»Die Zeit danach?«

»Die Zeit, wenn die blaue Glasur der erbärmlichen Möwen zerbricht und schlängelnde Empfindsamkeit das Bett für die Zeitungen von morgen bereitet«, gab er zurück und döste gleich darauf ein.

Lysanne hingegen war so wach, als hätte ein eiskalter Wasserguss ihre Stirn gestreift. Eines seiner Worte hatte erneut einen fragenden Funken in ihrer Seele entzündet. Zeitungen.

Schon vorhin, als Simone ihr diesen Vorschlag unterbreitet hatte, hatte es in den unsichtbaren Tiefen ihres Inneren eine sachte Bewegung gegeben. Es war, als hätte Simone Breton einen Stein in einen Teich geworfen, und nun liebkosten die sachten Wellen das Ufer, an dem Lysanne stand. Und dann war Aragon mit seinen dahingesagten Worten hinabgetaucht, hatte ihn heraufgeholt und ihr wie einen Schatz zu Füßen gelegt.

Im Halbschlaf schlängelte sich Aragons linke Hand zu ihrer Halsbeuge und spielte mit ihren Haaren. Er ist wie ein Kind, dachte sie, unschuldig und voller Vertrauen, obwohl er mit seiner Miete im Rückstand ist und sich für ein neues Paar Schuhe verschulden musste. Wie schaffte er es, in den süßen Gärten der Dichtung zu leben, obwohl das Leben dicht an seiner Zerbrechlichkeit vorüberstampfte? In dieser Nacht gestattete sie ihrem schlafenden Freund, dass er einen Teil seiner unbekümmerten Leichtigkeit durch ihre Haut und ihr Haar und ihre immer noch weit geöffneten Augen in ihr Inneres sickern ließ. Als auch sie wenig später endlich wieder ins Labyrinth des Schlafes fand, wurde ihr bewusst, dass Simones Rat das einzige Geschenk war, das sie an diesem Weihnachtsfest erhalten hatte.

18

25. Dezember 1924, vormittags

Julien Vioric wachte mit der Gewissheit auf, dass er das Gefühl der Lähmung, das ihn seit dem vergangenen Abend bedrängte, nicht zulassen durfte. Ebenso wenig wie er zulassen durfte, dass weihnachtliche Gemächlichkeit und Edouards Zögern dem Mörder einen Vorteil verschafften. Er nahm ein Bad, rasierte und kämmte sich gründlicher, als er es sonst tat, und trank eine Tasse starken Kaffee. Auf dem Weg in die Préfecture merkte er jedoch, dass etwas in seinem Körper aus den Fugen geraten war. Das ungewohnt üppige Essen am vergangenen Abend und der Wein verursachten ausgesprochen ungute Gefühle in seinen Eingeweiden. Seine Schritte gerieten aus dem Takt, sein Herz pumpte neue Ohnmacht durch seinen Kreislauf. Er musste etwas tun, irgendetwas. Eine leise Stimme hinter seiner pochenden Stirn mahnte ihn, nicht in blinden Aktionismus zu verfallen, um Edouards gebremsten Tatendrang auszugleichen. Aber er hatte eine Idee.

In der beinahe verwaisten Préfecture suchte er das Befragungsprotokoll heraus, das er nach Lysannes Bericht über ihre Schwester und Doktor Emile Laurent verfasst hatte. Sie hatte erwähnt, dass der Doktor ein enger Weggefährte von ihr und Gaspard Lazalle gewesen war. Er hätte diesen Schritt schon vor einigen Tagen gehen können, aber er war nicht auf die Idee gekommen, den Arzt zu befragen. Lysannes Aussage hatte ihm gereicht. Bis jetzt. Er musste versuchen, Gaspard Lazalle so eng wie möglich einzukreisen, und sei es nur, um ihn als Täter auszuschließen. Vielleicht verfügte Doktor Laurent über eine Information, die Lysanne nicht besaß. Sie hatte bei ihrem letzten Treffen erwähnt, dass er im Hôpital Lariboisière arbeitete.

Viorics Erwartung, den Arzt bei der Arbeit anzutreffen, war hoch, als er kurz darauf in den Innenhof der Klinik im zehnten Arrondissement trat. Er wies sich am Empfang aus und bat den Pförtner, ihm den Weg zu Laurents Abteilung zu erklären. Der Pförtner verwies ihn stattdessen ans Büro eines Personalverwalters im ersten Stock. Dieser runzelte die Stirn und blätterte kurz in einem Buch. »Einen Doktor Emile Laurent gibt es hier nicht.«

Die Ernüchterung brachte schlagartig das morgendliche Gefühl der Schwäche zurück. Die Ahnung, was diese Information bedeuten mochte, raubte Vioric jegliche Motivation. Seine nächste Frage stellte er aus reiner Gewohnheit. »Haben Sie ein Verzeichnis über die ehemaligen Ärzte dieses Hôpital? Vielleicht finden wir seinen Namen dort.«

Der Personalverwalter sah ihn an, als würde er sich fragen, was das Wort *wir* an dieser Stelle zu bedeuten hatte. Er ging nach nebenan in ein Archiv, aus dem er mit einem Pappordner zurückkehrte, blätterte ein wenig darin herum, bis sich seine Augenbrauen in einem Ausdruck von Widerwillen hoben.

»Was?«, drängte Vioric.

»Nun, Sie haben den Herrn Doktor um einige Monate verpasst. Er hat hier zwar gearbeitet, aber nur für ein knappes Jahr; ihm wurde im August gekündigt. Hier steht, dass darauf zu achten ist, diesen Mediziner nicht noch einmal einzustellen.«

Ein eisiger Finger strich Vioric den Nacken entlang. »Warum?«

»Das fragen Sie am besten einen der Ärzte. Ich weiß nicht, was damals vorgefallen ist.«

»Haben Sie eine Fotografie von dem Mann?«

Der Verwalter ließ ihn einen Blick in die Akte werfen, und Vioric sah das Foto eines Mannes, der gewöhnlicher nicht hätte sein können. Ein ernstes Gesicht, bartlos und breit über einem kräftigen Hals, die Augen hinter den runden Brillengläsern fragend, wie bei einem Intellektuellen.

Kurze Zeit später hatte ein ehemaliger Kollege Laurents Zeit für Vioric. Doktor Le Grasse schien geradezu dankbar zu sein, über die Kündigung des Mannes Auskunft geben zu können, fast so, als wollte er sich nachträglich dafür rechtfertigen.

»Ich will ehrlich zu Ihnen sein, Lieutenant. Wir Chirurgen müssen ab und an etwas Stimulierendes nehmen, um dieser Arbeit standzuhalten. Ich selbst habe mir im Krieg täglich Kokain gespritzt. Das Kokain verleiht einem Chirurgen über Stunden hinweg eine ruhige Hand, und glauben Sie mir, das war im Feldlazarett doch ausgesprochen hilfreich. Aber wem sage ich das, nicht wahr?« Vioric nickte perplex. Bilder stiegen in ihm auf, die er eigentlich sorgsam verdrängt hatte.

»Glücklicherweise sind die Zeiten heute anders«, stammelte er, um den Arzt und vor allem sich selbst wieder in die Gegenwart zu führen. Er blinzelte kurz, aber Le Grasse lachte beinahe unbekümmert auf.

»Ja, da sagen Sie was. Aber nicht alle haben es geschafft, von den Drogen loszukommen.«

Vioric nickte. »Was hat das mit Emile Laurent zu tun?«

»Viele Ärzte sind im Krieg geblieben, und für die zu behandelnden Kranken und Verletzten kommt einfach nicht genug Nachwuchs an die Kliniken.« Er seufzte gequält. »Emile Laurent wurde schlicht aus Mangel an Ärzten ohne allzu sorgfältige Überprüfung übernommen. Hin und wieder hat er gute

Momente, aber seine ... nennen wir es Ausfälle ... waren leider deutlich in der Überzahl. Einmal hat er einen Kaiserschnitt durchgeführt und dabei so tief geschnitten, dass er dem Baby fast das Auge ausgestochen hat.« Er winkte ab. »Ich könnte noch stundenlang solche Geschichten über ihn erzählen. Aber das Schlimmste war, dass er die Krankenhausapotheke für sein Privatvergnügen plünderte. Er ließ so viel Kokain und Morphin mitgehen, dass es einem Blinden aufgefallen wäre. So viel kann ein Einzelner gar nicht zu sich nehmen. Nicht einmal, wenn er so groß und kräftig ist wie Emile Laurent. Aber er hat es auf die jungen Kollegen geschoben und sogar das Reinigungspersonal beschuldigt. Dabei war es offensichtlich!«

Vioric drängte sich ein Bild auf. Ein massiger und zugleich wendiger Schatten, der vor ihm die Treppe hinabsprang. »Wissen Sie, was aus ihm geworden ist?«, fragte er.

»Unser Apotheker hat ihn letztlich doch noch erwischt, und Laurent wurde umgehend entlassen. Wo er jetzt ist, weiß der Teufel!«, stieß Le Grasse aus und grüßte nebenbei einen Kollegen, der kurz den Kopf zur Tür hereinstreckte. »Ich habe Schreiben an die anderen Krankenhäuser der Stadt aufsetzen lassen, um die Kollegen vor dem Stümper zu warnen, falls er sich anderswo bewirbt. Aber mich würde nicht wundern, wenn Laurent jetzt in irgendeiner Irrenanstalt praktiziert.«

Vioric hob den Kopf. Auf einmal waren seine Sinne so scharf wie die Kanten gesprungenen Glases.

»Warum ausgerechnet an einer Anstalt?«, fragte er beinahe tonlos. Le Grasse schien Viorics Stimmungswechsel nicht zu bemerken und schnaubte verächtlich.

»Weil die schlechten Ärzte immer dort landen. Verstehen Sie mich nicht falsch, ich spreche nicht von den Psychiatern. Jedes psychiatrische Hôpital hat einen – recht schlecht bezahlten – Chirurgen in seinen Diensten. Sie brauchen ja auch jemanden, der sich schnell um all die Verletzungen, Selbstmordversuche oder Anfälle kümmert«, er zuckte die Achseln, als er Viorics unbewegtem Blick begegnete, »was eben anfällt, Sie wissen schon. Niemanden dort schert es, wenn diese Ärzte keine Meister ihres Fachs sind. Wenn Laurent an einer solchen Stätte arbeitet, fällt seine Stümperei nicht sonderlich auf. Und dann plündert er eben dort die Krankenhausapotheken.«

Vioric nickte matt und griff noch einmal nach der Fotografie von Laurent. Dabei schaffte er es kaum, das Zittern seiner Hände zu verbergen. Er sah die Fotografie nun mit neuem Blick. Plötzlich glaubte er, etwas Kaltes um die Mundwinkel des Mannes zu erkennen. Etwas Gnadenloses nistete nun in den Vertiefungen, die sich unter Laurents Augen gebildet hatten. Auf einmal fühlte er sich wieder unerklärlich schwach.

»Sie sind ja kreideweiß«, stellte der Doktor fest. »Ist Ihnen nicht gut?«

»Nein, es ist schon in Ordnung«, wich Vioric aus. Aber nichts war in Ordnung. Die Spur, die er verfolgte, wurde auf einmal zu einer Schlange, die sich vor ihm wand, und er wusste nicht, wie er zupacken konnte, ohne sich einen tödlichen Biss einzufangen. Er dachte wieder an die vermeintliche Nachricht von Joëlle Caronne und das Grauen, das dieser Abend für ihn bereitgehalten hatte. Der Täter konnte unmöglich von Viorics Trauma mit Nicolette und dem Lastwagen gewusst haben, oder etwa doch? Der Anblick der zerquetschten Caronne hatte sich für Vioric wie eine persönliche Botschaft angefühlt.

Er sieht mich, dachte Vioric voller Schrecken. Er fordert mich zu einem Duell auf. Das grauenhaft Perfide seiner Taten wollte Vioric davon überzeugen, dass er dieses Duell niemals würde gewinnen können. Die Dinge um ihn herum schienen zu schwanken, und die Geräusche klangen auf einmal gedämpft.

Im nächsten Moment fand er sich auf einem Stuhl wieder, und Le Grasse fühlte seinen Puls. »Sie sollten mehr schlafen, weniger trinken, weniger arbeiten oder mehr lieben«, sagte er und schaute Vioric tief in die Augen, als wollte er das finden, was auf den Lieutenant zutraf. »So eine kleine Ohnmacht ist normalerweise Sache der Damen. War es so schlimm, was ich Ihnen über Laurent erzählt habe?«

»Nein, ich hatte nur gestern Abend tatsächlich etwas zu viel ... Wein.« Le Grasse entließ Viorics Handgelenk, und dieser zog schnell seine Ärmel wieder zurecht. Ihm war noch immer übel.

»Dann muss es ein schlechter Wein gewesen sein, wenn er Sie derart in die Knie zwingt. Warum wollen Sie das alles überhaupt wissen?«

Vioric hob kopfschüttelnd die Hände. Dem Arzt musste klar sein, dass er ihm keine Ermittlungsdetails erzählen würde. »Sagen Sie, haben Sie Emile Laurent einmal mit einem Buch gesehen? Wissen Sie, ob es etwas gab, das er privat gerne las? Oder hat er mal etwas erwähnt?«

Le Grasse schüttelte den Kopf. »Wir haben hier keine Zeit für Bücher.«

Vioric dankte ihm und verabschiedete sich schwankend. Le Grasse hielt ihn sanft am Arm zurück.

»Warten Sie, ich gebe Ihnen noch ein kleines Stärkungsmittel. Sie sehen aus, als könnten Sie es brauchen.« Der Arzt füllte ein Glas mit Wasser und rührte ein weißes Pulver hinein. Vioric fragte nicht nach, um was es sich dabei handelte. Er kippte den bitteren Inhalt hinunter und fühlte sich einige Minuten später tatsächlich besser, als er durch die lang gezogenen, hohen Flure zurück zum Ausgang lief. Allmählich nahm seine Welt wieder schärfere Konturen an. Er konnte tiefer atmen und war von einer Entschlossenheit erfüllt, die wie ein kalter Gebirgsbach durch seine Gedanken floss. Vielleicht sollte er, wenn das alles hier erst einmal vorbei war, bei Le Grasse doch noch einmal nachfragen, um welches Mittelchen es sich hier gehandelt hatte. Er hatte auf einmal das Gefühl, dass von nun an alle Dinge nur noch zu seinen Gunsten geschahen. Vioric trat hinaus und sah sich um. Paris badete in einem weichen, unbestimmten Licht. Er lächelte. Das Leben war auf einmal wieder eine lohnende Sache.

25. Dezember 1924, mittags

Lysanne hatte sich gerade angekleidet, als es an der Tür pochte. Aragon öffnete Breton, der einen Korb trug und aussah wie ein zerknülltes Stück Papier. Seine selbstsichere Spannung war ihm abhandengekommen.

»André, du sieht aus, als könntest du einen starken Kaffee vertragen«, stellte sie fest.

Breton nahm am Tisch Platz, ließ sich von Louis Kaffee einschenken und warf seinem Freund einen verzweifelten Blick zu. »Hast du das mit Arthur gehört?«

Breton machte ein düsteres Gesicht und fuhr sich mit dem Zeigefinger über die Kehle.

»Wer ist Arthur?« Lysanne hatte den Namen schon öfter gehört, konnte ihn aber nicht wirklich einer Person zuordnen.

»Arthur Solfice, unser jüngstes Mitglied«, erklärte Aragon. »Er greift uns bei allem Möglichen unter die Arme, bringt unsere Druckerzeugnisse unter die Leute, organisiert unsere Kundgebungen in den Theatern. Und obwohl er erst neunzehn ist, schimmert in ihm der Kristall eines großen Denkers.«

»Ja, der Kleine hat ein paar erstaunliche Gedichte geschrieben«, murmelte Breton. »Aber im Gefängnis werden sie ihm die Hände zertrümmern und seinen Geist zu Schlamm zertreten.«

Aragon sprang erschrocken auf. »Er wurde verhaftet?«

»Ja, vor kaum einer Stunde, vor dem Haus von Soupault, bei dem er übernachtet hatte. Er war betrunken und ließ sich zu einer Provokation hinreißen.«

»Was hat er denn gemacht?«, fragte Lysanne, an die Tür des Schlafzimmers gelehnt.

»Er ist ein fahrlässiger Vogel, der glaubt, seine Jugend schützt ihn, aber er müsste eigentlich wissen, dass die heutigen Zeiten uns allen die Kehlen zerbeißen.« Breton bettete seinen Kopf in den Händen und seufzte, als wäre sein Nacken der Stützpfeiler für die Last der ganzen Welt.

Aragon schüttelte ihn an der Schulter. »Was hat er angestellt, nun sag schon!«

»Der dumme Junge sah ein paar Gardiens und pflanzte sich vor ihnen auf, zog seinen *Maldoror* aus der Tasche und spendierte den Herren eine kleine Vorleserunde. Das kam ihnen natürlich verdächtig vor, und sie haben ihn direkt ins nächste Loch gekarrt.«

»Sie werden ihn sicherlich bald wieder freilassen.« Aragon klang nicht, als würde er selbst seinen Worten glauben.

»Das bleibt zu hoffen.« Breton richtete sich mühsam auf und bedachte Lysanne mit einem eindringlichen Blick. »Aber ich bin eigentlich nicht gekommen, um euch diese Nachricht zu überbringen. Es geht um Nadja. Du musst mir helfen, Lysanne.«

»Wobei muss ich helfen?« Lysanne machte überrascht einen Schritt auf die beiden Männer zu.

»Meine Feigheit zu lindern.«

»Also geht es darum, Nadja in der Irrenanstalt zu besuchen«, sagte Louis Aragon. »Du selbst traust dich nicht, was?«

Breton strich sich das pomadisierte Haar zurück. »Ich kann nicht zu ihr! Aber ich kann auch nicht so tun, als gäbe es sie nicht mehr. Ich werde ein Buch über sie schreiben, und dafür muss sie in meinem Kopf zu einer Figur werden. Ich kann es nicht gebrauchen, dass sie immer noch ein echter Mensch ist. Noch dazu einer in einer Zwangsjacke.«

Lysanne setzte sich zu ihm an den Tisch. »Warum ist Nadja denn in der Anstalt gelandet?«

Breton wand sich. »Sie war ein richtungsloses, verlorenes Mädchen, das in Paris sein Glück versucht hat. Sie traf eine Reihe Männer, die ihre Bedürfnisse nicht erkannten«, er machte eine kurze Pause, »und dazu zähle ich mich ebenfalls. Und irgendwann hält so ein Frauenzimmer diese Verzweiflung eben nicht mehr aus und tut etwas, worauf die Polizei aufmerksam wird. Und das war's.«

»Was du da beschreibst, könnte auch mein Schicksal werden«, erwiderte Lysanne.

»Tja, dann hüte dich vor Aragon und mir und den anderen und geh deinen eigenen Weg, wenn du es kannst«, murmelte Breton und drückte ihr den Henkel des Korbes in die Hand. »Aber kannst du davor bitte noch diesen Korb in das Hôpital Sainte-Anne bringen, damit Nadja wenigstens einen kleinen Trost hat? Es ist immerhin Weihnachten. Ihr wird die kalte Ente besser schmecken als meine Küsse, da bin ich sicher.«

Unwillig nahm Lysanne ihn entgegen und wog ihn nachdenklich in der Hand. »Du bist wirklich ein Feigling, André Breton. Soll ich sie denn von dir grüßen?«

»Nein, mach das lieber nicht. Ihre Ohren werden erfüllt sein vom Trauern der Meeresfelsen und dem Blöken der Gewitter. Im Übrigen heißt sie in Wirklichkeit Léona Delcourt. Sie nennt sich bloß Nadja, was im Grunde Hoffnung bedeutet.«

Ein scharfer Schmerz schien seinen Kopf zu spalten. Er wankte zum Bett und ließ sich dort fallen, wo Aragon und Lysanne sich in der Nacht geliebt hatten. Aragon setzte sich an die Bettkante und strich seinem Freund über den Kopf. »Mein armer geflügelter Maulwurf ...«

Lysanne seufzte. Sie schlüpfte wortlos in ihren Mantel und machte sich auf den Weg zur nächsten Métro-Station. Der Korb drückte bei jedem Schritt gegen das Notizbuch in ihrer Manteltasche, das seine Kanten auffordernd in ihre Seite presste wie eine Katze, die gestreichelt werden will. In der anderen Manteltasche lagen *Die Gesänge des Maldoror*, und in der Métro wagte sie es und las darin, ohne dass es jemandem auffiel. Erneut fiel ihr die Stelle auf, in der Maldoror seine Mundwinkel mit einem Federmesser aufschnitt, um das Lächeln der Menschen zu imitieren. Sie fühlte sich von dieser Passage auf merkwürdige Weise persönlich angesprochen. Als würde sie in der Dämmerung den Schatten eines unbekannten Gegenstandes beobachten, der zu dämonischem Leben erwachte, ohne dass sie seine Einzelheiten erfassen konnte. Etwas zutiefst Rätselhaftes schwang darin mit, und Lysanne fühlte sich seltsam beunruhigt und aufgerüttelt.

Beim Hôpital Sainte-Anne angekommen, verharrte sie vor dem hohen Tor. Dort stand ein Krankentransporter mit geöffneter Heckklappe, aber es war kein Mensch zu sehen. Nur ein Straßenkehrer fegte Unrat aus der Hofeinfahrt und warf ihr einen warnenden Blick zu. Sie betrachtete den wuchtigen Stein und die Gitterstreben vor den Fenstern, deren filigraner Schwung wie ein Spott auf ihre Unnachgiebigkeit war und ihr die Frage zuzurufen schien, ob sie denn sicher war, überhaupt wieder herauszukommen, wenn sie erst einmal drinnen war. Am liebsten hätte sie den Korb einfach abgestellt und sich wieder auf den Rückweg gemacht.

Eine Weile ging sie ziellos umher, ehe sie eine Empfangshalle fand. Eine weiß gekleidete Frau stand hinter einem Tresen, umzingelt von Besuchern, die ebenso wie Lysanne Körbe bei sich trugen und darauf warteten, ihren Angehörigen einen Besuch abstatten zu dürfen. Nachdem sie endlich auch Lysanne Auskunft erteilt hatte, durchquerte diese den weitläufigen Außenbereich, der die einzelnen Gebäude voneinander trennte und der jetzt von weißen Schneehauben bedeckt war. Lysanne begegnete niemandem auf ihrem Weg. In den kahlen Zweigen der Bäume hockten Krähen. Sie kam an einem Küchentrakt vorbei, wo eine dickliche Frau einem Mädchen mit Buckel und wirrem Lächeln einen Eimer mit Küchenabfällen in die Hand drückte.

Lysanne betrat einen der Korridore. Über allem lag eine gespenstische Stille. Die Anstalt schien auf einer Wolke außerhalb der Zeit zu schweben. Eine geschwungene Treppe öffnete sich ins Obergeschoss. Obwohl sie auf einmal das Gefühl bekam, sich auf eine Gefahr zuzubewegen, stieg sie hinauf. Stimmen ertönten, ein wiederkehrendes Schluchzen, und Lysanne hörte etwas, das wie trotziges Trampeln klang. Sie gelangte in einen weiteren Korridor, dessen Türen offen standen. Winterlicht fiel in schrägen Keilen auf den glatten Fliesenboden. Das Geräusch von heftig bewegtem Wasser schwappte durch den leeren Gang.

»Mademoiselle Delcourt, so lassen Sie doch los, verdammt!«, zischte eine Stimme. Keuchen ertönte, und ein Glas zersprang auf dem Boden. »Auch das noch! Ich brauche eine Kompresse, schnell!«

Langsam näherte sie sich der Tür und warf einen Blick in das Zimmer dahinter. Es handelte sich dabei um eine Art Vorbereitungsraum mit Garderobenhaken und Vitrinen voll medizinischem Gerät, der in ein Behandlungszimmer überging. Eine weiß gekachelte, abwaschbare Welt, von deren Wänden das Keuchen und Schluchzen der Frau, die sich gegen den Griff eines Arztes und einer Krankenschwester stemmte, widerhallte wie eine einsame Stimme in einem Kirchenschiff.

Bretons Muse lag in dem zurückgesetzten Behandlungszimmer auf einer Liege und wehrte sich mit aller Kraft gegen die beiden. Blut spritzte in feinen Strahlen aus ihrem linken Handgelenk und malte Zufallsmuster auf den Boden. Ein unbeeindruckter Pfleger goss aus einer bauchigen Kanne Eiswürfel in einen riesigen Holzbottich, der in der Mitte des Raumes stand und an dessen Seite ein Deckel von gleichen Ausmaßen lehnte. Ein kreisrundes Loch war in den Deckel eingelassen.

»Der blaue Wind!«, schrie die Frau. »Seht ihr nicht den blauen Wind, der uns zernagt! Männer! Auf den Dächern sind Männer!«

Die Krankenschwester hatte genug. Mit einem groben Griff zwang sie den Kopf der Patientin auf die Liege und schlug ihr unwirsch gegen das Kinn. Das Blut floss stärker. Der weiße Kittel fluchte.

»Wir brauchen hier einen Arzt!«, brüllte er und umklammerte fest die Füße der wild strampelnden Frau. Eine Tür flog auf, und ein weiterer Mann in Weiß erschien, hastig und mit gesenktem Kopf, als wäre er ein Schüler, der zu spät zum Unterricht erscheint. Er trug eine Schutzmaske sowie eine weiße Haube, als käme er gerade von einer Operation im angrenzenden Raum.

Er riss die Türen eines Schrankes auf, und im nächsten Moment näherte er sich Léona Delcourt mit Kreisnadel und Faden sowie einem Verband und einer Flasche Lysol. Die Frau hob den Kopf und begann erneut zu schreien.

»Lasst mich doch sterben! Oder töte mich einer im unbemerkten Augenblick!«

Der Arzt legte seinen Unterarm auf das Schlüsselbein der Frau und hielt sie mit seinem ganzen Körpergewicht unten.

»Nähen Sie diese Sauerei jetzt endlich zu!«, blaffte er seinen Kollegen an. »Wo waren Sie überhaupt so lange?«

Der andere machte sich daran, das verletzte Handgelenk der Patientin zuzunähen. Die Krankenschwester hielt den dünnen

Arm gepackt, als wäre er ein Stück Holz. Léona Delcourt stöhnte auf. Lysanne stand wie versteinert. Sie war außerstande, sich zurückzuziehen. Wusste Breton, was mit seiner Muse hier geschah, was sie erdulden musste?

»Jetzt machen Sie schon, ich habe nicht ewig Zeit!«, zischte der erste Arzt. Mit ärgerlichen Bewegungen wusch er seine Hände in einem Waschbecken, stellte sich ans Fenster und angelte eine Zigarette aus dem Kittel, die er anzündete und in gierigen Zügen rauchte. Er bemerkte nicht, dass Lysanne in der Tür des Nebenzimmers stand.

Die Schwester warf ihm einen besorgten Blick zu. »Können wir ihr keine Spritze geben, damit sie sich beruhigt, Doktor Marie?«

»Kommt nicht infrage. Diese Frau gehört ins Eisbad. Und wenn sie sediert ist, wirkt diese Maßnahme nicht, das wissen Sie doch.«

Mit der leeren Kanne in der Hand verließ der Pfleger den Raum durch dieselbe Tür, aus welcher der andere Arzt getreten war. Lysanne schaute auf dessen gebeugte Gestalt, während er mit unsanften Stichen die Schnittwunde zu flicken versuchte. Ein unbestimmtes Gefühl hüllte sie ein und war sofort wieder verschwunden, wie ein plötzlicher, aber kaum merklicher Wetterumschwung.

»Mann, Sie zittern ja wie ein Schulmädchen!«, stellte der Arzt am Fenster fest und schleuderte die Zigarette in den Bottich mit dem Eiswasser, wo sie mit einem leisen Zischen erlosch.

»Sind Sie nicht in der Lage, eine einfache Schnittwunde zu nähen?« Er schnappte sich die rechte Hand seines Kollegen, dem die Kreisnadel entglitt, und warf einen prüfenden Blick darauf. »Haben Sie es verlernt, oder konnten Sie es nie?«

Léona Delcourts Blut malte immer noch Schleifen auf den Boden. Die Krankenschwester seufzte frustriert. Dann fiel der

Blick des Arztes auf etwas in der Handfläche des anderen, und Lysanne blinzelte.

»Kein Wunder, bei dieser Brandblase. Lassen Sie das behandeln, Mann. Damit nähen Sie so schnell nichts mehr zu.« Er ließ die verletzte Hand des anderen fallen.

»Nähen Sie die Wunde doch selbst zu, Doktor Marie«, schlug die Krankenschwester vor.

Doktor Marie schnaubte. »Ich bin Psychiater und kein Wundarzt. Das letzte Mal habe ich im Studium etwas zusammengenäht. Und zwar ein Stück Kuhhaut. Aber selbst das habe ich wohl besser gemacht als Sie Stümper!« Er stieß den Kollegen weg, der über der Operationsmaske einen Blick auf seine zitternden Hände warf und in eine Ecke des Raumes zurückwich. Im nächsten Moment hob er den Kopf, und das milchige Winterlicht fiel durch das Fenster auf ein fahles, übermüdetes Gesicht, das aussah, als würde es nicht von Muskeln, sondern von Drähten zusammengehalten. Seine Augen fielen direkt auf die Gestalt in der Tür.

Lysanne wich zurück.

Später, als sie im Hof der Anstalt stand und versuchte, ihren Atem zu beruhigen, erklang noch ein einziger Schrei aus dem Fenster über ihr, und sie wusste, dass das kalte Wasser sich über der ausgezehrten Verlassenheit Nadjas geschlossen hatte. Fast meinte sie, noch das Knallen des Deckels über dem Bottich zu hören, aber da war nur Stille. Das bucklige Mädchen, das vorhin der Köchin geholfen hatte, hüpfte auf einem Bein um die Ecke und auf Lysanne zu, einem Muster auf dem Boden folgend, das nur sie erkennen konnte. Lysanne drückte dem Mädchen den Korb in die Hand und suchte das Weite.

19

25. Dezember 1924, nachmittags

Lysanne nahm auf dem Rückweg kaum etwas wahr. Vage fiel ihr auf, dass sie den Weg zu ihrer Schwester eingeschlagen hatte, aber es fühlte sich nicht so an, als hätte sie selbst sich dazu entschieden. Sie registrierte auch nicht den Pulk von Männern, die sich in der Hoffnung auf eine Begegnung mit Dora Ducasse vor dem Hotel Lutetia herumdrückten, und ebenso wenig den feierlichen Trubel in der Halle, wo ein Kinderchor in Engelskostümen den Gästen vorsang. Ohne sich um das Hotelpersonal zu kümmern, nahm Lysanne den Aufzug in den siebten Stock. Die Tür zu Isabelles Zimmer stand sperrangelweit offen, als würde zu jeder Zeit Besuch erwartet. Aber ausnahmsweise war Isabelle allein. Sie saß in ihrer Hotelsuite in ihrem riesigen Bett am leicht geöffneten Fenster, die Decke auf ihren Knien. Von den Verwüstungen, die Lysanne hier gesehen hatte, war nichts mehr zu erkennen.

Alles war sauber, die Kissen aufgeschüttelt, frische Blumen standen in den Vasen, und es roch nach jener speziellen Fürsorge, die nur die Zimmermädchen eines Grandhotels erzeugen können. Vielleicht gab man sich auch nur deswegen so viel Mühe, weil man wusste, dass dieser Gast bald sterben würde. Der Gedanke löste plötzlich eine lähmende Traurigkeit in Lysanne aus. Jemand hatte Isabelle eine Kanne Kamillentee gebracht. Daneben standen mehrere saubere Tassen. Neben dem feinen Porzellangeschirr stand ein offenes Döschen mit Kokain. Isabelle deutete darauf, als Lysanne sich in einigem Abstand zu Isabelle ans Fußende des Bettes setzte, um nicht in den ansteckenden Dunst ihres Atems zu geraten.

»Bedien dich«, sagte Isabelle. »Ich habe einen stattlichen Vorrat. Wenn ich tot bin, kannst du es verkaufen, es bringt gewiss eine ganze Menge ein. Oder du benutzt es selbst. In jedem Fall kannst du dir damit ein schönes Leben hier in Paris machen.«

Lysanne betrachtete ihre Schwester, die, eingehüllt in einen Morgenmantel und eine Decke, wie eine alte Frau wirkte, vergessen von der Welt und ohne die Kraft, vom Wesentlichen abzulenken, so wie sie es bei ihrer letzten Begegnung getan hatte. Und wahrscheinlich auch in den Jahren in Ribérac, dachte sich Lysanne. Allerdings redete Isabelle mit einer Hast, als würde sie in ihrem Nacken das Schlagen einer Uhr spüren, die sie mit dem Schwinden ihrer Lebenszeit bedrängte.

»Du weißt es jetzt, oder?«, fragte Isabelle. »Emile hat dir alles erzählt?«

Lysanne gab sich Mühe, der Wut, die in ihrem Inneren hochzuckte, nicht das Feld zu überlassen. »Das hattest du doch gehofft, nicht wahr? Dass er diese Aufgabe übernimmt.«

Isabelle schwieg.

Lysanne musste sich zwingen, in Isabelles Augen zu schauen, denn sie glaubte, hinter der Iris den gewölbten Knochen des Schädels durchschimmern zu sehen. Hastig goss sie sich eine Tasse Tee ein und konzentrierte sich darauf, nichts auf die Untertasse zu verschütten.

»Woher willst du wissen, dass er mir die Wahrheit über dich erzählt hat?«

Isabelles Anblick hatte in Lysanne anfangs eine ohnmächtige Wut ausgelöst. Aber die Armseligkeit, in der Isabelle in ihren Kissen lag, löste in ihr nun eher den Wunsch aus, ihre Schwester zu schonen. Sie ahnte, dass dies womöglich die letzte Gelegenheit war, Isabelles Version der Geschichte zu hören. Als hätte diese ihre Gedanken gelesen, erwiderte sie: »Wer versichert dir, dass du von mir die Wahrheit hörst?«

»Die Wahrheit ist ein wallender Baldachin über dem Leben mit vielen tiefen Falten, in denen man sich verstecken kann«, zitierte Lysanne Louis Aragons Worte.

Isabelle stieß ein leises Lachen aus, das in einen Hustenanfall überging. Als sie sich wieder gefangen hatte, klebte auch dieses Mal an ihrem Taschentuch Blut. »Nicht wahr, du vergibst mir doch, Lämmchen?«

»Erst will ich aus deinem Mund hören, was geschehen ist. Und vor allem, warum.«

Isabelle schloss die Augen. Ihre Finger tasteten unruhig über den Saum ihrer Bettdecke. »Diese rasende Eifersucht auf dich, weil Gaspard dich anders angesehen hat als mich, hat mich fast wahnsinnig gemacht. Diese Angst, dass er sich ganz für dich entscheiden könnte. Aber ich war damals sehr überzeugend, weißt du? Meine Gefühle haben mich Worte finden lassen, die Gaspard als das einzig Wahre annahm.«

Lysanne schüttelte fassungslos den Kopf.

»Das klingt nicht nach Eifersucht, sondern nach völligem Irrsinn, Isabelle. Was war so schrecklich an deinem Wunsch, für immer aus Ribérac zu verschwinden, dass du eine solche Tragödie inszenieren musstest? Niemand hätte dich daran gehindert, zu gehen.«

Isabelle schüttelte den Kopf. »Aber es hätte dir das Herz gebrochen, wenn Gaspard und ich einfach abgereist wären. Ich wusste, wie sehr du ihn geliebt hast.« Sie lehnte sich zurück und bemühte sich, flach atmend, etwas Luft in ihre Lungen zu bekommen. Als ein neuer Hustenreiz aufkam, presste sie schnell das Taschentuch vor die Lippen.

»Ach, nun tu nicht so, als hättest du das nur getan, um mich zu schonen!« Lysannes Brust zog sich schmerzhaft zusammen, und sie fragte sich, ob sie die Gründe für Isabelles Handeln tatsächlich verstehen wollte. Wäre ihre Erinnerung an Gaspard nicht für immer vergiftet, wenn sie erfuhr, was wirklich passiert war?

»Aber du hättest mich dafür gehasst, dass er sich für mich entschied«, beharrte Isabelle. »Über so etwas Endgültiges wie den Tod kommt man besser hinweg als über das Verlassenwerden.«

Lysanne presste die Lippen zusammen und schwieg.

»Es schien mir die ideale Lösung zu sein. Ich bekam, was ich wollte, und musste mich nicht sorgen, dass du mir zürnst, weil ich Gaspard an mich gebunden hatte.«

»Was hätte es dich denn geschert?!« Für einen Moment war Lysanne sprachlos über diese verlogene Konstruktion, die Isabelle ihren Entscheidungen wie ein Feigenblatt angeklebt hatte. Eine kalte Wut ließ den letzten lebendigen Rest von Gaspard, der noch in ihr war, zu Eis erstarren. Isabelle widerte sie an. »Wenn du nicht so krank wärst, dann würde ich dir jetzt ...«

»Eine Ohrfeige hätte ich wahrlich verdient«, lächelte Isabelle. »Und noch weitaus Schlimmeres.« Sie legte eine kurze Atempause ein, bevor sie fortfuhr. »Gaspard erzählte mir jedes Mal von dir, wenn er zu mir kam. Von seinem quälenden Zwiespalt, in dir eine verwandte Seele zu finden, aber besessen zu sein von meinem Körper.«

Sie blickte auf die zerwühlte Bettdecke, als würden sich dort die Bilder jener Zeit spiegeln. Um ihren Mund spielte mit einem Mal ein selbstgefälliges Lächeln. »Gaspard war solch ein Feigling.

Er schaffte es einfach nicht, es dir zu sagen. Genau wie ich. Gleich und gleich gesellt sich gern.« Ein klappriges Lachen erschütterte ihren mageren Körper.

»Immer wieder hat er es sich vorgenommen, dir endlich die Wahrheit zu sagen. Aber, tja ... er war wie alle Männer. Er versteckte sich lieber an dem Ort, an dem er deiner ach so süßen Unschuld entkommen konnte. Zwischen meinen Schenkeln.«

Lysanne starrte ihre Schwester sprachlos an. Aber Isabelles Stimme war schon zu schwach, um der Gehässigkeit ihrer Worte den bösen Schwung zu verleihen. Inmitten der kalten Wut, die während der letzen Worte Isabelles in Lysanne aufgestiegen waren, regte sich erneut Mitleid mit dieser sterbenden Frau, deren Beichte so erbärmlich in sich zusammenfiel.

»Warum Laurent?«, fragte sie. »Warum hat er euch geholfen?«

»Weil er einfach alles für mich tat! Emile konnte ich erzählen, was ich wollte, er hat alles geglaubt.« Ein alter, übermütiger Stolz flammte in Isabelles Augen auf. Ein ungläubiges Kichern schüttelte sie.

Mehr wollte Lysanne darüber gar nicht mehr hören. »Erzähl mir, was in Paris passiert ist«, bat sie müde. »Warum bist du nicht mehr mit Gaspard zusammen?«

Isabelle seufzte. »Ich dachte, alles wird gut und wir werden ein aufregendes, neues Leben haben. Aber kaum waren wir hier, kamen die Schatten. Wir nahmen uns ein Zimmer am Gare du Nord, und ich versuchte, eine Arbeit als Kindermädchen zu bekommen. Aber Gaspard verhielt sich, als sei ihm der Teufel auf den Fersen. Und dann tauchte unversehens Emile wieder auf! Anstatt endlich nach Amerika auszuwandern, fand er immer noch einen weiteren Grund, uns aufzuspüren und meine Nähe zu suchen. Dabei war er für mich von Anfang an nur ein Mittel zum Zweck gewesen, aber der Idiot hat das überhaupt nicht bemerkt.« Isabelle hatte sich in ihrer Erregung ein wenig aufgerichtet, aber nun sank sie wieder auf die Kissen zurück. »Er war mir völlig verfallen«, sagte sie nach einer kurzen Pause. »Jeden Abend ging ich mit dem Wunsch zu Bett, dass Emile es sich anders überlegen und doch noch nach Amerika fahren würde.«

Lysannes Augen verengten sich ein wenig, als sie an ihr Gespräch mit dem Arzt zurückdachte.

»Laurent hat mir erzählt, dass Gaspard sich merkwürdig verhalten hat. Dass du Angst vor ihm hattest und ihn verlassen musstest, um dich zu schützen.«

Isabelle blinzelte irritiert. »Etwas in ihm war während des Krieges zerbrochen, aber er war weder verrückt noch gefährlich. Er hat ganz einfach meine Nähe nicht mehr ertragen. Er hat zu mir gesagt, dass er dich niemals hätte verlassen dürfen.« Ein abschätziger Blick glitt über Lysannes Körper. »Du hast am Ende also doch gesiegt, Schwesterlein. Am Ende hatte ich seiner Liebe zu dir nichts entgegenzusetzen.«

»Gaspard hat dich also verlassen«, schloss Lysanne.

Isabelle nickte. »Er erklärte mir, er fühle sich wie ein lebender Toter, der er ja auch war.« Sie zuckte mit den Achseln und deutete auf ihre eingefallene Brust. »Jetzt bin ich selbst die wandelnde Leiche. Während du noch dein ganzes Leben vor dir hast.« Automatisch hob Isabelle das Taschentuch wieder an den Mund. »Das, was Gaspard und mich miteinander verband, war nicht das Geringste wert.«

»Was verband euch denn miteinander?« Lysanne trank einen Schluck Tee, um die enttäuschte Wundheit und den bittern Geschmack in ihrer Kehle herunterzuspülen.

»Etwas, Schwesterchen, das du nie erleben wirst, weil du es nicht in dir hast, dieses Haltlose, diesen ewigen Wunsch nach dem freien Fall.« Isabelle starrte auf das Fenster, als zögen dort die von den rauschhaft süßen Qualen verzehrten

Körper, die sie und Gaspard damals gewesen waren, vorüber.

»Gaspard und mich verband etwas Ekstatisches, Verzweifeltes, das in Ribérac die Welt bedeutete, außerhalb des Dorfes aber keinen Bestand mehr hatte.« Sie bekam einen weiteren Hustenanfall und zog die Bettdecke hoch, um Lysanne abzuschirmen. Blut schimmerte auf ihrer Unterlippe, als sie wieder auftauchte.

Die Erklärung erschien Lysanne plausibel, besänftigte aber die Kälte in ihrem Inneren nicht. »Aus Laurents Mund klang diese Geschichte völlig anders. Er sagte mir, dass Gaspard verrückt und unberechenbar gewesen sei und dass du dich aus Angst von ihm getrennt hast.«

Isabelle schnaubte. »Natürlich erzählt er dir die Geschichte auf diese Weise! Er war ja schon in Ribérac rasend eifersüchtig auf Gaspard. Er konnte es nicht ertragen, dass wir zu dritt waren. Er begriff nicht, dass meine Liebe zu ihm nur vorgetäuscht war. Vielleicht kennt niemand von uns den Unterschied zwischen Liebe und Besessenheit.«

Sie sahen eine Weile stumm aus dem Fenster, und Isabelle nahm sich eine Prise Kokain, ohne hinzuschauen. Draußen gaukelten ein paar unentschlossene Schneeflocken durch die beginnende Dämmerung.

Als der kleine, lustlose Krampf in ihrem Gesicht abgeflaut war, schlich sich etwas Derbes in ihre Miene. »Lysanne, ich nehme doch mal an, dass du nicht länger das unschuldige Mädchen vom Land bist, denn so siehst du nicht aus. Also werde ich es dir sagen, von Frau zu Frau. Wenn du es genau wissen willst – Emiles Körper fühlte sich besser an als der von Gaspard, und er brachte mich dazu, dass ich mich für eine Weile vergaß. Aber Gaspards Herzschlag schlug lauter an meiner Brust, und seine Geschichten haben mich in andere Welten versetzt. Du weißt, wie gut er erzählen konnte.«

Diese Vorstellung ließ Lysanne zusammenzucken. Gaspard, wie er Isabelle ins Ohr flüsterte, so, wie er es auch mit ihr gemacht hatte, und so, wie es nun Aragon tat, wenn sie miteinander schliefen.

»Warum hast du Laurent nicht weggeschickt, wenn er dir so lästig ist?«, fragte sie.

»Oh, das habe ich!« Isabelle winkte resigniert ab. »Hunderte Male! Aber er benutzt meinen Zustand als Vorwand, um meinen Leibarzt zu spielen.« Ihr Atem klang wie Wind, der sich in einer rostigen Dose fängt.

Lysanne nickte, und das Mitleid in ihr nahm einen neuen Anlauf.

»Und Gaspard? Weißt du, was aus ihm geworden ist?«

Isabelle senkte den Kopf. »Er war eines Morgens verschwunden und ist nie wiederaufgetaucht.« Eine Träne löste sich aus ihrem Auge. Ihre Finger krampften sich um das Taschentuch.

Lysanne atmete leise auf. Allmählich lichtete sich das schwer durchschaubare Netz, das Isabelle, Gaspard und Laurent damals in Ribérac über sie geworfen hatten.

»Weißt du eigentlich, wo Laurent arbeitet?«, fragte sie unvermittelt. »Ich war gerade in einer psychiatrischen Anstalt, um dort etwas abzugeben. Ich habe ihn dort gesehen, Isabelle. Mir hat er aber zuvor erzählt, er würde in einem großen Hôpital arbeiten. Nicht in einem Irrenhaus.«

»Da passt er aber als Patient noch besser hin.« Isabelles Worte klirrten fast vor Abscheu.

»Was willst du damit sagen?«

»Ach, ich habe keine Lust, mir über Emile den Kopf zu zerbrechen. Er war schon immer selbstzerstörerisch. Und ich war ihm darin eine gute Schülerin.«

Lysanne richtete sich auf. Durch das halb geöffnete Fenster konnten sie Menschen hören, die miteinander scherzten und sich etwas zuriefen. Der stete kalte Luftzug schärfte Lysannes Gedanken. »Traust du ihm etwas wirklich Böses zu?«

»Er hat doch bereits etwas wirklich Böses getan. Ebenso wie ich. Ebenso wie Gaspard. Nur nicht du, Lysanne.« Isabelle hustete. Ihr ganzer Körper schüttelte sich unter der hochgezogenen Bettdecke. »Ich habe mich an allen Dingen versündigt, die normalen Menschen heilig sind. Ich habe diese beiden Männer vergiftet.« Sie sah Lysanne mit starren Augen an. Ein leichter bläulicher Schimmer überzog ihre Haut, und ihre Hände zitterten auf einmal. »Vielleicht habe ich etwas Schreckliches ausgelöst.«

Lysanne stand auf und trat ans Fenster. Die Haare in ihrem Nacken sträubten sich, und es lag nicht an dem kalten Luftzug, der sich hereinschlich. »Was meinst du damit?«

»Es ist nur eine Ahnung. Ich bilde mir ein, dass ich durch diese Sünde etwas in Gang gesetzt habe, das noch viel bösartiger und gefräßiger ist, als ich es damals war.« Isabelle hatte die Augen bereits halb geschlossen.

Lysanne schlang ihre Arme fest um sich. Sie würde ihrer Schwester einen Krankenwagen rufen, aber erst, nachdem sie ihre letzte Frage gestellt hatte. »Warum hast du meine Aufzeichnungen gestohlen und mit nach Paris genommen, als du aus Ribérac fortgegangen bist?«

Isabelle antwortete nicht. Sie saß eingesunken und mit geschlossenen Augen in ihren Laken.

»Ich habe es mitgenommen, damit dir nichts von ihm bleiben und mir alles gehören würde, was Gaspard jemals war.« Isabelle holte rasselnd Luft. »Manchmal aber rede ich mir auch ein, dass ich etwas haben wollte, das mich an dich erinnert. Es tut mir leid.«

Ihre Augenlider klappten auf. »Ich bitte dich um eines, Lysanne. Falls du mir vergeben kannst und mir einen friedlichen

Tod gönnst, dann sorge bitte dafür, dass Emile nicht in meiner Nähe ist, wenn ich sterbe. Das könnte ich nicht ertragen.«

»Ich verspreche es dir«, sagte Lysanne und schluckte die Bemerkung, dass sie und Laurent einander verdient hätten, doch hinunter. Plötzlich erklang hinter ihnen ein Geräusch. Lysanne wandte sich um – und blickte in das Gesicht Laurents, der sich wohl schon eine Weile in der Suite aufgehalten haben musste und jedes ihrer Worte gehört hatte.

»Das dürfte schwer werden«, sagte er tonlos. »Man sollte nie ein Versprechen geben, das man nicht halten kann.«

Isabelle reagierte auf sein Erscheinen mit einem heftigen Hustenanfall. Ihr Körper krampfte sich so stark zusammen, dass Lysanne aus ihrer Erstarrung erwachte. Sie eilte zu dem Telefon, das auf einem Tischchen auf der anderen Seite des Raumes stand.

Laurent hatte, kaum dass Lysanne sich in Bewegung gesetzt hatte, verstanden, was sie vorhatte, und war in wenigen Schritten zu dem Tischchen geeilt. Er packte das Telefon und riss das Kabel aus der Wand. Im nächsten Moment krachte das Bakelit-Gehäuse in den großen Spiegel über einer Kaminkonsole. Scherben flogen in alle Richtungen. Isabelle presste ihre Hände an die Brust und blickte mit geweiteten Augen auf ihren Leibarzt.

Im Zentrum ihrer Angst empfand Lysanne eine unerklärliche Erleichterung. Laurent hatte gehört, was über ihn gedacht wurde. Die Zeit der Vorsicht, der Lügen, des Versteckens war vorbei.

Er näherte sich dem Bett und zitterte, wie einige Stunden zuvor, als man ihm befohlen hatte, das geöffnete Handgelenk von Léona Delcourt zu verarzten. Es wäre Lysanne ein Leichtes gewesen, an ihm vorbei zur Tür zu stürmen, aus der Suite zu gelangen und Hilfe zu holen. Aber sie befürchtete, dass Laurent

Isabelle in ihrer Abwesenheit ein Kissen aufs Gesicht pressen würde.

Laurent richtete seinen anklagenden Blick auf Lysanne. »Du warst heute Mittag im Sainte-Anne. Ich habe dich gesehen. Wolltest du ausgerechnet diese Surrealisten-Hure besuchen?«

Lysanne musste Zeit gewinnen. »Woher weißt du, dass Léona Delcourt mit den Surrealisten befreundet war?«

»Nicht mit ihnen! Nur mit André Breton, diesem blasierten Lackaffen. Er hatte auch ein Auge auf deine Schwester geworfen, wusstest du das?«

»Ach, da war doch gar nichts«, fauchte Isabelle mit letzter Kraft und spuckte einen blutigen Klumpen in ihr Taschentuch. »Ich kann mich nicht mal mehr an das Gesicht von diesem Kerl erinnern. Ich habe ein paar Monate in diesen Kreisen verkehrt, und jetzt glaubst du, ich hätte reihum mit allen Männern dort geschlafen. Und du rächst dich an dieser armen Frau, weil du dich an Breton nicht rächen kannst. Ja, er ist ein überheblicher Idiot, der dich seine Verachtung hat spüren lassen. Alle haben sie dich verachtet, Emile. Du feiges, neidisches Hündchen!«

»Was weißt du denn schon, du schwindsüchtige Hyäne!«

Lysanne befürchtete, dass Laurent Isabelle ins Gesicht schlagen würde, aber das tat er nicht. Er schlug seine Faust stattdessen so hart gegen den Bettpfosten, dass Isabelle sich vor Schreck in die Matratze krallte. Verzweifelt drückte sie eine neue Hustensalve in ihr Kissen.

»Breton und seine verkommene Bande mondsüchtiger Idioten haben eine Saat gestreut, deren Früchte ihnen nicht schmecken dürften«, zischte er. »Aber um diese falschen Poeten geht es mir überhaupt nicht mehr.«

Lysanne erstarrte. Sie wollte begreifen, was sie da gehört hatte, aber die Situation verlangte ihre ganze Aufmerksamkeit.

Ihre Schwester lehnte sich angestrengt in ihrem Bett zurück und kämpfte gegen ihren flachen Atem an. »Dass du immer noch so eifersüchtig bist auf diese verträumten Hungerleider ...«

»Diese Hungerleider haben Schuld, dass du in der Ecke hängst wie ein ausgespucktes Stück Fisch!«

»Hör ihn dir an, Lysanne!« Der Spott in Isabelles Lachen drängte sogar den Husten zurück. »Wie er redet. Wie er versucht, sich ihrer Sprache zu bedienen. Du wirst immer ein erbärmlicher Kopist bleiben, Emile.«

Laurent stand knapp hinter Lysanne. Sie hatte sich so gedreht, dass sie sowohl ihn als auch ihre Schwester einigermaßen im Blick hatte. Er starrte Isabelle hasserfüllt an. Sie wirkte vor ihm wie ein Insekt im Angesicht einer Spinne. Lysanne konnte den Anblick kaum ertragen. Zum ersten Mal wurde ihr bewusst, wie groß, wie überlegen er war, trotz des kränklichen Bebens, das von ihm ausging. Er griff nach Isabelles blutigem Kinn.

»Du weißt, dass es ein Fehler war, dich diesen Männern anzuschließen, die dich nur benutzt haben. Ich habe es dir immer wieder gesagt, aber du wolltest es nicht hören.«

»Nein, das wollte ich nicht«, stieß sie schwach hervor. »Denn ich gehöre dir nicht, Emile!«

Laurent ballte die Faust, dass seine Knöchel weiß hervortraten.

»Ich habe mein Leben für dich aufgegeben, Isabelle! Deinetwegen habe ich auf alles verzichtet. Ich habe mich schuldig gemacht für dich und für Gaspard. Ich habe mich deinen Versprechungen ausgeliefert. Und du hast mich fallen gelassen wie einen faulen Apfel! Nach allem, was wir miteinander erlebt haben!«

»Was haben wir denn erlebt?« Isabelles Stimme glich dem Röcheln eines kaputten Radios. »Oh ja, ich durfte dir beim

Operieren den Schweiß von der Stirn abtupfen. Versteh es endlich, Emile! Außer Kokain und die schnellen Nummern in der Abstellkammer hat uns nie etwas verbunden.«

»Ich habe dich geliebt!« Sein verzweifelter Ausruf brachte Isabelle dazu, sich die Hände vors Gesicht zu halten, als bräuchte sie dringend eine Schranke zwischen sich und seiner Zudringlichkeit.

Lysanne liebäugelte mit dem Schürhaken neben dem Kamin, um ihn von ihr wegzutreiben. Aber sie entschied sich dafür, an seine Vernunft zu appellieren. »Sie stirbt, Doktor Laurent! Wenn Sie sie lieben, sollten Sie ihr nicht helfen?«

Isabelle bekam einen weiteren Hustenanfall. Laurent wandte sich von ihr ab und starrte Lysanne an. In seinem Rücken machte Isabelle wortlose, verzweifelte Handzeichen und versuchte, etwas zu sagen, aber der Husten schien sie innerlich zu zerreißen.

Krampfhaft überlegte Lysanne, was sie tun konnte, um Laurent zur Vernunft zu bringen. Als sie versuchte, an ihm vorbei zum Ausgang zu gelangen, um Hilfe zu holen, riss er die Hand hoch. Der Schlag traf ihre Halsseite und schleuderte sie zu Boden. Benommenheit lähmte sie für einige endlose Sekunden. Als sie wieder klar sehen konnte, war Isabelles Husten verstummt. Sie saß reglos zusammengesunken da.

»Keine Sorge«, drang Laurents Stimme durch das Rauschen in Lysannes Ohren. »Ich werde Hilfe rufen. Aber jetzt noch nicht.«

Er stand über ihr, hinderte Lysanne aber nicht daran, sich halb aufzurichten. Ihr Blick wurde von seinen schlaff herabhängenden Händen angezogen. Jetzt sah sie die schwärende Brandblase deutlich vor sich, von der der Psychiater im Hôpital gesprochen hatte. In ihrem Kopf fiel ein letztes Steinchen in die verbliebene Lücke eines grauenhaften Mosaiks.

»Sie hätten das mit dem siedenden Pech vorher ausprobieren sollen, bevor Sie den Schuster damit übergossen haben«, hörte sie sich sagen. »Dann hätten Sie sich vielleicht nicht verbrannt.«

Laurent legte den Kopf zur Seite. Für einen winzigen Moment weiteten sich seine Pupillen, dann nickte er ihr in gespielter Anerkennung zu. Sein altes, leicht wehmütiges Lächeln, das sie damals in Ribérac ermuntert hatte, kehrte für einen Sekundenbruchteil zurück.

»Gut. Da glaubt also jemand, die Wahrheit zu kennen.« Er ging neben ihr in die Hocke und stieß sie auf den Boden zurück. »Aber das Problem ist, dass die Verkünder der Wahrheit in einer verdrehten Sprache sprechen, die niemand versteht.«

Laurent beugte sich über sie und sah sie beinahe zärtlich an. Lysanne erkannte die Schmutzränder an seinem Hals und fing den üblen Geruch auf, der seinem Mund entwich. Sie sah das Weiße in seinen Augen, das die Farbe von alter Seife hatte. Die vielen kleinen geplatzten Adern, die seine Iris umrahmten.

»Sie werden dich für verrückt erklären«, flüsterte er. »Du siehst es an Léona Delcourt. Ihr beide seid euch ziemlich ähnlich, weißt du? Völlig verrückt. Niemand interessiert sich für eure wirren Reden.«

Mit diesen Worten zog er ruckartig die Hand aus der Tasche, und etwas Spitzes streifte ihren Hals. Im nächsten Moment breitete sich etwas Scharfes, Brennendes in ihren Adern aus. Laurents Wahrheiten, das wurde Lysanne jetzt klar, entkam man nicht lebendig. Ihr Körper war bereits gelähmt, als sie in seiner Umklammerung auf den Boden zurücksank.

»Ich werde einen Krankenwagen für deine Schwester rufen«, hallte seine Stimme wie aus weiter Ferne. »Du bist beim Anblick ihres Zustands leider völlig hysterisch geworden, und ich habe dich ruhigstellen müssen. Mach dir keine Sorgen. Im

Sainte-Anne ist man spezialisiert auf Frauen, die über der Vergeblichkeit des Lebens den Verstand verlieren.«

Lysanne spürte in ihrem Rücken nicht den dicken, weichen Teppichboden, sondern ein endloses Eisbad, als das ihre Zukunft vor ihr erschien. Mit leisem Bedauern begriff sie ihren Fehler und fragte sich, ob Louis Aragon sie wohl besuchen kommen würde. Panik schwappte an den Rändern ihres Bewusstseins empor, bevor sie von einem Augenblick zum nächsten in die Dunkelheit glitt.

25. Dezember 1924, später Nachmittag

Vioric hielt einen Wagen an und ließ sich ins Hotel Lutetia bringen, um Isabelle Magloire zu Doktor Laurent zu befragen. Er erwartete nicht, dass sie in ihrer Verfassung irgendeine verrufene Nachmittagsvorstellung gab, und da er von Lysanne nichts gehört hatte, vermutete er auch sie in der Nähe ihrer Schwester. Doch als er beim Hotel ankam, erwartete ihn eine verstörende Szene. Ein Krankentransporter parkte vor dem Hoteleingang, und zwei Sanitäter balancierten eine Trage die Treppe herunter. Dass die schwer atmende, bleiche Frau auf der Trage nur Isabelle Magloire beziehungsweise Dora Ducasse sein konnte, erkannte Vioric an der aufgeregten Menschenmasse, welche die Sanitäter umringte. Einige Hotelangestellte versuchten, die drängende Menge zurückzuhalten. Ein besonders verzweifelter Anhänger der Tänzerin schaffte es, zu den Sanitätern vorzudringen und in Isabelles Haare zu greifen. Ein anderer ohrfeigte ihn daraufhin. Es dauerte Minuten, ehe die leblos wirkende Frau in den Krankentransporter verfrachtet worden war und der Wagen endlich losfahren konnte. Vioric näherte sich einem Angestellten und zeigte ihm seinen Polizeiausweis.

»Der Auflauf hier verschwindet sicher gleich«, beteuerte der Mann und sah einigen Männern hinterher, die dem Krankenwagen nachrannten. »Aber stellen Sie lieber jetzt sofort einige Ihrer Männer für das Krankenhaus ab, in das sie eingeliefert wird. Diese Leute sind so besessen von Dora Ducasse, die werden alles auseinandernehmen.«

»Sie sehen erleichtert aus«, stellte Vioric fest. Der Mann lachte trocken auf.

»Verstehen Sie das nicht falsch. Mir tut die arme Frau leid. Aber dieses Chaos jeden Tag mit ihren Anhängern ist nicht mehr tragbar. Es wird für unsere hotelinternen Abläufe hilfreich sein, dass das irgendwann ein Ende hat. Aber wir bedauern alle, dass der Aufenthalt von Mademoiselle Ducasse bei uns nun Geschichte ist.«

»Was ist passiert?«

»Ein Zimmermädchen hat sie vor einer halben Stunde gefunden. Sie war bewusstlos und hatte blaue Lippen. Wir haben hier immer einige Sauerstoffflaschen für Notfälle gelagert, und der Hotelarzt konnte Mademoiselle Ducasse wiederbeleben. Aber die Sanitäter teilen seine Einschätzung. In ein paar Tagen ist sie tot.«

»Wo ist denn der Arzt, der sich sonst um sie kümmert? Emile Laurent?«

Der Mann wusste es nicht.

»Ist jetzt noch jemand in dieser Suite? Ich muss mich dort umsehen.«

»Mademoiselle Ducasse hatte vor einigen Stunden Besuch von einer jungen Frau, so zumindest erzählte es das Zimmermädchen dem Concierge. Da muss irgendetwas passiert sein. Ein Spiegel ging zu Bruch, und das Telefon ist zerstört.«

»Eine Frau in einem rotem Mantel?«

Der Mann nickte.

»Und wo ist sie jetzt?«

»Das weiß ich nicht.«

Vioric ließ sich die Suite von Isabelle zeigen, die ihm keine weiteren Aufschlüsse über Emile Laurent gab. Bis auf den zerbrochenen Spiegel und das zerstörte Telefon war alles sauber und aufgeräumt, und im Sekretär fand er nur die Briefe ihrer Bewunderer. Kein Tagebuch und auch sonst keine persönlichen Aufzeichnungen. Er würde einen Pagen bitten, die Briefe einzupacken, damit er sie in die Préfecture mitnehmen konnte. Vioric durchsuchte sämtliche Schränke, das Badezimmer und das Nachtkästchen. Vioric wollte sich gerade geschlagen geben und gehen, als ihm am unteren Ende des Bettes etwas auffiel. Der Teppich zeigte tiefe Spuren von Schuhsohlen, als hätte sich dort jemand in den Boden gestemmt und wäre dann von einer zweiten Person mit Gewalt davongezerrt worden. Und inmitten der zerzausten Fasern lag ein mit schwarzem Samt bezogener Mantelknopf.

Vioric begann zu zittern. Etwas Ungeheuerliches schlich sich in sein Denken, zu grauenhaft, um es mit kühler Sachlichkeit zurückzudrängen. Er steckte den Knopf ein und rannte die Treppen hinunter ins Erdgeschoss. Er nahm einen Wagen zurück in die Préfecture und schickte einen jungen Gardien mit der Nachricht zu Paul Tussons Wohnung, dass er auf schnellstem Wege zu ihm kommen sollte.

Es dauerte eine geschlagene Stunde, ehe Tusson auftauchte. Die Nacht leuchtete ihm aus jeder Pore. Er war blass und wirkte erschöpft, aber seine Augen strahlten wie bei einem frisch verliebten Jüngling. »Frohe Weihnachten! Hab dich gestern vermisst, Julien!«

»Ich bin nicht reingekommen. In diesem Club war die Hölle los, als ich endlich davorstand«, sagte er knapp.

Tusson ließ ein rauchiges Lachen hören und bekam einen schwärmerischen Blick. »Meine Ohren klingeln, meine Augen zucken, und mir juckt es noch immer in den Füßen. Wenn du das gesehen hättest …«

»Gaspard Lazalle ist nicht unser Täter«, unterbrach Vioric ihn.
»Sieh an. Hat dir das der Geist der Weihnacht geflüstert?«
»Ich meine es ernst, Paul. Ich kenne die Zusammenhänge noch nicht in Gänze, aber es sieht so aus, als wäre es dieser gescheiterte Landarzt aus Ribérac. Meine Zeugin Lysanne Magloire und ihre Schwester arbeiteten während des Krieges mit ihm in einem Lazarett.«

Tusson nickte.

»Lysanne erwähnte, dass er enttäuscht war, weil er Isabelle nicht für sich hatte gewinnen können, dass er sich aber gleichzeitig immer noch für sie aufopfere. Er hatte Lysanne erzählt, dass er im Hôpital Lariboisière arbeiten würde, aber das war eine Lüge.«

Tusson setzte sich und knetete seinen Nacken. »Vielleicht war das bloß eine Notlüge, weil er Lysanne gegenüber nicht als Versager hatte gelten wollen. Was glaubst du, was ich mir schon alles habe einfallen lassen, um vor einer Dame gut dazustehen.«

Vioric setzte sich auf die Kante des Schreibtischs, sodass er Tusson direkt gegenübersaß. Er fixierte seinen Freund und hoffte, dass die Nachwirkungen der Nacht ihn nicht daran hinderten, ihm geistig zu folgen.

»Dieser Emile Laurent hat Lysanne erzählt, dass ihr alter Jugendfreund Gaspard Lazalle ein gefährlicher Verrückter sei, der noch dazu von diesem Maldoror-Buch besessen war. Was, wenn es genau umgekehrt war?«

»Du meinst, wenn er in Wirklichkeit von sich selbst gesprochen hat?«

»Genau. Bei meinem Gespräch mit Lysanne war dieser Dichter mit dabei, Louis Aragon. Er hat einen Mann erwähnt, der Isabelle bisweilen begleitet hat.« Er zog das Foto aus der Krankenhausakte hervor und zeigte es Tusson. »Aragon hatte ihn mir beschrieben. Ich bin mir sicher, dass es sich dabei um Laurent handelt. Er hatte monatelang Kontakt zu den Kreisen, in denen Isabelle damals ab und an verkehrte.«

»Bei den Surrealisten.«

»Auch wenn es nicht regelmäßig oder besonders intensiv gewesen sein mag – wer weiß, welchen Einfluss diese Begegnungen auf die Geistesverfassung dieses Mannes hatten.«

Vioric kniff die Augen zusammen, um dem Bild vor seinem inneren Auge mehr Schärfe zu verleihen. »Lysanne erwähnte, dass dieser Begleiter von den Surrealisten gedemütigt wurde. Er muss ungeachtet dessen mitbekommen haben, wie die Dichter den *Maldoror* vergöttern. Und vielleicht beschloss er, das Buch selbst zu lesen, um mitreden zu können. Um von der Gemeinschaft endlich anerkannt zu werden, die Isabelle gefiel.«

Tusson nickte und sprach Viorics nächsten Gedanken aus. »Er hat es gelesen, und weil er als Kokainist ein Opfer chemischer Musen ist, übte das Buch eine ganz eigene Macht auf ihn aus. Die enttäuschte Liebe zu Isabelle und die Erniedrigungen der Dichter ...«

»... verselbstständigten sich in seinem Geist zu einem Wunsch nach Rache und Zersetzung. Er könnte die Taten, die im *Maldoror* beschrieben wurden, benutzt haben, um sie den glühenden Verehrern dieses Buches anzuhängen. Und wir sind darauf reingefallen.« Vioric schüttelte resigniert den Kopf. »Mein Bruder glaubt immer noch, dass einer von ihnen diese Morde begangen hat. Heute Morgen wurde sogar einer ihrer jüngsten Mitglieder verhaftet. Ein Bauernopfer für Edouard, befürchte ich.«

Tusson massierte wieder seinen Nacken. »Männer sind doch arme Zwerge, dass sie immer noch glauben, Rache wäre das Mittel gegen enttäuschte Liebe. Aber warum tischt dieser Doktor Lysanne Magloire dann diese Geschichte mit Gaspard Lazalle auf?«

Vioric winkte ab. »Es ist ziemlich kompliziert. Lysanne und Isabelle waren als junge Mädchen beide in diesen Gaspard verliebt, soweit ich das verstanden habe, und er beschloss, ihrer beider Gefühle zu erwidern. Zur selben Zeit und auf unterschiedliche Weise. Aber am Ende hat er sich hinter Lysannes Rücken ihrer Schwester zugewandt und mit ihr und dem Arzt seinen eigenen Tod vorgetäuscht, um aus Ribérac zu verschwinden.«

Tusson brauchte einen Moment, um das Gesagte zu verdauen. Er schloss die Augen und massierte nun seine Nasenwurzel. »Die Frage müsste jetzt also lauten: Wer von ihnen würde am ehesten dieses mörderische Buch als Handlungsanweisung benutzen?«

Vioric begann aufzuzählen. »Emile Laurent ist drogensüchtig, ein schlechter Arzt und ein verstoßener Liebhaber. Er ist vermutlich in einer psychiatrischen Anstalt tätig. Dazu war er den Surrealisten nah genug, um erstens das Buch zu kennen und zweitens damit Rache an der Truppe nehmen zu wollen. Alles, was wir über Gaspard Lazalle seit seiner Ankunft in Paris wissen, stammt dazu im Grunde von Laurent, der es Lysanne erzählt hat. Wir können nicht überprüfen, ob er wirklich die Wahrheit gesagt hat.«

»Also ist dieses Wissen wertlos.« Tusson streckte sich wie ein Kater im Stuhl. »Da wird sich dein werter Herr Bruder aber freuen, wenn du ihm erzählst, dass seine Strategie für den Gully ist. Wenn das hier schiefgeht, wird er es so hindrehen, dass es alleine deine Schuld sein wird.«

Vioric biss sich auf die Unterlippe. Er wusste, dass sein Bruder erst am 27. Dezember ins Büro zurückzukehren pflegte. In diesem Moment zeigte sich, wie gut Paul Tusson seinen Freund kannte.

»Weißt du was, Julien«, sagte er in beiläufigem Ton. »Ich statte ihm in seiner Wohnung einen Besuch ab und setze ihn ins Bild.

Ich stehe zumindest nicht aus familiären Gründen unter seiner Knute.« Er stand auf und schlug Vioric aufmunternd auf den Rücken. »Und du, mein Freund, trommelst ein paar gute Männer zusammen, und dann schauen wir uns dieses Irrenhaus mal von innen an. Ich komme einfach nach.«

Stumm vor Erleichterung und gleichzeitiger Scham leistete Vioric einen inneren Schwur. Er würde diesen Fall lösen, und danach würde er die Ketten lösen, in die Edouard ihn geschlagen hatte. Tusson schien zu spüren, wohin Viorics Gedanken gerade wanderten. Er fixierte ihn auf eine sonderbar mitleidige Art.

Ohne ein weiteres Wort zu verlieren, verschwand Tusson, und für eine Weile verlor sich Vioric in der Vorstellung, wie Edouard die Nachricht aufnehmen würde. Er stellte sich Tusson vor, wie er gut gelaunt und in unnachahmlicher Souveränität vor seinem Bruder stand, ohne diesen Mantel aus Unausgesprochenem, der Viorics Schultern niederdrückte.

Als er sich wieder gefangen hatte, trommelte er die Notbesetzung der Préfecture zusammen und ließ einige Kollegen zum Dienst zurückbeordern. Er versammelte sie im Besprechungszimmer, in dem üblicherweise Edouard den Vorsitz hatte, und setzte ihnen die Lage auseinander. Um sicherzugehen, sorgte er dafür, dass einige Gardiens auch in allen anderen Pariser Anstalten nach Doktor Laurent fragten. Es war bereits dunkel, als er und eine sechsköpfige Gruppe in einem Mannschaftswagen zum Hôpital Sainte-Anne aufbrachen.

Auf dem Gelände der psychiatrischen Anstalt herrschte eine ganz andere Atmosphäre als im Lariboisière. Eine klirrende Stille lag zwischen den Gebäuden. Die Fenster waren fast alle dunkel, und ein einsames Lied drang von irgendwoher gespenstisch über das Areal. In einem seitlich abgrenzenden Hof irrte eine dickliche Frau umher und rief immer wieder einen Namen.

»Cécile! Cécile, wo bist du?«

Vioric runzelte die Stirn und verfolgte das Treiben eine Weile. Vielleicht war die Frau eine entwischte Insassin. Er führte die Gruppe zum unbeleuchteten Haupteingang. Alles wirkte verwaist, beinahe ausgestorben. Als würde niemand erwarten, dass jemand aus der Außenwelt bis zu diesem Tor vordringen würde. Der Eingang war jedoch nicht verschlossen, und über der Halle lag ein schläfriges Licht, das Viorics Tatendrang zu dämpfen versuchte. An der Pforte starrte ein junger Mann die Polizisten mit einem nervösen Blinzeln an. Vioric kam gleich zur Sache.

»Welcher Arzt hat heute Abend Dienst?«

Der Pförtner schaute auf ein Anschlagbrett mit verschiedenen Zetteln. »Doktor Amboise und Doktor Marie.«

»Marie. Das ist gut. Wir kennen uns bereits. Bitte lassen Sie ihn umgehend rufen.«

Der Pförtner telefonierte in die Station, in der der Arzt tätig war, und spähte dabei mit besorgtem Stirnrunzeln aus seiner Loge heraus. Vioric ermahnte sich zur Ruhe, doch die auffällige Nervosität des Pförtners fachte seine eigene Anspannung noch weiter an. »Was haben Sie denn, Mann? Warum schauen Sie denn immer wieder in den Hof hinaus?«

»Verzeihung, Lieutenant, es ist wegen Cassius.«

»Wer ist Cassius?«

»Ein ... also, mein Hund. Er ist heute Nachmittag aus dem Zwinger ausgebüxt und läuft hier wahrscheinlich auf dem Gelände herum. Sie und Ihre Männer sollten vorsichtig sein. Cassius ist eine ausgewachsene Bulldogge, und er ist sehr aggressiv.«

Vioric starrte den Mann an. »Warten Sie! Wollen Sie sagen, dass Ihnen eine Bulldogge abhandengekommen ist?«

Der Pförtner knetete verlegen seine Hände.

Vioric ließ zu, dass das Bild in seinem Kopf sich zu einer schrecklichen Gewissheit formte. Dann presste er die behandschuhte Linke auf seinen Mund und sog tief den beruhigenden Geruch des Leders ein.

Kurz darauf erschien Auguste Marie. »Was, schon wieder Sie, Lieutenant? Wollen Sie einen Gefangenen in meine Obhut überstellen?«

Vioric schilderte in knappen Worten sein Anliegen, während er dem Arzt die Fotografie aus der Personalakte des Lariboisière hinhielt, ohne ihm Laurents Namen zu nennen. Auguste Marie betrachtete das Bild und warf Vioric einen Blick zu, als ob er an dessen Verstand zweifelte. »Das ist Doktor Dubois, unser Chirurg. Er hat Sie vor einigen Tagen zu Mademoiselle Darbellay geführt. Haben Sie das vergessen?«

Vioric starrte auf das Bild. Die Erinnerung an diese Begegnung wollte sich nicht einfinden. Ja, er hatte kurz mit einem Arzt gesprochen, aber an sein Gesicht erinnerte er sich nicht.

Auguste Marie kniff die Augen zusammen. »Allerdings ist das hier entweder ein sehr altes Bild, oder der Kollege hat sich rapide verändert. Na ja, ist ja auch kein Wunder bei seinem Lebenswandel.«

»Wie meinen Sie das? Plündert er die Krankenhausapotheke?«

Marie verzog das Gesicht. »Kann schon sein. Er ist ein unsteter Geist. Er hat hier nicht sonderlich viel zu tun, wissen Sie. Aber wir brauchen einen Arzt, der im Notfall nähen und schneiden kann. Für einen Psychiater ist es wichtig, dass er Distanz zu den Patienten hat, und allzu körperlicher Kontakt unterbindet diese Distanz. Was die Krankenhausapotheke angeht – nun, ich will gar nicht so genau wissen, wer sich alles heimlich daraus bedient.«

»Was macht Dubois, wenn es für ihn gerade nichts zu tun gibt?«

»Wir haben hier nicht genug psychiatrisches Personal, um uns jeden Tag in dem Maße individuell den einzelnen Patienten zu widmen, wie es vielleicht nötig wäre. Dubois macht das gut, denke ich. Er hat eine Gabe. Die Irren mögen ihn, er hört ihnen zu, und sie vertrauen sich ihm an.«

»Bitte hören Sie mir jetzt genau zu, Doktor Marie.« Vioric war erstaunt, wie ruhig er die Worte hervorbrachte. »Wir haben Grund zu der Annahme, dass Ihr guter Doktor *Dubois* in Wahrheit Ihre Patienten ausgehorcht hat, um deren privates Leben kennenzulernen. Aufgrund dieser Informationen hat er die Kinder dieser Angehörigen terrorisiert und verletzt. Die grässlichen Morde, von denen Sie sicher in der Zeitung gelesen haben, hat er begangen. Denn sämtliche Opfer haben Familienmitglieder oder Bekannte, die hier behandelt wurden und denen Doktor *Dubois* ein offenes Ohr geschenkt hat. Aber nur, um seine perversen Taten zu begehen.« Vioric hielt inne. Doktor Marie schien Mühe zu haben ihm zu folgen. »Erinnern Sie sich noch an das Buch, das Sie dem Mann abgenommen haben, der sich aus dem Fenster stürzen wollte?«

»*Die Gesänge des Maldoror?*«

»Ja. Das Buch kursiert immer wieder unter Ihren Patienten, nicht wahr? Kaum nehmen Sie es einem Patienten ab, taucht es schon wieder beim nächsten auf.«

Doktor Marie nickte perplex. »Woher wissen Sie das?«

»Besorgen Sie mir bitte umgehend die Akte von Doktor Dubois.«

Einige Augenblicke später drückte Auguste Marie sie ihm bereitwillig, wenn auch zunehmend verwirrt, in die Hand. Sie enthielt eine ganz ähnliche Fotografie, jedoch unter dem falschen Namen samt einer falschen Herkunft. Seit Kriegsende gab es massenhaft Fälle von Menschen, die mit gefälschten Papieren oder der Behauptung, keine eigenen Papiere mehr zu besitzen, ein neues Leben beginnen wollten. Der Krieg hatte die Biografien so gründlich zerrissen, dass ein Stück abgestempeltes Papier dagegen wie blanker Hohn wirkte. Paris war voll von Spezialisten, denen die Erschaffung eines neuen Lebens ein Leichtes war.

Vioric überflog die Angaben in der Akte. »Ich sehe hier keine Adresse!«

»Er lebt hier im Krankenhaus.«

Vioric hatte nun immer mehr Mühe, seine Ruhe zu bewahren. »Das sagen Sie erst jetzt?! Wo?«

Auguste Marie nestelte an seiner Krawatte herum. »Kommen Sie.«

Über scheinbar endlose Gänge, durch leere Hallen, Treppenhäuser und Höfe führte er Vioric bis zum äußersten Trakt im Nordosten der Anlage. Auch hier herrschte eine bedrückende Stille, als würden hinter den verschlossenen Türen keine Menschen leben, als würde das ganze Gebäude nichts als verlassene Räume beherbergen. Ab und an ertönte ein Kratzen oder ein vereinzelter Schrei. Die schaurige Tristesse in dieser gigantischen Verwahrungsanstalt des Wahnsinns setzte ihm zu. Während er hinter Auguste Marie hereilte, im Rücken die hastenden Schritte seiner Einsatztruppe, fügte sich in Viorics Kopf ein Bild zusammen. Was hatte es mit Laurent gemacht, dass er hier leben musste? Hin- und hergezerrt zwischen zwei vergeblichen Pflichten – dem Notdienst im Irrenhaus und der Versorgung einer Frau, die ihm längst entglitten war. Vioric schauderte. An der ärztlichen Dienstwohnung deutete kein Namensschild auf ihren Bewohner hin. Die Tür war abgeschlossen. Viorics Männer brachen sie auf. Dahinter lag ein spärlich eingerichteter Raum. Alles war peinlich aufgeräumt und sauber. Zu sauber, dachte Vioric. Nichts darin ließ auf etwas Persönliches schließen, als wäre das Zimmer nur eine Hülle, die Laurent bei Bedarf ab- und wieder anlegen konnte.

»Wo kann er noch sein?«

Doktor Marie hob hilflos die Schultern. Sie gingen zurück in die Eingangshalle, wo Vioric auf Tusson traf. Sein Freund grinste triumphierend und deutete durch die geöffnete Tür auf den Hof. Hier wartete sein Kollege mit einem weiteren Dutzend Polizisten auf.

»Dein Brüderlein war in Spendierlaune. Lass uns diesen Laden hier auf den Kopf stellen.«

Marie wandte sich Vioric zu. »Was werden Sie jetzt tun?«

»Sie haben meinen Kollegen gehört. Wir werden dieses Gebäude durchsuchen. Und Sie telefonieren alle Ihre Kollegen her.«

»Warum das denn?«

»Wir werden jedes einzelne Zimmer durchsuchen müssen. Ich nehme an, da wird eine gewisse Unruhe aufseiten der Patienten nicht auszuschließen sein.« Gemeinsam marschierten der Arzt und die beiden Lieutenants zur Eingangshalle zurück.

Auguste Marie nickte. In seinem Gesicht wechselten sich Ergebenheit und Entschlossenheit ab. »Wenn Sie schon mal dabei sind, können Ihre Leute dann auch noch Ausschau nach einer kleinen, buckligen Mademoiselle halten?«

»Wie bitte?«

»Cécile. Der Schützling einer unserer Köchinnen. Sie ist seit heute Morgen verschwunden.«

Vioric fiel die Frau wieder ein, die vorhin auf dem dunklen Hof immer wieder diesen Namen gerufen hatte. Eiskaltes Entsetzen breitete sich langsam in ihm aus. Er spürte mit wachsender Übelkeit, dass sie tatsächlich am Ziel waren. Dass Maldoror ganz in der Nähe war. Bevor sie das Foyer betraten, wandte er sich seiner Truppe zu.

»Tusson, sorg dafür, dass sämtliche Zugänge zum Gelände verriegelt werden! Der Rest wartet auf weitere Anweisungen.«

Er ließ die Köchin umgehend herbringen. Sie war in Tränen aufgelöst und atmete schwer. Vioric bugsierte sie zu einer in der Wand eingelassenen Bank und ließ sich erzählen, was passiert war. Ihre Augen huschten angstvoll über die Menge der Polizisten, die von der Eingangshalle aus gut zu sehen waren.

»Cécile ist sonst nie länger als zwei Stunden weg.«

»Hat sie eine körperliche Beeinträchtigung?«, fragte Vioric. »Könnte sie einen Unfall gehabt haben und sich irgendwo verfangen haben?«

»Sie kennt sich hier aus, aber sie spielt nicht auf dem ganzen Gelände, dazu ist sie viel zu ängstlich. Sie hat ihre festen Plätze, und von denen kommt sie immer wieder zurück.«

»Und wo sind diese Plätze?«

»Im Garten, im Küchenhof und vor allem in der Waschküche. Aber da ist sie nicht, ich habe doch schon überall nachgeschaut.« Die Frau knetete nervös ihre Schürze. »Sie ist ein liebes Mädchen, alle mögen sie. Und obwohl sie einen Buckel hat, ist sie flink wie eine Katze. Wo könnte sie nur sein?«

»Kennen Sie Doktor Dubois?«

Die Köchin nickte vage.

»Hatte Cécile näheren Kontakt mit ihm?«

Die Frau machte eine unbestimmte Geste und blinzelte hilflos. »Sie ist ein scheues Kind. Spielt lieber alleine für sich. Aber ich kann sie ja auch nicht die ganze Zeit beaufsichtigen.«

Vioric hörte sich tröstende Worte sagen, aber in seinem Kopf bäumte sich das Grauen auf.

Die Wäscherei nahm das Erdgeschoss eines ganzen Traktes in der äußeren südlichen Ecke des Areals ein und war umgeben von einem halb überwucherten, ungepflegten Hof, den die sanft gewellte Schneedecke etwas aufgeräumt wirken ließ. Im

Inneren der Wäscherei schafften es die wenigen Lampen kaum, die riesigen Räume mit den gemauerten Bottichen an den Wänden ausreichend zu beleuchten.

Vioric bedeutete dem Polizisten hinter ihm, dass dieser ihnen mit seiner Taschenlampe den Weg erhellen sollte. Sie blickten zwischen die Wäscheleinen und in die Waschbottiche. Seine Schritte hallten auf dem grob gefliesten Boden wider und vereinigten sich mit dem stetigen Tropfen einer undichten Wasserzuleitung zu einem Rhythmus, der seinen Herzschlag einzuholen schien. In der Luft lag ein kühler, sauberer Geruch. Überhaupt war der ganze Ort zu reinlich und zu geordnet, um als Spielplatz für ein junges Mädchen zu dienen. Plötzlich stieß einer der Polizisten ein überraschtes Geräusch aus. Im nächsten Moment erklang ein hohes Wimmern wie von einer Katze.

»Lieutenant!«, ertönte ein ebenso erschrockener wie überraschter Ausruf.

Der Polizist kniete vor einem Bündel Laken zwischen der Wand und dem letzten Bottich. Es bewegte sich. Mit angehaltenem Atem hob Vioric vorsichtig den Zipfel eines der aufgeschichteten Laken an. Die Erleichterung beim Anblick des Mädchens schwappte über die gesamte Gruppe hinweg. Vioric fühlte ein starkes Bedürfnis, seiner Anspannung durch ein befreites Auflachen Luft zu machen. Aber es war noch nicht vorbei. »Cécile?«

Die Kleine starrte ihm derart verschreckt aus ihrem Versteck entgegen, dass er nicht wagte, die restlichen Laken zu lüften. Er ging neben sie in die Hocke.

»Bist du verletzt?«, fragte er.

Cécile schüttelte den Kopf und stieß einen unverständlichen Laut aus.

Vioric senkte seine Stimme zu einem Flüstern. »Wo ist er?«

Cécile schüttelte wild den Kopf und zog sich tiefer in den Lakenwust zurück. Aus dem Mädchen war nichts herauszubekommen. Nicht, ob sie vor Laurent geflohen war oder ob sie sich einfach aus Lust am Verstecken unter den Laken verborgen gehalten hatte. Ob die Angst in ihren Augen den vielen Polizisten galt oder einer Begegnung, der sie gerade eben entkommen war? Vioric lächelte Cécile zu. Dann machte er einem seiner Männer ein Zeichen, in der Nähe des Kindes zu bleiben, und griff nun selbst nach der Lampe.

Wortlos deutete er auf den Durchgang am Ende des Traktes, hinter dem noch ein Raum zu liegen schien. Vorsichtig setzte er seine Füße auf dem feuchten Boden auf und betrat einen dahinter angeschlossenen, kleineren Saal. Langsam kletterte der kleine Lichtkegel über den Boden und vereinzelte Gegenstände. Rechts und links davon türmten sich undeutliche dunkle Schemen auf. Es gab einen dumpfen Schlag, und einer stieß ein leises Fluchen aus.

Ruckartig richtete Vioric den Strahl der Lampe in die Richtung, aus der der Lärm gekommen war. Aber der Polizist war nur gegen eine Leiter gestoßen.

Noch mit klopfendem Herzen erkannte Vioric, dass der Raum tatsächlich voller Gerümpel stand. Umgestürzte, rostige Waschzuber lagerten hier, weitere Leitern standen und lagen quer im Raum. Alte, halb zerfallene Möbel und fahrlässig aufgeschichtete Stapel von Ziegelsteinen, die wie Stolperfallen überall verteilt waren. Eine riesige Bulldogge sprang mit ohrenbetäubendem Bellen aus der Dunkelheit zwischen ihnen hindurch ins Freie.

Jetzt hatten sie also auch noch dieses vermaledeite Tier aufgestöbert. Vioric wischte sich den kalten Schweiß von der Stirn. Er ließ den Schein seiner Lampe noch ein wenig zittrig über das Chaos schweifen. Das hier sah schon eher aus wie der abenteuerliche Spielplatz, den ein Kind zum Spielen bevorzugte. Wenn nur dieser unterschwellig unangenehme Geruch nach Moder und Schimmel nicht gewesen wäre. Was war hier geschehen, dass Cécile sich unter die Laken gekauert hatte?

An der Stirnseite des Saales standen aussortierte, wuchtige Kleiderschränke, deren Holz in der feuchten Luft aufgequollen und rissig geworden war. Die Türen hingen schief in den Angeln, und auf einem der Schränke fiepte es leise aus einem Strohhaufen.

Ein widerwärtiger Geruch nach Moder und Schimmel hing über dem Raum und schien mit jedem Schritt stärker zu werden. Als würde man sich in einem alten Erdkeller befinden, in dem seit Jahrzehnten organische Abfälle verrotteten. Vioric blieb eine Weile stehen und betrachtete das Gebirge der aussortierten, sinnlos gewordenen Dinge. Etwas an ihrem Anblick erschien ihm sonderbar. Vielleicht war es nur die Tatsache, dass es an einem Ort wie dem Sainte-Anne mit seinen Regeln und Restriktionen überhaupt ein solches Chaos gab.

Er wollte den Polizisten schon ein Zeichen geben und sich zum Gehen wenden, als er einen riesigen schwarzen Fleck zwischen den Schränken entdeckte, der den größten Teil der Wand bewucherte. Vioric verstand nun, dass dies die Quelle des stechenden Geruchs war, und hob erneut die Hand vor seine Nase. Zwischen den Schränken sammelten sich abgebröckelte Stücke von Verputz und Mauerwerk.

Aber niemand war hier, weder zwischen den alten Möbeln noch unter den verdreckten Planen, die weitere Stapel von Baumaterialien, Ziegelsteine und Holzlatten abdeckten. Aber die Wand schien hoffnungslos verrottet. Diesen Gebäudeteil wird man abreißen müssen, dachte Vioric.

Dann machte er seinen Männern erleichtert ein Zeichen zum Rückzug.

20

26. Dezember 1924, kurz nach Mitternacht

Als Lysanne aufwachte, konnte sie sich nicht bewegen. Das Betäubungsmittel entließ sie nur widerwillig aus seinem Griff, sodass sie glaubte, dass es ihre Muskeln waren, die ihr noch nicht gehorchten. Aber mit zunehmender Klarheit begriff sie, dass ihre Hände und Füße gefesselt waren. Ein metallisches Knirschen und Quietschen antwortete auf jede ihrer schwachen Bewegungen. Sie musste an ein schmales Eisenbett gefesselt sein, denn unter sich spürte sie nun etwas Weiches, von dem jedoch ein widerwärtiger Geruch nach Moder aufstieg. Gerade noch empfand sie den Impuls, gegen die Taubheit in ihren Gliedern anzukämpfen, doch mit jedem Stück, das sie in sich selbst zurückfand, bereute sie diese Entwicklung. Ihr Körper war ein einziger Schmerz. Sogar das Atmen tat weh. Um sie war eisige, tote Luft, die unbarmherzig in ihr Empfinden drang und sie von innen auszufüllen schien. Das Aroma von verfaulendem Holz und schwammigem Verputz löste einen Würgereiz in ihr aus. So hatte es in Ribérac im Schuppen hinter dem Schulhaus gerochen, nachdem der Regen die Wände mit riesigen Schimmelpilzen überzogen hatte.

Lysanne versuchte krampfhaft, ihre Erinnerung zu ordnen. Undeutliche Fetzen einer Wahrnehmung zuckten hinter ihrer

Stirn auf. Laurent, der sie, fest gepackt, irgendwohin geschleift hatte. Menschen um sie herum. Keine Ohnmacht, sondern nur ein betäubtes, gedämpftes Gefühl von Willenlosigkeit. Eine gezischte Stimme an ihrem Ohr: *Hysterisch!*

In der Ferne verklangen undeutbare Geräusche. Lysanne versuchte zu erfassen, wo sie war. Doch die kleinste Bewegung ließ sie innerlich in einen Brunnen fallen und machte den Zustand völliger Ungewissheit noch schlimmer. Noch viel schlimmer als den Verdacht, dass sie sich selbst nicht mehr trauen konnte. Sie wusste nicht, ob das, woran sie sich zu erinnern glaubte, tatsächlich geschehen war. Der Versuch, sich in der Dunkelheit zu orientieren, raubte ihr die Kraft. Sie dämmerte wieder auf einen stillen Ozean der Gefühllosigkeit hinaus.

Als sie das nächste Mal erwachte, war der Raum um sie herum schwach erleuchtet. Das Licht löste eine Erinnerung in ihr aus. Ribérac. Das Lazarett. Die gedämpfte Beleuchtung, um die verwundeten, halb betäubten Soldaten zu schonen. Etwas wurde ihr klar. Laurent hatte gedroht, sie einweisen zu lassen. Aber das hier sah nicht aus wie ein Krankenzimmer. Sie lag auch nicht in einem gewöhnlichen Krankenhausbett, wie sie nun feststellte. Es war ein wackeliges, rostiges Lager mit eisern verschnörkeltem Kopf- und Fußteil, und von links schickte eine Stehlampe mit Wachsschirm ein teigiges Licht zu ihr. In diesem Licht, auf einem Schemel, kauerte Emile Laurent und spritzte sich etwas in die Armbeuge. Seine Lippen hielten einen Gummischlauch fest, der seinen Arm abband. Er legte den Kopf in den Nacken, die herabfallende Spritze klirrte auf den Boden. Lysanne konnte dabei zusehen, wie die chemische Substanz sich in Laurent entrollte und ihn zu einem völlig Fremden machte. Sie war seiner Entrücktheit mehr ausgeliefert als den Riemen, die sie ans Bett fesselten, und hatte ihm nichts entgegenzusetzen, als er aufstand und sich über sie beugte. Ihr

Atem stockte. Ihr Körper erschien ihr immer noch fremdartig formlos und unüberwindbar müde.

»Du hast es schon geahnt, kleine Lysanne.« Sein Atem stank noch schlimmer als der Moder in der Luft. Sie zwang sich, seinem starren Blick standzuhalten. Irgendwo hinter seinen Augen vibrierte der Wahnsinn.

»Maldoror war der Engel, der mich in seine süße Umarmung gezogen hat, nachdem ich selbst verschwunden war. Zertreten unter den Schuhabsätzen deiner Schwester. Den Emile Laurent aus Ribérac, den du gekannt hast, gibt es jetzt nicht mehr, Lysanne. Und dich wird es bald auch nicht mehr geben.«

»Emile ... was hast du ... wo?« Das Suchen nach Worten bereitete Lysanne neuen Schmerz.

»Emile gibt es nicht mehr«, wisperte er. »Hörst du mir denn nicht zu?«

»Wer ... wer bist du dann?« Ein kurzer Moment von Klarheit befahl ihr, sich einzuschwingen auf den Irrsinn, der sich vor ihr entfaltete.

Wie auf ein Stichwort hin spaltete ein kaltes Grinsen Laurents Lippen. »Ich bin der blutige Erzengel von Paris. So nennt man mich in der Zeitung, und wenn es in der Zeitung steht, ist es wahr.« Er verfiel in ein tonloses Kichern. »Ich bin Maldoror. Und ich will dich teilhaben lassen am letzten Schritt meiner Verwandlung. Auch wenn ich jetzt in der unangenehmen Lage bin, ein wenig improvisieren zu müssen. Mir ist ein dummer Fehler unterlaufen, indem ich dieses kleine, bucklige Mädchen habe entkommen lassen.« Er zuckte mit den Schultern.

Lysanne suchte krampfhaft nach einer Erklärung für seine Worte. Da wurde es ihr klar. Ein Mädchen? Jenes, das ihm bei dem grauenhaften letzten Tableau aus den *Gesängen* hätte dienen sollen? Und es war entkommen? Erleichterung umspülte für einen Augenblick ihre Gedanken, aber sofort überwucherte neuerliche Angst alle anderen Gefühle. Sie war das einzige Opfer, das Laurent geblieben war. Er seufzte und wandte sich kurz von ihr ab.

»Nein«, antwortete er mit dem Rücken zu ihr auf die Frage, die sie nicht gestellt hatte. »Du passt nicht zu dem, was in den *Gesängen* geschrieben steht, Lysanne.« Als er sich wieder zu ihr umdrehte, lächelte er stolz. »Du sollst Teil von etwas Größerem werden.«

Er setzte sich ans Bett und ordnete die fleckige Decke, die über Lysanne gebreitet war. »Emile hat dich damals hintergangen und angelogen, als er dir gesagt hat, Gaspard wäre an einem Hirnschlag gestorben. Das war gemein, und es tut ihm wirklich leid, Lysanne. Ich möchte das an seiner Stelle wiedergutmachen. Es ist an der Zeit, deinen Blick zu klären.«

Lysanne zwang sich dazu, die drohende Panik, die von allen Seiten auf sie zukroch, zurückzuhalten. Fast bedauerte sie es, dass die Betäubung sie nun endgültig aus ihrer Gnade entlassen hatte. »Ich ... ich will das nicht.«

Er strich ihr über eine Seite des Halses, und sein Blick verlor sich. Dann fing er sich wieder und lächelte mit einem Tatendrang, der ihren Herzschlag aussetzen ließ. »Nun, da Laurent seinen ursprünglichen Plan nicht durchführen kann, muss er sich Maldoror gegenüber anders beweisen.«

Lysannes Kopf war nun völlig klar. Gegen die messerscharfe Pein dieser Klarheit setzte sie das Einzige ein, das ihr geblieben war und das, glaubte man Louis Aragon, die größte Macht hatte. Sprache.

»Emile, ich habe kein Interesse an deiner Besessenheit mit diesem Maldoror!«

»Oh, aus dir spricht nur die Angst vor dem Tod. Aber davon musst du dich lösen, Lysanne. Du wirst es nicht als Sterben empfinden.«

Sie zerrte an den Fesseln, die ihre Hände an das Kopfteil des Bettes banden.

»Lass mich frei!«

Laurent beugte sich über sie und hob langsam den Arm. Im spärlichen Licht glitzerte kurz etwas Gläsernes auf. Eine weitere Spritze. Panisch suchte Lysanne nach einer Frage, die ihn von seinem Vorhaben ablenken würde. »Woher wusste Emile überhaupt, dass ich in Paris bin?«

Laurent zog eine höhnische Grimasse. »Der Magnetismus des Zufalls. Von diesem mysteriösen Gesetz hast du sicher in letzter Zeit des Öfteren gehört, nicht wahr? Ich hatte eine Besorgung in der Passage de l'Opéra zu machen und sah dich dort in einem Café sitzen, mit einer Kreatur, die ich bereits kannte. Louis Aragon ist sein Name, nicht wahr? Dieser kleine, hundsgemeine Clown mit seinem zerknitterten Anzug und seinen kindischen Worten.«

Laurent betrachtete die Spritze.

»Emile fand es faszinierend, dass du genau wie Isabelle von diesen selbstverliebten Revolutionären angezogen wurdest. Wie zwei Motten musstet ihr um dieses zersetzende Licht taumeln. Ist das nicht bemerkenswert? Jedenfalls erschien es mir amüsant, dir auf deinen ahnungslosen Wegen zu folgen und zu sehen, dass auch du, als wäre es ein familiärer Zwang, bei den Surrealisten gelandet bist. Da beschloss ich wohl, dich … nun, miteinzubeziehen.«

»Warum?«, stieß sie hervor. »Wo soll das alles enden?«

Er schloss für eine Weile versonnen die Augen. »Wo es endet, weiß nur Maldoror. Aber für dich …« Er sah sie an und hob die Spritze. »Für dich ist hier erst einmal Schluss.«

Sie entkam der Nadel auch dieses Mal nicht und war beinahe erleichtert, als ein dunkler Sog sie ins Nirgendwo spülte.

26. Dezember 1924, vormittags

Sie hatten Laurent nicht gefunden. Die von Edouard abgestellte Suchmannschaft hatte die ganze Nacht sämtliche Zimmer und Keller durchsucht. Die schiere Größe des Hôpital Sainte-Anne hatte all ihre Bemühungen geradezu verhöhnt. Man hätte gleichzeitig fünfhundert Polizisten abstellen müssen, in jeden Gang, jedes Treppenhaus und jeden einzelnen Hof, um zu verhindern, dass der Gesuchte die weitverzweigten Fluchtmöglichkeiten hätte nutzen können. Doch mit einer Gruppe von gerade einmal sechsundvierzig Mann musste Doktor Laurent der das Gelände besser kannte, ihnen auf einem Weg, den wohl nur er kannte, entkommen sein. Das einzig Gute an diesem Morgen war die Tatsache, dass Edouard ihm volle Unterstützung zugesichert hatte.

Als Vioric an diesem Morgen mit bebenden Nerven in die Préfecture zurückkam, wartete Louis Aragon vor seinem Büro auf ihn. Die Ahnung war wie eine Ohrfeige. In seiner Besessenheit, Laurent selbst zu finden, hatte Vioric keine weitere Sekunde an Lysanne gedacht. Als Vioric nun sah, dass der hoffnungsvolle Blick des Dichters einer fragenden Besorgnis wich, ahnte er, dass die kleine Cécile nicht das einzige mögliche Opfer war. Dass ihr Überleben bedeuten mochte, dass ein anderes an Laurent verloren war. Lysanne.

»Ich dachte, sie wäre bei Ihnen, Aragon.« Vioric schüttelte den Kopf.

»Sie wachte gestern in meinem Bett auf und ist seitdem nicht mehr dorthin zurückgekehrt. Was sie natürlich nicht muss. Aber ich frage mich, wo sie stattdessen ist. Es ist kalt, sie hat kein Geld, und bei Ihnen fühlt sie sich eingesperrt, Lieutenant.«

»Natürlich …« Vioric ließ sich auf den Besuchersessel in seinem Büro sinken. In seinem Kopf rasten Erschöpfung und Resignation.

Aragon zerteilte Viorics Grübeln mit einem Fingerschnipsen vor seinen Augen. »Wo ist Lysanne also? Ich frage mich, kann es sein, dass sie aus der Höhle des Löwen gar nicht zurückgekommen ist?«

»Was soll das heißen?«

»Sie ging in eine Irrenanstalt, um einen Korb von diesem Feigling Breton bei seiner eingesperrten Muse abzugeben.«

Vioric erstarrte innerlich. »Wollen Sie mir etwa sagen, Lysanne war im Hôpital Sainte-Anne?!«

»Eben dort! Und Frauen wie sie sollten gar nicht in die Nähe solcher Häuser gehen. Frauen wie sie sind die Leibspeise dieser Häuser. Was haben Sie? Sie sind ja blass wie das Innere einer Auster, Lieutenant.«

Vioric lauschte seinem harten Herzschlag und griff in seine Hosentasche. Seine Finger fanden den samtenen Mantelknopf. Er zwang sich zur Ruhe und atmete einmal tief durch. »Lysanne kam also von diesem Botengang aus dem Sainte-Anne zurück und besuchte im Anschluss ihre Schwester im Hotel Lutetia. Das war gestern Nachmittag. Seitdem war sie weder bei Ihnen noch bei mir.«

Aber wenn weder Laurent noch Lysanne aufzufinden waren, bedeutete das dann, dass der eine die andere in seiner Gewalt hatte? Und wo?

Vioric hatte am Morgen gelesen, dass Isabelle ins Krankenhaus Hôtel-Dieu gebracht worden und schon nicht mehr bei Bewusstsein war.

»Was ist denn los, Lieutenant?«, drängte Aragon. »Wissen Sie nun, wer der Mörder ist?«

Vioric nickte wortlos und fühlte die ätzende Vergeblichkeit dieses Wissens. Laurent war verschwunden, ebenso Lysanne. Laurent, Lysanne. Die beiden Namen rasten wieder und wieder durch Viorics Gedanken. Wie passte Lysanne in Laurents finstere, verdrehte Welt?

Aragon rückte Vioric unangenehm nah. »Finden Sie meine kleine Freundin, Lieutenant. Finden Sie diesen Unhold. Ich will endlich wieder meinen *Maldoror* lesen können, ohne mich dabei übergeben zu müssen.«

»Das ist nun wirklich meine geringste Sorge!« Vioric stieß wütend seine Hand gegen Aragons Brustkorb.

Aragons Augen weiteten sich. »Sie meinen, dieser Mann könnte Lysanne für seinen schrecklichen letzten Mord opfern?«

Vioric verschwieg Aragon, dass Laurent hierfür die kleine, geistig zurückgebliebene Cécile vorgesehen hatte und damit gescheitert war. Aber was, wenn er nun Lysanne als Ersatz benutzte? Er empfand das plötzliche Bedürfnis, Aragon herauszufordern. Vioric wollte wissen, was er dachte. Der Lieutenant klammerte sich an die Hoffnung, dass Aragon ihm dabei helfen konnte, zu verstehen, wie Laurents Denken funktionierte. In welchem geistigen Abgrund er sich bewegte, und wie seine Regeln funktionierten. Zu seiner Ernüchterung wiegte Aragon nur den Kopf und lächelte.

»Ich glaube nicht, dass Laurent Lysanne etwas antut. Sie passt nicht ins Bild. Er braucht für diesen Mord ein kleines Mädchen. Und das wird er sich holen. Er wird dieses Bild nicht verwässern, indem er sich an einer Frau vergreift.«

»Diese Hure, der er die Augenlider zusammengenäht hat, war auch kein Kind mehr«, widersprach Vioric. »Und das kleine Mädchen, das haben wir glücklicherweise gefunden. Wir haben Grund zu der Annahme, dass er sie bereits eine Weile gefangen gehalten hatte, denn auf dem Gelände des Sainte-Anne war zwischenzeitlich auch ein aggressiver, großer Hund verschwunden, der ebenfalls wiederaufgetaucht ist.«

Aragon wirkte, wenn auch widerwillig, beeindruckt.

»Dann ist diese Monstrosität also zum Glück misslungen. Aber Ihre Blässe verrät mir, dass Sie nicht nur wegen Lysanne leiden, nicht wahr, Lieutenant?«

Vioric erschrak. Für einen kurzen Moment kam er sich vor wie etwas, das unter einer Glasglocke zur Betrachtung freigegeben wurde, während Aragons absurd vergrößertes Auge durch die Glocke auf ihn herabsah.

»Was treibt Sie noch an? Die Angst, dass Sie darin versagen, den Mörder zu fangen? Oder fürchten Sie, bis an Ihr Lebensende mit der Gewissheit leben zu müssen, dass Sie die Frau nicht gerettet haben?«

Viorics Kopf ruckte hoch. »Welche Frau meinen Sie?«

Aragon lächelte wissend. »Ertappt?«

Viori wollte den Dichter anherrschen, woher er das wusste, aber ihm wurde schnell klar, dass Aragon möglicherweise Lysanne meinte. Aber seine Frage fiel an einen wunden Ort in seinem Inneren, wo eine andere schreckliche Wahrheit wucherte. Er öffnete den Mund, aber es kamen keine Worte.

Der Blick des Dichters wurde hungrig, und seine Augen weideten leise fordernd auf Viorics Gesicht. Er verspürte das schlagartige Bedürfnis, es Aragon zu erzählen. Er wollte es aussprechen. Ein einziges Mal nur vor einem anderen Menschen gestehen, nachdem er es so lang in sich verschlossen herumgetragen hatte. Dieser verrückte Kerl hatte den haarfeinen Riss in Viorics Fassade entdeckt, durch den er einen verlockenden Ruf in sein Inneres geschickt hatte. Von einem Moment auf den nächsten vergrößerte sich der Riss, und Vioric gab sich dem lauernden Blick des Dichters hin.

»Da gab es eine Frau in Antibes«, sagte er, ohne ihn anzusehen. »Ich habe sie geliebt. Ich wollte bei ihr bleiben und nicht mehr nach Paris zurückkehren, wo ich als einfacher Gardien maßgeblich dazu beigetragen hatte, einen komplizierten Fall aufzuklären. Ich mochte die Polizeiarbeit, aber ich konnte mir auch gut vorstellen, in einem anderen, einfacheren Beruf mein Glück zu finden.«

Die Bilder dieser Zeit bestürmten ihn, und ohne dass er es merkte, krallte er sich an der Tischkante fest. »Aber nachdem ich Nicolette kennengelernt hatte, schwebte mir ein Leben jenseits der großen Städte vor. Ein Leben als Fischer oder Bootsbauer, warum nicht? An der Seite von Nicolette schien alles möglich.«

Viorics Blick wanderte zum Fenster hinaus, wo Paris seinen Bewohnern den Takt aufzwang. Er seufzte schwer.

»Aber dann kam ein Telegramm meines Bruders, der mir eine Beförderung anbot, die ich auf normalem Weg niemals erreicht hätte. Ich sollte mehrere Dienstgrade überspringen und einen Posten annehmen, von dem ich niemals zu träumen gewagt hätte.«

Edouards Angebot war für Julien wie ein vergifteter Apfel, dem zu widerstehen ihm nicht gelungen war. Damit hatte Julien sich letztendlich selbst in die größte Katastrophe seines Lebens manövriert.

Aragon lehnte sich in seinem Stuhl zurück und betrachtete Viorics verkrampfte Hand. »Wann wird die Geschichte hörenswert, Lieutenant?«

Gegen seinen Willen entfuhr Vioric ein Lachen. Aragon hatte recht. Was für eine im Grunde langweilige Geschichte sein Leben durch das Annehmen des Postens geworden war, und er hatte ihr das Schönste in seinem Leben geopfert.

»Nicolette würde nicht mit mir nach Paris kommen, das wusste ich. Ohne das Meer würde sie eingehen. Paris hatte ihr nichts zu bieten. Ich verabredete mich mit ihr an der Hafenmole, weil ich hoffte, diese Umgebung könnte sie weich stimmen und dafür sorgen, dass sie mich verstand.«

Aragon hob eine Augenbraue. »Liebten Sie das Meer etwa nicht genug?«, flüsterte er.

»Ich liebte es wie verrückt. Aber ich hatte geglaubt, Paris mit seinen Möglichkeiten sei die vernünftigere Entscheidung. Die logische Konsequenz. Mein Vater ... er war der vormalige Präfekt, aber er hat mich nie dazu gedrängt, in seine Fußstapfen zu treten. Er kannte mich gut genug.« Vioric entfuhr ein leises Lachen. Aragon saß so unbewegt und lautlos auf seinem Stuhl, dass Vioric sich für einen kurzen Moment nicht sicher war, ob er sich vielleicht nicht doch allein in seinem Büro aufhielt. Aber Louis Aragon war da, und er hörte ihm zu, wie ihm außer Nicolette noch niemand jemals zugehört hatte. Vioric sammelte seine Gedanken und hob erneut an zu erzählen.

»Aber als mich Edouards Ruf erreichte, glaubte ich, der Liebe meines Vaters nur gerecht zu werden, indem ich eben doch den Polizeiweg einschlug. Als er tot war, wurde Edouard der neue Präfekt. Und er zog mich in die Welt hinein, von der mein Vater mich wohlweislich hatte fernhalten wollen.«

Aragon nickte. »Wie hat Nicolette es aufgenommen?«

»Sie geriet außer sich.« Viorics Herzschlag schickte sein Echo bis in seine Schädeldecke. »Es muss ihr vorgekommen sein wie der schlimmste Verrat. Sie verstand mich nicht und war durch nichts zu beruhigen. Ich versprach, sie regelmäßig zu besuchen. Ich sagte ihr sogar, dass ich dieses Leben in Paris nur kosten wollte, nur ein paar Jahre, und dann nach Antibes zurückkehren würde.«

»Oh, Lieutenant, jetzt verstehe ich, warum über ihrem Scheitel ein derart trauriger Mond scheint«, sagte Aragon sanft. »Wie ging es weiter?«

Vioric hatte den Moment Tausende Male in seinem Kopf erlebt, aber nun, da er zum ersten Mal die Worte laut aussprechen, mühsam formen musste, kam es ihm vor, als spuckte er Geröllsplitter aus.

»Sie war schrecklich aufgewühlt und konnte nicht aufhören zu weinen. Plötzlich sprang sie auf und rannte davon. In ihrer Verfassung war es ihr wahrscheinlich überhaupt nicht möglich gewesen, den Fischlieferanten zu sehen, der auf der Mole entlangfuhr. Mit einem großen Lieferwagen und ein wenig zu schnell. Ich schrie Nicolette hinterher, und sie blieb auch tatsächlich stehen. Sie glaubte wohl, ich würde ihr nacheilen, weil ich mich umentschieden hatte. Aber ich war ihr nicht nachgeeilt, ich schrie nur etwas, das sie nicht verstand, und sie machte ein paar Schritte rückwärts. Direkt in die Fahrbahn des Lieferwagens hinein.«

Vioric lockerte den Griff um den Rand der Tischplatte, ließ ihn aber nicht los. Wieder rieselte kalter Sand durch seine Eingeweide. Sein Körper war das Glasgefäß einer Sanduhr, die die Tage zählte, die er diese Schuld noch zu tragen hatte.

»Ich sah zu, wie man ihren zerquetschten Körper davontrug. Als ich mich wieder rühren konnte, ging ich zu ihrer Familie, wo niemand wusste, dass meine Ankündigung, nach Paris zu gehen, für das Unglück gesorgt hatte. Ich sagte es ihnen nicht.« Vioric schüttelte den Kopf. Seine Finger fingen langsam an zu zittern. Aragons Stuhl knarzte leise. »Die Ärzte erklärten, dass sie sterben würde, dass es unmöglich sei, solche Verletzungen zu überleben. Ich ertrug es nicht, in Antibes auf ihren Tod zu warten. Ich reiste zurück nach Paris und nahm meinen Posten an. Einen Monat später brach der Krieg aus.«

Aragon stieß einen leisen Pfiff aus.

»Ich arbeitete noch ein gutes Jahr auf meinem neuen Posten, bevor ich eingezogen wurde. Und ich schrieb regelmäßig der Familie in Antibes, um nach Nicolette zu fragen. Aber nach den ersten Briefwechseln änderte sich der Ton, und die Abstände zwischen den einzelnen Nachrichten wurden immer länger. Wer konnte es ihnen verdenken.« Das immer neuerliche Grauen, das ihn beim Eintreffen eines Briefes aus Antibes überkam, kehrte für einen Moment zurück. Damals war die Leere in Viorics Leben eingezogen. »Ihr Zustand war immer gleich schrecklich, und ich war geflüchtet, als Nicolette mich vielleicht am meisten gebraucht hätte.« Aragon deutete ein nachdenkliches Nicken an. »Als ich im Mai 1915 eingezogen wurde, hörte es mit dem Briefeschreiben ganz auf«, beendete Vioric seinen Lebensbericht. Jetzt, wo er sich selbst die Worte hatte laut aussprechen hören, verstand er nicht länger, dass er nie über dieses Kapitel seines Lebens gesprochen hatte, nicht einmal mit Paul Tusson. Warum er nicht wenigstens einen Weg gesucht hatte herauszufinden, ob Nicolette überlebt hatte. Warum er diesen Zustand der Ungewissheit so lange ertragen hatte. Doch plötzlich sah Vioric den Grund dafür so deutlich, als wäre er wie eine Kröte auf den Tisch gehüpft. Auf diese Weise hatte er sich selbst bestraft. Wenn es für Nicolette keine Erlösung gab, stand ihm ebenso keine zu.

Aragon reichte Vioric ein Taschentuch. Erst jetzt wurde ihm bewusst, dass er geweint hatte.

»Gibt es noch etwas an der Geschichte, das Ihre Nicolette zu etwas Besonderem macht?«, fragte der Dichter. »Irgendein verloren gegangenes Kapitel, ein in der Zukunft verstecktes Ende? Irgendein Epilog, der noch geschrieben werden muss?«

Vioric betrachtete die matt funkelnde Damenbrosche an Aragons Baskenmütze. »Ich habe vor einigen Tagen erfahren, dass Nicolette immer noch lebt und dass sie bis auf ihr verloren gegangenes Augenlicht wieder gesund geworden ist«, sagte er zögerlich in den Raum hinein.

Aragon stand auf und legte beide Hände auf Viorics Schultern. »Lieutenant, das Ende dieser Geschichte ist ganz klar. Egal was geschieht, ob Sie diesen Mörder nun fangen oder nicht, Lysanne retten oder nicht, am Ende fahren Sie nach Antibes, um Nicolettes Hände zu ergreifen und einen wassergrünen Kuss der Anbetung in ihren Atem zu flüstern. Darin wird Ihre Befreiung liegen.«

Vioric spürte, wie diese Worte ein sonderbares Netz der Zuversicht um ihn woben. Aus Aragons Mund klang es wie das Einfachste, Selbstverständlichste, etwas, das er tun musste. Aber was wäre dadurch gewonnen? Würde Aragons Idee all das überbrücken, was Vioric und Nicolette trennte? Er fühlte sich bereits zu einem Kopfschütteln ansetzen. Und doch überwältigte ihn seine Sehnsucht nach Nicolette und diesem zurückgelassenen Leben mit voller Wucht. Ja, er konnte es tun. Nach Antibes fahren und es versuchen. Aber nicht, wenn es ihm nicht gelang, Lysanne zu retten. Er verscheuchte den Gedanken und erlaubte sich, ihn erst wieder zu denken, wenn alles ausgestanden war.

Aragon klopfte ihm auf den Rücken und wandte sich zur Tür.

»Warten Sie.« Vioric fixierte die Augen des jungen Mannes, in deren Sanftheit sich eine leichte Schärfe gemischt hatte. »Sie machen mich nicht dafür verantwortlich, wenn ich Lysanne nicht retten kann?«

Statt einer Antwort lockerte Aragon seine dunkelrote Krawatte, legte sie um den Ständer von Viorics Schreibtischlampe, band einen Knoten und zog ihn ruckartig zu. Ohne ein weiteres Wort verließ er das Büro.

Vioric fühlte sich seltsam befreit, doch gleichzeitig schien nun etwas Drohendes über ihm zu schweben wie ein Nachtvogel auf der Suche nach leichter Beute. Die Krawatte an der Schreibtischlampe. Vioric wusste nicht, warum er auf einmal das Bedürfnis hatte, sie einfach dort zu lassen und nie wieder abzunehmen. Als hielte diese Krawatte etwas zusammen, das andernfalls einzustürzen drohte. Durch sie, schien ihm, wurde das Licht seiner Gedanken in eine andere Richtung gelenkt.

Er starrte erneut auf die Lampe. Der Raum hinter der Wäscherei trat aus dem Dunkel seiner Gedanken hervor. Die Anordnung der Ziegelstapel inmitten des Gerümpels. Die marode, stinkende Wand. Vioric fuhr von seinem Stuhl hinter dem Schreibtisch hoch. Er wusste jetzt, was ihn an diesem Anblick gestört hatte.

21

26. Dezember 1924, abends

Er löste die Fesseln an Lysannes Füßen und zerrte sie in eine aufrechte Haltung. Sie bemerkte erst, dass sie eine Zwangsjacke trug, als er deren Riemen auf ihrem Rücken festzurrte. Dann zog er sie auf die Beine. Ein schlagartiger Schwindel erstickte ihre Gegenwehr im Keim. Laurent trieb sie vor sich her durch einen dunklen Raum, in dem ihre Schritte hallten, als wäre über ihnen eine hohe Decke. Lysanne versuchte, irgendetwas zu erkennen, aber die wenigen Anhaltspunkte verschwanden in dem Nebel, der sich dick in ihrem Kopf eingenistet hatte. Für einen kurzen Moment nahm sie den Duft von Waschmitteln und sauberer Wäsche wahr, der den Gestank von Moder und feuchten Steinen durchkreuzte. Der Geruch hatte etwas Tröstendes. Nach ein paar taumelnden Schritten schimmerte ihr ein diffuser Lichtschein aus dem Boden entgegen. Eine Luke. Laurent packte die Verschlüsse der Zwangsjacke und dirigierte sie auf die Luke zu. »Steig hinunter.«

Der Anblick der Luke und die in ihrem Kopf schwappenden Reste der Betäubung ließen sie schwindeln. Ihre Beine versagten, sie knickte ein und fiel. Laurent schleifte sie mit bis zum Rand der Luke und schob sie hinein. Am Rande all der wirren Sinneseindrücke merkte sie, wie er ein Seil durch eine der Ösen an ihrem Rücken führte, um sie besser dirigieren zu können.

Ihre Füße fanden die Sprossen einer Leiter, und weil sie unter sich eine lebensgefährliche Tiefe ahnte, suchte sie konzentriert die nächste Sprosse und die nächste. Über ihr hielt Laurent das Seil fest gepackt. Sein Griff hätte sich sicher anfühlen können, denn er würde nicht zulassen, dass sie abrutschte und fiel. Aber gleichzeitig bekam sie eine Ahnung davon, wie sich Opfertiere fühlen mussten, die zum Altar getrieben werden.

Kurz bevor Lysanne unten aufkam, ließ er sie los, und sie fiel aus einem halben Meter Höhe und schlug hart auf dem Boden auf. Die Erleichterung, nicht länger herumdirigiert zu werden wie eine Puppe, übertraf den Schmerz des Aufpralls. Die Haut an ihren Knien riss auf, und ihr Herz pumpte neue Angst durch ihre Zellen. Laurent zerrte sie sofort wieder hoch und lehnte sie gegen die Wand eines Raumes, dessen Einzelheiten ihr Geist nur widerwillig in einen begreifbaren Zusammenhang setzte. Der Boden war uneben, und sie war von roh behauenem Stein umgeben, als würden sie sich in einem Stollen befinden. In unregelmäßigen Abständen standen Schalen mit Talglichtern auf dem Boden. Ein Stück weiter brannten noch mehr Kerzen in einem großen, gewölbeartigen Saal. Sie klammerte sich an die erleichternde Feststellung, dass hier unten zumindest genügend Sauerstoff war, um diese Flammen am Leben zu erhalten. Ihr fiel auf, dass der widerwärtige Modergestank verschwunden und dem sauberen Geruch nackter Steine gewichen war.

»Wo sind wir hier?«

Statt einer Antwort löste Laurent die Leiter vom Einstiegspunkt der Luke und ließ sie einfach los. Das obere Ende zerbrach mit einem lauten Krachen, als sie auf dem Steinboden aufkam. Er ging in die Hocke, packte die seitlichen Verstrebungen und wuchtete sie hoch. Lysanne begriff, was er vorhatte. Wie in einem Albtraum stand sie bewegungslos da und musste beobachten, wie er die Leiter mit voller Wucht gegen die Wand schleuderte. Die hölzernen Streben barsten, und Splitter sprangen in alle Richtungen davon. Ohnmächtig ließ sie die destruktive Kraft Laurents auf sich wirken. Wo auch immer sie sich nun befanden – Laurent hatte soeben den einzigen Rückweg zerstört. Die Betäubung kreiste noch immer in ihrem Kopf und verhinderte, dass sie vor Panik die Fassung verlor.

»Was ist das hier für ein Ort?«, hörte sie sich mit heiserer Stimme flüstern.

»Du befindest dich immer noch auf dem Grund und Boden der Irrenanstalt. Und gleichzeitig könntest du ebenso gut im offenen, dunklen Meer schweben. Niemand kennt diesen Ort, und jetzt kann ihn auch niemand mehr betreten.« Er warf die zerborstenen Leiterreste auf den Boden und kam auf sie zu.

»Irgendwo über uns befindet sich die Wäscherei. Nässe und Feuchtigkeit haben dem Fundament geschadet, und man hat den hinteren Trakt schließlich zugemauert. Ich selbst wusste nichts davon. Ich wurde zufällig hierhergeführt. Ein verrotteter Schrank vor einer eingestürzten Mauer diente meiner kleinen unfreiwilligen Führerin als Portal ins Unbekannte.«

Laurent stieß sie in den Raum hinein und deutete auf eine halbrunde Ausbuchtung, die sich wie eine Kirchenapsis in die rohen Wände schmiegte. Auf den ersten Blick wirkte er in sich geschlossen, aber als Lysanne an der Wand entlangstolperte, fielen ihr immer wieder Durchgänge auf, die in dunkelstes Nichts zu führen schienen.

»Dies ist ein Ort, den Kinder finden, die ohne Spielgefährten aufwachsen. Die kleine Cécile hat mich hierhergeführt, ohne es zu wissen. Sie war schon damals ein absichtsloses Werkzeug Maldorors. Ich bin ihr gefolgt und wusste, dass er mich diesen Ort finden lassen wollte, um hier sein Werk zu vollenden. Aber die kleine Cécile ist mir entwischt, und nun … nun wirst du mir dabei helfen, mein Versagen wiedergutzumachen, Lysanne.« Er betrachtete versonnen die steinernen Wände. »Was meinst du, weiß außer uns noch jemand von diesem unterirdischen Stollen, den seit dem Jahr 1774 niemand mehr betreten hat?«

Lysannes Blick huschte über die vernarbten Wände. Die kathedralenartige Weite des Stollens mündete in einen weiteren Durchgang, hinter dem tiefe Schwärze lag. Die Erkenntnis, dass sie sehr weit weg von jedwedem Beistand war, verloren an einem vergessenen Ort mitten in Paris, schnitt wie ein dünner Draht durch ihre Brust.

Sie bezweifelte, dass überhaupt jemand nach ihr suchte. An Orten wie dem Sainte-Anne verschwanden die Menschen in einer Lücke zwischen Wahnsinn und Vergessen. Dieses düstere Gewölbe war der unerreichbare Hades einer ohnehin unsichtbaren Welt. Lysanne würde hier unten sterben.

Laurent stieß sie zu Boden und beugte sich zu ihr herunter. »Ich habe ein wenig recherchiert.« Seine Stimme klang wie die eines Menschen, der mitten in der Nacht aufwacht und mit seinem eigenen Spiegelbild spricht. »Zu Zeiten von Ludwig XIV. haben sie hier die Steine für den Bau des Place des Victoires gehauen. Es ist ein vergessener Ort. Ein geheimes Paradies.«

Lysanne kämpfte die Panik, die ihren Hals zuschnürte, zurück. »Aber was soll ich hier unten?«

Statt einer Antwort zog Laurent etwas aus seiner Tasche. Als das mehrklingige Taschenmesser im schwankenden Licht aufblitzte, schnappte Lysanne entsetzt nach Luft. Sie sank auf den Boden. Zitternd versuchte sie, ihre rasenden Gedanken einzufangen. Sie musste nur eine kleine Lücke in Maldorors Logik finden, mit der sie Laurents Wirklichkeit aufhebeln konnte. Aus dem Boden kroch die Kälte in ihre Kleidung, und mit ihr das Wissen, tief unter der Erde versteckt und diesem Wahnsinn schlicht ausgeliefert zu sein. In der Höhle lag eine lastende, unnatürliche Stille, die den Keim des Widerstands in ihrem Inneren bereits schon wieder zu ersticken drohte.

Laurent senkte den Kopf und murmelte etwas, das sie nicht verstehen konnte. Die herausragenden Klingen des Messers warfen stachelige Schatten an die Wände. Mit befremdlicher, träumerischer Entschlossenheit näherte Laurent sich Lysanne und hob das Messer vor ihre Augen. Eine Lücke tat sich auf zwischen diesem Wahnsinn und dem Leben, das sie kannte, und ihr Herz schien in diese Lücke hineinzurutschen. Für einen Moment wünschte sie sich, der Moment möge einfach vergehen und sie müsste nicht länger irgendetwas von dem hier fühlen. Doch dann flutete plötzlich eine Erinnerung ihr Bewusstsein, und eine eigenartige Szene stand ihr ganz deutlich vor Augen.

Vioric, wie er betrunken und schwankend vor einigen Nächten nach Hause gekommen war, kurz nachdem man die Frau mit den zusammengenähten Augenlidern gefunden hatte. Vioric hatte etwas gesagt. Etwas, das sich ihr nun wie ein letzter möglicher Ausweg auftat.

Man musste die Eitelkeit eines Mörders beherrschen, ehe man ihn fangen konnte …

Sie nahm einen tiefen Atemzug und kämpfte sich aus dem Griff der Lähmung. »Warte!«

Langsam wandte Laurent sich ihrem Gesicht zu. Sein Blick war unerreichbar nach innen gerichtet. Ich muss mit ihm reden, dachte sie. Sein Bedürfnis wecken, über Maldoror zu reden. Ihm Raum für diese Eitelkeit geben, von der Vioric gesprochen hatte. Und sei es nur, um Zeit zu gewinnen.

»Erzähl mir von Maldoror«, improvisierte sie. »Erzähl mir, wie er dich erschaffen hat. Aus was bist du geboren? Es war nicht der Krieg und auch nicht Isabelles Grausamkeiten, habe ich recht? Hat dich das Töten ihm nähergebracht?«

Laurent schwieg.

»So viel hast du für ihn getan. Die ganze Stadt, das ganze Land spricht von Maldorors Taten, und das ist dein Werk!«

In seinen Augen flackerte etwas wie Freude auf, und Lysanne wusste, was der Lieutenant mit Eitelkeit gemeint hatte. Da war sie. Und sie war so leicht anzulocken wie eine hungrige Maus mit ein paar Krümeln. Lysanne zwang sich zur Konzentration. Ihre Beine zitterten, und sie veränderte vorsichtig ihre Position. »Aber wenn du den letzten Akt vollbracht hast, wie willst du ihm dann weiter dienen?« Unwillkürlich ging sie in ein beschwörendes Flüstern über. »Einen wie dich kann er dann doch nicht mehr brauchen.«

»Maldoror hat den Wahnsinn in schillernden Farben gemalt. Und er wusste, was es heißt, als Mensch über diese Erde zu wandeln. Als lebender Schandfleck vor dem Angesicht Gottes.« Seine Stimme verlor sich in dem kalten Gewölbe. Schweißtropfen rannen Lysannes Schläfen hinab. Eine sonderbare, unnatürliche Ruhe schloss sich tief in ihrem Inneren um das Flattern der Angst, wie eine warme Hand um einen kleinen Vogel. Wie durch einen Zerrspiegel, der ihr jedoch die wahre Natur ihres Gegenübers offenbarte, glaubte sie nun zu erkennen, auf welch mörderische Weise Laurents Geist sich seinen Seelenqualen hatte entwinden wollen. Ein Teil von ihr, den sie noch nie wahrgenommen hatte, hatte unwillkürlich mit diesem Geschöpf Maldorors zu sprechen begonnen. Es war der Teil von ihr, der auf einmal glaubte, Julien Vioric würde sie aus der Entfernung anleiten und führen. Der Teil, der Aragons Aufforderung nachgekommen war, dieses schreckliche Buch überhaupt zu lesen. Und obwohl sie alleine war mit dem entmenschlichten Wahnsinn, fühlte sie doch die Präsenz dieser beiden Männer wie etwas, das sie innerlich unmerklich aufrichtete.

»Du brauchst ihn«, stieß sie hervor und zwang sich, ihn anzusehen. »Du kannst nicht mehr zurück zu Emile Laurent. All die Schicksalsschläge, die Emile so demütig hingenommen hat. So schwach! Laurent, der nur glücklich war, wenn Isabelle ihn wahrnahm. So traurig! Den nur der Rausch vergessen ließ, dass der Krieg seine Träume gefressen hatte. Trauriger, schwacher Emile.«

Laurent ließ die Arme sinken und starrte zu Boden, als sei er getroffen. Lysannes Entschlossenheit entrang sich der Angst immer mehr.

»Und die Surrealisten haben Emile Laurent einen großen Dienst erwiesen, als sie Isabelle mit Maldoror bekannt gemacht haben.«

Sie holte zitternd Luft. Doch plötzlich hob sich sein Blick und heftete sich wie ein blutsaugendes Insekt an Lysanne. Er packte ihren Hals und drückte sie grob gegen den Stein.

Sie wusste, dass sie ihn getroffen hatte. Und sosehr sein gnadenloser Griff um ihren Hals die Todesangst von Neuem anfachte, so sicher wusste sie auch, dass sie nur diese eine Chance hatte.

»Aber dann ... hat Maldoror dich aus Emiles Elend geboren. Mit seinen Gesängen ...« Panik verzerrte ihre Stimme, aber sie gab die Waffe nicht aus der Hand. »Worte von finsteren und gifterfüllten Seiten!«

Laurent erstarrte. Was Lysanne gesagt hatte, stammte aus dem ersten Absatz der *Gesänge*, der plötzlich wie eine beschriebene Leinwand vor ihrem inneren Auge zu stehen schien. Die Überraschung lockerte seinen Griff, und sie nahm einen tiefen Atemzug von der steinkühlen Luft.

Er näherte sich ihrem Gesicht. Die Kerzen erfüllten jede seiner Falten und Poren mit schmutzigem Licht. »Woher weißt du diese Dinge?«

Aus seinem Mund stieg ein bestialischer Geruch. Beinahe erwartete sie, dass er im nächsten Moment knurren und ihr plötzlich ins Gesicht beißen würde. Aber er schluckte nur krampfhaft und sah sie mit flackerndem Blick an.

»Aber das weißt du doch«, wisperte sie beinahe zärtlich. »Du weißt, dass ich mit denen verkehre, die Emile seine angebetete Isabelle abspenstig gemacht haben. Das ist der Magnetismus des Zufalls.«

Sein Gesicht verzog sich zu einem Grinsen. »Oh, aber derselbe Zufall hat dich auch in meine Hände getrieben, Lysanne. Du hast mich überrascht, aber das wird mich nicht aufhalten.«

»Willst du mich schänden, wie du es mit Cécile vorhattest? Wie erbärmlich. Damit wirst du Maldoror nicht gerecht.«

Er starrte sie wieder seltsam blicklos an.

»Denk nach. Du weißt selbst, dass Maldoror erst dann zufrieden sein kann, wenn du das letzte Stück von Emile Laurent vertreibst. Trauriger, schwacher Laurent. Du musst ihn herausschneiden wie ein Geschwür. Er hat hier nichts mehr zu suchen.«

Laurent riss das Messer erneut hoch. Im Kerzenschein sah Lysanne, wie alt die Klingen waren. Rost und Staub klebten daran. Aber sie zweifelte nicht an der Zerstörung, die sie anrichten konnten.

»Wovon redest du?«, zischte er.

»Ich weiß, dass du nur Dinge tust, die in diesem Buch stehen. Was hättest du für eine Verwendung für mich? Du hast mich hier heruntergeschleift, um mich an Isabelles Stelle zu bestrafen. Oder vielleicht brauchst du einfach nur einen Zuschauer.« Lysanne bemühte sich um eine feste und sichere Stimme, aber gleichzeitig kämpfte sie darum, vor Angst nicht in Ohnmacht zu fallen. Schweiß rann ihr in die Augen, und sie blinzelte.

Laurents Kieferknochen mahlten. Er bewegte das Messer vor ihren Augen hin und her wie einen langsam schlagenden

Uhrzeiger. Und Lysanne wusste, dass sie ihn nun im Zentrum seiner Eitelkeit packen musste.

»Das wahrhaft Große, das Maldoror vollbracht hat«, flüsterte sie. »Er bewies an sich selbst, wie lästig ihm die menschliche Gestalt war, die leider auch ihm selbst anhaftete.«

Stumm und bebend hockte Laurent vor ihr. Lysanne konnte kaum fassen, wie sehr ihn ihre Worte bannten. Aber es war noch nicht vorbei.

»Ich wundere mich selbst, dass du es nicht schon getan hast. Ist es die Angst vor dem Schmerz? Du bist bis unter den Scheitel voll mit Drogen. Dein Schmerz wird das Geringste sein, was du fühlst, wenn du dich erst einmal derart würdig erwiesen hast!«

Seine Hand schloss sich wieder fester um ihre Kehle. »Willst du wohl endlich still sein!«

Lysanne hörte sein angestrengtes Schnaufen. Schweißtropfen fielen von seiner Stirn auf ihr Gesicht.

»Erinnerst du dich an die Spieluhr?«, würgte sie hervor. »Du hast mich auf dem Flohmarkt beobachtet und mir kurz darauf die Spieluhr gebracht. Du wolltest, dass ich glaube, Gaspard hätte das getan. Du wolltest auch, dass ich denke, Gaspard wäre für all die Morde verantwortlich. Lieutenant Vioric erzählte mir etwas von einem Mann mit Narben am Mund, und ich dachte natürlich sofort an Gaspard. Obwohl ich ihn damals noch für tot hielt. Das warst du. Du hast dir diese Narben aufgemalt. Wahrscheinlich mit einem von Isabells Lippenstiften, was? Du wolltest mir das Gefühl geben, ich würde den Verstand verlieren.«

Laurent belauerte sie, ohne zu antworten.

»Jemand wie Maldoror würde sich niemals Narben aufschminken, sondern stattdessen sein Messer gegen sich selbst führen.«

Er ließ von ihr ab und starrte sie voller Verwunderung an.

»Maldoror wollte zum Menschen werden, indem er sich das Lachen der Menschen ins Gesicht schnitt. Das konnte nicht gelingen. Aber andersherum wird es möglich sein.« Sie schluckte. Laurent lauschte ihr jetzt wie gebannt. Lysanne bemühte sich um einen aufmunternden Ton. »Du bist noch immer ein klein wenig Mensch. Um wie er zu werden, musst du nur den umgekehrten Weg gehen. Dir könnte gelingen, wo Maldoror versagt hat.« Sie zog die Knie an, und es gelang ihr, ihn ein Stück von sich wegzuschieben. Er ließ es geschehen und hockte in unnatürlicher Bewegungslosigkeit vor ihr.

»Zeig mir, was Maldoror getan hat, als er es nicht fertigbrachte, das Lachen der Menschen nachzuahmen!«

Sein Blick nahm eine verzweifelte Weite an. Die Hand, die das Taschenmesser hielt, lag schlaff auf der Seite. Lysanne war übel, aber sie zwang sich, ihm weiter in die Augen zu sehen. »Lass Emile Laurent hinter dir und gehe Maldoror entgegen.«

Sie nahm eine Veränderung in seiner Reglosigkeit wahr. Ein subtiler Wechsel hin zu schlagartiger Wachsamkeit, kaum mehr als ein Unterschied in der Art, wie er blinzelte. Die Hand mit dem Messer hob sich zaghaft. Ihr Körper spannte sich in Schmerz und Kälte. Die Stille der Höhle schien in sie zu kriechen. Lysanne versuchte krampfhaft, weiterhin wachsam zu bleiben, aber die Dunkelheit im hinteren Teil des Tunnels wirkte mit einem Mal bewegt und schien auf sie zuzukriechen. Etwas in der Schwärze drehte sich wie in einem leblosen Tanz.

Laurent begann vor sich hin zu flüstern, stockend wie ein Kind, das etwas Auswendiggelerntes wiedergibt. »Ich nahm ein Federmesser mit scharf geschliffener Klinge …‹«

Lysanne vervollständigte die Zeilen. Ihre Stimme war jetzt vollkommen klar. »›… und dort, wo die Lippen sich vereinigen, durchschnitt ich das Fleisch …‹«

Laurent blinzelte in wortloser Überraschung, dann bekam sein Blick etwas Duldsames, wie von einem Tier, das die Unausweichlichkeit der Schlachtbank verinnerlicht hat. In einer ruckartigen Bewegung hob er das Messer. Lysanne riss die Augen weit auf und zwang sich, das, was sie ausgelöst hatte, tief in sich aufzunehmen. Laurent stieß ein kehliges Gurgeln aus. Das Messer fuhr mit einem abscheulichen Geräusch von reißendem Fleisch durch seinen linken Mundwinkel. Er stieß ein Keuchen aus und atmete in einem schmerzvollen Stakkato. Der rechte Mundwinkel trennte sich unter dem nächsten Schnitt. Laurent krümmte sich vor ihr zusammen. Das Messer klapperte auf den rohen Steinboden. Mit zitternden Fingern griff er in die Tasche seines Jacketts und legte Lysanne das Buch in den Schoß. In seinen Augen leuchtete ein düsterer Triumph. Aus den zerschnittenen Mundwinkeln floss das Blut in Strömen über sein Kinn und den Hals.

Lysanne sehnte sich nach einem sofortigen Ausweg aus diesem Grauen. Doch sie zwang sich, ihn nicht aus den Augen zu lassen. Dann stieß er gegen die Mauer und schaute auf seine blutigen Hände. Lysanne hörte ihn aufkeuchen. Sie presste den Rücken fest gegen die Mauer, stemmte die Füße in den Boden und richtete sich mit einem gewaltigen Kraftakt ihrer halb betäubten Muskeln auf. Mit einer Schulter und dem Kopf gegen den Stein gelehnt, fand sie auf wackeligen Beinen Halt.

»Du kannst jetzt zu ihm gehen«, sagte sie.

Laurent drückte sich von der Mauer ab und taumelte rückwärts, während die Dunkelheit an den Rändern der Höhle nach ihm griff. Der Anblick hatte selbst für Lysanne etwas Gnädiges, wie eine Umarmung.

Eine erste Gewissheit löste den Griff ihrer Angst.

»Ich sah die Menschen mit hässlichem Haupt und mit schrecklichen, tief in finstrer Höhle liegenden Augen«, rezitierte sie aus dem Gedächtnis jene Stelle aus dem Buch, die auf die vergebliche Nachahmung des menschlichen Lächelns folgte. Die Worte erfüllten sich mit einer sonderbaren Kraft, die Laurent so grausam gegen die Menschen gewandt hatte und die sich nun gegen ihn selbst richtete.

»›Die Härte des Felsens, die Starre gegossenen Stahls. Die Grausamkeit des Haifisches, die Arroganz der Jugend, die Raserei der Verbrecher, der Verrat der Heuchler …‹«

Ihre Stimme wurde immer lauter, je finsterer die Schatten wurden, die nach Laurents wankender Gestalt zu greifen schienen.

In diesem Moment ertönte ein diffuses Geräusch von der Höhlendecke. Lysanne zuckte zusammen und zog den Kopf ein. Sie befürchtete, ein Stein könnte sich lösen und die ganze groteske Szene einfach unter sich begraben.

»Lysanne!« Sie erkannte die Stimme von Lieutenant Vioric. Vorsichtig spähte sie nach oben. Ein menschlicher Schatten huschte am Rande ihres Blickfeldes an der Wand entlang.

Viorics Stimme schallte in den Stollen hinunter. »Lysanne, bist du da unten?«

Statt einer Antwort brachte sie nur ein Schluchzen hervor. Die Erleichterung versagte ihr die Sprache.

Vioric würde eine Weile brauchen, ehe er eine neue Leiter oder ein Seil beschaffen und zu ihr herunterkommen konnte. Doch sie fühlte eine sonderbare Ruhe in sich und flüsterte Emile Laurent die letzten Worte hinterher wie einen Nachruf. »Man stirbt an weniger.«

Spielten die überreizten Sinne ihr einen Streich, oder war da ein körperloses Wesen, das Laurent in seinen Armen willkommen hieß? Und war da ein dankbares Lächeln, das sie noch in seinen Augen wahrnahm, bevor er von der Finsternis verschluckt wurde? Lysanne ahnte, dass sich hinter Laurent weitläufige Gänge und verschlungene Katakomben voll grenzenloser Grabesstille auftaten.

»Lysanne!«, schrie Vioric erneut.

»Ich bin hier!«, rief sie, aber gleichzeitig wusste sie, dass Laurent einen Teil von ihr mit in die ewige Schwärze des Pariser Untergrunds gerissen hatte.

22

27. Dezember 1924, spätnachmittags

Paris lag hinter einem dichten Vorhang aus Schnee; eine irrlichternde und ungewöhnlich stille Kulisse, die weder tröstlich noch abweisend erschien. Julien Vioric wandte sich vom Dachfenster in Aragons Zimmer ab und schaute wieder zum Bett. Eine Frau, die sich als Simone Breton vorgestellt hatte, saß an der Bettkante und flößte Lysanne heißen Tee ein. Louis Aragon saß am Tisch und hackte auf seine Schreibmaschine ein. Ansonsten war es hier oben in dem kleinen Zimmer in der Passage de l'Opéra so ruhig wie in einem Turm hoch über der Welt. Er setzte sich dem Dichter gegenüber und goss sich einen Schluck Sherry ein. Seine Nerven flatterten immer noch, und er fragte sich, ob sie sich jemals wieder beruhigen würden.

Aragon sah auf, und über sein Gesicht zog das Lächeln eines Mannes, dessen Welt zurück in die Angeln geglitten war.

»Wenn ich könnte, würde ich Sie zum Ritter schlagen, Lieutenant. Aber ich habe leider gerade kein Schwert bei mir. Nur das hier.« Er schnappte sich eine angebissene Scheibe Brot und legte sie auf Viorics rechter Schulter ab. Vioric ließ es sich mit einem schiefen Lächeln gefallen.

»Ich bin kein Held, Monsieur Aragon. Ich habe nur meine Pflicht getan.«

Simone Breton ließ ein leises Schnauben hören. Sie tupfte Lysanne den Schweiß von der Stirn und ordnete ihre Decke. Lysanne glühte vor Fieber und hatte seit ihrer Rettung kein einziges Wort gesprochen.

»So mancher ist in der Ausübung seiner Pflicht zum Idioten geworden«, wandte Aragon ein. »Sie hätten es ja dabei belassen können, dieses unselige Irrenhaus zu durchsuchen und sich einzureden, dass Sie alles getan haben. Aber nein, der Herr Lieutenant kommt auf die Idee, dass ein paar Stapel Ziegelsteine darauf hindeuten könnten, dass es da ein zugemauertes Areal hinter der Wäscherei geben könnte, und stößt kurzerhand durch einen verrotteten Schrank in eine unbekannte Welt vor. Das, mein Lieber, war eine surrealistische Großtat. Sie haben eine Realität hinter der Realität gefunden.«

Vioric winkte ab und biss in das Brotstück. Er hätte sich gerne so heldenhaft gefühlt, wie es in Aragons Hymnen klang. Aber er fühlte nichts als Erschöpfung und Grauen. Wenn er nur an den Anblick von Clément Faucogneys Kleidungsstücke dachte, die er unter dem Bett hinter der zugemauerten Wand gefunden hatte. Fünf Tage lang war der Junge dort festgehalten worden.

»Emile Laurent wurde noch nicht gefunden«, gab Vioric zu bedenken.

Dreißig Gardiens hatten in der Nacht die Gänge und Schächte der Pariser Unterwelt des vierzehnten Arrondissements durchkämmt. Um drei Uhr fünfzehn hatten sie gruppenweise die Grenzen zu den benachbarten Vierteln überquert. Aber nichts Lebendiges begegnete ihnen auf ihrem Zug durch die Katakomben.

Wäre Emile Laurent auf den Hauptwegen des versunkenen Labyrinths geblieben, man hätte ihn noch in derselben Nacht gefunden. Aber dort, wohin es ihn gezogen hatte, war schon seit einhundertachzig Jahren kein Mensch mehr gewesen. Keiner der Gardiens hatte es über sich gebracht, durch den kniehohen Durchlass zu kriechen, hinter dem manche den Eingang zur Hölle vermuteten. Vioric kannte die Schauergeschichten, die man sich über Teile der Pariser Katakomben erzählte, und wusste, dass manche lieber ihre Familie verkauft hätten, als sich dort hineinzuwagen. In der Hoffnung, der Flüchtige würde von alleine zurückkriechen, hatten sie an den entsprechenden Stellen Wachen postiert. Aber so mancher wünschte sich, Laurent möge in den lichtlosen Tiefen verschwunden bleiben wie ein Tier, das sich zum Sterben in eine Höhle zurückgezogen hat.

Um sechs Uhr morgens hatten die Brüder Vioric die Suchaktion für beendet erklärt. Unterkühlt hielten sich die Gardiens an ihren Kaffeebechern aus der Hôpitalküche fest und lauschten der Instruktion ihres obersten Befehlshabers, dem Polizeipräfekten: Es hat niemals einen flüchtigen Serienmörder gegeben, der aus einer psychiatrischen Anstalt in die Weiten der Pariser Unterwelt entwischt war. Man wollte die Öffentlichkeit nicht in Panik versetzen.

Julien Vioric hatte Lysanne nach einer ärztlichen Untersuchung umgehend mit einem Taxi in die Passage de l'Opéra gebracht.

Edouard hätte es fertiggebracht, Lysanne festzuhalten und hinter einer Zellentür in irgendeiner Anstalt verschwinden zu lassen, damit sie kein Sterbenswörtchen über dieses Ereignis verlor.

Vioric warf der Frau, die Aragon als Pflegerin hinzugeholt hatte, einen besorgten Blick zu. »Wird sie wieder gesund?«

Simone Breton erhob sich von der Bettkante und ließ sich am Tisch nieder. »Das müssen Sie den da fragen.« Sie zupfte an Aragons Ohr. »Er ist Arzt, wissen Sie das denn nicht?«

»Quatsch, ich habe nur Medizin studiert und war Truppenhilfsarzt. Mehr nicht. Himmel, ist das lange her ...«

»Ja, wenn es nach Louis geht, war er schon immer ein Dichter«, lächelte Simone. »Nun, den Zustand der Kleinen kann auch ein Nicht-Arzt feststellen. Sie steht unter Schock und hat sich in der Aufregung und der Kälte eine schlimme Erkältung geholt. Schlaf und Ruhe werden sie schon wiederherstellen. Und du, Doktor Aragon, weichst ihr nicht von der Seite, hörst du?«

»Was ist, wenn ich zur Beerdigung will?«

Vioric hob den Kopf. »Welche Beerdigung?«

»Dora Ducasse – Isabelle – hat heute Morgen ihre Fahrkarte in den Sternensaal gelöst.« Aragon wirkte seltsam ungerührt. »In der Zeitung steht, dass es eine monumentale Beisetzung gibt, wie sie die Welt noch nicht gesehen hat.«

Simone Breton verzog in widerwilliger Anerkennung den Mund. »Sie hat mir schon damals, als es mit ihrer Beliebtheit aufwärtsging, erzählt, dass sie ihr ganzes Geld in eine pompöse Beerdigung stecken will. Sie hatte damals schon schriftlich festgelegt, wie ihre Beisetzung aussehen soll. Die Menschen werden begeistert sein.«

Vioric wusste, was sie meinte. Eine monumentale Beisetzung war ein symbolisch überaus wertvoller Schlussstrich unter den Zerrüttungen der vergangenen Wochen. Ein extravagantes Großereignis, nach dem die Menschen beruhigt in die Normalität ihres Alltags zurückkehren konnten.

Als Vioric eine Stunde später in die Préfecture zurückkehrte, wurde er noch im Hof von seinem Bruder abgefangen, der ihn wortlos zu seiner Peugeot-174-Limousine bugsierte. Sie stiegen ein. Edouards hartnäckiges Schweigen verhieß nichts Gutes. Julien gestattete sich den Gedanken, dass sein Bruder hinter diesem Schweigen so etwas wie Scham über sein Handeln verbarg. Ein Zugeständnis an Julien. Aber er irrte sich. Als sie kurz darauf vor dem Gefängnis La Santé hielten, bekam er es mit der Angst zu tun. Edouards Mundwinkel fransten zu einem müden Lächeln aus. »Denkst du, ich sperre dich hier persönlich ein, damit du nichts über die misslungene Ergreifung des blutigen Erzengels von Paris ausplauderst?«

»Ich traue dir alles zu«, entgegnete Vioric trocken.

»Steig aus. Ich muss dir etwas zeigen.«

Vioric zögerte.

»Julien, ich bin nicht so schlecht, wie du denkst, auch wenn ich zugeben muss, dass ich deine Seite durchaus verstehe. Als Zeichen meiner Einsicht will ich dich miteinbeziehen. Nun komm schon.«

Vioric folgte ihm widerwillig ins Innere des Gefängnisses, das wie ein vierstrahliger Stern mitten im Häusermeer stand. Ein Wärter führte sie zu einer Zelle am Ende des nördlichen Traktes. Was, wenn ich das hier gar nicht wissen will?, dachte Vioric. Aber es war zu spät. Die Zellentür stand weit offen, und Vioric hatte den leblosen Körper des jungen Mannes auf dem Zellenboden bereits erblickt. An der Tür hing ein zerschnittener Ledergürtel.

»Das ist Arthur Solfice«, stellte Edouard den Toten vor. »Du kennst ihn nicht persönlich, aber du hast sicher mitbekommen, dass er vor zwei Tagen verhaftet wurde.« Edouards Blick, der auf dem Toten ruhte, wirkte beinahe zärtlich. »Er war Mitglied der Surrealisten und hatte einige Gardiens provoziert. Er hatte ihnen etwas aus diesem schändlichen Buch vortragen wollen und sich auf verdächtige Weise zu den Morden geäußert.«

»Nur ein kleiner Provokateur.«

»Natürlich. Aber das wissen nur du und ich. Alle anderen werden sich denken, dass er eine verborgene, destruktive Seite hatte, die sich durch die Lektüre dieses Buches entlud. Vor uns liegt der Mörder von Clément de Faucogney, Lucas Fournier, Joëlle Caronne und dem kleinen Pascal, der an seinen Verletzungen gestorben ist. Überwältigt von seiner Schuld und von der Aussicht auf die Guillotine, flüchtete er sich in den Selbstmord. Ein säumiger Wärter, der vergaß, ihm den Gürtel abzunehmen, wird eine Rüge erhalten, doch hinter verschlossenen Türen wird man ihm auf die Schultern klopfen. Die Menschen in Paris können aufatmen, und das Hôpital Sainte-Anne wird sich unbehelligt wieder um seine Patienten kümmern können.«

Julien Vioric lehnte sich mit dem Rücken gegen die Wand und sah den langen Gefängnisgang hinunter. In seinem Inneren herrschte Ruhe. Er empfand sie nicht erst seit gerade eben, sondern schon seit dem Moment, als er sein offizielles Kündigungsschreiben per Post an Edouard geschickt hatte. Er fragte Edouard nicht, warum dieser davon ausging, dass Julien bei seinen Lügen mitspielte. Aber ihm war klar, dass Edouard dafür gesorgt hatte, dass ihm niemand glauben würde, sollte er reden. Mit einer seltsam distanzierten Verwunderung registrierte er, dass diese Ungerechtigkeit ihn nur flüchtig streifte. Im nächsten Moment ging er bereits die Fahrpläne der Züge nach Antibes durch, die er sich am Mittag kurzerhand an einem Kiosk besorgt hatte. Er dachte an die Bank an der Hafenmole. Dann drückte er sich von der Mauer ab und bedachte seinen Bruder mit einem letzten Blick. Edouard machte einen Schritt auf ihn zu.

»Willst du jetzt zu Héloïse Girard rennen und ihr alles brühwarm erzählen? Das wird nicht funktionieren. Mademoiselle Girard hat ihre Anstellung bei *Le Figaro* leider verloren.«

Vioric berührte flüchtig den herabhängenden Ledergürtel. Er wandte sich ab und war sich jedem seiner Schritte den Gang entlang, vorbei an verschlossenen Zellen und die vergitterten Treppenaufgänge hinauf nur allzu deutlich bewusst.

29. Dezember 1924, nachmittags

Lysanne hatte das Gefühl, aus einem erfrischenden Bad aufzutauchen. Das Fieber war verschwunden, und alles, was von den Stunden in der Gewalt von Emile Laurent geblieben war, war ein eigenartig wundes Gefühl in ihren Gliedern. Sie erinnerte sich vage an ein Gespräch mit Lieutenant Vioric, der ihr erzählt hatte, wie sie gefunden worden war, und an Louis Aragon und Simone Breton, die sie wie ein besorgtes Elternpaar umhegt hatten. Sie empfand eine wohltuende innere Leere, in die eine einzelne Gewissheit drang: Isabelle war gestorben.

Als Lysanne das nächste Mal erwachte, hörte sie das vertraute Klappern einer Schreibmaschine. In der Luft hing das Aroma von Simones Parfum. Sie richtete sich auf, und Simone hob den Kopf.

»Wo ist Louis?«

»Auf einer Beerdigung.« Die Schriftführerin der Surrealisten lehnte sich zurück und betrachtete Lysanne wohlwollend. »Du siehst wieder ganz lebendig aus, Schätzchen. Aber nicht lebendig genug, um auf einen Friedhof zu gehen. Das kann ich leider nicht zulassen.«

»Schon gut. Ich habe meinen Frieden mit Isabelle gemacht.«

»Gut. Louis und die anderen sind aber nicht auf *ihrer* Beerdigung, falls du das denkst.«

Lysanne erschrak. »Wer ist denn noch gestorben?«

»Arthur Solfice. Unser Küken. Von dem es nun heißt, er sei der Maldoror-Mörder gewesen, womit sich die Leute erschreckenderweise zufriedengeben. Still und heimlich haben sie ihn heute nach Belleville gebracht, um ihn dort auf dem Friedhof zu verscharren. Aber Louis hat es von deinem Lieutenant erfahren, und sie sind alle zusammen hingefahren, um ihm das letzte Geleit zu geben.«

»Wärst du nicht gerne mitgefahren, Simone?«

Bretons Frau streichelte die Schreibmaschine und warf Lysanne einen freundlichen Blick zu. »Die Lebenden sind mir lieber.«

Lysanne setzte sich auf und schlug die Decke zurück. »Darf ich mir deine Schreibmaschine einmal ausleihen, Simone?«

»Willst du einen Traum aufschreiben?«

»Nein, mir geht es um die Wahrheit.«

Simone bedachte sie mit einem lauernden Lächeln. »Dann ist es jetzt also so weit?«

Lysanne erwiderte entschlossen ihren Blick. »Weißt du noch, was du an Weihnachten zu mir gesagt hast? Dass ich eine Schreibende bin? Ich dachte immer, ich muss Romane schreiben, Gedichte, so wie Louis. Aber ich bin keine Poetin.«

Simone stand auf, zog ihr Papier aus der Schreibmaschine und spannte einen neuen Bogen ein. Dann machte sie eine einladende Geste. Vorsichtig stand Lysanne auf. Simone rückte ihr den Stuhl zurecht, und sie ließ sich vor der Schreibmaschine nieder.

»Das Bewahren der Wahrheit ist eine Kunst, die nicht hoch genug eingeschätzt werden kann, Liebes.« Simone strich Lysanne über die Wange. »Ich mache dir frischen Tee.«

Eine Weile betrachtete Lysanne das Gerät. Ein rätselhaftes Ding, das in einer unverständlichen Sprache nach ihr zu rufen schien. Lysanne berührte die Tasten, und etwas elektrisierte ihre Fingerspitzen, während sie die ersten Worte tippte.

Draußen zog der Nachmittag in Richtung Abend. Sie hackte auf die Tasten ein, fütterte das Papier mit Druckfarbe und lauschte dem schrillen Klingeln am Ende jeder Zeile. Sie wanderte an einem unbeschwerten Sommertag durch Ribérac und fand sich schließlich zwischen den Seiten des verfluchten Buchs über einen menschenhassenden Erzengel wieder.

Lysanne dachte nicht nach. Die Worte strömten aus ihrem Bewusstsein, ohne dass sie ihnen vorher eine bestimmte Form gab. Sie hatte sich nie am automatischen Schreiben versucht, aber sie war sich sicher, dass der Zustand, in dem sie sich nun befand, genau jenem Schweben zwischen Wachen und Versunkensein glich, dem sich Louis Aragon, Éluard, Desnos, Breton und Soupault hingaben, wenn sie etwas schrieben. Etwas, verborgen tief auf einer unerreichbaren Ebene, lenkte nun auch sie. Lysanne kam erst wieder zu sich, als sich plötzlich eine angenehme Ruhe in ihr breitmachte. Neben ihr lagen sieben vollgeschriebene Blätter.

Simone Breton stand in der Tür und sah sie erwartungsvoll an. »Darf ich?«

Lysanne blinzelte in den spärlich beleuchteten Raum. Benommen sah sie zu, wie Simone die Blätter an sich nahm und sich zum Lesen in einen Sessel setzte. Lysanne zwang sich, das verlegene Mädchen in ihrem Inneren, das sich vor Kritik und allzu großer Sichtbarkeit fürchtete, zu beruhigen. Sie betrachtete Simones lässige Gestalt in dem Sessel, die Lichtreflexe der Schreibtischlampe in ihrem dunklen Haar. Lysanne hatte keine Ahnung, was sie da geschrieben hatte, aber Simones Augen flogen über den Text, als würde sie eine unerhörte Neuigkeit lesen. Lysanne lehnte sich zurück und schloss mit dem diffusen Gefühl, eine Art Geburt erlebt zu haben, die Augen.

Als sie das leise Rascheln von Papier hörte, sah sie auf. Simone Breton schaute sie mit einem Blick an, der Ungläubigkeit und gleichzeitig Begeisterung ausdrückte. »Das ist wirklich gut. Ich meine, für eine junge Frau, die angeblich noch nie etwas zu Papier gebracht hat – was ich dir übrigens nicht mehr glaube, nachdem ich das hier gelesen habe.«

»Ich weiß nicht ...«, wich Lysanne aus. »Ich schreibe eigentlich die ganze Zeit. Aber nur in ein Notizbuch. Für mich.«

»Für dich! Lysanne, du kannst solche Worte nicht für dich behalten. Das ist nichts, was in einem privaten Büchlein verschwinden sollte.«

»Es ist nur ein Versuch.«

»Es ist etwas ganz Besonderes!«, widersprach Simone. »Vollkommen neu, ohne die üblichen Parameter, deine Sprache hat etwas Unverkennbares. Und trotzdem ist es nicht so absonderlich wie das, was unsere lieben Freunde produzieren. Ich sage dir, Lysanne, das ist es, was die Pariser lesen wollen. Nicht den gestelzten Unsinn aus dem Feuilleton und nicht diese stumpfen Schulaufsätze der Gerichtsreporter.«

Eine leise Stimme in Lysanne seufzte erleichtert auf, als hätte sie eine Prüfung bestanden. Simone Breton hob ihre eleganten Hände. »Das ist natürlich nur meine Meinung. Was soll damit nun geschehen?«

Lysanne hob lächelnd die Schultern. »Was schlägst du vor?«

»Ich kann es noch heute Abend einem meiner Kontakte bei der *Paris-Soir* geben. Eine sehr enge Freundin arbeitet neuerdings dort, nachdem sie beim *Figaro* hingeschmissen hat. Bei der *Paris-Soir* haben sie etwas unkonventionellere Ansichten als bei den anderen Zeitungen. Das Blatt gibt es zwar erst seit einem guten Jahr, aber sie werden noch sehr erfolgreich werden, du wirst schon sehen.« Erneut schwenkte sie den schmalen Papierstapel wie ein Manifest. »Aber dafür brauchen sie hochkarätiges Material. Eben so etwas wie das hier.«

23

31. Dezember 1924, morgens

»Was für ein Abschiedsgeschenk denn?«, fragte Lysanne.

Über dem kleinen Zimmer in der Passage de l'Opéra lag eine nagende Tristesse, als wüssten die geblümten Tapeten, das knarrende Bett, der staubige Spiegel und selbst die Maus, die hinter den Wandpaneelen wohnte, dass dies Lysannes letzter Tag in der Behausung des Dichters war. Ganz abgesehen davon, dass in einigen Tagen jener Teil der Passage, in dem sich das Zimmer befand, einer Abrissbirne zum Opfer fallen würde. Eine Keimzelle des Wunderbaren würde für immer verschwinden. Der Boulevard Haussmann würde als Sieger aus diesem ungleichen Kampf hervorgehen. Louis Aragon hatte beschlossen, eine Weile bei Philippe Soupault zu wohnen.

Lysanne trug das Gefühl, dass ihre Zeit mit Aragon endgültig zu Ende ging, mit Fassung. Ihre Wange an sein Schlüsselbein geschmiegt, und seine linke Hand auf ihrem Rücken spürend, fühlte sie der Traurigkeit einer Lysanne nach, die es nicht mehr gab. Die frühere Lysanne wäre durch den nahenden Abschied von Aragon in die bodenlose Angst verfallen, niemand mehr zu sein. Aber sie war ganz ruhig und seltsam heiter, während Louis' merkwürdige Satzgebilde sich um ihren Kopf schlängelten und sie in einem wohligen Dösen gefangen hielten. »Blinde Funkenregen gebären in der Umarmung der

Grabsteine unermessliche Trümmer. Blondes Glimmen wiegt sich im Klammergriff des Waldes, und die versteinerten Schalen der Herzen bemalen sich mit chinesischer Tusche, sodass man sie im Dunkel der Betten betrachten kann.«

»Was für ein Abschiedsgeschenk?«, wiederholte sie.

Aragon beugte sich aus dem Bett, griff nach seiner Hose, die zerknüllt auf dem Boden lag, und holte einen hellbraunen Fahrschein heraus. »Eine Métro fährt heute Nachmittag um zwei Uhr nach Belleville.«

»Das ist doch der Friedhof, auf dem Arthur Solfice begraben wurde. Was soll ich da?«

»Du solltest keine Fragen stellen. Hörst du? Mach dein Hirn leer, und lass dich treiben. Nur ein Mal, bitte!« Aragon sah sie an wie ein bettelndes Kind, und in seinen Augen huschte etwas Bedauerndes vorüber. Lysanne gab sich geschlagen.

»Aber ich will, dass du weißt, warum ich mich auf diese Spinnerei einlasse.«

»Weil es mein Abschiedsgeschenk ist, und wenn du es nicht annimmst, gerät das Gleichgewicht des Universums durcheinander!«, beteuerte Aragon voller Ernst.

»Ich nehme es an, weil ich in deiner Schuld stehe, Louis. In meinen Fieberträumen ist mir etwas klar geworden, das jetzt immer noch Bestand hat.«

Sein Blick strich fragend über ihr Gesicht.

»Mir wurde bewusst, dass Lieutenant Vioric zwar mein Leben gerettet hat. Aber du hast mich davor bewahrt, in Paris einen völlig bedeutungslosen Weg einzuschlagen, der schließlich im Nichts endet.«

Louis' Augen begannen zu leuchten. »Oh, wenn du nur wüsstest, was für eine erstaunliche Bedeutung erst in Belleville auf dich wartet! Du wirst danach das Nichts mit völlig neuen Augen sehen. Das Nichts hat viele Farben.«

Er küsste sie und war aufgeregt wie ein Kind. Lysanne dachte mit nagender Nervosität an den Artikel, von dem sie nichts mehr gehört hatte, seit Simone ihn der befreundeten Journalistin weitergegeben hatte. Würde das wohlig heitere Gefühl, ihre Bestimmung gefunden und etwas Bedeutendes erschaffen zu haben, vor dem Pariser Leben bestehen?

Kurz darauf verabschiedete Louis sich, um eine wichtige Besorgung zu tätigen, über die er sich jedoch in geheimnisvolles Schweigen hüllte.

Am frühen Nachmittag bestieg Lysanne eine Métro in Richtung zwanzigstes Arrondissement. Sie nahm ihr Notizbuch wieder zur Hand, das wie ein abwartendes Wesen zu ihr aufzuschauen schien. Nur noch drei allerletzte, leere Seiten waren übrig.

Plötzlich bemerkte sie, dass durch die vorletzte Seite etwas durchschimmerte. Sie blätterte um und sah, dass Louis Aragon dort etwas hingeschrieben hatte. Er musste es getan haben, als sie noch geschlafen hatte.

Lysanne! Ich muss die erstaunliche Neuigkeit vermelden, dass zwischen den Grüften des verlorenen Gelächters ein ebenso verlorener Fremdling wandelt. Er bewacht das mystische Geheul derer, die den Schlaf des Todes provozierten.

Stirnrunzelnd las sie die beiden Zeilen noch einmal. Irgendeine rätselhafte Andeutung schien darin zu liegen.

Eine knappe halbe Stunde später kam sie in Belleville an. Es war ein eisiger Tag, aber die Sonne hatte jegliche Zurückhaltung fallen gelassen und stand wie ein Opal leuchtend über den Dächern. Die Luft schmeckte nach sauberer Wäsche und Kaminfeuern. Auf den Straßen waren nur wenige Menschen unterwegs. Es war wohltuend, durch die Gelassenheit dieses schmucklosen Vororts zu laufen.

Der Friedhof war ein riesiges Geviert, durchkreuzt von breiten

Straßen unter hohen Alleen. Schmucklose Grabsteine für einfache Menschen standen im Schnee. Irgendwo in der Ferne fand gerade eine Beerdigung statt. Ein dünnes Stimmchen sang ein trauriges Lied, das sich in der Weite des Areals verlor. Warum hatte Aragon darauf bestanden, dass sie herkam?

Im Vorübergehen glitt Lysannes Blick an den kahlen Bäumen vorüber, die stoisch den Schnee auf ihren Ästen und Zweigen trugen. Ein Zettel an einem der Baumstämme erregte plötzlich Lysannes Aufmerksamkeit. Ein Pfeil war darauf gemalt, darüber der höchst missglückte Versuch eines Portraits, das wohl Lysanne darstellen sollte. Ihr Nacken kribbelte, und sie musste kichern. Vorsichtig sah sie sich um, ob auch niemand sie gehört hatte.

Nun gut. Aragon wollte offenbar mit ihr spielen. Sie pflückte den Zettel ab und folgte der Richtung des Pfeils, ehe sie an einer der Wegkreuzungen einen weiteren Zettel entdeckte. Diesmal war ein Geschenk mit Schleife darauf gemalt. Sie nahm auch diesen vom Baum ab und lief weiter.

Irgendwo hielt ein Pfarrer eine monotone Grabrede. Sie fand einen Baum, an dem ein Pfeil sie dazu aufforderte, nach links abzubiegen. Darüber war ein halb geschlossenes Auge gemalt. Lysanne hielt die drei Zettel fest in der Hand. Das Papier war noch weiß und sauber. Jemand musste sie wohl erst vor Kurzem hier aufgehängt haben. Lysanne sah sich angestrengt um, ob sie nicht hinter irgendeiner Hecke Louis Aragon entdeckte. Zweifelsohne waren das die wichtigen Besorgungen, die er hatte erledigen wollen. Er musste hier irgendwo sein, um sie bei diesem Spiel zu beobachten.

Sieben Zettel später stand Lysanne vor einem Areal, auf dem es statt fertiger Ruhestätten nur brachliegende Erde und ein wenig Gesträuch gab. Dutzende Gräber waren bereits abgesteckt, indem vier Pflöcke jeweils ein Rechteck vorgaben. Dazwischen waren Schnüre gespannt.

Einige dieser Segmente hatte bereits jemand ausgehoben. Verschneite Erdhügel säumten die Löcher. Ein einsamer Totengräber war damit beschäftigt, der gefrorenen Erde ein weiteres Grab abzutrotzen. Er trug trotz der Kälte nur ein Hemd und hackte mit hochgekrempelten Ärmeln auf den Boden ein. Der Mann schaute auf und wischte sich mit einem Taschentuch den Schweiß von der Stirn. Da fiel sein Blick auf Lysanne. Er deutete ein kurzes Nicken an, als hätte er sie erwartet, legte die Hacke beiseite und ging auf ein kleines Steinhaus zu, das am Rand des Gräberfeldes in einem kahlen Gebüsch stand. Ein dünner Rauchfaden schlängelte sich aus dem winzigen Kamin. Der Mann bedeutete ihr aus der Ferne, näher zu treten. Zögernd betrat sie einen mit Brettern ausgelegten Weg zwischen den Erdhaufen und ging auf das kleine Häuschen zu.

»Ich soll Ihnen das hier geben, Mademoiselle«, ertönte es aus dem Inneren. Lysanne blieb ein paar Schritte von der Tür entfernt stehen und spähte ins Häuschen hinein. Der Mann beugte sich hinter ein schmales Bett, das dort stand, und zerrte etwas dahinter hervor.

»Da kam vorgestern so ein verrückter Kerl her, der gerade von einer Beerdigung kam«, sagte er. »Der meinte, er würde heute wiederkommen und mir das hier geben.«

Der Totengräber schwenkte eine braune Papiertüte und kam an die Tür. »Er sagte, dass ich Ausschau nach einer jungen Dame in einem dunkelroten Mantel halten soll. Das sind dann ja wohl Sie.« Er reichte ihr die Tüte und strengte die Augen gegen das Strahlen der Wintersonne an. Lysanne machte keine Anstalten, nach der Papiertüte zu greifen, und spürte stattdessen dem seltsamen kleinen Stolpern nach, mit dem die Zeit ein wenig aus dem Takt geraten war.

»Ich weiß nicht, was drinnen ist.« Der Totengräber schüttelte unwirsch die Tüte und schirmte seine Augen mit einer Hand gegen die Sonne ab. »Soll ich nachsehen, ob es eine Klapperschlange ist?«

Lysanne kämpfte gegen den Wunsch an, lauthals zu lachen. Aber gleichzeitig empfand sie mit einem Mal eine überwältigende Ehrfurcht. Eine Ehrfurcht vor der Macht des Zufalls, den die Surrealisten unermüdlich anbeteten. Sie ließ den Blick zurückschweifen und suchte die geduckte, lauernde Gestalt Aragons. Aber sie sah ihn nicht und wandte sich wieder dem Totengräber zu.

Gaspard hatte sich verändert. Er war noch dünner geworden und steckte in seinem Hemd und der schmutzigen Hose wie ein Stück Holz. Der kärgliche Bart betonte seine Narben eher, als dass er sie kaschierte.

Vorsichtig hob sie die Hand und näherte sie seinem Gesicht. Er wich zurück. »Mademoiselle, ich muss wirklich zurück an meine Arbeit.« Er murmelte die Worte mehr, als dass er sie sagte, und seine Augen schienen nun gegen etwas anderes als das grelle Sonnenlicht anzublinzeln.

Auch ohne hineinzusehen, wusste Lysanne mit einem Mal, was sich in der Tüte befand. Bei ihrem Abschiedsgeschenk konnte es sich nur um das Schulheft aus Ribérac handeln, das sie mit Gaspards Traumworten gefüllt hatte. Louis gab ihr damit die Chance, endlich einen Punkt hinter dieses unfertige Kapitel zu setzen.

Der Totengräber wandte sich ab und starrte mit einem nervösen Flackern in den Augen auf die Erdhügel. »Die Gräber schaufeln sich nicht von allein …«

Seine Worte klangen rau, als würde er seine Stimme nur für seltene Selbstgespräche nutzen. Lysanne stellte sich vor, dass dieser einsame Dienst an den Toten seine Art der Buße war. Abgestellt in einem winzigen Häuschen, ohne ein Leben außerhalb dieses Friedhofs.

Sie tastete nach seiner Hand und drückte die warmen, erdverschmierten Finger, ohne dass er sie ihr entzog. Sein Blick zuckte zwischen ihrem Gesicht und ihrer Hand hin und her. Fragend und mit einem ersten leisen Verdacht, der sich als Flackern in seinen hellen Augen bemerkbar machte.

»Das Buch in der Tüte ist eigentlich für Sie bestimmt, Monsieur Wie-auch-immer-Sie-sich-jetzt-nennen.« Lysanne ließ ihre Hand, wo sie war. »Woran hat der verrückte Kerl dich erkannt, Gaspard?« Sie stellte sich den Augenblick vor, in dem Louis Aragon begriffen hatte, was für ein unverhofftes Geschenk der Gott des Zufalls seinen treu ergebenen Anhängern bereitete. »Hat er dir bei der Arbeit zugesehen und die Gabelzinken in deinem Gesicht entdeckt?«

Wenn Aragon und seine Freunde einen Friedhof besuchten, suchten sie nach den Dingen, die aus der Reihe fielen. Wie ein Totengräber, der alleine mit der Wintererde kämpfte. Vielleicht hatte Aragon sich von ihm einen poetischen Impuls erhofft oder geglaubt, dass die leeren Gräber ihm etwas zurufen würden. Er hatte Gaspard beobachtet, und bei dieser Gelegenheit war ihm seine auffällige Physiognomie nicht entgangen. Diese Narben, die zur Fahndung ausgeschrieben gewesen, aber draußen in Belleville gut versteckt gewesen waren.

Ein wenig genoss sie die schuldbewusste Verwirrung, die seine Miene plötzlich durchpulste. Seine Hand lag immer noch in ihrer, und etwas Starres löste sich in seinem Gesicht wie ein Gewicht, das schwer zu Boden sank.

»Lysanne ...«

Es war ein langer, fragender Blick, in dem sich alles widerspiegelte, was in den letzten vier Jahren nicht hatte gesagt werden können. Seine Verlegenheit, am Leben zu sein. Gaspard blieb wortlos, und Lysanne war erleichtert, dass er nicht versuchte, sich zu erklären. Seine Stille war der schlichte und würdevolle

Tribut an den Moment. Und für ein paar Sekunden liebte Lysanne ihn erneut dafür. Sie begriff – ohne dass ein Surrealist es ihr erklären musste –, dass es tatsächlich unsichtbare Hände zu geben schien, die die Dinge des Lebens auf geheimnisvolle Weise miteinander verwoben.

Ein leises Rascheln ertönte. Sie warf einen Blick über die Schulter zur Seite und sah gerade noch, wie die Gestalt Louis Aragons hinter der Biegung einer kahlen Allee verschwand.

31. Dezember 1924, abends

Es dämmerte bereits, als Lysanne den Gare de l'Est betrat, um sich von Vioric zu verabschieden. Unter den gläsernen Hauben des Bahnhofs lag ein milchig-dämmriges Licht. Reisende hasteten an ihr vorbei durch die Halle ins Freie. Kofferträger balancierten Gepäckstücke. Eine junge Frau stürzte sich in die Arme eines Mannes. Lachen, Wiedersehensküsse. Alles ist wie bei meiner Ankunft vor einigen Wochen, dachte Lysanne. Aber in ihren Schritten war nun keine Ziellosigkeit mehr, und in ihrem Nacken saß keine Sorge. Ihren Blicken enthüllten sich nun andere Tiefen, und da gab es kein Zögern und keine Scheu mehr. Etwas in ihrem Inneren atmete entspannt die schwere Luft in der Bahnhofshalle. Lysanne lief an einem Blumenhändler und einem Waffelbäcker vorbei, an einer Auslage für gebrauchte Taschenuhren und an einem großen Rondell mit Zeitungen. Ihr Blick streifte die schwarzen Bänder der Schlagzeilen.

**DIE WAHRE GESCHICHTE
ÜBER DEN BLUTIGEN ERZENGEL VON PARIS**

Sie trat näher und betrachtete die Abendausgabe der *Paris-Soir*. Der Artikel nahm die ganze Seite ein. Und oben, noch vor dem ersten Wort, standen ihre Initialen. L.M.

Simone Breton hatte ihrer Freundin offensichtlich eingeschärft, dass ihr voller Name aufgrund der Umstände nicht genannt werden durfte. Ihr Herz begann wie wild zu pochen.

»Das ist eins der letzten Exemplare«, ließ der Verkäufer sie wissen. »Die Leute sind ganz wild auf diesen Artikel. Reißender Absatz, bei der *Paris-Soir* lassen sie sogar ausnahmsweise nachdrucken, heißt es. Und die anderen Blätter beißen sich in den Hintern.«

Lysanne schloss die Augen. Sie nahm kaum wahr, wie ihre Hand nach ein paar Münzen suchte, sie dem Verkäufer reichte und eine Zeitung entgegennahm. Unauffällig gesellte sie sich unter die Leute, die um den Kiosk herumstanden und lasen. Ihre Hände zitterten, und ihr Mund wurde trocken. In ihre Nervosität mischte sich schlagartige Freude, als sie erkannte, dass der Artikel wortwörtlich so abgedruckt worden war, wie sie ihn vor drei Tagen in Simones Schreibmaschine getippt hatte. Die Buchstaben des Artikels – ihres Artikels – begannen vor Lysannes Augen ausgelassen zu tanzen. Sie faltete die Zeitung zusammen und sah hinauf zu den Glasgewölben des Bahnhofs. Ihre Brust fühlte sich wie ein geöffnetes Fenster an, und sie konnte nicht anders, als ein leises, ungläubiges Lachen auszustoßen. Sie war so sehr damit beschäftigt, nicht in ein lautes Jubelgeschrei auszubrechen, dass sie den Mann, der eben in einen wartenden Zug einsteigen wollte, erst in letzter Sekunde bemerkte.

Lieutenant Vioric trug eine lederne Reisetasche in der Hand und einen roten Schal um den Hals. Er sah ihr mit einem Lächeln entgegen, das halb bekümmert, halb erleichtert wirkte. Lysanne kam vor ihm zum Stehen und steckte die Zeitung in ihre Manteltasche. »Ich sehe, du bist gut geschützt gegen den winterlichen Meereswind.«

»Oh, den Schal habe ich nur gekauft, weil mich Monsieur Aragons Krawatte dazu aufgefordert hat.«

»Steht dir gut, Lieutenant.«

»Und dir steht die Zeitungsschreibe gut, Lysanne. Ich bin übrigens kein Lieutenant mehr.«

»Wirst du zurückkommen?«

Vioric zuckte mit den Schultern und knetete die behandschuhten Hände, als wäre ihm kalt. »Vielleicht. Aber als ein anderer.«

Lysanne hielt seinen Abschiedsblick fest. »Man verändert sich, wenn man Menschen wiederfindet, die man für tot gehalten hat.«

Vioric lächelte nachdenklich. »Nun, ich denke, ich bin bereit für diese außergewöhnliche Erfahrung.«

Eine Trillerpfeife ertönte, und Dampf stieg am Kopf des Zuges auf. Ein Schaffner bedeutete Vioric, endlich einzusteigen. Lysanne umarmte ihn lange und ertappte sich bei dem Wunsch, er möge auf jeden Fall wieder zurückkommen, als wer auch immer.

Sie nahm eine Métro zurück ins achte Arrondissement. Während der Fahrt sah sie Dutzende Menschen, versunken in die erste Seite der *Paris-Soir*. Lysanne betrachtete die gespannten, betroffenen Gesichter. Man flüsterte miteinander, und ein fassungsloses Kopfschütteln schien zwischen den Hüten der Fahrgäste hin und her zu springen. Lysanne gestattete sich, das Gefühl vollkommen auszukosten. Das Gefühl, unter all den Menschen zu sitzen, als eine von vielen, und doch die Urheberin jener unsichtbaren Macht zu sein, welche die Leute für diesen Tag in Atem hielt. Vielleicht auch noch morgen. Und danach?

Nervosität mischte sich wieder in ihre Ausgelassenheit, und sie verspürte das Bedürfnis, ihre Freude mit jemandem zu teilen. Am liebsten mit Simone und den Surrealisten.

Sie fragte sich, ob Aragon wohl in seinem Zimmer mit einem spitzbübischen Lächeln ihren Dank erwartete. Und Lysanne war ihm dankbar. Dafür, dass er ihr ermöglicht hatte, zu sehen, was das Leben ihr bisher verheimlicht hatte. Aber sie hatte nicht vor, mit Gaspard an jener Stelle anzuknüpfen, an der er sich von ihr losgerissen hatte. Da war nur ein Gefühl von Erleichterung, dass eine schwebende Frage endlich eine Antwort erhalten hatte.

In der Passage de l'Opéra verluden die Ladenbesitzer ihre Auslagen in Kisten, und ein großer Holzkarren transportierte gerade die Stühle der Cafés ab. In den Innenräumen waren alle Lampen angeschaltet, als erwarte man eine Festgesellschaft, doch die hellen Lichter beleuchteten nur das endgültige Vergehen einer kleinen, ausgedienten Welt. Ein Straßenkehrer fegte sinnloserweise den Boden. Zwei Handwerker schraubten die gläsernen Kugeln der Lampen über den Treppenaufgängen ab.

Der Anblick dieses beginnenden Sterbens legte sich schwer auf Lysannes aufgekratzte Stimmung, während vor den Zugängen der Passage die Pariser Nacht thronte.

Die Tür zu Aragons Wohnung war nur angelehnt. Sein Kleiderschrank war leer, und auch sonst deutete nichts mehr auf die Anwesenheit des wunderlichen Dichters hin. Nur auf dem Bett lag etwas, das ihre Aufmerksamkeit anzog. Eine Fotografie.

Lysanne brauchte eine Weile, ehe sie erkannte, was das Bild darstellte.

Das war sie, schlafend und nur mit einem Leintuch bedeckt auf einem zerwühlten Lager liegend, während ein ausgestopfter Habicht ihren Unterleib bedeckte. Eine einzelne Hand ragte zwischen den Vorhängen rings um die Schlafstatt hervor und schien nach ihr greifen zu wollen wie ein körperloses, verlangendes Flüstern aus dem Nichts. Etwas zutiefst Rätselhaftes lag in der Komposition, und Lysanne begriff, dass Man Ray sich der Chance, dieses Bild zu machen, unmöglich hatte erwehren können. Die Person auf dem Bild war nicht sie. Es war nicht die Lysanne, die ihr beim Blick in den Spiegel begegnete, sondern etwas, das nur das Auge eines Künstlers wahrnehmen konnte.

Sie drehte das Bild um und erkannte ein Dutzend Schriftzüge auf der Rückseite. Ohne jedes weitere Wort standen dort die Unterschriften der Surrealisten und ein paar dahingekritzelte Vögel. Ein weiterer Abschiedsgruß. Als hätten sie alle, nun, da die Dinge sich unweigerlich verändert hatten, ein *Gern geschehen* in Lysannes Richtung geschickt. Eine Endgültigkeit von der Leichtigkeit einer Feder.

Lysanne legte das Bild in ihr Notizbuch und verließ die Wohnung, ohne noch einmal zurückzublicken. Ohne dass sie es wollte, stemmte sich nun doch etwas in ihr gegen dieses plötzliche Ende einer wundersamen Episode ihres Lebens, die zusammen mit der Passage de l'Opéra verschwinden würde, und sie spürte das aufdringliche Pochen von Tränen in ihren Augenwinkeln.

Beim Übergang des Treppenhauses zur Passage stieß sie mit jemandem zusammen. Unwillig senkte Lysanne den Kopf, um an der Person vorbeizueilen. Eine Hand hielt sie an der Schulter zurück. »Sieht so Feierlaune aus, Mademoiselle Magloire?«

Das Lächeln der Frau war so aufreizend gut gelaunt, dass Lysannes Melancholie ein wenig zurückwich. Aber die Fremde ließ ihr keinen Raum für ihre Verwirrung.

»Sie fragen sich wohl, mit wem Sie denn feiern sollen, jetzt, wo Julien in den Süden gefahren ist?«

Die Frau hob eine hellgrün behandschuhte Hand und legte sie Lysanne vertrauensvoll auf den Arm. »Schätzchen, Sie sehen zwar nicht gerade aus, als könnte ein schlichtes Kompliment Sie aufheitern, aber ich muss es Ihnen sagen, Lysanne, dabei loben wir Journalisten uns gegenseitig grundsätzlich nicht. Ihr Text ist großartig. Ich glaube Ihnen jedes Wort. Ganz Paris glaubt Ihnen.«

Die Frau hakte sich bei ihr unter und bugsierte sie durch die Passage in Richtung Ausgang. Lysanne konnte die Tränen nicht mehr zurückhalten.

»Ach du liebe Güte.« Die Frau zog ein Taschentuch und gab es Lysanne. »Ich verspreche Ihnen hiermit, dass Sie von mir nie wieder ein Kompliment zu hören bekommen.« Sie zog sie mit sanftem Nachdruck weiter, hinaus aus der im Abschiedslärm vibrierenden Passage.

»Alles, was Sie von mir noch bekommen können, Lysanne, ist ein Angebot.« Die Frau blieb stehen und sah sie eindringlich an. Ihre stark geschminkten, blauen Augen sahen aus wie helle Steine am Grund einer plätschernden Brandung. »Kommen Sie zur *Paris-Soir* und schreiben Sie noch viele Geschichten von solch bestechlicher Bobachtungsgabe und poetischer Klarheit. Aber erst, wenn der Sturm in den hohen Hallen der Polizei ein klein wenig abgeebbt ist, den Sie mit Ihrem Artikel entfesselt haben. Und ich auch ein wenig, weil ich ihn zur Veröffentlichung gebracht habe.« Sie zwinkerte Lysanne zufrieden zu. »Aber bei der *Paris-Soir* sind wir eine Familie, und wir werden Sie schützen, Kleines.«

Lysanne sah die Frau verwirrt an. »Wer bitte sind Sie, Madame?«

»Oh, verzeihen Sie, ich vergaß, mich vorzustellen. Héloïse Girard, sehr erfreut. Aber nicht verheiratet, und stolz darauf. Hat Simone Ihnen nichts von mir erzählt?«

Lysanne nickte. Das war also die Freundin, der Simone den Artikel gegeben hatte. Die Journalistin roch nach einem exquisiten Parfum und strahlte die geschmeidige Entschlusskraft einer Katze aus.

Auch vor der Passage de l'Opéra waren die Vorbereitungen für den Abriss bereits im Gange, als wollte man am letzten Tag des alten Jahres unbedingt noch einen Hochgesang auf alles

Zukünftige anstimmen. Ein lautes Hämmern dröhnte in Lysannes Ohren. Aber inmitten des Krachs und dem Echo ihres Herzschlags hörte sie ganz deutlich die Worte der Frau, die plötzlich vor ihr aufgetaucht war wie irgendein magischer Gegenstand in einem Märchen: »Wissen Sie, Lysanne, Simone ist mir eine wunderbare Freundin. Aber was ich suche, ist jemand, der diese Stadt ebenso sieht, wie ich sie sehe. Was ich suche, ist ...« Héloïse Girard hakte sich wieder bei Lysanne unter und führte sie auf die andere Straßenseite und an den erleuchteten Fenstern der Cafés vorbei. »... nun, was ich suche, ist eine Schwester im Geiste.«

Lysanne schluckte und warf Mademoiselle Girard ein vorsichtiges Lächeln zu, das sie wohl als Zustimmung auffasste. Der Griff um ihren Arm wurde fester, vertrauter. Konnte am letzten Tag dieses Jahres etwas Besseres geschehen als das hier?

Die kobaltblaue Abendluft kühlte ihr Gesicht. Lysanne ließ sich von der Journalistin an die Pforte einer ungewiss murmelnden Zukunft ziehen und dachte an etwas, das André Breton einmal gesagt hatte.

Sagen wir es geradeheraus, hatte er gerufen. *Das Wunderbare ist immer schön, gleich, welches Wunderbare schön ist, es ist sogar nur das Wunderbare schön.*

ENDE

NACHWORT

André Breton hat in seinem ersten *Surrealistischen Manifest* 1924 zum Thema der *écriture automatique* geschrieben: »Machen Sie sich klar, dass die Schriftstellerei einer der kläglichsten Wege ist, die zu allem und jedem führen.«

Nun, ich kann mich wohl glücklich schätzen, dass dieser scharfzüngige, unbarmherzige Denker nicht mehr unter uns weilt und mich nun für die Frechheit, einen Roman über ihn und seine Mitstreiter zu schreiben (was sich im Übrigen alles andere als kläglich angefühlt hat), in einer öffentlichen Schmähschrift steinigt.

Die Idee zu diesem Roman begleitet mich schon seit vielen Jahren. Wachgeküsst hat sie mich 2009, als ich, frischgebackene Kunsthistorikerin, als Museumsführerin arbeitete. Im Wilhelm-Hack-Museum in Ludwigshafen fand gerade die Ausstellung *Gegen jede Vernunft* statt, eine Präsentation von Gemälden der Pariser und Prager Surrealisten. Ich erinnere mich noch gut an das Bild der Malerin Toyen, *Asleep* von 1937. Im Zusammenhang mit der Interpretation dieses Bildes beschäftigte ich mich zum ersten Mal intensiv mit den *Gesängen des Maldoror*. Zuvor war mir noch nicht klar gewesen, wie groß der Einfluss Isidore Ducasses auf die Literatur- und Kulturgeschichte war, dass der Surrealismus ohne Ducasse gar nicht denkbar gewesen wäre.

Das Zitat auf Seite 287 ist wohl das berühmteste aus dem *Maldoror*, und man findet es in der Ausgabe des Rowohlt Verlags von 2004 auf Seite 223.

Ein paar Jahre nach der Surrealismus-Ausstellung begann ich, die Romane und Gedichte der surrealistischen Protagonisten zu lesen. Louis Aragon hat mich dabei ganz besonders fasziniert. Das endgültige Bedürfnis, diese faszinierende Zeit der Pariser Zwanzigerjahre in einem Roman wiederaufleben zu lassen, kam mir im Jahr 2013 in einem einsam gelegenen Haus in Andalusien. Mittäter dieses besonderen Moments waren *Geschichte des Surrealismus* von Maurice Nadeau (der im Juni 2013 mit unglaublichen einhundertzwei Jahren verstorben ist) und eine Flasche spanischer Rotwein. Eine Kurzbiografie von Dalí lag während dieser Tage auch auf dem Terrassentisch, um den nachts die Katzen strichen und meine Sandalen zernagten.

Mir ist bewusst, dass der Surrealismus heute von vielen mit psychedelischen Tapetenmustern gleichgesetzt wird, bestenfalls mit entkleideten Anziehpuppen und brennenden Giraffen.

Salvador Dalí, der heutige Inbegriff des Surrealismus, wurde von Breton damals gegeißelt und angefeindet. Vielleicht war er ihm auch einfach nur zu erfolgreich.

Aber Fakt ist, dass der Surrealismus in seinen Anfängen keine Kunst sein wollte, sondern eine Revolution des Denkens und der Art zu leben.

Sicher haben einige Leser, die sich gut mit der Materie auskennen, bei einem Blick auf die in der Geschichte vorkommenden Jahreszahlen bisweilen die Stirn gerunzelt. Ich habe einige historische Abweichungen in der Handlung im Gewächshaus der künstlerischen Freiheit versammelt.

Bretons geheimnisvolle und tragische Muse Nadja, die in Wirklichkeit Léona Delcourt hieß, lebte ein kurzes Leben zwischen 1902 und 1941. Sie begegnete Breton am 4. Oktober 1926.

Es folgte eine intensive gemeinsame Zeit, die ganze neun Tage dauerte. Danach zog Breton sich zurück, konnte sich aber nicht vollständig von Nadja lösen. Er unterstützte sie noch eine Weile finanziell. Es ist ein Rätsel, warum Breton, der eine psychiatrische Grundausbildung erfahren hatte, die Anzeichen ihrer Schizophrenie nicht wahrnahm. Vielleicht liegt der Grund hierfür auch in der Tatsache, dass er sie niemals in der Irrenanstalt besuchte, in die sie im Februar 1927 eingeliefert wurde. Bretons Darstellung in seinem Buch *Nadja* zufolge wurde sie Opfer ihrer Armut, einer erbarmungslosen Gesellschaft und zudem seiner eigenen Rolle in ihrem Leben, da er ihr zu viel zugemutet habe. *Nadja* erschien im Mai 1928 und gilt als Hauptwerk des Surrealismus.

Die Szene, in der Vioric und Lysanne Nadja und Breton in der Nähe der Conciergerie begegnen, ist eine kleine Reminiszenz an dieses Buch, und ich habe den Wortlaut Nadjas zu einem kleinen Teil dieser Szene entnommen.

Das Ende der Passage de l'Opéra wurde von mir zeitlich ebenfalls ein wenig anders eingeordnet, als es der historischen Realität entspricht. Die Abrissarbeiten an der Passage begannen bereits Ende 1922, um dem neuen Boulevard Haussmann Platz zu schaffen.

Den jungen Dichter Arthur Solfice gibt es nicht. Ich habe ihn erfunden, denn es hat nie ein lebendiges Bauernopfer unter den Surrealisten gegeben. Ein wenig künstlerische Freiheit habe ich mir außerdem mit dem Flohmarkt Saint-Ouen erlaubt, der tatsächlich immer nur sonntags geöffnet hatte. Das Gleiche gilt für die Tatsache, dass es in Frankreich um diese Zeit an Weihnachten eigentlich nicht üblich war, zu Tanzveranstaltungen zu gehen.

Philippe Soupault war ein Neffe von Louis Renault, dem Gründer der Renault-Werke. Man kann sich denken, dass der junge Philippe sich nicht sonderlich um seinen Lebensunterhalt zu kümmern brauchte. Louis Aragon und André Breton waren beide Medizinstudenten.

Nachdem das Café Certa abgerissen worden war, zogen die Freunde ins Cyrano neben dem Moulin Rouge weiter. Heute befindet sich dort eine Fast-Food-Filiale. In den Monaten vor diesem Umzug fand Aragon in der Passage de l'Opéra jedoch die Inspiration für sein Hauptwerk *Le Paysan de Paris*, das 1926 erschien. Darin fängt Aragon das *Wunderbare des Alltäglichen* ein, aber ebenso das schwindelerregende Moderne, das stetige Verwandeln und Vergehen des Werdens. Huren und Trinker, Flaneure und Hungerkünstler dienen Aragon als Kulisse.

Ich kann nur empfehlen, von Aragons Hauptwerk zu kosten. Es lässt auf unnachahmliche Weise die Stimmung in diesem *gläsernen Sarg* aufleben und erlaubt uns teilzuhaben am Lebensgefühl Aragons.

Vieles vom typisch surrealistischen Tonfall hat Einlass in diesen Roman gefunden. Die Gedichte von Robert Desnos und Philippe Soupault haben mich bei meinen eigenen Wortschöpfungen sehr inspiriert. Der Satz, den Soupault bei der Befragung durch die Polizei von sich gibt – *Die großen Vögel, die sich über die magnetischen Felder aufschwingen, aber der gestreifte Himmel hallt nicht mehr wider von ihrem Ruf* – stammt aus dem berühmten Werk *Die magnetischen Felder*, das Breton und Soupault gemeinsam im wichtigsten surrealistischen Stilmittel, der Methode des automatischen Schreibens, verfasst haben.

1929 reichte Breton die Scheidung von seiner Frau ein, die den Surrealisten als unermüdliche Schriftführerin gedient hatte. Breton wurde später über die Sturmzeit des Surrealismus in den Zwanzigerjahren befragt. Er erwähnte Simone, von deren Geld er gelebt hatte, mit keinem Wort.

Das beschriebene surrealistische Weihnachtsfest hat so nie stattgefunden, und wenn doch, dann gibt es davon keine schriftlichen Zeugnisse.

Das Büro für surrealistische Forschungen gab es tatsächlich in der Rue de Grenelle fünfzehn, und seine Funktion galt dem Sammeln aller möglichen Informationen in Bezug auf Formen, die die unbewusste Aktivität des Geistes ausdrücken könnten. Laut dem Kunstkritiker Sarane Alexandrian wurde die Öffentlichkeit dazu aufgefordert, *Berichte über Träume oder Zufälle, Ideen zu Mode oder Politik oder Erfindungen ins Büro zu bringen, um zur Bildung echter surrealistischer Archive* beizutragen.

Was das skandalöse Auftreten der Surrealisten während der Anfangsjahre betrifft, so beherrschte das Thema einige Jahre lang die Pariser Presse. Schon während der Dada-Zeiten ließen die jungen Rebellen keine Gelegenheit aus, sich furchtlos und frech gegen die öffentliche Ordnung zu stellen. Der Tumult beim beschriebenen Theaterstück ist angelehnt an die Ereignisse der dadaistischen Jahre. Tatsächlich wurde, noch unter Führung von Tristan Tzara, einmal das Erscheinen von Charlie Chaplin angekündigt, um das Publikum anlocken und verärgern zu können.

Was ich in diesem Roman verschwiegen habe, ist die Tatsache, dass unter den Surrealisten zu dieser Zeit keinesfalls Einigkeit und Brüderlichkeit herrschte. Bretons Platzhirschgehabe und sein Anspruch auf das Präsidialamt der Gruppe würden auch heute Freunde und Mitstreiter auf die Barrikaden gehen lassen. Das, was 1929 in einem massenhaften Ausschluss seiner ehemaligen Freunde aus den Surrealisten-Kreisen gipfelte, war 1924 bereits als haarfeines Netz aus Rissen zu spüren. Glaubt man Philippe Soupault, der 1983 der *SPIEGEL*-Redakteurin Marie-Luise Scherer ein viel beachtetes Interview über die Zeit der Surrealismus-Anfänge gegeben hat, so war sich die Gruppe bereits vor ihrer eigentlichen Gründung schon nicht mehr ganz grün.

Was die Waffenbrüder der surrealistischen Idee auf eine harte Zerreißprobe stellte (die nicht bestanden wurde, denn am Ende ging nicht nur eine Freundschaft entzwei), war die Hinwendung zum Kommunismus. Politische Streitigkeiten entzweiten die Gruppe und beendeten das, was ich in diesem Roman vielleicht gar zu harmonisch geschildert habe. 1927 bestand die surrealistische Bewegung seit drei Jahren, und Breton gebärdete sich mit seinem Titel *Surrealistenpapst* wie ein richtiger Papst. Er exkommunizierte seine Gefährten Antonin Artaud, Robert Desnos, Roger Vitrac und Philippe Soupault. Kurz darauf das Undenkbare: Der Ausschluss von Louis Aragon und von Paul Éluard. Übrig blieben Breton und Benjamin Péret, der ihm laut Soupault wie ein Hündchen anhing. (Nachzulesen sind diese ernüchternden Details in dem Artikel *Der letzte Surrealist* von Marie-Luise Scherer, die Soupault sieben Jahre vor dessen Tod in Paris besuchte.)

Was gibt es noch zu sagen? Etwas über Robert Desnos, der am wenigsten Glück von allen Surrealisten hatte. Während viele seiner Mitstreiter Frankreich während des Krieges ins Exil verließen oder, wie Louis Aragon, in der freien Zone in Nizza für die Freiheitsbewegung kämpften, war Desnos unter der deutschen Besatzung in Paris für die Résistance tätig. Er fiel den Nazis in die Hände und starb 1945 kurz nach der Befreiung von Theresienstadt an Typhus.

Was jetzt, nach dieser kleinen Runde der Desillusionierung, noch bleibt, ist die Gewissheit, dass der surrealistische Grundgedanke nichts von seiner Kraft verloren hat. Vielleicht können wir versuchen, einen eigenen Blick für das Wunderbare des Lebens zu entwickeln. Zwischen den Dingen hindurchzusehen und zu erkennen, dass die Ränder dessen, was wir für gegeben hinnehmen, vor Ungewissheit leise vibrieren.

DANK

Menschen, die mich kennen, wissen, auf welch verschlungenen Wegen und unter welchen Schöpfungswehen dieser Roman entstanden ist. Ich bin diesen Menschen so dankbar, dass sie mir das Gefühl gegeben haben, das Richtige zu tun. Es gibt viele Wege, einer mit sich selbst ringenden Schriftstellerin den Rücken zu stärken, und die liebevolle Stärke dieser Menschen und ihr Vertrauen in mich ist in diesen Roman eingeflossen.

Mein besonderer Dank gilt meiner großartigen Agentin Claudia Wuttke. Dafür, dass du mich und mein Manuskript mitten während des ersten Lockdowns 2020 entdeckt und mir deine Hand gereicht hast. Dass dein kundiger, versierter, geduldiger, hartnäckiger, scharfsinniger und begeisterungsfähiger Blick nicht nur diese Geschichte gesehen hat, sondern vor allem mich. Danke für dein Vertrauen, dein kraftvolles Sein und vor allem die Freundschaft.

Wenn es eine Dame gibt, auf deren Stimme am anderen Ende der Telefonleitung ich mich immer ganz besonders freue, dann ist es meine persönliche Verlagsfee und Lektorin bei *Penguin*, Duygu Maus. Nicht nur, weil du so eine schöne Stimme hast, sondern weil mit dir zu reden für mich immer freudiger Aufbruch und kreativer Höhenflug bedeutet. Ich danke dir von Herzen für dein Vertrauen und dein positives Wirken für mich, dieses Buch und unser gemeinsames Schaffen.

Und dann gibt es da noch eine dritte Frau, die mich beim letzten Arbeitsschritt an diesem Buch restlos begeistert hat – meine Fachfrau fürs Außenlektorat, Sarvin Zakikhani. Ich danke dir für deinen strengen Blick auf meinen Text, dein fundiertes, einfühlsames und so überaus kreatives Einrenken und Veredeln und deine Ideen.

Ich möchte mich außerdem herzlichst bei allen Mitarbeitern von *Penguin* bedanken, die dieses Buch zu dem gemacht haben, was es ist.

Der obligatorische Dank an eine wunderbare Mutter darf hier natürlich auch nicht fehlen. Danke, Mama, dass du mein allergrößter Fan bist und ich dir sogar glaube, wenn du beteuerst, dass du gar nicht befangen bist. Danke für deine Begeisterung und die unermüdliche Vergewisserung, dass alles gut wird.

Besonders dankbar bin ich einem Arzt, den ich fast nie wegen gesundheitlicher Probleme aufsuche, sondern nur zwecks Abklärung der vielen medizinischen Details. Lieber Michael Schaaf, danke für die interessanten Einblicke in Anatomie, Pathologie und tödliche Kausalketten. Und danke für deine Freundschaft.

Meine geliebte Schwester Vera und meine Freundin Bettina G.: Danke für gelebten Verbal-Surrealismus in der Küche und am Telefon!

Ab und an braucht man auch jemanden, der einem ein Licht anzündet. Deswegen geht hier ein inniges Dankeschön an den großen Poeten Benjamin Zephaniah: Thank you so much for telling me that the most important thing is to never give up. You can't imagine, what it meant to me, but then again, maybe you can …

Und nun zu einem Menschen, bei dem ich mir ziemlich sicher bin, dass er die inkarnierte Seele eines großen Surrealisten ist:

Liebster Christian, du bist der einzige Mensch, den ich kenne, der weiß, was ein *Locus amoenus* ist. Und mit dir ist das Leben ein solcher.

Danke, dass du von Anfang an an dieses Buch geglaubt hast. Danke für deine bedingungslos liebevolle, kreative Unterstützung, die sich nicht zuletzt darin äußert, dass ich nach einem langen Schreibtag vom Duft des weltbesten indischen Dals wieder zurück in die Wirklichkeit geholt werde. Ich liebe dich.

Zitat auf Seite 287 nach Lautréamont:
Die Gesänge des Maldoror. Neuausgabe.
Rowohlt Verlag. Reinbek bei Hamburg 2004, S. 223.

Zitat auf Seite 7 nach Aragon, Louis:
Der Pariser Bauer. Suhrkamp Verlag. Berlin 2019, S. 74.

Penguin Random House Verlagsgruppe FSC® N001967

1. Auflage 2021
Copyright © 2021 der Originalausgabe by Britta Habekost
Copyright © 2021 by Penguin Verlag,
in der Penguin Random House Verlagsgruppe GmbH,
Neumarkter Straße 28, 81673 München
Umschlag: Favoritbüro
Umschlagmotiv: © Dorota Gorecka/Archangel;
© Andrew Davis/Trevillion Images,
© Mark Owen/Trevillion Images; © sommthink/shutterstock
Redaktion: Sarvin Zakikhani
Satz: Leingärtner, Nabburg
Druck und Bindung: GGP Media GmbH, Pößneck
Printed in Germany
ISBN 978-3-328-60195-1

www.penguin-verlag.de